Hobbit
Presse
Klett-Cotta

MAJA ILISCH

DAS GEFÄLSCHTE SIEGEL

DIE NERAVAL-SAGE
1

KLETT-COTTA

Hobbit Presse
www.hobbitpresse.de
© 2019 by J. G. Cotta'sche Buchhandlung
Nachfolger GmbH, gegr. 1659, Stuttgart
Alle Rechte vorbehalten
Dieses Buch wurde vermittelt von der Literaturagentur
erzähl:perspektive, München (www.erzaehlperspektive.de)
Printed in Germany
Cover: Birgit Gitschier, Augsburg
unter Verwendung einer Illustration von © Max Meinzold
Gesetzt von C.H.Beck.Media.Solutions, Nördlingen
Gedruckt und gebunden von GGP Media GmbH, Pößneck
ISBN 978-3-608-96030-3

Für Monica
Wir sind M
M wie immer

Ay, there's the rub;
For in that sleep of death what dreams may come
When we have shuffled off this mortal coil,
Must give us pause.

Ja, da liegts:
Was in dem Schlaf für Träume kommen mögen,
Wenn wir die irdische Verstrickung lösten,
Das zwingt uns stillzustehn.

William Shakespeare: Hamlet
Deutsche Übersetzung von A. W. v. Schlegel

PROLOG

Tausend Jahre, und niemand hatte die Schriftrolle auch nur angerührt. Sie lag auf ihrem steinernen Podest wie am ersten Tag, als wäre alle Zeit nur Einbildung, und nicht einmal Staub wollte sich auf ihr niederlassen. Sie beherrschte den Raum, und nichts beherrschte sie. Vielleicht wusste sie, wie bedeutsam sie war. Und vielleicht wusste es auch der, der in ihr saß, für alle Zeit gezwungen, gebannt, gesiegelt. Es gab genug Gründe, die Schriftrolle zu fürchten. Und selbst Staub, Zeit und Zerfall hielten sich daran.

Nur den kleinen Jungen schien nichts davon zu stören. Seine Füße hüpften ein Muster in die Treppenstufen, die leichten Sandalen klapperten, und das Echo des Gewölbes warf ihren Klang hin und her und zu ihm zurück. Tief unter der Erde gab es nur selten etwas zu tun für das Echo. Hier war es still wie in einem Grab, oder stiller, denn die Toten schliefen nur. Doch es gab diese Treppe, und ebenso selten, wie jemand sie hinaufstieg in die Welt des Lichtes und der Farben, kam es vor, dass jemand sie hinunterstieg, oder, noch seltener, hinunterhüpfte.

Der Junge war zu klein für Vorsicht, zu dumm oder zu mutig. Es machte ihm nichts, dass die Stufen so alt und krumm waren wie die Gruft selbst, dass die Zeit, die von der Schriftrolle abperlte wie Wasser von einem Blütenblatt, ihren Zahn umso mehr an ihnen ausgelassen hatte. Ausgetreten waren sie aus jenen Tagen, als es noch ein reges Kommen und Gehen gab –, lange vergangene, lange vergessene Zeiten, älter, als sich auch nur die Schriftrolle erinnern konnte – von Füßen, die nicht zu Menschen gehörten. Sie führten in das Reich des Steins, die Welt der Steinernen Wächter, deren Heimat dort unten lag und ihr ganzes Leben, wenn es noch ein Leben war: kein Sinn, kein Zweck, keine andere Aufgabe, als die Schriftrolle zu beschützen vor der Welt, und die Welt vor der Schriftrolle.

In den Ecken der Halle standen sie, auf den ersten Blick reglos wie alte Statuen und doch wachsam durch und durch. Sie schienen aus einer Welt zu stammen, die so lange vorbei war wie alles andere dort unten, mit schweren, grauen Rüstungen, ihre Schwerter mit langen, breiten Klingen – selbst wenn noch Regung in ihnen war, strahlten sie eine altertümliche Schwerfälligkeit aus, die keinem modernen Rapier gewachsen sein konnte, keinem Paar tänzelnder Stiefel und erst recht nicht den hüpfenden Füßen eines kleinen Jungen, der mehr Leben in sich hatte als sie alle zusammen.

Und doch – noch ehe der Junge die unterste Stufe erreicht hatte, versperrten zwei der Wächter ihm unten seinen Weg, Schulter an Schulter, die Klingen gekreuzt, nicht bereit, ihn durchzulassen, und wo ihre Unbeweglichkeit eben noch als ihr Nachteil erschienen war, so war sie jetzt ihr höchstes Gut.

Die Sandalen verstummten, als der Junge stehen blieb, nicht in sicherem Abstand, sondern so nah bei den Schwertern, dass sein warmer Atem sich auf ihren Klingen niederließ wie sachter Nebel. Die Wächter rührten sich nicht. Sie wollten den Jungen nicht verletzen. Sie wussten, wer er war. Sie konnten ihn nur nicht passieren lassen.

Der Junge blickte von einem zum anderen, dann lächelte er, und seine großen dunklen Augen, die ihm mit ihren langen Wimpern fast etwas Mädchenhaftes gaben, wurden dabei noch größer. »Ich will doch nur schauen«, sagte er leise. »Ich tu ja nichts.« Seine Stimme war zu sanft, um vom Echo aufgegriffen zu werden. Er stand still, die Hände hinter dem Rücken verschränkt, und wartete ab. Die Treppe wieder hochzusteigen, und sei es nur für eine Stufe – diese Niederlage würde er nicht akzeptieren. Nur stehen, und warten, und die Steinernen anlächeln, bis sie sich seiner erbarmten.

»Dann schau von hier aus«, sagte der eine Wächter. »Es gibt nicht viel zu sehen, und alles, was da ist, siehst du von hier ebenso gut.« Seine Stimme kam langsam, fast schwerfällig, aber jedes Wort hatte Gewicht, als wäre es in Stein gemeißelt, und so wenig Widerspruch duldete es auch.

Der Junge blickte an ihm hinauf und wieder hinunter. Die Fackeln an der Wand malten ihm den Schatten einer weitaus größeren Gestalt, fast bis ans obere Ende der Treppe, aber er war und blieb nur ein Junge von acht Jahren, so wie ihn acht weitere Jahre von seinem nächstälteren Bruder trennten. »Seid ihr wirklich aus Stein?«, fragte er mit ungläubigem Staunen, dass sich die Gesichter der beiden Männer doch zu einem seltenen Lächeln verzogen, mehr in den Augen denn in den Lippen, und den Weg frei gaben sie ihm immer noch nicht.

»Sehen wir so aus?«, fragte der jüngere der beiden Wächter – jünger, aber nicht mehr ganz jung, niemand wurde ein Steinerner Wächter, der noch feucht hinter den Ohren war oder unerfahren. Jünger, aber alt genug, um zu akzeptieren, dass sein Reich tief unter der Erde lag, dass die Treppe nach oben nur für andere bestimmt war, dass sein Tag daraus bestehen sollte, eine alte Schriftrolle zu bewachen, und seine Nächte auch, Tage und Nächte, in denen niemals etwas geschehen wollte und von denen doch das Schicksal des ganzen Landes abhing, wenn nicht der ganzen Welt.

Aber auch die Augen des Jungen waren scharf. »Du nicht«,

sagte er. »Du bist noch nicht so grau wie die anderen.« Und so war
es auch. Mit den Jahren wurden die Steinernen Wächter fahl,
nicht von der Nähe des Steins, sondern von der Ferne der Sonne,
die sie irgendwann vergessen ließ, dass sie doch eigentlich Menschen waren. Schlafen mussten sie und essen wie alle anderen, aber
wenn sie wachten, fühlten sie keinen Hunger und keine Müdigkeit, die Füße wurden ihnen nicht weh, und wie lang sie auch auf
den Beinen sein mochten, sie konnten stehen wie festgewachsen,
als wären sie wirklich Steine. Herren kamen und gingen, Herren
der Burg wie Herren der Welt, die Steine hatten Bestand und die
Steinernen mit ihnen.

»Das wird noch«, sagte der Wächter. »Und du, du wirst auch
noch ganz grau, wenn du jetzt nicht wieder brav nach oben gehst
und mit deinen Brüdern spielst.« Sein Nebenmann warf ihm einen Blick zu, nur kurz, nur aus den Augenwinkeln: Kein Grund, so
viele Worte zu verlieren.

Der Junge machte ein unglückliches Gesicht. »Darum bin ich ja
hier«, sagte er, und ohne dass seine Stimme, immer noch leise, zitterte. »Sie wollen ja nicht mit mir spielen – sie sagen, ich bin zu
klein, zu dumm und zu feige. Sie sagen, ich traue mich nicht hier
runter. Aber ich habe keine Angst. Nicht mal vor euren Schwertern.«

Der Wächter verzog keine Miene. »Wir sind es auch nicht, die
du fürchten musst.«

Der Junge nickte, kaute auf seiner Unterlippe, und dann fragte
er geradeheraus: »Hast du auch einen Namen?«

Das kam so unerwartet, dass der Wächter lächeln musste. Sein
Mund war nicht mehr daran gewöhnt, doch er wusste noch, wie es
ging. »Lorcan heiße ich«, sagte er. Er hörte seinen Namen nur
noch selten, und noch seltener sprach er ihn selbst aus. Ein Steinerner Wächter zu sein war wichtiger, als einen Namen zu haben.

»Lorcan«, sagte der Junge und ließ das Wort über seine Zunge wandern, dass es fast als etwas Schönes wieder herauskam. »Ich bin Tymur Damarel. Du weißt, wer das ist?« Seinen eigenen Namen sprach der Junge aus wie ein fernes, fremdes Ding. So ein großer Name für so einen kleinen Jungen. Verstand er wirklich, was es hieß, Damars Erbe zu sein?

»Du wirst schon mit ihm fertig«, sagte der andere Wächter, mit seinem Blick mehr als seiner Stimme. Dann trat er zurück auf seinen Posten.

Lorcan nickte und starrte geradeaus, ohne den Jungen anzusehen. Tymur machte keine Anstalten, an ihm vorbeischlüpfen zu wollen, aber ebenso wenig schien er interessiert, die Treppen wieder hinaufzusteigen. Und wo ihm die Geduld eines Steinernen Wächters fehlte, wartete er umso offensichtlicher auf eine Antwort.

»Ich weiß«, sagte Lorcan endlich. »Das ist ein Junge, der hier unten nichts verloren hat.«

Tymur Damarel schüttelte den Kopf. »Ich bin der Jüngste meines Hauses«, sagte er mit leisem Ernst. »Das heißt, ich bin am Ende der Letzte, der noch lebt. Dann ist es meine Aufgabe, das alles hier zu hüten.« Der Junge machte keine Witze, und er übertrieb nicht – er glaubte jedes einzelne seiner Worte. »Und das kann schon so bald passieren, nächste Woche vielleicht, und dann bin ich ganz alleine …«

»Du bist nicht allein«, unterbrach ihn Lorcan. Und wenn das ganze Haus Damarel aussterben sollte, am Ende blieben immer noch die Steinernen Wächter übrig.

»Aber ich habe die … die Rolle noch nie gesehen«, flüsterte Tymur und konnte unter dem lippenzitternden Trotz die Neugier doch nicht verbergen. »Noch nicht richtig«, setzte er schnell hinterher, bevor Lorcan ihn darauf hinweisen konnte, dass er die Schriftrolle auch von der Treppe aus sehen konnte. Sonst gab es hier unten nichts Interessantes. Fast nichts.

»Siehst du dieses Muster da im Boden?«, fragte Lorcan, um die Aufmerksamkeit des Jungen an eine andere Stelle zu lenken. »Wie ein Stern mit neun Zacken?« Mitten im Raum und so groß, dass er fast an die Wände stieß, konnte man nicht mehr viel von dem seltsam unregelmäßigen Stern erkennen. Zu viele Füße waren nicht erst in den letzten tausend Jahre darüber gelaufen, bis das Muster, keine Malerei und auch kein Mosaik, sich immer weiter in den Boden zurückgezogen hatte, doch es war immer noch da und würde es wohl auch immer sein, solange niemand wusste, woher es kam und woraus es gemacht war.

Tymur nickte, ohne hinzusehen. »Ja, ich weiß.« Er verdrehte die Augen, so dass sein Gesicht noch puppenhafter wurde. Unter der kurzen Tunika zog sich Gänsehaut über die Beine des Jungen. Draußen musste es Sommer sein, aber in der Krypta war nicht viel davon zu merken. »Hier ist er gestorben, genau in der Mitte des Sterns. Dann haben sie ihm die Haut abgezogen, abgeschabt, gegerbt und Pergament daraus gemacht. Sie haben sein Blut genommen und damit die Runen geschrieben, dass er nicht mehr ins Leben zurückkehren kann. Dann haben sie die Rolle versiegelt. Weiß ich alles. Aber was hilft mir das, wenn ich sie noch nicht einmal sehen darf?« Die Pupillen füllten fast das ganze Auge aus, als der Junge flüsternd hinzufügte: »Oder muss ich weiter davon träumen? Das sind keine schönen Träume …«

Lorcan seufzte. Es war einfacher, dem Kind seinen Wunsch zu erfüllen und ihm einen Blick zu gönnen, aus sicherem Abstand, als dass Tymur jeden Tag wiederkommen würde mit immer flehentlicheren Blicken … »Also gut«, sagte er und wusste, dass er Ärger riskierte. Die Steinernen Wächter mussten immun sein gegen die Kunst der Verführung, gegen jeden, der versuchte, sich ins Gewölbe zu schleichen, um sich der Schriftrolle zu bemächtigen. Vier Steinerne standen gerade Wache, und drei von ihnen waren der Ansicht, dass der vierte sich gerade zum Narren machte.

Doch auch wenn die Blicke, die sie einander zuwarfen, viel von dem verrieten, was sie über ihren jüngsten Gefährten dachten, ließen sie alle Lorcan gewähren, vielleicht froh, dass er sich des kleinen Plagegeistes angenommen hatte und sie selbst es nicht mussten. Sie alle wussten, man musste trennen können zwischen einem Verschwörer, der auf Übles aus war und den lang besiegten Feind wieder freisetzen wollte, und einem kleinen Jungen, der zu viele Schauergeschichten gehört hatte und sie alle glauben musste, weil sein Erbe ihm keine andere Wahl ließ. »Komm näher.« Lorcan ließ das Schwert sinken. »Und mach alles genau so, wie ich es dir sage.«

»Danke!«, flüsterte Tymur. Er hüpfte von der letzten Stufe wie ein junges Kätzchen, und wie eine Katze ignorierte er die übrigen Steinernen Wächter so nachdrücklich, als wären Lorcan und er die letzten Menschen auf der Welt. Vielleicht glaubte er, dass sie ihn nicht weiter beachteten, wenn er das Gleiche mit ihnen tat. Er ging auf Zehenspitzen, als er den Stern im Boden betrat, so vorsichtig, als wäre es dünnes Eis, und blieb dicht an Lorcans Seite, als der ihn zu dem steinernen Podest führte. Aber mit jedem Schritt wurde sein Gesicht länger. »Das ist ja so hoch«, sagte er. »Da kann ich ja gar nichts richtig sehen.«

»Möchtest du, dass ich dich hochhebe?«, fragte Lorcan freundlich. Das sollte ihnen beiden nutzen: Wenn er den Jungen festhielt, konnte der auch keinen plötzlichen Unsinn anstellen. Da war es ihm egal, wie die anderen Steinernen Wächter ihre Köpfe schüttelten. Als Tymur nickte, schob Lorcan sein Schwert in die Scheide und nahm den Prinzen bei der Hüfte hoch. Tatsächlich, der Junge wog nicht viel. »Siehst du, das ist die Schriftrolle –«

Und weiter kam er nicht. Geschmeidig wie ein schlüpfriger kleiner Aal warf sich Tymur nach vorne, und im nächsten Moment war das Pergament, das seit tausend Jahren keine Hand angerührt hatte, in den Fingern eines kleinen Jungen.

ERSTES KAPITEL

Es klopfte nur ganz leise, das erschreckte Kevron fast noch mehr. Man sollte meinen, dass er inzwischen jede Art von Klopfen kannte: Da gab es Geldeintreiber, die klopften genau zweimal, laut, und bei drei traten sie einem die Tür ein. Und andere, die machten sich nicht mal die Mühe zu klopfen und kamen direkt mit dem Stiefel zuvorderst. Und solche, die hämmerten ohne Unterlass gegen das Holz, vorzugsweise mitten in der Nacht, und das war immer noch besser, als wenn sie es vormittags versuchten …

Aber dieses Klopfen war anders, leise, doch bestimmt, die Schläge in langen, ebenmäßigen Abständen – Kevron kannte niemanden, der so klopfte. Es passte nicht zu einem Geldeintreiber, und wer sonst sollte etwas von ihm wollen? Kundschaft? Fast hätte Kevron gelacht. Kundschaft hatte er schon lange nicht mehr. Seine Wirtin konnte es auch nicht sein, die klopfte nicht und trat ihm nicht die Tür ein, sondern gleich die Stirn mit ihrer schrillen Stimme, ›Herr Flo-re-hel! Macht schon auf, Herr Florel!‹ – und das vorzugsweise vormittags, wenn Kevron wirklich keinen Kopf hatte für Dinge wie die Miete, oder dass er versprochen hatte, zumindest den Hof zu fegen, oder dass sie kein Auge hatte zutun können, weil der Herr Florel schon wieder mitten in der Nacht so gepoltert hatte, konnte er nicht gefälligst leise die Treppe hinunterfallen …

Nein, so klopfte niemand, den Kevron kannte, aber wer immer es war, er hatte Ausdauer. Der Weg zur Tür war Kevron im Leben nicht so lang vorgekommen, und seine Beine waren noch zu weit davon entfernt, ihm wieder zu gehorchen. Mit jedem Schritt wuchs das Drücken in seiner Magengegend. An das Naheliegendste, dass sich da einfach jemand im Haus geirrt hatte, mochte Kevron nicht glauben. Natürlich, es gab viele dieser kleinen Wohnungen, über den Hof und eine Treppe hoch, doch an Zufälle glaubte Kevron schon lange nicht mehr. Diese fröhliche Ungeduld dort draußen konnte zu einem gedungenen Mörder gehören …

Kevron brauchte zu lange, um zur Tür zu kommen. Ihm war schlecht, seine Beine zitterten, aber er konnte sich freuen über die Unordnung und all das Gerümpel, mit dem er zum Leidwesen seiner Wirtin seine beiden Zimmer vollgestopft hatte, so gab es immerhin etwas, woran er sich festhalten konnte. Wenn das jetzt ein Mörder war … oder doch ein Kunde … nicht, dass Kevron hätte arbeiten können … Ein letztes Mal atmete er tief ein, schluckte den bitteren Saft in seinem Mund hinunter und öffnete dann endlich die Tür. Kein Mörder. Alles, nur kein Mörder …

Zumindest war es kein Geldeintreiber. Der Mann war nicht nur kaum halb so breit wie die Kanten mit den groben Stiefeln und Fäusten, sondern vor allem zu gut gekleidet, und zu teuer. Selbst wenn das Tageslicht Kevron blendete und der schwarzgekleidete Fremde davor zu einem dunklen Schatten verschmelzen wollte, konnte kein Brummschädel der Welt Kevron sein Auge für Details nehmen. Diese silbernen Rockknöpfe mit dem eingearbeiteten Wappen waren nicht einfach geprägt, sondern von kunstreicher Hand graviert. Eine Schwalbe, umringt von fünf Sternen. Man brauchte nicht zu glauben, dass jeder Hinz und Kunz das königliche Wappen tragen durfte. Dieser Mann war ein Prinz.

Es war Kevron deutlich lieber, seinem Gast auf die Rockknöpfe zu starren als ins Gesicht, auch wenn das reine Schwarz des Stoffes, ein edles Seidenzeug mit eingewebtem floralem Muster, ihm in den Augen stach. Bei einem so hohen Gast sollte man schon aus reiner Demut den Blick senken, vor allem jedoch wollte Kevron nicht, dass sich ihre Augen begegneten. Er versuchte, seine unordentliche Stube irgendwie durch geschicktes Den-Türrahmen-Blockieren zu versperren, aber warum die Mühe? Das Problem war nicht das Zimmer, das Problem war der Mann, der es bewohnte.

Kevron fühlte, wie die dunklen Augen des Gastes ihn von oben bis unten zersägten, mit so klarem und wachem Blick, dass schon vom Angesehenwerden die Nüchternheit in Kevron hochkroch. Es waren beeindruckend schöne Augen, aber ohne Güte, und das Lächeln lag dem Prinzen vielleicht um den Mund, doch es blieb kalt.

Dann öffneten sich die Lippen und sagten mit einer Stimme, die zum Klopfen passte, leise und wohlbemessen: »Ich sehe, im Grunde Eures Herzens wisst Ihr, dass Ihr immer nur der Zweitbeste sein werdet. Und durch einen Todesfall aufsteigen war Euch zu billig, das verstehe ich, aber trotzdem, ich hätte mehr erwartet.«

Kevron zwinkerte. Er hatte mit einer Vorstellung gerechnet, mit einer Anklage oder einer Frage, aber der hochgeborene Gast übersprang gleich mehrere Schritte und traf Kevron mitten in die Magengegend, ohne auch nur einen seiner schwarzbehandschuhten Finger zu regen. »Ich habe nichts mit Euch zu schaffen.« Kevrons Lippe blieb ihm an den Zähnen kleben, ließ ihn grimassieren wie einen Jahrmarktsspieler, so dass er mit der Zunge nachhelfen musste. Fahrig griff er mit der Hand in die Haare und fand sie nicht minder klebrig, und er wünschte sich nichts dringender als ein Bad, ein Bett, oder einen Sarg.

»Sprecht nicht von Dingen, von denen Ihr nichts versteht«,

sagte der Prinz und lächelte immer noch. »Ich habe mit Euch zu schaffen, und wo es um mich geht, habt Ihr keine Wahl. Auch wenn ich lieber mit einem Besseren als Euch vorlieb nehmen würde – Eure Gilde teilte mir mit, dass er nicht mehr am Leben ist.« Er schüttelte den Kopf. »So eine Schande. Ein Messer im falschen Moment, und die Stadt hat nicht einen, sondern gleich beide besten Fälscher verloren.« Während er sprach, rückte er langsam, doch mit Nachdruck vorwärts und ließ Kevron zurückweichen, bis sie beide im Zimmer standen, und der Gast hatte die Tür hinter sich geschlossen, noch ehe er beim Wort ›Fälscher‹ angekommen war. Ein Prinz stand inmitten Kevrons Müll und Unordnung. Er verzog keine Miene, noch nicht einmal die Nase, aber dennoch …

Kevron schüttelte den Kopf. »Wenn Ihr zu meinem Bruder wollt, kommt Ihr zu spät.« Wie lang genau? Drei Jahre, vier? Seltsam genug, dass die Gilde ihn überhaupt noch auf der Liste hatte – dass sie ihm nicht die Fingerknochen hatten brechen lassen für die Aufträge, die er hatte platzen lassen, ohne die Anzahlung wieder rausrücken zu können, war schon Wunder genug. »Und zu mir auch«, setzte er hinterher.

»Ich bestehe darauf«, sagte der Prinz fast freundlich. »Ich habe vor Eurer Gilde darauf bestanden, und ich sehe nicht ein, warum ich ausgerechnet jetzt einen Rückzieher machen sollte, nur weil Ihr Katzenkraut kaut, um überhaupt aus dem Bett zu kommen. Wenigstens verdeckt es den übrigen Gestank. Hört Ihr noch auf Kev Kaltnadel, oder wollt Ihr so tun, als hättet Ihr diesen Namen nie gehört?«

»Kev reicht aus«, hörte Kevron sich nuscheln und wusste, dass er log, Kev war so lange her, Kev und Kay, Brüder, Fälscher, Rivalen, Feinde, bis man plötzlich nichts mehr wiedergutmachen konnte …

»Kev«, wiederholte der Prinz, und für einen Moment war aller Hohn aus seiner Stimme verschwunden. »Ich bin Tymur Damarel.

Ihr wisst, wer das ist?« Sein Lächeln hallte noch eine Weile in Kevrons Ohren nach.

Kevron nickte. Wenigstens das überrumpelte ihn nicht mehr. Der fünfte Sohn des Königs, wie alt war der? Vielleicht Anfang zwanzig, genau wusste Kevron es nicht. Als der König auf seine alten Tage noch einmal Vater wurde, waren Kaynor und Kevron irgendwo in dem Teil der Jugend, wo man auf neugeborene Prinzen herzlich wenig gab, dem einen oder anderen Mädchen nachstieg oder selbst dafür keinen Kopf hatte. Vor zehn Jahren, sogar noch vor fünf, hätte Kevron sich nicht gewundert, eines Tages einen Prinzen, wenn nicht gar den König selbst zu seinen Kunden zu zählen, so hochtrabend waren seine Pläne – jetzt war der falsche Zeitpunkt dafür, und der rechte würde auch nicht mehr kommen.

»Sehr gut«, sagte Tymur Damarel. »Das erspart mir so viele Erklärungen – nicht, dass ich mich nicht gerne reden höre, aber dafür habe ich noch genug zu sagen. Kommen wir gleich zum Geschäftlichen, dann haben wir es hinter uns. Ich habe Euch gekauft, und da Ihr nicht ganz billig wart, hoffe ich, dass Ihr mich nicht enttäuschen werdet.«

»Gekauft«, wiederholte Kevron. Sein Versuch, das Lächeln zu erwidern, missglückte. »Ich bin nicht käuflich.«

»Oh, aber Ihr habt Schulden, das kommt aufs Gleiche raus.« Jetzt klang Tymur Damarels Stimme vergnügt, nur die Augen wollten immer noch nicht so recht mitmachen. »Die Gilde gab vor, Euch nicht mehr zu kennen, doch so schnell wird man mich nicht los. ›Kay Kupferfinger hatte einen Zwillingsbruder, der ihm in wenig nachstand‹, habe ich gesagt, ›und ich will wissen, wo ich ihn finden kann, sofort.‹ Man ist dort nicht gut auf Euch zu sprechen.«

»Ihr habt Euer Geld zum Fenster rausgeschmissen«, sagte Kevron. »Ist es normal, dass ein Prinz Kontakt zur Gilde pflegt?«

Auf diese Frage musste Tymur Damarel gewartet haben, denn sein Lächeln wurde zum Grinsen und ließ seine Augen einen Moment lang blitzen. »Ich bin der fünfte von fünf Söhnen«, sagte er. »Vjasam, Sandor, Antal, Davron, allesamt prachtvolle Krieger, aber Damar hatte fünf Gefährten, und darum brauchte mein Vater einen fünften Sohn – dann muss er sich wohl auch für mich eine Verwendung überlegen. Mit Waffen kann ich wenig anfangen, und als Magier will er mich nicht riskieren – zu gefährlich, wenn nicht für ihn, dann für meine Brüder. Arbeiten tu ich nicht gern, das haben wir zwei gemeinsam, und da ich gut bin mit Wörtern, sogar mit Worten, bin ich der geborene Diplomat. Und so bewege ich mich nun in allen Kreisen und Schichten, und natürlich gehört dazu auch Eure Gilde. Ihr zahlt Euren Anteil an die Gilde, zumindest in der Theorie – die Gilde zahlt ihren Anteil an den Hof. Dafür verzichten wir in dem einen oder anderen Fall auf den Galgen, eine sinnvolle Abmachung, wie ich finde.«

Während er sprach, wanderten seine Augen schamlos durch Kevrons Quartier, hielten kurz inne an umherliegenden Wäschestücken, oder leeren Flaschen, die Kevron sich wegzuwerfen geschworen hatte, statt sie wieder neu auffüllen zu lassen, und blieben endlich am Tisch unter dem Fenster hängen – dort verstaubten, zwischen Müll, Papieren und fliegenumschwirrten Essensresten, angefangene Arbeiten, an deren Auftraggeber sich Kevron kaum noch erinnern konnte.

»Dann geht zur Gilde und fragt sie, wen die sonst noch haben«, sagte Kevron dumpf. »Wie gesagt, ich werde Euch keine Freude machen.«

»Es geht nicht um Freude«, antwortete Tymur Damarel leise. »Und nicht darum, was Ihr wollt. Ihr werdet gleich mitkommen, ohne Fragen zu stellen, und mir Euer Wort geben, dass Ihr nichts verlauten lasst von dem, was Ihr sehen oder hören werdet. Euer Auge ist mir erst einmal wichtiger als Eure Finger, aber selbst was die angeht, ist die Hoffnung nicht verloren. Immerhin kaut Ihr Katzenkraut.«

Kevron grinste verlegen ob des zweifelhaften Kompliments. Man musste schon ziemlich tief gesunken sein, um Gefallen an dem bitteren Zeug zu finden, das die Zähne braun machte und zumindest für kurze Zeit einen klaren Kopf versprach. Vielleicht war ein Auftrag vom Hof wirklich genau das Richtige.

»Ich stelle Euch vor die Wahl«, sagte der Prinz freundlich. »Ich lasse Euch jetzt allein und komme in drei Tagen wieder, und bis dahin seid Ihr nüchtern, gewaschen, habt eine Mahlzeit im Bauch und Euer Werkzeug zusammengesucht. Oder Ihr klaubt Eure Siebensachen jetzt zusammen, und ich kümmere mich um den Rest, auch wenn es für Euch unangenehm wird. Wenn auch nicht halb so unangenehm, als wenn ich in drei Tagen wiederkomme und Ihr steht in der gleichen Verfassung vor mir wie jetzt.«

Kevron ließ sich nicht gern erpressen, aber hatte er eine Wahl? Allein schaffte er es nicht, hatte es in vier Jahren nicht geschafft, und alle Versuche, selbst wieder auf die Beine zu kommen, waren gescheitert, einer kläglicher als der andere. »Prinz Tymur ...«, sagte er, um Zeit zu schinden.

»Spart Euch den Prinzen.« Tymur Damarel machte eine abwehrende Handbewegung. »Wenn ich Kev zu Euch sagen darf, warum nennt Ihr mich nicht einfach nur Tym, und spar dir die Förmlichkeit. Wir werden in der nächsten Zeit noch genug voneinander sehen. Ich habe genau den richtigen Ort, um dich wieder auf die Beine zu bringen.«

Draußen war es furchtbar hell. Um diese Zeit kam Kevron üblicherweise nicht mal aus dem Bett, geschweige denn ins Freie. Er schaffte es kaum die Treppe hinunter. Jeden Augenblick rechnete er damit, dass ein Fenster aufflog würde und die Witwe Klaras Auskunft verlangte, was für einen Besucher er da angeschleppt hatte – die Frau war besser als jeder Wachhund. Aber die eigentliche Angst lauerte jenseits des Hoftores, auf der Straße …

»Kopf hoch!«, sagte Tymur vergnügt. »Das Stückchen Weg überlebst du auch noch.«

Kevron hörte nicht auf ihn. Lieber ließ er den Kopf hängen, folgte den Ritzen zwischen den Pflastersteinen, als seine Augen dem hellen Himmel auszusetzen. Es musste geregnet haben, und wo die Steine sonst angenehm stumpf und grau waren, reflektierten sie nun glänzend die zur Unzeit wieder hervorgekommene Sonne. Und selbst wenn er ständig auf seine Füße starrte, hielt das Kevron nicht davon ab, alle drei Schritte zu stolpern.

Mit schlotternden Knien suchte er etwas, woran er sich festhalten konnte, aber das Einzige, was sich in seiner Reichweite befand, war der Prinz, und da wusste Kevron es besser. Selbst wenn er Kevron freundlich das Du aufgedrängt hatte – Tymur war so unnahbar, dass Kevron noch nicht einmal im Suff auf die Idee gekommen wäre, sich an ihm abzustützen.

»Jetzt komm schon«, sagte Tymur. Seine Stimme war freundlich, doch sein Blick troff von Verachtung. »Linkes Bein – rechtes Bein – linkes Bein – das musst selbst du hinbekommen!«

Kevron schluckte. »Ich wusste nicht, dass wir zu Fuß gehen müssen«, murmelte er. Eine prachtvolle Kutsche, schwarz wie Tymurs Rock, die Fenster abgedunkelt, um damit Kevron an einen ebenso geheimen wie anheimelnden Ort zu bringen, sowas hatte er erwartet. Ein Prinz, der die Stadt besuchen wollte, ohne dabei immer von einem Dutzend Soldaten begleitet zu werden und zwei versteckten Leibwachen dazu, musste inkognito reisen, aber wenn er so offensichtlich als Prinz auftrat … wo war dann sein Gefolge?

Hinter einem Fenster bewegten sich Schatten, auf der anderen Straßenseite ging eine Tür, und Kevron zuckte zusammen – doch es war nur eine Frau, die einen Eimer schmutziges Wasser auf die

Straße entleerte. Kevron atmete auf, bis zur nächsten Begegnung. Mit dem Ende des Regens kamen die Menschen wieder ins Freie. Kevron wünschte sich den Regen zurück – aber dann wieder fielen Tymur und er erst recht auf. Menschen, die sich blicken ließen, waren ohnehin nicht diejenigen, die er fürchten musste …

»Du kannst nicht erwarten, dass ich dich trage«, erwiderte Tymur. »Was ist? Bleib nicht dauernd stehen! Glaubst du, meine Zeit wächst auf Bäumen?«

»Ich dachte nur …«, fing Kevron an und brach ab. Wenn überhaupt, sollte Tymur sich um Attentäter sorgen. »Es ist nichts«, sagte er schnell. »Ich habe mich geirrt.«

Da vorne an der Ecke war das Wirtshaus zum Kreisel, weiter als bis dahin entfernte sich Kevron sonst nie von seinem Haus, und drinnen brannte Licht – wenn er da jetzt kurz hineinsprang, um sich zumindest einen kleinen Abschiedsschluck zu gönnen … Natürlich wollte er sich ausnüchtern, aber dafür musste man erst einmal betrunken sein dürfen und nicht nur kläglich verkatert!

Kevron verkniff sich die Frage und seufzte nur leise, als er an dem Wirtshaus vorbeihastete. Nicht weit dahinter lauerte schon der offene Marktplatz – da waren sie erst recht verwundbar, und das unbarmherzige Licht brannte noch mal so hell. Wo waren die Marktstände? Nur ein paar rundliche Frauen waren unterwegs, standen beisammen und hielten ein Schwätzchen, aber viel Schatten spendeten die nicht. Ein Reisender tränkte sein Pferd am Brunnen … Es war erstaunlich genug, dass ihnen niemand groß Beachtung schenkte. Nicht wegen Kevron, aber Tymur war doch eine auffällige Erscheinung.

»Jetzt hab dich nicht so. Du kannst gleich eine Pause machen.« Tymur blieb stehen und deutete mit der großzügigen Geste des Mannes, dem die ganze Welt gehört, auf das prachtvolle Steinhaus am anderen Ende des Platzes. »Ich habe da noch eine Kleinigkeit zu besprechen. Es wird auch nicht lange dauern.«

Kevron stöhnte und blinzelte. Wohin bekamen einen berüchtigter Fälscher, egal wie abgehalftert er sein mochte, keine zehn Pferde? Ins Rathaus, natürlich. Bürgermeister, Ratsherren, Büttel, lauter Leute, die nicht begeistert sein konnten von der Idee, dass da jemand ihre Handschrift besser beherrschte als sie selbst. »Ich ... ich warte hier am Brunnen«, sagte er schnell. »Ich brauche sowieso gerade einen Schluck Wasser.«

»Das hättest du wohl gerne!«, sagte Tymur. »Da habe ich dich eben einmal am Wickel, und du glaubst, du kannst dich einfach aus dem Staub machen? Nichts da, mein Lieber, nichts da.« Er lachte, als er Kevron beim Arm packte und sich ungefragt unterhakte.

»Aber – wie ich aussehe! Das wirft nur ein schlechtes Licht auf Euch ... auf dich ...« Ein scharfer Blick brachte Kevron zum Schweigen. Was Tymur sich in den Kopf gesetzt hatte, das bekam er auch. Und wenn Kevron sich still in eine Nische setzte, versuchte, den müden Augen etwas Schatten zu gönnen, konnte das so schlecht auch nicht sein – besser jedenfalls, als wenn er jetzt allzu vehementen Widerstand leistete.

Auf Zehenspitzen, als könne jeder falsche Schritt ein Fallgitter hinter ihm runterrasseln lassen, folgte Kevron dem Prinzen ins Rathaus. Es war kühl und schattig, roch nach Kaminrauch und Holz und wichtigen Urkunden, und da war wirklich eine Bank, auf die er sich setzen konnte und, wenn Tymur nicht hinschaute, ein bisschen stolz auf sich sein. Dass er es so weit geschafft hatte, am helllichten Tag, ohne sich umbringen zu lassen! Durch halbgeschlossene Augen, den müden Kopf an die Wand gelehnt, sah Kevron, wie Tymur ein paar Worte mit den wachhabenden Gardisten wechselte – sollte er nur, dann waren sie abgelenkt und beachteten Kevron nicht weiter ...

»Wachen! Ergreift ihn!«

Kevron schoss hoch. Er schaffte es immerhin bis auf die Füße, seine eigenen, für den einen halben Augenblick, bevor ihn der Schwindel vornüberkippen ließ. Ohne dass die Wachen auch nur einen Finger hätten rühren müssen, lag Kevron bäuchlings am Boden. Sie brauchten ihn nur noch aufzusammeln.

»Sehr schön«, sagte Tymur, und die Welt drehte sich etwas langsamer um sein zufriedenes Lachen. Kevron starrte an ihm hoch, fassungslos, enttäuscht, wütend, vor allem auf sich selbst. Er hätte es besser wissen müssen, als brav mitzutrotten, als zu glauben, dass dieser fröhlich plappernde junge Prinz mit einem lange nicht mehr berüchtigten, aber immer noch freilaufenden Fälscher etwas anderes vorhaben sollte, als ihn hinter Gitter zu bringen. Doch dass Tymur jetzt immer noch lächelte, das war der eigentliche Hohn.

»Ich wollte das immer schon einmal sagen.« Tymur strahlte und klopfte der Stadtwache auf die Schulter, selbst wenn er sich dafür strecken musste. Der Kerl, der Kevron hielt, war so groß, dass Kevrons Füße hilflos in der Luft baumelten. Der Gardist musste am Tag davor eine Menge Zwiebeln gegessen haben, und Kevron konnte sich nur damit trösten, dass sich sein eigener ungewaschener Scheitel direkt unter der gegnerischen Nase befand.

Tymur schüttelte belustigt den Kopf. »Du müsstest dein Gesicht sehen, Kev! Unbezahlbar! Was hast du erwartet, wo ich dich hinbringen würde? In ein feines Gasthaus, wo du drei Tage lang verhätschelt wirst?« Kevron konnte ihn nur anstarren, sprachlos. »Dann läufst du mir spätestens am zweiten Abend doch in die nächste Spelunke und lässt dich vollaufen. Hier wird dir das nicht passieren.«

»So haben wir nicht gewettet«, würgte Kevron hervor. Ihm war übel, schon von der Art, wie die Wache ihm den Ellbogen in die Magengrube drückte, aber vor allem vor Angst um sein nacktes Leben. War es nicht lachhaft, dass ihm, der sich vier Jahre lang aus feiger Vorsicht nicht vor die Tür getraut hatte, ausgerechnet der eine Moment, in dem er einem anderen Menschen vertraute, das Genick brechen sollte?

»Komm, du wirst es überstehen.« Tymur legte die Hände hinter dem Rücken zusammen und nickte Kevron noch einmal zu, ehe er sich in Richtung Ausgang wandte. »Es ist nur für drei Tage. Drei Tage, in denen ich nicht in deiner Haut stecken möchte, aber dann hast du es hinter dir. Was denkst du von mir? Dass ich dich bis ans Ende deiner Tage einkerkern lasse?« Tymur schien sich kaum etwas Amüsanteres vorstellen zu können. »Und ihr, hört ihr«, sagte er dann zu den Gardisten, »spielt nicht zu grob mit ihm. Nur, weil er jetzt kaum stehen kann, heißt das nicht, dass ich ihn in drei Tagen mit gebrochenen Knochen vom Boden kratzen möchte. Steckt ihn in eine Zelle und lasst es ihm gutgehen – ihm, nicht euch. Habt ihr mich verstanden?«

Dann war er fort, und Kevron konnte nur noch sich selbst verfluchen. Er hoffte, dass er bald zumindest einen Schluck Wasser bekam, und dass der Prinz wirklich nach drei Tagen wiederkommen würde. Und das nächste Mal, wenn ein Königssohn ihn anstrahlen und ihm befehlen würde, mitzukommen, würde Kevron zumindest fragen: »Wohin?«.

Als nach drei zu langen Tagen tatsächlich seine Zelle aufgesperrt wurde und kein anderer als der Prinz in der Tür stand, wunderte das Kevron mehr, als wenn es der Henker persönlich gewesen wäre. Tymur blieb auf der Schwelle stehen, dass die Fackel hinter ihm an der Wand seine schwarze Silhouette mit einem goldenen Schein umgab und nichts von seinem Gesicht zu sehen war, und doch konnte Kevron den Blick fühlen, den Tymur über jeden einzelnen Strohhalm gleiten ließ und wohl für wertvoller hielt als die Männer, die zwischen ihnen am Boden hockten.

»Ich freue mich, eure Bekanntschaft zu machen«, sagte er mit sanftem Nicken. »Ich kann leider nur einen von euch brauchen, ihr anderen dürft eure Leben behalten.«

Kevron stolperte auf die Füße und wusste, er stand kein Stück sicherer auf den Beinen als bei ihrer letzten Begegnung. Die beiden anderen Männer blieben sitzen, als ob ihnen ohnehin alles egal war: Wahrscheinlich verstanden sie nicht, wer dieser Mann war – Kevron hatte tunlichst darauf verzichtet, ihnen zu erzählen, dass ihn ein Prinz persönlich dort abgeliefert hatte, damit sie nicht auf die Idee kamen, er wollte sich aufspielen oder sehnte sich nach einer Tracht Prügel – und solange Tymur ihnen jetzt nicht selbst erklärte, dass er ein Prinz war und eine ganz vortreffliche Geisel abgeben würde, war Kevron der Letzte, der ihn verpfeifen würde. So nickte er Amir und Traved nur ein letztes Mal zu. »Wünscht mir Glück. Wir sehen uns draußen.«

Er konnte froh sein. Die beiden hatten ihn in Frieden gelassen, anständige Kerle oder zumindest auch nichts Schlimmeres, als was man in der Diebesgilde traf. Aber Kevron war trotzdem heilfroh, wieder rauszukommen. Nicht ihretwegen. Nicht wegen des Kerkermeisters, wegen des angeschimmelten Brotes oder wegen der Eisengitter. Nur seiner selbst wegen. Und ehe er wieder auf der Straße stand, im Freien, allein, würde Kevron nicht glauben, dass er es wirklich hinter sich hatte.

Amir grunzte etwas Unverständliches. Traved schlief wohl, der Glückliche. Der war einfach nur froh, hier unten ein Dach über dem Kopf zu haben und vom Galgen verschont worden zu sein. Sollten sie ruhig glauben, dass Kevron ihnen nur als Trunkenbold zur Ausnüchterung Gesellschaft geleistet hatte. Je weniger sie über ihn wussten, desto besser. Aber wenn Kevron sonst auch überall Mörder sah, die nichts anderes im Sinn hatten, als ihn das Schicksal seines Bruders teilen zu lassen, war er hier tatsächlich drei Tage lang in Sicherheit gewesen. Draußen hingegen …

Mit wackligen Knien stolperte er aus der Zelle und war doch

froh, als ihre Tür hinter ihm wieder zugezogen und der Riegel vor-
gelegt wurde. »Danke«, brachte er hervor, unfähig, dem Prinzen
ins Gesicht zu sehen.

Tymur schob ihn auf Armeslänge von sich, drehte Kevron nach
links und rechts und schnalzte mit der Zunge, als ob ihm gefiel,
was er sah. »Kev Kaltnadel«, sagte er neckend, »ich sehe, unsere
Gastfreundschaft hat dir gutgetan.«

Kevron zuckte die Schultern. Er hatte keine Ahnung, wie er
aussah, und wollte es auch gar nicht wissen. So hatte er eine ge-
wisse Vorstellung von Augenringen, wusste, wie lang seine letzte
Rasur zurücklag, und nach drei schlaflosen Nächten in muffigem
Stroh roch er sicherlich nochmal schlechter als zuvor schon.

»Was machen die Hände?«, fragte Tymur. »Geht es besser?«
Jetzt klang er mitleidig, fast mitfühlend, aber Kevron fiel darauf
nicht rein. Er verdankte Tymur drei Tage Zittern, und das nicht
mal, weil es so schwer gewesen wäre, drei Tage ohne Alkohol auszuhalten, sondern weil er in der Zelle nichts hatte tun können als
denken, denken und denken – und Kevron wusste, warum er das
normalerweise vermied.

Er hielt den Mund, streckte nur brav die Finger aus, zwang sie,
stillzuhalten: bloß nicht riskieren, dass Tymur ihn nochmal drei
Tage hier zurückließ! Von seiner früheren Form war er weit entfernt, aber früher war er auch einmal richtig, richtig, richtig gut
gewesen. Vielleicht war er immer noch gut. Hing davon ab, wofür
der Hof einen Fälscher brauchte …

»Ich habe eine gute Nachricht«, redete Tymur weiter. »Es ist an
der Zeit, diesen unschönen Ort zu verlassen. Auf dich wartet Arbeit, oben bei mir auf der Burg, aber da wir dort meinem Vater
über den Weg laufen werden, will ich dir zumindest eine anständige Mahlzeit und warmes Wasser zum Waschen nicht vorenthal-
ten, es sollte in unser aller Interesse sein, wieder einen richtigen
Menschen aus dir zu machen.«

Kevron erwiderte nichts, während er hinter ihm hertrottete. Draußen lag der Marktplatz im Sonnenschein, diesmal voller Menschen und Marktstände, und ansonsten war die Stadt die gleiche wie sonst auch – bis auf eines. Kevron konnte sich bewegen, ohne vor jedem Schatten Angst zu haben. Vielleicht hatten sich die Tage hinter Gittern doch gelohnt. Vielleicht lag es auch nur daran, dass Kevron überhaupt nicht dazu kam, sich zu fürchten – sein ganzer Verstand kreiste nur um das Rätsel, das Tymur war. Der Prinz mochte munter plaudern, als ob sie einander schon seit Jahren kannten, aber das Vertrauen war nur aufgesetzt, und sie wussten es beide. Nur worum es wirklich ging …

»Ich war noch mal bei dir zuhause und habe dir etwas Frisches zum Anziehen geholt – gut, es war nicht frisch, aber ich habe die Sachen waschen lassen.« Tymur lachte. »Damit sollte dir besser gedient sein, als wenn ich dich jetzt zu einem Schneider schleife und du am Ende mit einer Garnitur dastehst, in der du dich nicht richtig bewegen kannst – es geht doch nichts über gut eingetragene Sachen, selbst wenn ihnen der vertraute Geruch fehlen sollte …«

Kevron blieb keine Wahl, als mitzuspielen. In die Zelle wollte er nicht zurück, er hatte Hunger, und nach einem Bad sehnte er sich seit Tagen – und nichts davon gab es ohne den Prinzen.

»Ich sehe, du sagst nicht viel.« Wunderte Tymur das? »Soll mir das jetzt zeigen, wie verschwiegen du bist, oder weißt du mir einfach nichts entgegenzusetzen? Wirklich, du kannst reden, wie dir der Schnabel gewachsen ist, es muss nicht höflich sein und nicht höfisch, ich kann mich mit allen möglichen Leuten unterhalten, nur wenn mich einer unentwegt anschweigt, gefällt mir das nicht – wenn wir zwei ein Geheimnis miteinander haben, bin nicht ich derjenige, dem du es verschweigen musst.«

Er schlängelte sich zwischen den Marktständen hindurch, ohne auch nur mit einem der Besucher zusammenzustoßen – weniger wegen der selbstverständlichen Anmut, mit der er sich bewegte, sondern weil sogar Menschen, die ihm den Rücken zukehrten, instinktiv vor ihm zurückwichen. Kevron versuchte, in seinem Kielwasser hinterherzuschlüpfen, und bekam doch all die Füße und Ellbogen ab von Leuten, die nach Durchmarsch des Prinzen auf ihren alten Platz zurückrutschten.

»Was soll ich sagen?«, fragte Kevron zurück. »Ich habe keine Ahnung, was los ist, worum es geht, warum sich plötzlich der Hof für mich interessiert – das hat er früher auch nie getan, und jetzt habe ich euch weniger Anlass dafür gegeben als überhaupt jemals ...«

»Es ist dir also unheimlich?«, fragte Tymur fast freudig.

Kevron schüttelte den Kopf – unheimlich war das falsche Wort. »Ich weiß nur nicht, wohin du mich diesmal bringst«, antwortete er. »Und ich trau mich fast nicht zu fragen.« Zur Burg hätten sie da hinten rechts gehen müssen ...

Tymur lachte. »Was hättest du denn gerne? Bekomme ich dich in ein Badehaus, ohne dich vorher niederschlagen zu müssen? Oder möchtest du erst etwas essen?«

Bevor Kevron etwas sagen konnte, verriet sich sein knurrender Magen schon von selbst.

»Hätte ich mir denken können.« Tymur lachte. »So, wie du aussiehst, kann ich mich nicht mit dir sehen lassen, aber ich habe dir etwas mitgebracht.« Er hielt plötzlich einen Apfel in der Hand, ohne dass Kevron sagen konnte, wo er den auf einmal herhatte. Es konnte Kevron egal sein. Er fing die Frucht auf, die Tymur ihm beiläufig hinwarf, und schlug hungrig die Zähne hinein. Das Brot im Gefängnis hatte er nicht anrühren mögen, doch der Apfel war gelb und saftig, das Gefühl, wie der säuerliche Saft ihm übers Kinn rann, himmlisch.

»Ich sehe, du machst in der Tat Fortschritte«, sagte Tymur amüsiert. »Du hast überhaupt nicht gefragt, ob der Apfel vergiftet ist.«

Der Bissen blieb Kevron im Hals stecken. Hustend und röchelnd schaffte Kevron es, sich wieder zu fangen. Er war froh um den Apfel, weil er mit vollem Mund nicht sprechen musste, und noch froher, als sie die Badestube erreichten. Kevron konnte gar nicht beschreiben, wie sehr er sich nach einem Bad sehnte, weniger um den Dreck als vielmehr die Sorgen der Vergangenheit abwaschen zu können. Was immer er über Tymur denken mochte, der Prinz gab ihm die Chance für einen Neuanfang – und wenn das zu viel verlangt war, zumindest die Chance für sein erstes Bad seit Wochen sollte Kevron nutzen.

»Wie ist es?«, fragte Tymur. »Soll ich mit hineinkommen und dir zeigen, wozu ein Stück Seife da ist?«

Diesmal gelang es Kevron, das Lachen zu erwidern – zumindest ein bisschen. »Ich denke, das schaffe ich noch«, sagte er. »Nur weil ich zuletzt kein Geld fürs Badehaus hatte …« Er brach ab, bevor Tymur ihn darauf hinweisen konnte, dass es für Wein ja offenbar noch gereicht hatte. »Ich bade jedenfalls lieber allein.«

Tymur lächelte – er schien kaum jemals etwas anderes zu tun. Lächeln war eine gute Maske, und man musste kein Künstler sein, um eines zu fälschen. »Wenn ich dir nur trauen könnte … Ich mag die Vorstellung nicht, dass du mir davonläufst und am Ende durch das Stadttor und über alle Berge bist –«

»Ich bade nackt«, antwortete Kevron knapp. »Wenn Ihr … wenn du mir nicht traust, bewach lieber meine Kleider als mich. Es ist wahrscheinlicher, dass sie sich ohne mich aus dem Staub machen als ich mich ohne sie.«

Tymur lachte. »So sollte es gehen, und deine Kleider waren lang genug in meinem Besitz, um an meinen Anblick gewöhnt zu sein. Ich denke nicht, dass sie noch Angst vor mir haben – wie das hingegen mit dir aussieht, musst du selbst wissen. Ich kann dich nicht zwingen, mich zu mögen, aber ich würde mich freuen, wenn du mir zumindest trauen würdest.«

Doch da erwischte er Kevron an seinem wundesten Punkt. »Mögen vielleicht«, sagte er, und selbst das war gerade fraglich, »nur trauen kann ich so schnell niemandem.«

Tymurs nächster Blick war lang und durchdringend. »Damit eines klar ist«, sagte er, sehr leise und sehr kalt, »mich interessiert nicht, was du durchgemacht hast. Ich weiß, was mit deinem Bruder geschehen ist – aber er war nicht mein Bruder, ich habe mehr als genug eigene, und deiner ist tot und begraben. Ich mag kein Gewinsel mehr hören, und wenn du denkst, dass hinter jeder Ecke und mir am allermeisten der nächste Mörder auf dich lauert, nimmst du dich zu wichtig. Hast du verstanden?«

Kevron atmete tief durch. Dann nickte er. »Ich … ich bin dann mal baden.«

Wenigstens hielt der Prinz Wort und ließ Kevron alleine baden, oder zumindest so allein, wie das in einer öffentlichen Badestube möglich war. Kevron hatte lieber ein halbes Dutzend fremde Leute um sich, denen er egal war und die nackt waren wie er, als sich von diesem einen beobachten zu lassen. Er schloss die Augen und lehnte sich in seinem Zuber gerade so weit zurück, dass ihm nicht das Wasser in die Nasenlöcher lief.

Diese ruhige Wärme wollte er auskosten. Das Wasser in seinen Ohren dämpfte die Welt um ihn herum und hielt sie fern, nur ein bisschen heißer hätte es sein können, der Schüttelfrost der vergangenen Tage saß Kevron noch in den Knochen. So stolz Kevron auch auf sich war, so lange durchgehalten zu haben, hätte er doch viel für einen Becher Wein gegeben. Wenn Tymur gleich sein Versprechen wahrmachte, Kevron noch eine anständige Mahlzeit zu spendieren … So nüchtern wie jetzt war er drei Jahre lang nicht gewesen, und die warme Seifenlauge spülte die letzten Reste des vertrauten Giftes aus seinem Körper.

Kevron blieb länger liegen, als es gesund sein konnte. Selbst als das Wasser um ihn herum längst abgekühlt war, mochte er nicht wieder aufstehen. Er ignorierte mehrere Versuche des Bademeisters, ihn mit Räuspern aufzustören, und tat so, als sei er tief und fest eingeschlafen – und was für eine schöne Vorstellung war das, endlich wieder richtig schlafen zu können! Doch er schlief nicht, und er konnte auch nicht ewig so liegen bleiben. Endlich stieg er aus dem Zuber, blickte an sich hinunter, auf die Gänsehaut, die jedes Haar auf seinem Körper abstehen ließ wie den Flaum einer Pusteblume, und auf den Menschen darunter, sauber, blass und nur noch ein Schatten von dem, der er vor ein paar Jahren noch gewesen war, ein leeres Blatt, bereit, neu beschrieben zu werden.

»Ich habe Euch noch nicht rasiert«, sagte der Bademeister und wunderte sich wohl nicht schlecht über den entsetzten Sprung, mit dem sein Kunde halb über den Zuber stolperte.

Erst nach einem Moment hastigen Kopfschüttelns hatte Kevron die Sprache wiedergefunden. »Ich brauche keine Rasur.« Wie um sich selbst Lügen zu strafen, fuhr er sich mit der Hand übers Kinn – die Stoppeln waren noch weich vom Wasser, aber lang genug, um als so etwas wie ein Bart durchzugehen. Sein eigenes Aussehen war Kevron ziemlich egal, doch wenn ihm ein Messer an den Hals kam, und wenn es nur ein Rasiermesser war, wollte er das selbst führen. Die Vorstellung, dazuliegen, hilflos, den Kopf im Nacken, die blanke Kehle einer scharfen Klinge dargeboten … »Danke für das Angebot«, setzte er schnell hinterher.

»Wie Ihr wünscht«, antwortete der Bader. »Ich habe den Auftrag, Euch sauber und manierlich herzurichten, aber letzten Endes habt Ihr das selbst zu entscheiden, und Prinz Tymur, natürlich.« Er zuckte die Schultern und reichte Kevron ein großes, weiches Tuch, damit er sich trocknen konnte. »Hier, diese Kleider wurden für Euch zurückgelegt. Wünscht Ihr Kamm und Spiegel?«

Kevron nahm mit gespieltem Dank an und fürchtete doch den Anblick, der ihn erwartete. Aber das Bad hatte ihm gutgetan,

seine sonst fahlen Wangen waren so rosig, dass er fast lebendig
aussah und fast gesund. Sein Gesicht, das er entweder eingefallen
oder aufgedunsen erwartet hatte, war weder das eine noch das
andere, seine Augen immer noch blau, natürlich, und dabei erfreulich klar. Kevron zuckte mit den Schultern, gab Kamm und
Spiegel zurück und ließ die Haare unordentlich wie sie waren, so
passten sie besser zu dem, was einmal ein Bart werden wollte, und
ließen das nach Absicht aussehen, was aus der Not geboren war.
Er musste nicht schön sein, wenn es um sein Handwerk ging, und
wollte lieber nicht riskieren, dass Tymur in seiner Eitelkeit gekränkt wurde, wenn er nicht mehr der Bestaussehende weit und
breit war – es war schon Jahre her, dass jemand Kevron ein gut-
aussehendes Kerlchen genannt hatte und auch schon damals nicht
freundlich gemeint, aber es war immer noch besser, sich an so etwas zu erinnern, als daran, wessen Gesicht ihn da noch aus dem
Spiegel anschaute. In dem Moment, in dem Kevron wieder jung
aussah, nicht wie ein verbrauchtes, versoffenes Wrack, war es wieder Kays Gesicht ebenso wie sein eigenes. Und er hatte die letzten
Tage über schon zu viel an Kay gedacht. Doch in diesem Moment
machte es ihm nicht mehr viel aus. Und das war das beste Zeichen
dafür, dass es vielleicht wirklich an der Zeit war für einen Neuanfang.

»Kev, schau an«, hörte er eine schon längst vertraute Stimme
hinter sich und fuhr herum. Hatte Tymur ihm nicht versprochen,
draußen zu warten? Aber hier stand der Prinz, strahlte ihn an und
schien im Leben nichts interessanter zu finden als einen Mann,
der gerade frisch aus dem Zuber kam. Hastig stieg Kevron in seine
Kleider und versuchte, dem Prinzen möglichst viel von seinem
Rücken und gleichzeitig möglichst wenig von seinem Hintern zu-
zukehren und die Vorderseite erst recht nicht. »Was so ein bisschen Wasser ausmachen kann – da muss ich ja fast vermuten, du
wärst doch über den Hofausgang geflohen und hättest mir statt-

dessen einen anderen rausgeschickt, aber ich will gerne glauben, dass du es wirklich bist.«

Langsam lernte Kevron, Tymur einfach zu überhören, ohne dabei seine Wachsamkeit aufzugeben. So schüttelte er nur den Kopf, dass ihm das Wasser aus den feuchten Haaren tropfte, und sagte: »Es ist nicht so, dass ich mich nie gewaschen hätte, aber die letzten Tage über war eine Gittertür zwischen mir und der nächsten Wasserschüssel.« Es sollte unbestimmt fröhlich klingen und kam dann doch anklagender heraus als beabsichtigt. Kevron wollte seine alten Sachen aufrollen und mitnehmen, aber er sah sie nirgendwo mehr. Er konnte nur hoffen, dass der Bader sie nicht ins Feuer geworfen hatte: Auch wenn Kevron jetzt eine Garnitur frischer Kleider anhatte – früher oder später würden die aussehen und riechen wie die alten, wenn Kevron nichts mehr zum Wechseln hatte. Doch er beschwerte sich nicht und folgte Tymur auf die Straße. Der Apfel war lange her, und Kevron hatte mehr Hunger als alles andere.

»Wie auch immer«, sagte Tymur. »Wenn man dich jetzt mit mir sehen sollte, wird dich zumindest niemand erkennen, und das ist mir ganz lieb – ich kann mich im Moment nur in Andeutungen ergehen, aber die Angelegenheit, in der ich dich sprechen will, ist äußerst dringlich … Ich habe dein Wort, dass du schweigen wirst wie ein Grab?«

Kevron schüttelte sich bei der Leichtigkeit, mit der Tymur von Gräbern sprach. »Du hast mein Wort«, antwortete er dumpf. »Aber halten kann ich das nur, solange ich lebe. Habe ich dein Wort, dass ich nicht irgendwo mit einem Messer zwischen den Rippen ende?«

Tymur schüttelte den Kopf. »Über dein Ende kann ich nichts sagen, das mag noch eine Weile hin sein, und bis dahin kann viel passieren.« Er schien das witzig zu finden – Kevron tat das nicht.

»Es ist mir ernst«, sagte er. »Du sagst, es ist wichtig und geheim – ich will nicht als gefährlicher Mitwisser eingestuft werden, den du oder deine Familie lieber tot sehen wollen, als zu riskieren, dass ich etwas ausplaudere.« Die Straße, die sie entlanggingen, mitten in der Stadt und am Markttag alles andere als menschenverlassen, war nicht der richtige Ort für so eine Art von Unterhaltung, aber das war Kevron in dem Moment egal. »Ich hänge an meinem Leben, und ich will es behalten, sonst sage ich Danke für Apfel, Bad und Auslösung meiner Schulden und gehe meines Weges. Und ich will dein Wort darauf. Das ist meine Bedingung.«

»Ich denke, du traust meinem Wort nicht?«, fragte Tymur lachend, und dann blieb er stehen. »Du hast es in der Hand«, sagte er sehr, sehr leise. »Wenn du dich in Spelunken herumtreibst, dem nächstbesten Fremden dein Herz ausschüttest und selbst nicht mehr weißt, was du mit schwerer Zunge ausplauderst – was erwartest du dann von uns?«

Kevron schluckte. Es gab Dinge, die konnte er nicht versprechen, und für den Prinzen galt das Gleiche. Keine gute Grundlage für einen Vertrag. »Es gibt noch andere von meiner Zunft«, sagte er, »und die können genauso gut sein wie ich.«

»Ich will dich«, antwortete Tymur. »Und du weißt jetzt schon zu viel. Allein, dass wir einen Fälscher brauchen ...« Er seufzte. »Ich kann es dir nicht erklären«, murmelte er, und zum ersten Mal klang er wie ein normaler Mensch, nicht wie ein hohler Plauderer oder ein verkappter Mörder. »Nicht hier, nicht jetzt. Aber es ist ... etwas vorgefallen. Und jetzt haben wir ein Problem. Du. Ich. Wir alle.«

ZWEITES KAPITEL

Es gab eine Legende, die erzählte von der Erschaffung der Steinernen Wächter, und wie alle tausend Jahre alten Geschichten mochte sie ebenso gut wahr sein. Zugetragen hatte sie sich an genau diesem Ort, in der Krypta tief im Berg unter der Burg des Dämons La-Esh-Amon-Ri, der nun endlich tot war, gebannt in eine Schriftrolle, gemacht aus seiner eigenen Haut, beschrieben mit Runen aus seinem eigenen Blut, gehalten durch ein Siegel aus seinem eigenen Namen. Es war ein harter Sieg und ein verlustreicher, und von den Gefährten war niemand mehr am Leben außer Damar und der Zauberin Ililiané. Aber Ililiané war geschwächt durch das mächtige Ritual, und Damar konnte keinem Menschen mehr trauen. So oft hatte er den Dämon erschlagen müssen, erst in dessen eigener Gestalt, dann in der von Damars Freunden, die nicht stark genug gewesen waren und den Dämon in ihre Körper gelassen hatten, dass nur noch der Tod selbst sie retten konnte …

Nie wieder wollte Damar einen Dämonen töten müssen, und nie wieder einen Freund. Er atmete tief durch, dann sagte er zu der Zauberin: »Wir dürfen nicht zulassen, dass der Unaussprechliche jemals wieder in Freiheit gelangt, und diese Rolle soll ihn halten für alle Ewigkeit.«

»Das wird sie«, sprach Ililiané. »Niemals wird La-Esh-Amon-Ri dieses Siegel brechen können.«

Doch Damar schüttelte den Kopf. »Ich spreche nicht von dem Dämon. Ich spreche von Menschen, dummen, gierigen Menschen, die sich verlocken lassen von der Aussicht auf ein bisschen Macht oder ein wenig Ruhm oder viel von beidem, und die versuchen werden, den Unaussprechlichen freizulassen, auf dass er ihnen vor Dank alle Wünsche erfüllen möge. Solche Menschen muss man mehr fürchten als jeden Feind der Welt.«

»Du wirst diese Schriftrolle bewachen«, sagte Ililiané, »und ich zweifle nicht daran, dass du deine Aufgabe gut erfüllen wirst, mit so viel Mut und Hingabe, wie du heute bewiesen hast. Niemand wird jemals Unheil anrichten können mit dem, was du behütest.«

»Aber ich bin ein Mensch«, entgegnete Damar, »und ich werde nicht für immer leben.« So jung er auch war, fühlte er doch den Zahn des Alters an ihm nagen, seit ihn das Schwert des Dämons verletzt hatte, und tatsächlich sollte er von da an dreimal schneller altern als ein gewöhnlicher Mensch und eines raschen Todes sterben, grau und ausgezehrt wie der älteste Greis lange vor seiner Zeit. »Nach mir sollen meine Kinder die Rolle bewachen, aber das genügt nicht, wir sind alle sterblich, und wer weiß schon, ob nicht meine eigenen Kinder und Kindeskinder selbst den Verlockungen anheimfallen werden? Jeder Mensch ist in Gefahr, solange die Schriftrolle besteht.«

Ililiané nickte. »Ich muss bald gehen«, sagte sie, »und heimkehren in mein Land, aus dem du mich herbeigerufen hast. Aber einen letzten Gefallen werde ich dir tun.« Sie breitete ihre Hände aus und durchschritt das Gewölbe. Neun schlanke steinerne Säulen standen dort, eine auf jedem Zacken des Sternes, der für immer in den Boden eingelassen war. Ililiané berührte sie eine nach der anderen und sprach dabei mächtige Worte: Es waren Namen, die dem Gestein Leben einhauchten und ihm Menschengestalt gaben, und bald begannen die so erschaffenen Krieger sich zu regen, ganz als wären sie echte Männer.

»Hört mir zu, ihr Steinernen Wächter«, sprach die Zauberin. »Ihr werdet von nun an über diese Schriftrolle wachen, die so mächtig ist und so gefährlich, dass sie niemals einem Sterblichen in die Hände gelangen darf. Ihr werdet sie bewachen mit dem Leben, das ich euch gegeben habe, und wie das Gestein, aus dem ihr gemacht seid, sollt ihr unempfänglich sein für alle Verlockungen und Versuchungen, ob sie nun aus dem Munde eines Menschen kommen oder eines Dämons. Euer Reich soll hier sein, tief unter dem Berg. Mit euren Klingen aus Stahl und euren Herzen aus Stein sollt ihr über diesen Ort wachen und über die Schriftrolle bis an das Ende aller Tage.«

Dann verschwand sie, manche sagen, weil ihre letzte Kraft aufgebraucht war und ihr Leben verwirkt, andere, weil es sie zurücksehnte in ihre neblige Heimat, aber eines war wie das andere, sie wurde niemals wieder unter den Menschen gesehen. Die Steinernen Wächter blieben zurück, und als Damar sich daran machte, das Land, das er so sehr liebte, mit seinen eigenen Händen wieder aufzubauen, konnte er beruhigt sein, dass bei Tag und bei Nacht unerschütterliche Wächter bereitstanden, um die Schriftrolle zu bewachen.

Aber wo die Steinernen Wächter einstmals wirklich aus Stein waren, lebten sie nun, und wie alle Menschen, auch wenn sie hart waren und jeder Versuchung widerstehen konnten, waren sie doch nicht gefeit gegen Alter und Tod. Damar selbst erlebte es nicht mehr, aber seine Kinder sahen mit Schrecken, wie sich ein Wächter nach dem anderen zum Sterben legte, und es gab keine Zauberin, die es mit Ililiané hätte aufnehmen und neue Steinerne erschaffen können. Und so machten sich Damars Kinder auf die Suche nach Menschen, die ihnen geeignet erschienen, das Erbe der Steinernen anzutreten, stark, verlässlich, treu, und in ihren Herzen so unerschütterlich, als wären sie selbst aus Stein gehauen.

Sie ließen sie bei dem letzten wahren Steinernen lernen, damit sie die Wege des Steins verstehen, leben, atmen konnten, und wirklich waren sie bald nicht mehr von jenen Wächtern zu unterscheiden, die Ililiané selbst erschaffen hatte. Mit jeder Generation kamen neue Wächter hinzu, die von den alten unterwiesen wurden, um für immer ihren Dienst zu tun im Berg unter der Burg Neraval.

Ein eingeschworener Bund waren sie, jetzt wie vor tausend Jahren, und das mussten sie auch sein. Wer einmal die Auswahl überstanden hatte, die harten Prüfungen und die bohrenden Fragen, der war fortan ein Steinerner unter Steinernen, lebte mit ihnen Tag und Nacht und hatte kaum jemals wieder mit anderen Menschen zu tun. Diener brachten ihnen Nahrung, und bis auf den König, der kam, um nach dem Rechten zu sehen, verirrte sich nur selten ein anderes Mitglied der Familie oder des Hofstaats in die Tiefe.

Die Steinernen waren eine verschwiegene Gemeinschaft. Was einer von ihnen wusste, wussten auch die anderen, und selbst in ihren Gedanken waren sie eins. Aus Stein mussten sie sein, damit nichts sie jemals rührte, und zugleich lebendig, damit sie nicht aus Gleichgültigkeit nachlässig wurden – doch die Schriftrolle musste ihnen wichtiger sein als alles auf der Welt.

Sie waren einander Vater und Mutter, Schwester und Bruder in einem, so zusammengeschmiedet, dass einer für den anderen gestorben wäre und sie alle für das Wohl der Burg, und das, was vor ihrem steinernen Leben lag, mussten sie vergessen. Das geschah nicht von selbst, zuerst mussten sie sich zwingen, aber mit der Zeit wurde es einfacher, und die Erinnerung versteinerte, bis sie nicht mehr schmerzte – all das für keinen Lohn als den, ein Steinerner Wächter zu sein ... Wie viele kleine Jungen gab es, die von nichts anderem sprachen als dem Traum, einmal selbst dazugehören zu dürfen zu dieser mächtigen Gruppe, den Besten der Besten, und die doch keine Ahnung hatten, was sie unter der Burg erwarten sollte.

Aber immer, wenn der Ruf ausging, dass der König einen neuen Wächter suchte, strömten junge Männer aus dem ganzen Land zur Burg Neraval. Ein jeder kam aus seinem eigenen Grund, wollte es sich beweisen oder anderen, nur manchmal war einer darunter, der kam mit nichts als dem Wunsch, sein Land vor den Dämonen zu beschützen. Nur diese Männer waren es, die am Ende die Rüstung und das Schwert tragen durften, das Licht hinter sich lassen und im Schattenreich tief unter dem Berg verschwinden. Und ihnen blieb viel Zeit für die Frage, ob sie die richtige Entscheidung getroffen hatten: Denn die Welt, die sie so glühend verteidigen wollten, sahen sie niemals wieder.

»Ich bin froh, dass ich kein Steinerner Wächter bin.« Tymur schüttelte den Kopf, dass sein Haar Wellen schlug wie Wind auf einem schwarzen See. »Wirklich, ich kann mir im Leben nichts Öderes vorstellen. Wenn ich dir nicht ab und an Gesellschaft leisten würde, wärst du hier unten doch schon längst gestorben vor Langeweile.«

Er saß an seinem üblichen Platz auf der zweituntersten Treppenstufe, die Beine lässig übereinandergeschlagen. Lorcan konnte sich nicht erinnern, dass der Prinz jemals wieder den Boden der Krypta betreten hätte, nicht seit der Tracht Prügel, die Lorcan ihm seinerzeit verpasst hatte, aber trotzdem, er war da, und er kam immer wieder. Lorcans Zeitgefühl war eingerostet, doch es verging keine Woche oder kein Monat, in dem Tymur nicht zu Besuch kam.

Lorcan lachte. »Ein Prinz zu sein stelle ich mir auch ganz schön langweilig vor. Warum solltest du so oft hierher kommen, wenn du etwas Besseres zu tun hättest?«

»Etwas Besseres als dich?« Tymur scherzte, und trotzdem, Lorcan fühlte ein Stechen und war froh, ein Gesicht zu haben, dem man nichts ansehen konnte. »Ach, wenn du wüsstest … Jetzt bin ich Diplomat, aber denkst du, mein Vater würde mich auch nur in unsere Nachbarländer reiten lassen?«

»Du bist immer noch sehr jung«, fing Lorcan an und wusste, er stach in ein Wespennest.

»Jung!«, schnaubte Tymur. »Du solltest mal meine Brüder sehen – als Vjasam so alt war wie ich, ist der schon durch die halbe Welt gereist! Es ist, weil ich ein Schwächling bin, weil ich kein Schwert führe – was will ich mit einem Schwert, wenn ich eine goldene Zunge habe?«

»Mir Gesellschaft leisten«, erwiderte Lorcan. »Goldene Zungen haben wir hier unten sonst keine.«

»Wie auch?« Tymur lachte schon wieder. »Du bist doch der Einzige hier unten, der überhaupt die Zähne auseinanderbekommt. Deine Freunde haben schon Angst, sobald sie mich kommen hören, und verstecken sich, damit sie bloß nichts sagen müssen.« Mit dem Zeigefinger tippte er in den leeren Raum, zeigte auf die Stellen, wo eigentlich ein Steinerner Wächter hätte stehen müssen. »Wo sind die denn alle? Muss ich meinem Vater sagen, dass wir alle Steinernen verloren haben bis auf dich?«

Lorcan versuchte, mit einem Lachen zu überspielen, wie nah Tymur der Wahrheit kam. »Was du immer denkst! Sie sind hinten in unserem Quartier, damit wir einen ungestörten Moment haben.«

Tymur verzog das Gesicht. »Nur weil du mein Freund bist, heißt das nicht, dass ich keine anderen Freunde haben möchte.« Er sah plötzlich wieder sehr jung aus und verloren, der Junge, mit dem die Brüder nicht spielen mochten. »Es verletzt mich, dass sie mich derart meiden.«

»Sie haben recht«, sagte Lorcan ruhig. »Unsere Freundschaft –

die darf nicht sein.« Am liebsten wäre er zu Tymur hingegangen, hätte ihm Trost gespendet, aber er stand auf seinem Posten, da, wo er hingehörte. Es war besser so.

»Weil ich ein Prinz bin?« Tymur gluckste zufrieden. »Ich gebe nichts auf Stände, und ich kann mir aussuchen, wen ich zum Freund will und wen nicht ...« Es musste etwas in Lorcans Gesicht sein, das Tymur schlagartig wieder ernst werden ließ. »Ihr dürft keine Freunde haben? Überhaupt keine?«

Lorcan nickte langsam. »Keine Freunde, keine Bindungen. Wenn du vor mir stehst und bist vom Unaussprechlichen besessen, darf ich nicht zögern, keinen Augenblick.«

Tymur lächelte. »Dann ist es ja gut, dass ich mich nicht besitzen lasse.«

»Es ist mir ernst. Das ist auch der Grund, warum ich dich immer wieder bitten muss, deinem Vater nichts von unserer Freundschaft zu erzählen.« Keine Freunde, keine Familie, nur acht steinerne Brüder.

Jetzt wurden Tymurs Augen schmal. »Das heißt, ich bringe die Schriftrolle in Gefahr? Weil ich hier bin?«

Lorcan seufzte. »Du bist mein Freund. Aber solange du nicht der Freund der anderen Steinernen bist, gibt es keinen Grund zur Sorge.« Es war ein Geheimnis. Eines von zu vielen.

»Ich entscheide trotzdem gerne selbst, wer mein Freund ist und wer nicht.« Es waren Momente wie dieser, in denen man Tymur den Prinzen ansah und nicht auf die Idee kommen konnte, er wäre ein gewöhnlicher Junge. »Was machen sie im Quartier, schlafen? Wenn ich ihnen befehle, herauszukommen, jetzt, sofort, was bekomme ich dann zu sehen?«

»Niemand anderen als mich.« Lorcan lächelte. »Die Steinernen Wächter gehorchen nicht. Keinem Prinzen und noch nicht einmal dem König. Du weißt das.«

Tymur nickte. »Ich weiß. Aber ich befehle doch einfach zu

gern.« Er grinste. »Ich muss wieder hoch, bevor jemand merkt, dass ich weg bin – da schließlich keiner unser Geheimnis wissen darf.«

Seine Stiefel machten kaum ein Geräusch auf der Treppe, als er wieder hinauflief. Lorcan erkannte ihren Klang dennoch, so wie er jeden, der die Treppe benutzte, am Tritt erkannte, aber das war es nicht, was die anderen Steinernen Wächter von ihrem Posten vertrieb, und sie fehlten nicht, um Lorcan Zeit mit Tymur zu geben. Sie fehlten, weil sie sich davongeschlichen hatten, wieder einmal. Lorcan konnte nur hoffen, dass Tymur auf seinem Weg nach oben keinem von ihnen begegnete – aber sie hörten seine Stimme, wenn er unten war, und wussten, dass sie sich zu verbergen hatten. Die Steinernen Wächter hatten mehr als ein Geheimnis. Und jedes von ihnen war eines zu viel …

Tatsächlich kamen Bordan und Kestril zurück, kurz nachdem Tymur verschwunden war. In ihren Bewegungen waren sie nüchtern, aber der leise Hauch von Wein, der sie umgab, verriet, wo sie ihre Zeit verbracht hatten. Damit fehlte nur noch Tedrik, und ihre Wache wäre komplett gewesen, aber Tedrik hatte ein Liebchen irgendwo oben in der Burg und verbrachte dort mehr Zeit, als gut für sie alle war.

»War die kleine Nervensäge wieder da?«, fragte Bordan. Er konnte wirklich nicht mehr ganz nüchtern sein, denn sonst redeten die Steinernen Wächter wenig untereinander und über solche Dinge schon gar nicht.

»Sprich nicht so von ihm. Er ist der Sohn unseres Königs.«

»Und eine Nervensäge.« Bordan grinste sehr unsteinern.

Kestril verzog das Gesicht. »Was du wieder hast, Lorcan – du bist doch nicht etwa verliebt?«

Die Frage traf Lorcan wie ein Tritt in die Magengegend. »Wie kommst du darauf? In wen sollte ich mich hier verlieben, in einen von euch Ochsen vielleicht?«

»Du siehst so aus.« Kestril lachte. »Ich kenne dich doch.«

Lorcan schüttelte den Kopf. »Ich musste nur gerade daran denken … Wenn ich damals geheiratet hätte, eine Familie gegründet, dann wäre mein Sohn jetzt so alt wie Tymur.«

Die beiden anderen lachten. »Richtig, so einer bist du! Hast du Heimweh? Nach zwanzig Jahren?«

Doch es gab kaum etwas im Leben, von dem Lorcan weniger hatte als Heimweh. Es waren genug Männer, die ein gebrochenes Herz dazu trieb, ein Steinerner Wächter zu werden, Männer, die sichergehen wollten, dass sie nie wieder liebten. Lorcan war keiner von ihnen. Aber das machte die Dinge nicht einfacher.

Als sich die beiden anderen zurück auf ihre Posten begaben, stand Lorcan immer noch unverrückbar an seinem Platz, und genauso unverrückbar hatte er Tymurs Gesicht vor Augen, mit dem kecken kleinen Bärtchen, das sich nun endlich Bart nennen durfte und nicht mehr nur Flaum. Tymur war erwachsen geworden, ein schmucker junger Mann, und er ließ Lorcan nicht mehr los.

Lorcan war nicht aus Stein, das war das Problem. Man musste aus Stein sein, um gleichgültig gegenüber diesem Widerspruch zwischen Mythos und Wirklichkeit zu sein. Nach außen hin war Lorcan, wie er zu sein hatte. Er stand an seinem Platz, das Schwert an der Seite, mit regloser Miene und wachem Blick, wann immer Hall und Echo verrieten, dass sich jemand auf der Treppe näherte, ob das nun ein Mensch war oder ein verirrter Hund. Neun Wächter waren sie, von denen vier ständig auf ihrem Posten zu stehen hatten, aber wozu sollte das gut sein?

Die Jahre hatten ihnen gezeigt, dass ein einziger wachsamer Mann mehr erreichen konnte als vier, die vor Langeweile im Stehen schliefen. Wie viel besser war es da, wenn sie scharf im Verstand blieben, und wenn es Würfeln war, womit sie sich die Zeit vertrieben! Sie nahmen ihr Training ernst, jeden Tag, ihre Körper waren gestählt, ihre Schwerter blank, ein jeder von ihnen bereit für den Angriff, der nicht kam, in tausend Jahren nicht. Am Ende lebten sie alle ihre Lügen. Als man ihn zu einem Steinernen Wächter machte, hatte Lorcan sich gefühlt wie ein Betrüger, wie einer, der sich diesen Titel erschlichen hatte, ohne ihn zu verdienen, als hätte er geschummelt, wo es darum ging, dem Locken einer schönen Frau zu widerstehen, weil er sich im Leben für keine Frau, ob schön oder hässlich, interessiert hatte. Vielleicht war er überhaupt erst ein Steinerner Wächter geworden, um sich selbst seine Männlichkeit zu beweisen – doch all die Jahre über hatte Lorcan sich einreden können, dass er der Einzige unter ihnen war, der noch wirklich an das glaubte, wofür er stand, der auf seinem Posten blieb bis zum bitteren Ende. Und der versucht hatte, die anderen zu belehren, ihnen ihre Pflichtvergessenheit vor Augen zu führen, und dabei riskiert, ihre Bruderschaft in Streit zu entzweien. Die Steinernen mochten nicht reden – erst recht nicht über ihre eigenen Verfehlungen.

»Du denkst zu viel«, hatte Bordan gesagt, der Älteste unter ihnen und der Anführer, den sie nicht hatten. »Wir tun hier unsere Pflicht, jeden Tag, das weißt du. Die Schriftrolle könnte nicht sicherer sein. Und was dich angeht – sieh zu, dass du dir Zerstreuung suchst. Du tust dir keinen Gefallen, wenn du dir über solche Nichtigkeiten den Kopf zerbrichst.« Das waren viele Worte für ihn. Eigentlich redeten sie durch ihre Blicke, und Bordans Blick sagte: ›Wehe, du sprichst noch einmal davon!‹

Aber Lorcan war nicht besser als sie, auch wenn er auf seinem Posten stand, wenn es sonst keiner tat, nicht mittrank, wenn einer einen Krug Wein in die Krypta schmuggelte – er war der Einzige unter ihnen, der jemals zugelassen hatte, dass die Schriftrolle in Gefahr geriet, auch wenn die anderen ihn nicht verraten hatten. Und jetzt war er der Schlimmste von ihnen allen. Erpressbar. Korrumpierbar. Verliebt.

Steinerner Wächter war kein Beruf, den man einfach so ergriff, aber noch weniger war es ein Beruf, den man einfach so verlassen konnte. Steinerne Wächter traten nicht zurück. Sie blieben auf ihrem Posten, bis sie starben. Natürlich, es war schon vorgekommen, dass einer zum König ging und sich entlassen ließ – Lorcan erinnerte sich an einen Mann, der sich in eine Dienerin verliebt hatte, die ihnen Essen brachte. Es kam vor, aber es war nichts, worüber man sprach, und danach wurde ihnen das Essen nur noch von Männern gebracht.

Hätte Lorcan sich in einen Diener verliebt, es hätte viel Gerede gegeben und Hohngelächter, aber am Ende hätte Lorcan seinem Gewissen folgen können, zum König gehen und um seine Entlassung bitten. Nur nicht in einen Prinzen. Niemand durfte davon wissen, am allerwenigsten Tymur selbst. Lorcan musste gehen, doch er konnte es nicht. Nicht mit der Wahrheit, jedenfalls.

Drei Anläufe brauchte Lorcan, um sich erwischen zu lassen, drei Versuche, zwischen denen ihm Zeit blieb, seine Entscheidung zu überdenken, und jedes Mal fiel sie ihm leichter. Er war schon wieder auf dem Rückweg, fast an der Treppe nach unten angekommen, und plante bereits den vierten Versuch, als er zwei königlichen Wachen direkt in die Arme lief.

»Halt, stehen geblieben!«, rief der eine Mann, und wo die Steinernen Wächter Schwerter trugen, hatten die Burgwachen Hellebarden, mit denen sie nun Lorcan den Weg versperrten wie einem gemeinen Eindringling. »Wen haben wir denn hier?«

»Ich …« Lorcan erstarrte. Er hatte nie gern gelogen, und er fühlte einen Kloß im Hals, als hätte man ihn wirklich bei etwas Verbotenem erwischt. Natürlich hätte er versuchen können, sich rauszureden, ›Mir war übel, ich musste mal an die frische Luft‹ oder ›Ich dachte, ich hätte etwas gehört und wollte nachsehen‹, oder ›Keine Sorge, es passiert schon nichts‹, aber so …

»Redest wohl nicht mit uns, was? Hältst dich für was Besseres, so als Steinerner Wächter?«

Eigentlich war es unsinnig. Sie hatten beide die gleiche Aufgabe: die Burg Neraval zu verteidigen. Die einen verteidigten sie gegen einen Erzdämon und seine Anhänger, die anderen gegen jeden anderen Feind. Beide mussten sie gut sein, sehr gut sogar, und doch waren sie einander spinnefeind. Die Wachen hatten alle Freiheit, die den Steinernen fehlte; sie konnten gehen, wohin sie wollten, durften Familie haben, Frau und Kinder, und erhielten Geld als Lohn für ihre Arbeit. Alles, was die Steinernen Wächter in die Waagschale werfen konnten, war ihr Ruf, und der war der beste im ganzen Land.

Der andere Mann lachte laut. »Steinerner Wächter? Niemals! Die Steinernen bleiben da, wo sie hingehören. Ich sag dir, einen stinknormalen Eindringling haben wir da erwischt!«

Lorcan straffte sich, schaute ihnen in die Augen statt zu Boden, und sagte ruhig: »Ich bin ein Steinerner Wächter. Ich bin auf dem Rückweg zu meinen Kameraden, und ihr werdet mich passieren lassen.« Sie durften ihm nicht anmerken, dass er mit Absicht in sie hineingelaufen war. »Ich habe nichts mit euch zu schaffen und ihr nicht mit mir. Ihr macht eure Arbeit, ich mache meine.«

»Das sieht aber nicht danach aus«, erwiderte der erste Wachmann feindselig. »Nochmal, was hast du hier zu schaffen? Wenn ein Steinerner seinen Platz verlässt, ist das etwa kein Hochverrat?«

Lorcan schüttelte den Kopf. »Nein, ist es nicht.« Wenn er Pech hatte, ließen sie ihn gleich wieder laufen. Diese beiden Burschen waren jung, zusammengenommen mochten sie so alt sein wie Lorcan, vielleicht leicht zu beeindrucken, vielleicht angeberische Großmäuler. »Und jetzt kommt, regt euch ab, was wollt ihr mit mir machen, mich zu eurem Hauptmann schleifen?« Er versuchte sich an einem Grinsen, das er zu lange nicht mehr gebraucht hatte.

»Das wär vielleicht keine schlechte Idee«, sagte der etwas Jüngere der beiden. Sein Gesicht war rosig und pausbackig und seltsam verwundbar unter dem Topfhelm. Sie schienen Männer aus einem anderen Jahrhundert zu sein oder einer anderen Welt – die Helme der Steinernen Wächter waren anders, mit einem unbeweglichen Nasenschutz, den man sich andauernd zurechtbiegen musste, weil er sonst drückte; wenn es nicht zwingend nötig war, verzichteten die Steinernen Wächter auf ihre Helme. Nicht nur Lügen und Geheimnisse waren eine Gefahr für die Steinernen. Auch, dass ihre Ausrüstung sich in tausend Jahren nicht geändert hatte, schwächte sie. Die modernen Rapiere waren leichter und schmaler als die Schwerter der Steinernen Wächter, und dabei konnte man noch froh sein, wenn die Widersacher mit blitzendem Stahl angriffen und nicht gleich mit Magie kamen oder Schießpulver – aber wenn es schon an der Moral haperte, kam es auf die Rüstung auch nicht mehr an.

»Ich denke auch, das ist ein Fall für den Hauptmann«, pflichtete ihm der Ältere bei. »Wenn der sieht, was wir hier gefangen haben, wird er sich freuen!«

Lorcan lachte und hoffte, nicht zu erleichtert dabei auszusehen. »Gefangen! Ihr solltet euch mal hören! Als ob ich der schlimmste alle Feinde wäre und ihr mich heldenhaft überwältigt hättet! Macht euch nicht lächerlich.«

Er wusste nicht, ob das Leben einer Burgwache auch nur einen Deut spannender war als sein eigenes. Wer draußen vor dem Tor Wache stehen durfte, bekam sicher das eine oder andere zu sehen, und erst recht, wer den König begleitete, aber im Burginneren Patrouille zu laufen, musste doch ziemlich langweilig sein. Die Männer sehnten sich nach Aufregung und Abwechslung – stattdessen hatten sie Lorcan bekommen.

»Du bist still! Ganz still! Du redest nur noch, wenn wir dich etwas fragen!«

Die beiden waren bewaffnet, Lorcan nicht. Aber Hellebarden waren im Nahkampf unsinnig, sie sahen zwar eindrucksvoll aus, doch es hatte schon Gründe, dass niemand damit in den Kampf zog. Lorcan kämpfte sein ganzes Leben lang und war sicher besser als diese beiden – aber sollten diese jungen Männer ihr Blut vergießen, nur weil Lorcan zu feige war oder zu ehrenhaft, um die Wahrheit zu sagen? Besser war es, keinen Widerstand zu leisten und die beiden Wachen wie ein braver Gefangener zu ihrem Hauptmann zu begleiten. Vom Hauptmann aus sollte die Sache schon irgendwie beim König landen.

Das Quartier des Hauptmanns war der hinterste Raum der Burgkaserne, und bis sie dort angekommen waren, zogen die drei Männer einen Pulk nach sich von anderen Wachen, die neugierig waren, was es da zu sehen gab, während sich vor dem Eingang der Kaserne, wo sie sich nicht hineinwagten, eine Handvoll Bediensteter versammelt hatten, die Ohren weit aufgesperrt. Normalerweise hätte die Vorstellung an einen Aufruhr Lorcans Nackenhaare gesträubt, aber jetzt hätte es besser nicht kommen können.

Der Hauptmann nickte, als seine Männer Lorcan heranführten. »Ja? Was gibt es?«

Statt die Wachen zu Wort kommen zu lassen, ergriff Lorcan es jetzt selbst. »Lorcan Demirel von den Steinernen Wächtern. Du hast aufmerksame Männer, Hauptmann. Sie sind nur ein wenig zu eifrig.«

Der Hauptmann hinter seinem Schreibtisch blickte an ihm hinauf, mehr als zweifelnd. »Steinerner Wächter, so?«

Lorcan nickte. »Ich war auf dem Rückweg, als deine Männer mich aufgehalten haben, und …«

»Er hatte dort oben nichts verloren!«, unterbrach ihn einer seiner Wärter. »Da haben wir ihn mitgenommen.«

Der Hauptmann ging nicht darauf ein. »Rückweg von wo?«

»Ich wüsste nicht, was dich das anginge«, antwortete Lorcan

fest. Der Köder war geschluckt. »Deiner Männer Eifer in Ehren, aber ich habe mich vor euch nicht zu verantworten.«

Der Hauptmann lachte schallend. »Ablenken willst du, weil meine Männer recht haben – du warst wirklich da, wo du nichts zu suchen hattest. Darf ich raten, du hast ein Mädchen in der Burg.«

»Du darfst nicht raten.« Lorcan blieb tonlos, auch wenn er sich fragte, wie oft er diese Frage wohl noch würde beantworten müssen. »Und ich habe kein Mädchen in der Burg.« Er schluckte. »Und nachdem das geklärt ist, werde ich jetzt gehen.«

»Du bleibst!«, sagte der Hauptmann scharf. »Bevor ich nicht weiß, weswegen du dich herumgetrieben hast an Orten, wo du nichts zu suchen hast, bist du ein Fall für mich, und den König, was das anbelangt. Soll ich ihm einen Boten schicken, oder willst du lieber gleich zu ihm geführt werden?«

Lorcan war kein Steinerner Wächter geworden, weil er so gut mit Worten war, sondern weil er im Zweifelsfall lieber gar nichts sagte – und es war besser, sich daran zu halten, als es mit Lügen zu versuchen. Nur die Wahrheit durfte auf keinen Fall ans Licht kommen, und es war besser, das Thema Liebe gar nicht ins Spiel zu bringen. Er seufzte. »Du willst es wirklich wissen?«

»Ja, natürlich will ich das wissen! Wie sehe ich denn aus?« Der Hauptmann schüttelte ärgerlich den Kopf. Sein Quartier war zu klein, um auf Abstand zu ihm zu gehen – der Berggipfel, auf dem man die Burg Neraval errichtet hatte, bot wenig Platz für ausladende Burganlagen, und so war zwar alles in die Höhe gewachsen, aber immer noch eng, nicht nur in dem ins Gestein gehauenen Reich der Steinernen Wächter. Lorcan hasste es, vertraulich zu werden, erst recht, wenn es gelogen war.

»Also gut«, sagte er und blickte zu Boden, spielte verlegen, damit niemand ihm die Lüge ansehen konnte. »Ich war auf dem Weg in den Weinkeller.«

»In den Weinkeller?« Die Stimme des Hauptmanns wurde schärfer und klang dabei immer noch ungläubig.

Lorcan senkte den Blick noch weiter. »Ja, und es tut mir leid. Es wird nicht wieder vorkommen. Jetzt, wo es raus ist …« Ohnehin war es erstaunlich, dass sich noch nie ein Steinerner Wächter dort hatte erwischen lassen, es kam schließlich oft genug vor. Sie hatten zwar ihren eigenen Brunnen und wurden auch sonst nicht schlecht verpflegt, viel Fleisch, um bei Kräften zu bleiben, aber Alkohol war den Wächtern verboten. Kein Mann, der nicht wirklich aus Stein war, wollte ewig von Brunnenwasser leben. Der Hauptmann sollte das verstehen – die roten Äderchen in seinem Gesicht mochten aus anderem Grund geplatzt sein, aber Lorcan durfte sich seinen Teil zumindest denken.

Der Mann lachte schallend. »So kommt es also ans Licht! In den Weinkeller schleichen sich die feinen Herren Steinerne Wächter, statt das Land zu beschützen! Na, das wird dem König nicht gefallen, das kann ich dir versprechen!«

Lorcan atmete durch. »Willst du ihn wirklich damit belästigen?« Der Hauptmann hatte recht, das würde dem König wirklich nicht gefallen, und wenn es am Ende dazu führte, dass der Weinkeller versperrt wurde oder besser bewacht, hatte Lorcan zumindest noch eine gute Sache bewirken können. Dann grinste er. »Es ist nichts passiert, was man mir zum Vorwurf machen könnte. Der König will Beweise.«

»Betrunken im Dienst …«, fing der Hauptmann an, doch Lorcan ließ ihn nicht weiterkommen.

»Ich bin nicht betrunken«, sagte er. Er hatte überlegt, so zu tun als ob, aber er war ein zu schlechter Schauspieler, und solange er dabei noch nicht einmal nach Wein roch, würde ihm niemand die Maskerade abnehmen. »Ich habe keinen Wein dabei, und ich habe das gerade nur gesagt, damit du aufhörst, nach Dingen zu fragen, die dich nichts angehen. Ich muss zurück auf meinen Posten, und dass ihr mich hier aufhaltet, wird dem König noch viel weniger gefallen – unser aller Sicherheit leidet darunter mehr als unter der kurzen Zeit, die ich von der Krypta entfernt war, bevor deine Schergen mich aufgegriffen haben.« Nein, Freunde würden sie nicht mehr werden, der Hauptmann und er. »Und jetzt werde ich gehen, und ihr kümmert euch um euer eigenes Bier.« Dann wandte er sich zum Gehen.

Der Hauptmann ließ Lorcan tatsächlich ziehen. »Du hast recht«, sagte er. »Ich habe nichts mit dir zu schaffen.« Aber als Lorcan schon halb aus der Tür war und fürchtete, dass alles vergebens gewesen war, setzte der Mann noch einen letzten Satz hinterher. »Lorcan Demirel«, sagte er, um zu zeigen, dass er sich den Namen gemerkt hatte. »Du wirst dich vor dem König verantworten.«

Die folgenden Tage waren gefüllt mit bangem Warten, aber sie wurden Lorcan nicht lang – dafür sorgten schon die anderen Steinernen Wächter, und sie waren ebenso erstaunt wie zornig.

»Das kann doch nicht sein!«, rief Tedrik. »Jeder von uns weiß, wie es hier rein und raus geht, und du schleichst dich ein einziges Mal weg und lässt dich gleich erwischen?«

»Und was willst du überhaupt im Weinkeller? Du trinkst doch sonst auch nichts, und selbst wenn – wir hätten dir etwas mitgebracht.« Bordan ahnte etwas, da war sich Lorcan sicher. Die Steinernen Wächter waren nicht nur im Kampf geschult – sie mussten auch Menschen lesen können, erahnen, wer von ihnen Böses im Schilde führte und wer vielleicht längst von einem Dämon besessen war. Und dieses Misstrauen endete nicht an der Kellertreppe.

Lorcan wies nicht darauf hin, dass es immerhin sein dritter Versuch gewesen war. »Es tut mir leid«, sagte er nur und hoffte, dass sie schnell zum sprachlosen Alltag zurückkehren würden. »Früher oder später musste das ja passieren. Es ist so oft jemand von uns oben – wir können nicht immer Glück haben. Wenn diese Kerle von der Wache sich bloß nicht so wichtig nehmen würden …«

In Wirklichkeit sah Lorcan den Streit ziemlich gelassen. Er wusste, dass ihm ohnehin nicht mehr viel Zeit blieb – es wäre ihm lieber gewesen, sich im Frieden von den anderen zu trennen, die immerhin seine Brüder im Stein waren, aber wenn es jetzt rumste, konnte er auch damit leben.

»Jetzt tu nicht so, als ob es unsere Schuld wäre! Und ehe du uns jetzt alle da reinreitest, sieh zu, wie du da rauskommst.« Endlich hatten die Steinernen Wächter etwas, worüber sie reden konnten, aber das Ergebnis war genauso unerfreulich wie der Anlass. »Beim letzten Mal haben wir dir noch den Rücken freigehalten, jetzt ist es deine Sache.«

Lorcan nickte. »Es war mein Fehler, es ist mein Problem, und ich werde die Konsequenzen tragen.« Er war fast erleichtert über ihre Feindseligkeit. Die Steinernen Wächter waren eine Einheit. Doch Lorcan war kein Teil mehr davon, und das wussten sie alle.

Das Einzige, was Lorcan in diesen Tagen wirklich fürchtete, so sehr, dass es ihm schlaflose Nächte bereitete, war, dass Tymur hinunterkommen könnte. Mit jedem anderen konnte er zurechtkommen, aber Tymur … es war besser, er sah ihn niemals wieder. Lorcan wusste nicht, welche Vorstellung schlimmer war: Tymur enttäuscht zu haben, oder von ihm durchschaut zu werden.

Aber Tymur kam nicht. Zwei Tage dauerte es, bis überhaupt etwas passierte – dann war ein Lärm auf der Treppe, ein Stampfen von vielen Füßen, und der Hall ließ den Staub auf den Stufen tanzen vor Vorfreude, dass endlich einmal Lärm und Bewegung in diese stillen Hallen kommen sollte. Nur die Schriftrolle lag ungerührt und reglos auf ihrem Podest, bereit, auch diesen Aufruhr zu verschlafen wie alles andere.

Die Steinernen Wächter sprangen auf ihre Plätze. Selbst jene, die gerade eine Pause hatten oder schliefen, fuhren hoch und griffen nach ihren Schwertern – an diesem Tag waren sie alle versammelt, niemand hatte es noch gewagt, die Krypta zu verlassen, seit Lorcan den Burgwachen in die Arme gelaufen war. Aber es war nicht die Treppe, auf der ihre anklagenden Blicke lagen. Es war Lorcan.

Wer dort die Treppe hinunterkam, war kein Feind, kein erbitterter Gegner, der es auf die Schriftrolle abgesehen hatte. Es war niemand Geringeres als der König, und er kam nicht allein. Fast war Lorcan erstaunt, dass es doch nur vier Soldaten waren, die den König begleiteten; der Gleichschritt ihrer schweren Stiefel hatte ein Dutzend Männer ankündigen wollen, doch was ihnen an Menge fehlte, machten sie mit grimmiger Entschlossenheit wett – sie erwarteten keinen Widerstand, nicht von den Steinernen Wächtern, doch ihre Waffen blitzten wie ihre Rüstungen, und sie trugen beides nicht zur Zierde.

Der König selbst war in vollem Ornat erschienen, mit der fünfsternigen Krone auf dem Kopf, die auch Lorcan sonst nur von Gemälden kannte. Dies war kein freundliches Nach-dem-Rechten-Schauen. Lorcan trat vor und bedeutete seinen Brüdern, sich zurückzuhalten, aber was erwartete er? Dass auch nur einer von ihnen versuchen würde, ihn zu verteidigen?

»Wer von Euch ist Lorcan Demirel?«, fragte der König, und das war bezeichnend – sie waren nur zu neunt, die meisten von ihnen seit vielen, vielen Jahren im Dienst der Krone, und doch kannte der König keinen Namen. Einmal im Jahr schaute er vorbei, oder seltener. Er sah nach, ob sie auch wirklich noch zu neunt waren und alle bei guter Gesundheit, warf noch einen Blick auf die Schriftrolle, aus sicherem Abstand, ehrfurchtsvoll wie jeder Mensch, wenn es um einen Erzdämon ging, und war wieder fort. Er kam allein, wenn er kam, selbst seine Leibwachen, die ihn sonst sicher nie aus den Augen ließen, mussten am oberen Ende der

Treppe warten, um nur ja nicht dem Einfluss der Schriftrolle ausgesetzt zu werden, und noch nicht einmal von seinem Recht, mit der Rolle allein gelassen zu werden – als einziger Mensch auf der Welt –, machte er Gebrauch und wusste wohl warum. Aber hier stand der König, umringt von seinen Wachen, und er kam nicht wegen der Schriftrolle.

So ähnlich er Tymur auf den ersten Blick sehen mochte, eine würdevollere, ältere, stattlichere Version seines Sohnes, so wenig schienen sich ihre Wesen zu gleichen: Nichts an Seiner Majestät wirkte auch nur im Entferntesten sanft oder freundlich; ein Gewitter, in Brokat und Hermelin gezwungen, hätte nicht zorniger blicken können, und die Zacken der Krone schossen wie Blitze über seinem ergrauenden Haar hervor. »Ich sagte, wer von Euch ist Lorcan Demirel?«, fragte der König, lauter, und Lorcan trat einen weiteren Schritt vor.

»Das bin ich.«

»Kommt mit«, sagte der König knapp. »Und Euer Schwert, das lasst hier.« In dem Moment verstand Lorcan zum ersten Mal, dass er für seine vermeintlichen Verfehlungen nicht auf der Straße landen konnte – sondern hinter Gittern, wenn nicht gleich auf dem Block. Es war noch nie ein Steinerner Wächter hingerichtet worden. Aber man hatte auch noch nie einen im Weinkeller erwischt …

Oben an der Treppe warteten weitere Soldaten; vier vorn und vier hinten, nahmen sie Lorcan in die Mitte – nicht, dass er auch nur ans Wegrennen gedacht hätte. Er hatte seine Entscheidung getroffen, weil ihm sein Gewissen sagte, dass er kein Steinerner Wächter mehr sein durfte. In diesem Moment ging es nicht um ihn, es ging um die Sicherheit der Burg, des Königreichs, der Menschheit. Es war besser so, egal was nun kommen mochte.

Doch dann wurde er nicht in einen Richtsaal geführt oder vor ein Tribunal, sondern in ein kleines, sehr privat anmutendes Studierzimmer. Die Wachen blieben vor der Tür und ließen Lorcan mit dem König allein.

»Setzt Euch«, sagte der und bedeutete Lorcan, ihm gegenüber an einem mächtigen Schreibtisch Platz zu nehmen. »Ich will kein großes Aufsehen.« Seine Miene war so grimmig, dass auch die letzte Ähnlichkeit mit Tymur daraus verschwunden war. »Aber das wird Euch nichts nutzen. Der Hauptmann meiner Wachen hat mir etwas zugetragen, das ich beinahe nicht habe glauben mögen.« Er schüttelte den Kopf, dann schlug er mit der Faust auf den Tisch. »Betrunken im Dienst? Seid Ihr von Sinnen, Herr Demirel?«

»Es tut mir leid.« Lorcan mochte nichts abstreiten, nicht versuchen zu erklären, dass er ja doch nüchtern gewesen war, gar nicht im Dienst gewesen, und so weiter. Er nickte nur.

»Ihr habt nichts zu trinken, nie, hört Ihr? Und Ihr wisst das gut genug! Was wird denn, wenn wirklich etwas passiert, und Ihr liegt und schlaft Euren Rausch aus? Habt Ihr auch nur einen Gedanken daran verschwendet, einen einzigen, wo das hinführen soll?«

Lorcan starrte zu Boden, auch wenn seine Augen dafür eine Schreibtischplatte durchdringen mussten. »Es tut mir leid«, murmelte er. »Es war das erste Mal, und es wird nie wieder –«

»Lügt mich nicht an!«, bellte der König. »Das erste Mal, dass man Euch erwischt hat, wollt Ihr wohl sagen! Ihr seid wie lange in meinem Dienst, fünfzehn, zwanzig Jahre? Ich war viel zu nachsichtig mit Euch Steinernen, habe mich zu sehr darauf verlassen, dass zumindest ein letzter Rest des alten Zaubers auf Euch übergegangen sein sollte, aber ich denke, ich habe mich geirrt.« Auch wenn es der Schreibtisch war, der den meisten Platz im Zimmer einnahm, war es der König, der es ausfüllte. Als hätte ihm jemand das Tuch von den Augen weggezogen, verstand er plötzlich, was die Steinernen Wächter seit Jahren, vielleicht Jahrhunderten, hinter dem Rücken des Hauses Damarel taten. Und egal, wie es jetzt mit Lorcan weiterging, auch die anderen Steinernen würden nicht ungeschoren davonkommen. Im Geiste sprach Lorcan eine Entschuldigung an seine verlorenen Brüder.

»Wie lang geht das jetzt schon?«, schnaubte der König. »Was treibt Ihr noch, wenn ich nicht hinsehe? Erst geht es in den Weinkeller, als Nächstes haltet Ihr Euch eine Mätresse, und am Ende verschwendet keiner von Euch mehr auch nur einen Gedanken an die Schriftrolle! Allen Versuchungen widerstehen, das habt Ihr einmal geschworen, erinnert Ihr Euch noch daran, oder habt Ihr Euch längst den Verstand weggesoffen?«

Lorcan biss die Lippen zusammen. Jetzt wurde der König ungerecht, und er traf den Falschen. Er sollte sehen können, dass Lorcan kein Trinker war.

Es war an der Zeit, den Blick zu heben und dem König ins Gesicht zu blicken. »Ich bin bereit, meine Strafe zu empfangen«, sagte Lorcan. »Was ich getan habe, war falsch, und ich habe es nicht länger verdient, ein Steinerner Wächter genannt zu werden – aber schließt nicht von mir auf andere. Die Schriftrolle war nie in Gefahr. Die Steinernen Wächter nehmen ihre Aufgabe so ernst wie am ersten Tag, so vieles hängt davon ab – das Schicksal der ganzen Welt. Das ist eine Last, die manchmal drücken kann und manchmal schmerzen. Ich bin schwach geworden und werde dafür geradestehen. Nur lasst nicht andere büßen für etwas, das ich getan habe.«

Seine Worte verfehlten ihr Ziel. Der König schüttelte nur den Kopf. »Als ob ich Euch glauben sollte, dass acht Steinerne Wächter es nicht mitbekommen, wenn sich der neunte davonstiehlt – großartige Wächter wären das! Sie haben es gewusst, sie haben es gebilligt, und hätten sie versucht, Euch aufzuhalten, keine drei Stufen weit wärt Ihr gekommen! Und warum? Weil keiner von denen auch nur einen Deut besser wäre als Ihr!« Hinter dem Zorn des Königs blitzte etwas anderes auf: Verzweiflung. Einen einzelnen Steinernen Wächter konnte der König hinauswerfen, aber nicht alle neun auf einmal durch andere ersetzen: Wer sollte die das Wissen des Steines lehren, das, was einen Steinernen Wächter immer noch von jedem anderen Kämpfer unterschied? Der König war in einer ausweglosen Situation, und er tat Lorcan leid, mehr als er sich selber. Das ganze Selbstverständnis des Hauses Damarel, aller Machtanspruch, selbst die Unabhängigkeit des Landes ruhte auf den Schultern der Steinernen Wächter, auf dem Fundament, dass einer herrschte und neun wachten – und wenn die Neun nicht mehr wachten, durfte dann der Eine noch herrschen?

»Bestraft mich«, wiederholte Lorcan. »Mein Vergehen, meine Schuld, meine Schande. Aber straft nicht die anderen auf bloßen Verdacht hin, wenn Ihr nicht Euer Land in seinen Grundfesten erschüttern wollt.« Er fühlte sich seltsam, als er das sagte, seltsam furchtlos. Er wusste, es war nicht an ihm, so mit seinem Herrscher zu reden, er konnte froh sein, wenn er wirklich nur in Unehre entlassen wurde und nicht als Verräter hingerichtet – aber in diesem Moment, da sein Leben in der Waagschale lag, war er in sich ganz ruhig, ganz leer, ganz Stein. Er ging mit einer Lüge. Und sein Gewissen hatte sich noch nie so leicht angefühlt.

Lorcan erfuhr nicht, was die anderen Steinernen erwartete. Er kehrte nicht mehr in die Krypta zurück, in der er so viele Jahre verbracht hatte, dass er es nicht einmal gemerkt hatte, wie es plötzlich zwanzig waren. Von einem Tag auf den anderen war er kein Steinerner Wächter mehr, nur noch ein Mann, der mit einem Schwert etwas anzufangen wusste und mit sich selbst nicht viel. Seine Ehre hatte er zurückgelassen in der Burg Neraval, aber in Wirklichkeit war es genau umgekehrt, in Wirklichkeit hatte er sie wiedergewonnen in dem Moment, als die Tore der Burg für immer hinter ihm zufielen.

Er lebte, weil der König keinen Skandal haben durfte, weil die Hinrichtung eines Steinernen Wächters verraten hätte, dass etwas mit der Bewachung der Schriftrolle nicht stimmte, und er Unruhen und Aufstände vermeiden wollte. Tausend Jahre war die Herrschaft der Dämonen vorbei, aber die Furcht vor ihnen herrschte noch immer.

Beinahe begann er zu lachen, als er ins Licht der Sonne trat, zum ersten Mal seit so langer Zeit, dass sie ihm grüne Flammen in die Augen brannte, obwohl der Himmel wolkenverhangen war und niemand außer Lorcan die Sonne auch nur erahnen konnte. Er hatte sein Schwert zurückgelassen und seine Rüstung, seinen Titel und seine Ehre und was auch immer er jemals besessen hatte – doch zwei Dinge konnte ihm niemand nehmen: die Liebe, die er in seinem Herzen mit sich trug, und die Weisheit des Steines.

DRITTES KAPITEL

Was vor tausend Jahren an dieser Stelle passiert sein mochte, konnte Kevron nur erahnen, aber er war froh, damals noch nicht dabei gewesen zu sein. Nicht, als Damar und seine Gefährten den Dämon zur Strecke gebracht und das Land von seiner Knechtschaft befreit hatten, und erst recht nicht, als danach die Menschen die schwarze Burg Stein für Stein abgetragen und an ihre Stelle eine neue gesetzt hatten, für ihren neuen König und eine neue Zeit. Man konnte ja verstehen, dass Damar nicht in dem gleichen Haus wohnen, am Ende gar in dem gleichen Bett schlafen wollte wie vor ihm ein Erzdämon, aber selbst einen neuen Bau an der alten Stelle fand Kevron gewagt. Zu viel von den alten Ruinen war noch zu erkennen, spitze Bögen aus dunklem Gestein, von dem sich das helle Grau des längst nicht mehr neuen Neubaus deutlich abhob.

Vielleicht war die alte Burg schöner als die neue. Vielleicht tat es Damar, oder seinem Baumeister, insgeheim darum leid. Vielleicht hatten sie auch nur die alten Steine genommen, um Geld zu sparen – so viel vom Land lag in Trümmern, und irgendwo musste das Material schließlich herkommen ... Kevron verstand wenig vom Bauen, oder er war Handwerker genug, um zu erkennen, was Kunst war und was hektisch hingeschludert – und was das Werk von Angst. Hier sah er Angst. Während die Männer Stein auf Stein setzten, saß direkt unter ihnen der Dämon in seinem Gefängnis, und wer konnte damals schon sagen, ob ihn das auch wirklich halten sollte? Und wer würde eher seinem Zorn ausgesetzt sein als die Männer, die sein Zuhause niedergerissen hatten? Sie hatten ihr Land Neraval genannt, Neubeginn, und die Burg genauso, weil ihnen vielleicht nichts mehr eingefallen war, und was brauchte Kevron gerade dringender? Aber wenn dies sein Neubeginn sein sollte, dann wollte er am liebsten davor wegrennen.

Kevron schüttelte sich bei der Vorstellung. Er lebte schon sein ganzes Leben im Schatten dieser Burg, aber sie war nie mehr als das gewesen: ein Schatten, eine ferne Bedrohung, nichts, zu dem man hinaufsteigen musste und erst recht nicht hineingehen. Tymur war dort aufgewachsen – und das konnte manches erklären. Nicht wegen des Dämons im Keller, sondern wegen des ganzen Restes dieses freudlosen Baus. Triumph sollten diese Mauern zeigen und Stärke, den Sieg des Lichts über die Finsternis, mit ihren Zinnen kühn nach dem Himmel greifen, und doch blieb es ein Gemäuer, in dem Angst und Albträume regierten.

Kevrons Beine schmerzten von der ungewohnten Anstrengung. Vier Jahre lang hatte er sich nur noch in kleinen Kreisen von seinem Haus entfernt, zu vertrauten Orten – ins Wirtshaus, zum Apothekar, zum Wucherer. Jetzt ließ Tymur ihn durch die halbe Stadt marschieren und dann diesen steilen Felsen hinauf, wo selbst die Kutschpferde in die Knie gingen und das meiste von Trägern hinaufgeschafft werden musste. Tymur schien das nichts auszumachen, er sprang so munter vorwärts wie eine Bergziege, aber Kevron war völlig außer Atem, als sie endlich das oberste Tor erreichten, und derart durchgeschwitzt, dass sein Bad nur noch eine wohlige Erinnerung war. Die Tasche mit seinen Werkzeugen schien Zentner zu wiegen, doch es war die Angst, die noch schwerer an ihm zerrte.

Je näher sie der Burg kamen, desto mehr ebbte Tymurs Geschwätz ab, und sein Schweigen machte Kevron nur noch mehr Angst. Von unten aus betrachtet, war die Burg nicht einmal besonders groß, aber hier oben erschien sie riesig, und Kevron, der nicht schwindelfrei war, wagte es weder, hinunter auf die Stadt zu blicken, noch den Kopf in den Nacken zu legen und zu sehen, wie hoch diese Türme wirklich waren. Für ihn gab es nur das große Tor, das auf ihn wartete wie ein finsteres Maul – und die Wachen, die links und rechts davon standen, Helm und Brustplatte, Hellebarde in der Hand, Schwert an der Seite.

Kevron schob sich näher an den Prinzen heran, damit die Wachen sehen konnten, dass sie zusammengehörten. Wenn er in Tymurs Windschatten die Burg betreten konnte … Kevron sah, wie die Männer ihn beobachteten, und er fühlte es. Aber Tymur nickte den beiden nur zu, und sie stellten keine Fragen. Kevron schlich und schlüpfte und versuchte, sich unsichtbar zu machen – jeden Augenblick rechnete er mit einem neuen ›Wachen! Ergreift ihn!‹, und halb hoffte er es sogar, lieber zurück ins Gefängnis als vor den König – dann verschluckten ihn die Burgmauern, und es gab kein Zurück mehr. Das in Stein gehauene Wappen über dem Torbogen, Schwalbe und Sterne, erklärte diese Mauern und alles, was sie umfingen, zum Besitz des Hauses Damarel, bis die nächsten Helden kamen und das Gestein abtragen ließen.

Jede Tür, die sie durchschritten, fiel hinter ihnen ins Schloss. Es war kalt in der Burg und dunkel. Fackeln an den Wänden beleuchteten sich selbst und ein Stückchen steinerner Wand und machten das Dunkel noch schwärzer. An den Wänden hingen Teppiche, deren Bilder Kevron nicht erkennen konnte und die vielleicht dem Gestein ein bisschen Wärme spendeten, aber den menschlichen Besuchern nur noch mehr Kälte übrig ließen. Tymur führte ihn an Türen vorbei, die eine wie die andere aussahen, und sagte von keiner, was dahinterlag – er kannte den Weg, kannte vielleichte jede einzelne Kammer in diesem finsteren Bau, aber Kevron fühlte sich mit jedem Schritt fremder. Wo waren die Menschen, die hier lebten, Wachen, Diener, Köche, Waschfrauen? Nicht hier. Es gab nur Tymur und Kevron und die Irre, in die er ihn führte – durch Gänge, über Treppen, und Kevron war sich sicher, dass Tymur mit Absicht Umwege lief, um ihn zu verwirren.

Als Tymur am Ende eine Tür aufsperrte, war Kevron mehr als erstaunt, dahinter nicht den nächsten Gang zu finden, sondern eine düstere Kammer, die vielleicht einmal ein helles und geräumiges Zimmer gewesen war, bevor man es mit Bücherregalen und einem monströsen Schreibtisch vollgestellt hatte. Kevron wusste nichts über den König, von seiner Handschrift abgesehen, an der er sich zu ein paar Gelegenheiten versucht hatte, aber die Worte, die er Seiner Majestät in den Mund gelegt hatte, stammten in Wirklichkeit von seinen Auftraggebern. Selbst von den echten Briefen des Königs, aus denen Kevron die Schrift gelernt hatte, war nichts bei ihm hängengeblieben. Kevron las keine Worte. Er las nur Buchstaben. Was die Inhalte anging, war Kevron von so vielen Fälschungen umgeben, dass er ohnehin nichts mehr glaubte.

»So«, sagte Tymur und nickte dem leeren Schreibtisch zu. »Jetzt habe ich dich da, wo ich dich haben wollte. Versuch dich ein wenig zu entspannen. Wir müssen etwas warten, bis mein Vater zu uns stößt, und während ich darauf aufpasse, dass du nicht im letzten Moment die Flucht ergreifst, und sei es durch das Fenster in den sicheren Tod, solltest du dich ein wenig in Ordnung bringen. Ich verkehre in allen erdenklichen Kreisen – von meinem Vater kann man das nicht sagen.«

»Woher weiß dein Vater, dass wir da sind?« Ein verzweifelter Versuch, Konversation zu betreiben und zu tun, als wäre alles in Ordnung.

Tymur lachte. »Du hast nicht gesehen, dass die Torwachen einen Boten losgeschickt haben?« Er freute sich sichtlich über Kevrons Bestürzung. »Ich habe vor Jahren durchgesetzt, dass ich keinen Leibwächter brauche und es nicht mag, wenn Wachen hinter mir herschlurfen, und wenn ich einen Gast in die Burg bringe, ist das meine Sache – überhaupt, du bist harmlos. Aber das heißt nicht, dass die restlichen Dinge hier nicht ihren Gang nehmen.«

Kevron trat ans Fenster und sah hinaus, ohne nach unten zu blicken, hinauf in die Wolken, die näher schienen als sie sollten, und hätte doch am liebsten den Schreibtisch durchsucht. Oder die Titel der Bücher angeschaut. Es musste lange gedauert haben, diese Sammlung zusammenzutragen. Aber er wagte es nicht, sich zu rühren.

»Wäre es dir lieber gewesen, wenn ich dich in den Thronsaal geschleppt hätte?«, fragte Tymur. »Hier sind wir unter uns, und ich kann dir versichern, dass dieser Raum nicht belauscht werden kann, die Bücher sind nicht nur zur Zierde da. Ich denke, es ist ratsam, jetzt zu einem etwas förmlicheren Tonfall zurückzukehren, mein Vater muss nicht wissen, dass wir uns schon ein bisschen angefreundet haben.«

»Sehr wohl, mein Prinz«, sagte Kevron leise, und es klang besser als alles andere an diesem Tag.

»Es tut mir leid«, sagte Tymur noch leiser als sonst – Worte, von denen Kevron noch nicht einmal wusste, dass Tymur sie beherrschte. »Ich weiß, dass ich zu viel rede. Nur, was soll ich machen? Glaubst du, nur du bist nervös? Wir haben hier ein ernstes Problem, von dem ahnen noch nicht einmal meine Brüder etwas. Dann schickt mein Vater mich los, den besten Fälscher der Stadt herzuholen, und ich sage dir geradeaus, er meint damit deinen Bruder. Dass der tot ist, konnten wir nicht wissen. Stattdessen haben wir dich, aber du kennst deine Verfassung, und ich weiß nicht, wie viel ein paar Tage Schlaf und ein Bad daran geändert haben sollen. Und dann redest du nur davon, dass wir dir auch ja nichts antun sollen – wirklich, wir haben hier ein Problem, ein überaus großes Problem, und das bist nicht du.«

Kevron drehte sich nicht um, ließ den Prinzen reden und beobachtete Tymurs Spiegelbild in der Scheibe, und für einen Moment, nicht mehr als ein Zwinkern, konnte er hinter diese glatte Maske sehen und darunter einen hilflosen jungen Mann, am Ende noch ein halbes Kind, der noch mehr Angst hatte als er selbst.

Tymur griff in eine Innentasche seines seidenen Gehrocks und zog einen kleinen Brief hervor.»Hier, nimm, du hast es nötig.«

Langsam drehte Kevron sich um und nahm dann den Umschlag. Das Knistern klang vertraut. Der Brief war voll mit halbgetrockneten Blättern. Genug Katzenkraut, um über eine Woche zu kommen.

Tymur nickte aufmunternd.»Du wirst einen klaren Kopf brauchen und dich anständig konzentrieren müssen, da wollte ich kein Risiko eingehen. Wir ertragen besser den Geruch, als wenn du außerstande bist zu arbeiten.«

»Weiß dein Vater, wer ich bin?«, fragte Kevron vorsichtig. Wenn er sich jetzt auch noch als Kay ausgeben musste …

»Besser als du, möchte ich meinen«, antwortete Tymur.»Und dass du Kraut kaust, das verraten schon deine Zähne, sobald du den Mund aufmachst. Nur zu. Mein Vater müsste gleich hier sein.«

Zögerlich ließ Kevron die Blätter zwischen den Fingern hin und her wandern, rieb sie sanft an, dass ihm das vertraute Stechen in die Nase stieg, und schob sich dann, verlegen unter Tymurs allzu wachsamen Augen, drei Blatt in den Mund. Ein klarer Kopf konnte niemals schaden. Und doch wünschte Kevron sich in dem Moment das Gegenteil herbei.

Der König und die Wirkung des Katzenkrautes traten ungefähr gleichzeitig ein. Kevron zuckte zusammen und fuhr herum, ehe ihm einfiel, besser auf die Knie zu gehen. Die Ähnlichkeit zwischen Vater und Sohn war unübersehbar – Tymurs dunkle Haare waren an seinem Vater schon lang ergraut, und wo Tymurs kleiner Bart gerade eben die Strecke zwischen Mund und Kinn überbrückte, trug sein Vater einen mächtigen Vollbart, der es ihm mit den letzten Strähnen tiefen Schwarzes dankte, die der Kopf des Königs noch hergeben wollte –, aber von unten sah ein König doch am besten aus.

»Steht auf«, sagte der König, und Kevron gehorchte.

»Vater, dies ist Herr Florel, ganz wie du gewünscht hast.« Im Gespräch mit seinem Vater klang Tymurs Stimme deutlich weniger spöttisch. Kevron nickte pflichtschuldig.

»Gut«, sagte der König langsam. »Nehmt Platz.« Seine Augen zerlegten Kevron säuberlich in seine Einzelteile. »Wisst Ihr, warum Ihr hier seid?«

Kevron erkannte die Falle. »Nein, Majestät. Weil Ihr mich zu sehen wünscht, Majestät.«

»Vielen Dank, ich kenne meinen Titel«, erwiderte der König schroff. »Und Ihr könnt Euch die Stiefelleckerei sparen, ich weiß um Eure Machenschaften, und dass ich einen Mann wie Euch, der meine Gesetze mit Füßen tritt, hier empfangen muss, ist schlimm genug.«

Hätte es den König an dieser Stelle erfreut zu hören, dass sein Gast in Wirklichkeit lang raus aus dem Geschäft war? Kevron schwieg lieber. Dafür ergriff Tymur das Wort. »Vater, das ist an dieser Stelle unangebracht. Herr Florel ist hier, um uns zu helfen.«

»Dass es einmal so weit kommen muss!«, schnaubte der König. »Dann hört unsere Bedingungen, Herr Florel. Ihr werdet uns einen Dienst erweisen und garantiert uns mit Eurem Leben, dass kein Wort, das heute gesprochen wird, jemals nach außen dringt. Als Gegenleistung werden wir auf eine Strafverfolgung verzichten, sofern Ihr schwört, einen anständigen Beruf zu ergreifen und auf die weitere Ausübung Eures … Handwerks zu verzichten.«

Kevron schluckte und suchte fieberhaft nach einer Antwort, aber wieder kam ihm Tymur zuvor. »Vater, das ist nicht klug!« Diplomat, der er war, wollte er jetzt für Kevron ein besseres Gehalt aushandeln? »Was ist dir wichtiger – dass Herr Florel dich und dein Gesetz fürchtet, oder dass er uns die bestmögliche Probe seines Könnens abliefert? Du wirst ihn schon bezahlen müssen, wenn du willst, dass er es richtig macht und nicht schlampt – lass ihn von mir aus einen Vertrag unterschreiben, nur sorg dafür, dass seine Gegenleistung nicht nur aus dem Leben, dass er schon vorher hatte, besteht.«

»Ich zahle kein Geld an einen Verbrecher!«, schnaubte der König. Eine Sache war klar: Die Idee, einen Fälscher zu Hilfe zu rufen, war nicht von ihm ausgegangen. Doch ausgerechnet diese Worte gaben Kevron etwas von seinem alten Stolz zurück. Was auch immer man ihm vorwerfen konnte – er war kein Verbrecher, kein feiger Mörder, kein dreckiger Dieb, und sein Handwerk war eine Kunst, die sich nicht einfach erlernen ließ.

»Zahl bei Gefallen«, erwiderte Tymur leichthin. »Herr Florel wird umso besser arbeiten, je mehr Aussicht er auf eine fürstliche Bezahlung hat. Wenn wir selbst einen Fälscher hinzuziehen, können wir nicht dem Fälscher die Schuld daran geben.«

Der König brummelte etwas. Um ein Haar hätte Kevron beteuert, dass Straffreiheit auch nicht so übel war, ganz abgesehen davon, dass Tymur ja bereits seine Schulden bezahlt hatte – aber sein Mund war voll Katzenkraut, und das machte ihn nicht nur maulfaul, sondern auch entschlossener, härter, und unnachgiebiger.

»Also gut«, sagte der König. »Ich werde einen Vertrag aufsetzen, und …«

»Lass das den Herrn Florel machen«, fiel ihm Tymur ins Wort. »Deine Handschrift sollte er dafür gut genug beherrschen.« Es musste ein Zeichen wahrer Vaterliebe sein, dass ihn der König für diese Dreistigkeit nicht ohrfeigte.

Kevron schluckte den bitteren Saft hinunter und schob die zerkauten Blätter mit der Zunge in die Backentasche. »Ich brauche keinen Vertrag«, sagte er. »Wenn es Euch reicht, dass ich Euch mein Wort gebe – sollte ich es brechen, rettet mich auch kein Freibrief.« Er schaffte es dabei sogar zu lächeln. »Kommt lieber zu dem Grund, warum ich hier bin. Nach dem, was Euer Sohn angedeutet hat, ist das wichtiger alle als Verträge oder Bezahlungen.«

Der König seufzte. »Ich wünschte, ich könnte mir das ersparen, oder meinem Sohn, oder Euch. Aber ich muss Euch bitten, mir zu folgen – nur schwört, dass Ihr Stillschweigen bewahren werdet.«

»Ich schwöre«, sagte Kevron. »Bei meinem Leben.« Er verfluchte sich dafür. Aber er schwor. Und der König glaubte ihm. Fast.

»Ein Eid bei Eurem Leben.« Er nickte. »Ein Wort zu viel – und wir werden Euch finden, Kevron Florel.«

Kevron nickte.

»Gut«, sagte der König. »Dann folgt mir jetzt. Tymur, du kommst auch mit.«

Kevron atmete erleichtert auf. Was immer er auch sonst über den Prinzen denken mochte, jetzt, in Anwesenheit des Königs und, kaum dass sie aus dem Raum waren, zweier bewaffneter Wachen, fühlte Tymur sich doch plötzlich an wie ein Freund.

Wieder ging es quer durch die Gedärme der Burg, durch dämmrige Gänge, und immer wieder treppab, treppab. Je tiefer nach unten sie vordrangen, desto mehr verschwand der neue Bau und kehrte der alte zurück. Unter der Burg kam ein Keller, in den Fels hineingeschlagen, ein dunkler Ort, an dem das Licht noch ferner schien als zuvor, aber damit hatte es noch kein Ende, zwei weitere Kelleretagen folgten, die nach Kerker und Vergessen rochen, und dann stand Kevron vor einem weiteren Treppenabgang, einer

Wendeltreppe wie alle, die sie hinter sich hatten, und doch anders. Nicht gehauen. Nicht menschgemacht. Kevron schluckte. Er wusste genau, wo diese Treppe hinführte.

»Ihr wartet hier«, sagte der König zu Tymur und Kevron, und nickte den begleitenden Wachen zu, für die das ebenfalls gelten sollte. »Ich werde allein mit den Steinernen Wächtern sprechen.« Kevrons Augen wanderten über den Torbogen, der das obere Ende der Wendeltreppe bedeutete, und blieben an den verräterischen Eisenzacken eines darüber eingelassenen Fallgitters hängen. In dem flackernden Licht der Fackeln sah es rostig aus.

Die Schritte des Königs waren bald nicht mehr zu hören. Kevron hielt die Luft an, rückte vorsichtig ein Stückchen näher an den Treppenabgang und versuchte zu lauschen, was unten geredet wurde – aber seine Ohren nahmen nur Bruchstücke wahr, Wortfetzen, zu wenig, um sich nur einen Satz zusammenbringen zu können. Schließlich ein Rufen, das alles hätte bedeuten können und doch ganz klar die Aufforderung war, dass Tymur und Kevron folgen sollten.

»Dann ... dann wollen wir mal«, murmelte Kevron.

Tymur nickte. »Hast du nichts vergessen?« Seine Augen deuteten auf den Umschlag, an dem Kevron sich immer noch festhielt, als wäre es die Hand seiner Großmutter.

Diesmal stopfte sich Kevron gleich ein Halbdutzend Blätter in den Mund. Diese Treppe sah aus, als verlangte sie absolute Nüchternheit, und die fernen, echogebeutelten Stimmen verrieten ihm, dass es tief hinunterging. Die Treppe wand sich und wand sich, und die Fackeln, die sie säumten, flackerten von dem Zug kalter Luft, die ihnen mit jedem Schritt entgegenzog.

Dann spie die Treppe sie aus, direkt in ein Gewölbe, von dem Kevron wusste, dass es das Herz der Burg war. Kein Vorraum, keine Rückzugsmöglichkeit – ein großer, runder Saal, zwei Ausgänge, mit schweren Türen verschlossen, und mittendrin der König, der größer als zuvor erschien, bis Kevron verstand, dass die Decke niedriger war, als sie wirkte. Besser den König anstarren, als auch nur einen Blick auf das werfen zu müssen, was hier unten noch auf sie wartete, direkt in der Mitte des Raumes auf einem steinernen Sockel …

Der König nickte ihnen zu. »Da seid ihr«, sagte er. »Die Steinernen lassen uns für den Moment allein. Tun es nicht gerne, aber manchmal muss man sie doch daran erinnern, dass sie mir dienen und mir zu gehorchen haben und nicht umgekehrt. Sie haben sich in ihr Quartier zurückgezogen – und wenn Eure Untersuchung das ergibt, was wir befürchten, ist es an der Zeit, jeden Einzelnen von ihnen unter die Lupe zu nehmen. Sie haben uns in der letzten Zeit enormen Ärger eingebracht.«

Die letzten Schritte waren die schwersten. Am liebsten wäre Kevron doch noch weggerannt. Er hatte versucht, trotz seines klaren Kopfes das Denken zu vermeiden – jetzt hatte er keine Ausreden mehr. Das Einzige hier, was für einen Fälscher irgendwie von Interesse sein konnte …

Aus weiter Ferne drang die Stimme des Königs zu ihm durch: »Tretet näher, Herr Florel. Schaut Euch die Rolle an, mit den Augen und mit Euren Werkzeugen, aber berührt sie dabei nicht.«

Kevron schluckte. »Gibt es etwas, worauf ich besonders achten soll?« Sein Mund war trocken, und die zerkauten Blätter in der Backe scheuerten beim Sprechen.

Tymur Damarel und sein Vater tauschten einen langen Blick aus, dann nickte der Prinz. »Es ist an der Zeit, das Geheimnis zu lüften«, sagte er. »Es geht um das Siegel. Wir haben den dringenden Verdacht, dass es sich um eine Fälschung handelt. Eure Expertise soll die letzte Klärung verschaffen.«

»Eine … Fälschung?« Kevron wich einen Schritt zurück. Die Rolle war ihm schon so nicht geheuer, aber wenn es möglich war, dass der Dämon darin nicht mehr so sicher saß, wie er sollte, machte das einen von Haus aus schon feigen Kerl wie ihn noch eine ganze Ecke feiger.

Tymur seufzte. »Ich werde weiter ausholen. Vater, bitte verzeih mir.« Dann trat er dicht neben Kevron, seine Stimme kaum mehr als ein Flüstern. »Es hat Ärger gegeben mit den Steinernen Wächtern, und wir waren gezwungen, ein langjähriges und treugedientes Mitglied aus den Reihen seiner Kameraden zu entfernen. Ein großes Drama, unschöne Geschichte, ich werde Euch die Details ersparen, sie tun nichts zur Sache. Aber es hat dazu geführt, dass wir gezwungen waren, die Arbeit, welche unsere Steinernen hier seit Ewigkeiten tun, erstmals zu hinterfragen. Wenn auch nur einer von ihnen fehlbar ist, kann das auch für jeden anderen gelten, und zwar für jeden, der jemals hier war, in tausend Jahren. Wir mussten uns fragen, wie sicher die Schriftrolle noch ist, und so hat mein Vater sie sich endlich einmal gründlich vorgenommen und untersucht. Ich wusste um das Treiben der Steinernen und habe meinem Vater aus der Nase gezogen, was Sache ist – keiner meiner Brüder ahnt etwas davon und sonst erst recht niemand. Mit Euch sind wir jetzt drei.« Er seufzte tief. »Mein Vater glaubt, dass das Siegel durch ein neues ersetzt wurde. Aber wann das geschehen ist, wissen wir nicht – es kann vor tausend Jahren passiert sein oder vor zwei Wochen. Und wer die Gelegenheit gehabt haben könnte, geschweige denn ein Interesse daran, den Unaussprechlichen freizusetzen, all das wissen wir nicht.«

Fragen brannten Kevron auf der Zunge – er hatte noch nie verstanden und jetzt am allerwenigsten, warum die Schriftrolle so offen herumlag, Steinerne Wächter hin oder her. Wäre es nach Kevron gegangen, er hätte die Rolle auf das Podest gelegt und dann die ganze Krypta und die Treppe bis oben hin und die Keller noch dazu mit Zement ausgegossen, dass niemand, weder Mensch noch Dämon, mehr darankommen konnte. Er wusste nicht, ob es zu Damars Zeiten schon Zement gegeben hatte, aber irgendwann war das Zeug erfunden worden, und spätestens dann …

Er schüttelte sich. Es half nichts, die Schriftrolle lag jetzt da, kein bisschen einzementiert, und vielleicht richtig versiegelt oder vielleicht auch nicht. Und überhaupt – Kevron hatte schon genug eigene Feinde, Mörder, Gläubiger, Alkohol. Wer ein friedliches Leben wollte, sollte Schreiber werden und nicht Fälscher.

»Nur das Siegel?«, fragte er. »Seid Ihr sicher, dass die Rolle selbst die richtige ist?«

Langsam schüttelte Tymur den Kopf. »Nichts wissen wir. Und Ihr könnt Euch denken, was das bedeutet. Wenn der Unaussprechliche aus seiner Gefangenschaft befreit wurde – wenn er auf Rache sinnt – wir sind nicht sicher, Kevron. Wir sind nicht sicher.«

»Und nun, da Ihr das wisst«, sagte der König, »macht Euch ans Werk.«

Wie auf Kommando fingen Kevrons Hände wieder an zu zittern. Er konnte so nicht arbeiten, im Stehen, ohne Anfassen, beobachtet nicht nur von Tymur, an dessen aufmerksame Augen er sich schon beinahe gewöhnt hatte, sondern auch noch von dessen Vater, und das Licht reichte hinten und vorne nicht – Kevron brauchte Ruhe zum Arbeiten und auch seinen Tisch, mit Platz, sich und sein Werkzeug auszubreiten, und vor allem brauchte er eine helle Lampe. Und ausgerechnet jetzt, da wirklich etwas davon abhing, sollte er ohne all das auskommen? Er schüttelte den Kopf. »Ich kann nicht.«

Sie blickten ihn an, Tymur kühl, der König verärgert. »So? Was stört Euch denn?«

Wo sollte Kevron anfangen? »Ich brauche Licht.« Die Fackeln an den Wänden flackerten unruhig, ihre Schatten waren länger als ihr Schein – eine schöne helle Petroleumlampe mit Spiegel und Glassturz, das fehlte hier, wenn schon kein Tageslicht … Tatsächlich war Kevron jede Ausrede recht, um nicht näher an die Rolle heranzumüssen. »Und ich muss sie hochnehmen können, wenn sie nur da liegt, kann ich nichts erkennen.« Er war ein Fälscher, natürlich verstand er dann auch etwas von Fälschungen, aber wenn sie jetzt wissen wollten, wie alt dieses falsche Siegel genau war oder das Pergament, dann konnte er auch nur raten.

»Die Rolle darf nicht aus diesem Raum entfernt werden«, sagte der König. »Das steht ganz außer Frage. Wir dürfen nicht riskieren, dass erst durch Eure Untersuchungen der Dämon freigesetzt wird. Wenn er noch gebannt ist, und darauf wollen wir hoffen, gelten all die Vorsichtsmaßnahmen, die wir über tausend Jahre aufgebaut haben.«

Wie Steinerne Wächter, denen nicht zu trauen war? Kevron schüttelte den Kopf. »Kann dann jemand eine Lampe für mich holen, eine möglichst helle Lampe, die nicht flackert, am besten mit einem weißen Glassturz?« Das war nichts, was er in seiner Werkzeugtasche mit sich herumschleppen konnte. Kevron hatte verschiedene Linsen und Lupen, Zangen, Messer zum Schneiden und zum Schaben, Pinzetten und Pipetten, aber ein Fälscher brauchte eine Werkstatt, er war doch kein Wanderarbeiter, und jetzt auf Licht warten zu müssen, gab ihm noch einen kleinen Aufschub. Wirklich, Kevron wollte der Schriftrolle nicht näher kommen als unbedingt nötig.

Jedes Kind kannte die Geschichte, wie sie erschaffen wurde, aber Kinder stellten Fragen, und auf seine hatte Kevron nie eine Antwort bekommen: So lange, wie es dauerte, um Haut zu gerben und Pergament daraus zu machen, wie hatten sie das Blut dann frisch gehalten? Natürlich, man durfte Legenden nicht hinterfragen, aber diese war doch wahr, man brauchte nur einen Blick aus dem Fenster zu werfen, hinauf zur Burg Neraval: Wenn die Burg wirklich stand, dann musste auch alles andere stimmen. Dann musste da auch ein König sein, und dann hatte es auch den Dä-

75

mon gegeben und die Zauberin und die Schriftrolle … Aber in Wirklichkeit hatte Kevron nie richtig daran geglaubt, bis zu diesem Moment, da er in einem Gewölbe tief im Berg stand und man von ihm verlangte, jetzt sofort und mit absoluter Sicherheit echt von falsch zu unterscheiden.

Während Tymur unterwegs war, eine geeignete Lampe aufzutreiben, zog sich Kevron seine Handschuhe über. Er brauchte dafür länger als sonst; seine Finger zitterten noch immer und schienen plötzlich zu dick und ungeschickt für das feine Zickleinsleder. Er hatte sie zu lange nicht getragen – nun fühlten sie sich fremd an und viel zu eng. Kevron ballte ein paar Fäuste und ließ wieder locken, bis die Handschuhe endlich so saßen, wie sie sollten, und er durch die dünne Oberfläche zumindest wieder ein bisschen Gefühl in seinen Fingerspitzen hatte.

»Majestät«, sagte er. »Wenn ich meine Handschuhe trage, ist es dann in Ordnung, wenn ich die Schriftrolle vorsichtig berühre?«

Der König trat näher und sah sich Kevrons Hände an, wie eine Mutter, die prüfen wollte, ob man sich auch wirklich die Fingerchen geschrubbt hat. Er grummelte leise. »Selbst unter normalen Umständen darf sie nicht angerührt werden, aber was haben wir für eine Wahl?« Wieder machte er ›Grmh‹, einem grollenden Hund gleich. »Wenn der Dämon in Euch fahren sollte, haben wir die Bescherung, dann reicht es noch nicht einmal aus, Euch den Kopf abzuschlagen – nur wenn Ihr sie nicht richtig untersuchen könnt, ist uns auch nicht gedient. Also, wenn Ihr die Handschuhe tragt … Oder könnt Ihr eine Pinzette benutzen? Nicht gut genug zum Greifen, hm?«

Kevron nickte. Er war wirklich nicht wild auf das Risiko, dass ein Dämon von ihm Besitz ergriff, und noch weniger auf die anschließende Enthauptung, aber wenn er arbeitete, dann gründlich. »Ich muss es riskieren«, sagte er. »Haltet Euer Auge auf mich, und wenn der Dämon in mich fährt …« Er brach ab. »Ich habe schon meine Dämonen«, sagte er dann dumpf. »Für noch einen ist kein Platz mehr.«

Der König ging nicht darauf ein. »Arbeitet so gründlich Ihr könnt und tut, was Ihr müsst, nur beschädigt die Rolle nicht!«

Kevron nickte nur. Er war zu klug und zu nüchtern, um Stücke rauszuschneiden oder Bröckchen abzukratzen von einer Schriftrolle, die einen Dämon barg. Als dann Tymur mit einer hellen Lampe zurückkam, die nicht flackerte, und diese auf dem Podest abstellte, gab es auch keine Ausreden mehr. Schweigend begann Kevron mit seiner Arbeit und versuchte, die Anwesenheit der beiden Männer zu ignorieren, auch wenn Tymur so dicht bei ihm stand, dass Kevron seinen ruhigen, gleichmäßigen Atem hören konnte. Er selbst atmete flach, wenn überhaupt – so oft hielt er die Luft an vor Spannung, dass es ein Wunder war, wenn er nicht ohnmächtig wurde.

Mit dem Siegel fing er an. Es war nicht leicht, eine Fälschung zu erkennen, wenn man nicht wusste, wie das Original auszusehen hatte, also musste Kevron sich an Äußerlichkeiten aufhalten. Es war ein Wachssiegel, wie man es auch vor tausend Jahren schon hatte setzen können, bevor der härtere Siegellack in Mode kam – wie viel davon nun Wachs war, wie viel Harz und wie viel Farbe, konnte er nicht sagen, ohne ein Stückchen über der Flamme zu schmelzen. Und die Prägung war sauber, mit zu klaren Linien, als dass jemand einfach einen Abdruck des Originals mit Harz oder Blei ausgegossen und als Stempel genommen haben konnte. Wenn das eine Fälschung war, dann eine verdammt gute.

»Wie kommt Ihr darauf, dass das Siegel falsch ist?«, hörte sich Kevron fragen und biss sich auf die Zunge, er wollte arbeiten und nicht quatschen.

»Es war nur ein Gefühl«, sagte der König. »Alles sieht so aus wie immer, aber wenn man genau hinsieht, scheint es nicht richtig zu sitzen.«

»Dann habt Ihr scharfe Augen, Majestät.« Durch seine dickste Linse erkannte Kevron, dass der König recht hatte. Das Siegelwachs war nicht in diese Form getropft, sondern von geschickten Fingern modelliert worden. An einer winzigen Stelle am Rand konnte man einen Fettfleck auf dem Pergament erkennen, der von dem alten Siegel stammen musste, und an einer noch kleineren Stelle, nur sichtbar bei klarem Licht und im richtigen Winkel, war es eingerissen, als jemand mit äußerster Vorsicht die Reste des alten Siegels abgeschabt hatte. Aber wenn der König das alles schon wusste …

»Antwortet mir!«, sagte der König. »Ist nur das Siegel eine Fälschung, oder hat uns jemand die echte Schriftrolle gestohlen?«

Also gut. Kevron nickte. Diese Frage war berechtigt. »Es ist ein ziemlich grobes Pergament«, sagte er. »Sicher keine Kalbshaut, aber ausgerechnet mit Dämonenleder kenne ich mich wirklich nicht aus.« Er lachte verlegen. Das Pergament war dick und noch niemals abgeschabt und neu beschrieben worden, aber man hätte schon ein rechter Pfuscher sein müssen, um das Siegel so gründlich zu fälschen, nur um dann am Pergament zu sparen. Doch ob es wirklich so alt war, wie behauptet wurde – Kevron konnte nur raten.

Er bemühte sich, ruhig und gelassen zu erscheinen. Die Arbeit selbst fiel ihm leichter, als er befürchtet hatte, aber er wollte auf keinen Fall aussehen wie einer, von dem gerade ein Erzdämon Besitz ergriff. Der König musste nur Laut geben, und die Steinernen Wächter sprangen herbei, um ihren Ruf zu verteidigen oder das Land oder beides – doch je länger Kevron arbeitete, desto mehr wich die Angst einem anderen Gefühl: Freude.

Dieses aufgeregte Glück, das er als junger Mann verspürt hatte, als er seine ersten Versuche mit der Graviernadel machte, als Kay und er in die Gilde aufgenommen wurden, als sie beide im Geld nur so schwammen und sich Meister nennen durften – plötzlich war das alles wieder da. Vergessen war der König, da draußen in den Schatten, vergessen war selbst Tymur – Kevron untersuchte Zoll für Zoll der Schriftrolle, nichts entging ihm, er hielt ein Kunstwerk in seinen Händen, selbst wenn es das eines anderen war, und so fühlte es sich auch an. Kevron musste sich fast dazu zwingen, zu einem Ergebnis zu kommen, als fürchtete er, den Zauber zu zerstören.

»Ich denke, sie ist echt«, antwortete er schließlich. »Aber meine Hand würde ich dafür nicht ins Feuer legen. Man sieht, dass ein altes Siegel entfernt und durch ein neues ersetzt worden ist; da es in Form gebracht und nachträglich aufgeklebt wurde, sitzt es nicht ganz plan und verschließt die Rolle nicht so fest, als wenn das Siegelwachs direkt auf das Pergament tropft und dabei in alle Poren zieht – aber es kann auch die Fälschung einer Fälschung sein, Rolle und Siegel müssen nicht aus der gleichen Zeit stammen.«

»Gut«, sagte der König. »Und jetzt Schluss mit der Maskerade! Sagt mir geradeheraus, Herr Florel, habt Ihr dieses Siegel gefälscht?«

Die Frage überrumpelte Kevron und er konnte nur noch stottern. »Nein, natürlich nicht ...« Was für eine Vorstellung! »Ich würde doch niemals ...«

»Und Euer Bruder?«, fragte der König gnadenlos weiter und musste es tun: Wenn das Siegel aus den letzten fünfzehn, zwanzig Jahren stammte, dann hätte es kaum einen Besseren für diese Arbeit gegeben als die Florel-Brüder, aber natürlich, zwanzig Jahre binnen tausend waren nicht viel. Kevron zuckte die Schultern und schüttelte dann den Kopf, sie hatten zwar nicht mehr viel miteinander geredet am Ende, aber Kay war immer schon ein Angeber gewesen, und mit so einem großen Ding ...

Die Lupe fror in Kevrons Hand fest. Das Siegel. Unten rechts war eine Stelle, die Kevron schon dreimal ins Auge gesprungen war, ohne dass er begriffen hätte, warum – das Motiv des Siegels war für ihn abstrakt, Zeichen aus der Sprache der Dämonen, die Kevron gar nicht lesen können wollte, und diese Ecke machte davon keine Ausnahme. Nicht auf den ersten Blick jedenfalls, oder auf den zweiten. Aber auf den dritten Blick war dort, scheinbar nur eine Kerbe im Rand, ein winziger Buchstabe eingearbeitet. Kevron wusste nicht, wie das Original des Siegels ausgesehen hatte, das Petschaft war, der Legende nach, in tausend Stücke zersprungen, als Ililiané es in das schwarze Wachs drückte, und selbst wenn der König in seinen Büchern Abbildungen besaß, konnten sie kaum detailliert genug sein für etwas, das selbst unter der Lupe noch winzig war: Es sah aus wie ein K. Keine natürliche Furche, kein Riss: Der Fälscher hatte es nachträglich hineingeritzt, als wollte er sein Werk im letzten Moment signieren. Kein Fälscher wäre so dumm gewesen, aber einer eitel genug.

Es traf Kevron wie ein Tritt in die Magengrube. Er schüttelte den Kopf und murmelte weiter etwas davon, dass er keine Ahnung hatte. Aber eines wusste er jetzt genau: Kay hatte dieses Siegel gefälscht, Kay und kein anderer. Und er war dafür gestorben.

VIERTES KAPITEL

Noch ein Achtelzoll nach links … Enidin hielt die Luft an, als ob jeder Atemzug von ihr den kleinen Spiegel nicht beschlagen, sondern verrücken konnte. Drehen um viereinhalb Grad. Wirklich um viereinhalb? Enidin warf einen Blick in ihre Berechnungen, die sie doch längst auswendig kannte. Es waren viereinhalb Grad. Natürlich. Aber sicher war sicher. Wenn nicht alles stimmte an ihrem Versuchsaufbau, jedes winzige Detail, dann war die Gefahr nicht, dass nichts passierte, sondern das Gegenteil. Für jeden anderen wären Enidins Notizen kaum leserlich gewesen, Berechnungen über Berechnungen, deren Endergebnis doch nur in ihrem Kopf existierte. Nur noch dieser Versuch trennte Enidin von der Reinschrift: der Beweis, dass alles stimmte.

Da stand sie, die unschuldige kleine Kerze, wartete darauf, endlich angezündet zu werden, und musste sich doch noch gedulden, so gut Enidin ihr Licht auch hätte brauchen können. Vorsichtig, mit spitzen Fingern, nahm Enidin das nächste Prisma. Manchmal konnte man glauben, die Spiegel und Prismen wären wichtiger als die eigentliche Magie, aber am Ende bogen sie nur das Licht. Enidin selbst bog die Wirklichkeit. Aber ohne das richtige Werkzeug, ohne die Vorbereitung, ging es nicht – sonst wäre Magie auch zu einfach gewesen. Jedes Kind konnte mit den Armen wedeln und einen Spruch aufsagen, wie es die Elementaristen taten – Raumtheorie war Kunst und Können, damit es am Ende nicht bei der Theorie blieb, sondern zur Raumwirklichkeit wurde.

Enidin stutzte. War das ein Lufthauch? Sie konnte wirklich keine störenden Einflüsse brauchen. Drei Monate Berechnungen für diesen Augenblick. Sie hatte im Geheimen gearbeitet, den Schwestern nichts verraten, und benutzte nicht den großen Tisch im Labor, sondern den deutlich kleineren in ihrer Zelle – wenn sie den Beweis geführt hatte, wenn es alles so ablief, wie Enidin sich das errechnet hatte, dann konnte sie es den Schwestern vorführen; für den endgültigen Beweis brauchte sie Zeugen. Aber wenn es jetzt nicht funktionierte, dann teilte Enidin die Schmach lieber nur mit sich allein.

Alles stand an seinem Platz. Der Glassturz, die Kerze, Spiegel und Prismen – es gab kein Zurück mehr. Enidin nahm das Feuerzeug und schlug eine Flamme an …

»Was machst du da, Kind?« Die Tür flog auf, das Feuerzeug erlosch und hinterließ nichts als eine schartige Prägung in Enidins Daumen, und in der Tür, ohne anzuklopfen, stand die Ehrwürdige Frau Mutter, spiegelte sich im Glassturz, als ob Enidin sie dorthin transferiert hätte anstelle der Kerze.

Enidin kniff die Lippen zusammen. Sie mochte nicht Kind genannt werden und erst recht nicht damit angeredet, aber sie gab vor, das zu ignorieren, versuchte, sich nicht aus der Ruhe bringen zu lassen, und schlug eine neue Flamme an. Ihre Finger zitterten vor unterdrückter Wut, aber endlich brannte die Kerze.

»Ich rede mit dir, Kind!«

»Stört mich nicht, Mutter.« Enidin drehte sich nicht um. »Ich arbeite. Wenn Ihr mich zu sprechen wünscht, komme ich nachher in Euer Sprechzimmer, aber erst einmal lasst mich meinen Versuch beenden.«

Doch da hatte die Ehrwürdige Frau Mutter schon nach ihren Unterlagen gegriffen und studierte Skizzen und Berechnungen. »Unfug!«, sagte sie nach einem so kurzen Blick, dass sie Enidins kleine Handschrift unmöglich entziffert haben konnte. »Das lässt du sofort sein! Siehst du nicht, was du da anrichtest?« Enidin wandte sich immer noch nicht um. Die Ehrwürdige Frau Mutter war in jedem Prisma, in jedem Spiegel, das hatte zu genügen. »Ich beweise das Flarimel-Theorem«, erwiderte sie ruhig. »Dabei werde ich diese brennende Kerze von jenem Ende des Tisches unter den Glassturz transferieren, ohne dass die Flamme erlöschen wird, weil sie sich weiterhin vom Sauerstoff an ihrem ursprünglichen Standort nährt. Wenn Ihr möchtet, Ehrwürdige Frau Mutter, dürft Ihr meine Zeugin sein.«

»Unfug!«, fauchte die Mutter, diesmal lauter. »Dieser Versuchsaufbau wird ein Loch zwischen den Welten aufreißen, und im schlimmsten Fall wird die ganze Akademie davon ins Dämonenreich gesogen.«

»Das stimmt nicht!« Jetzt fuhr Enidin doch herum. »Das Flarimel-Theorem besagt –« Und dann musste sie hilflos zusehen, wie die Ehrwürdige Frau Mutter die Skizzen mit Enidins Versuchsaufbau an genau jene Kerzenflamme hielt, die bestimmt war, ihren Standort zu wechseln.

Enidin verfluchte erst sich selbst, dass sie mit dem Anzünden nicht doch gewartet hatte, und dann die Ehrwürdige Frau Mutter in so vielen und so lauten Worten, dass die Schwestern aus den umliegenden Zellen angelaufen kamen, um zu sehen, was da los war.

»Du bist sofort still, Kind! Diesen Ungehorsam werde ich mir nicht bieten lassen!«

Zornig fegte Enidin den Glassturz vom Tisch, dass er auf dem Boden zersprang. »Wenn ich hier wie ein kleines Kind behandelt werde, will ich mich auch wie eines benehmen dürfen!«

Und so kam es, dass Enidin für den Rest des Tages in der Pförtnerloge endete – ›damit ihr Trotz ein wenig abkühlen kann‹, wie die Ehrwürdige Frau Mutter sagte, aber in Wirklichkeit, damit die eine Dumme hatte, die nicht weglaufen konnte und das Besucherbuch führte. Als ob es ihr nicht reichte, Enidins Arbeit von Monaten zerstört zu haben, musste die Frau sie zusätzlich noch demütigen: »Und du wirst das hier tragen.« Das hier, das war die Tracht einer Novizin. Enidin konnte fluchen, Enidin konnte protestieren – sie war machtlos gegen die Ehrwürdige Frau Mutter. »Du legst deinen Schleier ab, sofort und bis zum Ende des Tages, oder ich werde dafür sorgen, dass er dir für immer aberkannt wird.«

Enidin biss die Zähne zusammen. Die Tränen, die ihr in die Augen schossen, waren Tränen des Zornes, doch sie durfte nicht zulassen, dass sie jemand sah. Sie hatte so vieles, das sie dieser Frau an den Kopf werfen wollte – die nur eifersüchtig auf Enidin war, auf ihr Talent, auf ihren Namen, und darauf, dass es Enidin gelungen war, das Flarimel-Theorem zu beweisen, nach über zweihundert Jahren –, aber Enidin schluckte jedes Wort, das ihr auf der Zunge lag, hinunter. Sie hatte im Leben so oft nachgeben müssen vor dieser Frau, und sie musste es auch jetzt wieder, doch ihr Tag würde noch kommen. Wenn sie erst einmal wieder aus der Pförtnerloge heraus war, wenn sie ihre Berechnungen rekonstruieren konnte …

Enidin regte sich mit Leidenschaft über die Ehrwürdige Frau Mutter auf, aber sie mochte es gar nicht, auf sich selbst wütend sein zu müssen. Warum hatte sie kein Duplikat ihrer Notizen angefertigt? Es hatte so eine schöne Reinschrift werden sollen, mit sauber getuschten Zeichnungen, Zeugnis dafür, dass Enidin der Tradition des Hauses Adramel folgte, selbst wenn ihre Mutter das nicht mehr miterleben konnte. Enidins erste eigene Forschung – und der alten Schnepfe fiel nichts Besseres ein, als alles zu zerstören.

So saß Enidin dann in der hellerleuchteten Loge, ohne ihren Schleier nackt und verwundbar. Natürlich, jemand musste die Arbeit machen, und die Novizin, die sonst Dienst gehabt hätte, lag im Bett und kurierte ihren Schnupfen aus, aber der Nächste, der auf die Idee kam, der Akademie einen Besuch abzustatten, würde sich noch wünschen, daheim geblieben zu sein.

Langsam versuchte Enidin, sich zu beruhigen. Sie hatte eine Feder und das große Besucherbuch vor sich – mit anderen Worten, Schreibzeug. Natürlich wäre es mit einem einfachen Bleistift leichter gewesen, die Feder war schwergängig und kleckste, aber besser als nichts. Enidin schrieb und strich wieder durch, es sah falsch aus, hatte sie nicht all ihre Zahlen und Werte auswendig im Kopf? Aber wenigstens war auf den großen Seiten des Besucherbuches viel Platz für Notizen. Die Ehrwürdige Frau Mutter sollte sich noch wundern!

Enidin war so versunken in der Rekonstruktion ihres Versuchsaufbaus, dass sie das Klopfen an der Tür erst beim zweiten oder dritten Mal hörte. Sie legte die Feder beiseite und blätterte schnell auf eine neue Seite des Besucherbuches um. Zu spät fiel ihr ein, dass sie keinen Löschsand aufgestreut hatte ... Unwirsch riss Enidin die Fensterklappe auf – wer immer das war, er sollte ruhig wissen, dass er störte.

»Was wollt –«, fing Enidin an und verstummte. Draußen stand ein Mann. Enidin hatte in ihrem Leben nicht viele davon zu Gesicht bekommen. Sie war in der Akademie zuhause, seit sie denken konnte, und was sollte sie auch mit Männern, wenn sie Magie haben konnte? Solange kein Mann imstande war, die Raumtheorie in ihrer ganzen Komplexität zu begreifen, wusste Enidin, dass sie ohne einfach besser dran war.

Bis jetzt. Da stand ein Mann, und von einem Augenblick auf den anderen hätte Enidin das Flarimel-Theorem seinlassen mögen und die ganze Akademie dazu. Das war ein Mann, der war ...

Enidin hatte keine Wörter dafür. Sie konnte einen Versuchsaufbau beschreiben oder eine arkane Fragestellung, keine Männer – aber dieser hier war einfach … schön. Schöner als ein gleichwinkliges Fünfeck und erst recht schöner als jeder andere Mensch, den Enidin jemals gesehen hatte.

»Störe ich?«, fragte er leise und lächelte sie an. Er lächelte! Sie an! Enidin war sprachlos. Erst nickte sie in ihrer Verwirrung, dann schüttelte sie den Kopf. Sie fühlte sich unglaublich dumm und brachte kein Wort heraus, und das war ihr im Leben noch nie passiert. Seine Augen waren fast schwarz, seine Haare auch: Enidin mochte eigentlich keine Dinge, die nur fast waren und nicht absolut, aber hier war es anders, hier war das Fast perfekt.

Sein Lächeln wurde etwas breiter und wärmer. »Ich sehe, ich habe Euch unterbrochen, das tut mir leid. Aber bei was? Ihr habt gearbeitet und Ihr habt geweint – mit was davon möchtet Ihr weitermachen, wenn ich wieder fort bin?« Sein Blick wanderte durch die Pförtnerloge und blieb an dem Besucherbuch hängen, der neu aufgeschlagenen Seite, die so verräterisch leer zurückblickte.

Enidin straffte sich. »Ich habe nicht geweint«, erwiderte sie, so gefasst sie konnte – selbst wenn, es war nur vor Zorn und ging auch den schönsten Mann der Welt nichts an.

»Dann gearbeitet? An was?«

Eigentlich, kam es Enidin kurz in den Sinn, sollte sie ihn nach seinem Namen fragen und was er wollte, aber wenn sie das tat, war er wieder weg und nichts mehr als ein Eintrag im Besucherbuch. So antwortete sie: »Ich beweise das Flarimel-Theorem.« Und als er nur nickte und dabei irgendwie interessiert aussah, setzte sie hinzu: »Aufgestellt von Jacintha Flarimel, 728 bis 784.« Der Fremde lachte leise, ein verstohlenes Glucksen, aber Enidin war in ihrem Element. »Es ist nie bewiesen worden, bis heute. Ich habe drei ganze Monate daran gearbeitet, und als ich fertig war …« Gerade noch rechtzeitig brach Enidin ab. Die Ehrwürdige Frau Mutter ging den Mann nichts an, vor allem, wenn Enidin jemals wieder aus der Pförtnerloge herauskommen wollte. Der schöne Mann schüttelte belustigt den Kopf. »Ihr seid noch sehr jung, kann das sein? Wenn ich raten darf – sechzehn, siebzehn? Ab welchem Alter werden Novizinnen aufgenommen?« Enidin richtete sich zu ihrer ganzen imposanten Größe auf – sie mochte rappeldürr sein, aber klein war sie nicht. »Ich bin keine Novizin«, antwortete sie würdevoll und gerade so streng, dass sie ihn nicht gleich in die Flucht damit schlug. Er hatte richtig geraten, was ihr Alter anging, aber das tat nichts zur Sache.

»Dann solltet Ihr wissen«, sagte der Mann, »dass man ein Theorem nicht in drei Monaten beweist. Rechnet mit einigen Jahren – und bedenkt, dass noch nicht einmal Jacintha Flarimel beweisen konnte, was sie angenommen hat.« Es war anders, als wenn die Ehrwürdige Frau Mutter versuchte, Enidin zu belehren. Er durfte das. Er durfte alles.

»Ihr kennt Euch mit Theoremen aus?«, fragte Enidin überrascht. Was wollte ein Mann mit Magietheorie? Männermagie war Krach und Bumm und ohne jeden Verstand, nach allem, was Enidin darüber gehört hatte.

Er lachte wieder. »Ich hatte einmal in Betracht gezogen, die magische Laufbahn einzuschlagen, aber ich muss zugeben, die Magie, die ein Mann lernen darf, hat mich nicht halb so sehr interessiert wie Eure, und auch wenn ich hinter einem Schleier mein Bärtchen perfekt hätte verbergen können, gefiel meinem Vater die Idee doch ganz und gar nicht.«

Enidin biss die Lippen zusammen, um nicht selbst lachen zu müssen – das gehörte sich nicht. Doch die Vorstellung, eine der Schwestern könne in Wirklichkeit ein Mann sein – am Ende die Ehrwürdige Frau Mutter selbst … Natürlich, es konnte nicht sein, und zum Essen nahmen sie schließlich ihre Schleier ab, aber trotzdem … Enidin fühlte, wie sie errötete, und hoffte, dass er es nicht bemerkte. »Dann kennt Ihr das Flarimel-Theorem?«

Er schüttelte den Kopf. »So weit bin ich nie gekommen. Aber Ihr dürft es mir erklären, wenn Ihr wollt.«

Enidins Herz begann zu hüpfen. »Wo soll ich anfangen …«, stammelte sie, und dann holte sie so weit aus, wie sie konnte, schon um ihn etwas länger halten zu können. »Ihr wisst, alle Dinge auf der Welt krümmen die Linien im Raum, ein jedes auf seine eigene, ganz spezifische Weise.« Sie bemühte sich, einfache Wörter zu benutzen. »Also, was die Linien sind, das wisst Ihr?«

Er nickte – und wäre zu mehr auch gar nicht gekommen.

»Unsere Schule baut auf der Erkenntnis auf, dass, wenn wir selbst die entsprechenden Krümmungen im Raum herbeiführen, in Experimenten mit speziellen Prismen und später, wenn wir aus dem Theorem eine Zauberformel entwickelt haben, mit Magie, dass der Gegenstand dann an der bezeichneten Stelle erscheint. Objekt und Krümmung stehen in ständiger Korrelation zueinander, aber es ist irrelevant, was zuerst da ist – das Objekt führt die Krümmung herbei und die Krümmung das Objekt.« Sie wollte gerade erklären, wie man das zum Beschwören nutzen konnte, zum Teleportieren und um Portale zu anderen Orten zu öffnen, doch in dem Moment kam ihr, schon wieder, die Ehrwürdige Frau Mutter in die Quere.

Sie kam die Treppe heruntergelaufen, Enidin erkannte sie sofort am Klappern ihrer Kette – jener Kette, die eigentlich Enidin zugestanden hätte nach der Tradition, dass immer eine Adramel der Akademie vorgestanden hatte, und wäre Enidin beim Tod ihrer Mutter nur älter als drei Jahre gewesen … »Hoheit«, rief sie. »Ich habe Euren Brief erhalten – was müsst Ihr noch warten, hat dieses junge Ding Euch belästigt?«

Hoheit? Enidin starb tausend Tode. War das der König? Das durfte nicht sein! Dafür war er zu jung, der König konnte unmöglich ... Also ein Prinz? Das war ein Prinz? Enidin errötete und erbleichte abwechselnd. Wer jemals versucht hätte, ihr etwas über Prinzen zu erzählen, wäre auf taube Ohren gestoßen, es sei denn, man diskutierte die Frage, welche besonderen Vorkehrungen nötig waren, um eine Königliche Hoheit zu teleportieren. Aber jetzt ... Der Prinz drehte sich zu der Ehrwürdigen Frau Mutter um, und selbst von hinten war sein Lächeln noch zu spüren. »Im Gegenteil, Verehrteste. Eure junge Schwester hat mich nur über die erstaunlichen Fortschritte informiert, die Eure Akademie in der letzten Zeit errungen hat. Das Flarimel-Theorem wurde bewiesen, wie ich höre – dann ist all das Gold, mit dem wir Euch unterstützen, doch nicht vergeudet.«

Enidin musste sich auf die Lippen beißen, um nicht zu schreien, vor Entsetzen oder Freude. Eines war klar, dies sollte nicht ihr letzter Tag in der Pförtnerloge sein. Aber wenn dieser Prinz jetzt noch öfter kommen sollte, entschädigte das für jede Stunde dort. Und als er dann mit einem letzten verschmitzten Nicken in Enidins Richtung der Ehrwürdigen Frau Mutter durch die Halle und die Treppe hinauf folgte, wäre sie am liebsten hinterhergeschlichen. Nicht um zu lauschen, natürlich – aber sie wusste immer noch nicht, welchen Namen sie in das Besucherbuch einzutragen hatte.

Beim gemeinsamen Abendessen hätten die Schwestern eigentlich nur über ein Thema sprechen sollen: den Beweis des Flarimel-Theorems durch Enidin Adramel, so jung, so talentiert, so fähig. Das war nun natürlich ins Wasser gefallen, aber ohnehin war das Einzige, worüber Enidin gerade wirklich reden wollte, der Besuch des Prinzen. Ein echter Prinz in der Akademie! Das musste die anderen Schwestern doch interessieren! Aber Enidin stieß auf taube Ohren.

»Wirklich, Enidin, ich hätte nicht von dir erwartet, dass du so tratschsüchtig bist«, sagte Schwester Adina Katomel und schüttelte den Kopf. »Was denkst du, dass unsere Errungenschaften dem Hof nichts bedeuten würden? Es gibt einen regelmäßigen Austausch mit dem König.«

»Ich weiß, die Ehrwürdige Frau Mutter schickt ihm Berichte – aber es war ein Prinz, und er war hier!« Enidin versuchte gar nicht erst zu erklären, wie schön dieser Mann war, wie freundlich, wie wundervoll.

»Wir hatten hier auch schon Prinzen«, erwiderte Adina Katomel. »Wenn du nicht immer in der Bibliothek vergraben wärst, wüsstest du das längst. Es ist nichts Besonderes dabei.«

Enidin löffelte ihre Suppe mit grimmiger Eile, dass ihr Spiegelbild in der klaren Brühe fast nicht mit dem Schlucken hinterherkam – nur um dann die Novizin, die das Essen austeilte, um Nachschlag zu bitten und beiläufig ihre Begegnung mit dem Prinzen zu erwähnen. Normalerweise suchte Enidin nicht die Nähe der Novizinnen. Es hatte sie immer zu den Adeptinnen hingezogen, dort wollte sie zugehören, eine Meisterin sein und keine Schülerin, und überhaupt, die Novizinnen waren dumme junge Dinger, die Enidin nicht das Wasser reichen konnten. Auch wenn sie mit einigen von ihnen seit frühester Kindheit aufgewachsen war, suchte Enidin Wissen, keine Spielkameraden, und jetzt, da sie sich ihren Schleier verdient hatte, gab es wenige Gründe, überhaupt jemals mit einer Novizin zu sprechen, wenn es nicht in einer Lehrstunde war und Enidin den Anfängerinnen einen komplexen Zusammenhang erklären durfte. Doch jetzt, zum ersten Mal überhaupt, ahnte Enidin, dass sie mit einer Gesprächspartnerin in ihrem eigenen Alter besser bedient war.

»Wer von euch hätte heute Dienst gehabt? Katalin Elomel, nicht wahr? Sie ist krank, da hat sie wirklich etwas verpasst, es ist Besuch gekommen, ein echter Prinz …«

Wenigstens die Novizin erschien hinreichend beeindruckt, aber

Enidin kam sich plötzlich furchtbar albern vor. Wollte sie das wirklich, mit den Novizinnen tuscheln? Schwester Adina Katomel hatte recht – das war unter Enidins Würde.

»Ach, übrigens …« Sie ließ die Novizin stehen und wandte sich wieder ihrer Sitznachbarin zu. »Habe ich schon von meinen Überlegungen zum Flarimel-Theorem erzählt?« Aber sie hatte sich im Leben noch nicht weniger dafür interessiert. Fast war Enidin froh, als der Gong geschlagen wurde, der den Schwestern bedeutete, ihre Tischgespräche zu beenden. Die Ehrwürdige Frau Mutter hatte etwas zu sagen.

»Meine lieben Schwestern!«, rief sie und klang beinahe, als meinte sie es auch so. »Die großen Entdeckungen, die unsere Forschung in der jüngsten Zeit gemacht hat, sind auch jenseits der Mauern unserer Akademie nicht unbemerkt geblieben, und es ergibt sich, dass der Hof selbst unserer Dienste bedarf. Ich werde jetzt eine Liste mit Namen von Schwestern verlesen, die ich bitte, mich nachher in meinem Sprechzimmer aufzusuchen. Ich habe Dringliches mit euch zu bereden.«

Enidins Name war nicht dabei, das wusste sie schon, bevor die Ehrwürdige Frau Mutter auch nur den ersten ausgesprochen hatte. Und worum ging es jetzt, hätte sie nicht wenigstens so viel verraten können? Enidin schüttelte den Kopf, dann lächelte sie bei sich. Die Ehrwürdige Frau Mutter verlangte acht Schwestern zu sprechen – aber das hieß nicht, dass ihr Sprechzimmer für die übrigen verboten war. Wenn die Ehrwürdige Frau Mutter dort war, dann war sie zu sprechen. Enidin musste nur zusehen, die Erste zu sein. Sie entschuldigte sich bei Adina Katomel, ließ ihre Suppe stehen, für die ihr ohnehin der Appetit fehlte, und lief los. Mit etwas Glück kam sie am Sprechzimmer an, noch bevor die Ehrwürdige Frau Mutter selbst dort war.

»Was hast du hier zu suchen, Kind? Dich habe ich nicht aufgerufen.«

Enidin lächelte hinter dem Schutz ihres Schleiers. »Das war nicht nötig, ich habe mich selbst aufgerufen. Der Hof sucht eine Magierin, und ich bin nicht weniger fähig als die anderen.«

Doch die Frau, die Enidin Ehrwürdige Frau Mutter nennen musste, lachte nur. »So eifrig, Kind, so eifrig – erst das Flarimel-Theorem, jetzt der Hof – und weder das eine noch das andere ist für dich. Sie brauchen eine gestandene Frau, die ihr Handwerk versteht, keine, die noch grün ist und gerade erst ihre Prüfungen abgelegt hat.«

Enidin versuchte, ihren Zorn hinunterzuschlucken. »Meine Prüfungen hätte ich vor drei Jahren abgelegt, wenn Ihr das nicht verhindert hättet, Editha Dalomel.«

»Wie redest du mit mir?«, fauchte die Ehrwürdige Frau Mutter. »Ich habe einen Titel, und mit dem wirst du mich ansprechen.«

»Und ich«, erwiderte Enidin triumphierend, »habe einen Namen. Ich bin Enidin Adramel, und ich bin es satt, wie ein Kind behandelt zu werden. Der König sucht eine Magierin, nicht acht – und wenn er ohnehin seine Auswahl trifft, dann kann er sie ebenso gut aus Neunen treffen. Wenn er mich nicht nimmt, ist nichts verloren. Aber ich will das Recht haben, wie die anderen vorzusprechen.« Sie wusste nicht, wo sie den Mut hernahm. Jahrelang hatte sie stillgehalten, sich von der Ehrwürdigen Frau Mutter schikanieren und drangsalieren lassen, doch wenn sie immer betonte, kein Kind mehr zu sein, dann musste sie selbst damit anfangen.

»Das genügt, Kind! Du gibst mir sofort deinen Schleier, und dann …«

»Nein«, sagte Enidin. »Es ist mein Schleier, ich habe jede Prüfung mit Auszeichnung bestanden, und daran könnt Ihr nicht rütteln. Ihr habt hinauszögern können, dass ich mich Adeptin nennen darf, aber nun bin ich es, und ich bleibe es, und ich gehe zum König. Ihr könnt nicht dem König Vorschriften machen, wen er in seine Auswahl einbezieht und wen nicht.« Dann machte sie kehrt und ging, stolz, würdevoll, aufrecht. Sie hatte einen Prinzen kennengelernt. Und nichts würde sie davon abhalten, ihn wiederzusehen.

Als am anderen Morgen acht Schwestern die Akademie verließen, um sich auf den Weg zum König zu machen, wartete Enidin, bis die Ehrwürdige Frau Mutter die Auserwählten mit ein paar angemessen würdevollen Worten verabschiedet hatte. Dann, ohne noch einmal um Erlaubnis oder Entschuldigung zu bitten, schloss sie sich ihnen an. Es war nicht verboten, in die Stadt zu gehen, auch wenn Enidin es sonst niemals tat, weil es dort nichts gab, was sie interessiert hätte. Der Ehrwürdigen Frau Mutter waren die Hände gebunden – sie konnte Enidin nicht einsperren, nur zusehen, wie diese unter ihren Augen aus dem Haupttor spazierte. Wenn Enidin sich zum Narren machen wollte, sollte das ihr eigenes Problem sein.

Mit schnellen Schritten holte Enidin die Gruppe der Magierinnen ein. Sie nickte Schwester Ervanka Thiomel zu, die vor ihr ging.

»Enidin? Du standst nicht auf der Liste.«

»Es ist in Ordnung«, antwortete Enidin. »Ich habe mit der Ehrwürdigen Frau Mutter geredet.« Das schien den anderen zu genügen, und Enidin war froh, noch nicht einmal lügen zu müssen. Noch froher jedoch war sie, nicht allein unterwegs zu sein, und auch wenn ihre langen himmelblauen Roben und der Schleier sie vor den neugierigen Blicken der Menschen schützten, fühlte sie sich unsicher. Vielleicht lag es an der ungewohnten Umgebung, vielleicht an der Luft, die mehr nach Straßendung roch als nach Büchern und Kerzen, doch Enidin fing an zu begreifen, auf was sie sich da gerade einließ – und dass sie nicht unterwegs war, um ihren charmanten jungen Prinzen wiederzutreffen, sondern dessen Vater, und der war immerhin König.

Enidin unterdrückte das merkwürdig flaue Gefühl im Bauch. Sie hätte nur kehrtmachen müssen, doch sie tat es nicht. Sie folgte den Schwestern auf ihrem Weg durch die Stadt, eine stille Prozession, der die Menschen ehrfürchtig auswichen, hinauf zur Burg. Auch wenn sie Grund gehabt hätte, sich nach allen Seiten umzusehen, um die neuen, fremden Eindrücke zu sammeln, die sie so schnell nicht wieder zu Gesicht bekommen würde, ließ Enidin ihre Augen auf Ervanka Thiomels Rücken. Sie wusste nicht, nach welchem Kriterium die Ehrwürdige Frau Mutter die Schwestern ausgewählt hatte. Es waren allesamt erfahrene, verdiente Schwestern, jede mit einem guten Ruf, jede eines Königs würdig. Enidin dagegen ... Sie glaubte an Magie, an die Mächte des Kosmos und daran, dass alles einen Sinn hatte. Manchmal krümmte das Objekt den Raum. Und manchmal krümmte der Raum das Objekt. Eine Liste mit acht Namen zur Auswahl, und eine Neunte, die einfach die Richtige war ...

Tatsächlich hatte Enidin keine Ahnung, um was es gehen sollte. Die Ehrwürdige Frau Mutter hatte nur etwas gemurmelt, Expedition begleiten ... Mitglied der königlichen Familie ... Also, nicht wirklich gemurmelt, aber Enidin, die hinter der Tür lauschte, hatte mehr nicht verstehen können. Sie war in der Lage, eins und eins zusammenzuzählen. Wenn der König einen Sohn hatte, der auf Expedition ging, und einen Sohn, der dies der Akademie mitteilte, dann waren eins und eins sehr wahrscheinlich eins. Alles andere ergab keinen Sinn. Doch jetzt, als die Burg vor ihr aufragte, verließ Enidin fast der Mut.

Die Magierinnen wurden erwartet. Niemand fragte nach ihren Namen, wer sie waren, die Wachen am Tor ließen sie passieren, und dahinter lag die Burg, die so viel älter war als die Akademie und die es doch nicht schaffte, in ihrer feuchtkalten Düsternis mehr Würde auszustrahlen als die von Weisheit durchzogenen Mauern der Akademie.

»Wartet hier«, sagte der Bedienstete, der ihnen den Weg gewiesen hatte. »Ihr werdet aufgerufen, eine nach der anderen.« Der Flur war breit, fast schon eine Halle, und endete vor einer Tür, so groß und mächtig, dass sie ihn fast in ganzer Breite ausfüllte. Davor waren eine Reihe von Stühlen aufgestellt, und Enidin war erleichtert festzustellen, dass es sechs auf jeder Seite waren und sie sich zumindest nicht dadurch verriet, dass sie als Einzige stehen musste. Doch wenn der König wusste, wie viele Magierinnen zu erwarten waren … Enidin schluckte. Vielleicht war der Zorn der Ehrwürdigen Frau Mutter noch das, was sie am wenigsten fürchten musste.

Dann verschwand die erste Schwester durch die Tür, und es dauerte mehr als eine halbe Stunde, bis die zweite Schwester aufgerufen wurde, und fast eine ganze bis zur dritten. Heraus kam niemand, was Enidin nicht verwunderte. Sicherlich wurden die Magierinnen nach dem Gespräch durch einen anderen Ausgang hinausgeführt. Enidin war geduldig, sie hatte drei Jahre warten müssen, um auch nur zur Prüfung zugelassen zu werden, dann kam es jetzt auf ein paar Stunden mehr oder weniger auch nicht an – die Frage war nur, wie viel Zeit und Geduld hatte der König? Keine der Schwestern sprach ein Wort. Dies war nicht der rechte Ort zum Plauschen, um Forschungsergebnisse auszutauschen oder über eine neue Theorie zu diskutieren – und für diejenige, die der König am Ende auswählte, hatte es erst einmal ein Ende mit den Studien. Enidin wollte doch auf gar keine Expedition! Sie wollte in der Akademie bleiben, ihre Forschungen fortsetzen – wenn sie jetzt loszog, ans Ende der Welt und zurück, dann konnte das ein Jahr dauern oder länger!

Der Grund, warum Enidin doch blieb und wartete, wider besseres Wissen und alles, was ihr heilig war, hing an der gegenüberliegenden Wand. Es war ein großes Gemälde, der König im Kreise seiner Söhne. Er hatte offenbar fünf Stück davon, oder noch mehr, die vielleicht nicht mit aufs Bild gewollt hatten. Aber nur einer von ihnen blickte direkt aus der Leinwand heraus, blickte Enidin an aus Augen, die so schwarz waren wie die Nacht. Zumindest fast.

Die nächste Schwester wurde hereingebeten, und jetzt waren sie nur noch zu viert. Dann zu dritt. Dann zu zweit. Und schließlich war Enidin allein. Sie bedauerte, kein Buch zum Lesen dabeizuhaben, geschweige denn Schreibzeug, um sich Notizen zu machen. Erst jetzt ging ihr auf, dass sie noch nicht einmal den Namen des Königs kannte. Es traf sich gut, dass er auch von ihr noch nie gehört hatte, ebenso wenig wie der Lakai, der kam und sie aufrief.

»Kommt mit, Adeptin. Der König möchte Euch sprechen.«

Fast hätte Enidin gefragt »Wirklich?«, aber sie nickte nur, erhob sich mit knackenden Knien, und durchschritt die Tür. Dann stand sie vor dem König. Und nur vor dem König. Schwindelig vor Aufregung nahm Enidin nur schemenhaft wahr, dass sie am Ende einer riesigen Halle stand, die der Thronsaal sein musste und die leer war bis auf den König und sie. Er trug keine Krone, aber wo es die Robe war, die eine Frau zur Magierin machte, war der König immer König – er konnte nicht hinter seinem Titel verschwinden, er war sein Titel.

Von seinem hohen, prunkvoll verzierten Stuhl aus blickte er an Enidin hinunter, als ob es mehr zu sehen gab als eine große dünne Säule aus hellblauem Stoff, die oben einen Schlitz für die Augen hatte. Noch nie war Enidin froher über ihren Schleier gewesen als in diesem Moment. »Euer Name?«

Sie schluckte. »Enidin Adramel, Majestät.«

Der König nickte nur, als ob ihm das etwas sagte. »Dann seid Ihr diejenige, die nicht auf der Liste steht.«

»Ja«, sagte Enidin.

»Warum seid Ihr dann hier, wenn Ihr nicht auf der Liste steht?«

»Ich dachte, Ihr sucht eine Magierin und keine Liste«, entgegnete Enidin und überlegte fieberhaft, was zu tun war. Sie versuchte sich vorzustellen, was ihre Schwestern gesagt haben mochten; der König hatte schon zu viele Magierinnen an diesem Tag gesehen – am Ende durfte ihm nur Enidin im Gedächtnis bleiben. Der Anfang war gemacht, sie war die Listenlose, doch das allein würde nicht ausreichen. Der König sah nicht so aus, als ob er sich freute, noch ein weiteres Gespräch führen zu müssen. Kein guter Anfang. Aber wenigstens war Enidin nicht auf den Mund gefallen. »Und ich bin die Beste, die Ihr bekommen könnt«, setzte sie hinterher.

»So? Und warum soll ich Euch das glauben?«

Enidin sprach mit ihrer dunkelsten Stimme, um erwachsener zu klingen. »Ich bin eine Magierin mit langer Tradition. Mein Haus leitet seit vielen Generationen die Akademie. Ich habe mit dem Studium begonnen, kaum dass ich laufen konnte, und war bereits mit vierzehn Jahren bereit für meine abschließenden Prüfungen. Bestanden habe ich als Beste meines Jahrgangs.«

»Gab es denn andere Kandidatinnen Eures Jahrgangs?«, fragte der König zurück, und Enidin geriet ins Schwimmen. Wenn er als Nächstes nach ihrem Alter fragte …

»Wenn man die Beste ist, sind alle anderen egal«, antwortete sie. Keine falsche Bescheidenheit, wenn man einen König beeindrucken wollte. Der Hall ihrer Stimme ließ sie selbstsicherer wirken, als sie es tatsächlich war.

Der König verzog keine Miene. »Wie würdet Ihr Euer Spezialgebiet in der Magie beschreiben?«

»Raumtheorie.« Wenigstens eine Frage, bei der Enidin nicht lange überlegen musste. »Teleportation, Portale, dergleichen.«

Keine gute Antwort. »Das ist die Ausrichtung Eurer Akademie. Dass Ihr keine Feuerbälle werft, war mir klar.« Der König blätterte durch Unterlagen, die er auf der breiten Lehne des Throns balancierte, und sah dabei aus, als wünschte er sich nichts sehnlicher als einen anständig großen Schreibtisch. »Dann gebt mir eine Kostprobe Eures Könnens.«

»Ihr meint, ich soll Magie wirken?«, fragte Enidin. »Hier?«

»Dafür seid Ihr doch hier, oder etwa nicht?«

In diesem Moment traf Enidin eine Entscheidung. »Nein«, sagte sie. »Ich werde nicht für Euch zaubern.« Jetzt, endlich, hatte sie seine Aufmerksamkeit. Enidin redete weiter, entweder sich um Kopf und Kragen oder direkt in des Königs Dienste. »Magie ist nicht zum Vorführen gedacht, nicht zur Belustigung – sie ist eine Kunst, ein kostbares Gut, und wo sie nicht sich selbst dient, der Weisheit oder der Schönheit, darf sie nicht mutwillig abgenutzt werden.«

»Und Ihr erwartet, dass ich eine Magierin auswähle, die nicht bereit ist zu zaubern?«, fragte der König, vielleicht ein bisschen amüsiert.

»Ich erwarte, dass Ihr eine Magierin auswählt, die ihre Kunst ernst nimmt und sie nicht für den billigen Effekt verrät. Zu viele Gefahren können eintreten, wenn leichtfertig mit Magie gespielt wird, vor allem, wenn es um Portale geht.«

Jetzt lachte der König tatsächlich und ähnelte dabei seinem Sohn. »Eine letzte Frage«, sagte er. »Was ist dann, Eurer Ansicht nach, der Sinn von Magie?«

»Magie macht das Unmögliche möglich«, antwortete Enidin. Das war keine Frage der Ansicht. Das war einfach so.

»Und ist sie nicht auch dazu da, den Menschen das Leben zu erleichtern?«

Doch auf diese Falle war Enidin vorbereitet. »Nein«, antwortete sie, überzeugt und ohne zu zögern. »Was leicht oder schwer ist, kann der Mensch selbst erreichen. In der Magie gibt es kein leicht und schwer, nur möglich und unmöglich.«

»Gut«, sagte der König. »Vielen Dank, Frau Adramel. Ihr werdet nun hinausgeleitet. Meine Entscheidung werde ich der Akademie mitteilen.«

Das war es schon? Jede andere Schwester musste zehnmal länger dort drin geblieben sein! Aber die hatten natürlich auch gezaubert.

An der Seite des Thronsaals, hinten und in Schatten gehüllt, öffnete sich eine Tür, die Enidin bis dahin nicht bemerkt hatte. Mit steifen Knien und ohne angemessene Verabschiedung stakste Enidin zum Ausgang und wusste nicht, woran sie war – dieser König ließ sich nicht anmerken, was er dachte oder wollte: sicher eine Magierin, die ihr Handwerk verstand und nicht nur die Theorie dahinter ...

Enidin hatte keine Ahnung, wie spät es war, als sie sich in einem Warteraum wiederfand, deutlich kleiner und schlichter als der Flur, in dem sie mehr als den halben Tag verbracht hatte. Die Tür zum Thronsaal schloss sich von selbst wieder, keine Magie, sondern ein Mechanismus, den der König wohl von seinem Thron aus steuern konnte. Eine andere Tür führte hinaus, aber Enidin rührte sich nicht.

Von den anderen Schwestern war nichts zu sehen, und warum hätten sie auch warten sollen? Sie waren sicher auf dem Rückweg zur Akademie oder lange dort angekommen. Enidin hatte es nicht eilig, und erst recht wollte sie nicht in der Burg herumirren und den Ausgang suchen, wenn gleich ein Bediensteter kam, um sie wieder hinauszuführen. Sie nahm auf einem der schmalen Stühle Platz, doch schon im gleichen Augenblick öffnete sich die Tür ins Freie. Herein kam kein Diener. Es war Enidins Prinz.

Enidin fühlte sich, als wäre sämtliches Blut auf einen Schlag aus ihrem Körper verschwunden. Es war etwas anderes, ob der Mann auf der anderen Seite einer Fensteröffnung war oder so direkt vor ihr stand, dass sie ihn riechen und beinahe fühlen konnte. Alles, was sie jetzt noch rettete, war, dass er nicht wissen konnte, wer sie war. Und das sollte auch so bleiben.

»Nanu!«, machte er, zu leise, um sich wirklich erschrocken haben zu können. »Eine der Kandidatinnen meines Vaters?«

Enidin nutzte ihr Nicken aus, um zu Boden zu schauen, bevor er sie an ihren Augen erkennen konnte – falls er sich überhaupt an sie erinnerte. Aber es war zu spät.

»Einen Moment!«, sagte der Prinz. »Euch kenne ich doch! Ihr seid die Novizin mit dem Flarimel-Theorem!«

»Ich bin keine Novizin«, schnappte Enidin. Egal, wie gut er aussah, sie hatte es nicht nötig, sich beleidigen zu lassen.

Der Prinz schüttelte nur den Kopf und lachte. »Was auch immer. Schön, dass Ihr hergekommen seid. Mein Vater ist schon durch mit Euch? Dann seid Ihr auf dem Nachhauseweg – habt Ihr es eilig, oder könnt Ihr einen Moment für mich entbehren?«

Enidin blieb vorsichtig. »Was wünscht Ihr?« Alles in ihr schrie »Ja! Ja! Ja!«, aber sie wusste, was sich gehörte.

»Nur reden, keine Sorge!« Er lachte über Enidins Erstarren. »Wenn ich bald mit Euch auf eine Expedition aufbreche, möchte ich Euch doch noch ein bisschen besser kennenlernen.«

»Das muss Euer Vater entscheiden«, murmelte Enidin.

»Nicht ganz«, antwortete der Prinz. »Es ist meine Expedition, ich bin jung und voller Neugier und will das Land der Alfeyn besuchen. Mein Vater beugt sich hier nur meinen Wünschen, und wenn ich mir Euch wünsche, dann bekomme ich Euch auch – und wenn ich die Gelegenheit hätte, noch etwas mehr von Euch zu sehen, als Ihr mir gerade anbietet … Ihr würdet doch auch nicht so verschleiert aufbrechen, oder?«

»Natürlich würde ich das!« Was glaubte er denn, wofür die Schleier waren? Feine Tracht bei Hofe?

»Aber Ihr habt so ein hübsches Gesicht und so einen gescheiten Mund – das wäre doch schade, nicht wahr?«

Enidin lächelte mit den Augen. »Gescheit ist mein Mund noch immer. Ich bin verschleiert, nicht geknebelt.«

»Also kommt Ihr mit mir?«

Sie schüttelte den Kopf. »Dafür bin ich immer noch zu gescheit«, entgegnete sie. »Euer Vater sucht eine Magierin, und wenn er denken muss, dass Ihr jetzt schon zu viel Zeit mit mir verbringt, wird er denken, ich lenke Euch nur ab. Und umgekehrt, wenn Ihr mehr von mir sehen wollt, dann legt bei Eurem Vater ein gutes Wort für mich ein.«

Enidin hätte sich ohrfeigen können. Was hätte sie darum gegeben, jetzt mit ihm zu gehen! Ihn besser kennenlernen, endlich nach seinem Namen fragen und nach dem Sinn der Expedition ...

Abwehrend hob der Prinz die Hände. »Ich wollte nur über Euer Theorem sprechen«, sagte er, fast gekränkt. »Ich habe mich schlaugemacht nach unserer Begegnung – aber wenn Ihr nicht wollt, ich kann meinen Vater auch in jede andere Richtung beeinflussen. Wenn ich Wochen, vielleicht Monate mit Euch verbringen soll, und Ihr verweigert Euch mir jetzt schon so, dann weiß ich nicht, wie glücklich ich mit Euch werden kann.«

Enidin wurde es heiß unter ihrer Robe. Was sollte sie tun? Sie wollte ausgewählt werden, und wofür? Um mehr Zeit mit dem Prinzen verbringen zu können. Warum also nicht jetzt? Sie nickte langsam. »Gerne, aber ich will Euch Eure Zeit nicht stehlen!«

Wieder lachte er, auf diese ganz bestimmte Art, die Enidin gefiel – wenn er so lachte, tat ihr Herz einen Hüpfer, nur vom Zusehen. Und wie seine Augen dabei funkelten! »Zeit stehlen? Wo denkt Ihr hin? Ich suche doch nur jemanden, dem ich meine eigene Theorie zum Flarimel-Theorem unterbreiten kann, und wer sollte dafür besser geeignet sein als Ihr?«

»Eure Theorie?«, fragte Enidin. Männer und Theoreme, das passte einfach nicht zueinander.

»Ich glaube, ich habe den Denkfehler gefunden, warum es zweihundert Jahre lang niemand hat beweisen können.« Egal, und selbst wenn er jetzt den größten Unsinn redete, Enidin wollte jedes einzelne Wort hören und am liebsten mehrmals. »Begleitet mich in meine Gemächer, und ich erkläre es Euch unterwegs. Vielleicht deckt es sich mit Euren Berechnungen, aber vielleicht hilft es Euch ja doch weiter.« Er hatte schon die Hand an der Tür, und erst jetzt fiel Enidin auf, dass diese auf der Innenseite keine Klinke hatte. Schnell stand sie auf, bevor er fort war, und folgte ihm. »Zweihundert Jahre lang haben Eure Schwestern einen Weg gesucht, wie man die Kerze dazu bringen kann, an zwei Orten gleichzeitig zu sein, nicht wahr?« Enidin nickte, wollte etwas erklären, kam aber nicht mehr zu Wort. Er hatte sie verstanden. »Die Kerze ist egal«, sagte er. »Es geht nur um die Luft.«

Vor jähem Glück konnte Enidin nicht einmal mehr nicken, geschweige denn atmen. In dem Moment vergaß sie das Flarimel-Theorem. Vergaß alles, alle Magie, alle Theorie. Sie hatte ein Herz. Und zum ersten Mal war es zu mehr da, als Blut durch ihren Körper zu pumpen.

Es war schon spät, als Enidin sich auf den Rückweg zur Akademie machte, und sie hatte auch ein schlechtes Gewissen deswegen, zumindest ein bisschen. Aber ihre Füße schwebten über dem Boden, ohne dass sie deswegen ein Theorem hätte entwickeln müssen.

Draußen umfing sie die Nacht. Hatte das Warten so lange gedauert? Ihr Gespräch mit dem Prinzen konnte es nicht gewesen sein, das war so schnell vorbeigegangen … mit Tymur. Er hatte jetzt einen Namen – ein Name, mit dem sie von ihm denken, mit dem sie ihn ansprechen durfte, und bald, wenn alles gutgehen sollte, durfte sie mit ihm auf eine Reise gehen ans andere Ende der Welt …

Erst unten auf der Straße, als sie schon wieder in der Stadt war und die Burg weit hinter ihr lag, begriff Enidin, dass Tymur über die Expedition kein Wort mehr verloren hatte, und Enidin hatte nicht danach gefragt – eigentlich hatten sie nur über Magie gesprochen, über Theoreme und die Linien im Raum, aber gab es etwas, worüber Enidin lieber reden mochte? Sie musste grinsen, als ob etwas ihr Gesicht bei den Mundwinkeln packte und nach außen zog, und war froh, dass niemand es sehen konnte, es gehörte ihr ganz allein. Nach den harten Jahren, nach der ganzen Schikane und allem, was die Ehrwürdige Frau Mutter getan hatte, um ihr Steine in den Weg zu legen, gab es endlich einen Menschen, den Enidin mochte und der bereit war, sie zurückzumögen.

Über diesen Gedanken kam Enidin an der Akademie an, hatte schon eine Entschuldigung auf den Lippen für ihr langes Fernbleiben – und nichts war mehr so, wie es sein sollte. Sie hatte erwartet, die Eingangshalle verlassen vorzufinden, die Pförtnerloge verwaist, und alles dunkel bis auf die Bibliothek, wo immer ein Licht brannte. Stattdessen war die ganze Akademie hell erleuchtet, alle Schwestern auf den Beinen – bis auf die Ehrwürdige Frau Mutter. Die war tot.

Sie lag in der Halle, am Fuß der Treppe, so, wie sie gefallen war, ihr Körper verdreht, eine geborstene Säule. Ihr Schleier war verrutscht und zeigte ein Gesicht, das Enidin noch in ihren Träumen heimsuchen würde, doch die Kette war ihr geblieben, sie lag so würdevoll um einen gebrochenen Hals, als könne noch nicht einmal der Tod Editha Dalomel von ihrem Amt trennen.

Die Schwestern standen um sie herum, zu fassungslos, um auch nur ein Tuch über den leblosen Körper zu breiten, geschweige denn sie in ihre Zelle zu tragen oder an einen Ort, wo sie ihren Frieden finden konnte. Der Tod war kein seltener Gast in der Akademie, nicht seltener als in anderen Häusern, doch wenn eine Schwester starb, dann war es das Alter oder eine Krankheit, man konnte Abschied von ihr nehmen, selbst wenn es die eigene Mutter war und man selbst erst drei Jahre alt – aber man stürzte nicht einfach kopfüber die Treppe hinunter und war tot.

Enidin stand wie erstarrt, ihr Gesicht immer noch verzerrt von einem Grinsen, das keine Bedeutung mehr hatte. War sie das gewesen? Sie hatte sich gewünscht, mehr als nur einmal, diese garstige Frau würde sich den Hals brechen – aber das war doch nur in Gedanken gewesen … Was war zuerst, der Gedanke oder die Tat? Zeit war eine Illusion. Alles geschah gleichzeitig, nur die Wahrnehmung entschied darüber, was wann war, ein neuer Blickwinkel, und alles konnte anders sein … Aber egal wie Enidin die Dinge drehte, am Ende und am Anfang stand nur sie.

Sie durfte nicht mehr bleiben. Egal, wie der König entschied, ob er sich von Tymur gut zureden ließ oder gegen seinen Sohn entschied, Enidin musste die Akademie verlassen. Bevor jemand eine Verbindung zog zwischen ihr und dem Tod … Sie konnte nicht bleiben. Egal was ihr Recht war oder ihr Erbe.

Enidin hatte zugelassen, dass eine andere Gewalt die Linien ihres Lebens krümmte. Und jetzt hatte sie keine Wahl mehr, als ihnen zu folgen.

FÜNFTES KAPITEL

Hämmern an der Tür. »Kev! Kev Kaltnadel! Verdammt, Kev, mach auf! Es ist dein Bruder. Wir haben ihn gefunden! Er ist tot!«

Kevron schreckte hoch. Es war still, und mitten in der Nacht. Niemand war an der Tür als Träume, aber es half nichts, dass Kevron sich nicht traute, danach wieder einzuschlafen, der Albtraum ging weiter, auch im Wachen. Kevron kannte jedes Wort, das zu folgen hatte. Wir wissen nicht, wer es war. Stich ins Herz, von vorne. Muss jemand gewesen sein, den er kannte. Wie, du weißt nicht, mit wem er sich abgegeben hat? Er war dein Bruder, verdammt!

Kevron verfluchte sich, überhaupt schlafen gegangen zu sein, nachts, nüchtern. Er sollte wissen, was dann kam. Selbst schuld. Wie spät war es? Konnte der Kreisel noch geöffnet sein? Selbst wenn – nach dem Traum wagte sich Kevron ohnehin nicht mehr vor die Tür. Hatte er noch einen Schluck im Haus? Keinen Tropfen – verfluchter Neuanfang …

Zitternd zog Kevron sich die Decke über den Kopf, irgendwann musste der Tag kommen; wenn es einmal hell war, schliefen die Dämonen, bis auf seine … Wieder weckte ihn ein Hämmern, daran merkte er, dass er eingeschlafen sein musste, aber es war der

Regen an seinem Fenster, nur der Regen … Nein, das war kein Gesicht an der Scheibe, niemand schlich übers Dach, niemand kam, um ihn zu töten, er musste schlafen, wieder einschlafen, alles war in Ordnung …

Nichts war in Ordnung. Kevron war zu nüchtern, um sich etwas anderes einzureden. Nüchtern seit Tagen, er mochte sie nicht zählen, es war keine triumphierende Nüchternheit, geboren aus nackter Willenskraft, sondern die klägliche Nüchternheit eines Mannes, der es nicht mehr wagen konnte, sich zu betrinken.

Draußen regnete es immer noch in Strömen, war es immer noch stockfinster, als Kevron es im Bett nicht mehr aushielt und im Haus auch nicht. Er hatte vier Jahre lang dort gesessen, gewartet, dass Kays Mörder auch zu ihm kamen – es konnte so nicht weitergehen. Kevron besaß nicht einmal mehr eine brauchbare Jacke, alles bis auf sein Werkzeug hatte er zu Geld machen müssen, und wofür brauchte derjenige eine Jacke, der das Haus nicht verließ? Jetzt mussten Hemd und Weste gegen den Regen ausreichen, als Kevron mit zitternden Knien in die Nacht hinauslief.

Vielleicht nahte irgendwo da draußen schon die Dämmerung, bei dem zugezogenen Himmel gab es kaum mehr als die Hand vor Augen zu sehen, doch Kevrons Füße kannten den Weg. Um den Ort, zu dem es ihn jetzt zog, hatte er nicht nur die letzten vier Jahre lang so nachdrücklich einen Bogen gemacht, dass er noch volltrunken, blind und mit verbundenen Augen wusste, in welcher Richtung er lag. Aber erst, als er dort ankam, nass und durchgefroren, verstand er wirklich, wo er war.

Selbst durch den Regen war der immer allgegenwärtige Karamellgeruch zu spüren, der verriet, woher der Zuckermarkt seinen Namen hatte, und der so schön den Gestank der Gerbstoffe überdeckte, mit denen man sich als Fälscher sonst zu schnell bei den Nachbarn verdächtig machte. Hier stand immer noch Kays Haus, auch wenn Kay selbst nur ein paar Jahre lang dort gelebt hatte und nun schon lange nicht mehr. Ein schönes Haus mit einem Fundament aus Stein, letztes Zeichen davon, wie reich die Brüder mit ihrer Arbeit geworden waren, Geld, von dem schon lange nichts mehr übrig war.

Sein eigenes Haus hatte Kevron zu Wein gemacht, zu viele Jahre war das her und zu viel Wein, aber hier stand er, den Kopf im Nacken, Regen im Gesicht, und starrte hoch zu dem dunklen Giebel, der sich tiefschwarz vor dem jetzt immerhin grauen Himmel abhob, starrte und starrte, als ob er dort eine Antwort finden könnte. Ihm war schwindelig, er musste sich nach vorne lehnen und mit den Händen abstützen, um nicht umzufallen – Antwort gab es keine.

Wenn er vor vier Jahren gekommen wäre – wenn er Spuren gesucht hätte, versucht hätte herauszufinden, wer das getan hatte – jetzt war es zu spät. Selbst in der hellsten Sonne hätte der Zuckermarkt sein Geheimnis behalten. Unter den Fingern fühlte Kevron eine Unebenheit im Stein, dort war etwas hineingeritzt, mechanisch folgte er dem Muster mit der Fingerspitze, selbst dann noch, als er genau wusste, was es war. Für unwissende Augen ein Kreuz, durchteilt von einem senkrechten Strich. Für die beiden, die es verstanden, ein doppeltes K, Rücken an Rücken. Kev und Kay. Wer hatte es dort hineingeritzt? Kay? Obwohl sie nicht mehr miteinander sprachen?

Kevron schluckte und ließ los, fiel hin, rappelte sich auf und floh, rannte nach Hause, so schnell ihn die müden Beine noch tragen mochten. Er hatte Erlösung gesucht in der Nacht, Erleichterung, Bestätigung – nichts davon fand er, nichts. Er wusste nicht, wie er es heimgeschafft hatte, aber er lag wieder in seinem Bett, und vielleicht war alles nur ein Traum gewesen, war er nur nass, weil er sich buchstäblich blutig geschwitzt hatte in seiner Angst. Hämmern an seiner Tür. Kevron schreckte hoch.

Es hämmerte immer noch. Draußen war es Tag. Und so sehr

sich Kevron einreden mochte, dass es alles nur Einbildung war, es hämmerte weiter. »Herr Florel! Ich weiß, dass Ihr da seid!«

Kevron atmete durch. Nur die Witwe. Alles in Ordnung. Die Witwe musste er nicht fürchten. Obwohl … konnte er sich da sicher sein? Irgendwo in dieser Stadt war jemand, der war bereit, einen Dämon auf die Welt loszulassen. Es gab kein Sicher mehr. Nicht für Kevron. Er schleppte sich zur Tür. Jeder Knochen im Leib schmerzte. »Was ist?«

»Herr Florel! Wie oft muss ich Euch noch sagen, dass Ihr das Hoftor nicht sperrangelweit aufstehen lassen sollt? Bei Nacht? Das gehört verriegelt! Ihr wisst doch, wer sich da alles herumtreibt!«

Kevron murmelte eine Entschuldigung. Kein Traum. Er hoffte, dass es kein Traum war. Und wenn jemand anderes …? Hastig gelobte er Besserung. Versprach, noch am gleichen Tag die Treppe zu fegen, obwohl der Regen sicher jedes Staubkorn fortgewaschen hatte. Und verkroch sich am Ende wieder unter seinen durchweichten Laken, zusammengerollt, Kissen über dem Kopf – Welt außen, Angst innen. In seinem Kopf dauerte das Klopfen an, Rufen, Hämmern, Trommeln …

Tock. Tock. Zu leise, eigentlich, um überhaupt zu Kevrons Ohren durchdringen zu dürfen, wenn es echt war, hieß das – trotzdem, er schoss hoch, dass er fast senkrecht im Bett stand. Er kannte dieses Klopfen. Und mehr noch, er hatte es herbeigesehnt. Diesmal öffnete Kevron die Tür, so weit er nur konnte.

Einen Moment lang rechnete er mit dem Schlimmsten. Mit einem Dolch, der von vorne kam, sauber zwischen den Rippen hinein und direkt ins Herz, ein schneller Stich, der nicht wehtat und umso schneller tötete. Mit einer kalten Stimme, die sagte ›Wie schade, Kev, du weißt zu viel‹ – aber alles, was er bekam, war ein Lächeln, das zu warm war für die Augen, die es begleiteten.

Tymur Damarel stand in der Tür, blickte an Kevron hinunter,

und schüttelte den Kopf. »Kev, mein Freund!«, sagte er. »Solche Fortschritte! Ich sehe, du hast aufgeräumt. Du bist nüchtern. Und hast dich gewaschen. Mit deinen Kleidern an, aber immerhin, ich sehe Wasser an dir. Ich bin stolz auf dich!«

So oft hatte Tymur das Wort Freund in den Mund genommen, doch noch nie war Kevron näher daran gewesen, ihn auch als solchen zu betrachten. Am liebsten hätte er dem Prinzen alles erzählt, von Kay und dem Siegel, aber dann nickte er nur. »Ich habe nichts verraten«, murmelte er.

Tymur hatte es eiliger, die Tür hinter sich zuzuziehen, als Kevron sie aufgerissen hatte. »Du nicht«, sagte er leise, und wie immer, wenn er ernst klang, machte er Kevron Angst. Er blickte sich verstohlen um. »Es sei denn, du wärst ...« Tymur schüttelte den Kopf. »Für einen Spion bist du viel zu unzuverlässig.«

»Ist etwas nicht in Ordnung?«, fragte Kevron – was für eine dämliche Frage! Wenn einer außer Kevron wusste, was nicht in Ordnung war, dann Tymur. Und dessen scharfer Blick fühlte sich an wie eine Ohrfeige.

»Wo soll ich anfangen?«, fragte der Prinz. »Was fürchtest du mehr, einen Krieg oder einen Bürgerkrieg? Ach, was frage ich – du fürchtest dich schon so vor allem.« Er schüttelte den Kopf. »Nichts davon geht dich etwas an. Alles, was du zu wissen hast, ist, dass wir noch einmal Bedarf für deine Dienste haben.«

Kevron nickte, ohne auch nur zu fragen, um was es ging. Einen Krieg verhindern ... einen Krieg auslösen ... ein Fälscher fragte nicht. Wer sich über so etwas Gedanken machte, hatte den falschen Beruf gewählt – doch wer nicht fragte, endete wie Kay ... Kevron nickte, als hinge sein Leben davon ab. Er musste etwas tun, irgendwas.

»Du sagst ja? Umso besser, dann können wir uns die Bezahlung ja sparen.« Tymur lachte. »Und ich hatte meinen Vater extra überredet ... Nachdem er beim letzten Mal noch verlangt hat, du solltest nie wieder dein Werkzeug in die Hand nehmen, hat er es sich anders überlegt. Aber wir haben keine Wahl.«

Kevron schluckte. »Um was geht es?« Ein Teil von ihm wollte es gar nicht wissen; je mehr davon abhing, desto weniger mochte man damit zu tun haben. Doch es hing mit Kays Tod zusammen, und darum ließ es Kevron keine Ruhe.

»Oh, nichts Weltbewegendes, wirklich«, erwiderte Tymur. »Aber sag, wie lang würdest du brauchen, um ein Duplikat unserer Schriftrolle anzufertigen?«

»Soll das ein Witz sein?«, fragte Kevron, doch Tymurs Blick war ihm Antwort genug. Er atmete durch. »Das hängt davon ab, wie schnell ihr sie braucht«, sagte er endlich. »Und wofür.«

Tymur strahlte. »Was denkst du? Wir wollen sie gegen das Original austauschen. Und alles andere hat dich nicht zu interessieren.«

In Kevrons Kopf überschlug sich alles. Er hatte keine Wahl, er musste zusagen. »Ich denke schon, dass ich das könnte.«

»Es ist natürlich ein Haken dabei«, sagte Tymur. »Du musst ohne Vorlage arbeiten, nur mit Bildern aus den Büchern meines Vaters – wenn wir vorhaben, unseren Steinernen Wächtern eine Fälschung unterzuschieben, können wir die Schriftrolle vorher weder ausleihen, noch kannst du ein paar Tage oder Wochen, wie lang auch immer du brauchst, danebensitzen und sie studieren.«

»Selbstverständlich«, erwiderte Kevron und setzte schnell hinterher: »Es verteuert die Sache natürlich.« Er hätte für umsonst gearbeitet, wenn es ihn irgendwie näher an Kays Mörder heranbrachte, aber da Tymur das nicht wissen durfte …

»Am Geld soll es nicht scheitern.« Darüber beschwerte sich Kevron nicht, er hatte immer noch mehr als genug Schulden. »Und vom Stillschweigen brauchen wir gar nicht erst reden. Kein Sterbenswörtchen, oder du weißt, warum man das so nennt.«

Während er sprach, stellte Tymur eine Tasche auf dem immer noch zu staubigen und unordentlichen Arbeitstisch ab und legte ihm zwei alte, ledergebundene Bücher hin.

»Hier, damit solltest du arbeiten können«, sagte er. »Manchmal ist es doch ganz gut, einen Vater zu haben, der sich mehr für Bücher und Künste interessiert als für solche Nebensächlichkeiten wie Staatsführung – das sind zwei Studien, die unsere Magierinnen über die Schriftrolle angefertigt haben. Versuch gar nicht erst, sie zu lesen. Die eine diskutiert die Frage, ob das Siegel nicht vielmehr ein Portal ins Reich der Dämonen darstellt, und die andere … da habe noch nicht einmal ich verstanden, was uns die Autorinnen sagen wollen. Aber die Bücher enthalten die detailgenausten Zeichnungen, die wir von der Schriftrolle und dem Siegel besitzen. Das, und deine Erinnerung, muss genügen.«

Kevron schluckte. »Und die lässt du mir einfach hier? Die sehen ganz schön wertvoll aus.«

»Vertrink sie nicht.« Wieder sah Tymur nur halb aus, als scherze er. »Sag mir, was du noch brauchst. Werkzeug? Materialien? Katzenkraut? Gib mir eine Liste, ich kümmere mich darum. Und ich will dir nicht vorschreiben, wie nüchtern oder nicht du zu sein hast. Wenn du Wein brauchst, bekommst du welchen, nur wenn ich in Erfahrung bringe, dass du schlampst, oder faulenzt, oder irgendjemand Wind davon bekommt …«

»Ich … ich schreib es dir auf.« Kevron schwitzte. »Ich werde mein Bestes geben. Und du wirst sehen – ich bin gut. Ich bin richtig gut.« Er lachte nervös. So viele Fragen brannten ihm auf der Zunge – noch hatte er nicht verdient, sie zu stellen. Noch nicht.

Erst, wenn er ein Meisterstück abgeliefert hatte …

Kevron starrte auf seine plötzlich wieder zitternden Hände. Vielleicht hätte er doch das Messer zwischen den Rippen bevorzugt.

Tymur Damarel kam zwei Tage später wieder, um nach Kevron zu sehen. Konnten auch drei Tage sein, oder vier, so genau wusste Kevron das nicht – wenn er sich in die Arbeit stürzte, als hinge sein Leben davon ab, dann vergaß er darüber Essen, Trinken und Schlafen. Ein paar Stunden zwischendurch, wenn es gar nicht mehr ging, wüst und traumlos – er erinnerte sich nicht daran, nur an die Arbeit.

Es war gut, wieder zu arbeiten, besser als alles auf der Welt, doch als Tymur hereinkam, hockte Kevron auf der Kante seines Bettes, zitterte unkontrolliert vor Erschöpfung und brauchte zu lange, um zu begreifen, dass gerade jemand seine Tür geöffnet hatte, dass jemand hereingekommen war und im Zimmer stand. So oft hatte es geklopft in den letzten Tagen, geklopft und gepocht und gehämmert und immer nur in Kevrons Kopf, dass er nicht mehr glauben konnte, dass es überhaupt noch eine Wirklichkeit gab.

Ein Hüsteln, ein Räuspern und ein Schnalzen ließen ihn aufblicken. »Soso, Kev. Das nennst du also arbeiten?«

Kevron brauchte einen Moment, um den Prinzen zu fokussieren. Seine übermüdeten Augen wollten auseinanderschwimmen. »Ich arbeite«, erwiderte er knapp. Mit der Stirn deutete er in Richtung der Bottiche.

Tymur lachte, ein garstiges, leises Lachen. »Du weiß, Kev, ich mag keine Lügen. Ich bin gekommen, um zu sehen, ob du arbeitest oder doch nur trinkst – und hier hängst du, kannst dich nicht mehr auf den Beinen halten und stinkst wie eine Brauerei.«

Gegen seinen Willen musste Kevron in das Lachen einstimmen, und nachdem er einmal angefangen hatte, konnte er kaum damit aufhören. »Das ist das Bier«, gluckste er. »Nicht ich.«

Im nächsten Moment stand Tymur über ihm, packte ihn bei den Schultern. »Ich mache keine Witze, Kev! Du ahnst nicht, was davon abhängt – du sitzt hier, und …« Tymur stutzte, schnupperte, und runzelte die Stirn. »Du bist wirklich nüchtern?«

Kevron nickte. »Seit wir uns zuletzt gesehen haben und länger. Ich arbeite. Wenn ich arbeite, trinke ich nicht, und umgekehrt.« Er versuchte, stolzer zu klingen, als er eigentlich war. Er fühlte sich erbärmlich durch und durch, die Zähne wollten ihm klappern, und Tymur konnte nicht wissen, dass es nur vor Übermüdung war. Kevron konnte tage- und wochenlang ohne Alkohol auskommen, wenn er sich dafür in einen Wahn arbeitete, aber war das so viel besser? »Und überhaupt, ich mag kein Bier. Wenn, dann trinke ich Wein.«

»Und was stinkt hier dann so?« Tymur verzog das Gesicht. »Wirklich, als wir uns das erste Mal getroffen haben, war das schon schlimm hier, nur das jetzt – das ist übler als alles, dem ich je begegnet bin.«

Kevron zuckte die Schultern. Er nahm das schon nicht mehr wahr, der Geruch durchzog sein Zimmer und jede Faser seines Körpers, aber das gehörte dazu. Er war Fälscher geworden, kein Parfümeur. »Ist für das Pergament«, antwortete er. »Ich muss die Haut einweichen, eh ich sie spannen kann. Damit ich die Borsten besser runterbekomme.«

Tymur schüttelte den Kopf. »Ich habe dir Geld dagelassen, damit du Materialien kaufen kannst. Geh zu einem Schreiber, kauf dir Pergament – wir haben keine Zeit zu verlieren.« Sein Blick verfinsterte sich. »Gut, dass ich gekommen bin ... Wenn man dir nicht ständig über die Schulter schaut ...«

Aber jetzt wurde Kevron zornig, und das war gut, denn es machte ihn wach. »Du bezahlst mich, dass ich meine Arbeit mache. Und ich mache gute Arbeit. Ein Stück Pergament kaufen, aufrollen, irgendein Siegel draufpappen und hoffen, dass keiner genau hinschaut – das hättest du allein gekonnt. Dafür brauchst du keinen Fälscher und erst recht nicht den besten, den diese Stadt noch zu bieten hat.«

Mit jedem Wort fühlte Kevron sich lebendiger, hörte sich schneller und schneller sprechen, doch er versuchte nicht, sich zu bremsen. »Ich habe die Schriftrolle in der Hand gehalten – das ist keine Kalbshaut und kein Schaf, nicht mal Ziege, sieht nicht so aus und fasst sich nicht so an. Ist Dämonenhaut, aber wo soll ich jetzt einen Dämonen hernehmen, einfach so, sag mir das? Also nehm ich Schweinehaut. Kommt am nächsten an Menschenhaut ran, und wenn sich Dämonen als Menschen ausgeben können, wird ihre Haut nicht so anders sein.«

»Und warum nimmst du keine Menschenhaut?«

»Was erwartest du, dass ich jemanden umbringe?« Kevron schüttelte sich. »Haut von einem Alten, der von selbst stirbt, kannst du nicht nehmen, zu dünn. Und ein Grabräuber bin ich nicht. Nehme also Schwein. Bekomme die Haut vom Fleischer, muss sie nur einweichen und abschaben. Bloß, die Schriftrolle ist tausend Jahre alt. Vor tausend Jahren hat man Pergament anders hergestellt als heute. Heute weichst du die Haut in Kalklake ein. Damals haben sie sowas wie Bier genommen. Ich habe beides, ein Bottich so, einer so – Schweinehaut gibt kein besonders gutes Pergament, ich weiß nicht, wie gut das hält, deswegen habe ich zusätzlich einen Bottich Kalkbad aufgesetzt, für den Notfall. Die Rahmen zum Spannen habe ich, muss sie nur noch zusammenbauen … Was ist?«

In Tymurs Gesicht lag ein Ausdruck, den Kevron noch nie gesehen hatte, seltsam angewiderte Faszination. »Das hätte ich nicht erwartet«, sagte der Prinz. »Dass du dein eigenes Pergament herstellst …«

»Was denkst du, was ich tue? Ich schöpfe mein eigenes Papier, mit und ohne Wasserzeichen, ich mische meine eigenen Tinten, alles nach alten Rezepten, wenn es alt sein soll – du hast gedacht, ich bin ein Stümper?« Kevron schnaubte. »Du hättest mich vor ein paar Jahren sehen sollen, mich und meinen Bruder – wir waren Künstler, er und ich, ich hab ihm in nichts nachgestanden, und nur weil er heute tot ist, heißt das nicht, ich hätte es verlernt.«

»Ich habe dich noch nie so lebendig gesehen«, sagte Tymur. »Du siehst aus wie etwas, das man aus der Gosse gezogen hat, und du stinkst nach Bier und Kalk und halbverwestem Schwein – aber man kann fast denken, du hast Spaß an dem Ganzen.«

Kevron wollte schon nicken, doch ihm entging nicht, dass in den letzten Worten Anklage lag. »Ich bin froh, dass ich es noch kann«, sagte er hastig. »Ich weiß, es ist ernst, es hängt etwas für dich davon ab und für deinen Vater – bloß, wenn ich arbeite, darf ich an sowas nicht denken. Dann gibt es nur mich und meine Kunst.«

Tymur machte einen Schritt zurück, und seine Augen wurden schmal. »So ist das wohl«, sagte er und klang heiser dabei. »Mir geht es darum, die Welt vor der Rückkehr des Unaussprechlichen zu schützen, dir nur um deinen Ruf als Halunke – aber es wird wohl besser so sein. Soll dir die Angst die Arbeit ruinieren? Mir geht es am Ende um das Ergebnis.« Er schüttelte den Kopf. »Gute Arbeit, Kev. Weiter so. In ein paar Tagen komme ich wieder.«

Kevron wusste noch, dass er nickte. Dann brach er zusammen.

Als Kevron wieder zu sich kam, lag er auf seinem Bett, und seine linke Schulter schmerzte, als hätte jemand versucht, sie ihm auszurenken, um nur knapp daran zu scheitern. Dann merkte er, dass er nicht allein war.

»Kev, Kev, Kev.« Tymur lachte leise. »Und ich dachte noch, du nimmst deine Arbeit nicht ernst. Wie lange hast du nicht geschlafen?«

»Wenn du das da eben nicht mitzählst ...« Kevron ächzte. Die Schmerzen in der Schulter ließen schon wieder nach, aber dass ihm der Schädel dröhnte, würde sich so schnell nicht legen.

»Das zählt nicht!«, erwiderte Tymur scharf. »Geschlafen, meine ich, Augen zu und Traumland – und komm nicht auf die Idee, mich anzulügen. Du wirst gebraucht. Wir können das nicht ohne dich, also versuch dich nicht aus der Verantwortung zu stehlen, indem du uns einfach wegstirbst.«

Kevron versuchte zu lachen und sich aufzurichten, und hätte er sich nur für eines von beidem entschieden, hätte zumindest das vielleicht geklappt. »Ich hab es ja versucht, aber …« Bilder flatterten vor seinen Augen, Albträume, die ihn daran erinnern wollten, dass er ihnen noch eine Nacht schuldete. Selbst jetzt hörte er noch ein Pochen an der Tür, wo keines war.

»Das dachte ich mir.« Tymur half Kevron, sich aufzusetzen. Wie viel Zeit war vergangen? Das Licht verriet es ihm nicht. »Hier, ich habe dir etwas zu trinken mitgebracht. Ich denke, das wirst du brauchen.«

Auf dem Boden neben dem Bett stand eine Flasche Wein, noch fest verkorkt. Kevrons Gaumen zog sich zusammen. »Ich – ich kann nicht …«, murmelte er, während Tymur mit einer Ahle, von der Kevron hätte schwören können, dass sie zu seinem eigenen Werkzeug gehörte, den Korken entfernte. Von der Kalk- und der Bierlauge roch Kevron schon lange nichts mehr, aber das Aroma des Weines kroch ihm sofort durch die Nasenwindungen ins Hirn. Guter Wein. Von einem Prinzen durfte man nichts anderes erwarten.

»Soll ich versuchen, ein sauberes Glas zu finden, oder trinkst du gleich aus der Flasche?«, fragte Tymur freundlich.

Kevron schluckte. »Ich trinke gar nicht.« War das eine Prüfung? Wenn ja, wussten sie beide, dass Kevron verloren hatte.

»Du musst mir nichts beweisen«, antwortete Tymur. »Du wirst jetzt diesen Wein trinken, und wenn es sein muss, noch zwei Flaschen mehr davon, und dann wirst du schlafen, dafür sorge ich.« Aus seinem Mund klang es wie eine Drohung. »Danach kannst du von mir aus wieder drei Tage so weiterarbeiten. Aber wir brauchen diese Schriftrolle, dringender als alles andere auf der Welt, und das ist wichtiger als die Frage, ob du heldenhaft deine Sucht überwindest.«

Kevron schüttelte den Kopf. »Du verstehst nicht – ich darf es nicht …« Er schaute nicht Tymur an, während er sprach, und auch nicht den Wein, sondern die Tür. Hatte sie sich gerade bewegt? War jemand da draußen, jemand, der Tymur gefolgt war und nun froh, zwei Fliegen mit einer Klappe zu schlagen?

»Trink!«, sagte Tymur. »Du hast nichts zu befürchten. Ich passe auf dich auf, bis du ausgeschlafen bist.« Er drückte die Flasche in Kevrons alles andere als widerstrebende Hände. »Vertrau mir. Du hast keine Wahl.«

Erst trank Kevron widerwillig, musste gegen den eigenen Stolz anschlucken und gegen die Scham, danach, als er die Augen schloss, ging es besser. Er musste nicht so tun, als hätte er noch nie aus Flaschen getrunken. Er musste überhaupt nichts. Eine Flasche Wein würde nicht ausreichen für die völlige wonnige Gleichgültigkeit, nach der sich alles in ihm sehnte, aber es war ein Schritt in die richtige Richtung.

Tymur lachte zufrieden. »So ist es gut, du musst mir nichts übrig lassen, Hauptsache ist, dass ich dich ans Schlafen bekomme – und überhaupt, wie soll ich dich richtig kennenlernen, wenn ich nicht weiß, was für eine Art von Betrunkener du bist? Wirst du laut, leise, lustig …«

Von nur einer Flasche Wein? Sicher nicht. Doch das musste Kevron dem Prinzen nicht auf die Nase binden, sonst holte er am Ende wirklich noch mehr. Wenn der Wein mit Kevron eines machte, dann verlieh er ihm Mut, und darauf kam es an. Nicht genug Mut, um es mit Mördern und Dämonen aufzunehmen, natürlich, aber Mut genug für die Fragen, die ihm seit Tagen auf der Zunge brannten.

»Wofür braucht ihr die Fälschung überhaupt? Was hast du mit Krieg und Bürgerkrieg gemeint? Gegen die Dämonen?«

Tymur zögerte, ehe er antwortete, dann schüttelte er den Kopf. »Ach, was soll's, bis morgen kannst du dich an die Antwort sowieso nicht mehr erinnern. Natürlich, über allem schwebt die Frage, ob der Unaussprechliche noch gebannt ist oder vielleicht seit Jahren, Jahrhunderten Rachepläne schmiedet. Nur als wenn das allein noch nicht schlimm genug wäre – wie viel weißt du über Neraval und das Haus Damarel?«

Kevron zuckte die Schultern und merkte, dass ihm der Kopf davon mehr schwamm, als man es nach vielleicht einer halben Flasche erwarten sollte. »Kommt drauf an, was du meinst – wenn du mich tausend Jahre Geschichte abfragen willst, schlafe ich bis dahin dreimal.« Er musste lachen, was hieß, dass er auf einem guten Weg war.

»Wir sagen immer, Damar hat Neraval gegründet, das Land, aber das stimmt so nicht ganz. Neraval hat sich selbst gegründet, aus dem, was übrig war, nachdem die Dämonen weg waren. Land, das kein Mensch haben wollte – hier in der Stadt merkst du es nicht, aber je weiter du raus aufs Land kommst, da sind ganze Gegenden bis heute verseucht. Und dann kommen unsere Nachbarn ins Spiel, allen voran Hearengar – nicht, dass sie jemals etwas gegen die Dämonen unternommen hätten, doch nachdem La-Esh-Amon-Ri besiegt war, ging es los mit den Begehrlichkeiten. Neraval ist ja eigentlich gutes Land, zumindest das meiste davon. Es hat schon seine Gründe, dass die Dämonen es haben wollten. Aber niemand wagt es, uns anzugreifen. Neraval hat Frieden seit fast tausend Jahren, welches Land kann das schon von sich sagen? Wir haben eine Schriftrolle mit einem Erzdämon drin, und allein die Gefahr, dass wir ihn loslassen könnten, schützt uns vor Angriffen. Gut, es führt auch dazu, dass niemand uns wirklich traut – falls du gedacht hast, das Leben als Diplomat wäre einfach …«

Kevron gluckste und stutzte. Er sollte sich nicht so betrunken fühlen, wie er es tat – aber was hatte er die letzten Tage über gegessen? Wenn er auf leeren Magen trank, dann brauchte er sich nicht zu wundern. »Vielleicht ist es nicht das Land? Vielleicht liegt es nur an dir?« Er fand das witziger als Tymur, doch der redete einfach weiter.

»Das ist das Los des Hauses Damarel. Das Volk glaubt an uns, weil wir es vor den Dämonen beschützten, und die Nachbarländer denken, dass wir allesamt selbst Dämonen sind. Und wenn jetzt bekannt wird, dass mit unserer Schriftrolle etwas nicht stimmt ...« Tymur schüttelte den Kopf. »Lach darüber, so viel du willst. Ich will weder, dass die Bauern mit ihren Mistgabeln die Burg stürmen und es ein großes Blutvergießen gibt, noch, dass sich eine Armee von Hearengar hierher aufmacht, das Ergebnis wäre das gleiche. Und wenn das eine eintritt oder das andere, oder beides – dann, genau dann, ist der beste Zeitpunkt gekommen für La-Esh-Amon-Ris Rückkehr. Und du wunderst dich, dass wir Angst haben.«

Kevron bemühte sich, intelligent zu nicken, aber davon bekam er nur einen Schluckauf. Er versuchte noch, sich die Hand vor den Mund zu halten – großen Erfolg hatte er damit nicht. »Darum darf ... darum darf niemand davon wissen«, murmelte er. Irgendwie fühlte er sich ja geehrt, dass Tymur ihn in diese Geschichte einweihte – doch er konnte nur hoffen, dass er wirklich bis zum anderen Tag alles wieder vergessen hatte. Er wollte weniger, vor dem er sich fürchten musste, nicht mehr.

»Niemand«, wiederholte Tymur. »Nicht mal meine Brüder. Ich hänge an meinem Vater. Mein Bruder Vjasam – der ist fast vierzig inzwischen, findet, er hat lang genug gewartet – wenn der denkt, mein Vater hat darin versagt, die Schriftrolle zu bewachen ... Wenn du es wissen willst, ich schlafe im Moment auch nicht. Aber ich habe ja auch keine Arbeit zu erledigen. Nicht, bevor du mit deiner fertig bist.« Er beugte sich vor und tätschelte Kevron den

Handrücken. »Trink deinen Wein. Du bist noch lang nicht schläfrig genug, und mir gehen die Gutenachtgeschichten aus.«

Kevron schluckte. Es war weniger der Schluckauf, der aus ihm hinauswollte, als vielmehr das Geheimnis, das Tymur nicht wissen durfte – der Prinz hatte so viel von sich preisgegeben, da hatte er ein Anrecht auf die Wahrheit hinter der Fälschung … In Kevrons Magen rumorte und gluckerte es, aber nicht das war der Grund, warum er den Mund hielt. Er hatte etwas auf der Zunge, was dort nicht hingehörte, etwas Krümeliges, das er erst für Korken gehalten hatte, doch es war kein Korken, und es schmeckte bitter. Um es hinunterzuspülen, nahm Kevron noch einen großen Schluck aus der Flasche, aber danach war sein ganzer Mund voll von dem Zeug, das sich am Boden abgesetzt hatte, und Kevron war noch nicht zu betrunken, um zu verstehen, dass etwas gehörig nicht stimmte.

Ihm gegenüber zerfloss Tymurs Gesicht in zwei Lächeln. »Ach ja«, sagte er. »Ehe du dich wunderst. Ich habe dir ein Schlafmittel in den Wein getan. Keine Angst, du wirst nicht dran sterben. Ich wollte nur ganz sichergehen, dass du gleich wirklich schläfst.«

Kevron konnte ihn nur noch anstarren, mit Augen, die ihm zufallen wollten. »Danke«, hörte er sich noch murmeln und wusste, mehr als ein paar Augenblicke blieben ihm nicht, und das war gut so. Wenn er schlief, konnte er sich nicht mehr verplappern. »Du passt auf mich auf, ja?«

»Natürlich tue ich das«, antwortete Tymur sanft. »Schlaf gut, Kev. Sag mir nur – wen, oder was, fürchtest du am meisten von allem?« Er stützte Kevron bei der Schulter, als der mit dem Kopf zuvorderst von der Bettkante zu kippen drohte, und hielt ihn fest, so lange, bis er seine Antwort bekam.

Mit geschlossenen Augen lächelte Kevron. Die Wahrheit war, in diesem Augenblick fürchtete er niemanden, und am liebsten wäre er wach geblieben, um dieses Gefühl zu genießen. Doch wenn Tymur schon so freundlich danach fragte … »Kays Mörder«, murmelte er und schauderte selbst jetzt noch bei den Worten.

»Wirklich?«, flüsterte Tymur. »Ich erzähle dir von dem Siegel, von Kriegen, Dämonen, Aufständen – und du hast Angst vor einem, der vielleicht einfach nur seine Rechnung nicht bezahlen wollte?«

Um die nächsten Worte noch herausbringen zu können, musste Kevron sich zwingen. »Ist das Gleiche«, nuschelte er. »Das Siegel ... die Dämonen ... Kay hat das Siegel ...« Dann schlief er, umfangen von einer Schwärze, die so kalt war und so wenig freundlich, dass Kevrons Antwort auf Tymurs Frage hätte lauten müssen ›Nichts mehr als den nächsten Morgen‹. Aber immerhin, er schlief.

Von Kevron aus hätte es ewig so weitergehen können, und das Zauberwort war ›bald‹.

»Wann ist unsere Schriftrolle fertig?«, fragte Tymur Damarel.

»Bald«, antwortete Kevron, während er das Pergament spannte und schabte.

»Bald«, antwortete Kevron, während er die Haut mit Runen aus Blut, seinem eigenen, beschrieb.

»Bald«, antwortete Kevron mit der dicksten Linse im Auge, während er das Petschaft gravierte.

»Bald«, antwortete Kevron, während er versuchte, aus Öl, Harzen und Wachs einen Siegellack von passender Farbe und Konsistenz zusammenzurühren.

Jedes Mal nickte Tymur, und lächelte, und sagte: »Bis bald.« Dann verschwand er wieder und ließ Kevron weiterarbeiten. Es war eine Arbeit, die sich von selbst zu erledigen schien – immer wieder erwischte sich Kevron dabei, wie er verwirrt auf sein Werk starrte und sich fragte, wo das plötzlich herkam. Er hatte die Wahl zwischen wahngeschwängerter Arbeit und angsterfüllter Erschöpfung, nur unterbrochen von den unangekündigten Besuchen des Prinzen, der ihn zwang, zumindest ein bisschen zu essen, selbst wenn es nur eine Birne war oder eine Handvoll Nüsse – es war eine Zeit voll Panik und Fieber, doch sie durfte nicht enden.

Beim Beginn seiner Arbeit hatte Kevron noch befürchtet, dass er danach im alten Trott enden würde, dass ihn Siff und Suff zurückhatten, ehe er auch nur blinzeln konnte. Aber je weiter sein Werk voranschritt, desto mehr begriff Kevron, dass es niemals fertig werden durfte, wenn ihm sein Leben lieb war. Tymur hätte nicht anfangen dürfen, von ausländischen Spionen, blutigen Kriegen und machtlüsternen Brüdern zu erzählen – es hing viel zu viel davon ab, als dass man Kevron einfach nur bezahlen und seines Weges gehen lassen konnte. Allein auf die Gefahr hin, dass er sich irgendwann einmal mit trunkenem Kopf verplapperte … Erst war es nur ein Leben hinter Gittern gewesen, vor dem Kevron sich fürchtete – dann verstand er, dass selbst das noch zu unsicher war. Kay war für die gleiche Arbeit ermordet worden. Der König wäre dumm gewesen, Kevron am Leben zu lassen.

Eigentlich machte es keinen großen Unterschied. Kevron fürchtete ja schon seit Jahren um sein Leben – doch jetzt war es anders. Jetzt hatte sein Tod ein Gesicht, und noch mehr – sein Tod hatte ein Datum. Nicht mehr irgendwann. Wenn die Schriftrolle fertig war. Bald.

Bis dahin war Bald ein wunderbarer Ort gewesen, an dem alles gut war. Bald war der Tag, an dem Kevron aufhörte zu trinken, bald war, wenn er seine Schulden bezahlte, bald war, wenn er ein letztes Mal die Treppe fegte, die Witwe hinunterschubste und sich ein besseres Haus suchte – jetzt bedeutete Bald das Ende.

Die Angst ließ Kevron noch gründlicher arbeiten. Er nahm sich Zeit, mehr, als Tymur lieb war und Kevrons Körper, der sich nach Ruhe und Schlaf sehnte. Ein Perfektionist war Kevron schon immer, er musste es sein, wenn er es in dem Beruf zu etwas bringen wollte – aber jetzt übertraf er sich selbst. Kay hatte ein Siegel gefälscht, das am Ende als Fälschung entlarvt wurde, und so wie Kevron seinen Bruder kannte, hätte ihn das schwerer getroffen als die Tatsache, dass man ihn ermordet hatte. Kevrons Siegel musste echter werden als das echte. Selbst wenn er es nicht überlebte – es war sein Nachlass. So viel hing davon ab, hatte Tymur gesagt: Dann musste Kevron auch Tage über Tage damit verbringen, das Siegelwachs aller Siegelwachse zu mischen …

Doch es half nichts. Irgendwann war das Wachs so weit, und Kevron hatte keine Wahl mehr. Bald war da. Die Schriftrolle war vollendet. Und sie war ein Kunstwerk, großartig, perfekt, vollkommen. Kevron konnte nicht aufhören, sie anzustarren – so wirklich sah sie aus, dass er es nicht mehr wagte, sie anzurühren aus Angst, dass ein echter Dämon in ihr saß. Er hatte sein Werk signiert, so wie sich jeder Künstler danach sehnte, aber dort, wo niemand es jemals finden würde – es sei denn, man erbrach das Siegel, und dann war sowieso alles zu spät. Da nirgendwo überliefert war, was genau die Zauberin Ililiané auf die Dämonenhaut geschrieben hatte, eben weil man nicht nachschauen konnte, ohne zu riskieren, einen Erzdämon freizusetzen, hatte sich Kevron seinen eigenen Text ausdenken müssen. Auch wenn man es nicht sah – eine Schriftrolle ohne Schrift war nur eine Rolle.

Und so stand dort nun, in braunem, getrocknetem Blut, zwar nicht in der Schrift der Alfeyn, über die Kevron nichts wusste, aber zumindest in Spiegelschrift, um etwas fremdländisch auszusehen: »Meister Kevron Florel hat dies Werck erschaffen zu Neraval im tausendachtundvierzigsten Jahr«. Sein Werk. Er war stolz darauf, und Tymur konnte stolz auf ihn sein – es war nur schade, dass Kevron nichts davon haben würde. Tymur kam, um die Schriftrolle abzuholen. Und Kevron wäre dumm gewesen, wenn er dann nicht längst über alle Berge war.

Die falsche Schriftrolle erwartete Tymur Damarel auf einem

Tisch, der vor drei Jahren zuletzt so aufgeräumt gewesen war. Dort lag sie, wartete unschuldig auf ihren großen Tag und übte sich schon einmal darin, einen Raum zu beherrschen, wie es ihre berühmte Schwester tat. Doch es war nicht zu ihren Ehren, dass Kevron aufgeräumt hatte, was es nur irgendwie aufzuräumen gab. Die herumliegenden Werkzeuge waren verschwunden. In der Luft tanzte aufgewirbelter Staub, der Geruch kalten Rauchs überlagerte die letzten Spuren von Schimmel und Verwesung, nachdem Kevron die Reste der Schweinehaut, die er achtlos in eine Ecke geworfen hatte, bis sich die Fliegen darum prügelten, im Ofen verbrannt hatte, zusammen mit den vor Ewigkeiten angefangenen Arbeiten, die er ohnehin niemals fertigstellen würde.

Wenn die Witwe entdeckte, dass ihr Mieter über alle Berge war, sollte sie keinen Hinweis vorfinden, wen sie da unter ihrem Dach beherbergt hatte – dass er ein Faulpelz war, durfte sie ruhig wissen, aber den Fälscher behielt Kevron lieber für sich. Nur eine Ansammlung leerer Flaschen verriet noch, dass hier nicht der tugendsamste aller Männer gelebt hatte, doch Kevron hatte keine Lust, sie durch die Gegend zu schleppen, und zum Verbrennen taugten sie nicht. Jetzt konnte er nur hoffen, dass nicht ausgerechnet jetzt die Witwe auftauchte, um nach dem Rechten zu sehen – sicher, sie hätte sich über die Ordnung gefreut, aber die Schriftrolle durfte ihr wirklich nicht in die Hände fallen.

Er hatte Glück. Als die Tür aufging, wusste Kevron, dass der Prinz der Hauswirtin zuvorgekommen war. Tymur hatte sich längst das Klopfen abgewöhnt, er kam und ging, wann es ihm passte und ganz ohne zu fragen, ob es Kevron gerade recht war oder nicht – aber diesmal war es Kevron mehr als recht. Er wollte es hinter sich haben. Kevron hielt die Luft an und versuchte, durch den schmalen Spalt zu spähen. Die Schriftrolle war nur noch seine zweitjüngste Fälschung. Das Letzte, was Kevron gefälscht hatte, war seine eigene Flucht.

»Soso.« Tymur zog die Tür hinter sich zu, und sein eben noch scharfer Umriss verschwamm in Schatten. »Aufgeräumt hast du also, Kev.« Das leise Lachen kannte Kevron nur zu gut. »Alles weggeräumt, und dich selbst am allerbesten.«

Kevron biss sich auf die Zunge, um sich nicht zu verraten, und verfluchte das Pochen seines Herzens, das er nicht abstellen konnte. Tymur ahnte, dass er da war. Oder hoffte er es nur? »Wenigstens hast du Wort gehalten, das ist mehr, als ich von dir erwarten konnte.« Der Schatten bewegte sich, jetzt hatte Tymur die Schriftrolle gefunden, hielt sie in der Hand – und Kevron konnte sein Gesicht nicht sehen. Der eine Moment, für den er geblieben war, statt die Beine in die Hand zu nehmen und zuzusehen, dass er Land gewann, war hinüber. Kevron hätte auf den Feigling in sich hören sollen und nicht auf den Künstler. Jetzt war es zu spät. Jetzt saß Kevron in seiner Kleidertruhe und konnte nicht weglaufen.

Wieder bewegte sich der Schatten, so geräuschlos, als wäre er wirklich einer. Nur das Klirren von Flaschen verriet, dass er jetzt an Kevrons Bett stand und darunterschaute – Kevrons erste Wahl für ein Versteck, aber gerade deswegen hatte er sich dagegen entschieden. Am besten wäre er wirklich aufs Dach geklettert, hätte sich dort flach hingelegt und durch die Luke gespinxt, so wie er selbst so oft dort oben ein fremdes Gesicht zu sehen geglaubt hatte. Aber so geschickt Kevron immer noch mit seinen Händen war, sein Körper war da anderer Meinung. Nicht ermordet werden zu wollen war eine Sache – ebenso wenig wollte er sich stattdessen in Witwe Klaras' Hof den Hals brechen.

Schritte kamen näher, der Boden knarzte, und der schwarze Schatten verdunkelte Kevrons Sicht komplett, als sich Tymur über die Truhe beugte. Kevron schloss die Augen, als ob ihn das irgendwie besser versteckte, und wünschte sich, auch noch die Ohren zuhalten zu können, aber er durfte sich nicht rühren. Er fühlte die

Erschütterung, als Tymur versuchte, den Deckel zu öffnen – es ging nicht, die Truhe war verschlossen, jetzt musste Tymur doch aufgeben, Kevron war ausgeflogen, er würde ihn nicht mehr finden … Tymur lachte.

»Kev, Kev, Kev, wir können das noch ein paar Stündchen so weiterspielen – was soll ich denken, dass du wirklich das Weite gesucht hast? Ich kenne dich doch. Du großer Künstler – würdest du dein Kind einfach so hier herumliegen lassen, dass es jeder mitnehmen kann?«

Es juckte Kevron in den Fingern, doch aus seinem Versteck zu kriechen und zuzugeben, dass Tymur recht hatte. Die Knie taten ihm weh vom Zusammenfalten, er bekam keine Luft, und früher oder später würde Tymur merken, dass Kevron die Rückwand der Truhe entfernt hatte, um trotz des Vorhängeschlosses am Deckel hinein- und hinauszukommen – aber er rührte sich nicht. Er war ein geschulter Feigling. Er hatte sich vier Jahre verkrochen. Dann konnte er ein paar weitere Stunden allemal aushalten.

Tymur seufzte. »Oder auch nicht. Wirklich, Kev, ich hätte mehr von dir erwartet. Wenn dir unsere Freundschaft so wenig bedeutet – wenn du mir so wenig traust … Aber was soll ich tun? Hauptsache, ich habe die Schriftrolle. Denk du ruhig, dass das alles ist, was ich wollte.« Endlich, die Schritte entfernten sich. Die Tür ging auf und schloss sich wieder. Kevron rührte sich nicht, lauschte ins Dunkel – die Treppe. Er musste Schritte auf der Treppe hören, die Stufen knarrten, noch nicht einmal Tymur schaffte sie lautlos hinunter … Erleichtert atmete Kevron auf, als er hörte, wie der Prinz sich entfernte, und wartete trotzdem noch, so lang er es irgendwie aushielt, ehe er vorsichtig und so leise er konnte die Truhe von der Wand wegdrückte und hinauskroch.

Das Zimmer war verlassen, die Schriftrolle fort. Mit einem leisen Seufzen starrte Kevron auf den leeren Tisch. Hätte Tymur ihm nicht wenigstens einen Beutel mit Geld dalassen können? Kevron hörte und fühlte seine Schultern knacken, als er sich streckte. Das Geld war ihm eigentlich egal. Leben war wichtiger, und was er jetzt damit machen konnte – wenn ihm nur einfiel, wo er hingehen konnte. Die Welt war fast ein bisschen zu groß, wenn man keinen Plan hatte – aber erst einmal hinaus. Kevron drückte die Tasche mit seinem Werkzeug an sich, nickte seinem Bett ein letztes Mal zu, und schlich sich aus dem Zimmer ...

Vor der Tür wartete Tymur Damarel. Und seine Hand lag schneller auf Kevrons Schulter, als der auch nur versuchen konnte, sich wieder hineinzustehlen.

Tymur brauchte Kevron nicht festzuhalten – es reichte schon, dass er ihm seine Hand so locker auf die Schulter legte wie eine Katze, die auf freundliche Weise darauf hinweisen wollte, dass man ihr gehörte und keinem anderen, ohne auch nur die Krallen auszufahren. Kevron erstarrte unter der jähen Berührung. Nur seine Augen bewegten sich noch, suchten verzweifelt einen Ausweg, und fanden keinen.

»Kev, mein Lieber«, sagte Tymur und schüttelte halb belustigt, halb gekränkt den Kopf. »Weißt du, warum ich hier auf dich gewartet habe?« Kevron wagte nicht einmal zu nicken, aber der Prinz rechnete nicht mit Antworten, wenn er sie ebenso gut selbst geben konnte. »Um dir zu sagen, dass ich nicht hier bin, um dich umzubringen. Es ist schlimm genug, dass du das offenbar glaubst ...«

Kevron konnte ihm nicht in die Augen sehen. Lieber fuhr er Tymurs dunklen Umriss nach, als sich diese Blöße zu geben. »Ich weiß zu viel«, murmelte er, und seine Stimme war so heiser, als hätte man versucht, ihn zu erwürgen. »Ihr habt keine Wahl ...«

»Als dich zu ermorden?« Aus der Hand auf Kevrons Schulter wurde ein Griff. »Was denkst du von uns, dass wir einen wehrlosen Mann umbringen?« Mit leichtem Nachdruck begann Tymur, Kevron die Treppe hinunterzuführen. »Komm mit, Kev. Wir müssen reden. Doch was noch wichtiger ist – wir müssen essen. Du auf jeden Fall, und ich habe dir so lange schon versprochen, dich auszuführen. Keine Angst. Diesmal versuche ich auch nicht, dich zu vergiften.«

Tymur lachte.

»Aber ich kenne dich, Kev. Und als in den letzten Tagen immer mehr Ausflüchte von dir kamen, weswegen du länger und länger brauchst … Wirklich, ich hatte schon befürchtet, heute hören zu müssen, dass alles misslungen ist und du noch einmal von vorne anfangen musst, ich bin froh, mich geirrt zu haben – sie ist prachtvoll geworden, wirklich prachtvoll. Nicht vom Original zu unterscheiden. Du kannst so stolz auf dich sein. Ich bin es jedenfalls.«

Kevron versuchte zu nicken und dabei den Kloß in seinem Hals runterzuschlucken. »Ich … ich bin froh, wenn ihr zufrieden seid.«

»Mehr als zufrieden«, zwitscherte Tymur. »Und wenn du mich fragst, verdient das ein Festmahl. Ich höre, dass du guten Wein magst – aber wann warst du zuletzt in der Goldenen Schwalbe?«

»Vor ein paar Jahren.« Es war das Beste, mitzuspielen. Versuchen, sich an den kleinen Dingen zu erfreuen. Der Himmel war so blau wie seit langem nicht mehr, in der Luft lag ein frischer, fast seifiger Geruch, auch wenn der nur daher rühren mochte, dass im Nachbarhaus eine Wäscherin lebte. Aber wenn Kevron sich jetzt schon wehrlos seinem Schicksal ergab, konnte er sich wenigstens auf einen letzten guten Wein freuen. Selbst wenn Tymur fast enttäuscht war, dass Kevron die Goldene Schwalbe schon kannte – es war wirklich die beste Weinstube der Stadt.

»Dann weißt du wenigstens, dass dir dort niemand Böses will. Sie haben ein Hinterzimmer, und ich habe dafür gesorgt, dass wir dort ungestört sein können.«

Der Prinz war allein wie immer, hatte keine Stadtwachen mitgebracht, um Kevron abzuführen, und auch wenn es leicht war zu glauben, dass Tymur nur vorhatte, ihn betrunken zu machen, um

dann ein einfaches Spiel zu haben – hätte Kevron ihm jetzt ein irgendwie schwereres Spiel geboten? Es war nicht einfach, die Angst
loszulassen. Doch er konnte es zumindest versuchen.

Die Goldene Schwalbe lag am Markt, aber diesmal lieferte Tymur ihn nicht stattdessen im Stadtgefängnis ab, und das dunkle
Gewölbe, in dem sie am Ende saßen, hatte zwar keine Fenster,
doch heimelige Öllampen, die unter der niedrigen Decke hingen
und ihr schwarze Schatten malten, vor denen man sich nicht
fürchten musste. Kevron war nie ein Stammkunde in der Schwalbe
gewesen, selbst in seinen besseren Zeiten trank er lieber zuhause
als in Gesellschaft, doch als er die Treppe hinuntertrat, war es ein
seltsames Gefühl des Heimkommens – und auch wenn der Raum
nur einen Ausgang hatte, konnte Kevron dafür immer die Treppe
im Auge und die Wand im Rücken halten und sich sicher fühlen.
Nur nicht zu viel trinken. Die Goldene Schwalbe war kein Ort,
um sich zum Narren zu machen, und der Prinz sollte sich nicht
seiner schämen müssen.

»Nimm Platz«, sagte Tymur und führte Kevron zu einem Ni-
schentisch, der selbst dann Abgeschiedenheit geboten hätte, wenn
sie nicht den ganzen Raum für sich allein gehabt hätten. »Während wir auf unsere Wachteln warten, können wir in Ruhe reden.
Und wirklich, entspann dich. Ich sehe vielleicht hungrig aus, aber
ich habe nicht vor, dich zu fressen.«

Kevron nickte vorsichtig. »Es ist nur – ihr wärt verrückt, mich
laufen zu lassen, bei dem, was auf dem Spiel steht.«

Ihm fiel ein Stein vom Herzen, als Tymur sagte: »Du hast völlig
recht.« Endlich, keine Versteckspiele mehr. »Nur was denkst du,
dass wir dich umbringen? Einen Künstler wie dich?« Es war einer
der seltenen Momente, in denen nicht die Spur eines Lachens in
Tymurs Stimme mitschwang. »Deine Berufung mag zweifelhaft
sein, aber du bist ein Meister in dem, was du tust, und wer weiß,
wann wir dich noch einmal nötig haben sollten? Freu dich, dass

dein Bruder tot ist. Wenn wir einen Fälscher brauchen, bist du der einzige.«

Kevron lief es eisig über den Rücken, und sein Schaudern wurde von den Wänden hin- und hergeworfen, anders als Tymurs Stimme, die selbst dafür zu leise war. Auch wenn jemand versucht hätte, sie zu belauschen, wäre nicht viel dabei herausgekommen.

»Laufenlassen können wir dich natürlich nicht«, fuhr Tymur im Plauderton fort. »Du denkst beim Einsperren an Wasser, Brot und Stroh im Stadtgefängnis, doch auf der Burg haben wir ganz andere Möglichkeiten. Es wäre ein besseres Leben als das, was du bis gerade eben hattest, und vor allem – denk dir nur, auf der Burg bist du in Sicherheit.« Tymur beugte sich so weit vor, dass sein Scheitel fast mit Kevrons zusammenstieß und seinen Augen nicht zu entkommen war. »Was du erzählt hast über deinen Bruder und das Siegel«, flüsterte er, und jetzt war Drohung in seiner Stimme, »wir hätten dich dafür aufknüpfen müssen, dass du es uns verschwiegen hast. Nicht, dass ich es mir nicht ohnehin gedacht hätte.« Jetzt plauderte er wieder. »Aber du weißt nicht, wer ihn dafür bezahlt hat, du weißt nur, der ist irgendwo da draußen, und du bist der Nächste.« Tymur lachte leise. »Gut, es kann sein, dass wir denjenigen bei uns in der Burg haben. Würde mich nicht wundern. Aber keine Angst. Wir passen jetzt auf dich auf.«

Kevron schluckte. Er wünschte sich einen Schluck Wein, doch der ließ ebenso auf sich warten wie die Wachteln. »Ihr hattet mir Bezahlung versprochen«, sagte er so selbstsicher, wie er irgendwie konnte. »Kein Gefängnis.«

»Du sollst sie bekommen, und kein Gefängnis dazu«, erwiderte Tymur. »Deswegen hör jetzt genau hin. Was wir mit dir vorhaben, ist besser als Gefängnis. Ein neues Leben. Ehrliche Arbeit. Mein Vater liebt alles, was alt und Buch ist. Du hast bewiesen, dass du Ahnung hast von Papier, Pergament, Schriften, und ich wette, im Zweifelsfall kannst du sogar als Schreiber herhalten.«

Kevron unterdrückte ein Grinsen und verriet nicht, dass Kay und er ihre Laufbahn in einer Schreibstube begonnen hatten, als Lehrjungen.

»Es ist das beste Angebot, das du dir nur irgendwie denken kannst«, sagte Tymur. »Natürlich, indem du direkt meinem Vater unterstehst, hat er dich unter seiner Aufsicht, und wir können sichergehen, dass du nie die Gelegenheit bekommst, etwas auszuplaudern. Aber du würdest bezahlt, verpflegt – und ich sage dir, der Wein, den wir auf der Burg haben, kann mit der Schwalbe mithalten, und wer weiß, vielleicht hast du ihn dann auch gar nicht mehr nötig. Ehrliche Arbeit, was sagst du dazu?«

Ehrliche Arbeit ... Kevron schluckte. Eigentlich klang es verlockend. Er liebte sein Handwerk, jetzt wieder mehr als früher, aber die letzten Jahre über hatte er weder unehrlich, noch ehrlich, noch sonst etwas gearbeitet – dann musste er auch keine Angst haben, seine Zunft zu verraten, wenn er einmal etwas anderes tat. »Habe ich eine Wahl?«

Tymur zog mit dem Finger eine Linie über seinen Kehlkopf. »Wir haben auch einen sehr hübschen Richtplatz«, sagte er freundlich, »und ich höre, vom Galgen hat man eine gute Aussicht.« Dann wurde er wieder ernst. »Bitte, Kevron, du weißt nicht, wie lange ich meinen Vater dafür habe bearbeiten müssen. Wenn es nach ihm gegangen wäre, säßen wir zwei jetzt nicht hier, sondern du hinter Gittern, und dabei habe ich gerade eigentlich ganz andere Sorgen, eine Reise vorzubereiten, und wenn du die goldenen Brücken, die ich dir hier baue, nicht annehmen willst, dann hast du es wirklich nicht besser verdient.«

Verzweifelt starrte Kevron zur Treppe, wo immer noch kein freundlicher Krug Wein erschien. Er traf nicht gerne Entscheidungen, und noch ungerner traf er sie nüchtern. »Wohin reist du?«, fragte er, um Zeit zu schinden.

»Kannst du dir das nicht denken?«, fragte Tymur. »Ich nehme

die Schriftrolle, die echte, und suche Ililiané. Sie ist die Einzige, die uns sagen kann, ob der Unaussprechliche noch gebannt ist, und wenn ja, ist sie es, die ein neues Siegel erschaffen kann. Nichts gegen deine Künste, aber …«

Kevron nickte nur. In seinem Kopf überschlug sich alles, und die Stimme des Prinzen kam aus weiter Ferne.

»Niemand darf davon wissen; alles, was für zu viel Aufsehen sorgt, kann unser Geheimnis verraten und einen Aufstand auslösen, doch das ändert nichts daran, dass es wichtig ist, für uns alle.«

Dann schwieg Tymur. In die Stille hinein hörte Kevron sich selbst fragen: »Und was ist, wenn ich mitkomme?«

Tymur sagte nichts, widersprach nicht, und das machte es schlimmer, denn dann konnte Kevron weiterreden.

»Ich will wissen, wer das getan hat, mit meinem Bruder, und ich erfahre es nicht, wenn ich mich eingrabe und zu Tode saufe – und ich wäre unter Aufsicht, ich kann nichts verraten, wo du es nicht tust, und ich kann dir wirklich nützlich sein. Ich denke, ich kenne die Schriftrolle jetzt bald besser als jeder lebende Mensch, du wirst sehen, wenn du mich mitnimmst, wir haben beide etwas davon …«

»Schscht«, machte Tymur und legte einen Finger an die Lippen. »Unser Wein kommt.« Noch leiser fügte er hinzu: »Und ich dachte schon, du fragst nie!«

Es war zu spät. Es gab kein Zurück. Und Kevron konnte sich nicht einmal damit herausreden, dass nur der Wein aus ihm gesprochen hatte. Er war nüchtern. Und er hatte Gründe, es von jetzt an auch zu bleiben.

SECHSTES KAPITEL

Keinen Augenblick lang hatte Lorcan geglaubt, dass es einfach werden würde, nach all den Jahren in ein normales Leben zurückzukehren. Es waren vor allem die kleinen Dinge, die es ihm schwer machten. Farben überforderten ihn. Seine Augen, die sich mit den Jahren an die Schattierungen des Steins gewöhnt hatten, an alle Arten von Grau, mussten erst wieder lernen, wie ein normaler Mensch zu sehen. Das Licht war zu hell und ließ Lorcans Augen tränen, und doch blickte er immer in den Himmel, als müsse er zwanzig Jahre Blinzeln auf einen Schlag aufholen.

Aber das Anstrengendste waren Menschen. Es gab so viele von ihnen in der Stadt, sie wollten sich bewegen, wo Lorcan an Ruhe gewöhnt war. Er konnte seine Wachsamkeit nicht einfach ablegen wie ein durchgeschwitztes Hemd. Immer wieder zuckte er zusammen, wollte hochschießen, selbst wenn er wusste, dass seine Wache vorüber war, für immer. Zu viele Menschen, zu viele verschiedene Gesichter – Lorcan tat sich schwer daran, sie zu unterscheiden. Vielleicht war er einfach aus der Übung. Mimik war etwas anderes, die konnte Lorcan sehr, sehr genau lesen, doch um einen Menschen vom anderen zu unterscheiden oder sich Namen zu merken, musste Lorcan auf Haare, Bärte, Kleider zurückgreifen.

So konnte Lorcan lange nicht sagen, ob die Männer und verein-
zelten Frauen, die abends die Gaststube des Steigenden Fohlens
bevölkerten, die gleichen waren, die er schon an einem anderen
Tag dort gesehen hatte. Das Wirtshaus war nur eine billige Ab-
steige, aber ihm sollte es recht sein, er wusste nicht, wie lange sein
Geld reichen sollte, ein kläglicher Lohn für die Arbeit von zwanzig Jahren

Am liebsten hockte Lorcan vor dem Haus in der Sonne, schaute
in den Himmel, auf das Licht, auf die Farben – das Schwarz der
Fachwerkbalken erschien ihm so absolut wie das Weiß der Zwi-
schenräume, obwohl es Jahre her sein musste, seit das Fohlen zuletzt einen Eimer Tünche gesehen hatte, und auch wenn die Farben auf dem Wirtshausschild längst abblätterten, hatten sie für
Lorcan noch eine Strahlkraft, die ihn sprachlos machte.

Er war froh, nicht in einem der besseren Häuser abgestiegen zu
sein, deren Glanz ihn wahrscheinlich hätte erblinden lassen. Hier
hatte er seine Ruhe. Das Haus lag nah bei der Stadtmauer, wo wenig Trubel herrschte und sich nur diejenigen hin verirrten, die es
nicht weit hatten und denen Geld für Besseres fehlte – Stadtgar-
disten vom nahegelegenen Wachhaus oder alte Soldaten, die aus
alter Gewohnheit dort ihr Bier tranken. Ein ehemaliger Steinerner Wächter passte in diese Gesellschaft so gut, dass nur er selbst
sich noch als Fremdkörper wahrnahm. Sie akzeptierten ihn im
Steigenden Fohlen, nahmen hin, dass er wenig reden mochte, sie
wollten es ihm leicht machen, sich wieder an Menschen zu gewöhnen – und waren doch so laut, so viele, so unruhig, dass Lorcan es keinen Abend lang in der Stube aushielt und es ihn wieder
ins Freie zog.

Lorcan konnte nicht bleiben. Vielleicht war es ein Fehler, sich
an die Stadt zu klammern, statt aufs Land zurückzugehen – es
musste ja nicht zurück zu seiner Familie sein, denen er längst ein
Fremder geworden war, aber irgendwo weit weg, in einem Weiler

am Rand der Welt, wo man noch die Dämonen fürchtete, wurde ein Mann gebraucht wurde, der bereit war, es mit ihnen aufzunehmen …

Doch zwanzig Jahre ließen sich nicht einfach abstreifen. Stein zu Stein. Er konnte nicht einfach gehen. Solange der Schatten der Burg Neraval am Tag über die Stadt wanderte wie der Zeiger einer Sonnenuhr, hielt Neraval auch ihn gebannt und gebunden.

Neue Gesichter sahen für Lorcan eins aus wie das andere. Aber den Schatten, der plötzlich auf ihn fiel, hätte er unter tausenden erkannt, noch bevor ihm sein Lächeln folgen konnte oder die vertraute Stimme.

»Da finde ich dich also, mein nicht mehr ganz so steinerner Wächter.«

Lorcan drehte sich um. Er wusste nicht, was er sagen sollte – er fühlte Scham für ein Vergehen, das er nicht begangen hatte, doch noch mehr für seine Lüge. Hätte man ihn jetzt gefragt, ihm wäre keine Wahl geblieben, als zuzugeben, dass er seine Entscheidung zutiefst bereute. Und der Einzige, der in der Lage war, diese Frage zu stellen, der stand jetzt da, blickte auf Lorcan hinunter, und lächelte.

»Ich hätte erwartet, du nutzt die Gelegenheit, dich zu bewegen und durch die Gegend zu hüpfen wie ein junges Böcklein, aber hier sitzt du, genauso reglos wie früher – sind dir die Gelenke eingerostet, oder ist noch Leben in dir?«

Lorcan atmete durch und rückte auf der Türschwelle ein Stück zur Seite, falls Tymur sich zu ihm in den Staub setzen wollte. »Hast du mich gesucht?«, fragte er und versuchte, nicht zu hoffnungsvoll zu klingen. Er hatte sich nicht von Tymur verabschiedet. Wenn er das jetzt nachholte, konnte er vielleicht endlich loslassen …

»Nicht gesucht, nur gefunden. Man muss nicht lange herumfragen, um rauszufinden, wo du steckst – weit hast du es ja nicht geschafft, auch wenn du dir gleich das Gegenteil wünschen wirst. Ich habe ein Hühnchen mit dir zu rupfen.«

Lorcan wurde gleichzeitig heiß und kalt. Durchschaut von dem einen, der ihn nicht durchschauen durfte …

»Ja, da schaust du.« Tymur verzog das Gesicht. »Denkst du, ich werde gerne belogen? Ich weiß, was du meinem Vater erzählt hast und dem Hauptmann – aber du wagst es nicht, das jetzt noch einmal zu wiederholen und mir ins Gesicht zu sagen.«

»Ich …«, fing Lorcan an und verstummte.

Verstohlen blickte Tymur sich um, dann setzte er sich neben Lorcan auf die Stufe, so nah, dass der seinen Atem spüren konnte und den Duft des feinen Lavendelwassers, das von Tymurs Haaren ausging. »Ich kenne dich, Lorcan«, flüsterte Tymur. »Wenn es einen ehrlichen Mann auf dieser Welt gibt, bist du es, und doch hast du gelogen. Ich weiß, dass du nicht trinkst, und wenn, hätte ich es dir organisiert, niemand hätte jemals davon erfahren. Du hast gelogen, und mehr noch – du wärst nie in die Wachen hineingelaufen, wenn du es nicht darauf angelegt hättest. Mein Vater mag auf dich hereingefallen sein, aber ich will wissen – warum hast du das getan?«

Lorcan schluckte. »Ich … ich kann es dir nicht sagen.« Tymur war nah, zu nah, und Lorcans ganzer Körper schrie danach, ihn zu verraten, wo seine Lippen das nicht konnten.

»Dann sage ich es dir.« Tymur rückte noch näher an Lorcan heran, bis seine Lippen fast Lorcans Ohr berührten. »Ich weiß, dass du versuchst, die Steinernen zu schützen, als einen letzten Bruderdienst. Aber du musstest sie verlassen, weil du kein Teil ihres Treibens sein konntest und damit auch kein Teil von ihnen.«

Lorcans Herz setzte einen Schlag aus. Er wusste nichts zu sagen, und es war besser so – sein Schweigen rettete ihn, und Tymur redete weiter.

»Du wusstest, dass wir, wenn du dich wegen so etwas vor die Tür setzen lässt, auch die übrigen Steinernen Wächter genauer anschauen würden, und herausfinden, was für ein Sauhaufen sie sind, alle miteinander. Du konntest sie nicht verraten, also hast du dich geopfert – und du denkst, das reicht? Was ist mit dem Eid, den du geschworen hast? Was denkst du dir?«Tymurs Stimme wurde zu einem zornigen Zischen, und endlich gelang es Lorcan, ein Stück von ihm wegzurutschen. »Wir haben Steinerne Wächter, von denen keiner auch nur einen Deut taugt, und einen Erzdämon in einer Schriftrolle, die bewacht werden muss wie am ersten Tag, und alles, was dir einfällt –«

»Es tut mir leid.« Lorcan atmete die Worte mehr, als dass er sie sprach, doch Tymur schüttelte nur den Kopf.

»Ich wusste, dass du das sagen würdest. Wirklich, ich hatte dich für meinen Freund gehalten. Ich habe dir alles anvertraut, meine Ängste, meine Träume, meine Nöte – und wie dankst du es mir? Warum hast du mir nicht erzählt, was mit den Steinernen los ist? Warum wirst du lieber zum Lügner?«

»Ich konnte es nicht sagen.« Lorcan schaffte es nicht einmal mehr, Tymur anzublicken.

»Es ist mir egal.« Tymur schnaubte kurz. »Egal was du sagst, das macht es nicht rückgängig – du hast einen Eid geleistet, und an den bist du gebunden. Bist du bereit, ihn ein letztes Mal zu erfüllen? Wenn nicht als mein Freund, dann als Steinerner Wächter?«

Alles in Lorcan wurde Stein, als er murmelte: »Als beides, wenn ich darf.«

»Gut«, sagte Tymur, und endlich war dieser böse Klang aus seiner Stimme verschwunden. »Dann hör jetzt zu. Du weißt, dass ich immer auf Abenteuer ausziehen wollte und mein Vater mich nie gelassen hat. Nun, jetzt tut er es. Und du sollst mitkommen, als mein Beschützer. Ich habe nie einen Leibwächter haben wollen, doch auf so eine weite Reise will mein Vater mich nicht ohne gehen lassen. Und ich will keinen anderen als dich.«

Vielleicht sagte er die Wahrheit, aber nicht die ganze.»Wohin gehst du?«, fragte Lorcan vorsichtig.

Tymur, das Gesicht im Schatten, lächelte, dass man es in seiner Stimme hören konnte.»Ailadredan. Wo die Alfeyn leben. Ich bin Diplomat. Zeit für diplomatischen Kontakt.«

»Diplomatisch?« Lorcan wusste, dass es seit Jahrhunderten, wenn nicht gleich seit Damars Zeiten, keinen Kontakt zwischen Menschen und Alfeyn gegeben hatte. Warum ausgerechnet jetzt? »Das kann nicht der wahre Grund sein. Wenn du willst, dass wir ehrlich miteinander sind – einer von uns muss damit anfangen.« Lorcan fühlte sich schäbig bei diesen Worten. Er verlangte eine Ehrlichkeit, die er selbst nicht bieten konnte.

Tymur seufzte, zu lange und zu laut.»Du hast ja recht«, sagte er. »Niemand darf es wissen – wenn herauskommt, dass die Schriftrolle praktisch unbewacht ist, und das seit Jahren … Alle Hoffnungen meines Vaters ruhen auf mir, es muss geheim bleiben, du kennst Vjasam, du weißt, was er sonst versucht … Ich gehe zu den Alfeyn und suche Ililiané. Sie ist unsterblich, sagt man. Und wenn sie noch lebt – ich werde sie finden, und wenn ich sie an den Haaren mitschleifen muss …«

»Was …«, fragte Lorcan, und das Drücken in seiner Magengrube verhieß nichts Gutes.»Was hast du vor?«

»Ich bringe sie nach Neraval«, antwortete Tymur.»Wir brauchen neue Steinerne Wächter. Aus Stein. Ohne Ililiané ist dieses Land verloren. Ich zähle auf dich. Bist du dabei?«

Lorcan nickte. Vielleicht aus den falschen Gründen. Aber er nickte.

Den Abend vor dem Aufbruch verbrachte Lorcan in der Gaststube. Ein letztes Mal unter Menschen sein, bevor es hinausging in die Fremde, zu einem Volk, über das kaum jemand etwas wusste, fremder als alles, was man kannte – und weil Lorcan zwanzig

Jahre Menschen verpasst hatte, wollte er zumindest den Unterschied erkennen können. Er besaß nicht viel, was sich mitzunehmen gelohnt hätte, aber wichtiger als sein Rucksack war ihm, seinen Kopf zu packen, mit Bildern und Geschichten und Menschen.

Da waren zwei, ein Mann und eine Frau, die kamen jeden Tag Arm in Arm, verbrachten den Abend damit, sich zu streiten, und gingen dann wieder Arm in Arm, so einträchtig, wie sie gekommen waren. Ihre Namen, allzu oft unüberhörbar durch den Raum gebrüllt, waren Tama und Deron, sie kannten Lorcan nicht, doch für ihn waren sie fast schon alte Freunde, und wenn sie gingen, war es irgendwie zu still in der Wirtsstube.

Da war ein junger Bursche, der hatte Abend für Abend in einer Ecke gesessen, Trübsal geblasen und in einen Becher Wein gestarrt, ohne jemals einen Schluck davon zu trinken, aber an diesem letzten Tag war der Junge nicht mehr allein. Er hatte ein Mädchen dabei, das mehr auf seinem Schoß saß denn auf der Bank, und aus dem einen Becher Wein waren jetzt zwei geworden, die unbeachtet herumstanden, während die beiden nur Augen füreinander hatten, und Finger, und Zungen.

Ihnen zuzusehen, erinnerte Lorcan nur an seine eigenen Sorgen. Er wollte schon aufstehen und gehen, die Nacht durfte nicht zu lang werden, wenn er am anderen Morgen zeitig und ausgeschlafen am Fuß der Burg sein wollte, als ihm ein neuer Gast auffiel, den er an keinem der anderen Tage im Fohlen gesehen hatte.

Das war an sich nichts Ungewöhnliches, es kam immer mal wieder jemand Neues herein, doch die Gäste des Fohlens waren nüchtern, wenn sie kamen, selbst wenn sie es beim Gehen nicht mehr sein mochten. Dieser Mann sah nicht nur arg abgerissen aus, er musste auch schon gut über den Durst getrunken haben. Er stand schwankend in der Tür, mit der Nacht im Rücken und dem Wind, der hereinblies, und blickte sich unsicher in der Wirtsstube um, als suche er jemanden, bis der Wirt ihn anschnauzte, dass er die ganze warme Luft hinausließ. Endlich kam er herein, wanderte durch den Raum, trat nah an die Tische heran und wich wieder zurück, und blieb dann ausgerechnet vor Lorcan stehen

»Was ist?«, fragte Lorcan kurz angebunden. »Verwechselst du mich mit jemandem?«

Der Betrunkene stierte Lorcan an, dann sagte er: »Schöne Jacke.« Er beugte sich vor, als verlöre er das Gleichgewicht, und legte ihm eine Hand auf die Schulter, aber selbst durch die ledernen Polster hindurch entging Lorcan nicht, dass der Mann mit fast schon geschäftiger Aufmerksamkeit das Material betastete.

»Danke«, sagte Lorcan, weil er nicht recht wusste, was er sonst antworten sollte, und schob den Mann auf Armeslänge weg.

»Verkaufst du sie mir?«

Lorcan unterdrückte ein Lachen. Abgesehen davon, dass es keine Jacke war, sondern das gepolsterte Untergewand eines neuen Kettenhemdes, war der Mann sicherlich einen ganzen Kopf kleiner als er und dazu so schmal in den Schultern, dass er in jedem Stück, das Lorcan am Leib trug, schier ertrunken wäre. »Nicht zu verkaufen«, antwortete er.

»Bitte …« Wieder strebten die Hände des Mannes zu Lorcans Kleidung, und wieder wurde er an seinen Platz zurückbefördert. »Ich hab Geld, gutes Geld, aber ich muss morgen aus der Stadt, in aller Frühe, und ich brauche eine Jacke –« Die verschwitzten dunkelblonden Haare hingen dem Mann ins Gesicht, und er schien sich zu lange nicht rasiert zu haben. Der stechende Geruch alten und neuen Weins umfing ihn, doch mehr als das roch er nach Panik. Was immer das Problem des Mannes war, es war nicht mit einer Jacke zu beheben.

»Aber nicht meine.« Lorcan nickte dem Wirt zu, dass Ärger in der Luft lag. »Geh nach Hause, schlaf deinen Rausch aus, oder such dir einen anderen – nur mich lass in Frieden.«

Dem Mann schoss das Blut in das ohnehin gerötete Gesicht. »Tut … tut mir leid«, nuschelte er, lachte verlegen und zu laut, und schlurfte davon, nicht ohne Lorcan, oder besser dem Gambeson, einen letzten Klaps auf die Schulter zu geben.

Lorcan zog es vor, seine Zeche zu bezahlen und zu Bett zu gehen. Ein Gutes hatte diese Begegnung allemal: Lorcan hatte jetzt erst einmal genug von Menschen, für die nächsten zwanzig Jahre sollte es reichen.

Der Herbst kündigte seine Nähe mit langen Schatten und kriechendem Nebel an, als Lorcan in der Morgendämmerung am Treffpunkt stand. Der Zeitpunkt hätte kaum schlechter gewählt sein können für so eine Expedition, das Wetter würde nicht mehr lange halten, und was auch immer Tymur als offiziellen Grund für seine Reise angegeben haben mochte, jeder musste sich wundern, warum er damit nicht bis zum Frühling wartete.

Lorcan wusste wenig über das, was ihn erwartete, aber er verstand, dass er nicht Tymurs einziger Begleiter sein sollte. Am Fuß der Burg wartete noch eine zweite Person, und mehr als das vermochte Lorcan auch nicht zu sagen. Eine schmale, hochgewachsene Gestalt, von Kopf bis Fuß in hellblaue Roben gehüllt, die bis auf die Augen das ganze Gesicht verbargen – groß genug für einen Mann, schmal genug für eine Frau, sicherlich jemand, der sich mit Magie beschäftigte, und mit solchen Leuten legte Lorcan sich nicht an.

Aber er wusste, dass diese Person ihn nur zu genau beobachtete, und da es keine Miene dazu gab, keine Lippen, keine Reaktion, fühlte er sich unwohl unter dem Blick. Lorcan war froh über das vertraute Gewicht seines Schwertes, während sich das neue Kettenhemd, das ein Bote erst zwei Tage zuvor am Fohlen abgeliefert hatte, noch fremd anfühlte und so anders als die Rüstung, die Lorcan zwanzig Jahre lang getragen hatte.

Es dauerte nicht zu lange, bis der Prinz zu ihnen stieß, den gepflasterten Weg von der Burg förmlich hinunterhüpfte mit einer Energie, die er sich vielleicht besser für den Rest der Strecke aufgespart hätte.

»Prachtvoll!«, rief er, als er Lorcan und die blaue Robe fast erreicht hatte. »Zwei von dreien, und dann auch noch die, mit denen ich gerechnet hatte. Einen guten Morgen wünsche ich! Seid ihr aufbruchsbereit?«

Lorcan nickte still und fragte sich, wer noch kommen sollte.

»Während wir warten«, redete Tymur weiter und stolzierte dabei hin und her wie ein nervöses Pferd, »mache ich doch zumindest euch beide miteinander bekannt. Magierin, dieser stolze Krieger ist Lorcan Demirel, der auf dieser Reise unser aller Leben beschützen wird, und wir hätten keinen besseren für diese Aufgabe finden können. Und Lorcan … wirklich, ich habe keine Ahnung, wer diese Person neben dir sein soll.«

Auch ohne hinter den Schleier blicken zu können, wusste Lorcan, dass dort gerade eine Augenbraue gehoben wurde. »Prinz Tymur«, sagte eine Stimme, die weiblich klang und noch recht jung, »ich bitte Euch, macht keine Späße mit mir! Ich stelle mich gerne selbst vor, wenn Ihr wünscht – aber Ihr wisst genau, wer ich bin.«

»Tue ich das?«, fiel Tymur ihr mit ungewohnter Schärfe ins Wort. »Ja, ich habe eine Magierin ausgewählt, Enidin Adramel ist ihr Name, ein hübsches junges Ding, sehr tüchtig und gescheit – nur woher soll ich wissen, dass Ihr das seid?«

Die Magierin erstarrte und wuchs dabei noch eine Halbspann in die Höhe. »Wenn Ihr Euch lustig machen müsst, Prinz Tymur, dann macht Euch über mich lustig, nicht über meine Kleider. Ihr, oder Euer Vater, habt nach einer Magierin verlangt, und eine Magierin bekommt Ihr nicht ohne Roben.«

»Im Gegenteil!« Tymur fuhr herum, dass sein schwarzer Umhang sich im Wind blähte. »Ihr seid es, die nicht verstehen will. Wir haben Bedarf für Eure Fähigkeiten, nicht Eure Roben. Ob Ihr eine Magierin seid oder ein Milchmädchen ist mir egal, solange Ihr in der Lage seid, die Tore zwischen den Welten aufzustoßen. Aber es geht hier um Vertrauen. Und ich kann Euch nicht vertrauen, wenn ich Euer Gesicht nicht sehen kann – ebenso gut kann sich hier eine gedungene Mörderin hinter Schleier und Robe verbergen.«

Fast rechnete Lorcan damit, dass die Magierin jetzt ihre Roben raffen und gehen würde. Diese Beleidigungen, die Tymur da so glatt von der Zunge perlten, gingen zu weit. Es war ein Tymur, den er nicht kannte – Tymur konnte frech sein, aber jetzt klang er regelrecht bösartig, schnippisch und verletzend …

»Am liebsten würde ich sagen, sperrt Eure Tore doch alleine auf!«, fauchte die Magierin und klang dabei noch jünger. »Ich bin hier, weil ich etwas kann, ich bin keine Bittstellerin, anders als Ihr, mein Prinz – was könnt Ihr denn, das wir nicht selbst könnten? Wenn es Euch so wichtig ist, bitte, dann kommt mit mir. Wenn Ihr schon nicht meine Stimme erkennt, werdet Ihr hören, dass ich Dinge weiß, die außer mir niemand wissen kann, und wenn wir unter uns sind, werde ich meinen Schleier heben, für Euch und nur für Euch.«

Wieder schüttelte Tymur den Kopf, diesmal vielleicht ein wenig belustigter als vorher, doch man musste der Magierin lassen, dass sie den Spieß gut umgedreht hatte. »Enid«, sagte er sanft, »meine liebe Enid, Ihr könnt mir glauben, dass ich durchaus in der Lage bin, Euch allein an Eurer Stimme zu identifizieren. Aber darum geht es hier nicht. Zeigt mir Euer hübsches Gesicht heute, und morgen steckt eine andere in Eurer Robe, nicht weil Ihr mich hinters Licht führen wolltet, sondern weil sie Euch Euren zarten Schwanenhals zugeschnürt hat. Ihr könnt nicht unentwegt reden, nicht solange ich dabei bin, unser Freund Lorcan soll auch einmal seine Ruhe haben dürfen. Wenn ich Euch nur eindeutig identifizieren kann, solange Ihr mit munterem Stimmchen plappert, zerstört das alle meine Pläne – denn ja, ich kann etwas, das niemand von euch kann, und das ist planen; ich bin der Einzige, der wirklich weiß, um was es hier geht, und das soll auch so bleiben. Also entscheidet Euch. Entweder Ihr entfernt Euren Schleier und zieht Euch ein gewöhnliches Kleid an, dass nicht auf hundert Schritt Entfernung ›Magierin‹ schreit, oder ich bringe meinen Vater dazu, ein Gesetz zu erlassen, das allen Magierinnen bei Strafe verbietet, verschleiert zu gehen. Vorher aber, das verspreche ich Euch, bleiben wir hier, wo wir sind, und dann soll die Welt von mir aus untergehen.«

Lorcan machte ein paar Schritte rückwärts, um nicht selbst in den Streit hineingezogen zu werden, und auch, damit sich die Magierin sicherer fühlte, ihr Gesicht zu zeigen. Die Anwesenheit einer komplett verhüllten Person, die sich nicht lesen ließ, war auch für ihn ungewohnt – doch er wusste zu wenig über Magier und ihre Gründe, sich zu verschleiern, und ihm gefiel Tymurs Art nicht.

Aber ehe Prinz und Magierin ihren Konflikt lösen konnten, wurde ihre Dreisamkeit durch die Ankunft eines Mannes gestört, der sich vorsichtig an sie heranschlich und dabei aussah, als wolle er am liebsten im Boden versinken. Es war nicht irgendein Mann. Es war der Betrunkene aus dem Steigenden Fohlen, der letzte Mensch, mit dem Lorcan in diesem Moment gerechnet hätte. Zumindest was seine Suche nach einer Jacke anging, schien seine Nacht noch von Erfolg gekrönt gewesen zu sein – er musste es geschafft haben, einem der alten und sicher nicht mehr nüchternen Gardisten den Mantel abzuschwatzen.

Jetzt stand er da und sah noch verlorener aus als am letzten Abend, die viel zu weite Soldatenjacke ließ ihn noch kleiner wirken, und nicht nur der Jacke sah man an, dass sie ihre beste Zeit schon hinter sich hatte. Auch wenn er nicht älter sein konnte als

Lorcan, wirkte er verbraucht und verlebt, die Augen müde und dunkel umringt. Es war schwer vorstellbar, was Tymur von ihm wollte oder er von Tymur, doch ihm saß ein Rucksack auf den Schultern, als ob er eine weite Reise vor sich hatte. Anstelle eines Grußes biss der Mann sich nur auf die Lippe, nickte knapp, und schaute zu Boden. Es war an Tymur, die Vorstellung zu übernehmen und die letzten Zweifel auszuräumen.

»Wenn ich bitten darf«, sagte Tymur, »mein guter Freund Kevron Florel. Ihr dürft ihn Kev nennen. Er ist sehr bescheiden, aber ein echter Experte, wenn es um alte Schriften geht.« Er trat hinter den Mann und legte einen Arm um ihn, doch die Geste wirkte weniger freundschaftlich als vielmehr wie eine Drohung, jetzt ans Wegrennen nicht einmal mehr zu denken. Deutlich leiser setzte er hinterher: »Dass du uns hier versetzt, hätte ich schon fast erwartet, aber versuch wenigstens, geradeaus zu schauen. Bist du nur verkatert oder kommst du direkt aus der Spelunke?«

Ein verschämtes Kopfschütteln war die Antwort. Lorcan wusste nicht, ob der Mann sich an die Begegnung erinnern konnte, und ein »Schöne Jacke!« lag ihm auf der Zunge, doch er sparte sich das. Es war nicht seine Art, einen am Boden Liegenden zu treten – vor allem aber war Tymur noch nicht mit ihm fertig.

»Du kannst von Glück sagen, dass du noch gekommen bist, bevor ich die Wachen auf dich ansetzen musste«, zischte er. »Wenn du versucht hättest, dich in letztem Augenblick noch zu drücken ...«

»Ich bin hier«, murmelte der Mann. »Aber vielleicht ist es besser, wenn ich doch ... Ich halte euch hier nur auf.«

Tymur schüttelte den Kopf. »Nichts da«, sagte er. »Du bist hier, und du wirst mitkommen. Ich brauche meinen Wissenschaftler, meinen Schriftzeichenexperten – vor allem aber brauche ich einen Freund, dem ich vertrauen kann, und das ist mir im Moment mehr wert als alles andere.«

Lorcan fühlte einen jähen Stich und versuchte zu spät, sich in Stein zu hüllen. Während der Jahre, die er unter der Erde verbracht hatte, war die Sonne weitergezogen. Tymur war kein Kind mehr, und das hieß auch, er hatte ein eigenes Leben und eigene Freunde, und es war nicht an Lorcan, über sein Urteil zu richten. Wenn Tymur bereit war, einem gefallenen Steinernen Wächter eine zweite Chance zu geben, dann tat Lorcan gut daran, ganz still zu sein, wenn es um andere Gefallene ging.

»Aber wenigstens bist du jetzt da, und ehrlich gesagt, das ist mehr, als ich erwartet hätte.« Tymur lachte. »Und man kann dein Gesicht sehen – auch wenn du diesem Gestrüpp an deinem Kinn mal eine Form verpassen solltest, wenn es ein Bart werden will. Nimm dir ein Beispiel an mir oder an Lorcan hier – aber erst mal muss ich mich jetzt um die Differenzen mit meiner Magierin kümmern. Wartet hier so lange, freundet euch ein bisschen an, und Lorcan – pass auf, dass Kev nicht doch noch versucht, sich davonzumachen.« Er nickte der Magierin zu, die sich wie Lorcan aus dem Gespräch herausgehalten hatte, und machte eine einladende Handbewegung, dass sie ihn begleiten sollte. Lorcan blieb mit Herrn Florel zurück, und beide wussten einander wenig zu sagen.

Nachdem er einige Zeit mit der Fußspitze im Straßenstaub gemalt hatte, fasste sich der andere Mann ein Herz. »Ähem … danke, dass Ihr auf mich gewartet habt.«

Lorcan schmunzelte. »Hat etwas länger gedauert, die Jacke zu organisieren?«

Das Gesicht des Mannes verzog sich zu einem verlegenen Grinsen. »Dann … das wart Ihr gestern?« Jetzt sah er aus, als wolle er wirklich am liebsten im Boden versinken. »Ich muss mich entschuldigen. Das war kein guter Tag gestern …« Seine Augen irrten hilfesuchend umher, dann warf er den Kopf in den Nacken und lachte. »Aber was soll's, hier sind wir und haben beide unsere Jacken an, und die Reise kann losgehen.«

Es wäre die Gelegenheit gewesen, Fragen zu stellen – wie Herr Florel Tymur kennengelernt hatte, wie gut sie einander kannten, und vor allem, wie viel er und die Magierin über den Sinn und Zweck ihrer Reise wussten. Aber sie schwiegen beide, warteten im Schatten und sahen den Kindern zu, die dort spielten, zwei kleine Jungen, die versuchten, ihren Reifen den steilen Burgberg hinaufzutreiben, bis endlich Tymur zurückkam. Er war allein.

»Ich hoffe, ihr habt euch schon ein bisschen kennengelernt?«, fragte er und seufzte. »Wir werden viel Zeit miteinander verbringen, und da wir nur eine kleine Gruppe sind, ist es wichtig, dass wir uns gut verstehen, dass wir einander vertrauen, blind, wenn es sein muss …«

Mit seinen steinernen Brüdern konnte Lorcan sich ohne viele Worte verständigen, aber als er versuchte, Tymur nur mit Blicken zu fragen, ob Herr Florel eingeweiht war und wenn ja, wie weit, bekam er keine Antwort. Es war typisch für Tymur. Irgendetwas nicht mit Worten zu machen, war ihm fremd.

Dafür seufzte der Prinz und blickte in die Richtung, aus der er gekommen war. »Unsere Magierin – es ist meine Schuld, ich hätte ihr im Vorfeld erklären müssen, dass und warum sie auf ihre Roben verzichten muss. Jetzt kam das natürlich sehr unerwartet für sie. Es gibt wenig Schwierigeres, als eine Magierin aus ihren Roben zu bekommen.« Er zwinkerte Lorcan zu und hätte sich kein falscheres Ziel dafür aussuchen können. Lorcan biss die Lippen zusammen und blickte zu Boden. »Jedenfalls«, redete Tymur weiter, »zieht sie sich gerade in der Wachstube um, und ich bitte euch, macht es ihr nicht noch schwerer. Starrt sie nicht an, gebt ihr etwas Freiraum – ich vertraue auf euch. Das könnt ihr.«

Lorcan nickte, seltsam peinlich berührt. Er fühlte sich fehl am Platz und bedauerte, nicht noch mehr Fragen zu den Umständen der Reise gestellt zu haben. Es war offensichtlich, dass Tymur in höchstem Maße aufgeregt war, vielleicht auch überfordert, aber er ließ das an den Falschen aus. Sie sollten zusehen, dass sie aufbrachen. Und es war egal, was die Magierin am Leib trug – wenn Tymur kein Aufsehen erregen wollte, dann sollte er nicht mitten in dem Treiben, das inzwischen auf der Straße herrschte, derart herumhopsen.

»Prinz Tymur, ich habe es mir überlegt.« Da war die Magierin endlich wieder. Und sie trug die gleichen hellblauen Roben wie zuvor. »Ich begleite Euch gerne auf Eure Expedition, aber wenn Ihr eine Magierin ohne Roben wollt, geht zurück zu meiner Akademie und schaut, wen ihr finden könnt, es gab doch genug andere Interessentinnen. Aber wenn ich mitkomme, dann als ich selbst und sicher nicht im Kleid eines Bauernmädchens.«

Tymurs Augen wurden schmal, nur einen Moment lang. Dann atmete er durch. »Wie Ihr wünscht, Enid«, sagte er schließlich. »Ihr habt mich in der Hand. Die Portale werden sich nicht von selbst öffnen. Tragt Eure Roben und lebt damit, dass ich mir täglich Euer hübsches Gesicht aus der Nähe anschaue – wenn das nicht ohnehin das ist, was Ihr im Sinn hattet.« Er lachte und schüttelte den Kopf. »Nur tut mir den Gefallen, nehmt das Kleid mit. Es ist nicht irgendein Bauernkleid – was denkt Ihr, dass ich mich nicht vorbereitet hätte? Ich hatte Zeit, es für Euch schneidern zu lassen. Und vielleicht kann ich Euch unterwegs begreifbar machen, warum ich Euch in etwas dezenterer Kleidung bevorzugen würde. Aber nun kommt. Es ist an der Zeit, dass wir aufbrechen, und die Pferde sind bestimmt schon unruhig.«

Der königliche Marstall lag am Fuß des Berges, und die Pferde dankten es ihm. Ein helles, freundliches Gebäude, der finsteren Burg so unähnlich, wie es nur irgend ging, was daran liegen konnte, dass es viele hundert Jahre jünger war, gebaut vor weniger als fünfzig Jahren, nachdem ein Brand den alten Stall zerstört hatte.

Es war lange her, dass Lorcan zuletzt dort gewesen war, niemand würde sich mehr an ihn erinnern oder, wenn doch, wissen, dass dieser bärtige, gerüstete Kerl identisch war mit dem jungen Hufknecht, der sich einst dort eingenistet hatte, um auf keinen Fall den Aufruf zu verpassen, dass der Hof wieder einen Steinernen Wächter suchte. Und genauso lange war es her, dass Lorcan zuletzt auf einem Pferd gesessen hatte.

Lorcan war froh, dass ihm der Hof ein Pferd stellte, ebenso wie die neue Rüstung – von seinem Geld war nach der untätigen Zeit im Gasthof wenig übrig, auf jeden Fall zu wenig, um sich ein Pferd zu kaufen. Aber immerhin, er wusste, wie man reitet. Ob man das auch von der Magierin und dem Trinker sagen konnte, sollte sich noch zeigen.

Nun standen hier sechs gute Pferde bereit, gestriegelt, gesattelt und bepackt. Enidin stand wie angewurzelt vor dem Fuchs, den der Damensattel als ihr neues Reittier auswies, und ihre Körpersprache verriet auch durch die Roben blanke Angst. Von Herrn Florel konnte man nur hoffen, dass er inzwischen nüchtern genug war, um sich überhaupt oben zu halten.

»Wenn ich bekanntmachen darf«, sagte Tymur. »Damar, Valier, Marold, Svetan, Isjur und Astol.«

Lorcan tauschte mit Herrn Florel einen skeptischen Blick aus. Er konnte sich nicht vorstellen, dass der Hof wirklich ein paar Tieren die Namen seiner größten Helden geben würde. Damar und seine Gefährten – Tymur mochte das witzig finden, aber Lorcan konnte nicht darüber lachen.

»Fragt nicht, welches wer ist, es ist egal, nur Damar reite ich natürlich selbst. Und ich würde niemandem empfehlen, auf eines der Packpferde zu steigen.« Tymur lachte über seinen eigenen Witz. »Wenn euch die Namen nicht passen, denkt euch andere aus, es sind nur Tiere. Und solltet ihr nicht reiten können – Ihr werdet es lernen.«

Die Versuche von Enid und Kevron, in ihre Sättel zu steigen, misslangen vielsagend.

»Ihr werdet es lernen«, wiederholte Tymur. »Ihr werdet jeden Tag davon bereuen, aber ihr werdet es lernen, und bis wir in Ailadredan sind, denkt ihr, dass ihr euer ganzes Leben im Sattel verbracht habt.« Tymur seufzte, schüttelte den Kopf und sagte, diesmal an sie alle gerichtet: »Damit wir uns verstehen, ihr sollt wissen, woran ihr seid. Denkt euch, dass wir so etwas sind wie Damar und seine Gefährten, nur ohne die Stelle, wo Damar sie alle töten musste. Ich hoffe doch sehr, dass wir auf diesen Teil verzichten können. Aber ansonsten sind wir Gefährten und sollten uns auch wie solche verhalten. Nur, was haben wir hier stattdessen? Meinem Kämpfer ist der Mund zusammengewachsen, meine Magierin kann jeden Tag eine andere sein, und mein Schreiber riecht wie ein Landstreicher – wirklich, manchmal kann ich Damar verstehen. Manchmal …« Er fuhr sich mit der Hand übers Gesicht. »Bitte, macht es mir nicht schwerer als unbedingt nötig. Diese Aufgabe verlangt viel von mir. Dafür bin ich darauf angewiesen, dass ihr tut, was ich euch sage. Ohne Fragen, ohne Murren, tut es einfach. Ich will euch vertrauen können, jedem Einzelnen von euch. Seid es wert!«

Lorcan nickte und machte sich daran, die Sattelgurte der Pferde nachzuziehen, einfach, um etwas zu tun zu haben. Es waren gute, aber vor allem ruhige Tiere, sicherlich die beste Wahl, wenn man damit rechnen musste, es mit ungeübten Reitern zu tun zu haben. Und sie schienen ihm nicht anzumerken, wie viele Jahre es her war, dass er zuletzt ein Pferd gesattelt hatte.

»Da, seht nur, was für einen Prachtwächter ich an Land gezogen habe!«, rief Tymur zufrieden. »Ich musste gar nichts sagen, schon schaut er nach, ob ein Schuft in der Zwischenzeit unsere Gurte angesägt hat oder mir eine Distel unter den Sattel gelegt, damit ich mir den Hals breche. Braver Kämpfer. Nehmt euch ein Beispiel an ihm!«

Keiner der beiden anderen antwortete. Wahrscheinlich hatten auch sie schnell begriffen, dass, wenn sie nur lang genug schwiegen, Tymur allein alles Reden übernahm.

Es war an der Zeit, aufzubrechen. Die Packpferde trugen schwer an ihrer Last, und Lorcan konnte nur ahnen, was das alles sein sollte – er konnte Zeltstangen ausmachen und Kochgeschirr, aber gemessen an der weiten Reise, die sie vor sich hatten, und den unwegbaren Gebieten, in die sie reisen würden, hätten sie deutlich mehr Gepäck brauchen können, mehr haltbaren Proviant, und es erstaunte Lorcan, dass nicht ein ganzes Pferd nur für Tymurs Garderobe gebraucht wurde. Der Prinz war doch ein bisschen eitel – es stand ihm gut zu Gesicht, er war ein hübscher Mann, immer gepflegt, immer elegant gekleidet. Er würde schon noch merken, wie unpraktisch schwarze Kleider waren, wenn man damit einmal über Land reiten musste … Aber mit dieser Last würden die Pferde nur streckenweise traben können, und wenn sie an diesem Tag noch eine anständige Strecke schaffen wollten, durften sie nicht noch weiter trödeln.

Als sie die Pferde aus dem Stall auf den Vorplatz führten, wurden sie bereits erwartet. Lorcan erkannte die beiden Männer sofort als zwei von Tymurs Brüdern, aber er war nicht ganz sicher, mit welchen sie es da zu tun hatten. Die vier waren nur wenige Jahre auseinander und sahen sich allesamt sehr ähnlich, und auch wenn Tymur ihnen an Statur nicht das Wasser reichen konnte, ließ sich doch nicht verleugnen, dass er ihr Bruder war.

»Schau an«, sagte der eine. »Der Kleine meint es also tatsächlich ernst.«

»Jetzt verliert Vjas seine Wette und ist noch nicht einmal da, um es zu sehen«, erwiderte der andere, und sie klopften sich gegenseitig auf die Schultern, ehe sie Tymur in den Weg traten.

Tymur schüttelte den Kopf und seufzte. »Gefährten, erlaubt mir, euch meine hochgeschätzten Brüder vorzustellen, Sandor und

Antal, sucht euch aus, welcher wer sein soll, es ist so egal wie bei den Pferden.«

»Du willst dich einfach davonstehlen?«, fragte derjenige, den Lorcan für den Älteren hielt – Sandor also. »Hast du keinen Funken Anstand?«

Lorcan führte die beiden Pferde, die er am Zügel hielt, einen Schritt zurück. Da er nur Tymurs Seite der Geschichte kannte, war es nicht an ihm, sich in die Streiterei einzumischen.

»Ich habe etwas Besseres«, erwiderte Tymur spitz. »Ich habe es eilig. Und ich habe mich von dem, auf den es ankommt, in aller Form verabschiedet. Vater hat mir seinen Segen gegeben – ich wüsste nicht, wie einer von euch das noch übertreffen sollte.« Doch so sehr Tymur auch den Gelassenen zu spielen versuchte, Lorcan entging nicht das ungewohnte Zittern in seiner Stimme.

»Noch nicht einmal eine Umarmung für deine lieben Brüder?« Die Prinzen lachten. »Und wirklich, prachtvolle Gefährten hast du dir da gesucht. Mehr als drei wollte Vater dir wohl nicht zugestehen – wozu auch? An dir ist ja auch nichts dran, das beschützt werden müsste.«

»Aber dass du jetzt endlich auf Brautschau gehst, Bruder!« Der jüngere machte einen Schritt auf Tymur zu, als wolle er ihm auf die Schulter klopfen, doch dann versuchte er nur, Tymur den Kopf zu tätscheln. Tymur schlug unwirsch den Arm beiseite, und der Bruder lachte, als ob er genau damit gerechnet hätte. »Wird langsam Zeit – vielleicht entscheidest du dich ja unterwegs endlich, ob du nun Fleisch oder Fisch bist. Hast du gedacht, du kannst dich ewig drücken? Da musst du durch. Wir haben es alle hinter uns.«

»Ich reite nicht auf Brautschau«, antwortete Tymur knapp und schien zum ersten Mal, seit Lorcan ihn kannte, kein Interesse am Reden zu haben. »Aber je weniger ihr wisst, desto besser. Ich habe mich noch nie mit euch abgegeben, warum sollte ich ausgerechnet jetzt damit anfangen?« Er zog sein Pferd vorwärts, drängte die

Brüder zurück, und saß auf.»Kommt, Freunde. Beachtet die beiden nicht weiter. Keiner von ihnen wird jemals unseren Vater beerben, und das wissen sie auch – nur anders als ich haben sie sich noch nicht damit abgefunden.«

»Aber Bruder!«, sagte Antal vorwurfsvoll.»So sprichst du, wo es uns schier die Herzen bricht, dich ziehen zu lassen! Unser liebster, unser jüngster Bruder, schwach und hilflos, allein auf dem Weg in ein fremdes Land – wie können wir anders, als dich zu begleiten?«

»Geht«, sagte Tymur leise, und seine Stimme zitterte noch mehr.»Ich habe nichts mit euch zu schaffen, bis ich wieder zurück bin, und ansonsten gilt für euch das Gleiche wie für jeden anderen – ich entscheide, wer mich begleitet. Meine Gefährten sind so handverlesen, wie es Damars waren, und wenn ihr zwei euch unbedingt anschließen wollt, weil man in diesem Land nur zu sechst auf Abenteuer ausziehen darf – dann werde ich mich auf meine Rolle besinnen und tun, als wärt ihr zwei Valier und Marold, und ihr wisst, worin sie die Ersten waren.«

»Nur bis zum Stadttor!«, rief Antal.»Nur ein Geleit für unseren Bruder!«

»Und etwas zu lachen«, setzte Sandor hinzu.

Tymur sagte nichts mehr. Er warf ihnen nur den giftigsten aller Blicke zu, trieb seinem Pferd die Fersen in die Flanke, dass es losstürmte, fort vom Hof, und ließ die beiden Prinzen lachend zurück und Lorcan, die Magierin und den Trinker verwirrt. Lorcan fürchtete schon, sich selbst jetzt erklären zu müssen, aber Tymurs Brüder hatten kein Interesse mehr an Scherzen, nachdem ihnen ihre Zielscheibe davongeritten war. Sie hatten erreicht, wofür sie gekommen waren, nickten sich noch einmal zu, und gingen ihres Weges.

Lorcan blickte in die Richtung, in der Tymur verschwunden war, und hoffte, dass der nur ein Stück weit die Straße hinunter oder am Stadttor auf sie warten würde. Es gefiel ihm gar nicht,

Tymur so reizbar zu sehen, dass er gezwungen war, die Oberhand, die einzige Position, die er für sich akzeptierte, aufzugeben – und die Aussicht, dass sich das mit fortschreitender Reise, wenn der Prinz sehen musste, wie es war, ohne Diener auskommen zu müssen oder in einem Zelt zu schlafen, nur noch verstärken sollte, ließ ihn schaudern.

»Nun gut«, sagte er. »Tymur hat recht, wir sollten keine Zeit verlieren. Braucht ihr Hilfe beim Aufsitzen, oder schafft ihr das allein?«

»Wenn ich das Pferd vielleicht erst einmal führen dürfte, bis es mich ein bisschen besser kennt …?«, fragte Herr Florel vorsichtig, und Lorcan nickte, während er die Magierin aufs Pferd hob, weil weder die Robe, noch der Sattel etwas anderes zuließen. Es konnte nur besser werden. Doch Lorcan war nicht für diese beiden da, egal wie überfordert sie gerade mit ihren Pferden sein mochten. Er war hier, um Tymur zu helfen. Und eine Sache stand fest: Tymur brauchte ihn jetzt dringender als jemals zuvor. Vielleicht als Steinernen Wächter. Aber vor allem als Freund.

SIEBTES KAPITEL

Enidin saß auf ungewohnt hohem Pferderücken und versuchte, auszusehen, als wäre sie Herrin der Lage. Sie war doppelt froh, auf die Roben – und vor allem den Schleier – bestanden zu haben, denn so hatte niemand bemerkt, wie sie peinlich berührt errötet war, als sie mit ansehen musste, wie Tymur von seinen Brüdern behandelt wurde. Er tat ihr leid, weil es so öffentlich passiert war, aber es hatte ihn nur menschlicher gemacht, und das stand ihm gut. Zu sehen, wie er schikaniert wurde für nichts anderes als die Tatsache, dass er der Jüngste war ... Enidin konnte seinen Zorn nicht nur sehen. Sie konnte ihn teilen.

Doch davon brauchten die beiden anderen Männer nichts zu wissen. »Worauf wartet Ihr noch?«, rief Enidin mit klarer Stimme. »Soll Prinz Tymur ohne uns aufbrechen müssen? Folgen wir ihm!«

Sie durfte keinen Zweifel daran lassen, dass sie nach Tymur den höchsten Rang in ihrer Gruppe hatte – und da sie noch nicht einmal ohne Hilfe des Kämpfers auf das Pferd gekommen war, war es jetzt umso wichtiger, sich zu behaupten. Der Mann mit dem Schwert war nur ein Leibwächter, also eine Art Diener, und sollte das auch wissen. Seine Hände waren an ihren Hüften gewesen, und selbst wenn er ihr damit körperlich näher gekommen war als jeder Mann vor ihm, durfte er nicht vergessen, wo sein Platz war.

Aber den Befehl geben war eine Sache – hinterherzureiten war eine andere.

Enidins Pferd setzte sich in Bewegung, als der Krieger aufsaß, sein eigenes Tier antrieb und die beiden Packpferde mit sich zog, und so gern Enidin jetzt die Anführerin gewesen wäre, sie war froh, nicht herunterzufallen. Sie ritten so langsam, wie das nur irgendwie ging, weil der Herr Florel es vorzog, lieber zu Fuß zu gehen und den Gaul hinter sich her zu zerren, und wäre Enidin nicht eine würdevolle Magierin gewesen und er das kläglichste, schäbigste Individuum, das sie jemals gesehen hatte, sie hätte es ihm am liebsten nachgetan …

Enidin wusste, dass sie nichts im Leben zu fürchten hatte, wenn sie nur gut genug vorbereitet war. Alle Zeit, die ihr bis zum Aufbruch geblieben war, hatte sie mit Nachforschungen verbracht. Als um sie herum die Schwestern wie aufgescheuchte Hühner herumirrten und nicht wussten, was aus der Akademie werden sollte, da die Ehrwürdige Frau Mutter so unerwartet gestorben war, saß Enidin in der Bibliothek und las alles, was es über die Alfeyn zu wissen gab, über ihre Magie, ihre Sprache, ihre Portale – sie machte Abschriften, füllte Blatt um Blatt mit Notizen, und versuchte, in der kurzen Zeit zu lernen, was es irgendwie zu lernen gab.

Auf Landkarten suchte Enidin die wahrscheinlichsten Strecken heraus, auf denen man zu den Alfeyn reisen konnte, und recherchierte die Witterungsverhältnisse, um dann in weiser Voraussicht warme Unterwäsche und wollene Strumpfhosen einzupacken. In ihrem ganzen Leben hatte sie die Akademie noch kein Mal verlassen, nicht für mehr als ein paar Stunden, und sie wollte nichts, was ihr außerhalb der schützenden Mauern widerfahren konnte, dem Zufall überlassen.

Es war gefährlich da draußen, selbst in der Stadt musste man sich hüten, da half auch keine Magie. Enidin durfte nicht verges-

sen, dass vor Jahren eine Schwester ermordet worden war, sie hatte
nur kurz in die Stadt gewollt, und man hatte ihren nackten Körper
Tage später in einer dunklen Gasse gefunden – wie schlimm sollte
es dann erst werden, wenn man einmal aus der Stadt heraus war, in
der Wildnis, wo die Menschen keine Bildung hatten und keine
Manieren und erst recht keine Magierinnen?

Aber nun saß Enidin auf ihrem Pferd, ritt in Richtung des großen Abenteuers, und musste feststellen, dass sie eine Sache übersehen hatte. Sie konnte nicht reiten. Auf einem anderen Lebewe-
sen zu sitzen, darauf angewiesen zu sein, dass es ihr gehorchte,
ganz ohne Magie – das klang einfacher, als es war. Enidin hatte ein
paar Zügel in der Hand, sie verstand, dass sie in die eine oder andere Richtung ziehen musste, aber das Problem begann viel früher,
es setzte dort ein, wo sie auf dem Pferd saß und dort auch sitzen
blieb. Es half nicht viel, sich abzuschauen, wie der Kämpfer es tat –
der trug Hosen, saß breitbeinig, und selbst dann sah es noch aus
wie eine große Kunst, wie sein Körper sich im Takt des Tieres bewegte.

Enidin rutschte hilflos auf dem Pferderücken herum, und während sie durch die Stadt ritten und die Leute links und rechts stehen blieben und sie anstarrten, verstand sie, was es noch bedeutete,
die hellblauen Roben zu tragen: Jeder konnte sie sehen, jeder
wusste, dass sie eine Magierin war, und vor allem wusste jeder, dass
sie sich gerade bis auf die Knochen blamierte.

Musste die Stadt so groß sein? Der Weg so lang? Von Tymur
war nichts zu sehen, Enidin konnte nur hoffen, dass sie zumindest
in die richtige Richtung ritten – aber während eine Gruppe von
gewöhnlichen Reitern niemanden interessiert hätte, starrten alle
Leute die Frau in der leuchtend blauen Robe an, schlossen vielleicht Wetten ab, wie lang sie sich noch im Sattel halten mochte,
lachten und tuschelten amüsiert. Enidin starb innerlich tausend
Tode – und fasste dann einen Entschluss.

»Halt!«, rief sie dem vorne reitenden Kämpfer zu – er hatte einen Namen. Herr Demirel. Enidin musste anfangen, auch so von ihm zu denken. »Helft mir vom Pferd!« Sie war froh, dass ihre Stimme nicht zitterte, obwohl ihr eigentlich zum Heulen zumute war. Aber sie hatte ihrer Akademie an dem Tag schon zu viel Schande bereitet, als auch noch ihren Schleier als bloße Tränenmaske missbrauchen zu wollen, und so riss sie sich zusammen.

Während sie darauf wartete, dass Herr Demirel abstieg, stand Herr Florel vor ihr und streckte ihr seine Hände entgegen. Enidin schüttelte den Kopf. Selbst wenn der Mann groß genug gewesen wäre, oder stark genug, um sie vom Pferd zu heben, er sah nicht aus wie jemand, dessen Hände Enidin auch nur in der Nähe ihrer Roben haben wollte. Sie blickte kalt auf ihn hinunter. Dieser Mensch war ihr keine Worte wert.

Endlich, Herr Demirel war bei ihr, und Herr Florel trat wieder beiseite. »Ist etwas nicht in Ordnung?«, fragte der Kämpfer. »Soll ich noch mal nach dem Sattel sehen?« Er pflückte Enidin vom Pferd, als hätte er im Leben nichts anderes getan, und sie versuchte zu ignorieren, wie interessant das alles gerade für die Umstehenden sein mochte.

»Ihr sollt auf mich warten«, erwiderte Enidin. »Ich werde mich beeilen.« Immerhin, ihre Tasche vom Sattel lösen konnte sie allein. Und dann lief sie davon, so schnell und würdevoll ihre Beine sie tragen konnten.

Der Weg zurück zur Burg erschien ihr kurz – waren sie wirklich nicht weiter gekommen? Aber da war sie schon wieder, da war das Wachhaus, wo sie sich mit Tymur unterhalten hatte, und wenn sie sich damals dort hätte umziehen dürfen, konnte sie das jetzt ebenso gut. Die beiden Soldaten machten zwar große Augen, als Enidin sie ins Freie scheuchte und die Tür hinter sich versperrte – doch sie hatten sie in Tymurs Gesellschaft gesehen, sie waren ans Gehorchen gewöhnt, und mit all ihrem aufgestauten Zorn konnte

Enidin kaum weniger eindrucksvoll klingen als die Ehrwürdige Frau Mutter an ihren besten Tagen.

Enidin riss sich die Roben vom Leib, als würden sie brennen – es musste schnell gehen, sie wollte nicht nackt dastehen, wenn einer der Wachmänner nachschauen kam, und vor allem musste sie fertig sein, bevor sie selbst es sich anders überlegte, dem Abenteuer den Rücken kehrte und kleinlaut in ihre Akademie zurückschlich. In das Kleid hineinzukommen war schon schwieriger. Sie war an ihre weiten Roben gewöhnt, die sich einfach an- und ablegen ließen und bei denen noch das Schwerste war, den Schleier richtig zu befestigen.

Ein Kleid, ein ganz normales Kleid, hatte Enidin in ihrem Leben noch nicht getragen, und es hatte Ösen und Bänder, bei denen sie raten musste, was wie zusammengehörte. Es saß auch viel enger auf der Haut, als Enidin es gewohnt war – und wenn Tymur sich auch damit gebrüstet hatte, wie gut er Enidins Körpermaße abgeschätzt hatte, so erwartete das Kleid in der Brustpartie doch Dinge, mit denen Enidins Körper nicht, vielleicht noch nicht, aufwarten konnte. Mit Mühe, Verrenkung und einigen unterdrückten Flüchen gelang es Enidin, die Schnüre im Rücken so weit zusammenzuziehen, dass es sich vorne nicht mehr gar so sehr beulte und rutschte, aber als sie an sich hinunterblickte, musste sie doch heftig schlucken. Sie sah nicht mehr aus wie eine Magierin, ihr Körper schien zu einem anderen Menschen zu gehören. Enidin seufzte. Vielleicht konnte dieser andere Mensch zur Abwechslung ja reiten.

Sorgfältig strich sie ihre Roben glatt und faltete sie zusammen, um sie dann in die Tasche zu schieben, in der sie das Kleid mitgebracht hatte. Schöner, vertrauter blauer Stoff – es musste ja nur für ein paar Tage sein. Wenn sie einmal aus der Stadt hinaus waren und aus dem dichter besiedelten Umland, und wenn sie auf dem Pferderücken keine zu peinliche Figur mehr machte, sollte das

Kleid ausgedient haben und die Roben wieder zum Einsatz kommen. Bis dahin konnte sie die Zähne zusammenbeißen und tun, als ob ihr das Kostüm nichts ausmachte. Nicht die Roben machten eine Magierin, sondern das Wissen, die Fähigkeiten. Tymur hatte recht. Jeder konnte eine blaue Robe nehmen und so tun als ob. Sie blieb Enidin Adramel, egal was sie trug.

Enidin ertappte sich bei einem albernen Kichern, das dem Kleid besser stand als den Roben, und beeilte sich, aus dem Wachhaus zu kommen. Irgendwo in Richtung Stadttor warteten die Männer auf sie. Und sie sollten Augen machen, wenn sie sahen, wer da zu ihnen zurückkam.

So fremd sich Enidin in dem neuen Kleid auch fühlte, so sehr freute sie sich darauf, die beiden Männer zu überraschen, denen eine Magierin davongelaufen war und zu denen nun ein Bauernmädchen zurückkehrte. Aber als Enidin endlich zu den Pferden zurückgefunden hatte, warteten dort nicht nur die Herren Demirel und Florel auf sie, sondern auch Tymur.

»Da ist sie ja«, sagte Tymur, kaum dass Enidin auf Rufweite heran war. »Und hat sich umgekleidet. Braves Mädchen. Meine lieben Freunde, erlaubt mir nun, euch Enidin Adramel vorzustellen, vortreffliche Magierin und noch vortrefflicher darin, die Vernunft über ihren Stolz siegen zu lassen.« Er glitt vom Pferd und kam Enidin entgegen, und nichts an seinem freundlich lächelnden Gesicht verriet noch etwas davon, wie verletzt und zornig er eben noch gewesen war. Er reichte ihr die Hand. »Und nun, meine Liebe, erlaubt mir, Euch auf Euer Pferd zu helfen.«

Enidin versuchte, die Luft anzuhalten, damit nicht gleich alle drei Männer sehen konnten, wie sie errötete. »Das ist sehr freundlich von Euch, Prinz Tymur«, brachte sie hervor. »Dennoch muss ich Euer Angebot ausschlagen.« Was redete sie da? Natürlich durfte er sie aufs Pferd heben! Wenn nicht er, wer sonst? »Ich möchte

Euch nicht beschämen, indem Ihr die Aufgaben eines Knechts übernehmen müsstet. Wenn Herr Demirel mir noch einmal behilflich sein könnte?«

»Auch Herr Demirel ist kein Knecht«, erwiderte Tymur, irgendwo zwischen belustigt und eingeschnappt. »Aber wie Ihr wünscht. Er hat in jedem Fall die stärksten Arme von uns.«

Enidin nickte wortlos. So wenig erpicht sie darauf war, wieder von Herrn Demirel bei der Hüfte gepackt zu werden, wäre sie wahrscheinlich gestorben, wenn Tymur sie dort berührt hätte. Und sterben, so früh am Tag, musste wirklich nicht sein. Es war besser, wenn sie endlich aufbrachen. Sie hatten schon zu viel Zeit vergeudet.

In der Morgendämmerung hatten sie aufbrechen wollen – nun, da sie es tatsächlich taten, war die Sonne schon weit gen Mittag gewandert, aber immerhin, sie schien. Die Straßen waren trocken, und ob das nun das Reiten einfacher machte oder nicht, konnte Enidin nicht sagen, aber wenigstens fiel der, der vom Pferd fiel, nur in den Staub und nicht in den Schlamm.

Und Herr Florel hatte nicht zu viel versprochen. Sie waren kaum aus der Stadt heraus, als Tymur sagte: »Genug gebummelt. Ich gedenke nicht, den ganzen Weg nach Ailadredan im Schritt zurückzulegen, und wenn wir unsere heutige Etappe noch schaffen wollen, bevor uns die Nacht einholt, sollten wir jetzt traben.« Er lachte vergnügt. »Enid, Kev, macht euch bereit für ein großes Abenteuer. Lasst euch durchschütteln, wie ihr im Leben noch nicht durchgeschüttelt worden seid –« Und weiter kam er nicht. Noch bevor die Pferde sich irgendwie schneller bewegen konnten, gab es ein vernehmliches »Plumps«, und Herr Florel blickte aus dem Staub der Straße zu seinem Pferd auf, als könne er selbst nicht verstehen, was ihm da gerade widerfahren war.

Tymur hörte auf zu lachen. Eiszapfen hingen von seiner Stimme, als er sagte: »Das hast du mit Absicht gemacht, Kev.«

Herr Florel stand auf und versuchte, sich den Dreck von der Jacke zu klopfen, der sich dort bereits seit Jahren befinden mochte. »Bekenne mich schuldig«, sagte er und grinste. »Ich wusste, früher oder später falle ich runter, also dachte ich, bringe ich es hinter mich, bevor es so schnell geht, dass es wehtut.«

»Dir werden noch ganz andere Dinge wehtun, wenn ich mit dir fertig bin«, erwiderte Tymur, und er klang nicht, als ob er scherzte.

Vom Stadttor wehte leises Gelächter zu ihnen herüber – sie waren noch nicht einmal weit genug gekommen, um sich nicht noch zum Gespött der Torwachen zu machen. Enidin schämte sich für ihren Mitreisenden, und es machte sie zornig – da gab sie sich so große Mühe, auf dem Pferd eine gute Figur abzugeben, um sie nicht alle zu blamieren, und dann kam dieses ungepflegte Stück Mensch und machte alles wieder zunichte … Doch sie hielt ihren Mund. Besser war es, alles, was diese Männer taten, zu ignorieren, und vielleicht, wenn sich die Gelegenheit ergab, einen vielsagenden Blick mit Tymur auszutauschen.

Zum Glück schaffte Herr Florel es allein wieder aufs Pferd, und er schien sich bei dem Sturz nicht weiter verletzt zu haben. Nur wie sie so jemals ihr Ziel erreichen sollten, stand in den Sternen.

Tymur schnalzte mit der Zunge, und die Pferde begannen zu traben. Enidin bereute sofort jeden hochmütigen Gedanken über Herrn Florel und seine Reitkünste. Vielleicht hätte sie es ihm besser nachgetan und einen kleinen Probesturz eingelegt, unter kontrollierten Versuchsbedingungen, um herauszufinden, wie man am besten fiel. Sie beobachtete Tymur, wie sein Körper anmutig in den Knien federte, so elegant und geschmeidig, dass es nicht einmal anstrengend aussah. Enidin sah genau, was er tat, aber sie konnte es nicht nachmachen. Im Damensattel hatte sie keine Wahl, sie konnte sich nur festhalten und das Beste hoffen, während sie mit jedem Schritt ein Stück hochgeschleudert wurde und unsanft wieder auf ihrem Steiß landete. Alles, was sie oben hielt, war ihr Stolz.

Vor dem Aufbruch hatte Enidin befürchtet, die Reise könnte vielleicht langweilig werden – den ganzen Tag unterwegs zu sein, erschien ziemlich öde, und sie hatte sich eine Reihe von Übungsaufgaben überlegt, mit denen sie während der Reise ihren Verstand zu beschäftigen gedachte. Sie kam nicht dazu. Zum einen gefiel das Geschüttele ihrem Gehirn nicht sonderlich, zum anderen war, nachdem sie sich einmal so weit daran gewöhnt hatte, die Welt um sie herum doch deutlich interessanter als erwartet.

Das Land um Neraval herum war nicht wie die Stadt, wo es von Leben nur so brummte und man vor lauter Menschen gar nicht mehr wusste, wo man hinschauen sollte. Die Natur war auf ihre Weise reizvoll. Es war nicht so, dass Enidin noch nie einen Baum gesehen hätte, auch gab es im Innenhof der Akademie einen Garten, in dem nicht nur Heilkräuter wuchsen, sondern auch Blumen und andere einfache Pflanzen, die für Experimente mit belebter Materie genutzt werden konnten. Aber zu sehen, wie die Dinge hier draußen wuchsen, ohne Ordnung, ohne Anleitung, und doch nach ihren eigenen, ganz speziellen Mustern, das war eine Sache für sich.

Wenn Enidin die Augen schloss, konnte sie die Struktur der Welt fühlen, die Linien, die alles durchflossen, so ganz anders als in der Stadt: Sie waren freier und wilder, hier gab es weniger, das den Raum krümmte; so wenige Schicksale galt es hier zu beeinflussen, dass die Linien in ihrer ursprünglichen Form blieben und doch aufeinander reagierten, im Kleinen wie im Großen und sogar auf Enidin, die nichts weiter tat, als hindurchzureiten. Jeder Hufabdruck, den ihre Pferde hinterließen, jedes abgekaute Grasbüschel von Herrn Florels Pferd, das trotz all seiner Versuche, es zum Laufen zu bringen, immer wieder stehen blieb und am Straßenrand zu grasen begann, hinterließ seine Spuren in der Wirklichkeit.

Die Welt schrie danach, berührt und erforscht zu werden, aber

Enidin hatte keine Zeit dafür und keine Muße; ihre Aufgabe war eine andere, doch es war tröstlich zu wissen, dass, egal was für ein Kleid sie auch tragen mochte, sie immer noch so dachte und fühlte wie eine Magierin. Das war sie, und das konnte ihr nichts und niemand nehmen.

Bis zu diesem Tag hatte Enidin ihre Beweisführung in Sachen Flarimel-Theorem für die größte Leistung ihres Lebens gehalten. Doch dass es ihnen gelang, einen Gasthof zu erreichen, bevor die Sonne ganz untergegangen war, fühlte sich wie eine noch viel größere Leistung an. Jeder Knochen in Enidins Körper tat weh, ihre Beinmuskeln waren völlig verkrampft, und ihr Rücken, seit jeher klaglos gewöhnt daran, über Bücher gebeugt zu sitzen, fürchtete sich schon jetzt vor dem Moment, wieder aufs Pferd zu müssen.

Ein ganzer Tag im Sattel, und so viele sollten noch folgen – Enidin versuchte, sich ihre Schmerzen nicht anmerken zu lassen, als der Kämpfer ihr mit kräftigen Armen aus dem Sattel half, aber selbst die wenigen Schritte bis in die Gaststube fielen ihr schwer. Enidins Knie knickten hilflos weg, und es war ausgerechnet an Herrn Florel, sie aufzufangen, als sie strauchelte. Enidins Gesicht brannte vor Scham, und das schummrige Licht im Inneren des Gasthauses, wo das prasselnde Feuer im Kamin die einzige Lichtquelle war, entschädigte nicht für das Fehlen ihres schützenden Schleiers.

Enidin konnte froh sein, dass außer ihnen kaum jemand da war. Sie stakste zu dem am schattigsten gelegenen Tisch und setzte sich in die dunkelste Ecke, massierte mit beiden Händen ihre Oberschenkel, während der Kämpfer draußen die Pferde versorgte und Tymur leise Worte mit der Wirtsfrau wechselte. Mit vernehmlichem Plumpsen und einem Seufzer der Erleichterung ließ sich Herr Florel neben ihr nieder.

»Na, das war mal ein Ritt!«, sagte er und lachte kopfschüttelnd. »Da kann keiner sagen, wir täten nichts für unser Geld.«

Enidin schenkte ihm einen strafenden Blick, bevor ihr wieder ihr Vorsatz einfiel, nicht zu hochmütig aufzutreten. »Es war nur ein Ritt«, erwiderte sie kühl. »Ich wurde für ein anderes Talent ausgewählt als meine Reitkünste, und ich nehme an, das gilt auch für Euch. In ein paar Tagen werden wir nichts mehr daran finden, den Tag zu Pferd zu verbringen.« Sie konnte nicht einmal mehr richtig sitzen, aber das ging diesen Mann nichts an.

»Ihr seid wenigstens oben geblieben«, entgegnete Herr Florel und lachte wieder. Am Ende wirkte er nicht weniger verlegen als Enidin, doch es wäre ihr lieber gewesen, wenn ihn das nicht ausgerechnet so redselig gemacht hätte. »Aber he, mitgegangen, mitgefangen.«

Enidin schüttelte nur den Kopf. Vielleicht, wenn sie nichts mehr sagte, verstand der Mann, dass ihr nicht nach Reden zumute war? Sie bedauerte, das Gepäck bei den Pferden gelassen zu haben in der Erwartung, dass sich schon jemand darum kümmern würde, statt zumindest etwas Schreibzeug mitzunehmen. So zu tun, als brüte sie über einer wichtigen Berechnung, wäre die perfekte Entschuldigung gewesen, sich vor einer Unterhaltung zu drücken. Jetzt musste sie sich etwas einfallen lassen.

Aber sie hatte Glück. Da stand schon Tymur bei ihnen am Tisch und erlöste sie. »Ihr habt es euch bequem gemacht, sehr gut.« Von der Anstrengung des Tages war ihm nichts anzusehen. Noch nicht mal ein Staubkorn war auf seinen schwarzen Kleidern zu finden, und die Handschuhe, mit denen er sich auf der Tischplatte abstützte, sahen makellos aus. »Ihr habt durchgehalten. Schaut nicht so verdutzt, ich bin stolz auf euch. Hätte nicht erwartet, dass wir es tatsächlich bis hier schaffen. Und Kev, wirklich, ich dachte, du musst den Rest des Weges zu Fuß gehen, aber dann hast du dich doch tapfer geschlagen.« Er bedeutete dem

165

Mann, ein Stück auf der Bank zu rutschen, und ließ sich dann
selbst gegenüber Enidin nieder. »Was sagt ihr dazu, wenn wir ein
bisschen feiern – unseren erfolgreichen Aufbruch, unser Kennenlernen …«

Die Anspannung, die ihn am Morgen unruhig und hektisch gemacht hatte, war vergessen. Tymur wirkte befreit und gelöst – und
nach dem, wie Enidin seine Brüder erlebt hatte, konnte es schon
daran liegen, dass er nun weit weg von ihnen war.

Herr Florel blickte sich nervös um. »Hast du …«, fing er leise an
und warf fragende Blicke auf den kleinen Beutel, den Tymur an
seiner Seite trug.

Tymur schüttelte den Kopf und lachte. »Ob ich Geld dabei
habe? Was denkst du wohl? Du bist eingeladen, lass die Zeche
deine geringste Sorge sein. Ich habe mit der Wirtin gesprochen,
dass sie uns etwas Gutes bringt. Nach dem langen Tag haben wir
es verdient, unsere Kehlen anzufeuchten. Und wenn Lorcan fertig
ist, gibt es auch etwas zu essen, aber ich dachte, nach einem ganzen Tag ohne Wein soll der arme Kev nicht noch länger leiden
müssen.«

Herr Florel schien unter diesen Worten zu schrumpfen. »Mir
reicht ein Krug Dünnbier, vielen Dank«, murmelte er, ohne irgend-
jemanden anzusehen.

Tymur klopfte ihm auf die Schulter. »Keine falsche Bescheidenheit!«, rief er. »Reise ich etwa inkognito? Ist Dünnbier einem Prinzen angemessen? Ich habe der Wirtin gesagt, unter ihrem besten
Wein tun wir es nicht. Er wird nicht mit dem mithalten können,
was wir bei Hofe gewöhnt sind, aber immer noch besser als gar
kein Wein.«

Enidin zögerte kurz, ehe auch sie sich zu Wort meldete – es ver-
stieß gegen alle guten Sitten, etwas abzulehnen, das von einem
Prinzen persönlich angeboten wurde, doch wenn sie nicht jetzt
damit herausrückte, dass sie keinen Wein trank, würde sie bis zum

Ende der Reise sicher nichts anderes mehr bekommen.»Ich hätte gerne ein Glas Wasser«, sagte sie.»Das genügt mir völlig.«

»Genügt?« Tymur begann zu lachen, als hätte Enidin gerade einen besonders gelungenen Witz gemacht.»Das kann auch nur eine Magierin sagen! Meine liebe Enidin, ich bin mir sicher, Ihr und Eure Schwestern in der Akademie trinkt nichts als das reinste, klarste Wasser.«

»Manchmal trinken wir auch Tee«, erwiderte Enidin irritiert.

»Dann beherrscht Ihr sicher die nötige Magie – und seid auch bereit, sie hier anzuwenden –, um das Wasser, wie es aus dem Brunnen kommt, voller Dreck und ersäufter Kätzchen, trinkbar zu machen? Denn sonst seid Ihr zwar herzlich eingeladen, die Wirtin mit der Bitte nach einem Glas Wasser zu verwirren, aber ich verspreche Euch, es wird Euch morgen schlechter gehen als das, was ich für Kev erahne.« Ohne noch eine Erwiderung von Enidin abzuwarten, winkte er der Wirtin.»Und ich frage mich, ob Lorcan vorhat, im Pferdestall zu übernachten – er soll die Tiere den Knechten überlassen, wir warten hier auf ihn. Wie sollen wir uns miteinander bekanntmachen, wenn wir nicht vollständig sind?«

Da war auch schon die Wirtin an ihrem Tisch, brachte einen großen Krug mit und vier tönerne Becher.»Dass es Euch munde«, sagte sie.»Ach, wenn wir gewusst hätten, dass heute ein leibhaftiger Prinz vorbeikommt … Es ist das Beste, was wir gerade im Haus haben, aber zu essen – wir haben nur Eintopf und Braten, bitte entschuldigt, Hoheit – wenn wir das gewusst hätten …«

»Braten, Eintopf, und Brot«, sagte Tymur.»Das klingt wunderbar, gute Frau. Sorgt Euch nicht. Euer Essen ist bestimmt großartig. Und wenn nicht, habt Ihr sicherlich noch mehr von diesem Wein.« Unter seinem Lachen hatte die Wirtin es eilig, das Weite zu suchen. Tymur schenkte vier Becher ein, dann schob er den Krug zu Kevron hin.»Hier, Kev, dann musst du gleich nicht immer quer über den Tisch langen.«

Herr Florel griff nach dem Becher wie ein Verdurstender und hielt ihn dann vor der Brust, ohne auch nur einen Schluck zu nehmen. Er sah erleichtert aus, als endlich Herr Demirel erschien und nicht mehr alle ihn anstarrten, aber nachdem sich der Kämpfer gesetzt hatte, entging Enidin nicht, dass Herrn Florels Becher schon leer war und eine Hand verstohlen am Griff des Kruges lag.

Der ganze Tisch zitterte, als sich Herr Demirel mit seinem mächtigen Körper auf die Bank fallen ließ. »Die Pferde haben den Tag gut überstanden, nur ein Huf von Valier sollte vielleicht nochmal angeschaut werden«, fing er an, doch weiter kam er nicht.

»Darum kann sich der Stallknecht kümmern!«, rief Tymur. »Valiers Hufe! Ich habe noch nicht mal gesagt, welches von den Pferden Valier sein soll.«

»Meines«, antwortete Lorcan ruhig. »Und ich habe dem Burschen bereits Bescheid gesagt. Er schaut sich das nachher an.« Er ließ sich nicht von Tymur einschüchtern, und vielleicht war es ganz gut, dass zumindest einer von ihnen das konnte.

»Aber wir sind hier, um zu feiern, dass wir die erste Etappe geschafft haben«, sagte Tymur scharf. »Hättest du noch länger getrödelt, Kev hätte dir gar nichts mehr vom Wein übriggelassen.« Der Krug war noch mehr als halb voll. »Es ist Zeit, dass wir vier uns anfreunden, so viel Zeit, wie wir in Zukunft miteinander verbringen werden. Und nun, da wir einen sicheren Abstand zum Hof haben, und zu allen meinen Brüdern, können wir endlich in Ruhe miteinander reden. Ihr habt Fragen, ich sehe sie euch ins Gesicht geschrieben – nur zu, stellt sie.«

Schweigen füllte die Wirtsstube. Enidin nippte an ihrem Wein und stellte fest, dass er wirklich nichts für sie war. Für diesen Abend sollte es gehen, sie konnte sich einreden, dass sie überhaupt nicht durstig war, doch für die Zukunft sollte sie versuchen, Tee zu bekommen oder einen Becher Milch. Natürlich beherrschte Enidin auch die Kunst, Wasser zu reinigen, es war eine einfache Übung, bei der die Welten von Wasser und Unwasser voneinander getrennt wurden, aber sie hatte sich geschworen, nicht zum Amüsement zu zaubern oder aus Eitelkeit. Und auf Wasser zu bestehen, wenn es Alternativen gab, war eitel.

In ihrer Nische wurde es eng. Sie saßen zu viert an diesem nicht allzu großen Tisch, doch es war ihre Fremdheit, die den größten Platz einnahm. Herr Florel rutschte hin und her, vielleicht auf der Suche nach einer Ecke seiner Sitzfläche, die noch nicht völlig wundgeritten war, und starrte in seinen Becher. Herr Demirel rührte sich nicht. Und auch wenn Enidin so viele Fragen auf der Zunge lagen, stellte sie keine von ihnen.

»Gut«, sagte Tymur. »Wenn ihr schon alles wisst, dann kann ich ja der Wirtin sagen, sie soll das Essen bringen.«

»Wartet.« Endlich hatte Enidin ihre Sprache wiedergefunden. »Wenn wir das Ziel haben, mehr über das Volk der Alfeyn zu erfahren, warum wird diese Expedition nicht besser dokumentiert?« Sie starrte Herrn Florel an, den unwissenschaftlichsten Wissenschaftler, den sie jemals gesehen hatte. »Ihr könnt doch nicht glauben, dass ein einziger … Forscher und nur eine Magierin dafür ausreichen, so viel, wie es da zu entdecken gibt!«

»Wir sind eben eine sehr kleine Expedition«, antwortete Tymur freundlich. »Das bedeutet, jeder muss sein Bestes geben. Es hat seit Jahrhunderten keinen nennenswerten Kontakt und erst recht keine diplomatischen Kontakte nach Ailadredan gegeben. Wir wollen es vorsichtig angehen lassen, sie nicht überfallen oder den Alfeyn Angst machen, dass wir es auf ihr Land abgesehen haben könnten. Von vier Leuten haben sie nichts zu befürchten, das habe ich meinem Vater wieder und wieder gesagt – er hätte uns am liebsten die ganze Armee mitgegeben und den halben Hofstaat, und dann bräuchten wir natürlich ein gutes Dutzend Magierinnen für ein Portal, wo das alles durchpasst – dann doch lieber im kleinen, vertraulichen Kreis, denkt ihr nicht?«

Er klatschte in die Hände, ein seltsam lautes Geräusch für einen Mann, der sonst nie auch nur die Stimme hob, und die Wirtin kam zurück – aber nicht mit dem versprochenen Essen, sondern einem zweiten Krug Wein.

»Und nun«, sagte Tymur dann mit einem Lächeln, »wer möchte zuerst etwas von sich erzählen?«

Jetzt reichte das Schweigen bis nach Neraval. Enidin hatte sich zwar eine Ansprache zurechtgelegt für die Gelegenheit, sich und ihre Forschungsschwerpunkte vorzustellen, aber sie brachte kein Wort heraus. Nichts von dem, was sie zu sagen hatte, würde einen der Männer interessieren.

»Oder ist es euch lieber«, fuhr Tymur fort, »wenn ich erzähle, was ich über jeden von euch weiß?« Da war er wieder, dieser boshafte Tonfall. Enidin blickte in die Runde, so herrschaftlich sie konnte, und wieder blieb ihr Blick an Herrn Florel hängen, der jetzt tatsächlich beim zweiten Krug angekommen war und wirklich schon besser vor dem ersten aufgehört hätte. Enidin, die keinen Alkohol trank, hatte von seiner Wirkung gelesen. An einer praktischen Demonstration war sie nicht interessiert.

Bevor Tymur auch nur etwas sagen konnte, stand Enidin auf. »Ich bin erschöpft von der langen Reise«, sagte sie. »Ich werde mich nun zurückziehen. Ich wünsche euch noch einen angenehmen Abend.«

Das Zimmer, zu dem die Wirtin sie führte, war eine Kammer unter dem Dach, gerade groß genug für ein schmales Bett. Hunger und Durst rumorten in Enidin, aber längst nicht genug, um sich diese Gesellschaft dort unten noch länger anzutun.

Dann hockte Enidin mit eingezogenem Kopf auf der Bettkante, versuchte, nicht gegen die Dachschräge zu stoßen, und hielt ihre zusammengefaltete Robe auf dem Schoß wie ein kleines Stückchen Himmel. In einem Halter an der Wand flackerte eine einzige

Kerze, die Wand dahinter war schwarz vom Ruß, und von unten zog ein Geruch hoch, der ebenso gut aus dem Stall wie aus der Küche kommen mochte, zusammen mit dem Hall der Stimmen jener, die noch in der Wirtsstube saßen, und Enidin wusste, dass an Schlaf nicht einmal zu denken war.

Aber sie hatte sich auch nicht zum Schlafen zurückgezogen. Sie brauchte einen Moment für sich, um nachzudenken. Warum war sie überhaupt mitgekommen? Für die Forschung, für ihren eigenen akademischen Ruf oder den ihrer Roben? Das glaubte doch niemand mehr, am wenigsten Enidin selbst. Die Antwort war: Nur wegen Tymur, natürlich – sie sollte sich schämen. Wer sich verlieben wollte, sollte keine Magierin werden …

Als es an der Tür klopfte, nickte Enidin und bereute es in dem Moment, in dem sie mit dem Schädel gegen die Decke stieß. »Bitte?« Sie rechnete mit der Wirtin, mit einer Waschschüssel oder zumindest dem Hinweis, wo sie eine finden konnte, aber stattdessen war es Tymur. Enidins Herz machte einen kleinen Hüpfer und fühlte sich an, als ob auch es dabei gegen den Deckenbalken prallte.

»Enid, meine Liebe.« Tymur lächelte, und es sah selbst dann noch freundlich aus, als ihm die Kerze wölfisch lange Schatten ins Gesicht malte. »Was für ein Glück, dass ich Euch noch wach antreffe! Habt Ihr einen Augenblick für mich?«

Enidin nickte und rückte auf dem Bett zur Seite, damit er sich setzen konnte. Vergessen waren die Gerüche und Geräusche von unten – in dem Moment gab es nur noch Tymur, das Rascheln seiner Kleider, den Duft seines Haares. Enidin saß ganz still und reglos da, um nichts von diesem Augenblick zu verpassen.

»Ihr verzeiht, wenn ich Euch etwas Persönliches frage?« Tymurs Stimme, die an diesem Tag so oft scharf und garstig geworden war, klang wieder leise und sanft. »Es liegt mir seit unserem Aufbruch auf dem Herzen, aber ich will Euch nicht zu nahe treten …«

»Fragt«, flüsterte Enidin. »Bitte, fragt nur.«

»Ihr habt Eure Robe gegen das Kleid getauscht«, sagte Tymur. »Nachdem Ihr mir erst noch erklärt hattet, dass und warum Ihr das niemals tun würdet. Doch nachdem Ihr … nachdem Ihr mitansehen musstet, wie meine Brüder sich aufführen …« Tymurs Stimme zitterte. »Sagt es mir geradeheraus – habt Ihr Euch aus Mitleid mit mir umgezogen? Fandet Ihr, ich wäre nicht schon genug gedemütigt?«

Auf einen Schlag war es im Zimmer zu eng, und die Nähe erdrückend. Am liebsten wäre Enidin aufgesprungen, hätte sich vor Tymur aufgebaut und ihn angeschrien – aber so konnte sie nur noch weiter zur Seite rücken und ihm den Kopf zudrehen. »Was denkt Ihr von mir?«, fragte sie heftig. »Mitleid ist das Letzte, was ich für Euch empfinde!« Sie biss sich auf die Zunge – ganz so viel hatte sie nicht von sich preisgeben wollen, aber nun war es zu spät.

Tymur lächelte. »Also empfindet Ihr etwas für mich? Ihr schmeichelt mir.« Langsam schüttelte er den Kopf. »Aber warum habt Ihr dann Eure Meinung geändert? Haben Euch meine Worte am Ende umgestimmt?«

Enidins Herz hämmerte. Sie mochte nicht lügen, doch die Wahrheit war ihr peinlich. »Prinz Tymur …«, druckste sie herum. »Ihr seid … Ich dachte …« Jetzt wurde sie auch noch rot, und kein Schleier der Welt konnte ihr Gesicht vor dem Anblick schützen – und selbst wenn, Tymur sah aus, als könnte er geradewegs durch sie hindurchblicken. Enidin schluckte und versuchte, Haltung zu bewahren. »Eure Argumente haben mich auf lange Sicht überzeugen können.«

Tymur lächelte etwas breiter. »Das freut mich zu hören, Enid … Ich darf doch Enid sagen, nicht wahr?«

Enidin, die jahrelang dagegen angekämpft hatte, sich mit Kosenamen anreden zu lassen, nickte. Wenn es einen Menschen gab, dem sie das verzieh, war es Tymur.

Er rückte näher an sie heran, bis seine Hand direkt neben ihrer zu liegen kam und es gut war, dass er immer noch seine Handschuhe trug. »Und ich dachte schon, du wärest böse mit mir, weil ich dich aus deiner Robe genötigt habe – oder warum hast du uns so unvermittelt verlassen? Stört dich meine Anwesenheit?«

»Nein!«, rief Enidin so vehement, dass sie schon wieder gegen die Decke stieß – doch es war immer noch besser, sie machte sich mit Tolpatschigkeit zum Narren als mit ihren Gefühlen. »Nein, natürlich nicht! Es ist nur … ich weiß nicht, wie ich das sagen soll …« Warum erklärte sie nicht einfach, dass sie erschöpft war, müde, und schlafen wollte? Die Antwort lag auf der Hand: Weil Tymur dann wieder ging.

»Es sind aber nicht unsere Gefährten?«, fragte Tymur und brachte es damit auf den Punkt. »Natürlich, ich habe sie ausgewählt und sie sind meinetwegen dabei, aber sie sind auch deine Gefährten. Wir wollen ein eingeschworener Bund sein, den nichts trennen kann, der gemeinsam allen Gefahren trotzt – und wo wir endlich die Gelegenheit haben, einen schönen Abend miteinander zu verleben und einander etwas besser kennenzulernen, stehst du einfach auf und gehst?«

»Es tut mir leid«, flüsterte Enidin. »Ich wollte … bitte, sagt Euren Freunden, sie sollen nicht schlecht von mir denken.« Plötzlich fühlte sie sich schäbig. »Das ist alles so ungewohnt für mich.«

Tymur streckte seine Hand aus und legte sie fast beiläufig auf Enidins Bein, gleich oberhalb des Knies. »Möchtest du vielleicht noch einmal mit mir hinuntergehen, um es ihnen persönlich zu sagen?«

Mit Gewalt musste Enidin sich daran erinnern, dass sie eine eigene Meinung hatte, eine eigene Stimme. Am Morgen war es ihr noch leicht gefallen, sich gegenüber einem Tymur zu behaupten, der scharf und garstig war und ihr Vorschriften machen wollte – jetzt, mit dem freundlichen, charmanten Tymur war das eine ganz andere Sache. Aber wenn Enidin eines nicht wollte, dann noch einmal hinunter zu gehen. »Danke für das Angebot«, sagte sie. »Ich weiß zu schätzen, was Ihr damit sagen wollt. Ein andermal. Ihr habt doch selbst gesehen, was mit Herrn Florel ist …« Sie brach verlegen ab.

»Herr Florel?«, wiederholte Tymur und lachte. »So einen hochtrabenden Namen hat er nicht verdient, unser Kev. Was soll mit ihm sein? Er ist betrunken. Nicht der Rede wert. Achte lieber auf die Gelegenheiten, zu denen er nüchtern ist, sie sind selten und umso kostbarerer.«

Enidin schüttelte den Kopf. »Warum ist er dabei?«, fragte sie. »Er macht weder sich selbst Ehre, noch uns, und ich mag die Vorstellung nicht, dass sein Auftreten und Verhalten uns vor den Alfeyn in ein schlechtes Licht rücken.«

»Er ist ein Wissenschaftler«, antwortete Tymur fast ausweichend. »Er ist nützlich. Vertrau mir an dieser Stelle. Oder, um es anders zu sagen: Es ist nicht an dir, meine Entscheidungen zu hinterfragen. Du verstehst, warum Lorcan bei uns ist. Ihm kann ich blind mein Leben anvertrauen, und du kannst es auch. Für Kev gilt das nicht. Es ist schlimm genug, dass ihm jemand sein eigenes Leben anvertraut hat, und er ist schon damit überfordert. Aber er ist so sehr damit beschäftigt, sich selbst zugrunde zu richten, dass er gar nicht dazu kommen wird, dir zu nahe zu treten. Er ist harmlos, kann keiner Fliege etwas zuleide tun. Aber – er darf auch nicht unterschätzt werden. Und seine Fähigkeiten suchen ihresgleichen.«

»Als Wissenschaftler?« Endlich verstand Enidin das Stechen in ihrer Brust. »Traut Ihr mir und meiner Expertise so wenig zu, dass Ihr noch einen weiteren Wissenschaftler hinzuziehen müsst?« Sie schämte sich im nächsten Moment, doch da war es bereits zu spät. Tymur lachte und schüttelte den Kopf.

»Du bist meine Magierin, Enid. Meine einzige. Gut, es wäre

noch etwas offensichtlicher, wenn du auch bereit wärst zu zaubern – aber niemand hier kann das, was du kannst. Aber es ist nicht deine Aufgabe, alles zu wissen oder stellvertretend für vier zu denken. Alte Dokumente, kryptische Inschriften – Kev versteht nichts von Magie, und ich möchte wetten, er hat Angst davor, schon weil ich bis jetzt nichts gefunden habe, vor dem er sich nicht fürchten würde. Doch auch wenn er nicht so aussieht, er ist ein Wissenschaftler durch und durch. Ein echter Experte. Wir können froh sein, ihn dabeizuhaben.«

Sein Lächeln wurde etwas wärmer, und es fühlte sich an, als gelte das auch für seine Hand auf Enidins Bein, die durch den Handschuh hindurch zu glühen schien – oder war das Enidin selbst? ›Lass mich dir eine Geschichte erzählen. Ich sage nicht, ob sie wahr ist oder nicht, der Teil soll mein Geheimnis bleiben, schon weil manche Dinge für mich allein wegen meiner Geburt unmöglich sind – aber stell dir einfach vor, ich hätte diese ganze Expedition nur deswegen ins Leben gerufen, um eine Ausrede und Gelegenheit zu haben, mehr Zeit mit dir verbringen zu können.«

Sein Gesicht verriet nicht, ob er die Wahrheit sagte, aber so oder so konnte Enidin ihm nicht glauben – er war in die Akademie gekommen, um mit der Ehrwürdigen Frau Mutter über die Expedition zu sprechen, bevor er Enidin jemals auch nur kennengelernt hatte.

»Das sagt Ihr nur, um mir zu schmeicheln«, sagte Enidin. »Und ich kann mit Schmeicheleien ebenso wenig anfangen wie mit Lügen.« Was redete sie da? Er sollte damit weitermachen und überhaupt nicht mehr aufhören!

Tymur schüttelte belustigt den Kopf. »Denk dir nur, dass ich eigentlich wegen einer ganz anderen Sache zu deiner Oberin wollte. Dann habe ich dich getroffen und es mir spontan anders überlegt, und statt über eine Tributzahlung zu sprechen, was ich ohnehin nur ungern tue, weil mich diese ganzen Geldgeschichten nicht interessieren, habe ich mir dann die Expedition aus den Fingern gesogen, in der Hoffnung, dich dafür begeistern zu können. Und dann musste ich nur noch meinen Vater dazu überreden …« Er lachte leise. »Ich sage nicht, dass es so war. Aber es könnte so gewesen sein, meinst du nicht? Und dass es mich dann freuen würde, öfter einmal ein Lächeln von dir zu sehen und nicht diese ernste, unglückliche Miene, die du den ganzen Tag vor dir herträgst?«

Enidin starrte an ihrer Nasenspitze vorbei auf ihren Schoß. »Das war einfach ein sehr anstrengender Tag für mich«, hörte sie sich piepsen. »Und alles so ungewohnt …« Tymur hätte diese Geschichte nicht erzählen dürfen. Enidin nahm sich auch so schon zu wichtig, und wenn sie sich jetzt auch noch einbildete, dass Tymur mehr als nur ein berufliches Interesse an ihr hatte … Aber sie hatte so ein Drücken und Flattern im Bauch und das Gefühl, als würde etwas ihre Mundwinkel packen und nach außen ziehen, und das sollte Tymur auf keinen Fall sehen.

»Nun, ich hoffe, dass die Expedition trotzdem echt ist«, brachte sie hervor. »Die Aussicht, die Alfeyn erforschen zu können, ist so einmalig, so unglaublich wichtig für mich …« Sie log. Sie war nicht gut darin. Sie log, obwohl jedes Wort davon stimmte.

»Oh, natürlich ist sie das.« Tymur klopfte Enidin aufs Knie. »Ich will doch nicht auffliegen mit meiner kleinen Charade. Ich wette, die Alfeyn wären sehr enttäuscht, wenn wir nicht unser Bestes geben, sie zu finden. Und für Lorcan und Kev wäre es auch sehr schade, wenn ich ihnen ein Abenteuer verspreche und es dann nicht liefere. Du musst sie nicht beachten, wenn du nicht willst. Nur weil sie meine Freunde sind, müssen sie nicht auch deine werden. Ignorier sie, wenn du dich damit besser fühlst. Aber lauf nicht vor ihnen weg – du läufst dann auch vor mir weg, und das möchtest du doch nicht.« Er rückte noch ein Stück näher an sie heran, dass Enidin ihn mit ihrem ganzen Körper spüren konnte, selbst mit der Seite, die ihm abgewandt war, und jeder Windung ihrer

Innereien. »Schau, wenn wir unten in der Wirtsstube zusammen-sitzen und Zeit miteinander verbringen, wirft das deutlich we-niger Fragen auf, als wenn ich dich nachts in deinem Zimmer be-suchen muss …« Sein Knie war nur noch einen Fingerbreit von ihrem entfernt, und noch weiter zurückweichen konnte Enidin nicht.

»Bitte, ich … ich weiß nicht, was ich tun soll«, rief Enidin hek-tisch. »Und wenn Ihr solche Dinge sagt, was soll ich dann denken, und was die Leute?« Ihr war heiß. Ihr war kalt. Sie musste austre-ten. Alles auf einmal. Und dann streckte Tymur auch noch seine andere Hand aus, beugte sich vor und legte sie auf Enidins.

»Denk dir einfach, dass ich dich mag«, sagte er sanft. »Denk dir, dass ich dich sogar sehr mag. Mehr, als ich zeigen darf, mehr, als ich mir erlauben könnte. Du musste heute nicht mehr mit mir in die Gaststube kommen. Aber vielleicht sehen wir uns da ja mor-gen wieder?« Er drückte ihre Hand vorsichtig ein letztes Mal, dann stand er auf, lächelte ihr noch einmal zu, und verließ das Zimmer.

Enidin blickte ihm nach, dann nahm sie das Bündel, das ihre Roben waren, auf und barg ihr Gesicht darin, als müsse sie ihr Erröten vor sich selbst verstecken. Sie redete sich ein, dass sie zu verwirrt war, keinen klaren Gedanken mehr formulieren konnte – aber die Wahrheit war, ihre Gedanken waren so klar wie nur ir-gendetwas. Und tief in ihrem Herzen träumte sie davon, unten neben Prinz Tymur in der Wirtsstube zu sitzen, und davon, wie er dort, unter aller Augen und doch unsichtbar, noch einmal ihre Hand halten würde.

Achtes Kapitel

Je weiter sie sich von Neraval entfernten, desto unnützer kam sich Kevron vor. Die Idee, sich Tymurs Expedition anzuschließen, hatte noch wie eine abenteuerliche Herausforderung geklungen, wie eine Kriegserklärung an denjenigen, der das Siegel erbrochen und Kay getötet hatte. Jeden Tag rechnete Kevron damit, in einen Hinterhalt zu geraten, in dem eine Gruppe von Verschwörern, Mördern, Paktierern auf sie lauerte, Gegner, die genau wussten, was sie vorhatten und die nun alles daransetzten, sie aufzuhalten. Wie dumm konnte man sein? Was sollte ein Fälscher auf der Landstraße, bei den Alfeyn, überhaupt außerhalb seines Hauses? Als Kevron beschlossen hatte, Tymur auf seiner Reise zu begleiten, musste er betrunken gewesen sein. Oder, noch schlimmer, nüchtern.

Sie waren alles andere als eine fröhliche Reisegruppe. Der Kämpfer war ein grimmiger Kerl, der Kevron nicht ausstehen konnte und daran wenig Zweifel ließ, so große Mühe sich Kevron auch gab, wie ein ehrlicher Mann zu erscheinen. Die Magierin war von zwei Leuten eingenommen, nämlich dem Prinzen und sich selbst, und wenn sie Kevron überhaupt einmal eines Blickes würdigte, war der verächtlich. Und zwischen ihnen allen stand Tymur Damarel, der versuchte, einem jeden ein guter Freund zu sein, was nur dazu führte, dass sie einander diese Freundschaft neideten.

Natürlich war Kevron froh, dass nichts passierte. Falls sie wirklich an einen Gegner gerieten, dann hatten sie außer Lorcan niemanden, der kämpfen konnte, und das war ein bisschen wenig. Tymur hatte sicher einmal gelernt, sich die gröbsten Widersacher vom Hals zu schaffen, und auch wenn er keine offenen Waffen trug, hatte er bestimmt einen Dolch dabei, aber was war schon ein Dolch? Kevron besaß schließlich auch einen und wusste nichts damit anzufangen. Und was die Magierin anging … Es war Kevron lieber, wenn sie keine Anstalten machte, irgendwas zu zaubern, und in ihrem einfachen Kleid sah sie angenehm harmlos aus. Dass man sich nicht mit Magiern anlegte, hatte Kevron nicht erst in der Diebesgilde gelernt, aber wenn doch etwas passierte, was konnte dann eine junge Frau, die auf Portale spezialisiert war, ausrichten?

Aber irgendwo, tief in seinem Innersten, gut verborgen hinter einer Mauer aus Feigheit, war Kevron ein Abenteurer. In seiner Jugend musste er einmal kühn gewesen sein, sonst hätte er einen ehrlichen Beruf ergriffen und nicht einen, der ihn den Kopf kosten konnte – dem wahren Feigling hätte es auch nichts ausgemacht, für kleines Gehalt als Schreiber zu arbeiten, wenn er dafür ein Leben in Sicherheit bekam. Kevron war und blieb ein Abenteurer im Herzen, und so sehr er sich davor fürchtete, hoffte er doch, dass irgendetwas unterwegs passieren würde.

Zumindest einer von ihnen machte einen zufriedenen Eindruck, und das war Tymur. Wenn man ihn reden hörte, konnte man meinen, dass dies wirklich nur ein harmloser Ausflug war. Das Reiten schien ihn nicht zu erschöpfen, am Abend klang er so frisch wie am Morgen, eine vertraute Melodie, um sie durch den Tag zu tragen, munter wie das Klappern der Hufe.

»Manchmal ist es ein Glück, unnütz zu sein«, sagte Tymur vergnügt. »Mein Vater hat mich lernen lassen, was immer ich lernen wollte, bis er sich entschieden hat, mich zum Diplomaten zu ernennen. Also, wenn ihr eine Frage habt, zu etwas, das ihr unterwegs seht, dann nur zu, fragt – die Wahrscheinlichkeit, dass ich etwas darüber erzählen kann, ist doch ziemlich groß.«

Kevron atmete durch. Er mochte sich nicht gern die Blöße geben, etwas nicht zu wissen, wenn er doch ein Gelehrter sein sollte, aber etwas ließ ihm keine Ruhe. Sie kamen schon zum dritten Mal an immer dem gleichen Turm vorbei. Schon der erste hatte interessant ausgesehen, der zweite zumindest hochgezogene Augenbrauen verursacht, und der dritte war dann doch eine Frage wert.

»Reiten wir hier im Kreis, oder was hat das zu bedeuten?«

Es war ein schlichter, fensterloser Turm aus grauem Stein, auf quadratischer Basis vier dicke Säulen unter einem Kapitell, gekrönt von einer breiten Feuerschale, grob und klotzig mitten in der Landschaft – der erste auf einem kleinen Hügel gelegen, der zweite fast vom Wald vereinnahmt, der dritte wieder freistehend: Es war nicht derselbe Turm, das war Kevron klar, aber ihre aufdringliche Ähnlichkeit hatte etwas Beunruhigendes an sich.

Tymur lachte vor Freude auf; wie lang er auf die Frage gewartet hatte, verriet er nicht, doch es war gut möglich, dass er ihre Route in purer Absicht an den Türmen hatte vorbeiführen lassen. »Das?«, sagte er vergnügt. »Das ist ein Damarsfeuer. Wollen wir es uns einmal aus der Nähe ansehen?«

Er erwartete keine Antwort. Was Tymur vorschlug, wurde gemacht – ein Befehl, nur in freundlichem Gewand. Schon ritt der Prinz sein Pferd zum Turm hin, und ohne noch eine Antwort abzuwarten, stieg er ab.

»Hier muss auch ein Wärterhaus sein«, sagte er, mehr zu sich selbst. »Wenn das noch besetzt ist, heißt das – ich habe schon lange nichts mehr von den Feuern gehört.«

»Wie alt sind diese Türme?«, fragte Kevron. »Zeitgenössisch?

Von Damar, meine ich?« Älter als Damar, sollte das heißen. Dämonisch. Wie die Grundmauern der Burg Neraval …

»Oh, sie sind älter als ich, das weiß ich bestimmt«, antwortete Tymur. »Nein, im Ernst, die Türme sind nur ein bisschen jünger als die unserer Burg, damals, als man noch große Angst vor der Rache der Dämonen hatte. Heute ist das alles nur noch ein Märchen, Hauptsache lange her – aber schaut, da steht auch das Häuschen, und gleich bekommen wir etwas zu sehen.«

Was aus der Ferne noch wie ein Bauwerk für die Ewigkeit erschienen war, das den Jahrhunderten trotzte und dem Zeit wie Wind nichts anhaben konnten, war aus der Nähe zwar immer noch imposant, aber mehr wie eine alte Frau, die man dafür bewunderte, dass sie sich noch auf den Füßen halten konnte. Gestein und Mörtel waren verwittert, und aus der Treppe, die sich auf der Außenseite nach oben wand, waren ganze Stufen herausgebrochen. Doch der Turm stand noch, vom schmucklosen Fuß bis zu der großen Feuerschale auf seiner Spitze. Er stand seit Hunderten von Jahren und konnte womöglich hundert weitere überstehen.

Das Häuschen des Feuerwächters hingegen sah traurig aus, duckte sich in den Schatten des Turms und schien nur durch dessen Schutz überhaupt noch zu stehen. Als Tymur gegen die Tür hämmerte, die windschief in ihren Angeln hing, war es sicher gut, dass seinen Armen die Kraft des Kämpfers fehlte – mehr Gewalt, und das ganze Haus wäre eingestürzt. Es dauerte lange, bis die Tür geöffnet wurde, und dort stand ein Männlein, so klein und krumm, dass selbst Kevron es noch zu überragen schien, mit wirren Resten weißen Haares auf dem Kopf und so alt, dass man fast glauben konnte, er habe schon den Tag erlebt, an dem der Turm gebaut wurde.

»Einen wunderschönen Tag wünsche ich«, sagte Tymur mit einem Strahlen in der Stimme. »Ich bin Tymur Damarel, und meine

Freunde und ich sind hier, um dieses Feuer zu besichtigen und seine Geschichte zu hören.«

Der alte Mann blinzelte. »Mag sein, mag sein«, stieß er hervor, ein zittriges, rauhes Krächzen. »Seid, wer Ihr wollt, meine Augen glauben Euch alles, sie sehen nämlich kaum noch etwas.«

Er lachte heiser, und Tymur fiel mit ein, laut, langsam, künstlich: »Ha-ha-ha.« Seine Stimme wurde wieder scharf und garstig. »Sagt, seid Ihr der Feuerwächter hier? Oder nur dessen greiser Vater, der hier sein Gnadenbrot mümmelt?«

Der Alte schüttelte seinen spärlichen Flaum. »Der einzige bin ich und der letzte. Es ist nie einer gekommen, um mich abzulösen, und bezahlt worden bin ich auch schon lang nicht mehr. Jetzt wohne ich hier und zieh nicht aus, bis der Unaussprechliche kommt, um mich mitzunehmen.« Er tapste ins Innere des Häuschens zurück, und das Nicken, mit dem er sie einlud, ihm zu folgen, konnte ebenso gut ein unwillkürliches Zittern sein. Dann setzte er sich an einen klapprigen alten Tisch, der auch schon bessere Zeiten gesehen haben musste. »Nehmt Platz, nehmt Platz, aber erzählen müsst Ihr schon selbst, meine Stimme will nicht mehr und mein Mund ist trocken, was soll ein alter Mann tun?«

Tymur lachte bitter und blieb stehen. »Die Damarsfeuer«, sagte er, »wurden erbaut, um das Land zu warnen, sollten die Dämonen zurückkehren. Sie wurden auf Bergen errichtet und auf Hügelkuppen, dort, wo man sie gut sehen kann. Von jedem sollte man die Flammen eines anderen sehen können, wenn sie hoch auflodern. Schneller als jeder Botenreiter, schneller als ein dämonisches Heer wäre Neraval gewarnt: Dann sind wir bereit, uns und die Burg zu verteidigen und unser ganzes Land.« Er schüttelte den Kopf und ging ein paar Schritte hin und her, viel Platz bot ihm die kleine Stube nicht. »Aber wie das so ist, die Türme standen und standen und die Dämonen kamen und kamen nicht. Dann hatte man die Idee, die Feuer zumindest einmal im Jahr anzuzünden, wenn sich Damars Sieg jährte. Jetzt waren die natürlich nicht ganz dumm, die Leute, es sollte keine Panik ausbrechen, wenn die Feuer brannten. Man möchte doch zwischen Freudenfeier und Todesgefahr unterscheiden können. Also nahm man zwei verschiedene Pulver, das eine färbt die Flamme rot, das andere blau, Verwechslung ausgeschlossen. Und Ihr, guter Mann, könnt uns jetzt sicher wenigstens sagen, welche Farbe was bedeutet – oder etwa nicht?«

Der Alte schüttelte den Kopf. »Was erwartet Ihr von mir? Das letzte Mal, dass mir jemand eine Ladung Pülverchen geschickt hat, war ich noch ein junger Hüpfer und der Turm nicht so eine Ruine wie jetzt, wo kein Mensch mehr heile bis oben kommt. Ich hab die Reste noch irgendwo, schaut nach, wovon mehr da ist ...«

»Und das ist dann für die Dämonen?«, fragte Tymur mit herausforderndem Blitzen im Blick.

Dass der Alte noch so laut lachen konnte, sah man seinem gebrechlichen Körper nicht an. »Nein, das ist das für die Feiertage! Das andere, das für die Dämonen, wann braucht man das schon?«

Tymur schwieg, aber die Art, wie er Luft holte, sah aus, als ob er Anlauf nehmen wollte. Kevron machte einen halben Schritt zurück. Wenn Tymur einmal loslegte, dann wehe dem, der sich ihm in den Weg stellte! Fast erwartete Kevron, dass Lorcan Tymur beim Arm nehmen und vor die Tür führen würde, damit er sich beruhigen konnte, oder dass die Magierin es versuchte – aber vielleicht waren sie alle zu gespannt, wie es nun weitergehen würde.

Doch wenn Kevron auf den Moment gewartet hatte, an dem Tymur endlich alle Masken fallenließ und aus der Haut fuhr, hatte er sich zu früh gefreut. Die Spannung hing in der Luft, dass man sie essen konnte, als Tymur den Kopf schüttelte und zu lachen begann. »Ich lasse meinem Vater eine Nachricht zukommen«, sagte er, freundlich und nachsichtig. »Zum einen habt Ihr es verdient, in den Ruhestand zu treten und das Heft einem Jüngeren mit geradem Rücken und kräftigen Schultern zu übergeben. Und zum anderen sollten Eure Vorräte an Farbpulver wieder einmal aufgefrischt werden. Es wäre zu schade, wenn Damars Jahrestag kommt – und niemand ist mehr da, um ein Feuer für ihn zu entzünden.«

Er klang ein bisschen neckend und ein bisschen besorgt. Kevron biss sich auf die Zunge. Er wusste genau, woran Tymur gerade dachte, aber es war nicht der Moment, um ihn darauf anzusprechen. Wenn die Türme schon in so schlechtem Zustand waren, wie lang dauerte es dann noch, bis das Volk begriff, wie nachlässig Damars Haus geworden war, und in welcher Gefahr sie alle schwebten?

»Ich weiß, heute ist kein Feiertag«, redete Tymur weiter, »und es steht uns auch keine dämonische Invasion ins Haus, hoffe ich wenigstens, aber ich möchte doch wissen, ob die Feuerschale noch ganz ist – der Turm sieht schon schlimm genug aus, und die Vorstellung, dass uns die Schale zerspringt, wenn sie das nächste Mal angezündet wird, gefällt mir nicht. Es könnte genau der Moment sein, auf den es ankommt.«

Der Turmwächter zuckte die Schultern. »Dann steigt hoch, probiert es aus – nehmt so viel Pulver mit, wie Ihr wollt, wenn Euer Vater mir wirklich Neues schickt …« Verstand er, dass er sich dann auch nach einer neuen Bleibe würde umsehen müssen?

»Nein«, sagte Tymur schneidend. »Ihr werdet mit uns hinaufsteigen. Noch seid Ihr der einzige Hüter dieses Turms – ich will sehen, dass Ihr es selbst noch könnt, ich bin nicht hier, um die Aussicht zu genießen. Ihr werdet das Feuer entfachen, und wenn Ihr das nicht mehr könnt, dann sagt es jetzt, und ich werde mein Bestes tun, zu verhindern, dass im Land bekannt wird, wie unfähig mein Vater ist.«

Kevron versuchte ihm zu signalisieren, so unauffällig wie möglich, dass jetzt der eine Zeitpunkt gekommen war, an dem Tymur den Mund halten sollte. Kein Öl ins Feuer gießen. Wenn die Bauern erst einmal zu ihren Mistgabeln griffen und die Burg stürmten – dann gute Nacht.

»Tymur«, sagte Lorcan leise, »wollen wir nicht zumindest wieder vor die Tür gehen?« Er war vielleicht der Einzige, der dem Prinzen sagen konnte, wo er zu weit ging, und draußen gab es Luft und Platz, um die Stimmung wieder abzukühlen. Es war das Beste, sie stiegen wieder auf ihre Pferde, ließen den Turm hinter sich und machten auch um den nächsten einen weiten Bogen. Je weniger die Rede jetzt auf Dämonen kam, desto besser.

Tymur zögerte, stand wie eingefroren, als müsse er den Gedanken umkreisen und von allen Seiten betrachten, ehe er eine Entscheidung fällen konnte. Endlich nickte er. »Brechen wir auf«, sagte er. In seiner Stimme war ein Zittern, von dem Kevron hoffte, dass es sonst niemandem auffiel. Kevron sah Sorge in Lorcans Augen und angewiderten Zorn in denen der Magierin, vielleicht, weil sie nicht verstehen konnte, wie schlecht Tymur da über seinen Vater redete – eigentlich wussten die beiden jetzt schon zu viel.

»So schön es auch wäre, das Feuer zu sehen, es würde zu lange dauern, und wir haben noch einen Gasthof zu erreichen.« Tymur atmete tief durch. »Ich lasse Euch etwas Geld hier. Dafür seht Ihr zu, dass ein paar Handwerker kommen und den Turm zumindest wieder ohne Lebensgefahr begehbar machen, und dann versucht, einen jungen Burschen anzuheuern, der Euch in Zukunft zur Hand geht.«

Kevron nickte erleichtert. Damit war ihnen allen mehr geholfen, als wenn Tymur Zweifel an seinem Haus säte. Ein instandgesetzter Turm beantwortete nicht die Frage, ob der Unaussprechliche nun gebannt war oder nicht, und im Fall einer Invasion half ein einzelnes Damarsfeuer auch nicht weiter – aber Lorcan und die Magierin sollten zufrieden sein, wie diplomatisch Tymur die Situation gelöst hatte. Und wenn sie einmal das Gasthaus erreicht hatten, waren die Dämonen sicher längst wieder vergessen. Zumindest für zwei von ihnen.

Mit jedem Tag ihrer Reise wurde das Land unwirtlicher. Das ging nicht auf einen Schlag, sondern passierte schleichend; es gab keine Grenze zu überschreiten, aber die Zivilisation machte Platz für das, was vor ihr da gewesen war – und das, was nie hätte sein dürfen. Kevron hatte sich niemals Gedanken gemacht, wie weit Neraval reichte, es war der Name der Burg, wenn man in der Stadt wohnte, und der Name der Stadt vom Umland aus, und so, wie sich das Reich selbst gegründet hatte und Damar zu seinem König gemacht, galt der Name Neraval am Ende für alles, worüber Damars Haus herrschte.

Doch wo sich um die Stadt noch die Bauerndörfer drängten, wo einmal alles, was Beine hatte, in die Nähe der schutzversprechenden Stadtmauern gezogen war, wurden die Ansiedlungen weniger, die Dörfer kleiner und die Häuser grauer, je weiter man von Stadt und Burg entfernt war. Es waren weise Leute, die hier lebten, sie verstanden, dass, wenn die Dämonen zurückkehrten, wenn La-Esh-Amon-Ri einmal frei war, sie ihren Rachefeldzug dort beginnen würden, wo die Erben seines Bezwingers waren. Was für ein Dummkopf war Kevron doch gewesen, sich in der Stadt immer am sichersten zu fühlen! Jetzt war es zu spät. Er reiste an der Seite von Tymur Damarel, und wo Tymur war, gab es keine Sicherheit. Der Prinz trug die Schriftrolle im Gepäck, und dass außer Kevron niemand davon wissen durfte, machte es schlimmer.

Hätte er mit dem gleichen Argwohn nach Kays Mörder gesucht, Kevron wäre längst ein anderer geworden. Aber Mörder gab es hier draußen nicht, und mit jedem Tag, der verstrich, verstand Kevron besser, dass auch diese Reise für ihn wieder nur eine Flucht war, und er tröstete sich damit, unterwegs irgendwo seinen Mut zu finden und zurückzukehren mit einem Herz aus Eisen und Blut, das vor Rachsucht kochte, um endlich den zur Strecke zu bringen, der ihn vier Jahre in Angst und Schrecken hatte leben lassen, ohne auch nur einen Finger dafür krumm zu machen.

Doch anstelle von Mut fand Kevron nur mehr Dinge zum Fürchten. Das Land um sie herum wurde böse. Die Bäume wurden zahlreicher und standen dichter zusammen, und manche von ihnen entstammten den Schauergeschichten, die Kevron als Kind gehört hatte. Ihre Stämme waren grau, ihre Äste griffen nicht nach dem Himmel, sondern waren krumm und verliehen den Bäumen etwas Gedrungenes. Zwischen ihnen waren tiefe Schatten, in denen alles hausen mochte, nur ein gewöhnliches Eichhörnchen suchte man vergeblich. Es war kalt in ihrer Nähe, eine Kälte, die nicht in die Socken kroch, sondern direkt ins Blut, und die Luft um sie herum war schwer und roch stechend, nicht nach Tod und Verwesung, sondern nach etwas Fremdem, Unnatürlichem.

Die Bäume gefielen Kevron nicht. Sie gefielen niemandem, aber nur Kevron fragte sich, ob es vielleicht nicht die Spuren alten, sondern neuen Übels waren. Veränderte sich die Welt, weil das Böse aus der Schriftrolle kroch, jeden Tag ein Stückchen mehr? Und wie lange würde es dann noch dauern, bis sie sich selbst zu verändern begannen? Es musste nicht mit Tymur anfangen. Es konnte auch direkt auf den übergehen, der den schwächsten Willen hatte, das klammste Herz, und sie wussten doch alle genau, wer das sein sollte.

»Diese Flecken da hinten, wo die krummen Bäume stehen – denkt Ihr, das sind Stellen, an denen die Dämonen herausgebrochen sind?«

Kevron brauchte einen Moment, um zu begreifen, dass die Frage ihm galt, tatsächlich, die Magierin redete mit ihm. Ausgerechnet – warum sollte Kevron sich mit Bäumen auskennen? »Mag schon sein«, antwortete er ausweichend. »Ihr seid die Expertin, nicht ich.«

Es regnete, ein leichter Nieselregen, den man kaum sehen konnte und der langsam und ungemütlich in die Jacke einzog, um die nächsten drei Tage lang dort zu bleiben. Kevron hatte keinen Umhang und keine Kapuze, das Wasser saß ihm in den Haaren und auch sonst überall, und wirklich, er hatte keine Lust auf eine Unterhaltung.

»Die Portale zu unserer Welt, vom Dämonenreich aus geöffnet«, sagte Enidin, die seine Antwort wohl nicht als Unwissen, sondern als Interesse gedeutet hatte, »hinterlassen Narben im Raum. Die so entstehenden Flecken sind verdorben, dass dort nichts Gesundes mehr wachsen kann. Menschen, die in der Nähe dieser Orte leben, haben ein deutlich erhöhtes Risiko, dem Wahnsinn anheimzufallen, und auch die Kindersterblichkeit ist signifikant.« Sie schüttelte den Kopf. »Bitte entschuldigt, wenn ich Euch langweile, ich gehe davon aus, dass Ihr das alles bereits wisst, aber es ist für mich das erste Mal, dass ich so etwas aus der Nähe sehe.«

Kevron zuckte die Schultern. Die Frau würde schon recht haben, und das war keine schöne Aussicht. Diese Flecken würden nur mehr und mehr werden, und Kevron hatte wenig Lust, wahnsinnig zu werden, auch wenn er zumindest über das Alter für Kindersterblichkeit inzwischen hinaus war.

»Was ich mich frage«, redete die Magierin weiter, »ich habe mich vor unserem Aufbruch ja umfassend vorbereitet, sowohl auf das Ziel unserer Reise, die Alfeyn und ihre Kultur, als auch auf den Weg dorthin und die Geschichte der Dämonenplage, aber dabei ist mir Euer Name nicht untergekommen – ich habe ihn mir doch richtig gemerkt, Kevron ... Florel?«

Kevron verfluchte Tymur zum tausendsten Mal. Er war nicht an seinen vollen Namen gewöhnt, und noch weniger an den Umgang mit Menschen, normalen Menschen. Das schattige Gesindel der Gilde war von anderer Sorte, mit denen war Kevron immer gut ausgekommen, und da hatte er auch seine Kunst, auf die er stolz sein konnte. Doch weder Magierinnen noch Krieger kamen in Kevrons Welt vor, und er hatte keine Ahnung, wie er sich ihnen gegenüber verhalten sollte – im Vergleich dazu war der Umgang mit dem Prinzen ein Kinderspiel. »So heiße ich«, murmelte er und fühlte, wie ihm ein einzelner dicker Wassertropfen, der sich an der Kante seines Kragens gesammelt hatte, langsam den Rücken hinunterrann.

»Aber was habt Ihr dann publiziert?«, fragte Enidin, tat ungläubig und war in Wirklichkeit nur darauf aus, Kevron vorzuführen. »Prinz Tymur nannte Euch einen Gelehrten, doch ein Gelehrter, der keine Bücher schreibt …« Sie ließ die Worte ausklingen, süß und spitz wie eine durchgebrochene Zuckerstange.

Kurz überlegte Kevron, ob er sich schnell ein paar wohlklingende Titel aus den Fingern saugen sollte, aber dann konnte er in die Verlegenheit geraten, etwas zum Inhalt sagen zu müssen. »Wenn alle Wissenschaftler schreiben und niemand mehr liest, ist das das Ende der Wissenschaft«, antwortete er stattdessen. »Ich bin ein Gelehrter, kein Belehrer.« Er lachte heiser.

»Dann entschuldigt«, sagte Enidin schnell und voll von bezaubernder Tücke. »Ich hatte Eure Rolle missverstanden. Ich dachte, mit Euch wäre ein anerkannter Experte zu uns gestoßen.« Hätte sie sich das schon vor drei Tagen getraut? Oder war das schon die vergiftete Luft der dämonischen Bäume, die böse Hand der Schriftrolle?

Kevron schloss die Augen, legte den Kopf in den Nacken und setzte sein breitestes Grinsen auf. Ihm fehlte Tymurs Gabe zu lächeln, aber das hieß nicht, dass er keinen Ersatz dafür hatte. »Will Euch ja nicht arbeitslos machen«, sagte er. »Wenn ich all das schon wüsste, was Ihr hier erzählt, wärt Ihr doch gänzlich überflüssig. Und wenn Ihr wüsstet, was ich in Wirklichkeit bin«, fast hätte er es ihr verraten, er hatte hier draußen keinen Büttel zu fürchten und keinen Kerker und wirklich keine Lust, einen Gelehrten zu spielen, »dann wäre es doch langweilig, nicht wahr?«

Jetzt tropfte ihm der Regen vom Kinn auf den Kehlkopf, was seine Haltung mehr hilflos als hämisch wirken ließ, und auch, was das Reiten anging, konnte sich Kevron nicht leisten, länger die Augen geschlossen zu halten – er sollte sich diese Unterhaltung merken und am Abend im Gasthaus daran anknüpfen; wenn sie einen Krug Wein auf dem Tisch hatten, sahen die Dinge schon ganz anders aus.

»Ich wusste es!«, rief die Magierin triumphierend. »Ihr seid gar kein Gelehrter!«

»Ja, aber was bin ich dann? Und warum hat mich Tymur ausgewählt? Was weiß ich, das Ihr nicht wisst? Denkt einmal darüber nach!« Für einen Augenblick, zum ersten Mal an diesem Tag, fühlte sich Kevron beinahe gut. Jetzt noch so ein Treffer gegen den Kämpfer, und er hatte die Zeit der verächtlichen Blicke hinter sich.

Aber so gern Kevron auch versucht hätte, mit dem schweigsamen Lorcan ins Gespräch zu kommen, er wusste schlichtweg nicht, wie er das anstellen sollte. Worüber redeten Krieger? Über ihre Frauengeschichten und Heldentaten, vorzugsweise nach etlichen Krügen Bier, und da ging es schon los. Lorcan trank nicht. Wie sollte Kevron dann etwas mit ihm anfangen können? Er trank nicht, neigte nicht zum Angeben, grub nicht die dralle Wirtin an … Hätte der Mann nicht ein Schwert getragen und ausgesehen, als könne er auch damit umgehen, Kevron wäre davon ausgegangen, dass Lorcan so viel Krieger war wie Kevron ein Wissenschaftler.

Was Kevron über Lorcan wusste, war, dass Tymur ihn nicht nur persönlich ausgewählt hatte, sondern ihn seit vielen, vielen Jahren kannte, und dass Lorcan dieses Vertrauen verdiente, verstand sich von selbst. Dem Mann troff die Tugend ja nur so aus jeder Pore.

Kevron konnte Tymur fragen, wie man am besten an Lorcan rankam. Doch bis die anderen sich abends verabschiedeten und auf den Weg zu ihren Nachtlagern machten und Kevron tatsächlich eine Chance hatte, sich Tymur unter vier Augen zu greifen, war er zu selten noch nüchtern genug, um auf den Punkt zu bringen, was ihm wirklich auf der Seele lag.

Vielleicht wussten sowohl Lorcan als auch Enidin genau, um was es ging, und jeder von ihnen dachte, der einzige Hüter eines bitteren Geheimnisses zu sein, während Tymur seinen Spaß daran hatte, sie gegeneinander auszuspielen … Es sah Tymur ähnlich. Aber für Kevron galt das nicht, und er wusste, dass es so nicht weiterging.

Leider bekam Lorcan seine Zähne im ungünstigsten aller Momente auseinander. Kevrons Reitfähigkeiten hatten sich seit dem ersten Tag deutlich verbessert: Er wusste jetzt immerhin, wie er sich abrollen und schnell wieder auf den Gaul hinaufkommen konnte. War er in den ersten Tagen noch mehr hinter dem Pferd hergelaufen, als dass er sich im Sattel gehalten hatte, kam es jetzt vielleicht noch ein-, zweimal am Tag vor, dass er einnickte und hinunterfiel. Und wenn, dann sollte das Kevrons Problem sein, so wie die blauen Flecken, die er dabei davontrug.

Aber als es nun geschah, so unfreiwillig wie immer, riss dem sonst so unerschütterlichen Kämpfer der Geduldsfaden. »Verdammt, Herr Florel, könnt Ihr nicht einmal aufpassen? So schwer ist das doch wirklich nicht!«

Kevron schüttelte den Kopf, als er sich den Staub abklopfte. »Es ist ja nichts passiert«, murmelte er. Musste Lorcan ihn aufs Pferd heben wie die Magierin? Nein! Dann sollte er seine Zunge hüten. Er war doch sonst so gut darin.

»Ihr haltet uns auf, habt Ihr darüber schon einmal nachgedacht?«

Kevron blinzelte. War das ein Hinweis darauf, dass der Mann

genau wusste, was auf dem Spiel stand? So wenig Kevron in diesem Moment nach Streit war, so gern er nur weiterdösen wollte, ohne sich gleich nochmal auf der Straße wiederzufinden, war dies vielleicht die einzige Gelegenheit, aus dem Kerl etwas rauszubekommen.

»Es wartet doch keiner auf uns«, sagte er und zuckte die Schultern. »Oder hast du den Alfeyn einen Brief geschrieben, Tymur, wann wir kommen?« Er lachte. »Egal, wie oft mich der Zossen abwirft, wir haben noch an jedem Tag unser Gasthaus erreicht, und dann –«

»Ja, das ist Euch wohl das Wichtigste, das merke ich!« Welche Laus war dem Mann über die Leber gelaufen, dass er wegen so einer Nichtigkeit derart aus der Haut fuhr? »Wenn Ihr Euch nicht mehr jeden Abend betrinken könnt, was macht Ihr dann? Auf dem Pferd bleiben, und was sonst?«

»Das kann Euch doch egal sein!«, knurrte Kevron zurück. Wenn es darum ging, sollte sich Lorcan bei Tymur beschweren, es war nicht Kevron, der jeden Abend einen großen Krug Wein bestellte, von dem dann sonst niemand trinken mochte. »Wenn Ihr Streit sucht, kommt wieder, wenn ich wach bin.« Er versuchte sich an einem grimmigen Lachen, das weder grimmig wurde noch ein Lachen. Wach, das war das Problem. Nachts bekam Kevron nicht mehr Schlaf als noch in der Stadt, warf sich mehr hin und her, als dass er die Augen zubekam – um sich wirklich erfolgreich umzuhauen, hätte er mehr Wein gebraucht oder das eine oder andere Kräutlein. So hing er dann anderntags auf dem Pferd wie ein nasser Sack, und das gleichmäßige Schaukeln des Tieres wiegte ihn ausgerechnet dann in den Schlaf, wenn er das am wenigsten brauchen konnte. Kevron hätte viel für einen Mundvoll Katzenkraut gegeben. Wenn überhaupt etwas ihn jetzt wach machte, dann war es das Runterfallen.

Der Krieger lachte. »Wach? Meint Ihr nicht vielmehr nüchtern?«

Kevron suchte noch nach einer garstigen Antwort, obwohl ihm
nicht danach war – aber stattdessen ging Tymur dazwischen. »Lorcan, lass meinen Freund Kev in Ruhe!«

Es mochte ironisch gemeint sein, doch Lorcans Gesicht fror bei
diesen Worten förmlich ein. In dem Moment tat der Mann Kevron leid. Wer Tymur mehr als sein halbes Leben lang kannte, der
hatte Anrecht auf die größten Vertrauensbekundungen. Sie mussten miteinander reden, daran führte kein Weg vorbei, aber nicht
jetzt. Jetzt wollte Kevron seine Ruhe haben. Und dass Lorcan nach
diesem Tiefschlag den Mund hielt, passte ihm ganz gut.

Wie um Lorcan recht zu geben, dauerte es lange, bis sie an diesem
Abend einen Gasthof erreichten. Kevron wusste längst, dass dieser
Komfort keine Selbstverständlichkeit war – selbst wenn die Straße,
auf der sie ritten, noch den hochtrabenden Titel Königsstraße trug
und zu den wichtigsten Handelsrouten des Landes gehörte, wurden die Leute, mit denen irgendjemand Handel treiben mochte,
hier draußen doch weniger und weniger. Der Grund, warum sich
die Gasthäuser, die aus alter Tradition in Tagesrittweite die Straße
säumten, überhaupt über Wasser hielten, war, dass die Leute hier
draußen allesamt soffen wie die Löcher, und Kevron musste nur
einmal tief durchatmen, um zu verstehen warum.

Der Name des Hauses war alt und würdevoll, ›Marolds Ross‹.
Das Haus selbst … Wenn es einen Schlafsaal hatte, war das schon
Glück. Kevron hatte kein Problem damit, in der Wirtsstube auf
dem Boden zu übernachten, er hätte auch in feinem Leinen und
Daunen keine bessere Nachtruhe bekommen. Aber noch war es zu
früh zum Schlafengehen. Und hier hatte er die Gelegenheit, die
Sache mit Lorcan in Angriff zu nehmen.

Kevron war wirklich nicht gut mit Leuten, und er hätte sich
gern etwas Mut angetrunken, nur dann konnte er sich gleich von
der Idee, Frieden zu schließen, verabschieden, und hatte er nicht

schon so lange vor, endlich das Trinken ganz dranzugeben? Kevron schluckte und fasste sich ein Herz. »Lorcan«, sagte er, »ich denke, wir sollten mal reden.«

Lorcan hob eine Augenbraue. »Hier drin oder draußen?«

»Ich will reden, nicht mich prügeln«, antwortete Kevron. Im Reden war er nicht der Größte, aber er hatte zumindest eine Chance – Prügeleien ging er lieber ganz aus dem Weg. Wenn spätabends im Kreisel eine ausbrach, war er der Erste, der verstohlen zum Ausgang kroch.

»Wie Ihr wünscht«, sagte Lorcan, und das war der Moment, auf den Kevron gewartet hatte.

»Um das gleich klarzustellen«, stieß er hervor, »das Ihr sparst du dir in Zukunft. Leute wie mich duzt man, es sei denn, du willst mich verhöhnen – ich weiß, wie ich aussehe, ich weiß, was mir zusteht.« Es war keine Frage von Respekt. Respekt hatte Lorcan für Kevron nicht, so oder so. Nur Ehrlichkeit, das war das Mindeste, was Kevron erwarten konnte. Und bevor er nicht in Samt und Seide daherkam, sollte man ihn ruhig Kev nennen.

Aber Lorcan zuckte nur mit den Schultern. »Von mir aus.« Die Frage der Anrede war sicherlich ihr kleinstes Problem.

Kevron wollte schon etwas erwidern, als er ein Lächeln auf sich ruhen fühlte. Da saß Tymur, seine Haltung die einer lauernden Wildkatze, eine Hand am Kinn, dreiundzwanzig Jahre gebündelte Neugier. Er sagte nichts – das war einer der Momente, in denen er fast unheimlich wirkte. Je weiter sie sich von Neraval entfernten, desto stiller wurde der Prinz. Kevron ahnte, was ihm auf der Seele lag, der Anblick der verkrüppelten grauen Bäume machte schon Kevron Angst, und auf seinen Schultern lag nicht die Last eines ganzen Landes. Kevron konnte nur hoffen, dass alles gut war. Aber er war zu nüchtern, um sich keine Sorgen zu machen.

»Ich hab es mir überlegt«, sagte er zu Lorcan. »Gehen wir doch besser nach draußen.«

Fast erwartete er eine blöde Frage, eine Einladung zur Prügelei, aber Lorcan war nicht blind, erst recht nicht, wo es um den Prinzen ging, und so nickte er nur.

»Ihr wollt gehen? Wohin denn?«, fragte Tymur, als sie aufstanden – seine Stimme klang unschuldig, und wie immer konnten sie nicht sicher sein, ob er scherzte oder nicht.

»Wir wollen dir doch die Chance geben, etwas mehr Zeit mit der kleinen Magierin zu verbringen«, antwortete Kevron grinsend. Es mochte unfair gegenüber Enidin sein, die ein ganz und gar offensichtliches mädchenhaftes Interesse an dem Prinzen hatte, aber war das Kevrons Problem? Sollten die beiden ruhig turteln. Nur nicht daran denken, dass sie da vielleicht gerade ein halbwüchsiges Mädchen mit einem Dämon allein ließen … Kevron schüttelte den Kopf, und der Nachgeschmack seiner Worte war bitter in seinem Mund, schrie nach einem Schluck Wein, um ihn davonzuspülen in Richtung Vergessen – es war gut, wenn sie vor die Tür gingen. Vor der Tür gab es nichts zu trinken.

Draußen dämmerte es bereits. In dem Licht sahen alle Bäume aus, als ob Dämonen in ihnen wohnten, und ein Geruch lag in der Luft, wie es ihn in der Stadt niemals gab, ein Teil erdig, ein Teil säuerlich, drei Teile fremd. Es gab Sümpfe in der Nähe, daher konnte es kommen, und das galt auch für all die seltsamen Geräusche. Kevron war zu sehr Stadtmensch, als dass er auch nur wissen wollte, was genau das war. Solange die Leute, die hier lebten, das normal fanden, sollte es ihm egal sein. Wenn die nicht alle längst den Verstand verloren hatten …

»Und jetzt – was wollt Ihr?«, fragte Lorcan, nachdem sie ein Stück gegangen waren und die Lichter des Gasthauses nur noch für sich selbst schienen und nicht mehr für sie.

»Du«, sagte Kevron. »Klingt vielleicht albern, wenn ich drauf rumreite, aber mir ist das wichtig. Ich will hier draußen nicht unter Fremden sein.« Im nächsten Moment bereute er die Worte.

Eigentlich wollte er doch über Respekt reden, das mit den Sorgen sollte erst danach kommen. »Lass uns reden, solange ich noch nüchtern bin.« Auch das war nicht das, was er sagen wollte.

Lorcan schüttelte den Kopf. »Ich zwinge dich nicht zum Trinken.«

»Macht der Gewohnheit«, sagte Kevron und versuchte sich an Heiterkeit. Mit dem Kopf im Nacken sah er über sich nur noch mehr drohende Bäume. »Nein, im Ernst, hier ist zu viel, das mag ich nüchtern nicht ertragen.« Vielleicht fehlte einfach eine Basis des Vertrauens zwischen ihnen, und irgendwer musste damit anfangen. Es war eine Sache, sich Lorcan anzuvertrauen – ihm zu vertrauen eine ganz andere. Im Moment traute Kevron niemandem, noch nicht einmal Tymur. Am allerwenigsten Tymur.

»Wie ich schon sagte«, erwiderte Lorcan kühl, »das ist nicht mein Problem.«

»Nein«, sagte Kevron geradeheraus. »Dein Problem hat überhaupt nichts mit mir zu tun. Dein Problem ist Tymur. Dein Fehler ist, du denkst, es hätte was mit mir zu tun.«

Lorcan machte einen halben Schritt rückwärts – entweder, weil er auswich, oder, weil er dann besser zuschlagen konnte. »Das wirst du mir erklären«, erwiderte er knapp.

Kevron atmete durch. Dieser unbestimmbare Draußengeruch kitzelte ihn in der Nase. »Tymur lässt kaum eine Gelegenheit aus, um zu beteuern, wie sehr er mir vertraut. Dieses Vertrauen verdiene ich nicht, und wenn Tymur so tut, als wären er und ich die ältesten und dicksten Freunde, lügt er. Ich weiß nicht, was er damit bezwecken will, die Wahrheit ist, ich kenne ihn erst seit ein paar Wochen. Er hat mir geholfen, ich habe ihm geholfen, da haben wir uns ein bisschen angefreundet, aber damit hat es sich schon.«

»Warum sagst du mir das?«, fragte Lorcan, und seine Stimme klang nicht weniger feindselig als vorher.

»Weil ich keine Lust habe, dass jemand ohne Grund auf mich eifersüchtig ist«, antwortete Kevron, heftiger als beabsichtigt. »Ich kann genug, um auf mich stolz zu sein, niemand muss Lügen über mich verbreiten, die mich größer machen als ich bin, und mich nur noch kleiner aussehen lassen. Ich habe Augen im Kopf, und ich habe verdammt gute Augen, was das angeht. Ich sehe, dass Tymur dir was bedeutet, und ich will mich nicht dazwischendrängen lassen. Du kennst ihn, seit er ein kleiner Junge war – da soll er dir vertrauen und das auch offen sagen, verdammt. Ich habe keine Lust auf diesen ganzen Mist.«

Lorcans Hand schnellte vor, nicht, um Kevron zu schlagen, aber um ihn beim Revers zu packen und ihn nah an sich heranzuziehen. »Du hast keine Ahnung von mir, also spar dir solche Mutmaßungen.« Kevron fühlte sich von den Füßen gehoben, hing hilflos in seiner Jacke, doch das Gute daran war, jetzt wurde auch er sauer.

»Fass mich nicht an!«, fauchte er und stieß Lorcan weg, auch auf die Gefahr hin, dabei über die eigenen Füße zu stolpern und im Schlamm zu landen. »Hast du irgendwie Ahnung von mir? Und hält dich das davon ab, mir in mein Leben reinzureden?« Mit Glück hielt Kevron sich auf den Füßen und wäre am liebsten gleich wieder vorwärts gesprungen, um zu zeigen, dass er diesen Mann nicht fürchtete, selbst wenn er größer, stärker und älter war als er. Auf die paar Jahre kam es nicht an. »Glaubst du, ich habe Spaß daran, mir deine Sprüche anhören zu müssen? Ich weiß, dass ich zu viel trinke. Bloß, fragst du auch nur einmal, warum?«

Was Kevron an Körperkraft fehlte, machte er an Stimmgewalt wett, als er versuchte, Lorcan rückwärts zu schubsen. Wenn gleich alles aus der Wirtsstube angerannt kam, war das kein Wunder, aber Kevron auch egal. Er hatte die Sache mit Lorcan aus der Welt räumen wollen – aber wenn sie stattdessen Feinde werden sollten, dann bitte.

Um sie herum wurde es dunkler, die Schatten dichter, die Bäume rückten enger zusammen. Kevron hoffte, dass das nur Einbildung war, aber die Kälte war wahrhaftig, und er hätte viel darum gegeben, wieder hineingehen zu können, zum Licht und zum Wein. Sein ganzer Kopf war voll von Dämonen, Tymurs seltsam reglose Augen ließen ihn nicht los – er hätte niemals mit dem Thema anfangen dürfen, das riss nur alte Wunden wieder auf und zeigte ihm neue, die er noch nicht einmal kannte. Bis zu dem Tag hatte Kevron nicht verstanden, was für Sorgen er sich um Tymur machte. Musste er sich dafür jetzt bei Lorcan bedanken?

Lorcan schnaubte. »Ich habe genug eigene Sorgen, als dass ich mir noch einen Kopf um einen versoffenen Erpresser machen muss!«

»Erpresser?« Kevron musste lachen, obwohl es ihm scheußlich ernst war. »Jetzt bin ich auch noch ein Erpresser?«

Lorcan verzog grimmig das Gesicht. Leise sagte er: »Wie du schon sagtest, ich kenne Tymur, seit er ein kleiner Junge war. Und der Tymur von heute ist nur noch ein Schatten seiner selbst. Ich kann zwei und zwei zusammenzählen. Du bist ständig um ihn, vergewisserst dich dreimal am Tag, dass er wirklich Geld dabeihat, er nennt dich Freund, obwohl du nichts bist und nichts kannst. Du bist nur hier, weil du Tymur in der Hand hältst, ich weiß nicht wie oder mit was, aber das ist der einzige Grund, warum er so einen Wurm überhaupt in seine Nähe lassen würde.«

Der Wurm ging zu weit. Erpresser vielleicht noch, doch nicht Wurm. »Hör mir mal zu«, zischte Kevron, und im Kopf zählte er die Sekunden rückwärts, bis er in die Wirtsstube stürmen und sich bis zur Besinnungslosigkeit betrinken würde. »Nur weil ich mehr weiß als du, macht mich das nicht zum Erpresser. Du willst wissen, um was es hier geht? Und es macht dich verrückt, dass Tymur sich dir nicht anvertraut? In Ordnung. Ich verrate es dir. Tymur trägt die Schriftrolle zu Ililiané. Die echte Schriftrolle, mit dem echten Dämon drin, wenn der noch drin ist, heißt das, jemand hat das Siegel gefälscht. Wir sind hier alle in Gefahr, von einem Dämon oder einer ganzen Horde davon überrannt zu werden, wir alle und das ganze Land und Tymur am allermeisten, und du hast keine andere Sorge, als dass er mich lieber haben könnte als dich? Dann sieh mal zu, wie du damit jetzt zurechtkommst. Mir reicht es nämlich.«

»Und ich hatte mich schon gefragt, wie lang es dauern würde, bis du anfängst zu plaudern.« Das war nicht Lorcan. Es war eine leise Stimme, die aus den Schatten zu ihnen sprach. Tymurs Stimme. Und Kevrons Herz hämmerte wie verrückt bei der Hoffnung, dass sie auch wirklich noch zu Tymur gehörte.

NEUNTES KAPITEL

Lorcan stand wie erstarrt, als Tymur zwischen den Bäumen hervortrat. Der Prinz bewegte sich lautlos, doch noch nie hatte er so bedrohlich gewirkt wie in diesem Moment, und das Lächeln, das wie ein Schatten über seinem Gesicht lag, war so freundlich und einladend wie das eines Wolfes, der gerade auf ein Schaf zuschlendert. In seinen Augen lag ein seltsamer Glanz, ein Teil fiebrig, ein Teil glasig, drei Teile bedrohlich. Seine Stimme klang belustigt, aber das hieß nie, dass er es tatsächlich war.

Tymur – der Tymur, den Lorcan kannte – war nicht imstande, irgendjemandem auch nur ein Haar zu krümmen. Zu gut hatte Lorcan noch den vor Verzweiflung weinenden kleinen Jungen vor Augen, der sich von seinen Brüdern als Feigling beschimpfen lassen musste, nachdem seine erste Unterrichtsstunde mit dem Schwert zum Debakel geraten war. Da heulte Tymur vor Wut und Scham; die Vorstellung, das Blut eines anderen Menschen an seinen Händen zu haben, machte ihm die Arme so lahm, dass er das Schwert kaum noch heben konnte, geschweige denn schwingen – und jeder, der erwartet hatte, dass Tymur seinen Brüdern und vor allem dem großen Ahn an Heldentaten in nichts nachstehen würde, musste das Gegenteil akzeptieren. Noch nicht einmal Lorcans Angebot, ihn heimlich zu unterrichten, konnte daran noch etwas ändern: Tymur war ein weicher, sanfter Bursche, und das war es, was Lorcan an ihm liebte.

Tymurs Waffe waren Worte, seine Zunge schärfer als die meisten Klingen, und Lorcan wusste, dass sie nichts von ihm zu fürchten hatten als seinen beißenden Spott – und doch fühlte er ein beklommenes Drücken in der Magengrube, als er Tymur mit festen Schritten entgegentrat, während Buschwerk gegen seine Beine schlug und die Dunkelheit ihn einhüllte. Er legt dem Prinzen eine Hand auf die Schulter, eine seltene, kostbare Berührung, die umso mehr bedeutete.

»Tymur«, sagte er mit der ruhigsten Stimme, die er aufbringen konnte. »Ist das wahr?« In dem Augenblick fühlte es sich an, als ob er sich mit seinem ganzen Körper zwischen einen Menschen und einen Dämon stemmte, aber er musste so tun, als gäbe es keinen Unterschied zwischen diesem Tymur und dem, den er schon sein halbes Leben lang kannte. Zu viele Kleinigkeiten, Momente und Beobachtungen ergaben jetzt einen völlig neuen Sinn, und Lorcan hätte sich für seine eigene Blindheit ohrfeigen können, die ihn das, was er nicht sehen wollte, auch nicht sehen ließ. Seine Hand fühlte Muskeln, die sich nicht nur unter der Berührung anspannten, sondern die gar nicht mehr loslassen wollten – aber er fühlte keinen Dämon. »Stimmt das, was Kev da sagt?«

Tymur wandte den Kopf und blickte Lorcan an, so klar waren seine Augen, ganz so wie auch sonst, und Lorcan konnte niemand anderen darin sehen als den, den er kannte. »Glaubst du, er würde dich anlügen?«, fragte Tymur. »Es wäre mir lieber, wenn er es täte, ich hätte mir wohl weniger Sorgen machen müssen über das, was er im Suff redet, als wenn er nüchtern ist.« Er lächelte traurig. »Wie es aussieht, übernehmen im Suff die Instinkte, denen es um sein Überleben geht. Aber wenn er bei Verstand ist, scheint doch ein lebensmüdes Mitteilungsbedürfnis zu überwiegen.«

»Also ist es wahr?«, fragte Lorcan noch einmal, und Tymur nickte.

»Ja, es ist wahr, ich habe die Schriftrolle bei mir. Wir haben keine andere Wahl, und niemand darf es wissen – jetzt hast du es gehört, und damit muss ich leben, aber wenn zum Beispiel Enid davon erfährt …« Er schüttelte den Kopf. »Ich kann nur hoffen, dass sie mir nicht nachgelaufen kommt, das gute Kind hängt ja regelrecht an meinen Lippen, und wenn es nach ihr ginge, nicht nur im übertragenen Sinn – nein, es darf niemand erfahren, und du, Kevron Florel« – seine Lippen formten den Namen aus Eis, kalt und schneidend – »wirst dir noch wünschen, deinen Mund gehalten zu haben.«

»Aber – warum?« Lorcan fühlte sich, als ob ihn etwas würgte, und das Letzte, was jetzt passieren durfte, war, dass er die Fassung verlor.

»Warum, warum was? Warum ich dir nicht davon erzählt habe?«, fragte Tymur. »Glaubst du, ich habe mir das ausgedacht? Wir hatten keine Wahl, als Kev einzuweihen, weil wir seiner besonderen Dienste bedurften, aber er ist der Einzige –«

Lorcan schüttelte den Kopf. Er wollte Tymur nicht das Wort abschneiden, nicht jetzt, nicht hier, doch er hatte etwas anderes gemeint. »Wenn du die Schriftrolle mitnehmen musstest – wie darf es dann sein, dass du sie trägst, wenn ich dabei bin?«

Tymur gurrte, auf diese bestimmte Art, wie nur er es konnte, leise und zufrieden. »Ich habe es in Betracht gezogen«, sagte er, und die Wärme kehrte in sein Lächeln zurück. »Aber wer wärst du dann, und wer wäre ich? Ich bin Tymur Damarel. Damar war mein Ahn, und ihr wisst, was er hat tun müssen. Ich ertrage die Vorstellung nicht, einen von euch töten zu müssen, wirklich nicht. Da gebe ich lieber dem Unaussprechlichen meinen Körper, wenn ich weiß, dass ihr dafür am Leben bleiben könnt. Sogar du, Kev!«

Kevron blickte zu Boden und scharrte mit dem Fuß wie ein unruhiges Tier. »Tut mir leid, Tym, ich musste es ihm erzählen, ich hab es nicht mehr ausgehalten …«

Tymur zwinkerte. Er verlangte nicht, dass Lorcan ihn wieder loslassen sollte, doch sein Blick sagte deutlich, dass er nicht festgehalten werden mochte. »Keine Sorge, ich wusste, dass du dich früher oder später verplappern würdest. Du magst ja für vieles bekannt sein, aber sicher nicht für Zuverlässigkeit. Ich hatte gehofft, dass du durchhalten würdest, bis wir in sicherer Entfernung sind, und das sind wir.« Er seufzte, diesmal in Lorcans Richtung. »Es ist in Ordnung, du kannst die Hand wegnehmen, ich tu ja nichts.« Sein Lächeln war nicht ganz echt.

»Lass mich die Schriftrolle sehen«, bat Lorcan leise. Er wollte es nicht glauben, ehe er es mit eigenen Augen sah, und selbst dann nicht – die Steinernen Wächter mochten viele Schwächen haben, aber sie würden niemals, im Leben nicht, zulassen, dass die Schriftrolle die Krypta verließ …

Tymur schüttelte den Kopf, doch er hob seinen Rockstoß und deutete auf einen Behälter, den er am Gürtel trug – ein unscheinbares Ding aus schwarzem Leder, zu nah an seinem Körper, zu nah an dem, was ihn zum Mann machte. »Zu gefährlich«, sagte er. »Das Futteral ist mit Blei ausgekleidet, das ist das Sicherste, was wir tun konnten, aber ich werde keinen von uns einem Risiko aussetzen, nur um deine Neugierde zu befriedigen. Du hast mein Wort: Es ist die wahre, die echte, die einzige Schriftrolle. Und nein, die Steinernen Wächter wissen nicht, dass ich sie habe.« Er lachte, drehte sich auf der Stelle wie ein Tänzer, und klopfte sich die Rockstöße ab, als ob sie nur vom Ansehen Staub angesetzt hätten.

»Ehe wir wieder reingehen«, fuhr er dann fort, »muss ich mit euch reden; ausnutzen, dass meine kleine Magierin gerade nicht da ist, und ich verspreche euch, wenn einer von euch ihr das verrät, wird es nicht bei drei Worten und einem bösen Blick bleiben.

Aber jetzt – jetzt kann ich es nicht auf mir sitzenlassen, dass ihr beide denkt, ich wäre nicht mehr ich selbst.« Er machte ein paar Schritte rückwärts, dorthin, wo die Bäume dichter wurden und die Schatten auch, und bedeutete Lorcan und Kevron, ihm zu folgen. »Vertraut mir«, flüsterte er. »Und wenn ihr das nicht tut, könnt ihr mich ebenso gut jetzt und hier töten.«

Es war eine Falle – nicht so eine, in der man von hinten gepackt und niedergeschlagen wurde, sondern eine, die eine Entscheidung verlangte, die sich nicht mehr ungeschehen machen ließ. Lorcan blickte Kevron an, und als dieser nur knapp den Kopf schüttelte, wusste Lorcan, dass es jetzt an ihm war. Er war derjenige mit dem Schwert, und die Welt musste sich auf den Kopf stellen, ehe er es gegen Tymur erheben würde. So nickte er. »Gehen wir.« Er atmete durch. »Wir können ihm vertrauen.« Und nur der allerkleinste Teil von ihm hielt das für eine Lüge.

Eine Weile lang führte Tymur sie tiefer in den Wald, ohne ein Wort zu sprechen. Das Gasthaus und sein Licht waren längst verschwunden, und die Nacht griff mit langen Armen um sich. Es war zu lang her, dass Lorcan sich zuletzt in einem Wald verlaufen hatte, aber dafür wurde man nie zu alt. Lorcan war es lieber, sich um den Rückweg zu sorgen als darum, dass sie es hier vielleicht doch mit einem Dämon zu tun hatten und ihm wie die Lämmer zur Schlachtbank folgten.

Das Erste, was ein Steinerner Wächter zu lernen hatte, war, wie man einen Dämon in Menschengestalt erkannte, und dass dies sich niemals am Äußeren festmachen ließ. Dämonen verrieten sich mit Worten, mit ihrem Verhalten, doch so einfach war auch das nicht: Ein guter Freund, der von einem Tag auf den anderen wie ausgewechselt erschien, konnte von einem Dämon besessen sein, aber ebenso gut einfach nur schwermütig. Und ein Dämon, der die Seele eines Menschen verschlang, besaß daraufhin nicht nur dessen Körper, sondern teilte auch all seine Erinnerungen und Fähigkeiten. Er würde nicht durch Unwissen auffallen oder durch plötzliche Stümperei.

Von Damar hieß es, dass er, nachdem ihn La-Esh-Amon-Ris Schwert verletzt hatte und das Gift durch seine Adern zog, die Gabe hatte, Dämonen zu durchschauen, ganz gleich in welcher Gestalt, und es mochte auch sein, dass Ililiané den ersten Steinernen Wächtern diese Gabe mitgegeben hatte. Doch das war nichts, was sich erlernen ließ, nicht weitergeben, und so blieb Lorcan nichts als sein Instinkt und sein Gefühl. Und dass Lorcans Gefühle für Tymur von etwas anderem bestimmt wurden, machte es nicht besser.

Er folgte Tymur durch den Wald, und Kevron stolperte hinterher wie einer, der kaum noch laufen konnte vor lauter Angst, zuckte bei jedem Knacken, jedem Eulenruf, vor jedem dunkleren Schatten zusammen. Der Wald hatte sein eigenes Leben, und Lorcan, der ihn bei Tag gesehen hatte, wusste, dass dort nur gewöhnliche Bäume wuchsen, dass die Menschen nicht dort siedelten und erst recht kein Gasthaus bauten, wo der Boden verseucht war, aber je dunkler es wurde, desto mehr wurde der Wald zu einem Gegner.

»Ich denke, wir sind weit genug gegangen«, sagte Tymur endlich und blieb stehen. »Es war nicht meine Absicht, euch in die Irre zu führen, doch ich muss mir sicher sein, dass ihr mir wirklich vertraut, ganz und gar und mit allem, was ihr habt.« Er lehnte sich an einen Baum und blickte vom einen zum anderen. »Lorcan, Kev, ihr wisst mehr, als ihr wissen dürft, aber niemals, niemals dürft ihr euch das anmerken lassen. Niemals dürft ihr mich ansehen, als ob ich nicht ich selbst wäre, sondern der Unaussprechliche. Niemals dürft ihr an mir zweifeln oder an meinen Worten. Niemals dürft ihr die Hand gegen mich erheben oder gar eine Waffe. Versprecht mir das!«

»Solange du es bist«, sagte Kevron. Lorcan sah ihn zittern, den Mantel zusammengezogen und die Arme eng um den Leib geschlungen, als hätte er mehr die Kälte zu fürchten als die Dämonen, doch auch das war nur Teil der Legenden: dass es in der Nähe eines Dämons kälter war als anderswo. Es stimmte nicht, das wusste Lorcan: Das Blut eines Besessenen war so warm wie das eines Menschen. Nur wer daran glaubte, fing an zu frieren vor nichts als Einbildung und Angst.

»Solange ich es bin«, wiederholte Tymur. »Und ich bin es, ihr habt mein Wort. Ich trage die Schriftrolle jetzt schon so lange mit mir herum, aber ich berühre sie nicht, hole sie nicht ans Tageslicht, sie ist bei mir so sicher wie bei euch unten im Gewölbe, und ehe wir nicht bei Ililiané sind, wird sie bleiben, wo sie ist.«

»Aber das Siegel!«, sagte Kevron, und es klang wie ein Wimmern. »Wir wissen nicht, was da jetzt rauskommen kann.« Lorcan versuchte zu verstehen, was vorgefallen war, doch nichts von dem, was die beiden sprachen, ergab für ihn einen Sinn – und wenn er sah, welche Ängste Kevron ausstand, war es vielleicht besser so.

»Das Siegel«, sagte Tymur ruhig. »Ja, das ist gefälscht. Aber das ist es schon seit Jahren. Ebenso gut könntest du fürchten, dass Lorcan hier vom Unaussprechlichen besessen ist, er hat viel mehr Zeit als ich in der Nähe der Schriftrolle verbracht, und wenn du denkst, dass der Feind durch Leder und einen Bleimantel in mich hineinfahren könnte, kann er das auch durch die Luft in Lorcan – und nicht zu vergessen, in dich. Du hast die Rolle ebenfalls in der Hand gehalten. Woher sollen wir wissen, dass nicht du der Besessene bist, dass deine Angst nur gespielt ist? Ich will es dir verraten: Weil ich dir vertraue. Und genau dieses Vertrauen musst du auch mir entgegenbringen, jetzt und in Zukunft.«

Normalerweise war Tymur ein guter Redner, aber nun klang er, als wäre die wichtigste Person, die es zu überzeugen galt, er selbst.

»Ich kann dir nur jetzt vertrauen«, antwortete Kevron, »aber für die Zukunft will ich dir nichts versprechen – wir sind nicht sicher, keiner von uns. Was ist, wenn wirklich einer von uns irgendwann besessen ist?« Während er sprach, drehte und wendete er sich nach allen Seiten, als ob er nicht nur mit zwei Männern redete, sondern mit einer ganzen Horde, versteckt hinter den Bäumen und in ihren Wipfeln.

»Ich habe geschworen, jeden Dämon, der in meine Nähe kommt, zu töten«, sagte Lorcan. »Das ist ein Eid, den ich nicht brechen kann oder brechen werde, und wenn ein Dämon in mich selbst hineinfahren sollte, so werde ich mir noch mit meiner letzten Kraft das Leben nehmen, das bin ich euch schuldig und meinem Land.« Er musste schlucken. Das sagte sich zu leicht.

»Wir wissen es nicht.« Tymur schüttelte den Kopf. »Wir sind uns einig, dass wir nicht zulassen wollen, dass jemand von uns Besitz ergreift – aber wir … wir müssen … wir müssen einander versprechen …« Er verstummte. Es war kein guter Anblick, Tymur am Ende seiner Worte. Seine Augen waren voller Verzweiflung – so groß sie auch sein mochten, dafür waren sie nicht groß genug.

»Einen schnellen Tod«, sagte Lorcan. »Schnell und gnädig, ohne Hass oder Zorn –«

»Nein!«, fiel ihm Tymur ins Wort. »Nein, auf keinen Fall! Versprechen müsst ihr mir, dass ihr mich am Leben lasst!« Plötzlich quollen die Worte nur so aus ihm hervor. »Leben müssen wir, jeder von uns, ob der Unaussprechliche in unseren Körpern sitzt oder nicht, und es wird uns schwer fallen, viel schwerer als der schnelle, gnädige Tod, den du da beschwörst – leben, und den Feind bezwingen. Ihr wisst, was passiert, wenn der Wirtskörper getötet wird. Der Unaussprechliche lacht nur darüber, er lacht und sucht sich sein nächstes Opfer, bis niemand mehr am Leben ist und ihm die ganze Welt gehört.«

In der Dunkelheit sprang ein Funke auf, das Licht eines Feuerzeugs in Kevrons Hand, es hüllte Tymur in einen goldenen Schein, ehe es wieder erlosch. Einen Augenblick lang fragte sich Lorcan, ob da schon der Unaussprechliche aus Tymur sprach, oder nur die Feigheit, oder ob es doch das Weiseste war, das Lorcan den Prinzen jemals hatte sagen hören. Eines wusste er: dass er Tymur nicht töten wollte, auf keinen Fall. Und er hatte ihn lieber als einen lebenden Feigling denn einen toten Helden. Sie würden einander niemals so nahe sein, wie Lorcan sich das erträumen mochte, aber wenn es jemals eine Möglichkeit gab, sich dieser Freundschaft würdig zu erweisen … »Was auch immer geschehen mag«, sagte er, »ich werde zu dir halten, Tymur.«

»Danke«, sagte Tymur. »Du ahnst nicht, was mir das bedeutet. Und du, Kev?«

»Ich kann dir nichts versprechen, Tym«, antwortete Kevron leise. »Nicht, weil ich es nicht will, sondern weil mein Wort nichts wert ist. Ich habe im Leben schon so viele Versprechen gegeben und wieder gebrochen, eines mehr macht keinen Unterschied −«

»Dann schwör es!« Tymurs Stimme schoss durch die Nacht wie ein Pfeil. »Schwör es, ein Eid ist kein Versprechen, einen Eid wirst selbst du einhalten!« Da war es wieder, dieses besondere Feuer, das Tymur hatte und niemand sonst. »Lorcan, gib mir dein Schwert!«

Lorcan zögerte. Noch vor einer Stunde wäre die Vorstellung, ein Schwert in Tymurs Händen zu wissen, undenkbar und gefährlich gewesen, aber jetzt, wenn es nur darum ging, einen Eid zu leisten … Lorcan löste die Schwertscheide von seinem Gürtel und reichte sie Tymur. »Ich werde auch schwören«, sagte er. Es durfte nicht passieren, dass ein Versprechen, das er Tymur gab, mit dem Eid in Konflikt geriet, den er dem König geschworen hatte, doch ein Eid war so stark wie der andere.

»Und ich«, sagte Tymur, »schwöre für euch. Ich will euch dieses Vertrauens würdig sein. Und sollte jemand von euch dem Unaussprechlichen zum Opfer fallen, ich verspreche euch, ich werde nicht ruhen, bis ich den Feind eigenhändig aus euren Körpern hinausgeprügelt habe, und wenn ich dafür zehn Ililianés herbeibringen muss – aber wir werden leben. Wir werden alle leben, alle drei.«

»Und Enidin?«, fragte Kevron vorsichtig und zerstörte damit die feierliche Stimmung so sehr wie sein Feuerzeug, das er wieder und wieder aufspringen ließ, die Nacht.

»Sie wird auch leben«, antwortete Tymur, und es klang beinahe beiläufig. »Und jetzt – schwört!«

Durch den dunklen Wald gellte ein Pfeifen. Es war kein Käuzchen, das da rief, kein Vogel und kein Landtier, nur Tymur Damarel, zu vergnügt für den Ernst der Lage. Aber zumindest hatte Tymur keine Angst, und das hieß, dass sich Lorcan nicht zu große Sorgen machen musste. Natürlich, es war überhaupt erst Tymurs Schuld, dass sie sich im Wald verirrt hatten, doch das änderte nichts daran, dass Lorcan da war, um ihn zu beschützen.

Kevron lachte verlegen und ließ wieder sein Feuerzeug aufflammen, nur um im nächsten Moment fluchend auf seinen Daumen zu pusten. »Ganz schön heiß«, sagte er entschuldigend. »Jeder Dämon in diesem Wald lacht sich doch gerade schlapp, wenn er uns Helden hier sieht – ziehen aus, um dem Unaussprechlichen zu trotzen, und finden nicht einmal zurück zum Gasthaus.«

»Das ist deine Schuld!«, sagte Tymur. »Ich habe mich drauf verlassen, dass du an Händen und Füßen gefesselt und mit verbundenen Augen die Richtung findest, in der es Wein gibt.«

»Wein! Da sagst du was.« Kevron lachte bellend.

Sie tasteten sich weiter vorwärts. Nur ab und zu wurde das Knacken unter ihren Füßen unterbrochen vom Schnipsen des Feuerzeugs, dessen traurige kleine Funken zu nichts weiter taugten, als ihnen noch deutlicher zu machen, dass sie keine Ahnung hatten, wo sie waren. Der Wald konnte doch so groß nicht sein, früher oder später mussten sie wieder auf die Königsstraße treffen oder zurück zum Gasthaus finden. Lorcan wusste, welches die Wetterseite der Bäume war – nicht jedoch, aus welcher Richtung sie gekommen waren.

Kevron seufzte. »Ich hoffe, Enidin macht sich jetzt keine Sorgen um uns.«

»Im Gegenteil«, erwiderte Tymur. »Ich erwarte, dass sie genau das tut.«

»Und wenn sie uns folgt und sich auch noch verläuft?«

Tymur lachte. »Dafür ist sie zu intelligent. Und wenn sie ein Feuerzeug hätte und mitten in einem Wald stünde, dann wüsste sie, dass man sich damit eine Fackel improvisieren kann.«

Im Dunkeln raschelte und knackte es, dann glomm in Kevrons Hand das Ende eines Zweiges. Licht gab es keines. »Hab mit nichts anderem gerechnet.« Es war zu erahnen, dass Kevron die Schultern zuckte.

»Dann sage ich dir eines«, sagte Tymur. »Du hättest hier die Gelegenheit, dich einmal nützlich zu machen. Zu zeigen, wozu die scharfen Augen, auf die du so stolz bist, taugen. Du bist nüchtern aus dem Haus gestürmt, du hast keine Entschuldigung – warum suchst du nicht unsere Spuren am Boden und folgst ihnen zurück zum Anfang?«

»Weil ich kein verdammter Hund bin!«, schnappte Kevron zurück. »Was erwartest du? Ich war im Leben noch in keinem Wald. Ich bin hier so aufgeschmissen wie du. Ich weiß nur, dass es besser wäre, wenn wir uns ein Lager suchen und warten, bis es heller wird.«

Lorcan spannte seine Muskeln an – ein Streit war das Letzte, was sie jetzt brauchen konnten. »Bleibt ruhig«, sagte er. »Wir finden schon wieder zurück.« Er stutzte. In der Ferne hörte er etwas. War das ein Rufen? »Schscht«, machte er. »Seid still. Da ist etwas.«

Er lauschte in die Nacht. Über dem Rauschen der Bäume war ein Rufen, zu weit entfernt, um ein Wort zu verstehen, aber es waren Stimmen zu hören. Und dort, wo es herkam, lichtete sich das Dunkel. Fackelschein.

»He ho!«, rief Lorcan und winkte. »Wir sind hier!«

An seiner Seite zischte Kevron: »Jetzt lockst du sie auch noch zu uns ...«

»Dummkopf«, sagte Tymur, bevor Lorcan das tun konnte. »Wer soll das sein, Räuber? Hier draußen, wo es nichts zu holen gibt?« Er lachte leise.

Der Lichtschein kam näher, und das Rufen auch. »Prinz Damarel! Er ist da drüben!«

»Noch nicht mal meinen Namen haben sie sich gemerkt«, murrte Tymur. Dann dauerte es nicht mehr lange. Ein Halbdutzend Männer mit Fackeln tauchten auf, einer nach dem anderen und aus allen Richtungen, so wie sie sich aufgefächert hatten. Lorcan war ebenso erleichtert wie verlegen. Es war gut, dass die Leute aus dem Gasthaus einen Suchtrupp losgeschickt hatten, aber was sie nun von ihrem Prinzen und dessen Gefährten denken mochten ...

»Geht es Euch gut, Hoheit? Ist alles in Ordnung?« Ein Mann, den Lorcan für den Wirt hielt, drängelte sich nach vorne. Er war gewaltig dick und sah abgekämpft aus, und Lorcan fragte sich, wie lange die armen Männer sie wohl hatten suchen müssen.

Tymur nickte, lächelte und neigte sein Haupt. »Alles bestens, kein Grund zur Sorge. Ich danke Euch, dass Euch mein Wohlergehen so am Herzen liegt. Wir hätten zwar keine Hilfe benötigt, aber dies ist meine eigene Schuld. Ich hätte mich bei Euch abmelden müssen, bevor ich mit meinen Männern zu einer nächtlichen Wanderung aufbreche.«

Der Wirt schnaufte. »Nachts im Wald – das ist nicht sicher, nicht für einen Prinzen, ach, das arme Mädchen hat sich solche Sorgen gemacht!«

Tymurs Lächeln wurde breiter. »Was habe ich euch gesagt? Auf meine Magierin ist Verlass.«

»Magierin?« Der Wirt verzog das Gesicht. »Meine Tochter meine ich. Aber jetzt kommt, kommt, bevor noch etwas passiert.«

Es war eine vergnügte Gesellschaft, die sich auf den Weg zurück zum Wirtshaus machte. Die Männer lachten und scherzten; Angst schien keiner von ihnen zu haben, oder sie waren dafür zu angetrunken. Lorcan stapfte grimmig am Ende der Gruppe mit dem bitteren Gefühl im Magen, versagt zu haben, wo es auf ihn ankam. Sie hatten Glück gehabt, dass es so glimpflich ausgegangen war. Und Marolds Ross war näher als gedacht. Lorcan seufzte. So ein Abenteuer brauchten sie wirklich nicht noch einmal.

Dann lag das Wirtshaus vor ihnen, hell erleuchtet und still, als ob alles ausgeströmt war, um den Prinzen wiederzufinden. Nur aus dem Stall drangen Geräusche – ein Pferd wieherte, vielleicht Tymurs, das sie am Geräusch ihrer Schritte erkannte und sich freute, dass sie wohlbehalten zurückkehrten. Die anderen Pferde stimmten mit ein. Sie waren eng zusammengepfercht für diese Nacht; trotz seines Namens war das Gasthaus nicht auf den Besuch vieler Pferde ausgelegt und erst recht nicht auf den vieler Gäste.

»Da wären wir«, sagte der Wirt, sichtlich erleichtert, das Wandern jetzt erst einmal hinter sich zu haben. »Kommt rein, wärmt euch auf, wir haben noch Suppe, Bier, aber erst mal eine Runde Schnaps, geht aufs Haus –«

Die Tür des Wirtshauses flog auf, und heraus kam eine junge Frau – die Schankmagd und offenbar Tochter des Wirtes. »Ihr habt sie gefunden?«, rief sie und atmete zu erleichtert auf für jemanden, der die Vermissten kaum jemals gesehen hatte. Wo Enidin über dem ganzen Trubel steckte, wusste Lorcan nicht, aber da die Magierin die Angewohnheit hatte, früh zu Bett zu gehen, war es wahrscheinlich, dass sie schon lange schlief und vom Verschwinden ihrer Gefährten überhaupt nichts mitbekommen hatte.

Und zu Bett gehen sollten auch sie drei so bald wie möglich,

wenn sie am anderen Morgen so früh aufbrechen wollten wie
sonst, und wenn Kevron sich wirklich in etwas beweisen wollte,
dann sollte er damit anfangen, einmal im Leben nüchtern schlafen
zu gehen. Aber da verschwand er schon mit den Männern in der
Wirtsstube. Vielleicht war es das Beste so. Lorcan musste dringend mit Tymur sprechen, unter vier Augen. Nur die Wirtstochter
stand noch da, sah aus, als ob sie auf etwas wartete, und machte
keine Anstalten, wieder hineinzugehen.

Lorcan musste lächeln bei der Vorstellung, dass der Prinz es
diesem Mädchen angetan hatte. Das war eben Tymurs Effekt auf
Menschen, Lorcan wusste, dass er nicht der Einzige war, und er
war froh, so viel Übung darin zu haben, es sich nicht anmerken zu
lassen. Selbst Enidin, von der man nicht erwarten sollte, dass sie
sich für etwas anderes interessierte als ihre Bücher, war völlig hin
und weg von dem schmucken Mann, und alles in Lorcan verhär-
tete sich dabei, ansehen zu müssen, wie öffentlich die Magierin für
Tymur schmachten durfte – und noch mehr, wenn Tymur sich
geschmeichelt fühlte und Freundlichkeiten zurückgab. Jetzt also
auch noch die Schankmagd.

Vorsichtig trat er an den Prinzen heran. »Hast du noch einen
Moment für mich, Tymur? Ich muss ... ich möchte mit dir reden.
Unter vier Augen.«

Tymur drehte sich um und lächelte. »Es ist wegen Kevron, nicht
wahr?«

»Auch«, erwiderte Lorcan vorsichtig. Er wollte nicht hier und
jetzt reden, nicht solange die Frau ihnen zusah. »Unter anderem.
Aber –«

»Nachher, mein Steinerner.« Tymur winkte ab. »Vorher solltest
du noch dieses arme Mädchen erlösen. Sie lauert nur darauf, sich
dich endlich greifen zu können, und die Gelegenheit möchte ich
ihr, und dir, nicht verweigern.« Sein Lächeln wurde noch breiter,
als er Lorcan zuzwinkerte und sich ebenfalls ins Haus begab.

Lorcan sah ihm kopfschüttelnd nach, aber zu mehr kam er nicht – da stand schon die Schankmagd vor ihm. »Lorcan, nicht wahr?«, fragte sie. »Ich bin Lussa.«

Lorcan errötete. »Das bin ich«, sagte er. »Und dir verdanken wir es, dass dein Vater sich auf die Suche nach uns gemacht hat?«

Sie nickte aufgeregt. »Als ihr nicht zurückgekommen seid – ich bin so froh, dass euch nichts passiert ist, dass alles gut ausgegangen ist … Ich wollte euch selbst suchen gehen, aber mein Vater hat mich nicht gelassen. Na ja, jetzt seid ihr ja wieder hier.« Sie blickte auf ihre Schuhe, während sie sprach, und spielte mit einer Haarsträhne, die ihr unter der Haube hervorgerutscht war. »So hohe Gäste haben wir hier ja sonst nie«, redete sie weiter, und dann lachte sie. »Oder überhaupt Gäste.«

»Ja, es ist ganz schön weit draußen.« Sie machte Lorcan verlegen. Er kam deutlich besser mit Frauen zurecht, die ihr Herz an Tymur verloren hatten – die wussten auch so, dass ihnen Enttäuschung drohte, ein Prinz war einfach zu weit über ihnen, als dass sie sich Hoffnungen machen durften. Normalerweise hielt Lorcans grimmige Miene ihm die meisten Frauen vom Hals – dass ausgerechnet diese, in deren Schuld sie standen, das offenbar nicht abschreckte, machte es nicht einfacher.

»Der Prinz hat unser bestes Zimmer bekommen«, sagte Lussa und grinste. »Gut, es ist unser einziges Zimmer. Du und der andere, ihr habt den Schlafsaal, oder das, was mein Vater Schlafsaal nennt – es ist ein Kabuff mit ein paar Strohsäcken drin. Bloß, dann habt ihr noch diese Frau dabei – die ist eine Magierin, oder?« Sie schüttelte sich. »Hab noch nie eine Magierin gesehen, dachte, sie verzaubert uns noch alle, wenn ihr das Essen nicht passt, aber dann hat sie nur ihr Buch rausgezogen, sich in die Ecke gesetzt und zu lesen angefangen – ich möchte wetten, sie sitzt da immer noch, da hätte die Welt untergehen können. Die braucht natürlich auch ein Zimmer. Also hat sie meines bekommen, und ich schlafe heute Nacht auf dem Heuboden.«

Lorcan nickte und wusste nicht viel zu sagen. Er fühlte sich beobachtet. Die Fenster des Gasthauses waren dicke Butzenscheiben, und was dahinter passierte, war nicht zu erkennen, aber Lorcan ahnte, dass sich auf der anderen Seite Tymur schier die Nase plattdrückte.

»Jedenfalls wollte ich dich fragen«, redete Lussa weiter, »ob du Lust hättest, mir da oben Gesellschaft zu leisten.«

Lorcan stutzte, zwinkerte und schüttelte den Kopf. »Du meinst – ob ich auf dem Heuboden mit dir schlafen möchte?« Er konnte nur hoffen, dass Tymur nichts davon hören konnte.

»Genau.« Lussa lachte. »Jetzt schau nicht so! Morgen seid ihr weg, und wenn ich nicht gefragt hätte …«

»Tut mir leid«, sagte Lorcan und fragte sich, ob er sich wirklich dafür entschuldigen musste, nicht mit einer Frau schlafen zu wollen, die er noch keinen halben Tag kannte. »Nimm es mir nicht übel, doch das ist nichts für mich.«

»Kein Ding.« Lussa zuckte die Schultern. »Ich weiß nicht, was du jetzt von mir denkst, aber ich sehe dich nie wieder, und dann kann mir deine Meinung auch egal sein.« Sie verzog das Gesicht. »Du musst nicht glauben, dass ich mit jedem dahergelaufenen Kerl ins Heu steige. Nur mit denen, die mir gefallen. Und hier im Dorf gefällt mir keiner. Außerdem sind die meisten mindestens meine Vettern.« Sie blickte sich um. »Du siehst aus, als ob du weglaufen willst, aber eine Sache muss ich dir noch sagen.«

Lorcan zwang sich zu einem Lachen. »So schnell laufe ich nicht weg.«

»Ich will euch wirklich nicht reinreden«, sagte Lussa, »und ich denke, wenn das ein Prinz ist und eine Magierin, dann wissen die wohl, was sie tun, aber … ihr solltet wirklich nicht weiter in die

Richtung« reiten. Es sei denn, ihr wollt nur bis Bramholt, und was irgendwer da wollen sollte, kann ich mir nicht vorstellen.«

»Wir folgen der Königsstraße«, antwortete Lorcan. »Wir sind auf dem Weg in die Berge.«

»Aber doch nicht auf der Königsstraße!« Lussa schüttelte den Kopf. »Wisst ihr nicht, in welchem Zustand die ist?« Ihre Stimme war voller Sorge. Um die Straße selbst war es schon seit Tagen nicht mehr gut bestellt, und Lorcan rechnete auch nicht damit, dass sich das bessern sollte – jenseits von Neraval endete nicht nur der Arm des Königs, sondern offensichtlich auch sein Geldbeutel, aber das konnte es nicht sein, was Lussa meinte.

»Was ist mit ihr?«, fragte Lorcan leise.

»Ihr habt euch schon hier in unserem Wald verirrt«, sagte sie. »Und das ist ein normaler Wald, und der größte ist er auch nicht. Hinter Bramholt kommt der Anderwald. Der hat sich die Straße geholt und das Land drumherum, ihr kommt nicht an einem Tag durch, und bei Nacht möchte man nicht drin sein – wirklich, noch nicht mal bei Tag bekommen mich da zehn nackte Kerle rein.« Ihr Lachen schwankte irgendwo zwischen verlegen und verzweifelt. »In dem Wald sind Dämonen.«

»Sicher nicht«, sagte Lorcan. »Damar hat die Dämonen aus dem Land getrieben, und wenn sie zurückgekehrt wären, hätten wir davon gehört. Vor Dämonen musst du dich nicht fürchten. Was nicht heißt, dass es in dem Wald nicht umgeht …«

Lussa schnaubte. »Wenn du das alles besser weißt – was rede ich dann? Ich wollte dich warnen, weil du mir gefällst und weil es schade um euch wäre – und ich hätte gesagt, reitet zurück, nehmt die Straße nach Süden, ein paar Tage Umweg haben noch keinem geschadet … Aber von mir aus, reitet in euer Unglück, mir kann's egal sein.« Sie drehte sich um und stapfte in Richtung des Stalls, ohne sich noch einmal umzudrehen.

Lorcan atmete durch. Er war froh über die Warnung, denn so

konnte er erklären, was die Wirtstochter von ihm gewollt hatte, ohne lügen zu müssen. Und Tymur sollte die Warnung hören, auch wenn Lorcan nicht wusste, wie viel an den Worten dran war und wie viel nur Aberglaube. Er hatte unterwegs genug von den Dämonenflecken gesehen, und sie mussten damit rechnen, dass diese größer wurden, je weiter sie vordrangen. Doch wenn die Schriftrolle, die Tymur bei sich trug, wirklich zu Schaden gekommen war, dann konnte jeder weitere Tag, den Tymur die Rolle am Körper trug, ein Tag zu viel sein.

Als er die Hand an der Tür zur Wirtsstube hatte, hörte Lorcan seinen Magen knurren – doch das Essen konnte warten, bis er mit Tymur gesprochen hatte. Drinnen ging es hoch her, und aus den Wortfetzen der Männer am Tresen, die zu Lorcan herüberwehten, ging hervor, dass die Rettung von Prinz Tymur und seinen Gefährten inzwischen um einen dramatischen Kampf mit mindestens einer Wildsau angewachsen war, und Lorcan war fast erleichtert, dass auch Kevron dort saß und es sich gut gehen ließ.

Von der Magierin war nichts mehr zu sehen, aber das war nicht verwunderlich. Tymur saß allein an einem Tisch, nickte Lorcan zu, stand auf und kam zu ihm an die Tür. Solange es hier drinnen so laut war, blieb der bessere Ort für Unterhaltungen draußen.

Tymur trug ein zu wissendes Lächeln im Gesicht, um nicht den allergrößten Teil von Lorcans Unterhaltung mit Lussa gehört zu haben, doch er ging nicht darauf ein. »Wie seid ihr zwei denn nun verfahren, Kevron und du?«, fragte er. »Ich bin leider erst zu spät auf die Idee gekommen, euch zu folgen und zu belauschen, und dachte, ich hätte den besten Teil verpasst, aber da keiner von euch auch nur eine blutende Nase hatte …«

Es sah Tymur ähnlich, auf das Herumgeschnüffele auch noch stolz zu sein. Lorcan sagte nichts dazu, sondern zuckte nur mit den Schultern. »Wir haben nicht viel geredet«, erwiderte er.

»Außer über mich, meinst du? Ich dachte, es ginge euch darum, eure … Differenzen auszuräumen.« Tymur blickte Lorcan bohrend an. »Glaub mir, es hat mir in der Seele wehgetan, mit ansehen zu müssen, wie schlecht du meinen Freund Kev immer behandelst.«

Es war wieder eines von Tymurs Spielen. Lorcan wollte über andere Dinge reden, darüber, warum Tymur ausgerechnet ihn nicht ins Vertrauen gezogen hatte, aber bevor Tymur nicht da war, wo er hinwollte, würde Lorcan sich an ihm die Zähne ausbeißen. »Was zu klären war, ist geklärt«, sagte er, und dann versuchte er zum Thema zu kommen: »Das hätte sich alles vermeiden lassen, wenn du mir gesagt hättest —«

Er fragte sich, wie er es nach all den Jahren ihrer Freundschaft verdient hatte, von Tymur so behandelt zu werden, doch er ahnte, das war Tymurs Rache. Lorcan hatte sich mit einer Lüge aus Tymurs Leben entfernt, und das hatte Lorcan nun davon. Oder war es andersherum – gab Tymur ihm, stellvertretend für alle Steinernen Wächter, Schuld für das, was mit der Schriftrolle passiert war?

Tymur lachte. »Du kennst Kev natürlich nicht«, sagte er. »Nicht so gut wie ich. Er spricht ja nicht gern über sich selbst, das hat er mit dir gemein, und man braucht ein bisschen Glück, um ihn nüchtern zu erwischen, und manchmal muss man ihn daran erinnern, dass es auch so etwas wie Seife gibt … Aber wenn er dann vor einem steht, splitterfasernackt und tropfnass, und einen aus diesen großen blauen Augen anblickt – da geht einem doch einfach das Herz auf, findest du nicht? Und dann hat er noch diese herrlichen weichen Lippen …«

Lorcan gefror unter seinem Kettenhemd. Das hier hatte nichts mit der Schriftrolle zu tun. Es war persönlich. Und Lorcan konnte sich nur wünschen, dass Tymur gleich damit aufhörte.

»Oh, habe ich etwas Falsches gesagt?«, flötete Tymur so unschuldig, dass Lorcan ihn am liebsten geohrfeigt hätte. Er hatte Tymur einmal den Hintern versohlt, an diesem einen Tag vor fünfzehn Jahren, und danach nie wieder, aber in diesem Moment … Tymur tastete sich vorwärts, er wollte wissen, wie weit er gehen konnte, bis Lorcan die Beherrschung verlor.

»Wenn ich da einen wunden Punkt bei dir erwischt habe – wenn du Kev lieber ganz für dich allein hättest, nicht wahr, das ist doch der Grund, warum du ihn immer so schlechtmachst? Damit er nicht merkt, was du in Wirklichkeit –«

»Tymur«, sagte Lorcan ruhig. »Tu uns beiden den Gefallen und halt deinen Mund. Bitte.« Aber das war offenbar genau das, was der Prinz hören wollte. Plötzlich war all das Böse wieder verschwunden, er strahlte warm und nahm Lorcan allen Wind aus den Segeln.

»Es tut mir leid«, sagte Tymur sanft. »Ich musste das tun, um sicher zu sein. Man muss dich schon sehr gut kennen, um in deinem steinernen Gesicht lesen zu können. Du hast mir keine Wahl gelassen. Wir sind eine Gruppe, wir müssen uns aufeinander verlassen können, in jeder Situation, und wenn du in Wirklichkeit nur auf eine Gelegenheit wartest, deine Eifersucht an Kev auszulassen, macht das uns alle verwundbar.«

Lorcan schüttelte den Kopf. »Ich bin nicht eifersüchtig«, sagte er, und das war die Wahrheit. Er war wütend, auf Tymur und seine Spielchen und am meisten, dass er selbst nicht von ihm loskam.

»Du liebst mich«, erwiderte Tymur nüchtern. »Glaub nicht, dass ich das nicht schon lange wüsste, ich wollte nur sehen, wie weit du gehen würdest – jetzt weiß ich es immer noch nicht, aber ich habe zumindest eine Vorstellung davon.«

Lorcan sagte nichts, weil es nichts zu sagen gab. Was sollte er lügen? Er hatte schon so oft lügen müssen. Wenn er einem die Wahrheit schuldete, dann Tymur.

»Es macht mir nichts aus«, redete Tymur weiter. »Ich bin dir nicht böse, wenn du das befürchtet hast – im Gegenteil, ich mag es, wenn ich geliebt werde. Es schmeichelt mir und befriedigt meine Eitelkeit. Es ist nur … dass ich dir nichts im Austausch bieten kann. Nicht jetzt, zumindest.«

Lorcan sagte immer noch nichts. Ob Tymur ihn jetzt hasste und verachtete oder ob es ihm nichts ausmachte, tat nichts zur Sache. Er bereute zutiefst, nicht bis zum nächsten Tag mit dem Gespräch gewartet, nicht direkt mit Lussas Warnung angefangen zu haben – jetzt war es zu spät. Und Lorcan wusste nicht, wie er da wieder rauskommen sollte.

»Ach komm, jetzt lächle doch mal!« Wenigstens verzichtete Tymur darauf, Lorcan zu berühren. »Es ist doch etwas Schönes, und ich will und werde dir nicht verbieten, mich zu lieben, solange es nicht deine Aufgaben behindert. Ich würde gern mehr für dich tun, doch du weißt, dass du nicht der Einzige bist, der mich liebt – und damit meine ich natürlich nicht Kev, jemand, der sich das halbe Hirn weggesoffen hat, ist nicht mehr in der Lage, irgendeinen Menschen zu lieben; der Platz in seinem Herzen ist besetzt – aber es ist dir natürlich nicht entgangen, dass ich es auch Enid angetan habe.«

Er lachte mit allen Zähnen, die ihm gegeben waren. »Ehe du dir Sorgen machst, ihr muss ich das Gleiche sagen wie dir. Ich kann nicht aus meiner Haut. Bei dem, als was ich geboren bin, frage ich mich langsam, ob ich überhaupt jemals jemanden lieben darf.« Sein Lächeln erstarb. »Ich bin, was ich bin, ein überflüssiges Kind, aber immer noch ein Prinz. Ich darf mich vergnügen, aber nicht verlieben. Und nur zum Vergnügen, Lorcan, das verspreche ich dir, bist du mir zu schade.«

Es war keine Antwort auf die Frage, die Lorcan nun schon so lange mit sich herumschleppte – ob Tymur am Ende nicht auch mehr Gefallen an Männern fand als an Frauen.

»Es ist nichts«, sagte Lorcan und wünschte sich nur, seine Arme um Tymur zu legen, ihn an sich zu drücken, ihn zu spüren. »Es behindert weder mich, noch meine Arbeit – und solange es auch

dich nicht behindert, wollen wir nicht mehr darüber sprechen.«
Dass ausgerechnet Tymur selbst ihn hatte durchschauen müssen ... »Und von den anderen muss das auch niemand wissen.«

Tymur hob die Mundwinkel, und einen Moment lang funkelte der Schalk in seinen Augen. Dann schnellte er vor, wie nur er es konnte, unerwartet und unberechenbar, und küsste Lorcan auf den Mund. Es dauerte keinen Wimpernschlag, aber danach war es Lorcan, als wäre er endlich doch zu Stein geworden.

ZEHNTES KAPITEL

Es war der letzte Becher Wein, der allerletzte. Kevron lehnte sich zurück, den Kopf weit im Nacken, und lächelte, ohne recht zu wissen, warum. Er hatte schon viele letzte Becher geleert, sogar viele allerletzte, und doch hatte jeder von ihnen nur allzu schnell wieder Gesellschaft gefunden. Jetzt sollte es anders sein, aber das war nicht Kevrons Verdienst. Dieses Gasthaus war das letzte der Welt, oder zumindest das letzte, bevor alle Zeichen menschlicher Zivilisation verschwunden waren. Und so saß er nun, auf seltsame Weise glücklich und ängstlich zugleich, mit dem säuerlichen Geschmack eines nicht besonders guten Weines auf der Zunge und einem pelzigen Gefühl, das ihn daran erinnerte, dass es zwar sein letzter Becher sein mochte, aber an diesem Abend nicht der erste. Kevron war nicht betrunken, und wenn doch, dann nicht sehr, genug Herr seiner Sinne, um zu verstehen, wo er sich befand: in einer Ruine.

Kevron blickte durch die Stelle, wo die Deckenbalken fehlten, in den Nachthimmel. Ein Dach hatte das Haus nicht mehr, Stroh vermoderte schneller als Holz. Die Mauern standen noch, und innen sogar ein paar Tische und Bänke, dort, wo die Feuchtigkeit nur durch den Dunst hinkam und nicht auch noch durch Regen. Das Schild, das draußen noch an einem Ende seiner Kette baumelte, verriet, dass es sich bei dieser Ruine einmal um ein Gasthaus gehandelt haben mochte. Seinen Namen konnte man nicht mehr entziffern, Bild und Schrift waren lange verblichen, verwittert, zerfressen – trotzdem, ein Gasthaus blieb ein Gasthaus, ob es nun ein Dach hatte oder nicht, solange ein Gast da war, um einen Schluck Wein zu trinken.

Den Wein hatte Kevron mitgebracht, in einem Lederschlauch, leichter zu transportieren als Flaschen und doch nicht minder schnell leer, gekauft beim letzten Wirt, am Abend davor. Er hätte länger reichen sollen, aber so war es nun einmal. Ein letzter Becher Wein. Und danach ging es weiter mit dem Wald, und mit den Dämonen.

Als sie die ersten verkrüppelten Bäume gesehen hatten – es fühlte sich an wie vor Wochen –, hatte Kevron noch geglaubt, dass so die Spuren der Dämonen aussahen. Doch die verstreuten Flecken verseuchter Erde waren nur der Vorgeschmack gewesen, kleine Wunden in der Welt, und der Rest drumherum war gesund. Die wahren Spuren waren hier, im Anderwald, wo man einen gesunden Baum lange suchen musste. Es war schwer zu verstehen, wie hier überhaupt noch etwas wuchs, eine tote, kahle Ödnis wäre immer noch eine angenehmere Vorstellung gewesen als … das hier.

Trotzdem lächelte Kevron. Er war nicht im Wald, er war in einem Haus, das war etwas ganz anderes. Wer es gebaut hatte, dieses und die umliegenden Gebäude, von denen nicht mehr viel übrig war, hatte voll Hoffnung geglaubt, dass man diesen Wald bewohnen konnte. Natürlich war dies nur der Waldrand, man musste schon sehr mutig sein oder sehr dumm, um tiefer in diesem Wald siedeln zu wollen, aber dennoch.

Hatte der König Männer angeworben und das nötige Geld gegeben, um hier Häuser zu bauen, damit die Königsstraße ihrem Namen gerecht werden konnte und nicht im Nichts endete, oder hatte ein Wirt gedacht, dass jeder verirrte Reisende, jeder wagemutige Abenteurer dort einkehren würde, und dann Jahre später die Gegend verlassen, um einen Traum ärmer? Oder hatte sich der Wald geholt, was des Waldes war? Die Wüstung war nicht überwuchert, der Wald wuchs nur langsam. Und solange das hier so war, blieb dies ein Ort der Einkehr, ein Ort, wo man die Nacht verbringen konnte und einen letzten Becher Wein trinken …

Kevron bewegte die Zunge im Mund hin und her, er wollte jeden Schluck genießen, solange es ging. Wenn der Wein getrunken war, gab es nichts mehr, woran er seine Gedanken festhalten konnte, und sich hier tatsächlich schlafen zu legen, war etwas anderes, als wach auf einer schiefen Bank zu sitzen. Die anderen schliefen längst, hatten in einem der brauchbareren Räume, wo noch mehr von der Decke erhalten war, ihr Lager aufgeschlagen, draußen waren die Pferde angebunden und würden sie mit einem Wiehern wecken, wenn sich etwas nähern sollte – aber Kevron fürchtete sich vor dem, was sie am Morgen anstelle der Pferde erwarten würde. Wenn es darum ging, etwas zum Angsthaben zu finden, konnte es niemand mit Kevron aufnehmen. Und er war längst nicht betrunken genug, als dass es ihm nichts mehr ausgemacht hätte, nur hatte er keine Wahl. Um sich allein auf den Heimweg zu machen, war er erst recht zu feige.

Von draußen drang der Geruch des Waldes herein. Er war süßlichsauer, wie Verwesung ohne Tod. Kevron wusste nicht viel über Wälder, doch er hatte gelernt, wie Laub riechen sollte und Moos, es gab vieles in einem Wald, das zerfiel und neuem Leben als Nahrung diente. Aber das roch nicht so. So durfte gar nichts riechen.

Auch der Wein half nicht. Man konnte die Nase direkt über den Becher halten, dann verdeckte das flache, muffige Aroma gerade eben das Grauen, aber schon mit dem nächsten Atemzug kam es wieder.

Kevron schüttelte den Kopf und trank den letzten Schluck. Der
Mund hatte den Wein vergessen, kaum dass der letzte Tropfen von
der Zunge gerollt war, und der Kopf auch – er war klar, viel zu klar.
In dieser Nacht würde Kevron keinen Schlaf finden. Jemand
musste Wache halten, selbst wenn Kevron nicht in der Lage war,
einen Gegner abzuwehren und das Leben seiner Gefährten zu
verteidigen … Der Wein war vorbei und Schlaf noch ferner. Und
wenn Kevron hinaufblickte in den von Schwaden durchzogenen
Himmel – das Licht seiner Kerze reichte nicht bis zu den Wolken
und die Sterne nicht zu ihm –, ahnte er, dass ihm beides in den
nächsten Tagen fehlen würde.

An jedem anderen Ort der Welt wäre Kevron am nächsten Morgen so erschöpft gewesen, dass sein Körper dem Verstand eine
lange Nase gedreht hätte und doch eingeschlafen wäre. Aber hier
war es anders. Als die Morgensonne zum Fenster hereinkroch,
lange bevor sie mit ihren Schatten die Überreste der Deckenbalken auf den Boden malen konnte, war Kevron so wach wie noch
nie in seinem Leben, und das war kein gutes Gefühl.
    Seine Ohren hätten hundert Schritt entfernt eine Stecknadel
fallen hören, seine Nase witterte Dämonen schon am anderen
Ende der Welt, und seinen Augenwinkeln entging keine Bewegung. Dass sich schwarze Schemen und weiße Flecken in seine
Augen eingebrannt hatten, war nichts Neues, aber das gleiche
Gefühl hatte er nun auch mit Nase und Ohren, auch die behielten
einen Nachhall von allem und wollten nichts mehr loslassen.
    Selbst um nachzusehen, ob seine Gefährten im Nebenzimmer
noch die gleichen Gefährten waren wie am letzten Abend, musste
er sich zwingen. Kevron war noch dabei, seinen Mut zu sammeln,
als Tymur im Türrahmen erschien. Es war fast ein Trost, dass hier,
wo es kein heißes Bad am Morgen gab, noch nicht einmal sauberes Waschwasser, selbst der Prinz aussah wie ein Mensch, ein über-

nächtigter dazu. Nur sein Lächeln war schon wach, und sein Biss, als er Kevron zunickte und sagte: »Wo ist unser Frühstück? Was sitzt du die ganze Nacht hier herum, wenn du uns nicht mal Frühstück machst?«

Mehr als ein müdes Grinsen brachte Kevron nicht zustande. Er konnte versuchen, in dem alten gemauerten Kamin, der noch stand und wohl selbst dann noch stehen würde, wenn der Rest des Hauses sich längst in Wald aufgelöst hatte, ein Feuer zu entfachen, aber alles, was er zum Verbrennen hatte, kam aus dem Wald, und er wollte sich nicht vorstellen, welche bösen Geister in den Flammen freigesetzt werden mochten. »Vielleicht hättest du einen Koch mitnehmen sollen?«

»Er wäre jedenfalls nützlicher als du.«

Kevron schüttelte den Kopf. »Lass mich heute ausnahmsweise in Ruhe, Tym – ich hatte eine miserable Nacht, es geht auf einen noch miserableren Tag zu, und ich bin froh, wenn ich ihn überlebe.« Er hätte nicht lauschen dürfen, was Tymur am Abend zuvor mit Lorcan geflüstert hatte; selbst Lorcan, der kämpfen konnte, hatte noch versucht, Tymur zum Umkehren zu bewegen. »Du weißt, was du bei dir trägst. Willst du es wirklich an einen Ort wie diesen bringen?« Aber was Kevron wirklich die Haare zu Berge stehen ließ, war Tymurs Antwort. Er hatte keine. Und bestand trotzdem darauf, obwohl die Welt so groß war und es sicher genug andere Möglichkeiten gegeben hätte, durch den Wald zu reiten.

Wenn das sein Weg war, sich ihrer Loyalität zu versichern, hätte er das auch einfacher haben können. Kevron wusste nicht, was Tymur damit bezweckte, quer durch den Anderwald reiten zu wollen. Und wenn Lorcan sich zumindest ein bisschen gegen den Prinzen aufgelehnt hätte … Kevron hatte Augen im Kopf. Und unter vier Gefährten der einzige zu sein, der nicht in Tymur verliebt war, hieß, dass er im Zweifelsfall einen schweren Stand hatte.

Er war froh, als Lorcan und Enidin auftauchten – dies war kein

Ort, an dem er mit Tymur und der Schriftrolle allein sein wollte. Aber Enidin verlor kein Wort darüber, dass dieser Wald nicht war, was er sein sollte. Ob sie als Magierin tatsächlich so über den Dingen stand, dass sie keine Furcht empfinden konnte, oder ob sie sich nur als jüngstes Mitglied der Gruppe beweisen wollte, sie strafte ihre Umgebung mit der üblichen kühlen Missachtung. Blieb nur Lorcan …

»Du bist dir sicher, Tymur?«, fragte der. »Wirklich sicher?«

Tymur nickte. »Ich gebe nichts auf den Aberglauben der Leute«, sagte er. »Dies ist immer noch die Königsstraße, und wenn es gefährlich wäre, auf ihr zu reisen, hätten wir davon gehört – und andersherum, wenn uns jetzt doch etwas zustoßen sollte, werde ich dafür sorgen, dass mein Vater etwas unternimmt. Kein Wald, den man nicht abholzen könnte.« Er lachte, während Kevron zusammenzuckte. Man musste nicht abergläubisch sein, um nicht ausgerechnet dem Wald, in dem man gerade stand, mit Abholzen zu drohen.

Es gab kein Umkehren mehr, und kein Wegrennen. Nach einem kargen Frühstück aus zähem Brot und noch zäherem Dörrfleisch, weil niemand ein Feuer machen wollte, um Grütze zu kochen, stiegen sie auf ihre Pferde und ritten tiefer in den Anderwald. Und zum ersten Mal im Leben war sich Kevron mit seinem Pferd einig: Das war kein Ort, an dem man sein wollte. Das Tier war kaum weniger nervös als er. Aber so, wie Kevron Tymur folgte, ohne sich zu wehren, ließ sich sein Pferd von den anderen überzeugen, der Straße zu folgen.

Tatsächlich war es plötzlich das gehorsamste Pferd der Welt, blieb nicht mehr andauernd stehen oder versuchte, am Wegrand zu grasen, weil noch nicht einmal das dümmste oder faulste Pferd fressen mochte, was hier wuchs, und seine Angst, vom Rest der Herde getrennt zu werden, größer sein musste als alle Bockigkeit. Kevron gab sein Bestes, nur geradeaus zu schauen. Am liebsten hätte er sich Augen und Ohren zugehalten. Wann immer er es wagte, die Zügel loszulassen, bettete er das Gesicht in den Händen, suchte kurzen Trost darin und fuhr beim nächsten Rascheln wieder herum wie von der Hornisse gestochen. An ein Nickerchen auf dem Pferderücken war nicht zu denken, und wenn er hinunterfallen sollte, dann nur, weil das Pferd unter ihm weitertrottete, während er vor Schrecken senkrecht in die Luft schoss.

Lorcan, der sonst immer am Schluss ritt, schloss zu Kevron auf. »Geht es?«, fragte er mit einer Freundlichkeit, die vor ein paar Tagen noch seltsam erschienen wäre. Man konnte fast meinen, sie waren so etwas wie Verbündete geworden – als die einzigen Erwachsenen mussten sie schließlich zusammenhalten …

Kevron zuckte die Schultern. »Was sieht schlimmer aus, der Wald oder ich?« Es musste ungefähr aufs Gleiche rauskommen. »Es geht schon, denke ich. Aber wir müssen aufpassen, du weißt schon wegen was.«

Lorcan verzog das Gesicht zu einem Lächeln. Er lächelte so anders als Tymur, dessen Gesicht davon weich wurde und leer – wenn Lorcan lächelte, wurden die tiefen Furchen um seinen Mund noch tiefer, und seine Augen verschwanden fast zwischen den Falten. »Deswegen bin ich da«, sagte er. »Also, hab keine Angst.«

Doch das war leicht gesagt. Jedes Geräusch konnte eine Bedrohung sein, und Geräusche gab es viele, eines von ihnen schrecklicher als das andere. Das fröhliche Tock-Tock-Tock eines Spechts wurde hier zu einem Ratt-Ratt-Ratt, wie die Klapper eines Leprosen, es verfolgte sie, kam näher, und doch war in den Bäumen nichts zu sehen. Immer wieder ging Kevrons Blick nach oben, in die Wipfel, wo sich schwarze Äste wie unter Schmerzen krümmten und viel zu kleine Blätter von gräulicher Farbe wenig Schutz vor der Sonne geboten hätten, so diese sich denn dazu herabgelassen hätte, diesen Teil der Welt zu bescheinen. Der Anderwald war vom Licht vergessen, und von allem anderen Guten und Schönen auch.

Ratt-Ratt-Ratt – es hämmerte sich mehr in Kevrons Schädel hinein als in die Rinde der Bäume, und das Gewürm, das in denen leben mochte, wollte er ganz sicher nicht aus der Nähe sehen. Kevron schüttelte sich. Was hier lebte, das lebte nur hier. Und besser lebte es gar nicht. Ratt-Ratt-Ratt …

Tief durchatmen. Kevron blickte auf Lorcans Schwert. Es war das Einzige, was ihnen hier helfen würde, wenn eines der Tiere es nicht mehr bei Geräuschen beließ und sich aus dem Unterholz auf sie stürzte, frisches, weißes Fleisch, wann gab es das hier draußen schon mal?

Kevron krallte sich in den Zügeln fest. Sie ritten im Schritt; von der Straße war kaum noch etwas übrig. Nur an manchen Stellen sah man noch das alte Ziegelwerk, und auch das war mehr dazu geeignet, ein Pferd stolpern und stürzen zu lassen, als ihnen den Weg zu erleichtern. Bei allen Geräuschen ringsherum blieben die Hufschläge dumpf, kaum zu hören, als ob es nur den Wald gab und sie selbst schon bald nicht mehr. Kevrons Pferd wurde immer scheuer, es tänzelte unruhig und legte die Ohren an.

Irgendwo sang ein Vogel, ein Lied, wie Kevron es noch nie außerhalb eines Albtraums gehört hatte, es erzählte von Tod und Wahnsinn, die süßen Töne schief und verzerrt und so krank wie der Geruch, der längst in ihren Haaren saß und ihre Kleidung durchdrang, dass sie ihn für alle Zeiten mit sich tragen würden und kein Bad der Welt Linderung versprach.

Kevron wünschte sich einen Mundvoll Katzenkraut, selbst der bittere Geschmack erschien ihm plötzlich verlockend, aber er hatte nichts, kein Kraut, keinen Schlafmohn, keinen Alkohol, es gab nur noch den Wald, und die Schatten, die sie aus dem Augenwinkel verfolgten.

Schatten am Boden, die durch das Gehölz huschten, mal lautlos, mal mit einem bedrohlichen Knacken. Schatten in den Bäumen, die von Wipfel zu Wipfel sprangen, Wächter des Waldes, die sie beobachteten, nicht ziehen lassen wollten, nur auf den richtigen Moment warteten. Mit jedem Baum wurden die Schatten mehr. Aber Kevron behielt seine Angst für sich, solange keiner der anderen ein Wort darüber verlor. Es war besser, wenn er glaubte, dass er sich all das nur einbildete.

Seine Gefährten waren stärker als er. Sie hatten in der Nacht Schlaf gefunden, waren dem gewachsen, womit dieser Wald aufwarten mochte. Lorcans Schwert – Tymurs Selbstvertrauen – Enidins Magie … Nur Kevron hatte nichts, was er diesem Wald entgegensetzen konnte. Nichts außer dem Wissen, dass er schon vor Tagen hätte weglaufen sollen.

Die Vögel sangen lauter und schräger von allen Seiten, und dazwischen der Specht, bis Kevron sich selbst nicht einmal mehr denken hören konnte. Alles, was ihm noch einfiel, war selbst zu singen, lauter als die Vögel es konnten, aber es war so lange her, dass er zuletzt gesungen hatte, und noch nie ohne Kay - als Kay starb, war auch Kevrons Gesang verstummt.

Er war klatschnass, ein Tropfen lief ihm von der Stirn über das Gesicht, und Kevron hoffte, dass es nur sein eigener Schweiß war und nicht die dicke, feuchte Luft, die ihm über den Körper kroch wie eine fette tote Schnecke, und er zitterte am ganzen Leib vor Kälte, Angst oder Fieber.

Es war Tymur, der ihn erlöste. »Ich denke, wir sollten absitzen«, sagte er. »Die Pferde sind zu unruhig, und ich mag die Vorstellung nicht, dass eines mit einem von euch auf dem Rücken durchgeht, ich verzichte lieber auf ein Pferd als auf einen Freund.« Er brachte es fertig, dabei noch zu lachen, aber Kevron sah sein Gesicht – es war einer dieser Momente, in denen Tymur seine Masken fallenließ und für einen Augenblick erlaubte, dahinter zu spähen, und da war nichts als Furcht.

»Dabei bin ich heute noch keinmal runtergefallen«, versuchte sich Kevron an einer ebenso lockeren Antwort, die wieder verunglückte, als ihm die Worte im Hals stecken blieben. Er war froh, absteigen zu können und nur noch die eigene Angst fühlen zu müssen als auch noch die des Pferdes, selbst wenn es bedeutete, den Waldboden unter den Füßen zu spüren – wie er lautlos nachgab, wenn man darauftrat, und sich dabei so weich und modrig anfühlte, als ginge man auf verwesendem Fleisch. Die schlimmsten Momente waren immer die, wenn man den Fuß wieder anhob, dann machte es ein schmatzendes Geräusch, als ob der Wald den Fuß nicht mehr hergeben wollte.

»Ich will noch nicht daran denken müssen, was wir tun, wenn es dunkel wird«, sagte Tymur. »Und vielleicht wünschte ich mir, ich hätte doch den Legenden Glauben geschenkt, verstanden, wie es um diesen Wald tatsächlich steht. Aber im Ernst – es sieht schlimmer aus, als es ist. Wir dürfen uns nur nicht ins Bockshorn jagen lassen. Am Ende ist es auch nur ein Wald wie andere Wälder, wir werden unsere Zelte aufbauen und Nachtwachen einteilen, und alles ist gut.«

Kevron blickte die Magierin an. Hatte sie die Schatten nicht gesehen? Er fragte nicht nach. Solange Enidin nicht sagte, dass sie Angst hatte, würde auch Kevron seine Zunge hüten. Was ein junges Mädchen nicht fürchtete, konnte auch einem ausgewachsenen Mann keine Angst machen, selbst wenn ausgewachsen in Kevrons Fall hieß, dass er dem Mädchen kaum bis zur Nase reichte. Angst, richtige Angst, durfte er erst wieder haben, wenn der Abend kam.

Kevron versuchte, die Schatten aus den Augenwinkeln zu verfolgen, ihnen Gestalt und Namen zu geben – doch sobald er versuchte, sie direkt anzusehen, verschwanden sie, lösten sich auf in ein Stück Baum oder Busch oder Himmel und verhöhnten ihn: Nur wenn man vorgab, nicht hinzusehen, konnte man sie zu fassen bekommen.

Die Luft um sie herum wurde dunkler, doch es war nicht die

schwarze Dunkelheit der Nacht, sie war von einem nebligen, schmutzigen Grün, und sie nahm dem Wald die Tiefe. Auch wenn Tymur vorn eine Laterne anzündete, war das dem Licht wohl egal, und der Schein reichte nicht bis zu Kevron. Er wünschte sich eine eigene Laterne, aber er traute sich nicht, danach zu fragen – wollten sie wirklich ihr ganzes Öl verbrennen, bevor es wirklich dunkel war? Kevron konnte nur noch bis zu den ersten Baumreihen schauen, dahinter verschwand der Wald im Dunst, und dort, wo die Wirklichkeit endete, bewegten sich Dinge. Einmal sah es aus wie der Umriss eines großen Tieres, das langsam vorbeitrottete, ohne ihnen Beachtung zu schenken, es mochte ein Elch sein, doch Kevron kannte Elche nur aus der Heraldik und hatte noch nie einen echten gesehen. Er hoffte, dass es ein Elch war.

Der Nebel wurde dichter. War der Gestank im Wald vorher schon schlimm gewesen, raubte er ihnen nun den Atem. Kevron band sich ein Tuch vor den Mund, es sollte den Gestank draußen halten und hielt doch nur den Husten drinnen, aber er nahm es nicht mehr ab. Es war wie eine tröstende Berührung, und es hielt ihn davon ab, sich um Kopf und Kragen zu reden.

Mit der einen Hand hielt er den Zügel seines Pferdes fest, mit der anderen drückte Kevron die Tasche mit seinen Werkzeugen an sich. Wenn sein Pferd wirklich in den Wald rennen sollte, würde er es vielleicht nie wiederfinden, und so schade es dann auch um das Pferd sein mochte: Seine Werkzeuge, selbst wenn er sie hier draußen nie brauchen würde, waren unersetzlich. Die Tasche war schwer und zog an ihm, ein gutes Gefühl, es gab ihm Masse und Körper, wo er dabei war, sich im Wald aufzulösen.

Ohne sich absprechen zu müssen, rückten sie enger zusammen. Vorne ging Tymur, führte sein Pferd mit sicheren Schritten, doch selbst er hatte sein Tänzeln verloren. Hinter ihm folgten die beiden Packpferde, Kevron wusste nicht, ob sie an Tymurs Pferd angebunden waren oder ob der Prinz sie alle drei führte.

Die Magierin trat vorsichtig auf und sah sich zu oft nach den Seiten um. Kevron schob sich näher an sie heran. Er musste ihr nicht verraten, dass er hoffte, sie könnte ihn im Zweifelsfall beschützen. Nichts gegen Lorcan und sein Schwert, aber was sollte der gegen lebende Schatten ausrichten können?

»Ganz schön dunkel hier«, murmelte er. Durch das Tuch konnte er sich selbst kaum verstehen, doch Enidin wusste, was er meinte.

»Wenn Ihr den Wald sehen könntet, wie ich ihn sehe, wäre die Dunkelheit Eure geringste Sorge«, antwortete sie dumpf.

Kevron lief es kalt den Rücken hinunter. »Was seht Ihr?«, fragte er trotzdem.

»Narben in der Wirklichkeit«, sagte Enidin. Sie sah ihn nicht an, während sie redete, hatte ihre Augen dort, wo Tymurs Rücken selbst nur noch ein dunkler Umriss war. Der Prinz blickte sich nicht um, und wenn sie verlorengingen, würde er es am Ende nicht einmal bemerken. »Stellt Euch vor, dass große Stücke aus etwas herausgerissen werden und dann mit etwas anderem geflickt wird, ein anderes Material, nicht sauber vernäht, ausgefranst, entzündet …«

»Heilt es?«, hörte Kevron sich fragen. »Von selbst, meine ich? Oder wird es schlimmer?«

»Ich weiß es nicht.« Die Magierin schüttelte den Kopf. »Es ist alles so verzerrt – ich bekomme Kopfschmerzen davon …«

»Tut mir leid«, sagte Kevron. Er wusste nicht, was er sonst sagen sollte. »Vielleicht sind wir ja gleich –« Er zuckte zusammen. Im Wald war ein Knurren, ganz in ihrer Nähe. Sie hörten es alle.

Kevron schielte nach links und rechts. Nichts war im Wald zu erkennen – nur die Idee einer Bewegung, als wäre dort gerade eben noch etwas gewesen. Dann, ein anderes Geräusch, direkt hinter ihm, langsam, schleifend, metallisch. Lorcan zog sein Schwert. Kevron schluckte. Fast vermisste er den Specht. Er hatte ihn schon länger nicht mehr gehört. Beim Specht wusste man zumindest, was es war … Es heulte.

»Kev!«, sagte Lorcan. »Halt mein Pferd!«

Kevron sprang nach hinten.

Diesmal war es Lorcan, der knurrte. »Und dein eigenes auch!«

Kevron beeilte sich zu gehorchen, auch wenn er über die eigenen Füße stolperte und sich fast die Hände abschnürte, als er versuchte, sich die Zügel ums Handgelenk zu wickeln. Er nahm ganz schnell davon Abstand. Ein Satz, und er hatte keine Hände mehr. So packte er nur zu, so fest er irgendwie konnte. Lorcan stand mit gezogenem Schwert still und lauschte, dann ging er langsam auf ein Gebüsch zu. Kevron hielt den Atem an – aber da kam Lorcan schon wieder zurück, kopfschüttelnd.

»Nichts«, sagte er.

»Nicht stehen bleiben!«, rief Tymur von vorne. »Gebt nichts auf die Geräusche. Hier ist kein guter Platz zum Rasten.«

»Der ganze Wald ist kein guter Platz zum Rasten!«, gab Lorcan zurück. »Was hast du vor, willst du die ganze Nacht durch weitermarschieren?«

Ein leises Lachen war die Antwort, hell, vergnügt, fast wie ein Kind.

»Tymur, hör auf!«, schnaubte Lorcan. »Das ist nicht witzig!«

Einen Moment herrschte Stille. Dann sagte Tymur, leise, mit einem Zittern in der Stimme: »Das war ich nicht.«

Wieder ertönte ein Lachen, ein bösartiges, helles Kichern. Es kam aus allen Richtungen, aus tausend verschiedenen Mündern, als ob die Blätter an den Bäumen selbst sie auslachten.

»Bleibt beisammen.« Tymur zischte die Worte durch die Zähne. »Was immer ihr hört, bleibt beisammen. Keiner entfernt sich von der Gruppe. Habt ihr mich verstanden?«

»Lass mich nur –«, fing Lorcan an, aber Tymur schnitt ihm das Wort an.

»Habt ihr mich verstanden?«, schrie er.

Kevron nickte stumm. Die beiden Pferde zerrten an seinem

Arm, die Tasche an seiner Schulter, und seine Beine waren wie gelähmt. Es war inzwischen so dunkel, dass man kaum noch zwei
Schritte weit sehen konnte.

»Folgt mir.« Tymurs Stimme durchschnitt den Wald, aber Kevron kam trotzdem nicht von der Stelle. Die Bäume schienen sich
zu bewegen, sich um sie zusammenzuziehen. Ein drittes Mal ertönte das Kichern – und dann war es still. Es war, als wären alle
Geräusche des Waldes gleichzeitig gestorben. Kein Rascheln
mehr, kein Zwitschern, kein Knacken. Nichts.

»Ruhig«, sagte Lorcan noch. »Keine Panik.« Und in dem Moment griffen die Schatten an.

Sie stürzten sich aus allen Richtungen auf sie, kleine Geschöpfe
mit spitzen Krallen und scharfen Zähnen, die sich in ihrer Kleidung verbissen, in ihren Haaren, in ihrer Haut. Es ging zu schnell,
als dass Kevron hätte sagen können, was es war, es mochten Eichhörnchen sein, Ratten oder Fledermäuse oder einfach nur die Aus-
geburten nackter Angst, es war egal, es waren zu viele, und sie waren überall.

Kevron kniff die Augen zusammen und riss die Hände hoch,
um sein Gesicht zu schützen. Die Zügel waren egal, die Pferde
konnte man hinterher immer noch einfangen, aber seine Augen …
Er war kein Kämpfer, ihm kam nicht in den Sinn, dass er einen
Dolch hatte, und das war wohl das Beste, sonst hätte er sich noch
selbst damit verletzt. Den einen Arm drückte Kevron vor sein Gesicht, mit dem anderen wedelte er hilflos in der Luft herum, um zu
verjagen, was ihm im Nacken saß und auf dem Kopf und am Rücken – schließlich ging er in die Knie und rollte sich am Boden zusammen, egal, ob ihn jemand für einen Feigling hielt, solange ihm
nur nichts passierte.

In seinem Kopf dröhnte und hämmerte es, nur Bruchstücke der
Außenwelt drangen noch zu ihm durch. Er bildete sich ein, einen

Menschen schreien zu hören, halb erstickt vor Angst und Schmerzen. In der Luft lag ein Fauchen und Schwirren, aber das Lauteste von allem war das Rauschen seines Blutes und das Hämmern seines Herzens.

Selbst als es irgendwann vorüber war, wagte Kevron nicht, sich zu rühren. Es gab ihm Zeit, sich dafür zu hassen, was für ein erbärmliches Bild er da gerade abgab. Zumindest hätte er versuchen sollen, Enidin, die nur einen Schritt von ihm entfernt stand, zu beschützen, doch es half nichts, er kauerte am Boden und wusste nicht mehr, wofür Beine da waren. Sie waren ausgezogen, um es mit dem mächtigsten aller Dämonen aufzunehmen. Und hier saß er und wäre gestorben für einen Schluck Wein.

Kevron brauchte lange, um zu begreifen, dass ihn nichts mehr biss und kratzte und zwackte, und länger, bis das Hämmern seines Herzens sich wieder beruhigt hatte. Als ihn etwas bei der Schulter berührte, war die blinde Panik wieder da.

»Kev, he Kev! Du kannst wieder aufstehen!« Tymur. Es war nur Tymur. Kein Schatten. Alles in Ordnung. Und trotzdem musste Kevron sich zwingen, die Augen zu öffnen, die Arme runterzunehmen, den Kopf zu heben und sich vorsichtig aufzurichten. Die Luft stach in seinem Gesicht, an der Stirn und quer über seine Wange, und als Kevron vorsichtig danach tastete, zog er die Hand wieder weg, der Schnitt, Kratzer, Riss, was immer es war, brannte abscheulich. Es war fast ein tröstliches Gefühl, es hieß, dass sich Kevron den Angriff nicht nur eingebildet, sich nicht ohne Grund wie ein hilfloses Kleinkind zu Boden geworfen hatte.

Im Wald war es wieder merklich heller. Kevron blickte auf seine Hand, aber ob Blut daran klebte, konnte er nicht sagen, alles war eine grünlich-schwärzliche Melange. Doch er sah lieber auf seine Hände als in die enttäuschten Gesichter seiner Gefährten, während Tymur ihm noch einmal auf die Schulter klopfte. Tonlos murmelte Kevron: »Es tut mir leid.«

»Wieso das, mein kleiner Feigling?«, fragte der Prinz, und immerhin klang er nicht wütend dabei. »Was denkst du denn, warum ich dich mitgenommen habe? Weil ich dich für einen mächtigen Kämpfer halte, für einen großen Helden? So dumm bin ich nicht. Du hast vom Kämpfen bald noch weniger Ahnung als ich, und Heldentaten erwartet keiner von dir, jetzt am allerwenigsten.«

Langsam hob Kevron den Blick und sah ihn an. Er hätte damit rechnen müssen: Natürlich war Tymurs makelloses Gesicht ohne Kratzer oder Dreck. Ob er nun kämpfen konnte oder nicht, zumindest hatte er sich nicht mit dem Kopf voran in den Schmutz geschmissen. Seine Haare waren zerzaust, aber das war auch schon alles, was von dem Angriff erzählte – Kevron fragte nicht, ob das ein Zauber war, den Enidin heimlich jeden Tag über ihn wob, oder ob er einfach seine Seele verkauft hatte, um immer blendend auszusehen. »Es tut mir leid«, wiederholte er trotzdem.

»Das ist deine Sache«, erwiderte Tymur, »und da will ich dir nicht hineinreden. Aber wenigstens ist niemandem von uns etwas passiert, nicht mehr als ein paar Kratzer.« Er streckte die Hand nach Kevrons Gesicht aus, und obwohl seine Handschuhe immer noch sauber aussahen, hob Kevron abwehrend die Hände.

»Hat Lorcan uns gerettet?«, fragte er. »Oder Enidin?« Er konnte sich nicht vorstellen, dass diese kleinen schwarzen Biester aus freien Stücken einfach von ihnen abgelassen hatten, doch Tymur schüttelte den Kopf.

»Es war nur ein Ablenkungsmanöver«, sagte er. »Meine Laterne ist zerbrochen. Und die Pferde sind durchgegangen und in den Wald hinein, alle sechs, und darum ging es ihnen.« Sein Tonfall war so sorglos, als erzählte er beiläufig von einem in der Nacht niedergegangenen Regenschauer. »Lorcan hat sicherlich sein Bestes gegeben, aber das war nichts, wo er viel hätte ausrichten können. Und wirklich, du musst nicht glauben, dass ich eine viel bessere Figur abgegeben hätte als du. Nur, dass ich nicht geschrien habe.«

Hatte er geschrien? Kevron wusste es nicht. Er konnte es nicht glauben – er schrie nie, wenn er Angst vor etwas hatte, das weckte sonst nur dessen Aufmerksamkeit. Er schüttelte den Kopf. Entschuldigt hatte er sich schon oft genug. »Und die Magierin?«, fragte er.

»Hat ein paar Schrammen, sonst nichts, und sie ist natürlich ziemlich durch den Wind. Es ist meine Schuld, ich hätte uns niemals hierher bringen dürfen.« Tymur lächelte. »Natürlich, du wolltest umkehren, Lorcan hat noch versucht, mich umzustimmen, und ich habe so getan, als würde ich von alldem kein Wort glauben … Für wie dumm hältst du mich?« Er rieb sich über das Gesicht. »Der Anderwald ist kein neues Phänomen, es gibt Bücher darüber, ich habe davon gelesen, bevor wir aufgebrochen sind, und ich wollte ihn unbedingt mit eigenen Augen sehen …«

Er blickte sich um, legte Kevron einen Arm um die Schultern und zog ihn verschwörerisch zu sich heran, ehe er flüsterte: »Dir kann ich es ja sagen. Ich wollte sehen, ob sich etwas regt, du weißt schon wo. Ich dachte, hier ist der rechte Ort, um eine Reaktion zu provozieren.« Dann, lauter, fuhr er fort: »Ich habe damit gerechnet, dass so etwas passieren würde. Und ich wollte wissen, wie ihr reagiert. Wenn einer von euch nicht der wäre, als der er sich ausgibt – in diesem Moment wäre es herausgekommen. Aber du bist genau der kleine Feigling, den wir schon so lange kennen, Lorcan ist ein tapferer Kerl, der nicht überall sein kann, und Enid ein süßes Ding, dem man mit ein paar Dämonen noch richtig Angst einjagen kann. Also, alles genau, wie es sein soll, und damit kann es weitergehen.«

»Aber die Pferde«, sagte Kevron, tonlos, um nicht vor Wut loszubrüllen. Sie aus Dummheit oder Unachtsamkeit in diese Falle laufen zu lassen, das war eine Sache, aber mit Absicht … War das noch der Plan eines Menschen? »Unser Gepäck, unser Proviant, was ist damit?«

Tymur lachte. »Dass du dir darüber noch Sorgen machst – dir ist doch der Wein längst ausgegangen.«

Kevron war so nah daran wie noch nie, einem Prinzen ins Gesicht zu schlagen. Er war an das Gefühl von Angst gewöhnt, von Scham, von Selbsthass, aber auf einen anderen zornig zu sein war etwas völlig Neues für ihn – zu einem anderen Zeitpunkt hätte es sich vielleicht sogar gut angefühlt, doch jetzt war Kevron damit völlig überfordert. Alles, was er noch tun konnte, war, vor Wut zu zittern, und er war froh, dass in dem Augenblick Lorcan hinzukam.

»Kev, bei dir ist auch alles in Ordnung?«

Kevron wollte schon mechanisch nicken, doch stattdessen brach es aus ihm heraus: »Das war Absicht! Tymur hat uns mit Absicht in den Wald geführt, und wir haben keine Pferde mehr, wir kommen hier nie wieder raus, nur weil er sich was beweisen wollte –« Lorcan ohrfeigte ihn, und Kevron war still.

»Beruhige dich!«, rief Lorcan. »Schluck es runter! Das hat alles Zeit für später. Jetzt müssen wir die Pferde wiederfinden, das ist wichtiger als aller Streit.«

Kevron starrte ihn an, rieb sich das Gesicht – Lorcan hatte nicht fest zugeschlagen, aber dass er Kevron schlug, während Tymur derjenige war, der das wirklich verdient hätte … Die Worte ›War ja klar, dass du ihn verteidigst!‹ lagen ihm schon auf der Zunge, aber er schwieg. Dieser Wald war wirklich der letzte Ort, an dem sie sich untereinander in die Wolle bekommen durften.

Tymur klatschte in die Hände. »Also dann«, sagte er. »Den Pferden nach. Alle bleiben zusammen. Kev, du markierst die Bäume, damit wir den Weg zurück zur Straße finden. Nochmal verlaufen wir uns nicht. Nicht in diesem Wald.«

Und wenn man ihn hörte, konnte man fast glauben, dass so ein Abenteuer auch noch Spaß machen sollte.

Nach dem, was geschehen war, sollte es im Anderwald keinen Unterschied mehr machen, ob sie sich auf der Straße bewegten oder im Unterholz – sicher waren sie nirgendwo. Trotzdem hämmerte Kevron das Herz wieder bis zum Hals, als er seinen Fuß über die Grenze schob, welche die letzte Erinnerung an die Zivilisation und die von allen guten Geistern verlassene Wildnis trennte. Der Dolch in seiner Hand fühlte sich falsch an – vielleicht hatte ihm Tymur etwas Gutes tun wollen mit dem Befehl, Wegmarken zu hinterlassen, damit Kevron sich nützlich machen konnte und eine Waffe in der Hand hatte, aber das Gegenteil war der Fall.

Wenn Kevron ein Kreuz in Baumstämme ritzte, fühlte es sich an, als fordere er den Wald persönlich heraus, als wolle er sichergehen, dass die Rache des Anderwalds für diese Wunden ihn als Allererstes treffen sollte. Er hatte im Leben schon mit allen erdenklichen Materialien gearbeitet, ohne sich jemals zu beschweren, dass sie ihn ekelten, stanken oder sich einfach nur widerlich anfühlten, aber vor diesen Bäumen grauste es ihm. Die Klinge glitt in die Rinde wie in verwesendes Fleisch, nahezu ohne Widerstand, und wo bei einem gesunden Baum darunter verwundbares grünes Holz erschienen wäre, lauerte hier nur Schwärze und Gewürm.

Zum Glück hatten die Pferde bei ihrer panischen Flucht Spuren im Waldboden hinterlassen. Kevron war in dem letzten Wald, in dem sie sich verlaufen hatten, noch daran gescheitert, die eigenen Fußabdrücke wiederzufinden, aber Hufeisen, die in blindem Galopp den Boden aufwühlten – das konnte er. Kevron hatte sich nicht ausgesucht, vorzugehen, und er blieb oft stehen, um sich zu vergewissern, dass seine Gefährten auch wirklich direkt hinter ihm waren. Er war derjenige mit den scharfen Augen, und wenn die Pferde auch mit allem Gepäck durchgegangen waren, mit Zelten und Proviant, Kevron hatte seine Tasche mit den Werkzeugen.

Doch nichts davon nutzte ihm etwas, als die Spuren verschwanden. Eben noch hatte sich Kevron darüber gefreut, dass die Pferde in ihrer Angst wie eine Herde zusammengeblieben und nicht in alle Himmelsrichtungen auseinandergestoben waren – im nächsten Moment stand er vor einem aufgewühlten Stück Waldboden, das aussah, als hätte dort eine große Schlacht stattgefunden, und alle Spuren endeten.

»Sie sind weg«, sagte er und schluckte. »Einfach so, weg.«

»Dann schau genauer hin!« Tymurs Stimme klang scharf. Der Streit, weil der Prinz sie alle mutwillig in Gefahr gebracht hatte, war nur aufgeschoben. Aber immerhin hatte Tymur jetzt seine aufgesetzte Fröhlichkeit abgelegt, und wenn er sich darunter reizbar und aggressiv zeigte, war das Kevron lieber.

»Ich sehe es genau«, erwiderte Kevron. »Soll ich es dir aufmalen? Der Boden ist zertrampelt, ich weiß nicht durch wen, es gibt nur die Spuren, die hierher führen, keine führen weg. Als wäre irgendwas aus der Luft gekommen und hätte sich die Pferde geschnappt.« Er wollte nicht darüber nachdenken müssen, was für ein Geschöpf das gewesen sein musste – die kleinen Biester, die sie überfallen hatten, konnten es nicht gewesen sein. Trotzdem schaute er nach oben, als ob das dunkle Blätterdach ihm irgendetwas verraten würde oder die Spuren der Pferde dort oben weitergingen. Das grässliche Lachen echote in seinen Ohren, der Wald lachte ihn aus, aber nur da, wo er selbst es hören konnte.

Einen Moment blickten sie einander schweigend an, und Kevron fand das Spiegelbild seiner Angst in den Augen der anderen. Der ganze Wald war ihr Feind. In Kevrons Ohren rauschte es – da in der Ferne, war das ein Wiehern? Es konnte ebenso gut das Kreischen eines Vogels sein … Kevron zuckte zusammen, als er direkt neben sich einen Schrei hörte, selbst wenn es nur Tymurs war.

»Damar!«, brüllte der Prinz, eine Hand an den Mund gelegt, und es ging Kevron durch Mark und Bein. »Damar!« Kevron brauchte zu lange, um zu verstehen, dass Tymur nicht seinen Ahn um Stärke anrief, sondern den Namen des Pferdes. »Valier! Marold! Svetan! Isjur! Astol!«

»Schscht!«, machte Kevron. »Mach sie nicht auf uns aufmerksam!«

Lorcan zögerte nicht. Er packte Tymur beim Arm und hielt ihm eine Hand über den Mund, groß genug, um Tymurs halbes Gesicht zu verdecken. »Still, Tymur! Du brüllst den ganzen Wald zusammen!« Dann ließ er wieder los. Wozu die Aufregung? Der Wald wusste längst genau, wo sie waren.

Tymur drehte sich um und lächelte, ein Lächeln, bei dem Kevron den Blick abwandte und lieber Enidin ansah, die sich auf die Unterlippe biss und zu klug war, um noch einen Ton von sich zu geben. »Wer unsere Pferde jetzt hat«, erwiderte der Prinz, mit einer Stimme, die wieder ganz die alte war, »soll zumindest wissen, wie sie heißen.« Er sagte das ohne Resignation, aber er sprach aus, was sie alle im Grunde wussten: dass sie die Pferde nicht wiederfinden würden. Nicht lebendig zumindest.

Danach suchten sie weiter, Hand in Hand, damit keiner von ihnen es den Pferden nachtun und verschwinden konnte. Kevron, mit Tymur an der rechten Hand und der Magierin an der linken, hielt den Blick am Boden, nicht, weil er glaubte, dort noch irgendeine brauchbare Spur finden zu können, sondern weil das der einzige Ort war, wo sich nicht im Augenwinkel die Schatten bewegten. Er hatte jegliches Gefühl für Zeit verloren, ob es erst gegen Mittag war oder schon auf den Abend zuging, das Licht im Wald spielte seine Spielchen mit ihnen, wurde dunkel und wieder heller, ganz wie es lustig war, und den echten Himmel oder gar die Sonne konnten sie schon lange nicht mehr sehen.

Ganz rechts ging Lorcan mit dem Schwert in der Hand, bereit, alles niederzumähen, was sich ihnen in den Weg stellen sollte, ein schöner Traum, der nichts wert war. Sie wussten alle, dass das, was über diesen Wald herrschte, über ein Schwert nur lachen konnte. Selbst wenn es jetzt egal war, ob sie der Magierin reinen Wein einschenkten oder nicht, sprachen sie nicht darüber, was das in Wirklichkeit bedeutete: Der Anderwald war Dämonenwerk. Und da konnte Tymur noch so oft betonen, dass es keine Dämonen mehr gab, seit Damar sie alle vertrieben hatte. Vielleicht hatten sie in diesem Wald überlebt. Und vielleicht waren sie wieder zurück, fingen mit Orten an, die sich leichter erobern ließen, und sammelten sich hier, um dann vereint gen Neraval zu ziehen.

Kevrons Knie zitterten vor Müdigkeit und Angst, während sie vorwärtsstolperten. So sehr er sich bemühte, die Erschöpfung niederzukämpfen, früher oder später würden sie eine Rast machen müssen, würden sie in diesem Wald übernachten, ohne Schlafsäcke, ohne Zelt, ohne Schutz.

Sie sahen es alle zur gleichen Zeit. Eine Tasche, wie sie die Packpferde getragen hatten, hing in einem Baum, und keiner fragte, wie sie dorthin gekommen war – hängen geblieben, als das Tier auf der Flucht den lästigen Ballast abschüttelte? Oder doch aus dem Himmel gestürzt und in einem Ast hängen geblieben? Es gab keine Spuren um den Baum herum, nur diese Tasche, aber das war immer noch besser als nichts. Mit der Spitze seines Schwertes angelte Lorcan sie herunter und schulterte sie so selbstverständlich, als ob sie niemals auch nur ein Pferd besessen hätten.

Sie war groß genug, um das Zelt zu enthalten, doch so genau wusste Kevron das nicht. Da sie alle Nächte bis auf die letzte in Gasthäusern verbracht hatten, war das meiste von dem, was die Packpferde getragen hatten, nie gebraucht worden. Aber wenn sie Pech hatten, waren es doch nur Kleider von Tymur – der es nach all den Witzen, die er darüber gemacht hatte, dass Kevron angeblich nie die Wäsche wechselte, mehr als verdient hatte, für den Rest der Reise mit dem auszukommen, was er am Leibe trug.

Egal was es war, immerhin erschien die Tasche unversehrt, war nicht vom Kampf zerrissen oder blutgetränkt, und mit etwas Glück konnten sie auch die restlichen Sachen noch finden. Zwei weitere Taschen tauchten auf und wanderten auf Lorcans Rücken. Was immer sich in ihnen befinden mochte, konnte warten. Die Pferde waren wichtiger. Sie suchten weiter ohne große Hoffnung und in dem Glauben, auf alles vorbereitet zu sein. Aber was Kevron dann fand, ließ allen das Blut in den Adern gefrieren.

Ein totes Pferd, darauf war er gefasst. Sechs tote Pferde, wenn es sein musste. Kevron rechnete mit Blut, mit rohem Fleisch und Knochen und Eingeweiden – alles Dinge, mit denen er nicht zimperlich war; wer schon tote Hunde gehäutet hatte, weil man dieses besondere porenlose Leder brauchte, hatte einen stabilen Magen. Doch was sich da so weiß vor dem dunklen Boden abhob, war ein Gerippe. Der lange Schädel verriet das Pferd, sonst war nichts übrig. Kein Fell, noch nicht einmal Haarbüschel, an denen man hätte erkennen können, wen dieses Tier zu Lebzeiten getragen hatte – nur säuberlich abgenagte Knochen, aufgebrochen bis aufs Mark.

»Das – das ist doch keines von unseren, oder?«, fragte Enidin so leise, dass man sich den Sinn der Worte zusammenreimen musste.

»Schwer zu sagen«, erwiderte Tymur gelassen. »Was sagt unser Spurenexperte?«

Kevron schluckte, um sich nicht zu übergeben. »Kann's nicht sagen«, murmelte er durch zusammengebissene Zähne. »Vielleicht liegt es hier schon länger.« Sie wussten nicht, wann zuletzt andere Menschen in den Anderwald gekommen waren. Die Knochen sahen frisch aus und hatten noch nicht diesen grünlich-schwarzen Überzug, den alles hier früher oder später bekam … Wie schnell konnte man so ein großes Tier wie ein Pferd so gründlich abnagen? Und wie viele Münder brauchte es dafür?

»Dich sollte das doch am wenigsten erschrecken«, sagte Tymur, aber statt jetzt endlich den anderen von Kevrons Handwerk zu erzähler und dem toten Schwein, machte er weiter mit: »Du bist doch dem Pferd ohnehin mehr hinterhergelaufen, als dass du draufsaßest.«

»Und wenn es deins ist?«, fauchte Kevron zurück und kämpfte gleichzeitig mit den Tränen. Seinem Pferd würde er in der Tat nicht nachweinen, er wusste nicht einmal, wie das hätte heißen sollen – nun war es zu spät. Aber sollte der Prinz nicht anders reagieren, wenn das Pferd, das er vielleicht schon als kleiner Junge bekommen und das ihn jahrelang begleitet hatte, so grausam endete?

Tymur zuckte nur die Schultern. »Dann bin ich froh, dass es das Pferd erwischt hat und nicht mich«, antwortete er mit eiskalter Ehrlichkeit. »An mir ist nämlich nicht halb so viel dran.« Und danach mochte niemand mehr weiter nach den übrigen Pferden suchen.

Langsam brach die Dämmerung herein. Erst jetzt begriffen sie, wie viel Licht sie doch den ganzen Tag über gehabt hatten. Die Schatten verschmolzen miteinander, immer in Bewegung, dass man den Anderwald fast mit einem normalen Wald verwechseln konnte. Die krummen Bäume, die verkümmerten Blätter, die schwärzlichen Flechten und der grünliche Schmier, all das verschwand, nur die Geräusche wurden umso schärfer und lauter. Auch die Angst in Kevrons Eingeweiden wurde nicht weniger mit dem schwindenden Licht – nur weil sie nichts mehr sehen konnten, hieß das nicht, dass nichts mehr sie sehen konnte.

Immer wieder schlug Kevron sein Feuerzeug an, doch es half nichts, machte das Dunkel nur noch dunkler und das Schwarz noch schwärzer, und sie konnten sich nicht einmal eine Fackel bauen oder ein Feuer anzünden, das Holz war zu feucht, zu modrig, es wollte sterben, aber nicht brennen. Sie kauerten im Kreis am Boden, und wenn der Wald sie ließ, würden sie dort bleiben bis zum nächsten Morgen.

Auch wenn Kevron schon in der letzten Nacht kein Auge zugetan hatte, war jetzt an Schlaf nicht zu denken. Wenn man nicht schlief, verlor man früher oder später den Verstand, aber selbst das war in dem Moment eine verlockendere Aussicht, als die Augen zu schließen und am Ende so auszusehen wie der Kadaver des unglückseligen Pferdes. Und auch ohne Nahrung war Kevron jeder Appetit längst vergangen.

Wieder ließ er sein Feuerzeug aufflammen, nur für den Bruchteil eines Augenblicks. Licht war besser als alles, selbst wenn es nur ein Funken war, ohne Licht konnten sie gleich zugeben, dass sie verloren waren – als es plötzlich neben ihm hell wurde, so hell, dass Kevron geblendet eine Hand vor die Augen nehmen musste. Er erstarrte vor Grauen. Licht – helles Licht – hier?

»Enid!«, frohlockte Tymur. »Du kannst ja zaubern!«

Da saß das Mädchen, das bis dahin nur dem Namen nach eine Magierin war, und ihre linke Hand, vor sich ausgestreckt wie eine zerbrechliche Kostbarkeit, leuchtete heller als tausend Fackeln.

ELFTES KAPITEL

Enidin war schon oft in ihrem Leben arrogant genannt worden, und sie machte keinen Hehl daraus, dass es stimmte. Sie wusste, dass sie gut war, in jedem Fall besser als ihre Altersgenossinnen, und sie arrogant zu nennen, war nur eine Form von Neid. Aber noch nie zuvor war sie in der Verlegenheit gewesen, sich mutig oder ängstlich nennen zu lassen. Hinter Akademiemauern war das einfacher. Sie schreckte nicht davor zurück, mit dem Geflecht der Welt zu experimentieren, und sie wusste, was sie tat. Sie gab acht, berechnete lieber dreimal, ging im Kopf jede Eventualität durch und traf Vorkehrungen, und dann passierte auch nichts. In ihren sechshundert Jahren hatte die Akademie so viele Generationen von Schwestern und Novizinnen erlebt, eine jede von ihnen ehrgeizig, manche übereifrig, und nie war etwas Ernsthaftes geschehen – und so waren die Dinge, die Enidin wirklich fürchtete, weltlicher Natur: Ungerechtigkeit durch die Ehrwürdige Frau Mutter zu erfahren, von den anderen Schwestern nicht für voll genommen zu werden, nichts, was das Leben bedrohte, nichts, wovor man wegrennen musste. Bis jetzt.

Enidin war auf Alfeyn vorbereitet, nicht auf Dämonen, aber die Dämonen waren dafür umso besser vorbereitet auf Enidin. Und als es dann stockfinster war und Enidin und die Männer Seite an

Seite am Boden kauerten und auf das Ende der Welt warteten, war es auch kein Trost, dass sie dabei Tymur ganz nah sein konnte – der war kein Fels, an den man sich hätte anlehnen können, kein großer Held, der sie beschützte, sondern auch nur ein Mensch.

Und Enidin, die sich dafür ohrfeigen konnte, dass sie bei ihrer Reisevorbereitung Berichte über den Anderwald als Legende und Aberglauben abgetan hatte, durfte sich nicht beschweren. Wenn überhaupt, war es tröstlich, dass sie sich alle fürchteten, dass sie endlich alle gleich waren, vereint in ihrer Angst. Der Nachhall der Dämonen, der diesen Ort verseuchte, legte sich um jedes Herz wie eine kalte Hand.

Um sich zu beruhigen, begann Enidin, im Kopf noch einmal das Flarimel-Theorem zu beweisen, Formel für Formel, sie rückte Prismen zurecht, die nur in ihrer Vorstellung existierten – und dann verstand sie. Sie waren nicht alle gleich in dieser Nacht. Angst hatten sie alle. Aber nur Enidin hatte Magie. Magie war nichts, das man leichtfertig benutzen durfte, kein Kinderspielzeug, und zur Portaltheorie gehörten keine eindrucksvollen Feuerbälle, mit denen man Feinde in die Flucht schlagen oder den ganzen verfluchten Wald in Asche hätte verwandeln können – trotzdem, Magie war Magie.

Wenn man all die Formeln wegließ beim Flarimel-Theorem, all die Prismen und Berechnungen, was blieb dann übrig? Eine Kerzenflamme. Warm, hell, freundlich. Wie schön wäre es gewesen, jetzt so ein Licht zu haben! Nur, so funktionierte die Magie nicht. Enidin konnte nichts aus dem Nichts erschaffen. Sie brauchte ein Licht, ein richtiges, echtes Licht, eines, das auch jetzt, mitten in der Nacht, noch brannte und das hell genug war, um es mit dem dunklen Wald aufzunehmen …

Die Lampe in der Bibliothek. Tag und Nacht brannte sie, immer bereit, wenn eine Schwester keinen Schlaf fand, weil eine Fragestellung sie bis in die frühen Morgenstunden umtrieb. Eine unscheinbare Lampe, der Enidin nie große Beachtung geschenkt hatte, und doch genau das, was sie jetzt brauchten.

Enidin sagte nichts, fragte nicht um Erlaubnis und machte auch keine Versprechungen, die sie am Ende dann vielleicht nicht halten konnte. Mit stummer Konzentration malte sie mit den Fingern das Muster in die Luft – es musste in der Luft sein, denn der Boden war zu schmutzig. Magie verlangte Reinheit, sonst konnte das schlimme Folgen haben. Selbst die Luft hier war fragwürdig …

Konzentrieren. Jede Geste musste stimmen, selbst wenn Enidin sie in dieser Finsternis nicht sehen konnte. Sie fühlte die Fäden der Wirklichkeit unter ihren Händen, ein verzerrtes, krankes Geflecht, das anzufassen sie Überwindung kostete. Enidin hielt den Atem an, als sie fühlte, wie sich der Raum vor ihr auftat, ein kleines, zittriges Portal, gerade groß genug, um die Hand hindurchzustecken – und Enidin griff hinein und nahm das Licht.

Dann war es hell. Nicht nur um Enidin herum – vor allem in ihr. Tage über Tage hatte sie zu Pferd verbracht, nutzloses Anhängsel eines kaum weniger nutzlosen Prinzen auf einer nutzlosen Expedition. Und je enger die Männer sich untereinander anfreundeten, desto weiter stand Enidin am Rand. Aber jetzt, von einem Augenblick auf den anderen, war sie wieder jemand. Sie war Licht.

Tatsächlich war das, was sie in der Hand hielt, kaum heller als eine Kerze, und Enidins Finger warfen lange Schatten auf die Gesichter der Männer. Es ging keine Wärme davon aus – die hatte Enidin in der Bibliothek gelassen, um sich nicht zu verbrennen, und erst jetzt fiel ihr ein, dass sie nicht nachgeschaut hatte, ob vielleicht noch eine Schwester dort saß und studieren wollte, wo es plötzlich finster geworden war wie im Anderwald … Aber Zweifel konnten warten bis zum Morgen.

»Warum hast du damit so lang gewartet?«, fragte Tymur, nicht begeistert, sondern vorwurfsvoll.

Enidin zwinkerte. Sie hatte Dank erwartet oder ein Lob, nicht das. »Niemand hat mich darum gebeten«, sagte sie und blickte lieber auf die erzitternde Kugel aus Licht in ihrer Hand als in ein Gesicht. »Ich habe versprochen, nicht wild und unkontrolliert zu zaubern –«

»Ein bisschen Licht ist wohl kaum wild oder unkontrolliert«, mischte sich Kevron ein.

»Es tut mir leid!«, rief Enidin und verfluchte sich dafür, dass sie sich in die Enge treiben ließ in einem Augenblick, in dem sie eigentlich stolz auf sich sein sollte. »Freut Euch doch wenigstens, dass wir jetzt mein Licht haben. Ich kann es auch wieder ausmachen, wenn Euch das lieber ist!«

»Nein …« Kevron machte eine abwehrende Handbewegung. »So war das nicht gemeint.« Er rieb sich den Daumen und steckte sein Feuerzeug wieder ein. »Ich frag mich nur, was Ihr noch alles nicht zeigt, nur weil Euch keiner darum bittet – ja, wie soll ich Euch denn bitten, wenn ich nicht mal weiß, was Ihr könnt?«

Enidin verkniff sich die Bemerkung, dass sie sich von ihm gar nichts bitten ließ. »Wenn ich alles aufzählen sollte, was ich kann«, antwortete sie stattdessen, »wären wir so schnell nicht damit fertig. Bis Ihr ein Studium abgeschlossen hättet, um zu verstehen, wovon ich rede …« Sie blickte zu Tymur hinüber, erwartete ein Machtwort von ihm, eine Anweisung, endlich ein Lob …

Doch stattdessen sagte der Prinz: »Enid, achte auf deine Worte. Der arme Kev hat sich heute sehr abgerackert und schon die letzte Nacht über keinen Schlaf bekommen. Ihr seid erwachsene Leute, allesamt. Erwartet nicht, dass ich euch jeden eurer Schritte vorkaue. Fragt euch lieber selbst, wie ihr euch nützlich machen könnt – wie du selbst sagst, du bist die Einzige, die deine Magie wirklich versteht und weißt, was du damit anfangen kannst.«

Der Vorwurf tat weh, vor allem, weil er erst jetzt kam – die ganze Zeit über hatte Tymur betont, dass er, und nur er, das Sagen hatte, und jetzt verlangte er das Gegenteil? »Was erwartet Ihr von mir?«, fragte Enidin und fühlte ihre Stimme zittern. Sie versuchte sich vorzustellen, Tymur wäre die Ehrwürdige Frau Mutter, da hatte sie sich auch immer gegen jemanden behaupten müssen, der zu viel Macht hatte und zu wenig Ahnung – aber sie mochte Tymur, anders als die Ehrwürdige Frau Mutter, und es war doch viel schwerer, sich gegen jemanden aufzulehnen, den man eigentlich gern hatte. »Soll ich uns alle aus diesem Wald hinausbringen, oder was stellt Ihr Euch vor?«

Einen Augenblick lang waren die drei Männer so still, dass man den Wald wieder atmen hörte. Dann war es Tymur, der als Erster seine Sprache wiederfand. »Wenn das in deiner Macht steht, Enid«, sagte er fast tonlos, »ja, dann solltest du das in Erwägung ziehen.« Seine Augen waren auf das Licht gerichtet, nicht auf Enidin, und doch fühlte sie sich davon durchbohrt.

»Natürlich kann ich das«, erwiderte Enidin, schon um sich endlich Respekt zu verschaffen. »Meine Schule befasst sich mit Raumtheorie. Wenn die Koordinaten dieses Waldes bekannt sind und die eines Punktes außerhalb dieses Waldes, kann ich sie durch ein Portal verbinden.«

Jetzt schwieg sogar der Wald. Enidin fühlte drei Augenpaare auf sich liegen, jedes von ihnen irgendwo zwischen Fassungslosigkeit, Unglauben und Wut.

»Enid«, sagte Tymur sanft. »Meine liebe, süße Enid, möchtest du dich nur wichtig machen, oder ist es dir ernst?«

Enidin zwinkerte. »Natürlich ist mir das ernst«, antwortete sie. »Ich würde niemals über Magie scherzen. Und ich mache mich ganz sicher nicht wichtig.« Ihr gefiel nicht, welchen Weg dieser Dialog schon wieder nahm, aber sie wusste nicht, was sie dagegen unternehmen sollte.

»Es ist dir ernst«, sagte Tymur, »und dann sagst du das erst jetzt?«

Wieder nickte Enidin und bereute schon, überhaupt den Mund

geöffnet zu haben. Plötzlich war sie sich nicht mehr sicher, ob so ein Portal überhaupt möglich war …

»Du sagst das jetzt«, fuhr Tymur fort, und seine Stimme wurde immer eisiger, »wo wir wochenlang durch das Land geritten sind? Anstatt vom ersten Tag an mit offenen Karten zu spielen und uns gleich dorthin zu portieren, wo wir hinwollen? Muss erst jemand sterben, ehe du dich rührst?«

Einen Moment lang hatte Enidin Angst vor ihm, Angst, die ihr Herz erstarren ließ, doch sie kämpfte das Gefühl nieder, schöpfte Mut daraus und Wut. Sie erhob sich, baute sich vor Tymur auf, das Licht in ihrer Hand wie eine Waffe auf ihn gerichtet, und plötzlich gab es keinen Zweifel mehr daran, dass sie größer war als er. Sie war größer, sie wusste, was sie tat, und sie ließ sich nicht länger einschüchtern.

»Prinz Tymur«, sagte sie, »oder Tymur Damarel, oder Tym, oder wie immer Ihr genannt werden wollt. Ich bin Enidin Adramel von der Schule der Luft. Ihr wisst, wer ich bin. Ihr wisst, dass ich in der Lage bin, Portale zu öffnen, und doch stand vom ersten Tag an fest, dass wir zu unserem oder Eurem Ziel reisen, so wie man reist, zu Pferd. Meine Magie ist nicht für den Faulen, der Zeit sparen will oder einen anstrengenden Weg abkürzen, sie ist dafür da, das Unmögliche möglich zu machen. Das alles wisst Ihr, und trotzdem wollt Ihr mir jetzt ein schlechtes Gewissen dafür einreden, dass ich angeboten habe, uns aus diesem Wald hinauszubringen? Tymur Damarel, Ihr solltet Euch schämen! Es geschähe Euch recht, wenn ich mich jetzt allein in meine Akademie zurückportiere und Ihr in diesem Wald alt und grau werdet!«

Es war das erste Mal seit ihrem Aufbruch, dass Enidin ihre Autorität nicht spielen musste. Sie war kein verhuschtes kleines Mädchen, das einen Prinzen anhimmelte und zu keinem klaren Gedanken mehr fähig war. Sie war eine Magierin, und sie würde sich sicher nicht von einem Prinzen kleinmachen lassen, erst recht nicht dem allerjüngsten, der genau wusste, dass er niemals König werden würde und dessen einzige Macht darin bestand, sich vor seinen Reisegefährten aufzuspielen. Enidin musste nicht schreien und nicht mit dem Fuß aufstampfen. Sie hatte das Licht, und sie hatte die Würde, diesen ganzen Wald in seine Schranken zu weisen.

Tymur sah sie an, ohne das Gesicht zu verziehen. Dann sagte er: »Ich entschuldige mich.« Er sah nicht aus, als ob er diese Worte in seinem Leben schon einmal ausgesprochen hätte, doch er wiederholte sie: »Ich entschuldige mich.« Seine Stimme war wieder sanft und vertraut. »Aber heute ist so viel passiert, wir haben unsere Pferde verloren, uns verlaufen, der Wald will und will kein Ende nehmen, und das alles hier ist nur meine Schuld, weil ich unbedingt hierher kommen wollte, ohne an die Folgen zu denken – und dann kommst du und sagst so leichthin, dass du das alles hier ungeschehen machen kannst …« Tymur brach ab, und plötzlich sah er so kläglich aus, dass er Enidin fast leid tat.

»Nicht ungeschehen«, sagte sie vorsichtig. »Ich kann nicht die Pferde –«

»Was könnt Ihr tun?«, fragte Lorcan abrupt, als wolle er von Tymur ablenken oder ihm den Rücken stärken – natürlich, er war der Beschützer des Prinzen, und ihm nahm Enidin die Einmischung nicht übel.

Sie nickte ihm zu. Es ging ihr nicht darum, Tymur niederzumachen. Was sie wollte, war, hinaus aus dem Anderwald zu kommen, bevor diejenigen, die ihre Pferde hatten, wieder hungrig wurden. »Es ist nicht einfach«, sagte sie. »Das Portal muss sehr groß sein und sehr stabil, damit wir alle hindurchkönnen – es ist fast gut, dass wir die Pferde nicht mehr haben. Ich weiß nicht, ob ich es hier und jetzt und beim ersten Versuch schaffe. Ich will einfach nicht zu viel versprechen.«

»Schon gut«, sagte Tymur leise. »Versuch es einfach. Gib dein

Bestes, niemand wird dir böse sein, wenn es nicht klappt. Im Zweifelsfall werden wir die Nacht irgendwie überstehen, und dann finden wir einen anderen Weg aus dem Wald. Was deine Koordinaten angeht – kannst du versuchen, uns direkt nach Ailadredan zu bringen?«

Enidin schüttelte den Kopf. Ailadredan war nebulös und mystisch. Niemand wusste wirklich, wo es anfing oder aufhörte. Es gab keine Landkarten, nur eine ungefähre Richtung – die Grenze verlief in den Bergen, dort fand man die Portale, die zu den Alfeyn führten, doch das war nichts, worüber Enidin sich gerade Gedanken machen wollte. »Wenn wir einen Ort finden, der jenseits des Anderwaldes liegt, kann ich versuchen, dorthin zu kommen. Hoffentlich. Vielleicht erreiche ich sogar den Fuß der Berge. Aber je weiter die Strecke, desto instabiler das Portal. Wenn ich eine Landkarte hätte, könnte ich schauen, wie weit ich kommen kann. Alternativ kann ich versuchen, uns nach Neraval zu bringen – ein Portal in die Akademie kann ich von jedem Ort der Welt in Angriff nehmen, doch die Vorstellung, dass dann alles vergebens war …«

»Vergebens ist gar nichts«, fiel ihr Tymur ins Wort. »Allein, dass wir den Wald hier in diesem Zustand sehen konnten, dass wir wissen, wie präsent der dämonische Einfluss hier ist, das macht unsere Erfahrung wertvoll. Das soll nicht heißen, dass ich zurück nach Neraval will. Aber es ist gut zu wissen, dass wir im Zweifelsfall diese Option haben, wenn unsere Begegnung mit den Alfeyn weniger erfreulich verlaufen sollte, oder wenn wir es mit richtigen Dämonen zu tun bekommen – wenn du uns dann heimbringen könntest, das wäre wunderbar.«

Enidin nickte nur. Jetzt war der falsche Zeitpunkt, den Männern zu erklären, wie aufwendig so ein Portal war. In einer Notsituation, mit einem Dämon im Nacken oder auch nur verärgerten Alfeyn, würde das ein echtes Problem sein. »Dann brauche ich jetzt die Landkarte«, sagte sie. »Wenn sie nicht mit unserem Gepäck verlorengegangen ist.«

Tymur lachte. »Für wen hältst du mich? Die Karte habe ich hier bei mir. Aber wenn du sie zerstören musst, um das Portal zu öffnen, müsste ich unseren Kev noch darum bitten, vorher eine Kopie anzufertigen.«

Neben ihr zog Kevron nervös die Nase hoch. Die Mäuse, die sich Schwester Ervanka Thiomel hielt, um ihre Portalmodelle am lebenden Objekt auszutesten, machten genau solche Geräusche, wenn sie begriffen, dass da gerade Magie an ihnen gewirkt wurde und sie nichts dagegen tun konnten.

Enidin hob abwehrend die Hände. »Ich brauche die Karte für meine Berechnungen. Sie wird vielleicht ein wenig schmutzig, wenn ich mir den Untergrund hier anschaue – aber es ist nicht so, als ob wir durch die Landkarte gehen müssten.«

»Sicher?«, fragte Tymur, und er klang fast enttäuscht. »Ich dachte, wir finden hier noch eine Beschäftigung für Kev, und in Kopien ist er wirklich unübertroffen … Wenn du für irgendetwas doch noch eine zweite Karte brauchen solltest, Enid, zögere nicht, eine anzufordern.«

Enidin atmete durch. Ihre mitgebrachten Bücher waren mit den Pferden verschwunden, und es würde schwer genug werden, das den anderen Schwestern zu erklären, aber darin stand nichts, was Enidin nicht ohnehin im Kopf hatte. Ihre Prismen hingegen, Schreibzeug für Berechnungen, die Mappe mit den Abschriften und ihre zusammengefaltete Robe waren unter den Gepäckstücken, die sie wiedergefunden hatten. »Ich brauche meine Tasche, Lorcan«, sagte sie. »Und wenn ich etwas hätte, das ich als Unterlage benutzen kann …« Nicht die Roben. Enidin wurde schlecht bei der Vorstellung, ihre kostbaren Roben auf diesem schwarzschleimigen Boden ausbreiten zu müssen, aber da stemmte sich Kevron vom Boden hoch.

»Du kannst meine Jacke nehmen«, sagte er und begann mit zitternden Händen, die Knöpfe zu lösen. »Ignorier, wie sie von außen aussieht. Die Innenseite ist noch gut.« Er lachte. »Besser als nichts. Und ich tauge auch zu irgendwas.«

Enidin nickte, nahm erst die Jacke, dann von Tymur die Karte entgegen. Alles, was sie anfasste, begann zu leuchten; Enidin wusste nicht, wohin mit dem Licht, das an ihren Fingern klebte, doch sie wagte nicht, es loszulassen, aus Angst, danach wieder ganz im Dunkeln zu sitzen. Jetzt schlug ihre große Stunde. Und vielleicht war es der falsche Moment, zuzugeben, dass sie im Leben schon viele Portale berechnet hatte, aber in der Praxis noch nie eines geöffnet, das groß genug gewesen wäre, um auch nur eine Person hindurchzulassen.

Mit zusammengekniffenen Lippen kauerte Enidin am Boden und starrte auf ihren Versuchsaufbau. Sie wusste, wie ein Portal auszusehen hatte, aber es jetzt selbst zu öffnen, ohne Anleitung, das allein wäre schon schwer genug gewesen, und dann auch noch aus drei Augenpaaren angestarrt zu werden … Enidin fühlte sich zittern, und statt selbstsicher ihre Prismen zu positionieren, wagte sie es nicht einmal, sie anzufassen.

»Ganz ruhig«, sagte Tymur. »Lass dich von uns nicht stören. Ich baue auf dich.« Es sollte sicherlich aufmunternd klingen, doch es fühlte sich an wie das Gegenteil. Enidin atmete durch, und der säuerliche Geruch drehte ihr fast den Magen um.

»Was war das?« Kevron zuckte zusammen, sah sich ängstlich nach allen Seiten um und schlang die Arme um den Körper, der ohne die schützende Jacke noch kleiner und zerbrechlicher wirkte. »Habt ihr das auch gehört?«

Enidin schloss die Augen. Sie hörte nichts. Da war nichts. Da konnte nichts sein.

»Da hinten.« Der Mann deutete über Enidins Schulter in die

Dunkelheit. »Das Knacken. Hört ihr das nicht?« Er rappelte sich auf, und im Vergleich zu seinen Knien schienen Enidins Hände ruhig. »Lorcan? Schaust du nach, was das war?«

»Es ist alles in Ordnung«, erwiderte der Kämpfer. »Setz dich wieder hin.«

Kevron schüttelte den Kopf. »Wenn da gleich etwas kommt … Wir müssen nachsehen.«

»Wir?« Lorcan verzog das Gesicht. »Hast du vor, mitzukommen?«

Mit grimmig entschlossener Miene nickte Kevron und zog sein Feuerzeug heraus. »Ich leuchte dir.«

Lorcans Augen wurden schmal. Dann, langsam, nickte er. »Du hast recht«, sagte er. »Ich glaube, ich habe das auch gehört.«

So verschwanden die beiden Männer im Unterholz. Enidin hörte ihre Schritte, eins, zwei, drei, und dann Stille.

Tymur lachte leise. »Gerissenes Kerlchen, nicht wahr?«

Enidin nickte stumm. Wenn jetzt auch noch Tymur verschwand, oder sich zumindest beiseite drehen würde – aber der schien nicht daran zu denken. Im Gegenteil, er beugte sich weiter vor, damit ihm nichts entging. Es nahm ihr nichts von der Nervosität.

»Wenn ich dir irgendwie assistieren kann, Enid, sag nur Bescheid!«

Enidin blickte auf. »Ich muss mich konzentrieren«, sagte sie wahrheitsgemäß, aber wenig überzeugend, und dann fiel ihr etwas ein. »Geht am besten ein paar Schritte in Sicherheit. Wenn ich das Portal öffne, ist es erst einmal sehr instabil – Ihr könntet hineingerissen werden.«

»Oh, mir passiert schon nichts.« Tymur beugte sich noch weiter nach vorne.

Drei Schritte entfernt im Wald hörte Enidin leises Geflüster, dann die Stimme des Kämpfers: »Tymur! Das musst du dir anschauen!«

Mit sichtbarem Widerwillen erhob sich der Prinz. »Die beiden werden keine Ruhe geben«, sagte er. »Fang nicht ohne mich an, Enid. Ich bin gleich wieder da.«

Dann war Enidin allein. Sie wusste nicht, wie viel Zeit ihr blieb. Bloß nicht daran denken, dass sie gerade ganz allein war und so hell erleuchtet, dass alles, was in diesem Wald jagte, nicht lang nach ihr suchen musste! Die Männer waren in der Nähe, passten auf sie auf, kein Grund zur Furcht. Alles, was sie jetzt zu tun hatte, war, ein Portal zu öffnen.

Enidin packte sorgfältig Karte, Schreibzeug und Jacke in die Tasche, dann ließ sie das Licht los. Die Dunkelheit hatte sie wieder, aber nichts durfte sie mehr an die Akademie erinnern, es gab nur den Anderwald und das Dorf am Rand der Berge, dieser kleine Punkt auf der Landkarte, von dem sie nichts als die Koordinaten kannte. Sie flüsterte die Formel, als wären die Worte ein großes Geheimnis, und begann zu weben. Jeder Punkt auf der Welt kommunizierte mit jedem anderen Punkt. Sie musste nur die richtigen Linien finden. Das war nichts, wofür sie die Augen gebraucht hätte. Ein letztes Mal atmete sie tief durch, dann griff sie beherzt in die Wirklichkeit wie ein Harfner in die Saiten. Sie konnte das Muster nicht sehen, aber sie konnte es fühlen, stark und fest und vibrierend unter ihren Fingern.

Vergessen waren Maße, Geraden und Winkel. Und die Prismen? Ein bloßes Hilfsmittel, um die richtigen Stränge anzusprechen. Das eigentliche Wissen steckte in Enidins Händen. Enidin wob das Muster in die Luft, es war so einfach wie Schuhe schnüren: Die Form war längst da, sie musste ihr nur folgen, sie in einem Strich nachziehen, ohne abzusetzen, und dann, als das Muster vor ihr hing in seiner ganzen verknoteten Pracht, konnte sie einen leuchtenden Eckpunkt nach dem anderen ziehen, genau dorthin, wo er später zu bleiben hatte.

Es war so einfach! Enidin wusste nicht, ob die drei Männer, die sie aus dem Schatten beobachteten, das Muster sehen konnten oder ob sie sich über die Magierin wunderten, die wild in der Luft herumfuchtelte, aber für Enidin war alles klar und deutlich. Sie packte die letzte Zacke des Sterns und zog sie nach außen. Ein großes Loch hing vor ihr in der Luft. Keine Linie kreuzte mehr eine andere, sie bildeten nur noch den Rahmen, ein Fenster zu einem anderen Ort, ein Portal, das nur darauf wartete, dass sie hindurchtraten. Enidin musste es nur offenhalten, bis die anderen hindurch waren, um es dann als Letzte zu durchschreiten und von der anderen Seite wieder zu schließen.

»Schnell, kommt her!«, rief sie und hoffte, dass nicht die Falschen sie hörten. »Seht ihr das Portal? Ihr müsst hineinsteigen! Ich weiß nicht, wie lang ich es aufrechthalten kann!«

Der nächste Augenblick fühlte sich wie eine Ewigkeit an. Plötzlich war sich Enidin nicht mehr sicher, ob die Männer wirklich noch da waren, ob der Wald sie nicht verschlungen hatte und nichts zurückgelassen als sauber abgenagte Skelette. Die Stille klingelte in ihren Ohren. Vor ihr in der Luft hing das Portal, sein Rand leuchtete so fein und golden wie aus glühendem Draht gebogen, doch auf seiner anderen Seite lag nur finstere Schwärze, noch dunkler als der Anderwald selbst, und Enidin war allein.

Ihr wurde kalt. Sie hatte ein Portal geöffnet, nur wohin? Wenn der Wald sie ausgetrickst hatte – wenn sie nur eine der alten Narben wieder aufgeknöpft hatte, wenn vor ihr das Land der Dämonen lag … Der Rand des Portals bebte, vielleicht wollte es wieder zusammenfallen, vielleicht lauerte es aber schon darauf, sich umzustülpen und die ganze Welt und Enidin mitzureißen … Warum hatte sie nicht noch einmal alles durchgerechnet? Wie konnte sie sich sicher sein, das Richtige zu tun? Wenn jetzt alles ihre Schuld war –

»Großartig hast du das gemacht, Enid!« Tymur trat aus dem finsteren Wald, lebendig wie die beiden anderen Männer, und in

Enidin drehte sich alles. Sie sollten wegrennen! Hindurchspringen! Wegrennen! Enidin straffte sich. Wenn das Portal dämonisch war, wenn gleich die Welt auseinanderriss, dann war ihnen ohnehin nicht mehr zu helfen. Aber wenn das Portal das richtige war, durften sie keine Zeit verlieren.

»Springt durch!«, schrie sie. »Schnell!«

Doch Enidin hatte die Rechnung ohne die Männer gemacht.

»Ich … ich geh aber nicht als Erster«, flüsterte Kevron. »Solange ich nicht weiß, wo das hingeht …«

»Ich muss als Letzter gehen«, sagte Lorcan fest. »Ich werde keinen von euch allein in diesem Wald zurücklassen, komme was wolle.«

Tymur sagte nichts. Er stand nur da und betrachtete das Portal, als hätte er im Leben noch nichts Schöneres gesehen.

Enidin fluchte, wie sie noch nie geflucht hatte. »Ihr geht da jetzt durch, alle drei, sofort!«, rief sie. »Wenn ich hindurch bin, existiert es auf dieser Seite nicht mehr!« Die Linien fingen an, sich wieder zusammenzuziehen, das glänzende Gold wurde bräunlich, das Leuchten ließ nach, und wenn diese drei Schwachköpfe sich nicht sofort hindurchbegaben, war das Portal weg und alle Arbeit umsonst. Wussten die Männer nicht, dass man ein Portal in jeder Mondphase nur einmal öffnen konnte und dann warten musste, bis sich der Raum wieder erholt hatte? »Geht da durch!«, brüllte Enidin mit allem, was sie an Zorn und Autorität aufbringen konnte.

Endlich kam Bewegung in Tymur. Er packte Kevron beim Kragen und stieß ihn durch das Portal, schnappte sich Lorcan beim Arm und zerrte ihn mit sich. Sie waren hindurch und das am Ende alle rechtzeitig.

Alle Furcht war gewichen. Enidin nickte, griff nach der Tasche, betrachtete ihr Werk zum letzten Mal, und dann stieg sie hinein, so ehrfurchtsvoll und anmutig, als käme eine goldene Kutsche, um sie abzuholen, sammelte in der Bewegung ihre Prismen vom Waldboden, als hätte sie ihr Leben lang nichts anderes gemacht – und dann war sie auf der anderen Seite. Der Anderwald lag hinter ihnen.

Einen Augenblick lang hing Enidin zwischen zwei Welten, außerhalb der Wirklichkeit, wo die Welt nur eine Erinnerung war. Einen Augenblick lang war alles, das Enidin Herz und Leben schwer gemacht hatte, auf der anderen Seite. Einen Augenblick lang schwebte sie, einen Herzschlag nur – dann landete sie mit lautem Scheppern in etwas Blechernem, das mit ihr zusammen zu Boden ging und dabei genug Lärm machte, um auch den letzten Hauch von Magie in die Flucht zu schlagen.

Die Stelle, wo sie sich gestoßen hatte, tat weh, und Enidin verstand, dass sie auf einem Stapel Schüsseln gelandet war. Es war stockdunkel. Direkt in der Nähe hörte sie Atemgeräusche, ein verlegenes Lachen. »Enid?«, fragte eine leise Stimme, die nicht zu Tymur gehörte, und wer immer es dann war, sollte gefälligst ihren vollen Namen benutzen, doch das hatte Zeit für später. Erst einmal hieß es, dass sie alle am gleichen Ort gelandet waren und das nicht im Land der Dämonen, sondern in der menschlichen Zivilisation. Es schien eine Art Lagerraum zu sein, aber auch wenn Kevron wieder mit seinem Feuerzeug hantierte, war nicht viel zu erkennen.

Enidin hörte ihre Knie knacken, als sie sich aus den Blechschüsseln befreite, und klopfte sich ab. Das würde blaue Flecken geben, doch wenn blaue Flecken das Einzige waren, was sie als Andenken an den Anderwald davontrug, war das allemal ein Sieg. Wo Schüsseln waren, waren auch Menschen, sie konnten neue Ausrüstung bekommen, vielleicht Ersatz für die verlorenen Pferde … Vorsichtig tastete Enidin sich vor, sie wollte nicht ins nächste Regal laufen und erst recht nicht in einen von den Männern, aber da wurde auch schon die Tür aufgerissen, Licht fiel herein und ein gellender Schrei.

Dort stand eine Frau, die den Türrahmen mit ihrer stattlichen

Erscheinung füllte. Wenn nicht die bestickte Schürze sie als Wirtin ausgewiesen hätte, tat das die Schöpfkelle in ihrer Hand, die sie wie eine Waffe erhoben hatte. Doch statt damit zuzuschlagen, hereinzukommen oder wieder zu gehen, blieb die Frau stehen und brüllte wie am Spieß.

»Keine Sorge, gute Frau, Ihr habt alles Recht, Euch zu erschrecken, aber …« Tymur hätte sich die Worte ebenso gut sparen können. Die Frau war nicht zum Zuhören gekommen, und egal wie freundlich Tymurs Stimme auch klingen mochte, in dem Licht war nun zu erkennen, dass sie alle vier aussahen wie etwas, das im Anderwald lebte oder auch nicht, zerzaust und schmutzig. Selbst wenn Tymur von ihnen allen am wenigsten davon abbekommen haben mochte, sah ein hochherrschaftlicher Prinz doch anders aus.

Hinter der Wirtin ertönte Getrampel, Stimmen wurden lauter. »Jetzt lass endlich die Ratten!«, rief ein Mann, und ein anderer: »Gib Ruhe, Frau, das Bier wird sauer davon!«, dann tauchten weitere Umrisse von Menschen an der Tür auf, und nur die Tatsache, dass die Wirtin dort stand wie festgewachsen, verhinderte, dass sie alle in die Kammer gestürmt kamen.

Eigentlich konnte Enidin stolz auf sich sein. Sie hatte nicht nur den Ort getroffen, sie hatte ihre Gefährten sogar in die Sicherheit eines Gasthauses gebracht – und dass sie dabei in der Speisekammer gelandet waren, so eine kleine Ungenauigkeit musste man in Kauf nehmen, bedachte man, mit welch knappen Angaben Enidin ihre Berechnungen hatte anstellen müssen. Um sie herum standen Regale, in denen Lebensmittel lagerten, unter der Decke hingen Würste, aber womit auch immer die Wirtin gerechnet hatte, vier verdreckte Fremde waren es sicherlich nicht.

Enidin straffte sich. Sie würde einiges zu erklären haben, im Geiste suchte sie schon nach einfachen Worten, die auch diese einfältige Landbevölkerung verstehen würde – da schoben die Leute schon die Wirtin beiseite und standen in der Kammer.

»Dämonen!«, brüllte einer, und das war das Zauberwort für die übrigen, herbeizustürmen, bereit, alles kurz und klein zu schlagen. Ehe Enidin wusste, wie ihr geschah, wurde sie grob gepackt. Sie schrie auf, aber es passierte alles auf einmal. Als die Schatten sie im Wald angegriffen hatten, war das ein schneller, geplanter Angriff gewesen, entsetzlich, doch ebenso rasch wieder vorbei. Hier war es das Gegenteil, niemand schien zu wissen, was er tat, und Enidin fühlte sich hin und her gestoßen, geschlagen, und dass sie keine Gegenwehr leistete, half ihr auch nicht.

»Lorcan!«, rief sie. »Hilfe!« Aber was erwartete sie? Lorcan war da, um Tymur zu beschützen, nicht Enidin, und Tymur wurde in diesem Augenblick nicht weniger bedrängt als sie. »Nehmt Eure Hände von mir!«, sagte sie, laut, kalt und so ruhig sie konnte. »Ich bin Enidin Adramel von der Akademie der Luft, und Ihr wollt keine Magierin zum Feind haben!«

Es war schwer, die Würde zu bewahren, während sie durch die Wirtsstube geschleift wurde, doch Enidin gab ihr Bestes. Nur interessierte das niemanden. Die Männer grölten. Sie mussten betrunken sein – aber auch Wochen in der Gesellschaft von Kevron hatten Enidin nicht auf diesen Moment vorbereitet. Sie hatte ihn oft genug betrunken erlebt und gelernt, dann Abstand zu halten, doch selbst wenn er dann lauter wurde und auf unangenehme Weise körperlicher, behielt er seine Hände bei sich, und hier war eine ganze Schankstube voller Menschen, denen man nicht einfach ausweichen konnte.

»Schlagt sie tot!«, rief irgendjemand. »Schlagt sie tot wie 'n tollen Hund!«

Enidin versuchte, nicht in Panik zu geraten. Aber das war nichts, worüber man einfach so entscheiden konnte. Da half es auch nicht, dass irgendwo am anderen Ende des Raumes Lorcan austeilte, als hätte er nur auf diesen Moment gewartet. »Halt!«, hörte man ihn rufen. »Zurück! Dies ist der Sohn des Königs!« Aber die

Männer waren sicher beeindruckter von seinen Fäusten. Warum zog er nicht sein Schwert? Wofür hatte er das Ding? Es ging um ihr Leben! »Wir sind keine Dämonen! Wir sind Menschen wie ihr!«

»Fasst sie nicht an!«, schrie jemand in der Menge. »Sonst fressen sie eure Seelen!«

Enidin lachte, etwas anderes fiel ihr nicht mehr ein. Vernunft half nichts bei diesen Kerlen, die betrunken waren und am Ende noch mehr Angst hatten als sie selbst, doch wenn sie Enidin fürchteten … Sie erhob ihre Stimme, riss ihre Arme los, streckte sie dramatisch in die Höhe und fing an, Zauberformeln zu rufen. Das Erstbeste, was ihr einfiel, war die Beschwörung, mit der man Wasser reinigte, nur konnte das irgendeiner von den Leuten hier wissen? Die Hauptsache war, es klang eindrucksvoll und bedrohlich – und es wirkte. Derjenige, der Enidin gepackt hielt, ließ sie los. Einen Moment lang stand sie frei, dann zerrte etwas von hinten am Saum ihres Kleides. Unwillkürlich machte sie einen Schritt in die Richtung und stieß gegen einen Tisch.

»Schscht! Enid! Hierher!« Enidin fuhr herum. Im Schatten zwischen den Tischbeinen kauerte Kevron und bedeutete ihr, sich zu ihm zu gesellen. Sie zögerte nur einen Augenblick lang und tauchte ab. Es funktionierte. Ob die dachten, Enidins Zauberspruch hätte sie unsichtbar gemacht?

Neben ihr lachte Kevron leise, dann krabbelte er weiter, unter einer Bank durch zum nächsten Tisch. Er blickte sich um, dann griff er verstohlen hoch und angelte nach einem Krug, der dort unbeachtet stand, und schüttelte enttäuscht den Kopf, als dieser sich als leer herausstellte. Danach verschwand er in den Schatten. Enidin folgte ihm nicht. Sie war froh, dieses Versteck für sich allein zu haben und von dort aus sehen zu können, was passierte. Wo Lorcan steckte, war unübersehbar und vor allem unüberhörbar – da, wo es schepperte. Nur, wo war Tymur? Jetzt, da Enidin nicht mehr um ihr eigenes Leben bangen musste, sorgte sie sich um den Prinzen.

»Hört mich an!«, rief Lorcan. Er stand inzwischen auf einem Tisch, und Enidin musste sich weit aus ihrem Unterschlupf lehnen, um mehr von ihm zu sehen als nur seine kräftigen Beine, aber sie verstand, dass er endlich sein Schwert gezogen hatte. Und dort drüben war auch Tymur, von einem kleinen dicken Mann im Zwingengriff gehalten, und machte dabei keine bessere Figur, als es Enidin gerade selbst getan haben musste. Alle Augen waren auf den Kämpfer gerichtet. »Seht ihr nicht«, fuhr der fort, »dass wir Menschen sind wie ihr?«

Ein Knarren, ein Luftzug, und eine laute Stimme vom anderen Ende des Raumes. »Was geht hier vor?« Und endlich war der Mob still.

Enidin musste zur anderen Seite des Tisches kriechen, um sehen zu können, wer dort sprach. In der offenen Tür stand ein Mann, dem dieser Haufen zu gehorchen schien, und das, obwohl unter dem dunkelblauen Mantel noch der Saum eines Nachthemds hervorragte. Er war mittleren Alters, trug einen gewaltigen Schnauzbart und ein paar letzte Büschel dunkelgrauen Haares auf dem Kopf, und wer immer er war, die Leute hier hatten Respekt vor ihm.

»Es ist was passiert, Schulze.« Einer der Männer trat vor. »Du wirst uns das nicht glauben, aber wir haben hier Dämonen. Sind einfach so aufgetaucht!«

»Haben erst gedacht, das wären Mäuse!«, rief ein anderer dazwischen. »Aber schau selbst!« Es war der Mann, der Tymur gepackt hielt, und er stieß seine Beute mit einem Grinsen vorwärts wie eine Trophäe, um die er hart gekämpft hatte.

»Dämonen?«, fragte der Schulze verächtlich. »Ich seh nur einen Haufen Idioten und ein paar verdreckte Fremde.«

»Fremde klopfen an die Tür! Sie erscheinen nicht in der Speisekammer!«

»Und keiner hat sie reinkommen sehen! Sicher sind das Dämonen!«

»Gebt Ruhe!«, schnaubte der Schulze. »Bringt sie raus! Dämonen oder nicht, das ist Ruhestörung, was ihr hier veranstaltet.«

»Freu dich lieber, dass wir dir das Dorf unterm Arsch weg retten!«, grölte einer von den Betrunkeneren. »Kannst ruhig mal danke sagen, du hättst glatt alles verschlafen und morgen früh gemerkt, dass keiner mehr am Leben ist, wenn wir nicht –« Er gab erst Ruhe, als ihn ein Kumpan so nachdrücklich knuffte, dass er das Gleichgewicht verlor und vornüberkippte.

Lorcan schob sein Schwert zurück in die Scheide und stieg vom Tisch, und Enidin fragte sich, ob dies das Zeichen war, dass sie selbst auch wieder hervorkommen konnte. Erst einmal wartete sie ab, was der Kämpfer jetzt tat. »Sag deinen Männern, sie sollen von meinen Gefährten ablassen«, sagte Lorcan laut und ruhig. »Wir sind alles andere als Dämonen – dieser Mann hier ist Tymur Damarel, Sohn des Königs, und jene junge Frau« – nun deutete er in Richtung von Enidins Tisch, dass sie keine Wahl mehr hatte, als ganz schnell wieder auf die Füße zu kommen – »Enidin Adramel, die Magierin, deren Portal uns hierher gebracht hat. Und dass wir dabei nicht auf dem Marktplatz gelandet sind, sondern ausgerechnet in der Speisekammer, liegt nur daran, dass sie dabei in Eile war, unsere Leben zu retten.«

»Sohn des Königs, so?« Der Schulze klang so ungläubig, wie es von ihm zu erwarten war, und wirklich, Tymur tat gerade extrem wenig, um wie ein Prinz zu wirken … »Und eine Magierin, pah!«

Immerhin schob der Mann, der Tymur festhielt, ihn jetzt in Richtung Ausgang, nur als sich dann auch Kevron am anderen Ende des Raumes unter seinem Tisch hervorwagte, hatte er Pech – der Mann, hinter dessen Rücken er auftauchte, hatte bessere Reflexe, als man von ihm erwarten konnte, fuhr herum, versetzte Kevron einen Schlag und hatte ihn im nächsten Moment buchstäblich unter den Arm geklemmt.

Der Schulze lachte auf eine Weise, die sich gut mit einem Gähnen vereinen ließ. »Ich seh hier weder einen Königssohn noch eine Magierin. Aber ich seh hier auch keinen Dämon. Müsst ihr mich gleich aus dem Bett holen, nur weil ihr ein paar Fremde verdreschen wollt?«

»Verdreschen reicht nicht!«, rief jemand von hinten. »Nicht am Leben lassen dürfen wir die!«

»Ja, und schreibst du dann dem König, wenn das wirklich einer von seinen ist?« Der Schulze schüttelte den Kopf und zeigte damit die größte Vernunft, die von einem Mann in seiner Lage und mit seinem Verstand zu erwarten war. »Ich sag euch, was wir machen. Ihr lasst die Leute in Ruhe, wirklich, wenn das Dämonen sind, habt ihr erst recht eure Hände bei euch zu behalten, haben euch eure Mütter denn nichts beigebracht? Dämonen packt man nur mit der Kneifzange an oder überhaupt nicht. Nein, ihr lasst die Leute los, sperrt sie bis morgen zurück in die Speisekammer, und bei Tageslicht, und vor allem, wenn ich meinen Schlaf hatte, schau ich mir das Ganze noch mal an.«

»Nein!«, schrie eine Frau, und Enidin erkannte die Wirtin schon am schrillen Klang ihrer Stimme. »Nein, das kannst du nicht! Das lasse ich nicht zu! Nicht in meiner Speisekammer, nicht in meinem Haus, ich will die hier nicht haben!«

Wer wirklich in diesem Dorf das Sagen hatte, wusste Enidin nicht, aber in jedem Fall war es die Wirtin, die sich am Ende durchsetzte. Enidin und ihre Gefährten folgten dem Schulzen ins Freie. Draußen wartete ein sternenklarer Himmel auf sie und eine Luft, die in ihrer schneidendkalten Reinheit schon wieder eine Herausforderung darstellte – nach der stickigen Wirtsstube und den grünlichen Schwaden des Anderwalds wurde Enidin plötzlich schwindelig. Sie war fast froh, dass immer noch ein Mann neben ihr ging und sie festhielt, sonst wäre sie gestrauchelt. Auch Tymur und Kevron wurden geführt, nur an Lorcan wagte sich niemand heran – er folgte auch so ohne Gegenwehr.

Tymur hatte seine Sprache immer noch nicht wiedergefunden, doch zumindest waren seine Bewegungen nicht so unsicher wie die von Kevron. Für diese Nacht blieb Lorcan ihr Wortführer, auch wenn er klang, als ob er diese Rolle lieber auf dem schnellsten Weg wieder loswerden wollte. Er streckte sich, dass seine Schultern knackten, und legte dem Schulzen eine Hand auf den Arm. »Danke«, sagte er. »Wenn Ihr uns nun die Gelegenheit gebt, uns zu erklären –«

»Gar nichts gebe ich euch!«, schnauzte ihn der Schulze an und schüttelte unwirsch die Hand ab. »Ich weiß es nur besser, als mich mitten in der Nacht mit Dämonen anzulegen. Jeder, der hier in der Gegend nach Sonnenuntergang auf den Beinen ist, ist selbst schuld. Wirklich, die hätten das nicht besser verdient, aber ihr hier« – er machte eine vage Armbewegung in Richtung der vier Gefangenen – »für euch muss ich jetzt einen Platz finden, wo ich euch bis morgen lassen kann.«

»Habt ihr denn kein Gefängnis?«, fragte Tymur sanft, und Enidins Herz tat einen Hopser, dass es ihm doch gutzugehen schien. »Ich lagere Personen immer gern in Gefängnissen ein. Und übrigens, ja, ich bin Tymur Damarel, und ich würde mich freuen, losgelassen zu werden. Wenn unser Lorcan hier nicht wegrennt, tue ich das auch nicht.« Tymur nickte lächelnd. »Ich gebe Euch mein Wort, keiner von uns wird davonlaufen. Wir sind so interessiert wie Ihr, diese Angelegenheit aufklären –«

»Ruhe!«, bellte der Schulze. »Ich muss nachdenken, also lasst mich.«

»Was ist denn mit deinem Keller?«, fragte der Mann, der Enidin festhielt – nicht im Haltegriff, aber bei den Schnüren ihres Kleides, was mindestens so unangenehm war. »Du prahlst doch sonst immer, dass da keiner reinkommt – dann kommt da sicher auch keiner raus!«

»Mein Weinkeller?«, rief der Schulze entrüstet. »Du willst, dass ich Dämonen in meinen Weinkeller sperre?«

Ein leiser Seufzer kam aus Kevrons Richtung herüber, und das war das erste Zeichen dafür, dass der Mann nach dem Schlag auf den Schädel, den er sich da eingefangen hatte, noch bei Bewusstsein war; er hing in den Armen seines Bewachers wie ein nasser Sack, und dass ausgerechnet bei der Aussicht auf einen Weinkeller wieder Leben in ihn kam, sah ihm ähnlich.

»Na, wohin sonst?«, fragte der Mann zurück. »Du bist doch derjenige, der meint, dass sie gar keine Dämonen sind, und der Einzige, der sie bis morgen behalten will – jeder hier von uns würde sie sofort erledigen, also ist es nur gerecht, wenn du sie mitnimmst.«

»Aber – mein Weinkeller!«

Der Mann lachte. »Was soll schon passieren? Die werden dir bis morgen schon nicht alles wegsaufen, und wenn doch, können sie nicht mehr stehen und sich auch nicht erklären, das wissen sie. Die sind dir schon so dankbar, dass sie überhaupt noch atmen.« Er schüttelte Enidin, dass ihr Kopf unwillkürliche Nickbewegungen machte.

Sie hoffte, dass Kevron genau zuhörte und sich jedes dieser Worte zu Herzen nahm. Sie sah einer Nacht in einem Weinkeller gelassen entgegen, es war allemal besser als der Anderwald, und bei Tageslicht sollte alles anders aussehen – nur wollte sie diese Nacht nicht mit einem abscheulich betrunkenen Mann verbringen müssen. Doch es half nichts: Der Schulze konnte grübeln, so lange er wollte, diese gefährlichen Dämonen gehörten hinter Schloss und Riegel, und das Schloss an seinem Weinkeller schien das einzige zu sein, dass es im ganzen Dorf gab.

ZWÖLFTES KAPITEL

Als Kevron in Richtung der Kellertreppe geworfen wurde, versagten seine Beine, seine Arme und alles, was er in den letzten Wochen übers Hinfallen gelernt hatte. Er stürzte vorwärts, überschlug sich und konnte von Glück sagen, dass er sich nichts gebrochen hatte, als er am Fuß der Treppe liegen blieb, am ganzen Körper zitternd und mit mehr blauen Flecken, als er zählen wollte. Kevron blieb liegen, wo er war, und schloss die Augen. Es war dunkel im Keller, und er war froh darum: Es reichte ihm, die Weinfässer riechen zu können.

Zwei Tage ohne Wein. Zwei Tage ohne Wein sollten kein Problem sein. Er hatte schon viel länger durchgehalten. Schlaf, das war das Problem. Kevron war ebenso lang ohne Schlaf, wie er ohne Wein war – und auch wenn er die Stunden nicht gezählt hatte, hatte jede von ihnen eine Kerbe in seine Knochen geschnitzt, und die Zeit, die er im Anderwald verbracht hatte, zählte doppelt. Jetzt konnte er nicht mehr. Zu erschöpft, um überhaupt noch müde zu sein, wartete Kevron auf Schlaf, auf den anderen Morgen, und ihm grauste vor beidem.

Irgendwo in seiner Nähe lachte Tymur. »Na, wer hätte gedacht, dass dieser Tag so ein Ende nimmt?«

»Das ist wirklich kein Grund zum Lachen!«, fauchte Enidin,

und so, wie sie klang, brauchte sie Schlaf mindestens so dringend wie Kevron. »Und dass Ihr einfach zugelassen habt, dass man uns hier unten einsperrt –«

»Was hätte er sonst tun sollen?«, fragte Lorcan, und Kevron hätte sich am liebsten mit beiden Händen die Ohren zugehalten, um endlich seine Ruhe zu haben. »Wir können froh sein, dass uns nicht mehr passiert ist – und Ihr dürft mir glauben, wäre der Schulze nur ein paar Augenblicke später gekommen, es hätte Verletzte gegeben.«

Kevron knurrte. »Es gibt auch so Verletzte!«

»Ach, Kev.« Er hörte Tymur mit der Zunge schnalzen. »So schlimm kann es doch nicht sein. Schau dich um. So viel Wein – da muss dir doch das Herz aufgehen!«

Zornig rappelte Kevron sich auf. Durch ein kleines vergittertes Fenster fiel ein wenig Mondlicht herein, gerade genug, um die dunklen Umrisse der Fässer drohend vor ihm aufragen zu lassen. »Der Wein interessiert mich genau so wenig wie euch«, log er. »Was ist schon eine Nacht?« Er war nicht blöd. Wenn sie am anderen Tag heil davonkommen wollten, durfte keiner von ihnen den Wein angerührt haben. »Wasser wär mir lieber.« Er schluckte, und die Zunge blieb ihm kleben. »Ich hab Durst, einfach Durst, und ich will mich waschen können.«

»Oh-oh!«, machte Tymur. »Schnell, Lorcan, das Schwert! Kevron ist von einem Dämon besessen! Er würde sich niemals freiwillig waschen.«

»Tymur, hör auf«, sagte Lorcan. »Lass uns in Ruhe. Wirklich. Wenn wir versuchen wollen, bis morgen ein bisschen Schlaf zu bekommen ...«

»Schlaf?« Wieder so ein Wort wie ein Peitschenschlag. »Wir schlafen nicht heute Nacht. Wir haben zu tun. Kev, mach Licht. Ich habe beim Reinkommen eine Laterne gesehen, die wirst du brauchen. Ich habe Arbeit für dich. Enid, du holst Wasser. Draußen auf dem Dorfplatz ist ein Brunnen. Mach ein Portal auf. Kev, Schreibzeug raus. Du wirst einen Brief aufsetzen. Und du, Lorcan …« Tymurs Denkpause wirkte gespielt. »Du darfst dich ausruhen. Du hast uns vorhin so heldenhaft verteidigt, du hast dir wirklich ein bisschen Schlaf verdient.«

Wütend warf Kevron sein Feuerzeug in die Richtung, aus der er den Prinzen hörte. »Mach dein Licht doch selbst!« Es war wieder so eine Prüfung. Tymur wollte nur wissen, wie sie reagierten. Er konnte schon nicht vorhaben, Kevron in dieser Nacht auch noch Briefe schreiben zu lassen.

»Du glaubst mir nicht?« Kevron schrak zusammen. Plötzlich war Tymurs Stimme direkt neben ihm. »Du wirst tun, was ich dir sage. Enid auch. Denkt ihr, ich quäle euch mit Absicht? Wir haben keine Wahl. Wenn wir wollen, dass man uns glaubt, dann müssen wir zwei Dinge beweisen: Das eine ist, dass Enid eine Magierin ist. Beweisen wir ganz einfach, indem wir sie ihre Magie wirken lassen. Ich fände ja ein paar Feuerbälle ganz eindrucksvoll, aber ach, das kann sie nicht. Doch wenn sie uns Wasser herbeizaubert, mit dem wir morgen blitzblank und sauber aus diesem Kerker steigen – da wird der Schulze Augen machen. Und das andere … Ich überlasse es dir, Kev, aus mir einen Prinzen zu machen. Mit Brief und Siegel.«

Dann war die Stimme fort, leise Füße tapsten die Treppe hinauf, und kurz darauf brannte dort oben tatsächlich eine Laterne,, echtes Licht, ganz ohne Magie – und ganz ohne Magie zeigte es ihnen auch, wie erbärmlich sie aussahen. Im Sitzen lehnte sich Kevron an die Wand, sonst wäre er wohl umgekippt. »Du hast ein amtliches Schreiben dabei, Tym«, sagte er mürrisch. »Von deinem Vater, für die Alfeyn. Hättest du dem Schulze längst zeigen können, dann säßen wir jetzt nicht hier.«

»Und wo soll ich das haben?« Tymur schüttelte den Kopf, und während er auf und ab ging, war sein Schatten hinter ihm so lang und dünn und schwarz, als hätten sie wirklich einen leibhaftigen Dämon bei sich. »Auf den Pferden, die so bedauerlich aufgefressen worden sind, waren nicht nur Proviant und Zelte, mein Lieber.«

Kevron biss sich auf die Zunge. Er war sich sicher, dass Tymur log, nur was sollte er tun? Ihn zwingen, seinen Schriftrollenbehälter herzuzeigen, das eine Ding, an dessen Existenz niemand von ihnen auch nur zu denken wagte und von dem die Magierin nichts erfahren durfte? Er seufzte. »Schlafen kann ich wohl auch noch, wenn ich tot bin.«

»So ist's brav.« Tymur nickte. »Und du, Enid?«

Die schüttelte den Kopf. »Ich denke nicht daran«, sagte sie. »Ein Portal, um uns aus Lebensgefahr zu holen – das ist eine Sache. Aber ein Portal, nur damit Ihr Euer Gesicht waschen könnt - das ist nur eitel. Der Magie gebührt Hochachtung, und mir auch.«

Tymur zischte. »Hochachtung willst du, so?«, fragte er verächtlich. Die Zeit des Turtelns war wohl endgültig vorbei, und Kevron konnte sich für Enidin nur freuen, wenn sie jetzt endlich erwachte und aufhörte, einen Mann anzuhimmeln, für den ein Eisklotz als Wärmflasche gereicht hätte. »Sauberes Wasser ist das Mindeste ... Ich habe dir vertraut, dass du uns in Sicherheit bringst – stattdessen sind wir in Lebensgefahr gelandet, schlimmer als alles, was uns im Wald hätte widerfahren können, und wäre Lorcan nicht gewesen ...«

Auch in diesem Licht sah Kevron, wie Enidin erbleichte. »Wie Ihr wünscht«, sagte sie tonlos.

»Es muss auch kein großes Portal werden.« Schon war Tymur wieder beim Plauderton angekommen. »Schau, hier habe ich einen Krug gefunden. Ich nehme an, er ist eigentlich dazu gedacht, Wein aus den Fässern zu zapfen, aber du kannst ihn zum Brunnen und zurück zaubern, das ist doch wirklich nicht zu viel verlangt.«

»Gebt mir den Krug.« Bis zu diesem Tag hätte Kevron nicht erwartet, jemals so etwas wie Sympathie für die Magierin zu empfinden, aber es war so viel passiert, und nun klang sie wie ein unglückliches Kind, das nur darauf wartete, in den Arm genommen zu werden – und Kevron respektierte sie genug, um genau das nicht zu tun.

Er tastete nach seiner Tasche. »Ich brauche mehr Licht!«, sagte er laut und schniefte. Von der rechten Arbeitsstimmung war er so weit entfernt wie nur etwas. Wo war Katzenkraut, wenn man es brauchte? Kevrons Hände zitterten, als er die Schnallen seiner Tasche löste. »Und was schreibe ich jetzt?«

Es roch schlecht im Keller, kaum besser als im Anderwald, muffig von leeren Fässern, in denen noch ein letzter Rest vor sich hin gammelte, säuerlich von altem Wein, der beim Zapfen ausgelaufen und in die Ritzen gesickert war, wo der Steinboden Risse hatte und man mit dem Schrubber nicht drankam – und was hier draußen für den Schulzen wirklich ein unbezahlbarer Schatz sein mochte, wäre in Neraval noch nicht mal in die Nähe der Goldenen Schwalbe gekommen. Man nahm, was man bekommen konnte … und Kevron hätte alles genommen.

Arbeiten. Arbeiten war vielleicht das Beste, was ihm in dieser Nacht passieren konnte. Tymur wusste das, und Kevron verfluchte ihn dafür. Er brauchte Notizpapier und einen Bleistift für den Entwurf. Beim Entwurf war es egal, wie sehr seine Hände zitterten, und bis er sich an die Reinform machte, hatte er sich wieder im Griff. Hoffte er. Kevron schnipste mit den Fingern in Tymurs Richtung. Er hatte ihn was gefragt.

»Wie ich gesagt habe«, antwortete Tymur achtlos. »Lass es offiziell aussehen, und dann schreib irgendwas von wegen, dass ich dein Sohn bin und wir auf königlicher und höchst geheimer Mission nach Ailadredan sind.«

Kevron schüttelte den Kopf. »Du musst mir schon was Genaueres sagen, am besten, du schreibst es mir auf, so wie dein Vater das sagen würde. Was weiß ich, wie dein Vater sich ausdrückt? Ich bin Fälscher, kein Formulierer.« Da, jetzt war es einfach heraus, das Geheimnis, und es interessierte niemanden. Lorcan hatte sich das sicher längst gedacht, und Enidin war zu sehr mit sich selbst beschäftigt, um auf die Frage anzuspringen, wozu der Prinz ausgerechnet einen Fälscher brauchte.

»Ach«, machte Tymur. »Aber seine Handschrift, die kannst du?«

»Ich habe sie im Kopf, oder zumindest, ich habe sie so im Kopf, wie ich sie vor ein paar Jahren mal nachgemacht habe.« Kevron schniefte noch einmal. »Wenn es dir nur darum geht, mich auf die Probe zu stellen, sag das gleich, ich habe Besseres zu tun, als mir ausgerechnet hier ein Meisterwerk aus den Rippen zu schneiden.«

Tymur lachte. »Du bist mir nur böse, weil du nicht an den Wein darfst! Sonst sollte man meinen, du freust dich, deine Kunst einmal vorführen zu dürfen.«

»Ich freu mich, wenn ich geschlafen habe«, knurrte Kevron. »Aber von mir aus, ich denk mir was aus, wenn du mir nichts vorgeben willst. Du bist derjenige, der im Zweifelsfall auffliegt und für einen Hochstapler gehalten wird.« Es war ein Machtkampf, nichts weiter. Kevron hatte schon genug amtliche Schreiben aufgesetzt, um zu wissen, was drinzustehen hatte, und dass der Schulze auch nur die Handschrift des Königs kannte, geschweige denn seine Ausdrucksweise, war unwahrscheinlich. »Papier, grobes Pergament oder feines?«

»Feines, warum fragst du?«

Kevron zuckte die Schultern. »Von dem feinen habe ich nur drei Bögen mit. Dachte, für so eine Expedition wird der König vielleicht etwas Robusteres nehmen. Aber feines geht schon in Ordnung.«

Er wartete, bis man ihm die Lampe hingestellt hatte, und nutzte die Zeit bis dahin, um sich zu sammeln. Der Fußboden war uneben, und wenn Kevron keine geeignete Unterlage fand, würde sich das

Muster der Steine in der vermeintlichen Urkunde wiederfinden. Was war aus Enidins mitgeschleppten Büchern geworden? Die hätten den optimalen Untergrund abgegeben – aber es musste auch so gehen. Kevron hörte die Magierin in ihrer Ecke murmeln, er wollte sie nicht stören und lieber auch nicht lange darüber nachdenken, was genau sie da gerade tat – diese ganze Magiesache war ihm unheimlich. Wenigstens war der Boden sauber. Wenn Kevron ihn mit dem übrigen Pergament abdeckte, bekam er einen Untergrund, der an einen mit Papieren bedeckten Schreibtisch erinnerte …

Kevron ignorierte seine noch immer schmerzenden Prellungen, die blutige Nase und den dröhnenden Schädel und machte sich ans Werk. Erst setzte er den Text auf, ließ ihn von Tymur abnicken, dann packte er Tinte und Gänsefeder aus. Die Feder hatte in der Tasche gelitten, und Kevron musste lange an ihr herumschnippeln, bis sie ihm gefiel. Kein König, der etwas auf sich hielt und für ein offizielles Schreiben Pergament nahm, würde dann eine Feder aus Metall benutzen. Und so leid es ihm tat, Tymur recht geben zu müssen – in dem Moment war wirklich das ganze Drumherum vergessen.

Danach ging alles ganz schnell. Kevron tunkte die Feder in das Tintenfass und schrieb so glatt und flüssig, wie es auch der König getan hätte. Man sah Buchstaben an, ob sie geschrieben oder gemalt wurden, und wenn es eine Sache gab, an welcher der Schulze die Fälschung hätte durchschauen können, dann, wenn das Ergebnis nach zu viel Mühe aussah.

Schon schob sich der Schatten eines höchst prinzlichen Kopfes ins Bild. »Faszinierend«, sagte Tymur. »Wenn mein Vater das wüsste …«

»Ich muss normalerweise nicht so hudeln«, murmelte Kevron durch die Zähne. Dass er normalerweise auch nicht bei der Arbeit reden musste und kein Publikum hatte, verstand sich von selbst, trotzdem fühlte er sich genötigt, sich zu entschuldigen. »Ich mache mehrere Entwürfe, suche den besten aus, und ich habe eine bessere Feder, einen richtigen Schreibtisch ...« Er seufzte. Da ging sie hin, die Zufriedenheit mit seinem Werk. »So wird das nichts, ich garantiere dir, niemand wird darauf hereinfallen, niemand, noch nicht mal im Dunkeln.«

»Du machst das schon.« Tymur klopfte ihm auf die Schulter, und natürlich bedeutete das, dass Kevron noch einmal von vorn anfangen musste. »Der Schulze kennt die Schrift meines alten Herren nie und nimmer. Hauptsache, es sieht eindrucksvoll aus.«

»Dann hättest du das auch selbst schreiben können«, murrte Kevron und wusste, seine Berufsehre hätte das niemals zugelassen. Immerhin gelang ihm der zweite Versuch. »Jetzt gib mir dein Siegel, dann sind wir fertig.«

»Mein Siegel?«, fragte Tymur mit schlecht gespieltem Erstaunen zurück.

Kevron grunzte. »Na, du wirst doch dein Petschaft dabeihaben – Siegelring, was auch immer. Du kannst mir nicht sagen, dass den auch die Dämonen gefressen haben.«

»Und wenn es so wäre?«, fragte Tymur, und dass er dabei kein Stück bedauernd oder besorgt klang, drehte Kevron den Magen um. Was unter Tymurs Oberfläche zuging, konnte er nur erraten, aber die Leichtigkeit, mit der er die Ereignisse im Anderwald abtat, war selbst für Kevrons Geschmack zu dickfellig.

»Dann brauch ich länger als die halbe Nacht, um ein neues zu machen«, sagte Kevron. »Ich bin ein erstklassiger Graveur, aber ich brauche mein Werkzeug und meine Zeit.«

»Aber ich will Kev Kaltnadel mit der kalten Nadel sehen!« Tymur klang trotzig wie ein kleines Kind und so sensationslüstern, dass er sich schämen sollte. Kevron war sich vollkommen sicher, dass der Prinz einen Siegelring dabeihatte, selbst wenn er den nicht am Finger trug.

»Kannst du vergessen.« Mit dem dreckigsten Grinsen, das er

zustande brachte, reichte Kevron dem Prinzen sein Federmesser. »Hier, schneid dir einen Knopf ab.«

»Was?« Kevron hatte es endlich geschafft, Tymur zu irritieren.

»Deine Knöpfe haben eine Wappengravur.« Kevron kostete jedes seiner Worte aus. »Für ein einfaches königliches Siegel reicht das völlig.«

Wenn es eine Sache gab, bei der man Tymur packen konnte, dann bei seiner Eitelkeit – auch wenn Kevron manchmal das Gefühl hatte, dass selbst die nur gespielt war. »Vielleicht … vielleicht finde ich meinen Siegelring ja doch noch irgendwo«, murmelte Tymur kleinlaut. Und das geschah ihm recht.

Als am anderen Morgen die Schlösser an der Kellertür aufgesperrt wurden, schreckte Kevron hoch. Er war dann wohl doch irgendwann eingeschlafen, in einer Ecke auf dem harten Steinboden. Jeder Knochen tat ihm weh, jeder Muskel dazu, und was den Schlaf anging, hätte er noch dreimal so viel gebraucht, um sich wieder wach zu fühlen.

Dunkel erinnerte sich Kevron noch daran, dass es Enidin wirklich gelungen war, Wasser herbeizuzaubern, aber die sauberen Gesichter seiner Gefährten waren auch für ihn eine Überraschung, noch bevor sich der Schulze darüber wundern konnte. Kevron wusste nicht, ob das auch für ihn galt, ob er sich noch vor dem Einschlafen selbst gewaschen hatte oder die anderen das für ihn übernommen hatten. Zumindest seinen Durst schien er noch gestillt zu haben, aber das galt nur für den nach Wasser, und der andere brannte jetzt dafür umso mehr. Wenn sie jetzt nur endlich aus diesem Keller hinauskamen!

Aber immerhin, der Schulze ließ sich nicht zu viel Zeit. Der Morgen konnte noch nicht alt sein, als sich die Tür oben an der Treppe auftat, und der Dorfschulze, diesmal voll bekleidet in einer Uniform, die nicht aussah, als ob sie öfter als dreimal im Jahr getragen wurde, und sich merklich über der Leibesmitte spannte, auf sie hinunterblickte.

»Na – na sowas!«, ächzte er. »Dann habe ich das nicht geträumt!« Er schien allein zu sein. Mutiger Mann. Das, oder dieses Dorf verfügte über keine Wachen jenseits des Packs, das sich allnächtens im Wirtshaus betrank.

Tymur nickte ihm mit galanter Geste zu. »Erlaubt Ihr mir nun, dass ich uns vorstelle?«, sagte er, und ohne eine Antwort abzuwarten, glitt er die Treppe hinauf und reichte dem Schulzen mit einer sauber behandschuhten Hand ein gesiegeltes Dokument. Kevron wusste nicht, ob es das war, das er in der Nacht hergestellt hatte, oder das echte, das Tymur die ganze Zeit über bei sich getragen hatte.

Es sah jedenfalls hinreichend königlich aus und hinreichend schmutzig, um schon mit ihnen aus dem Wald gekommen zu sein. Neben den blanken Gesichtern erschienen ihre Sachen nun umso schäbiger, und selbst Tymur war gezwungen, mit herrschaftlicher Haltung und überlegenem Lächeln davon abzulenken, dass Prinzen, und er insbesondere, üblicherweise anders aussahen.

»Tymur Damarel, Diplomat und Königssohn, in dieser Reihenfolge. Darf ich mich für Eure Gastfreundschaft bedanken, oder werden wir hier eine weitere Nacht verbringen müssen? Zumindest Eure Fässer haben uns in den letzten Stunden angenehme Gesellschaft geleistet, doch wenn die Zeit noch länger wird, sehe ich keine andere Option, als sie uns auch von innen anzuschauen.«

Unwillkürlich leckte sich Kevron über die Lippen und versuchte, sich tiefer in die Schatten zurückzuziehen. Aber der Schulze schien gerade ganz andere Sorgen zu haben, als was aus seinem Wein wurde. Er war allein, niemand da, ihm die Entscheidung abzunehmen, niemand, der ihn drängte, die vermeintlichen Dämonen einen Kopf kürzer zu machen, alles lag bei ihm, und das hätte wohl jeden überfordert.

»Schön und gut.« Der Schulze blickte sich hilfesuchend um und scharrte mit dem Fuß wie ein nervöses Pferd. »Das sieht ja alles schön amtlich aus und so, aber Ihr seid nicht als Botschafter in unser Dorf geritten, sondern aus dem Nichts aufgetaucht, und das heißt doch –«

»Eine lange Geschichte, die ich Euch gerne beim Frühstück erzählen werde.« Inzwischen hatte Tymur seine Hand auf der Schulter des Mannes, und das hieß, der Sieg war ihm nicht mehr zu nehmen. »Bei einem warmen und reichhaltigen Frühstück, sollte ich sagen, und einem Schluck Wein für meine ausgedorrten Gefährten. Und dann erzähle ich Euch, was uns in diese Speisekammer verschlagen hat. Beim nächsten Mal wissen wir Bescheid und werden zusehen, dass wir direkt Euren Weinkeller treffen. Aber bis dahin – wir brauchen Eure Hilfe, Eure Gastfreundschaft, und den Beistand Eures ganzen Dorfes. Neraval und das Haus Damarel sind auf Euch angewiesen. Können wir auf Euch zählen?«

Was sollte der Schulze auch sagen? Wollte er es allein mir vier Dämonen aufnehmen? Oder war es doch verlockend einfacher, den Fremden zu trauen und ihnen zu geben, was sie haben wollten? Kevron wusste wohl, wie er sich entschieden hätte. Und schon waren sie in diesem Dorf hochverehrte Gäste.

Manchmal ging es eben ganz schnell. Während die Wirtin aus dem Bett geworfen und angewiesen wurde, das Bad zu bereiten und ihre besten Zimmer für den hohen Besuch herzurichten – reine Augenwischerei, sie wussten doch alle gut genug, dass die Frau bestenfalls drei Zimmer hatte –, wurde dem Prinzen und seinen Gefährten im Haus des Schulzen ein Frühstück bereitet. Und was auch immer sich Tymur auf seinen Charme und die Macht seiner Worte einbilden konnte: Der Tisch war schon gedeckt, als sie mit dem Schulzen die Treppe hinaufkamen. Der Schulze war nicht dumm, und wenn er in dieser Nacht überhaupt geschlafen hatte, musste ihn die Vorstellung, dass er da vielleicht einen echten Prinzen in seinem Keller hatte, in den Träumen heimgesucht haben.

Durch das Fenster sah man, wie draußen die Strahlen der Morgensonne durch den Nebel brachen, in ein Dörflein, so bezaubernd man es sich nur vorstellen konnte. Der Marktplatz mit dem Brunnen in der Mitte, die kleinen Häuschen, dahinter der Blick auf die schroffen grauen Berge, wie geschaffen für einen Kupferstich, aber nicht, um dort zu leben. Kevron hatte die Stadt mit jeder Faser seines Körpers gehasst, und doch vermisste er sie hier fast noch mehr als im Anderwald. Die Vorstellung, in so einem kleinen Ort leben zu müssen, wo es keine Geheimnisse gab und man keine Wahl hatte, als ein rechtschaffenes Leben zu leben unter den Augen aller Nachbarn …

Kevron blinzelte und schüttelte den Kopf. Er war zu nüchtern, das hätte ihn an jedem anderen Ort der Welt genauso gestört, und auch wenn vor ihm auf dem Tisch eine Kanne dampfenden Tees stand, hätte er einen Schluck Wein bevorzugt oder sich lieber direkt wieder ins Bett verkrochen.

»Ihr müsst verzeihen«, sagte der Schulze und griff zum hundertsten Mal nach der königlichen Urkunde, um sie zu studieren oder, falls er nicht lesen konnte, zumindest so zu tun als ob. Immerhin, Tymur hatte Kevrons genommen, und an einem anderen Tag hätte es ihn mit Stolz gefüllt, wie seine Kunst bewundert wurde. »Wir bekommen hier in Trastell nur selten Königssöhne. Also, Ihr seid der Erste, natürlich.«

»Und Dämonen?«, fragte Tymur neugierig. »Bekommt ihr die hier öfter?« Er wippte mit seinem Stuhl und führte dabei eine Tasse heißen Tees zum Mund, pustete sanft auf die Oberfläche und entspannte sich sichtlich.

»Ja«, antwortete der Schulze schroff. »Mit denen müssen wir jeden Tag rechnen.«

»Wirklich?«, fragte Tymur. »Sie kommen hierher? Noch heute? Ich habe mir sagen lassen, dass mein hochgeschätzter Ahn sie für immer aus dem Land vertrieben hätte. Oder sollte sich das inzwischen geändert haben?«

Der Schulze schwieg und kaute auf seinem Schnauz.

»Ihr müsst wissen«, redete Tymur weiter, »dass wir ein ausgeklügeltes System entwickelt haben, um vor den Dämonen zu warnen und die Burg Neraval zu informieren, wenn auch nur einer von der Sorte im Land gesehen wird. Dann kommen wir nicht nur zufällig vorbei, sondern absichtlich, und wir bringen auch mehr als ein Schwert mit. Aber wenn ihr die Dämonen hier nur still ertragt, statt einmal euer Damarsfeuer anzuzünden, dann können wir euch auch nicht helfen.«

Kevron sagte nichts, er beobachtete nur das Geschehen durch halbgeschlossene Augen. Es bot sich nicht an, Tymur zu unterbrechen, wenn der gerade seine Spielchen trieb, und besser mit dem Schulzen als mit ihm. Der Mann hatte nichts Besseres verdient, nachdem er sie in der Nacht ohne Wasser eingesperrt hatte – und überhaupt, das ganze Dorf hatte eine Bringschuld. Ein paar Tage im Gasthaus, Proviant und neue Pferde waren das Mindeste, was sie nach der rauhen Behandlung erwarten konnten.

Doch als Tymur damit fortfuhr, den Schulzen mit den Dämonen aufzuziehen, hatte der irgendwann, Prinz hin, Urkunde her, genug. Er stellte seine Teetasse auf den Tisch, so grob, dass der Inhalt herausschwappte, und stand auf.

»Prinz Tymur«, sagte er aufgebracht, »es liegt mir fern, ins Wort zu fallen oder Euch zu widersprechen, und Ihr mögt recht haben, wo es um Euren Ahn geht – aber von dem Leben hier in unserem Dorf versteht Ihr rein gar nichts. Seht Ihr diese Berge? Ihr meint, sie sind doch nur am Horizont zu sehen? Jeder weiß, die Berge sind Dämonenland, und aus den Bergen kommt ein Nebel zu uns, jede Nacht, ein Nebel, der das Böse mit sich bringt und das Gute davonträgt. Was meint Ihr denn, warum die Männer gestern so grob über Euch hergefallen sind? Weil ihr Verstand vernebelt war, und das nicht nur vom Bier. Wirklich, kein Mann in dieser Stadt sollte noch wach und auf den Beinen sein, wenn der Nebel kommt – ja, fragt nur einen von diesen Narren, und sie sagen Euch, sie sind in der Wirtsstube sicher, aber der Nebel kriecht in jedes Haus –«

»Der Himmel war klar in der letzten Nacht«, widersprach Enidin spitz von der anderen Seite des Tisches. Es war tröstlich, dass auch sie langsam zu ihrer alten Form zurückfand. Nur, dass sie sich bemühte, Tymur keines Blickes zu würdigen, verriet, dass sie ihm nicht verziehen hatte, wie er sich ihr gegenüber aufgeführt hatte, und Kevron hoffte, das würde sich noch ein bisschen halten. »Der Mond hat geschienen. Keine Spur von Nebel.«

Kevron zwinkerte. Jetzt zumindest war es nebelig draußen, und man sollte meinen, der Schulze wusste, wovon er sprach.

»Natürlich haben wir ein Damarsfeuer, drüben auf dem Hügel, wo man es weithin sehen kann – aber wen soll das schützen, frage ich Euch? Wir sind die Ersten, die überrannt werden, wenn die Dämonen zurückkommen. Und bis Ihr hier seid, mit Euren Reitern, Euren Schwertern, lebt hier in Trastell keine Menschenseele mehr. Also, überlegt Euch, was Ihr redet!«

Kevron sah, wie Lorcan sich anspannte, doch Tymur bedeutete ihm mit gelassener Geste, dass es hier nichts zu beschützen gab und ihn am allerwenigsten. »Diese Berge«, sagte der Prinz ruhig, »sind nicht die Heimat der Dämonen, sondern der Alfeyn. Ein kleiner, aber feiner Unterschied. Und wenn ich das richtig sehe, ist Euer Dorf bislang von nichts anderem überrannt worden als von sinnloser Panik.«

Seine Stimme war ruhig, doch in seinen Augen lag etwas, das Kevron nicht einschätzen konnte – es konnte Zorn sein, echter Zorn. Sie vier hatten am eigenen Leib erfahren, wie sich die Anwesenheit von etwas Dämonischem anfühlte – wie scheinbar harmloses Getier zu etwas werden konnte, vor dem man nur noch davonlaufen wollte. Selbst Tymur, der sie mit nacktem Kalkül in den Anderwald gebracht hatte, konnte nicht als der herausgekommen sein, als der er hineingeritten war. Aber hier im Dorf war nichts von diesem dämonischen Atemhauch zu fühlen, weder mit Nebel noch ohne, und vielleicht verstand das sogar der Schulze …

Kevron stand auf. »Ich hab zu danken für das Frühstück«, sagte er, ohne auch nur einen Bissen von Brot und Eiern runtergebracht zu haben, »aber ich werd jetzt rübergehen und sehen, wie weit die Zimmer sind, sonst schlaf ich euch hier gleich am Tisch ein.« Irgendjemand musste schließlich mal mit dem Baden anfangen, bevor das Wasser am Ende wieder kalt wurde, und selbst wenn der erste Zuber natürlich dem Prinzen zustand, machte der gerade keinerlei Anstalten, von dem armen Schulzen abzulassen. Tymur hatte so oft betont, dass Kevron ein Bad brauchte, dass es ihm jetzt niemand mehr absprechen konnte. Aber vor allem wollte Kevron endlich in ein Bett und schlafen, sonst nichts.

Schlaf. Schlaf konnte das Kostbarste auf der ganzen Welt sein, aber auch das Schrecklichste. Niemand wusste das besser als Kevron. Meistens hatte er keinen größeren Feind als seinen eigenen Schlaf oder die Träume, die der ihm brachte. Wie oft war er wach geworden, schweißnass und zitternd, und überzeugt, auf seiner Bettkante säße der Mörder, vor dem er nun schon so lange davonrannte?

Kevron mochte die Male nicht zählen, sie waren zu seinem verlässlichen Begleiter geworden, er hasste sie, und er hasste sich selbst dafür, dass er jedes Mal aufs Neue auf sie hereinfiel. Irgendwann musste er es doch einmal wissen, oder? Es waren nur Träume, Hirngespinste. Kevrons größter Feind und derjenige, der ihm sein

Leben ruiniert hatte, war er selbst. Kein Traum konnte es damit aufnehmen.

Ein paar Tage lang war es gutgegangen – die schlaflose Erschöpfung, die er aus dem Anderwald mitgebracht hatte, hatte sich seinen Körper gekrallt und nicht mehr hergegeben, bis das aufgeholt war, was ihm fehlte. Aber nun war das durchgestanden, hatte der Körper sich erholt und gehörten die Nächte wieder dem Verstand, und der Angst.

Kevron hätte schwören können, dass er wach war und nicht träumte, aber so war es immer, sein Kopf fühlte sich unerträglich klar an und sein Körper wie gelähmt, und er wusste genau, dass er nicht allein war. Jemand saß auf seiner Bettkante, und an seiner Kehle fühlte Kevron die tödliche Anwesenheit der schärfsten aller Klingen. Er konnte sich nicht rühren, der Atem stockte ihm, selbst sein Herz schien stillzustehen.

»Schläfst du auch gut, Kev?«, fragte Tymur mit sanfter Stimme.

Ein Teil von Kevron wollte hochschießen, ein anderer unter der Decke verschwinden wie eine Schildkröte in ihrem Panzer, und nur der Teil, der die Kontrolle über Kevrons Körper hatte, wusste, dass er sich kein Stück rühren durfte. Es war kein Traum. Es saß wirklich jemand an seiner Seite. Und das hieß, das Gefühl einer blanken Klinge an seinem Hals war auch keine Einbildung. Sie war wirklich. Und jede falsche Bewegung würde sie ihm direkt in die Kehle treiben.

»Du darfst die Augen öffnen, Kev«, sagte Tymur freundlich. »Ich weiß genau, dass du wach bist.«

Kevron gehorchte, doch noch nie in seinem Leben hatte er so viel Kraft aufbringen müssen, um seine Lider nach oben zu zwingen. Im Dämmerlicht sah er eine dunkle Gestalt, die sich über ihn beugte. Und so sehr er sich auch einredete, dass das nur Tymur war – in diesem Augenblick gab es kein Nur. Das Gefühl der Klinge an seinem Hals blieb.

»Hab keine Angst«, flüsterte Tymur. »Du solltest dich einmal sehen, deine Augen sind so groß wie die des Kaninchens vor der Schlange. Denkst du wirklich, ich will dich umbringen?«

Kevron zwinkerte mit den Augen, das war der letzte Muskel, der ihm noch gehorchte.

»Aber, aber, Kev, du solltest mich doch besser kennen!«, sagte Tymur, und er klang fast vorwurfsvoll, ohne dabei das Messer von Kevrons Hals zu nehmen. »Hattest du nicht geschworen, dass du mir vertraust?« Der Prinz verlagerte sein Gewicht etwas, und die Klinge berührte kurz Kevrons Haut, bevor sie sich ein Stück von ihm weg bewegte, gerade genug, um Kevron einmal atmen zu lassen.

»Du hältst … mir ein Messer an den Hals«, murmelte Kevron tonlos.

»Es ist ein Rasiermesser«, erwiderte Tymur. »Kommst du nicht auf die Idee, dass ich dich gerne rasieren würde? Musst du immer gleich denken, ich will dich töten?«

Kevron wusste nicht, ob er nicken sollte oder den Kopf schütteln. Beides konnte ihn das Leben kosten. »Was soll ich denn denken?«, fragte er stattdessen. »Ich …« Die Stimme brach ihm weg. Wie konnte Tymur wissen, dass Kevron genau von diesem Moment wieder und wieder geträumt hatte?

»Ich finde, du solltest wirklich rasiert werden«, sagte Tymur im Plauderton. »Ich meine, wir haben es hier bald mit den Alfeyn zu tun, es geht um den ersten diplomatischen Kontakt seit Jahrhunderten, und wir wollen nicht nur unsere Grüße ausrichten und wieder gehen, wir wollen, dass sie uns zu Ililiané bringen, du weißt warum – dann kann ich nichts dem Zufall überlassen, der erste Eindruck muss sitzen. Ich pflege mich täglich, mein Äußeres ist tadellos. Lorcan wäscht sich regelmäßig, und sein Bart steht ihm gut. Auf Enid brauche ich hier gar nicht zu sprechen zu kommen, wenn an ihrem Aussehen etwas auszusetzen wäre, könnten wir sie immer noch zurück in ihren Schleier stecken. Bleibst du, mein Lieber, und wirklich, an dir ist schon wieder so viel Arbeit …«

Während Tymur sprach, bewegte er das Messer hin und her, so wie es sonst seine Art war, mit den Händen zu reden. Wie beiläufig streifte die feine Klinge Kevrons Haut, schabte an den feinen Härchen und stacheligen Borsten vorbei, als wolle sie dem, was Tymur sagte, Nachdruck verleihen, aber Kevron konnte kaum zuhören vor Angst, geschweige denn antworten. Mit der Gänsehaut des Schreckens reckten sich die Barthaare dem Messer entgegen.

»Erlaube mir, dich zu rasieren, Kev«, flüsterte Tymur. »Nicht hier im Bett, keine Sorge, du möchtest vielleicht noch einmal darin schlafen, und ich kann mir kaum etwas Unangenehmeres vorstellen als ein Bett voller frischrasierter Barthaare, nur wirklich, du solltest es mich tun lassen. Ich erwarte ja nicht, dass du dich parfümierst oder schminkst oder dir die Nägel feilst, aber ein Minimum an Pflege solltest du dir gönnen.« Er lachte leise. »Ich kann verstehen, warum du dich nicht selbst rasierst. Wenn ich sehe, wie erbärmlich dir morgens die Finger zittern, sei es, weil du getrunken hast oder weil nicht, da würde ich auch kein Rasiermesser in die Hand nehmen. Ich mache dir auch keinen Vorwurf daraus, dass du zu verlegen bist, um dir helfen zu lassen, ich rechne dir hoch an, dass du dir bei aller Verwahrlosung wenigstens die Scham behalten hast. Aber ich bin dein Freund, Kev, mir kannst du vertrauen.«

Normalerweise, ohne ein Messer in Tymurs Hand, hätte Kevron den Prinzen angeschrien für diese Dreistigkeit. Aber Kevron hielt still, ließ Tymur weiterreden und versuchte, an etwas anderes zu denken. War er noch stumm vor Angst oder doch schon stumm vor Wut? Kevron wusste es nicht. Von draußen fielen erste Vorboten der Morgendämmerung herein und warfen Tymurs Schatten an die Wand, dass er noch größer und bedrohlicher wirkte.

»Du hast immer noch Angst«, stellte Tymur fest, ein wenig enttäuscht, aber sachlich. »Deine Augen können nicht lügen, was für ein guter Fälscher du auch sein magst. Du denkst, eine falsche Bewegung, und du bist tot.« Er drückte seine Klinge fester gegen die Haut. Jeder Muskel in Kevrons Körper spannte sich an vor Angst.

»Du überschätzt ein Rasiermesser, du überschätzt mich, und du unterschätzt die Dicke der menschlichen Kehle.« Jetzt klang er fast so wissenschaftlich wie Enidin, wenn sie über ihre Magie referierte. »Ich kann dich schneiden, so« – er ritzte Kevron sanft einmal quer über den Hals, dass die Haut erst auseinanderklaffte und sich dann langsam mit Blut zu füllen begann – »aber der Hals ist viel dicker, als du denkst, man muss Kraft aufwenden, viel mehr, als ich habe, um dir einfach so die Kehle durchzuschneiden. Von vorne, mit einer Hand, ohne Gewalt geht das nicht. Und du hättest genug Zeit, mir das Messer aus der Hand zu schlagen und davonzurennen. Wirklich, wenn ich vorhätte, dich umzubringen, würde ich nicht stundenlang an deinem Bett sitzen und dir die Klinge an den Hals halten. Ich würde meine Kraft sammeln und alles in einen glatten Schwung setzen, hinterrücks, von einem Ohr zum anderen, wie der Bauer mit der Sense, während du schläfst, und du wärst tot, ohne jemals aufzuwachen.«

Er nahm das Messer weg und ließ es mit einem garstigen Schnapplaut zusammenklappen. Er brauchte es jetzt nicht mehr, Kevron war auch so schon mehr tot als lebendig und hatte nur die Hälfte von dem, was Tymur da redete, überhaupt verstanden, der Rest würde ihm während der nächsten Stunde langsam ins Hirn sickern, wenn in seinen Ohren das Hämmern seines Herzens nachließ und Kevron begriff, dass er noch am Leben war.

»Du verstehst nicht, warum ich das gemacht habe«, sagte Tymur, und sein Tonfall war plötzlich ein ganz anderer. »Ich bin es leid mit dir, weißt du das? Du bist Hunderte von Meilen entfernt von deinem Zuhause und dem, wovor du davonrennst, und trotzdem quälst du dich und uns alle mit deinem Verfolgungswahn. Ich dachte mir, wenn ich dich in die Situation bringe, vor der du dich am meisten fürchtest, hast du das hinter dir und kannst in Zukunft endlich besser schlafen, ganz ohne Wein. Du musst mir nicht danken, Kev. Das war ein Freundschaftsdienst.«

»Bastard!«, knurrte Kevron. »Du bist ein Bastard, Tymur Damarel!« Zu mehr war er nicht fähig. Er war am Leben, aber das war nicht Tymurs Verdienst. »Bastard!« Dann war er wieder allein.

Zum Fenster kroch Nebel herein, dicker Nebel, als wolle er alles beweisen, was der Schulze behauptet hatte, und er versprach zu bleiben, statt sich mit der Morgendämmerung zu verflüchtigen. Doch das brachte für Kevron keine neuen Schrecken mit. Er hatte für diese Nacht genug davon.

Kevron hatte nicht erwartet, dass diese Geschichte noch ein Nachspiel haben sollte. Doch früh am anderen Morgen, als er in die Wirtsstube geschlurft kam, müde, zerschlagen und immer noch mit der Angst in den Knochen, sprang ihn Tymur förmlich an, als hätte er nur auf ihn gelauert. »Ich muss mit dir reden, Kev.«

Kevron schenkte ihm einen finsteren Blick. Sein Hals brannte dort, wo Tymur ihn geritzt hatte, und er hatte sich weder an sein Spiegelbild in der Waschschüssel herangewagt, noch auch nur nach der Stelle getastet, aus Angst, herauszufinden, dass ihm der Kopf gänzlich vom Hals abgetrennt worden war.

Jetzt rechnete er mit dem Schlimmsten, mit einem Nachtreten weit unter der Gürtellinie, aber Tymur sagte: »Ich muss mich bei dir entschuldigen. Nein, nicht muss, ich will es.« Bevor Kevron auch nur blinzeln konnte, redete Tymur weiter: »Ich habe dich gequält, und das war mehr als schäbig von mir. Ich werde es nicht wieder tun. Nimmst du meine Entschuldigung an?«

Kevron räusperte sich und suchte nach Worten. »Für eine Entschuldigung kann ich mir nichts kaufen«, sagte er schroff. »Aber schon in Ordnung, vergeben und vergessen.«

»Nein.« Tymur schüttelte den Kopf. »Nicht vergessen. Ich weiß, was du durchgemacht hast. Kommst du für ein paar Schritte mit?« Er deutete zur Tür, als ob es für Kevron nichts Beruhigenderes gab, als mit dem Mann, der ihm ein Messer an die Kehle gesetzt hatte, eine Runde durch den Nebel zu drehen. Kevron ging trotzdem mit.

»Denk das nächste Mal, wenn du eine großartige Idee hast, darüber nach, ob sie wirklich so großartig ist«, murmelte er. »Heute Nacht, das war …«

»Ich weiß«, antwortete Tymur leise. »Und ich weiß es besser, als du dir vorstellen kannst. Du hast Albträume, das ist kein Geheimnis. Nur weißt du, dass es mir genauso geht?«

Kevron zuckte die Schultern. Er hatte noch nie mit Tymur über Träume gesprochen und war auch jetzt nicht sonderlich wild darauf. »Ehe du mir jetzt dein Herz ausschüttest«, sagte er und wusste, wie grob er klang, »versprich mir, dass du mich nicht gleich wieder mit dem Tode bedrohst. Die letzten Male, die du etwas von dir preisgegeben hast, haben immer damit geendet, dass du mir erklärt hast, ich wisse jetzt zu viel, um noch weiterleben zu dürfen. Und darauf habe ich gerade wirklich keine Lust.«

»Nein, schon gut«, sagte Tymur hastig. »Ich weiß, dass du damit nicht hausieren gehst. Es muss unter uns bleiben, und das wird es auch.« Und schon wieder wurde Kevron das Gefühl nicht los, dass Tymur sich nur deswegen entschuldigt hatte, weil er eine Überleitung dazu brauchte, seinen Müll bei ihm abladen zu können. Der Nebel war dicht, noch nicht einmal bis zum Brunnen konnte man sehen, geschweige denn bis zum Haus des Schulzen.

»Ich träume schlimm«, sagte Tymur langsam und rang dabei nach Worten. »Natürlich, das war zu erwarten, jetzt, wo das mit dem Unaussprechlichen ist und ich mit der Schriftrolle jeden Tag damit rechnen muss, dass ich aufwache und kein Mensch mehr bin, aber in Wirklichkeit geht es mir schon mein Leben lang so.

Und ich kann mir nicht vorstellen, bei allem Respekt, dass deine Träume auch nur entfernt an meine heranreichen.«

Kein Mitleid. Kevron war immer noch zu wütend auf Tymur, als dass der ihm jetzt leidgetan hätte. »Damit musst du zurechtkommen«, sagte er. »Und es sieht mir nicht danach aus, als ob du damit große Probleme hättest.«

Einen Augenblick lang war dieses Funkeln in Tymurs Augen, dieser zornige Hauch von Wahrhaftigkeit, und Kevron freute sich, einen wunden Punkt erwischt zu haben. »Du machst es dir zu einfach«, zischte Tymur, bevor er mit seiner normalen Stimme weitersprach: »Ich wünschte, deine Fluchtwege stünden mir zur Verfügung. Du willst Einfluss darauf nehmen, ob und was du träumst? Dann betrink dich, nimm deine Drogen, zeig aller Welt, wie sehr du leidest – ich kann das nicht. Ich stehe unter Beobachtung, jeden Tag, jede Nacht. Mein Vater, meine Brüder, unser ganzer Haushalt, Diener, Wachen, ihr drei – ich kann mir nichts herausnehmen, keine Probleme, keinen einzigen Moment der Schwäche. Du glaubst, es geht dir von uns allen am dreckigsten, aber einmal über meine Maske hinausschauen, das willst du auch nicht.«

Kevron zwinkerte. Das war ihm alles zu viel um diese Uhrzeit. »Weil ich dich respektiere, Tym«, erwiderte er. »Du zeigst uns deine Masken nicht, damit wir sie dir runterreißen, sondern weil du das, was dahinter liegt, schützen willst. Und das respektiere ich.« Er musste schniefen, ein Niesen saß ihm in der Stirn fest und wollte sich nicht rühren. »Und nichts anderes hätte ich mir von dir gewünscht. Nur weil ich meine Sorgen nicht überpinsele, heißt das nicht, dass sie dein Spielzeug sind.« Und doch, tief in seinem Inneren verspürte er eine Sympathie für Tymur, die vorher noch nicht dagewesen war, und ein Band, von dem er gar nicht wollte, dass es sie zu eng verband.

Kevron wusste nicht, wie lange er so stand, nachdem Tymur ihn verlassen hatte. War er nicht ursprünglich auf der Suche nach einem Frühstück gewesen oder, noch besser, nach einem Schluck Wein? Stattdessen stand er da mit leerem Kopf, starrte die Wand an und fühlte sich, als ob etwas einen Hebel in ihm umgelegt hatte, der jahrelang bewegungslos vor sich hingerostet war. Es dauerte eine Weile, bis er verstand, was fehlte. Seine Angst war weg. All die Jahre über hatte sie ihn beherrscht, mal mit einer Eisenklaue, mal fast friedlich schlummernd, aber nun war sie fort, so fort, dass er ihre Abwesenheit fühlen konnte, fort, als hätte sie nicht vor, jemals wieder zu ihm zurückzukehren.

Er fühlte einen Tatendrang in sich, der ihm fremd schien und nicht dazu passen wollte, dass er eine schlaflose Nacht hinter sich hatte. Natürlich, es war nicht mehr lang hin, bis sie wieder aufbrechen würden, es gab gastlichere Orte als Trastell und einen Grund, der dringender war als der Wunsch, es den Dorfbewohnern heimzuzahlen. Aber die grauen Berge, die ihre drohenden Schatten auf das Dorf warfen und ihm ihren Nebel entgegenatmeten, lagen in der falschen Richtung, zumindest für Kevron.

Die Alfeyn brauchten ihn nicht und Tymur höchstens als Zeitvertreib – doch in Neraval hatte Kevron eine Aufgabe. So lange hatte er sich verkrochen, sich davor gedrückt, auch nur die einfachsten Nachforschungen anzustellen – aber auch wenn die Spur, die zum Mörder seines Bruders führte, inzwischen genauso kalt war wie Kaynor in seinem Grab, war es nicht zu spät. Nur wie lang dieser Mut anhalten würde, das wusste Kevron nicht. Er kannte sich zu gut. Er hatte keine Zeit zu verlieren.

Kevron sprach nicht mit Tymur über seine Pläne, und auch nicht mit Lorcan. Tymur würde ihn nicht gehen lassen, Lorcan es nicht verstehen, warum er so viel Zeit hatte verstreichen lassen. So packte Kevron seine Sachen zusammen, zog sich die Jacke an, die sich frisch gereinigt so steif und fremd anfühlte, dass er sie endlich mit seiner eigenen Persönlichkeit füllen konnte, und stieg die Treppen hinauf zur Mansarde, wo die Magierin residierte.

DREIZEHNTES KAPITEL

Hinter Roben und einem Schleier konnte man sich vortrefflich verstecken, aber noch besser ging das mit einem Berg von Berechnungen. Als wäre es die letzte Gelegenheit, einen Raum für sich zu haben, verschwand Enidin in dem Zimmer, das ihr die Wirtin zugewiesen hatte, und kam nicht mehr heraus. Und diesmal hatte diese Flucht nichts mit Kevron oder Lorcan zu tun – der Mensch, den Enidin nicht sehen wollte, war Tymur.

Zwei Tage lang versuchte sie, Erklärungen dafür zu finden, wie er sie behandelt hatte. Die Angst saß ihm in den Knochen, er hatte einen Schlag auf den Schädel bekommen, er meinte es bestimmt nicht so … Aber wer war sie, Entschuldigungen für einen anderen zu suchen? Es wäre an Tymur gewesen, sich zu entschuldigen, statt so zu tun, als könne er sich an kein böses Wort erinnern.

Die Wahrheit war: Enidin hatte den Prinzen schlimmer mit sich umspringen lassen, als sie das jemals der Ehrwürdigen Frau Mutter zugestanden hatte, und der musste sie gehorchen – Tymur war vielleicht der Sohn eines Königs, aber er hatte keine Macht über Enidin bis auf die, die sie ihm gegeben hatte. So viel Macht, dass auch die größte Liebe nicht hinterherkam – und Enidin konnte nicht einmal mit Bestimmtheit sagen, dass es wirklich so eine große Liebe war. Dafür wusste sie zu wenig über Liebe, hatte keine Vergleichswerte, und überhaupt, was man mit so einer Liebe dann anstellen sollte, wenn man sie denn hatte, das wusste sie auch nicht.

Tymur war hübsch anzusehen. Er konnte reden, dass einem das Herz aufging – bloß sagte er dann zu oft Sachen, da ging dann das Herz auch ganz schnell wieder zu. Enidin musste sich fragen, was sie wirklich wollte. War ihr Interesse an den Alfeyn so groß, dass sie bereit war, dafür Demütigung in Kauf zu nehmen? Und würden neue Erkenntnisse über die Alfeyn ihr größeren wissenschaftlichen Ruhm verleihen, als wenn sie sich auf dem schnellsten Weg zurückbegab und ihre eigentlichen Studien wieder aufnahm? Aber so kurz vor dem Ziel aufzugeben …

Seit ihrer Ankunft im Gasthaus hatte Enidin nur das Nötigste geredet. Dafür, dass dies ein Ort war, in dem Menschen lebten, fühlte sie sich seltsam aus der Wirklichkeit herausgerissen: Dies war ein Gasthaus, hier sollten die Menschen zusammenkommen, trinken und lärmen – doch in Trastell lärmte niemand. Und auch ohne hinunterzuschleichen und nachzusehen, ahnte Enidin, dass sie die einzigen Gäste im Haus waren – tagsüber, aber auch bei Nacht.

Sie lächelte bei der Vorstellung, dass die einfältige Landbevölkerung sich nicht einmal mehr ins Wirtshaus traute aus Furcht, dort vielleicht auf Dämonen zu treffen. Die Wirtin stellte wortlos Mahlzeiten vor der Tür ab, ohne auch nur zu klopfen, und alles, was Enidin davon mitbekam, waren die hastigen Schritte, mit denen die beleibte Frau nach erfolgter Lieferung die Treppen wieder hinunterhastete. In Trastell hatte Enidin die Ruhe, die sie brauchte, um Berechnungen anzustellen. Nur wusste sie nicht, was sie berechnen sollte.

»Fixpunkte!«, erklärte sie Tymur, als der an ihre Tür klopfte und die Gelegenheit, sich zu entschuldigen, verstreichen ließ, sondern sich beschweren wollte, dass es ihretwegen nicht weiterging. »Ich muss Fixpunkte berechnen! Wir sind auf dem Weg in die Berge, fernab jeder Zivilisation – sollte ich dann nicht in der Lage sein, Feuerholz zu besorgen, klares Wasser zum Trinken, oder zur größten Not einen Krug Wein für Herrn Florel?«

Nicht, dass Enidin irgendetwas in der Art vorhatte. Sie war eine ernstzunehmende Magierin, kein Kramladen, und Tymur sollte gefälligst zusehen, dass er neue Pferde besorgte, sich um Vorräte kümmerte, und je weiter Kevron von einem Krug Wein entfernt war, desto besser war es für sie alle – doch es wirkte, Tymur verschwand wieder und ließ Enidin einen weiteren Tag allein.

»Wie nützlich du dich auf einmal machst!«, flötete er noch. »Ich sehe, du hast deine Lektion gelernt!« Er konnte froh sein, dass die Tür zwischen ihnen war. Enidin hätte sonst nur zu gern ihr Tintenfass an seinen Kopf geworfen.

Die Mansarde war klein und wurde noch kleiner davon, dass Enidin ihr Schreibzeug auf dem bisschen Fußboden ausgebreitet hatte. Sie saß dazwischen und schaute zu ihrer Robe auf, die an einem Bügel vor dem Fenster hing wie ein drohendes hellblaues Gespenst. Der Anblick erinnerte sie daran, wo sie hingehörte, und wo sie wieder hinwollte.

Enidin fühlte sich seltsam ruhig, als sie die Formel sprach und das Portal öffnete. Hände, die im Anderwald noch gezittert hatten, woben die Wirklichkeit, als wäre es die leichteste aller Fingerübungen. Ein Tor in die Akademie, den einen Ort, wo alle Fäden der Welt zusammenzulaufen schienen – da hing es vor ihr in der Luft. Sie konnte hindurchblicken, es war dämmrig auf der anderen Seite, dort lag ihre Zelle, Enidin sah ihr verwaistes Bett, in dem sie zu lange nicht geschlafen hatte, mit seiner zusammengefalteten Decke. Einfach hindurchgehen, nicht mehr zurückblicken, und Prinz Tymur Damarel sehen lassen, welche Dumme ihm jetzt die Pforte nach Ailadredan öffnete. Ein Schritt nur, und das Abenteuer war vorbei …

Es klopfte an der Tür, entschlossen, kraftvoll. Die Klinke bewegte sich. Enidin schrak zusammen. Hastig wischte sie das Portal aus der Luft, zerrte die Eckpunkte an ihren alten Platz zurück, und so sehr sie sich dafür ausschelten mochte, tat ihr Herz einen Hopser. Wenn Tymur sich nun doch entschuldigen kam … »Sofort!«, rief sie, hin- und hergerissen zwischen Vorfreude und Selbstverachtung, und sprang zur Tür. Die Reste ihres Portals hingen immer noch glitzernd in der Luft. Enidin öffnete die Tür nur einen Spaltweit und fühlte, wie die Enttäuschung nach ihr griff. Dort stand nicht Tymur. Enidin blickte in Kevrons glänzende Augen.

»Enid, sag, hättest du einen Moment für mich?«

Es kostete Enidin all ihre Beherrschung, ihn nicht anzuschreien. Er konnte nicht wissen, dass sie um ein Haar heimgegangen wäre, oder dass sie jetzt einen Monat lang warten musste, um es noch einmal zu versuchen – einen Monat, nach dem sie sicherlich nicht mehr hier sein würde, sondern unterwegs mit Tymur Damarel und ohne den Moment der unbeobachteten Abgeschiedenheit, den sie dafür gebraucht hätte. »Ich bin beschäftigt«, brachte sie hervor.

»Es geht ganz schnell«, sagte Kevron, und Enidin wusste, dass er log. »Ich hätte da nur eine kleine Bitte an dich.«

Enidin blickte an ihm herunter, sah die Reisekleidung, den Rucksackriemen über seiner Schulter, und atmete durch. Nicht schreien. »Ihr wünscht, dass ich meine elementar wichtigen Berechnungen unterbreche, um stattdessen ein Portal für Euch zu öffnen.«

Kevron grinste verlegen. »Wenn du … Wenn Ihr so freundlich wärt?«

»Nein, ich bin nicht so freundlich.« Enidin fühlte sich am ganzen Leib zittern. »Ich weiß, was Ihr vorhabt.« Er wollte zurück. Nach Neraval. An den einen Ort, zu dem Enidin gerade das Portal für immer geschlossen hatte. »Prinz Tymur hat mir schon angekündigt, dass Ihr das versuchen würdet«, sagte sie, um sich keine Blöße zu geben. »Und er hat mit Nachdruck angeordnet, Euren Forderungen auf keinen Fall nachzugeben.« In ihrem Rücken fühlte Enidin immer noch den letzten Glanz ihres Portals, doch es war zu spät.

Kevron legte den Kopf schief. »So wie Tymur Euch behandelt hat – kommt mit mir zurück. Ihr habt es nicht nötig, so mit Euch umspringen zu lassen …« Seine Stimme verebbte, noch ehe er den Satz zu Ende gesprochen hatte, und er blickte sich schuldbewusst um. Vielleicht ahnte er, wie recht er hatte. Nur, wo war er gewesen, als sie seine Verteidigung gebraucht hätte, seine Aufmunterung?

Enidin musste keine Elementarmagie beherrschen, um zu spüren, wie Blitze aus ihren Augen fuhren. »Denkt Ihr, ich bin zu schwach, um mich meiner Haut zu wehren?«, fragte sie kühl. »Prinz Tymur hat sich für seine Worte längst entschuldigt.« In ihren Träumen. »Und selbst wenn nicht, würde ich ihn zur Rede stellen und mich nicht feige aus dem Staub machen.« Da, es war ausgesprochen. Es gab kein Zurück mehr.

»Dann kommt eben nicht mit mir«, sagte Kevron. »Ich will Euch nicht reinreden, wirklich nicht. Aber ich muss nach Neraval, unbedingt.« Das Erstaunlichste war, wie selbstbewusst er bei diesen Worten klang – nicht wie einer, den die Angst gepackt hatte vor dem, was in Bergen und Nebel auf sie lauern mochte, sondern wie einer, von dem an einem anderen Ort Heldentaten erwartet wurden. Und fast noch erstaunlicher war, dass er dabei nüchtern schien. »Hier draußen nutze ich euch nicht, ich halte euch nur auf, und wenn Ihr nur drei Personen nach Ailadredan bringen müsst, wäre das doch auch für Euch viel einfacher …«

Er leckte sich über die Lippen, schien mit sich zu ringen, Enidin den wahren Grund zu verraten, warum er zurückwollte. Vielleicht war ja noch nicht alles verloren, vielleicht konnte Enidin versuchen, in einem anderen Teil des Hauses ein Portal ans andere

Ende von Neraval aufzumachen, für sie beide – doch er sagte nichts mehr. Enidin wartete, gab ihm die Chance, sie beide zu retten – aber Kevron blieb still.

Enidin straffte sich. »Völlig unabhängig von dem, was Prinz Tymur sagt«, erwiderte sie, »werde ich nicht meine gute Magie abnutzen, nur weil Euch plötzlich das Heimweh plagt oder vor lauter Dämonengeschichten das Herz in die Hose gerutscht ist. Wenn Ihr uns unbedingt verlassen wollt, tut das, ich werde Euch nicht aufhalten. Aber dann könnt Ihr zu Fuß gehen.«

Kevron seufzte hörbar. Niemand wollte so eine Strecke laufen müssen. Da war es schneller, wenn sie beide bei Tymur blieben, das letzte Stück nach Ailadredan zurücklegten und am Ende feierlich ein Portal nach Neraval durchschritten, zu viert. »War ja nur eine Frage«, sagte er resigniert. »Und wenn Ihr Hilfe braucht, jemanden, der Euch assistiert, Eure Notizen ins Reine schreibt – ich steh zu Eurer Verfügung. Und Ihr werdet das Ergebnis nicht von Eurer eigenen Handschrift unterscheiden können.« Er lachte gequält.

»Ich werde darauf zurückkommen«, sagte Enidin tonlos, nur um ihn loszuwerden. »Aber jetzt lasst mich in Ruhe!«

Dann zog sie die Tür zu, ging auf die Knie, wollte den Tränen schon nachgeben – und riss sich am Riemen. Sie sollte sich nicht so anstellen. Die Alfeyn hatten ihre Geheimnisse lange genug vor den Menschen gehütet.

Alfeyn. Das Nebelvolk. Woher diese Bezeichnung stammte, dafür gab es verschiedene Erklärungen. Die einfachste war, dass sie auf den Nebel zurückging, der das Land Ailadredan vor dem Rest der Welt verbarg; ein Nebel, der mehr war als nur Wasserdampf, eine Grenze, die kein Mensch übertreten konnte. Eine andere Theorie, angeblich auf Augenzeugenberichten basierend, beschrieb die Alfeyn selbst als nebulös und durchscheinend.

Vielleicht stimmte beides. Sie waren keine Menschen, sondern etwas Fremdes; ihre Magie konnte nicht erlernt werden, und wann immer es zu Begegnungen zwischen Alfeyn und Magierinnen gekommen war, wussten letztere hinterher weniger über die nebulösen Nachbarn als zuvor. Und gerade da, wo Mensch und Alfeyn sich räumlich am nächsten waren, wussten die Menschen am wenigsten zu unterscheiden zwischen den Alfeyn und den Dämonen – was fremd war und blieb, statt vertraut zu werden, musste verdächtig sein.

Deutlich ausführlicher und vor allem informativer waren da die Studien über die Portale: Ein fest installiertes Portal, das nicht weglaufen konnte und nicht verschwinden, war deutlich einfacher zu studieren als das große Unbekannte auf seiner anderen Seite. Alle Aufzeichnungen waren sich darüber einig, dass es sich um wahre Wunderwerke handeln musste – und man hätte meinen sollen, dass die Schwestern nur so in die nebligen Berge hätten strömen müssen, um zu studieren und zu forschen und den Alfeyn und ihren Portalen auch das letzte Geheimnis zu entreißen, aber das Gegenteil war der Fall. Lieber versteifte man sich darauf, sechshundert Jahre alte theoretische Konstrukte ohne jedweden praktischen Nutzen zu beweisen: Am Ende waren die Magierinnen auch nicht besser als andere Menschen, wo es um Angst vor dem ging, was sich nicht verstehen ließ.

Und vielleicht aus dem gleichen Grund hatten nur wenige Alfeyn jemals die Nähe der Menschen gesucht. Eine Ausnahme bildete die Zauberin Ililiané, als sie zu Damar und seinen Gefährten kam und ihre Hilfe anbot. »La-Esh-Amon-Ri«, sprach sie zu ihnen, »hat nicht nur euer Volk versklavt, sondern bedroht auch meines, und wenn wir uns nicht verbünden und gemeinsam handeln, wird bald alles ein einziges Schreckensreich sein.« Manche Quellen sprachen sogar von einer romantischen Beziehung zwischen ihr und Damar, aber diese waren bar jeder Belege. Damar hatte eine Menschenfrau gefreit und mit ihr den Grundstein seines Hauses gelegt.

So oder so war Ililiané ein Mythos. Bevor sie sich Damar zeigte, war sie schon zu verschiedenen Gelegenheiten in Menschennähe gesehen worden – nur war das mit schriftlichen Aufzeichnungen aus der Zeit vor Damar so eine Sache, wenig war noch erhalten, und unvollständige alte Inschriften ließen zu viel Raum für Interpretationen. Die frühesten Berichte reichten zweitausend Jahre zurück, und ob Ililiané wirklich so alt war oder ob sie einfach einen unter den Alfeyn verbreiteten Namen hatte, war nicht klar. Aber zumindest gab es einen begründeten Verdacht, dass sie wirklich unsterblich sein konnte, und dann mochte es ebenso gut so sein. Wie auch immer: Nach La-Esh-Amon-Ris Ende war auch die Zauberin vom Angesicht der Menschenwelt verschwunden, und das für immer.

Enidin seufzte. So viele Ansätze für die unglaublichsten Studien – so wenige konkrete Zahlen. Statt dem Namen der Akademie Ehre zu machen und sie buchstäblich in den Lüften zu errichten, hoch oben auf den Zinnen der Berge, saßen die Schwestern weit entfernt in Neraval, und jene abenteuerlichen Frauen, die sich nicht damit zufriedengeben wollten, Theoreme zu studieren, und aufgebrochen waren, das Fremde zu erforschen, waren in Vergessenheit geraten. Kein Preis war nach ihnen benannt, und während jede Novizin wusste, wer Jacintha Flarimel war oder Estelis Adramel, hatten diese reisenden Forscherinnen zu ihrer Zeit doch nur hochgezogene Augenbrauen ernten können.

Aber ihre Arbeiten existierten noch, Tagebücher, Reiseberichte, Skizzen und Berechnungen – und Enidin hatte sich Abschriften erstellt von dem, was ihr am relevantesten erschien und sich in der knappen Zeit kopieren ließ. Dass sie nichts von diesen Materialien mitnehmen durfte, verstand sich von selbst – allein die Vorstellung, diese unbezahlbaren Schriften hätten im Anderwald für immer verlorengehen können, trieb Enidin einen Schauder über den Rücken. So musste sie sich an das Wenige halten, was sie hatte.

Nur eine Frage war wichtiger als die, was Enidin alles über die Alfeyn wusste: Was wusste Tymur? Enidin konnte noch so lange ihre Notizen studieren – sie musste mit Tymur reden, nicht nur, um endlich eine Entschuldigung aus ihm herauszubekommen. Enidin öffnete leise die Tür ihres Zimmers und wäre fast über einen Teller Grütze gestolpert, der dort schon so lange stand, dass er kalt und unappetitlich geworden war. Zumindest klopfen hätte die Wirtin ja können! Mit einem Seufzen trug Enidin den Teller ins Zimmer, um sich später mit Todesverachtung darüber herzumachen, dann schlich sie, vorsichtig, um der Frau bloß nicht über den Weg zu laufen, die Treppen hinunter.

Sie wusste nicht, was die Männer den ganzen Tag über taten, während Enidin über ihren Studien saß, aber immerhin waren sie in der Nähe. In der Wirtsstube brannte kein Licht, der Raum war dämmrig, weil durch den allgegenwärtigen Nebel nicht viel Sonnenschein zum Fenster hereinfallen konnte, doch Enidin hörte die Stimmen von Tymur und Lorcan. Stören wollte sie nicht – wenn Tymur kurz angebunden war, weil er eigentlich ein anderes Gespräch fortsetzen wollte, half ihr das nicht weiter, und auch wenn Lauschen natürlich unhöflich war, musste Enidin wissen, wann Tymur fertig war und Zeit für sie hatte.

Mehr als Schatten waren nicht zu sehen, die beiden Männer saßen in einer Nische, doch es war so viel Bewegung zu erahnen, dass zumindest einer der beiden aufgeregt sein musste – aber dass das ausgerechnet Lorcan war, der geduldige, beherrschte, zurückhaltende Lorcan, das gab der Sache dann doch etwas Dringliches. Enidin schlich noch etwas näher heran, um besser hören zu können.

»Wir können nicht länger warten!« Lorcans Stimme bebte vor

unterdrücktem Zorn. »Denk an das Risiko! Du weißt, in welcher Gefahr wir schweben.«

Enidin biss sich auf die Zunge. Sie hätte sich schon längst denken müssen, dass etwas im Argen lag, zu vieles ergab keinen Sinn, wenn man es bei Licht betrachtete, aber darüber hatte sie nie lange nachdenken mögen.

»Erzähl mir nichts von Risiken!« Tymur klang genervt. »Was erwartest du von mir? Denkst du, ich rühre mich hier mit Absicht nicht von der Stelle, um die Dorfbevölkerung zu ärgern?« Er lachte. »Zugegeben, es tut ihnen sicher gut, wenn sie mal ein paar Tage nicht an ihr Bier kommen, aber das haben sie sich selbst zuzuschreiben – jeder Tag, den wir hier festsitzen, treibt mich um, nur was soll ich machen? Wir brauchen Enidin und ihre Berechnungen, und es ist besser, sie macht die hier, als dass sie mitten in den Bergen beschließt, sich drei Tage in ihren Büchern zu vergraben.«

»Du musst es ihr sagen«, erwiderte Lorcan. »Sie hat ein Anrecht darauf!«

»Sie hat gar nichts«, fauchte Tymur. »Sie hat ein Recht, ungestört zu schlafen, ohne sich Sorgen machen zu müssen. Sie ist jung. Wenn einer von uns Schutz verdient hat, dann sie.«

»Es ist kein Schutz, wenn ihre Unwissenheit sie in Gefahr bringt.«

Tymur lachte grimmig. »Glaub mir, einmal im Leben etwas nicht zu wissen, tut ihr auch mal ganz gut.«

Enidin rang mit sich. Sie konnte stehen bleiben und weiter lauschen, in der Hoffnung, dass vielleicht Lorcan konkreter wurde – oder ihrem Zorn nachgeben, in die Stube stürmen und die Erklärung verlangen, die ihr offensichtlich zustand. Stattdessen entschied sie sich für den Mittelweg. Sie straffte sich, zupfte ihr Kleid zurecht, damit man nicht sah, dass sie sich gegen die Wand gedrückt hatte, und trat dann mit ruhigen, würdevollen Schritten ein. Die beiden Schatten in der Nische verstummten sofort. »Tymur? Seid Ihr hier?«

»Hier, meine Liebe!« Tymurs Lächeln tauchte noch vor seinem Gesicht hinter der Nische auf. »Was für eine Freude, dich außerhalb deines geheimen Reiches anzutreffen! Hast du alles berechnet, was du zu berechnen hattest?«

»Ich habe Euch zu sprechen, Tymur«, antwortete Enidin und schaffte es, immer noch ruhig zu bleiben. »Unter vier Augen, wenn es geht – ich hörte Euch gerade mit jemandem reden?«

»Nur Lorcan«, sagte Tymur. »Aber wenn du Wert darauf legst, scheuche ich ihn raus. Kusch, Lorcan. Schwing dein Schwert ein bisschen, oder was du sonst tust, um in Übung zu bleiben.«

»Danke.« Enidin atmete durch. »Ich will Euch auch wirklich nicht lange stören, doch es ist wichtig.«

»Nimm Platz.« Tymur machte eine einladende Geste, während Lorcan aussah, als könnte er gar nicht schnell genug wegkommen. »Hast du Hunger? Durst? Wir haben das Haus für uns, die Wirtin ist für die Dauer unseres Aufenthalts zu ihrem Bruder nebenan gezogen, aber ich kann sie holen.« Er schüttelte amüsiert den Kopf, und von der Anspannung, unter der er eben noch gestanden hatte, war nichts mehr zu spüren. »Ignorier die zerbrochenen Fensterscheiben. Jemand im Dorf dachte, wir reisen schneller ab, wenn er der armen Wirtin die Scheiben einwirft.«

Etwas zögerlich ließ sich Enidin am Tisch nieder. »Es geht um unsere Reise«, sagte sie. »Ich muss sichergehen, dass wir uns richtig verstehen.«

»Womit kann ich dienen?« Tymurs Lächeln wurde breiter.

»Zunächst etwas zu mir und meinen Fähigkeiten.« Enidin blieb sachlich. Was die Männer ihr vorenthielten, würde sie noch in Erfahrung bringen, aber was sie zu sagen hatte, durfte nicht über ihrer Enttäuschung auf der Strecke bleiben. »Ich habe meine Fixpunkte berechnet. Sollten wir in den Bergen in Not geraten, weiß ich, wo ich Wasser, Feuerholz und Vorräte finde. Aber bitte glaubt nicht, dass das die Art sein wird, wie wir uns unterwegs verpflegen.«

Er sah enttäuscht aus. Gut, dass sie es angesprochen hatte!

»Ich kann nicht ständig Portale zu den immer gleichen Orten aufmachen, selbst wenn ich es von jeweils anderen Ausgangspunkten aus tue. Meine Magie hinterlässt Spuren. Ihr habt im Anderwald gesehen, was passieren kann, wenn zu viele Portale die Wirklichkeit ausleiern – die Maschen werden zu weit, das Netz reißt, und was dann hindurchkommt … Trastell ist nicht der freundlichste aller Orte – aber stellt euch vor, wie es hier aussehen kann, wenn wir auf dem Rückweg vorbeikommen!«

»Wir können immer noch eine andere Route nehmen«, sagte Tymur, doch er sah aus, als hätte er verstanden. »Aber gut, dass du mir das verrätst. Wir werden Proviant mitnehmen, so viel wir tragen können.«

»Was ist mit neuen Pferden?« Über das Geschäftliche reden ging erstaunlich gut. Solange es jetzt nicht persönlich wurde …

»Keine Pferde«, erwiderte Tymur. »Ja, wir wären damit einen, vielleicht zwei Tage früher in den Bergen. Aber im Gebirge sind Pferde nutzlos. Glaub mir. Ich bin auf einem Berg aufgewachsen. Selbst in Neraval halten wir die Pferde im Tal. Und nachdem, was passiert ist …« Tymurs Augen leuchteten auf. »Es sei denn, du öffnest uns direkt ein Portal in die Berge?«

Enidin zögerte. Mutwillig Portal um Portal aufzumachen war nicht das, wofür sie da war, aber auf der anderen Seite, tagelang wandern mit schwerem Gepäck? Schlafen unter freiem Himmel, wenn es selbst in Häusern nachts frisch wurde? »Das ist das andere, worüber ich mit Euch reden wollte«, sagte sie. »Wisst Ihr, wo wir hinmüssen?«

»Nach Ailadredan.« Tymurs Lächeln, so gewinnend es auch war, hatte kaum noch einen Effekt auf sie.

Enidin verdrehte nicht die Augen, aber sie war kurz davor. »Wisst Ihr, wo die alten Portale zu finden sind? Habt Ihr ein bestimmtes im Sinn? Ich habe eine Kartenabschrift, doch sie scheint schon im Original nicht sonderlich genau gewesen zu sein.«

Tymur legte eine Hand auf Enidins. »Enid, liebe Enid«, sagte er sanft. »Mach dir keine Sorgen. Ich mag uns ohne Nachdenken in einen verseuchten Wald gebracht haben, aber diese Berge kenne ich besser, als du dir vorstellen kannst, und die Lage der infrage kommenden Portale zumindest ungefähr – ich würde das gerne mit deiner Karte abgleichen. Du musst nicht denken, ich wäre ohne Vorbereitung auf diese Reise gegangen. Glaubst du, das ist nur ein Vergnügungsausflug für einen überflüssigen Prinzen?« Endlich war seine Stimme ernst; endlich war er da, wo Enidin ihn haben wollte. »Wusstest du, dass Damar von hier stammt?«

Enidin zwinkerte. Wollte er schon wieder das Thema wechseln? »Tatsächlich?«, fragte sie. »Aus Trastell?«

»Das wahrscheinlich nicht.« Tymur schüttelte den Kopf. »Es ist tausend Jahre her, das eigentliche Dorf wird es lang nicht mehr geben – aber er ist in diesen Bergen aufgewachsen, irgendwo hier in der Gegend. Und deswegen weiß ich alles über diese Berge. Ich war … als Kind war ich regelrecht besessen von Damar. Ich wollte alles erfahren, was irgendwie über ihn bekannt war. Mein Vater hat die Bücher, ich habe sie gelesen. Deswegen hat er dann auch mich für diese Reise ausgesucht, und keinen meiner Brüder, egal was für exzellente Kämpfer sie auch sein mögen. Es hängt zu viel davon ab.«

»Was?«, fragte Enidin. »Was hängt davon ab?« Ob Tymur wusste, dass sie gelauscht hatte?

Tymur seufzte, blickte sich um, und seufzte nochmal. »Wir sind hier unter uns«, sagte er, »weit und breit kein Mensch – dann kann ich es dir ebenso gut auch sagen, aber versprich mir, dass niemand sonst davon erfährt.«

Enidin nickte stumm.

Tymur beugte sich vor. »Es ist wegen meines Vaters«, flüsterte er. »Du hast von Damars Leiden gehört? Wie sein Leben verwelkt ist, nachdem La-Esh-Amon-Ris Schwert ihn verletzt hat? Das war keine Wunde. Es war ein Fluch. Er liegt auf meinem Haus, trifft nicht jeden, aber die, die es erwischt, die vergehen binnen kürzester Zeit. Und mein Vater …« Ihm brach die Stimme, und er brauchte einen Moment, ehe er weitersprach. »Meine Brüder dürfen es nicht wissen, und das Volk erst recht nicht – wie soll ein kranker König die Menschen beschützen, wenn wirklich etwas passieren sollte? Vjas, mein ältester Bruder, lauert doch nur darauf, dass Vater etwas passiert, und glaub mir, lieber drei sieche Könige als diesen! Deswegen bin ich auf dem Weg zu den Alfeyn, deswegen muss ich unbedingt Ililiané finden – wenn jemand diesen Fluch von uns nehmen kann und meinen Vater heilen, dann sie. Aber uns läuft die Zeit davon, ich weiß nicht, wie viel meinem Vater noch bleibt, und wir sitzen hier fest ohne Pferde und werden nochmal zwei Wochen brauchen, bis wir auch nur in den Bergen sind …«

Tymur schüttelte den Kopf und drückte Enidins Hand fester, und selbst durch den Handschuh hindurch fühlten sich seine Finger kalt und verschwitzt an. »Es tut mir leid, Enid. Ich weiß, in den letzten Tagen sind ein paarmal die Nerven mit mir durchgegangen, das war keine böse Absicht, ich schätze dich und deine Fähigkeiten sehr – bitte verzeih mir, wenn ich grob mit dir war. Du weißt, was du mir bedeutest, aber mein Vater, der ist … er ist mein Vater, das einzige Stück echte Familie, das ich jemals hatte, meine Mutter habe ich nie kennengelernt, und meine Brüder …« Tymur fuhr sich mit der Hand übers Gesicht und hielt mit der anderen immer noch Enidins fest. Er sah blass und übernächtigt aus, und Enidin hätte sich dafür ohrfeigen können, dass sie nie darauf geachtet hatte, wie schlecht es Tymur ging …

»Ich verstehe Euch«, sagte Enidin leise. »Ich bin Euch nicht mehr böse. Aber warum habt Ihr mir das nicht gesagt? Wenn ich das gewusst hätte – ich dachte, Ihr wollt meine Portale aus Bequemlichkeit. Wenn Ihr mir gesagt hättet, um was es für Euren Vater geht, wie wichtig es ist, keine Zeit zu verlieren – holt Eure Karte, ich hole meine, wir gleichen ab, welches der alten Portale wir erreichen wollen, und ich bringe uns so weit heran, wie ich irgendwie kann.« Sie zog ihre Hand unter Tymurs weg, um sie ihrerseits auf seine zu legen. »Wir lassen nichts unversucht, um das Leben Eures Vaters zu retten. Gebt mir Zeit für die Berechnungen. Aber ich bringe Euch nach Ailadredan. Ich verspreche es.«

Und als sie dann aufstand, um ihre Karte zu holen, wackelten Enidins Knie, wie sie noch nie zuvor gewackelt hatten.

Auf den Anblick der Berge hätte Enidin sich langsam vorbereiten können, wenn sie zwei Wochen damit verbracht hätte, darauf zuzuwandern, zu sehen, wie sie näher kamen, größer, bedrohlicher, kälter wurden. Doch als ihr Portal sie dann buchstäblich in die Berge spuckte, gab es niemanden, bei dem sie sich hätte beschweren können. Es war ihr Portal, ihre Schuld – und eine völlig fremde Welt. Da war es leichter zu glauben, dass sie tatsächlich schon in Ailadredan gelandet waren, als dass dies die gleiche Wirklichkeit war wie die, in der sie aufgebrochen waren.

Es waren keine freundlichen grünen Hügel, sanft bewaldet oder grasbewachsen. Es war nicht wie der einzelne schroffe Fels, auf dem die Burg Neraval lag. Es war das Ende der Welt. Graues Gestein, auf dem nichts wachsen wollte als Nebel, wo keine Vögel mehr sangen und kein Wanderer willkommen war. Die tiefhängenden Wolken verbargen den Blick auf die Gipfel, niemand konnte sagen, wo der Nebel aufhörte und der Himmel anfing.

Kein Lehrbuch der Welt hätte sie auf so etwas vorbereiten können. Und wäre Enidin sich nicht völlig sicher gewesen, dass die Berechnungen ihres Portals präzise stimmten, sie hätte geglaubt, irgendwo außerhalb der Welt gelandet zu sein. Schaudernd zog sie den Umhang fester um sich. Sie wünschte sich, der dicke Wollstoff hätte eine andere Farbe als grau, aber sie sollte sich freuen, dass sie überhaupt einen hatte, den einzigen Umhang, den sie in Trastell hatte auftreiben können: der Wintermantel der Wirtin, von dem sie sich nicht gerne und nur gegen gutes Geld hatte trennen mögen. Jetzt machte er Enidin zu einem Teil dieser Welt, auch wenn sie sich wie ein Fremdkörper fühlte. Ihr fehlte der blaue Himmel, die Farbe ihrer Akademie.

Wie oft hatte Enidin sich über diese Farbe geärgert, sie für albern, kindlich, würdelos gehalten, aber erst hier verstand sie, was diese Farbe wirklich bedeutete. Es war das Vermächtnis ihrer Schwestern – nicht derjenigen, die hinter sicheren Mauern über ihren Büchern saßen, sondern derjenigen, die hinausgereist waren in die Welt und dorthin, wo sie endete. Die Farben des Himmels, wo es keinen Himmel mehr gab. Jetzt war Enidins Robe tief im Gepäck vergraben, und da war sie gut untergebracht: Die klamme Kälte in der Luft verlangte nach wärmeren Kleidern, und nur ein Narr hätte die leichte Robe dem dicken Umhang vorgezogen.

»Ist alles in Ordnung mit dir, Enid?«, fragte Tymur und legte ihr eine Hand auf die Schulter, als ob Enidin mit ihrer Tasche nicht schon genug zu tragen hatte. »Sind wir hier richtig?«

Enidin biss sich auf die Lippe und schmeckte den Nebel. »Es ist alles so fremd hier«, sagte sie und hoffte, nicht zu besorgt zu klingen. »Und so viel Nebel.«

»Aber das sollte dir von uns allen die geringsten Probleme machen«, sagte Tymur aufmunternd. »Wir sehen nur den Nebel – du siehst und fühlst den Raum, wie er in Wirklichkeit ist. Das hast du uns voraus.«

Er hatte gut reden. Es hieß immer noch Raumtheorie und nicht

Raumwirklichkeit, und hier draußen gab es keine Linien und keine Magie, nur Nebel, der selbst den Nachhall ihres Portals verschluckte, kaum dass sie hindurch waren. »Gehen wir«, sagte Enidin. »Wir dürfen keine Zeit verlieren. Es ist zu kalt, um herumzustehen, und bis wir das Portal nach Ailadredan gefunden haben …«

Es musste hier irgendwo sein, mit Betonung auf irgendwo. In welcher Richtung es nun weiterging – Enidin wusste es nicht. Die Idee, auf den nächsten Berg zu steigen und von dort, wo man weiter sehen konnte als von jedem anderen Ort der Welt, nach dem Portal zu schauen, groß und steinern und nicht zu übersehen, erstickte im Grau. Es war früh am Morgen, noch lang hin, bis sie einen Rastplatz suchen mussten, und bis dann waren sie vielleicht noch weiter vom Portal entfernt.

»Wie geht es jetzt weiter?« Kevron hatte die Hände in die Ärmel gesteckt und schüttelte sich vor Kälte. »Ich sehe nicht einmal einen Weg.«

»Wir nehmen das Seil«, antwortete Lorcan. »Wir binden uns aneinander, damit keiner von uns abstürzt. Bleibt hinter mir. Ich gehe vor.«

Tymur gluckste. »Du weißt nicht, wo es langgeht.«

Lorcan zuckte die Schultern und knotete sich das Ende des Seils um die Hüften. »Du wirst es mir sagen, oder Enidin. Aber ich gehe vor. Ich bin der Schwerste von uns. Das, was mich aushält, das hält auch euch aus.«

»Aber nicht unbedingt gleichzeitig.« Kevron schniefte. »Wie stellst du dir das vor? Wenn du in den Abgrund stürzt, reißt du uns alle mit, ist das so viel besser?«

»Du gehst als Letzter«, erwiderte Lorcan ungerührt. »Dann bist du der Letzte, der noch steht, und vor allem muss ich dann dein Gewinsel nicht die ganze Zeit über hören.«

»Entschuldigung«, murmelte Kevron und zog Schultern und Nase hoch. »Ich bin nüchtern –«

»Wenn ich das noch einmal hören muss«, bellte Lorcan, »schlage ich dich. Du bist seit drei Tagen nüchtern. Wenn du bis jetzt nicht daran gestorben bist, gewöhn dich endlich daran.«

Kevron schrumpfte noch ein Stück weit in sich zusammen und war danach still. Einer nach dem anderen wurde von Lorcan fachmännisch, zumindest hoffte Enidin das, verschnürt. Es war ein seltsames Gefühl, das Seil um die Hüften zu haben, und wenn einer stand, standen sie alle – und dabei waren sie, zumindest nach Enidins Plan, noch am Anfang des Gebirges, wo die Berge nicht zu hoch waren – wenn sie weiter ins Gebirge hinein mussten, wie sollte es dann erst sein?

»Hm-hm«, machte Tymur. »Nehmen wir mal an, ich wäre ein Portal. Wo wäre ich dann?« Er überlegte nicht lange. »Ich wäre da, wo man mich finden kann. Ich bin dazu da, dass Leute hindurchgehen. Es wäre völlig sinnlos, mich dorthin zu legen, wo kein Mensch hinkommt.« Er schnalzte mit der Zunge, als wolle er sein Pferd rufen, aber Pferde hatten sie keine mehr, und das Portal antwortete nicht. »Und weil die Menschen dumm sind«, fuhr er dann fort, »legen sie Wegmarken an. Um mich, das Portal, wiederzufinden. Gesteinsformationen, von Menschenhand gemacht. Wie dieser Steinhaufen da.« Er deutete in eine Richtung, und wirklich, was dort war, konnte von Menschen aufgetürmt worden sein – oder als Haufen Geröll ganz von allein so den Berg hinuntergekommen. Enidin kannte sich mit Magie aus, nicht mit Steinen. »Wir gehen in die Richtung«, sagte Tymur. »Nicht, weil ich das weiß. Aber weil ich erfriere, wenn wir hier stehen bleiben.«

Und so begann ihre Wanderung durch das Gebirge. Bepackt mit Taschen voller Nahrung, Wolldecken, Wasserschläuchen kamen sie nur langsam voran, und das war vielleicht das Beste: dass sie sich im Zweifelsfall nicht zu weit von ihrem Ziel entfernten. Doch zugleich fühlte es sich auch nicht an, als ob sie ihm irgendwie näher kamen.

Vier Tage irrten sie durch das Gebirge, fünf durften es nicht werden. Das Problem war nicht, dass ihnen der Proviant ausging – die Taschen voller Bohnen und Getreide, die sie sich in Trastell aufgeladen hatten, schienen nicht leichter zu werden, und für Wasser fand sich die eine oder andere Quelle. Das Problem war ein anderes: Um aus Wasser, Bohnen und Getreide einen irgendwie genießbaren Brei zuzubereiten, brauchten sie Feuer. Und Brennbares fand man in diesen Bergen nicht.

Was es an Vegetation gab, waren kleine, krumme Büsche und Flecken von Moos, nicht dazu geeignet, lange zu brennen, und auch wenn Enidin vorgesorgt hatte und wusste, wo der Schulze sein Brennholz lagerte, konnte sie es nicht wagen, wieder ein Portal dorthin aufzumachen.

Selbst wenn der Hunger noch nicht so schlimm war, die Erschöpfung saß ihnen in den Knochen. Nachts bekam kaum jemand von ihnen Schlaf. Zusammengerollt, eingewickelt in Decken und Seite an Seite, um nicht zu viel kostbare Wärme entweichen zu lassen, lagen sie auf dem zu harten Boden und froren. Einer musste wach sein und aufpassen, aber die Tierwelt der Berge war wirklich das, was noch am ungefährlichsten war – bis auf den Bock, der ihnen einmal den Weg versperrt hatte, bis Lorcan ihn mit seinem Schwert niederstreckte, kostbares Fleisch, das über ihrem kleinen Feuer halb verkohlte und halb roh blieb, und ein blutiger Balg, den sie zurückließen als abscheuliche Wegmarke. Der blicklose Schädel sollte Enidin noch lang verfolgen ...

Müde schleppte Enidin sich vorwärts, Fuß vor Fuß, von vorne zerrte Tymur sie, hinter ihr strauchelte Kevron, und in der Mitte fühlte Enidin sich, als würde sie entzweigerissen. Dass der Nebel ihr täglicher Begleiter war, daran hatten sie sich gewöhnt, aber die Kälte saß ihnen in den Knochen und machte keine Anstalten, jemals wieder zu gehen. Enidins Finger waren so steif, dass sie damit nicht auch nur das einfachste Muster mehr hätte weben können, und ihre Kleider waren klamm bis auf die Haut und trockneten auch dann nicht, wenn sie sich so nah ans Feuer setzte, wie es eben noch auszuhalten war.

Sie stapften grimmig voran, selbst wenn es im Kreis war, folgten allem, was irgendwie ein Weg sein konnte, bergauf oder bergab auf schmerzenden Beinen. Bis auf das Seil gab es nichts mehr, das sie verband, jeder kämpfte seinen eigenen Kampf, unterdrückte seine eigenen Flüche – niemand beschwerte sich mehr, niemand jammerte, niemand sprach ein Wort. Nur sehr selten fragte sich Enidin, was in Tymur vorging, wie sehr ihn die Sorgen um seinen Vater verzehren mochten, aber meistens kreisten ihre Gedanken auch nur um sie selbst, um die wehen eigenen Finger und Füße.

Vier Tage. Vier lange Tage. Wenn jemand gefragt hätte, nach welchem Muster sie sich da fortbewegten, sie hätten erklärt, dass sie sich in Spiralen von ihrem Startpunkt entfernten, aber es war gut, dass niemand fragte. Mit einem Muster hatte es nichts zu tun. Es war ein verzweifeltes Herumgeirre, und das alles war nur Enidins Schuld. Nicht einmal Tymur sprach es mehr aus, doch sie wussten es alle: Enidin hätte wissen müssen, wo das Portal lag, fühlen, wo sich die Linien auf beiden Seiten der Wirklichkeit kreuzten, aber sie konnte es nicht. Die Linien waren da, doch ihr Netz war nicht anders als an anderen Orten, und wenn es hier wirklich einmal ein Portal nach Ailadredan gegeben hatte, war es vielleicht schon vor Hunderten von Jahren in sich zusammengebrochen, nicht mehr zu unterscheiden von jedem anderen Haufen sinnlosen Gesteins.

In Gedanken rechnete Enidin schon den Weg nach Hause aus, das war es, was sie über den Tag rettete – ein Portal für vier Verlierer, die ihrem Ziel so nah gekommen waren und dennoch unverrichteter Dinge heimkehren mussten, froh, mit dem Leben davongekommen zu sein, und die vielleicht noch rechtzeitig kamen zur Beerdigung des Königs … Enidin heulte vor Wut und Enttäuschung und konnte doch keinen Unterschied merken zu den Tränen, die ihr der kalte Wind aus den Augen trieb.

Dann, am fünften Tag, passierte das Wunder. Sie schlugen am Morgen die Augen auf, und die Wolken waren weit über ihnen, wo sie hingehörten. Der Nebel hatte sich verzogen.

»Na bitte«, sagte Tymur und räkelte sich zufrieden. »Ich sage ja, das Wetter klart auch wieder auf.« Kaum war der Nebel fort, waren die Worte wieder da, zumindest bei Tymur.

»Und was hilft uns das jetzt?«, fragte Enidin schroff und heiser. »Ein Tag ohne Nebel, da kommen wir nicht weit, und morgen, das weiß ich schon, wird es wieder nebelig sein.«

Tymur strahlte sie an. Es war so ungerecht – warum musste er als Einziger von einer Erkältung verschont bleiben? »Wir können die Gipfel der Berge sehen«, sagte er. »Das heißt, wir können die Aussicht nutzen – und wenn wir keinen Weg nach oben finden, ohne uns den Hals zu brechen, können wir immer noch die Form der Berge mit den Umrissen auf deiner Karte abgleichen. Dann wissen wir endlich genau, wo wir stecken und wo sich das Portal befindet.«

Enidin zwinkerte. »Als ob man auf meinen Skizzen irgendwelche Gipfel erkennen könnte!« Kevron konnte vielleicht eine Karte so abzeichnen, dass sie nicht mehr von Original zu unterscheiden war – Enidin hatte Berge gezeichnet, wo im Original Berge waren, gezackte Linien, von denen man wusste, dass sie Berge darstellen sollten, aber nicht im Traum wäre sie auf die Idee gekommen, dass deren Form, die Anzahl der Zacken, etwas bedeuten sollte. Auf die arkanen Symbole hatte sie geachtet, nicht auf Felsformationen.

»Lass mich trotzdem mal sehen«, bat Tymur. »Du bist besser, als du es dir selbst zutraust. Nein, du bist sogar großartig.«

Aber auch für solche Schmeicheleien konnte sich Enidin nichts kaufen. Wortlos reichte sie ihm, wonach er fragte. Wenn er sich einen Reim darauf machen konnte, dann sollte er das ruhig tun.

Einen Moment lang stand der Prinz da, in jeder Hand eine Karte, starrte mal auf die eine, mal auf die andere, blickte nach oben, erneut in die Karten, und wieder hinauf zu den Gipfeln. Dabei sprach er mit sich selbst, zu leise, als dass Enidin ein Wort hätte verstehen können.

Endlich ließ er die Karten sinken und lächelte in die Runde. »Ich denke, ich weiß, wo wir sind«, sagte er. »Besser noch, ich glaube, ich weiß, wo wir hinmüssen.« Er reichte Enidin ihre Karte zurück und faltete seine eigene wieder zusammen. »Ihr müsst mich nicht für einen Narren halten«, sagte er. »Denkt daran, dass ich über diese Berge gelesen habe, was immer es zu lesen gab. Ich sagte doch, Damar stammt von hier, und ich wollte alles über ihn hören. Nur, mit dem ganzen Nebel, da bin ich mit all dem Wissen nicht weit gekommen. Aber jetzt finde ich den Weg. Folgt mir!« Er marschierte los, ohne das Seil anzulegen, und ließ seinen Gefährten nichts anderes übrig, als hastig das Lager abzubauen, ihre Decken zu schultern und hinter ihm herzueilen, bevor er verschwunden war.

»Tymur!«, rief Lorcan noch. »Bleib stehen, du Dummkopf!« Im Laufen warf er Enidin das Seil zu, damit sie sich zumindest an Kevron binden konnte, aber dafür war keine Zeit. Erst einmal den Prinzen wiederfinden. Solange der nicht in Sicherheit war, brauchten sie es auch nicht zu sein – aber anders als am Tag ihres Aufbruchs aus Neraval, als Tymur ihnen allen davongaloppiert war, hatten sie ihn hier schnell eingeholt. Und ob es nun Glück war oder eine seltsame Ahnung oder ob ihm der leibhaftige Damar das eingeflüstert hatte, er hatte tatsächlich so etwas wie einen Pfad gefunden, der den Berg hinaufführte.

Auch wenn es nicht so aussah, als ob hier in den letzten Jahrzehnten auch nur ein Mensch entlanggegangen wäre, und der Pfad ebenso gut die Spur einer Herde verwilderter Bergziegen sein konnte, die oben auf sie warteten, um ihren verlorenen Anführer zu rächen – es war eine Spur, der man folgen konnte. Und diesmal wartete Tymur lang genug, bis sie sich wieder angeseilt hatten.

Sie arbeiteten sich weiter den Berg hinauf, jeder Schritt fiel Enidin schwerer als der letzte, und auch die Luft veränderte sich, schien weniger und weniger zu werden …

Was war das?

Auf der Kuppe, ein Stück seitlich des Pfades, sah Enidin einen Bogen aus Steinen aufragen. Keine zufällige Formation, wie sie zuvor schon viele entdeckt und nach kurzer Untersuchung wieder verworfen hatten: Dieser war von Menschen gemacht, ohne jeden Zweifel. Und es gab nur einen Zweck, den dieses Werk erfüllen konnte. Sie hatten endlich ihr Portal gefunden.

Plötzlich fühlte Enidin neue Kraft in ihren Beinen. Ihr Kopf war von einem Augenblick auf den anderen wach und klar, ihr Atem frei. Am liebsten wäre sie losgerannt, und nur das Seil um ihre Hüften hielt sie zurück. Ihr Herz schlug ihr vor Aufregung bis zum Hals. Hunderte von Jahren lang musste dieses Portal unbeachtet herumgestanden haben, ein Wunderwerk der Kunst, das nicht nur zwei Orte miteinander verband, sondern gleich zwei Welten, und Enidin Adramel sollte die Erste sein, die seine Macht wiederentdeckte.

Keine Täuschung. Kein Haufen Steine. Vor ihnen stand das Tor nach Ailadredan.

Nach diesem Gefühl hatte Enidin gesucht, ihr Leben lang. Nach der Anwesenheit von etwas, das so alt war, so groß, so mächtig, dass man sich daneben klein und verloren fühlte. Enidin hatte nie eine Wahl gehabt. In der Akademie geboren als Tochter einer Raumtheoretikerin, mit einem Elementaristen zum Vater – nur ihr Geschlecht hatte darüber entschieden, was sie studieren würde, aber dass es Magie sein sollte, das hatte schon lang vor ihrer Geburt festgestanden.

Doch in diesem Augenblick wusste sie, warum sie an diesem Ort war: Nicht, um der Akademie zu entkommen, und nicht, um in der Nähe des Prinzen sein zu dürfen. Es war für einen Anblick wie diesen, für den Punkt, an dem sich zwei Welten berührten. Es war ihr Moment. Hier hatte man etwas erbaut, das alle Grenzen überwinden konnte, eine große Geste, um zu verbinden, was immer getrennt war. Doch für alle anderen Augen war es nur ein Bogen aus aufgeschichteten Steinen.

Er sah nicht gerade eindrucksvoll aus. Kein Meißel, kein Werkzeug hatte das Gestein behauen. Kein Mörtel verband die Steine, doch der Bogen hielt, auch nach Hunderten von Jahren, alles passte perfekt ineinander, als wären die Steine nur zu diesem Zweck erschaffen worden. Enidin wusste sofort, dass dies das Werk der Alfeyn war. Sie hatten die Macht zu verändern, zu verformen, sie konnten einen beliebigen Stein nehmen, grob und unbehauen, und ihm genau die Gestalt geben, die er brauchte, um diesen Torbogen zusammenzuhalten. Was auf den ersten Blick aussah wie ein hastiges, achtloses Gebilde, war in Wirklichkeit das Werk mächtigster Magie.

Erst aus der Nähe sah man die arkanen Symbole in den Steinen. Auch sie waren nicht geritzt und nicht geschlagen, sie waren mit Magie in den Stein geprägt wie ein Fingerabdruck in weichen Ton – hier saßen die Punkte, an denen die Linien zusammenliefen, Linien, die durch zwei Welten gleichzeitig flossen und die man zur Seite schieben musste, um den Weg freizuräumen. Das Portal hielt die Punkte da, wo sie sein mussten. Wo Enidins eigene Portale nur vergängliche Öffnungen waren und sich mit dem Atem der Welt bewegten, war dieses Portal für die Ewigkeit gemacht. Und es sollte keiner Magierin bedürfen, um hindurchzugehen.

Enidin wollte sich dem Portal nähern und fühlte Widerstand – nicht vom Portal aus, aber von dem Seil. Während es Enidin zu den Steinen hinzog, wollten die Männer zurückweichen. Enidin nickte und lächelte und lockerte dann mit klammen Fingern die Knoten: Sie brauchte das Seil nicht mehr, sie musste nicht mehr gesichert werden, sie war am Ziel.

»Das ist es«, sagte sie und versuchte gar nicht erst, die Ehrfurcht in ihrer Stimme zu unterdrücken. »Wir haben es gefunden. Aber wir können noch nicht hindurch. Es … es könnte eine Falle sein, von den Dämonen manipuliert. Ich muss es erst untersuchen, bitte habt etwas Geduld, sonst kann noch –«

Sie hörte ein Glucksen, wahrscheinlich von Kevron, der sie wissen lassen wollte, dass er sie durchschaut hatte, aber es war Tymur, der sie mit seiner sanften Stimme unterbrach. »Enid«, sagte er. »Dafür bist du hier. Nicht für Brennholz oder Waschwasser, nicht dafür, dass du uns von einem Ende dieser Welt ans andere bringst. Nur dafür, dass du dieses Portal untersuchst und uns sagst, ob es uns an den richtigen Ort führt. Nimm dir alle Zeit, die du brauchst.«

Aber auch wenn sich sein Lächeln endlich wieder wahrhaftig anfühlte, erst einmal gab es nur Enidin und das Portal. Nur sie, und das Netz der Wirklichkeit, die Linien im Raum. Enidin wollte sie spüren, fühlen, wie sie von dieser Welt in die andere führten. Auf Zehenspitzen trat sie an die Steine heran, und mit halbgeschlossenen Augen streckte sie die Hände aus, bis ihr die Fingerspitzen vor Konzentration kribbelten und die Nase vor Erwartungsfreude juckte. Dann griff sie in die Linien des Portals, so zart und sanft sie konnte, nur fühlen, nichts verändern und erst recht nicht zerstören. Aber sie fühlte – gar nichts.

Enidin stutzte. Das konnte nicht sein. Es musste an der Kälte liegen, an ihren tauben Fingern, doch natürlich stimmte das nicht: Es waren nicht ihre Finger, mit denen sie die Linien spürte, es waren nicht Saiten und Schnüre und Netze über die Welt gespannt, und Enidins magisches Gespür sollte von Wind und Wetter unbeeindruckt bleiben. Dieses Portal fühlte sich an, als ob es überhaupt nicht mit dem Raum verbunden war, weder mit der einen, noch mit der anderen Seite. Konnte ein Portal kaputtgehen? Es war für die Ewigkeit gebaut, die Punkte sollten so in den Raum gestanzt sein, dass sie sich nie wieder lösen konnten – aber wenn Enidin die Augen schloss und versuchte, den Raum zu ertasten, dann war da nicht eine Welt und nicht zwei, sondern gar keine. Für die Magie existierte dieser Ort nicht.

»Was ist?« Tymurs Stimme wehte zu ihr herüber. »Stimmt etwas nicht?«

»Vielleicht sollte sie besser nicht so nah herangehen«, murmelte Kevron.

Lorcan sagte nichts, aber das Geräusch, wie er sein Schwert eine Handbreit aus der Scheide gleiten ließ, hätte Enidin inzwischen überall erkannt, und auch, dass die Schritte, die näher kamen, seine waren.

Enidin wusste nicht, was sie sagen sollte, und verfluchte sich dafür. »Ich … ich weiß es nicht«, flüsterte sie, ohne sich umzudrehen. Sie konnte diesen Männern nicht ins Gesicht blicken.

»Das Portal?«, fragte Tymur. »Wohin es führt?«

Enidin schüttelte den Kopf. Wenn sie sich jetzt in Lügen verstrickte, konnte sie das nie wieder gutmachen. Was immer Kevron darunter verstehen mochte – für Enidin war ein Fälscher jemand, der unbewiesene Theorien als Wahrheit verkaufte. Jetzt konnte sie sich keine Geschichte aus den Fingern saugen – wenn die anderen dann versuchten, das Portal zu durchqueren, weil Enidin ihnen das Blaue vom Himmel versprochen hatte, und landeten in einer völlig falschen Welt … Nein, da blieb nur die Wahrheit. »Ich kann es nicht fühlen«, sagte sie. »Es ist, als ob es nicht da wäre.«

Tymur legte den Kopf schief. »Das ist natürlich schade«, sagte er, als ginge es nur darum, dass ein Gasthaus keinen Wein, sondern nur Bier im Angebot hatte, ohne Groll oder auch nur Enttäuschung in der Stimme. »Aber wir haben dieses Portal gefunden, und dann finden wir die anderen auch noch, und eines davon wird sich schon benutzen lassen. Es kann nicht alles die Jahrhunderte überdauern. Du musst dir keine Vorwürfe machen.«

»Doch!«, fauchte Enidin und fuhr herum. »Doch, das muss ich! So ein Portal kann nicht einfach kaputtgehen! Das bin ich, ich bin zu dumm dafür, oder zu unfähig, oder zu unerfahren, oder … oder zu jung!« Ausgerechnet das letzte Wort, das, wofür sie am wenigsten konnte, ging ihr am schwersten über die Lippen. »Aber ich habe mich vorgedrängt, ich musste Euch unbedingt begleiten, und jede meine Schwestern hat Eurem Vater ihr Können demonstriert, jede andere würde jetzt nur mit den Fingern schnippen und Euch direkt nach Ailadredan bringen, nur ich … ich schaffe es nicht, ich kann es einfach nicht.«

Jetzt fing sie auch noch an zu weinen. Alle Anstrengung der letzten Tage forderte auf einen Schlag ihren Tribut, alle Enttäuschung, alle Last, alle Erwartungen brachen über Enidin herein und sie darunter zusammen.

So lange war sie stark gewesen, Zierde ihrer Akademie, Stolz ihrer Schwestern, eine Magierin, die das Zeug zur Vorsteherin hatte – nun, als hätte ihr etwas den Boden unter den Füßen weggezogen, war Enidin nur noch ein dummes kleines Mädchen, das nichts war und nichts konnte. Gut, dass sie keine Robe mehr trug, sie hätte sich darin nur wie eine Betrügerin gefühlt. Enidin ging in die Knie vor Verzweiflung und schluchzte.

Keiner der drei Männer war darauf vorbereitet, eine weinende Magierin zu trösten, und Enidin wollte nicht getröstet werden. Sie hoffte, dass die anderen sie einfach ignorieren würden, vielleicht sogar den Anstand besaßen, sich zurückzuziehen und sie allein zu lassen, so lange, bis sie ihre Beherrschung und vielleicht sogar ihr Selbstwertgefühl wiedergefunden hatte.

Der Einzige, der das verstand, war Lorcan. Durch ihre tränenblinden Augen sah Enidin ihn nicken, den Blick senken und sich zurück in Richtung des Weges wenden. Tymur hingegen trat zu ihr, legte ihr eine Hand auf die Schulter und sagte leise: »Du musst dir nichts vorwerfen, wirklich. Wir wissen, was du kannst, und wir werden nicht schlecht von dir denken, nur weil es ausnahmsweise einmal nicht geklappt hat.«

Es war genau das, was Enidin nicht von ihm hören wollte. Sie hätte seinen beißenden Spott gebraucht, um sich gegen ihn, und überhaupt wieder, erheben zu können. So, wie er da stand, als ein gnädiger Gönner, konnte er ihr gestohlen bleiben. Unter dieser Hand hätte sich Enidin am liebsten herausgewunden, und sie hörte sich »Fasst mich nicht an!« schreien, um auch das letzte bisschen Würde von sich zu werfen.

Nur Kevron blieb stehen, wo er war. Natürlich, von ihm wollte Enidin ganz sicher nicht in den Arm genommen werden, aber seit dem Abend im Anderwald hatte sie begonnen zu glauben, dass er sie verstand, vielleicht besser, als die beiden anderen das konnten. Er mochte nicht wirklich ein Wissenschaftler sein, aber vielleicht hätte er einer werden können. Über ihr Schluchzen hinweg hörte sie, wie er die Nase hochzog.

»Es muss ja nicht das Portal sein«, sagte Kevron. War es ihm völlig egal, dass Enidin da am Boden lag und heulte? »Was ist mit den anderen Bedingungen, kannst du sicher sein, dass die erfüllt sind?« Er klang nicht höhnisch und nicht tröstend, sondern auf seltsam vergnügte Weise interessiert. »Ehe du die Schuld bei dir selbst suchst, solltest du alle anderen Fehler ausschließen können.«

Enidin antwortete nicht. Selbst wenn sie gewollt hätte, war sie nicht in der Verfassung, auch nur ein Wort herauszubringen.

»Mir geht das beim Arbeiten auch immer so«, redete er weiter. »Ich denke, ich habe es versaut und kriege das nie wieder hin, und am Ende stellt sich heraus, dass ein Glas vor der Lampe steht und mir einen Schatten aufs Papier wirft, als hätte ich da einen Schmierfleck hingemacht.« Er lachte. »Gut, die Hälfte der Zeit über ist es dann doch versaut von meinen Versuchen, den Fleck wegzumachen, aber das ist ja nicht die Schuld des Glases.« Höchstens seines Inhalts, aber den Teil dachte Enidin sich nur. »Und ich denk nicht, dass du deine Arbeitsbedingungen richtig berücksichtigt hast«, fuhr er fort, während Tymur neben Enidin in die Hocke ging und sich zu ihm umdrehte, um Kevron seine ganze Aufmerksamkeit zu schenken, ohne Enidins Schulter loslassen zu müssen. »Ich meine, ich hab von Magie keine Ahnung, und ich kann dir jetzt schon sagen, was mit deinem Portal hier nicht stimmt.«

Enidin schniefte und klang dabei wie ein sterbendes Meerschweinchen. »Was«, brachte sie hervor und musste von Neuem ansetzen, weil ihr die Luft wegblieb. »Was meint Ihr?«

Kevron lachte. »Der Nebel fehlt«, sagte er. »Wir denken ja, der Nebel ist eine lästige Nebensächlichkeit, um uns in den Bergen das Leben schwer zu machen – aber vielleicht ist es ja genau andersrum, und ohne den Nebel geht hier gar nichts?«

Einen Moment lang hing Stille in der Luft, als drei Gehirne versuchten, in diesen Worten Sinn zu finden. Enidin hatte nie auf den Nebel selbst geachtet, immer versucht, ihn herauszurechnen, er war da und versperrte ihr die Sicht – warum war sie nie auf die Idee gekommen, dass er etwas zu bedeuten hatte?

Langsam richtete sie sich wieder auf. Sie fühlte sich dumm und töricht, nicht, weil sie das Portal nicht spüren konnte, sondern weil sie so schnell aufgegeben hatte. Und sich dann von einem Mann helfen zu lassen, der nichts von Magie verstand – sie hatte es nicht besser verdient.

»Ich bitte um Verzeihung«, flüsterte Enidin heiser. »Ich habe mich würdelos verhalten. Bitte entschuldigt. Es wird nicht wieder vorkommen.«

»Es kann vorkommen, so oft du willst«, antwortete Tymur und klopfte ihr auf die Schulter. »Es beweist nur, was ich immer schon gewusst habe: Auch Magierinnen sind Menschen. Und keiner ist aus Eis gemacht. Noch nicht einmal du.« Er streckte die Hand aus und wischte ihr die letzte Träne aus dem Gesicht. »Lasst uns unser Lager aufschlagen, und dann warten wir hier auf den Nebel.«

In ihre Decken gewickelt, kauerten sie am Boden. Sie wagten es nicht, ein Feuer zu entzünden. Nur sitzen, und warten … Langsam, während das Licht ging und sich die Schwaden um sie herum zusammenballten, fühlte Enidin tief in ihrem Innersten, wie sich der Raum um sie herum zu bewegen begann …

Es waren Dinge im Nebel, die konnte das Auge nicht sehen – und wie er um die Steine waberte und den Torbogen ausfüllte, war er in zwei Welten gleichzeitig.

VIERZEHNTES KAPITEL

Der Nebel kam nicht den Berg herunter, und er quoll nicht vom Tal herauf. Er kroch aus dem Boden und aus dem Gestein, umspielte die Füße wie ein freundlich neckender Geliebter, waberte die Beine hinauf, legte sich um Körper und Welt und um das steinerne Portal. Ranken aus Nebel schienen den Stein hinaufzuwachsen, nahmen dem Tor nicht die Form, sondern gaben sie ihm erst – wo der Stein allein rauh und unscheinbar wirkte, selbst die hineingehauenen Zeichen sich wie verlegenes Beiwerk ausnahmen und nicht wie Schmuck, machte der Nebel Schönheit daraus, malte Bilder, Gestalten, Masken, immer in Bewegung, und in seiner Mitte eine Öffnung, gefüllt mit einem Nebel anderer Art, weiß, undurchsichtig, reglos, wie der gefrorene Atem eines Toten.

Lorcan hätte stundenlang stehen und zuschauen können, aber er war nicht zum Zusehen da. Er zog sein Schwert und trat langsam auf das Portal zu, bereit, alles mit blanker Klinge in Empfang zu nehmen, das herauskommen mochte.

»Worauf warten wir noch?«, rief Tymur. »Hindurch, ehe es sich der Nebel anders überlegt!«

Die Magierin widersprach, bevor einer der anderen das konnte. »Eben habt Ihr mir zugestanden, das Portal zu untersuchen, Tymur«, sagte Enidin mit nur schlecht gespielter Gelassenheit. »Nun kann ich das endlich tun.«

Tymur machte eine beiläufige Handbewegung. »Dann tu das«, sagte er. »Aber beeil dich.« Er nickte Lorcan zu. »Pass auf sie auf, ja?«

Während Enidin vor dem Portal stand und mit ihren Fingern durch die Luft fuhr, war Lorcan nur einen Schritt hinter ihr, das Schwert in der Hand. Die Magierin musste nicht wissen, dass er dort stand, um im Zweifelsfall sie selbst niederzustrecken. Sollte ein Dämon aus dem Portal gefahren kommen, würde der sich den nächstbesten Körper greifen, und der nächstbeste war die junge Frau direkt vor dem Tor. Lorcan war bereit zu töten, wenn es sein musste, doch nicht hier. Enidin war nicht Teil ihres Paktes, aber Tymur hatte recht, was das anging: Ein Dämon, seines Körpers beraubt, suchte sich den nächsten, und hier war die Auswahl zu klein. Aber unschädlich machen, das ging auch ohne Töten, wenn auch nicht ohne Gewalt.

»Sicher, dass es nach Ailadredan geht?«, fragte Kevron, und Lorcan wunderte sich nur einen Augenblick lang, wie dumpf und fern seine Stimme klang – das lag nicht am Nebel, sondern an dem großen Felsbrocken, hinter dem der Mann Deckung gesucht hatte, und Lorcan konnte sich nur wünschen, Tymur würde es ihm nachtun.

»Nein«, antwortete Tymur an Enidins Statt. »Oder besser, es geht sehr sicher nach Ailadredan, nur ob es dort nicht längst von Dämonen wimmelt, wer weiß?« Er gluckste. »Damar hat sie zurückgetrieben, aber niemand kann wirklich sagen, wo sie danach hingegangen sind. Und wenn hier so schöne praktische Portale stehen, wo man einfach nur hindurchsteigen muss … Seit Generationen hat niemand mehr einen Alfeyn gesehen. Vielleicht deswegen?«

Er lachte wieder, ein Lachen, das Lorcan fürchten gelernt hatte.

Sie mussten Ililiané finden, so schnell es ging, sonst war von dem Tymur, den Lorcan kannte, nicht mehr viel übrig. Er hatte sich verändert, änderte sich weiter, und da konnte er noch so sehr betonen, dass die Schriftrolle keinen Einfluss auf ihn hatte, Lorcan wusste es besser, und wenn er gekonnt hätte, hätte er dem Prinzen die Tasche vom Gürtel gerissen und die Schriftrolle selbst getragen.

»Wir wissen es nicht, ehe wir hindurchgehen«, sagte Enidin, und ob ihre Stimme dabei vor Angst zitterte oder vor Aufregung, konnte nur sie selbst ahnen. »Aber es ist ein Portal, es ist noch ganz, und so gern ich jetzt etwas wirklich Eindrucksvolles machen würde – wir brauchen nur hindurchzugehen.«

Tymur sprang auf. »Dann tun wir das!«

Irgendwo weiter hinten gab Kevron etwas von sich, das wie ein Wimmern klang. Und auch wenn der Nebel ihre Gesichter verbarg, wusste Lorcan, dass Tymur jetzt die Augen verdrehte.

»Was ist dir lieber, Kev?«, fragte er scharf. »In den Bergen verhungern? Denn das ist es, was auf dich zukommt, wenn du jetzt nicht mit uns gehst. Ich zwinge dich nicht, aber zugegeben, es wäre schade um dein Talent.«

Kevron tauchte hinter seinem Stein auf. »Wir haben ja noch nicht alles untersucht«, sagte er. »Wenn wir auf der anderen Seite in einen Abgrund stürzen …« Er schüttelte den Kopf. »Ja, gut, ich bin ein Feigling, ich versteh nicht, wie ich jemals bis ans Ende der Welt gekommen bin oder was ich hier soll, aber ich hänge an meinem Leben, und solange noch keiner von uns das hier versucht hat –«

Bevor ihn jemand zurückhalten konnte, warf er einen Stein auf das Portal. Lorcan sprang nach vorn, Kevron war kein guter Werfer und der Stein leicht gefangen, doch umso lieber hätte Lorcan den Stein zurückgeschmissen, am besten direkt an Kevrons Schädel. »Dummkopf!«, schrie er. »Du weißt nicht, was passieren kann!« Er fragte sich, ob man ihn auf der anderen Seite hören konnte, glaubte es aber nicht – das Portal war ein Ort der reinsten Stille, und wo nichts hinauskam, kam mit Glück auch nichts hinein.

»Tut mir leid«, murmelte Kevron kleinlaut. »Wär dumm, wenn den jetzt ein Alfeyn abbekommen hätte, nicht? Dann wissen sie nicht nur, dass wir kommen – dann sind sie auch noch sauer auf uns.«

Lorcan atmete durch. »Es ist nichts passiert«, sagte er durch zusammengebissene Zähne. »Aber wirklich, lass die Hände ruhig, bleib in meiner Nähe – bleibt alle in meiner Nähe.«

»Wir können nicht zu viert gleichzeitig gehen«, erwiderte Tymur und stolzierte vor dem Portal auf und ab wie ein eitler Geck. »Und das habe ich auch nicht vor. Schon um zu beweisen, wie unsinnig die Befürchtungen unseres lieben Fälschers sind, gehe ich nun als Erster.«

Den Stein hatte Lorcan fangen können. Aber so, wie Tymur ihm als kleiner Junge entwischt war, war er jetzt mit einem Satz durch das Tor, und verschwunden. Völlig verschwunden. Er trat unter den Torbogen und war weg. Lorcan zögerte nicht. Enidin würde schon dafür sorgen, dass sie und Kevron irgendwie zurechtkamen, am besten hinterher, aber ebenso gut konnten sie den Heimweg antreten – Lorcan war für Tymur da, und er würde dafür sorgen, dass Tymur nichts passierte, hier oder auf der anderen Seite. Für Angst vor dem Unbekannten blieb keine Zeit. Ein Schritt nur, der rechte Fuß in der einen Welt, der linke in einer anderen, und Lorcan war hindurch.

Niemand hatte Lorcan vorwarnen können, wie es war, die Welt zu verlassen und in eine andere zu reisen, und das war gut so – hätte er gewusst, wie es sich anfühlte, er hätte zweimal gezögert, bevor er durch das Portal sprang. Er kannte die Portale, die Enidin geöffnet hatte, und auch wenn beide zu durchqueren kein Vergnügen gewesen war – Magie hatte etwas Unheimliches und würde das auch immer behalten –, war das nichts im Vergleich zu dem hier. Lorcan fühlte sich, als ob er einmal umgekrempelt und sein Verstand auf links gedreht würde – er war schon lange nicht mehr betrunken gewesen, er mochte das Gefühl nicht, und alles, was er daran nicht mochte, war hier in einem Punkt vereint, mit einer Ausnahme: Es war schnell wieder vorbei.

Eben noch war es, als ob es Lorcan zweimal gab, als ob sein rechter Fuß an einem anderen Lorcan hing als der linke, im nächsten stand er auf einem fremden Platz, atmete Luft, die so klar war, dass man sich daran schneiden konnte, und das schwindelige Gefühl ließ wieder nach.

Auch auf der anderen Seite war das Portal, und es sah genauso aus wie zuvor, die gleichen grauen Steine, die gleichen seltsamen Zeichen – aber das war alles, was auf beiden Seiten gleich aussah. Der Nebel war fort. Von einer Welt, die als das Nebelreich bekannt war, hatte Lorcan die dickste undurchdringliche Suppe erwartet, doch das Gegenteil war der Fall: über ihm ein Himmel so blau, wie er ihn noch nicht einmal in der Krypta in seinen Träumen gesehen hatte, und die Sicht so weit, dass selbst die fernsten Berge nah wirkten. Doch wo es in der richtigen Welt nichts gab als die Berge drumherum, stand dieses Portal auf einem Platz, nur eines von fünf Portalen, die in einem Kreis angeordnet waren, und rings herum eine Stadt, oder zumindest etwas, das Lorcan in Ermangelung anderer Worte als Stadt bezeichnen wollte.

Sein Blick wanderte höher und höher – das waren keine Häuser, es war ein Labyrinth von Türmen, mit Brücken untereinander verbunden, die einen hoch, die nächsten noch höher, wieder andere so hoch, dass einem schon vom Hinsehen schwindelig wurde, alles so zart und schmal und zierlich, dass man sich schlecht vorstellen konnte, wie in diesen Türmchen jemand leben sollte, sie schienen aus Zucker gesponnen zu sein … Lorcan schüttelte den Kopf. Die Stadt konnte warten. Er lebte, das war das eine, doch noch wichtiger war, Tymur war da, stand dort nur einen Schritt vom Portal entfernt und tat das, was Lorcan auch immerzu tun wollte: Er stand und staunte, und nur die Art, wie seine rechte Hand wachsam dort lag, wo er die verfluchte Gürteltasche trug, verriet, dass er nicht völlig in Ehrfurcht versunken war.

Lorcan trat an ihn heran, legte ihm eine Hand auf die Schulter und erschrak erneut darüber, wie hart Tymur geworden war von all der Anspannung. Sie hatten ihr Ziel erreicht. Es konnte nur besser werden. »Hast du so etwas schon einmal gesehen?«, fragte er leise, und auch wenn sich die Luft nicht kalt anfühlte, gefroren ihm die Worte zur Wolke.

»Auf Bildern, meinst du?« Tymur schüttelte den Kopf, reckte die Schultern und lehnte sich an Lorcan, einen kostbaren Moment nur. »Nein, aber selbst wenn – kein Bild könnte das einfangen.« Er atmete durch und blickte seinem Nebel nach. »Damar war hier, wusstest du das?«

Lorcan nickte. »Ich habe davon gehört. Als er Ililiané um Hilfe gebeten hat.« Einen Augenblick lang fragte er sich, was mit Kevron und Enidin war, ob sie noch auf ihrer Seite der Berge waren oder ob das Portal sie inzwischen an einen ganz anderen Ort gebracht hatte – aber das Wahrscheinlichste war, dass Kevron sich nicht durch das Tor wagte und die Magierin sich die Zähne daran ausbiss, ihn vom Gegenteil zu überzeugen.

»Er war ein Kind«, sagte Tymur. »Die Alfeyn haben ihn aufgenommen in einer Zeit, als die Menschen solche Angst vor den Dämonen hatten, dass niemand auch nur wagte, die Hand gegen sie zu erheben, geschweige denn das Schwert. Die Alfeyn haben ihm alles beigebracht … Wie lang genau er hier war, weiß niemand, die Zeit vergeht hier anders, aber wenn du das hier siehst – hättest du jemals wieder zurück gewollt?«

Lorcan zuckte die Schultern. »Das hängt von den Alfeyn ab«, sagte er. »Und auf der anderen Seite von den Menschen.« Es war alles bezaubernd, was er hier sehen durfte, alles kunstvoll, doch auch fremd. Nicht nur die Häusertürme, die nicht zu unterscheiden schienen zwischen arm und reich, mächtig und schwach – auch das Pflaster des Platzes war fremd in seiner symbolübersäten Pracht. Die Menschen sahen nicht, wohin sie traten, und niemand wäre auf die Idee gekommen, einen einfachen Pflasterstein mit Schnörkeln und Zeichnungen zu versehen, aber hier war der ganze Platz, kreisrund und sicher zweihundert Schritt im Durchmesser, ein einziges Meer von Schönheit.

Wenn Lorcan jemals etwas in dieser Art gesehen hatte, dann in der Krypta unter Burg Neraval, das Muster, das dort in den Fußboden eingelassen war – aber das war dämonischer Natur, nicht schön, sondern bedrohlich, während hier der Boden aussah wie in glänzendes Glas gegossen, dass man fürchten musste, auszugleiten, wenn man nur einen Schritt tat. Eine Täuschung der Augen: Der Grund war fest und eben, glatt, aber nicht rutschig.

»Warten wir noch einen Moment«, sagte Lorcan, auch wenn Tymur keine Anstalten machte, sich von der Stelle zu rühren. »Die beiden kommen bestimmt gleich.« Er war froh um die Pause. Nicht wegen Tymur, sondern weil er dann einfach stehen konnte und diese Welt trinken – er wusste nicht, wo er zuerst hinsehen sollte, auf das Große oder auf das Kleine, in jeder Richtung verfing sich sein Blick an etwas, das er noch nie gesehen hatte, ob es eine Form war oder eine Farbe, und das, obwohl von dem Fremdesten überhaupt, den Bewohnern dieser Welt, nichts zu sehen war.

Selbst als er hinter sich Geräusche hörte – stolpernde Schritte, ein triumphierendes Aufatmen, ein halbersticktes Schniefen –, konnte Lorcan den Blick kaum abwenden.

»Ihr habt euch Zeit gelassen«, sagte Tymur. »Habt ihr wenigstens alles mitgenommen? Ich denke zwar nicht, dass wir uns jetzt gleich wieder auf eine lange Wanderung einstellen müssen, aber …«

»Ruhig«, sagte Lorcan leise. »Lass sie auch erst einmal ankommen, sich umschauen.«

»Das hätten sie haben können, wenn sie nicht so getrödelt hätten.« Der Moment war vorbei. Unter Lorcans Fingern verwandelte sich Tymur wieder in das spitzzüngige Wesen, straffte sich, machte einen Schritt von Lorcan weg und ließ seine Hand einen Augenblick lang verloren in der Luft hängen. »Jetzt sollten wir zusehen, dass wir die Alfeyn finden und uns erklären, ehe die uns für Eindringlinge halten –«

»Wenn die noch da sind«, sagte Kevron leise, und während jeder andere von dieser Schönheit ergriffen war, stand er dort mit gerunzelter Stirn, ließ den Blick von Turm zur Turm wandern und schützte seine Augen mit der Hand vor einer Sonne, die nirgendwo zu sehen war. Hell war es in Ailadredan, aber dieses Licht schien von überall zu kommen, und es blendete nicht, außer vielleicht jemanden, den alles außer der trübsten Funzel zu blenden schien. »Findet ihr nicht, dass es hier zu still ist? Ich höre nichts. Keine Tiere, nicht mal den Wind.« Seine Stimme bebte, und selbst das Muster, das sein Atem in die Luft malte, zitterte vor Angst.

Er hatte recht. Ailadredan war ein Land für die Augen, aber wenn man diese schloss und seine anderen Sinne öffnete, gab es nichts. Keine Geräusche außer ihren eigenen Stimmen, ihrem eigenen Atmen. Keine Gerüche, nur diese unnatürliche Reinheit der Luft, als ob man die Abwesenheit von allem, was sonst roch, spüren konnte. Nur der Boden unter ihren Füßen fühlte sich wirklich an – aber ebenso gut konnte es sein, dass sie alle nur träumten, dass sie ein Bild sahen, wo es sonst nichts gab als Nebel.

»Wartet«, sagte Enidin bestimmt. »Rührt euch nicht.« Sie streckte die Hand aus und trat mit kleinen Schritten vorwärts,

vorwärts, an Tymur vorbei, und blieb plötzlich abrupt wieder stehen. Sie zog die Hand zurück, als hätte sie einen heißen Ofen berührt. »Dachte ich es mir«, sagte sie. »Das Portal ist abgeschirmt. Da ist ein Schutzschild. Magisch natürlich.«

»Und das heißt?«, fragte Tymur. »Du kannst das wegmachen, nehme ich an? Uns auf die andere Seite portieren?«

Doch noch bevor Enidin dazu kam, ihm zu antworten, tauchten am Ende des Platzes Gestalten auf. An allen Enden des Platzes. Lorcan erkannte Soldaten mit Schwertern, die von allen Seiten näher rückten und das Portal einkesselten. Ein gutes Zeichen – es hieß, dass diese Welt doch nicht verlassen war, zumindest nicht so, wie Kevron es befürchtete. Aber zugleich war Lorcan froh um den Schutzschild. Er hatte sein Schwert, doch mit so vielen Gegnern auf einmal konnte er es niemals aufnehmen, nicht allein. Der Schild, der aussah, als solle er die Welt vor den Eindringlingen schützen, schützte nun erst einmal die Eindringlinge vor der Welt, und dass sie die Alfeyn zunächst wie durch eine Glaskugel sahen, machte es einfacher, das Fremde zu akzeptieren.

Auf den ersten Blick waren es einfach nur Soldaten – vielleicht wirkten sie schlanker als Menschen, doch nicht so schmal, dass sie verzerrt gewirkt hätten. Die langen Schwerter an ihren Seiten, deren mächtige krumme Klingen so silbrig glänzten, dass sie für Lorcan besser zu erkennen waren als ihre Gesichter, verrieten, dass in den anmutigen Körpern große Kraft stecken musste. Auch ihre Körper waren von einem Glanz umgeben, und nichts an ihren Bewegungen deutete darauf hin, dass sie ein Gewicht zu tragen hatten oder in ihrer Bewegungsfreiheit durch Rüstungen eingeschränkt waren.

Es mochten fünfzig Mann sein, wenn es denn Männer waren, aber Lorcan konnte den Blick nicht lang genug von denen, die direkt auf ihn zukamen, abwenden, um auch diejenigen in seinem Rücken zählen zu können. Als sie näher kamen, dass sich ihr

Kreis zu schließen begann, konnte Lorcan ihre Gesichter erkennen. Ein Schauder lief ihm über den Rücken. Er musste wieder daran denken, wie schwer es ihm gefallen war, menschliche Gesichter auseinanderzuhalten oder wiederzuerkennen, nachdem ihn die Burg Neraval ausgespieen hatte, aber das war kein Vergleich zu dem, was er nun vor sich hatte.

Es war, als ob jeder der Soldaten das gleiche Gesicht hatte – die gleiche scharfgeschnittene Nase und die hohen Wangenknochen, das gleiche schmale, kantige Kinn; ein Gesicht, von dem Lorcan gedacht hätte, dass man es unter Tausenden erkennen müsste, kam ihm hier dutzendfach entgegen. Und wo sie sich vielleicht durch ihre Haare unterschieden hätten, war auch von denen unter den eng anliegenden Helmen wenig mehr zu sehen als ein paar Strähnen, denen jede Farbe fehlte. Und je näher sie kamen, je deutlicher Lorcan die Verzierungen auf ihren Rüstungen erkennen konnte, desto mehr schienen die Gesichter selbst zu verschwimmen, wie Wolken, die über den Himmel zogen. Nicht das Land Ailadredan war aus Nebel – sondern seine Bewohner.

»Bleibt ruhig«, sagte Lorcan leise und legte eine Hand auf Tymurs Schulter – wenn es einen gab, von dem ausgerechnet jetzt eine Dummheit zu befürchten war, war es der Prinz, und Lorcan konnte nur hoffen, dass Tymur verstand, dass sie hier mit Waffen nichts ausrichten und mit Worten viel kaputtmachen konnten. »Keine unbedachten Bewegungen. Zeigt eure Hände. Zeigt, dass ihr unbewaffnet seid.« Er selbst ließ sein Schwert in der Scheide, und wenn es sein musste, war er auch bereit, diese vom Gürtel zu lösen und zu Boden zu legen als Zeichen, dass sie in Frieden kamen. Bei Menschen hätte er gewusst, ob sie feindselig waren oder einfach nur wachsam – hier gab es keine Gefühle, die er irgendwie hätte lesen können.

Lorcan nickte erleichtert, als die Krieger stehen blieben und einer von ihnen, auch wenn sich sein Aussehen in nichts von den anderen unterschied, die zwei Schritte weiter vortrat, die ihn als Anführer identifizierten. Mit einem Mann war leichter zu verhandeln als mit fünfzig. Aber Lorcan blieb ruhig, wartete ab – es war nicht an ihm, das Wort zu ergreifen. Er war und blieb ein Wächter, mehr nicht. Und er hoffte, dass Tymur seine Zeit genutzt hatte, um sich die richtigen Worte zu überlegen. Dass die Schwerter nun an ausgestreckten Armen auf sie gerichtet wurden – das war auch nur eine Drohung, weit von einem echten Angriff entfernt.

Doch bevor Tymur die Stimme erheben konnte, tauchten weitere Gestalten auf, eine für jeden Soldaten, unbewaffnet, gekleidet in lange Roben von wolkengrauer Farbe, und mit einer Anmut, als würden sie nicht gehen, sondern fließen, nahmen sie in den Lücken zwischen den Männern Aufstellung. Lorcan hörte Enidin scharf einatmen. Die Zauberinnen der Alfeyn waren berühmt weit über die Grenzen Ailadredans hinaus. Änderte das noch etwas? Allein die Schwertträger hätten schon eine unbezwingbare Übermacht dargestellt. Aber mit der Anwesenheit der Zauberinnen verloren die Gefährten nun auch noch die Illusion, unter ihrem magischen Schirm in Sicherheit zu sein.

Mit einer ebenso sanften wie selbstgefälligen Geste streifte Tymur Lorcans Hand ab und nutzte die Bewegung, um sich auch noch die Haare aus der Stirn zu streichen. Er deutete ein Nicken an, trat nur einen halben Schritt vor, und doch war es ein Signal. Er war der Wortführer.

»Wir werden begrüßt«, sagte er. »Vortrefflich.« Keine Spur von Angst oder Anspannung war in seiner Stimme, und nur seine Hand, die scheinbar beiläufig auf seiner Hüfte lag, verriet, dass Tymur sich des Ernstes der Lage durchaus bewusst war.

»Was ist euer Begehr, Fremde?«, fragte der, der vorgetreten war, und dass er ihre Sprache sprach, sollte die Dinge einfacher machen. »Wer seid ihr? Vor allem aber – was seid ihr?« Seine Stimme erschien seltsam verzerrt durch den magischen Schild, doch es war noch mehr als das, ein seltsamer Hall, als ob nicht die Berge sein Echo zurückwarfen, sondern er selbst.

»Wir sind, wie man sieht, Menschen«, erwiderte Tymur. »Menschen aus dem Königreich Neraval, aus der Stadt, die den gleichen Namen trägt, und unsere Absichten sind friedlich.« Seine Stimme wurde lauter, während er sprach, blieb aber klar und ruhig. »Seit Jahrhunderten hat es keinen Kontakt zwischen den Völkern gegeben – wir sind hier, um dies zu ändern, um die alten Bündnisse wiederzubeleben und neue zu schmieden. Ich bin Tymur Damarel, Botschafter an erster Stelle, Königssohn an zweiter, und dies sind meine Begleiter, ebenso handverlesen wie vertrauenswürdig.«

»Tymurdamarel«, wiederholte der Alfeyn, und aus seinem Mund klang der Name nicht weniger fremd als der, mit dem er sich nun selbst vorstellte: »Ich bin Atiathalain, Erster der Purpurwache, Hüter des Roten Tores.«

»So grüße ich Euch, Atiathalain.« Tymur neigte sein Haupt, so weit es sich für ihn geziemte. »Wir wünschen Euren Hochfürsten zu sprechen, wenn Ihr so gut seid, uns zu ihm zu führen.«

Lorcan wusste nicht, woher Tymur den Titel kannte, aber beim Wort Hochfürst kam seltsame Spannung in die Soldaten, sie schienen ihre Schwerter höher zu heben, nur einen Hauch, und die Magierinnen legten ihre Hände zusammen auf eine Art, die nichts Gutes verheißen konnte. Ein dumpfes Leuchten bildete sich zwischen ihren Fingern.

»Nicht so schnell«, sagte Atiathalain, und Lorcan wusste einen Augenblick lang nicht, an welche Seite diese Worte gerichtet waren. »Noch wissen wir nicht, ob nur ein Wort von dem, was ihr sagt, der Wahrheit entspricht – ob ihr wirklich seid, was ihr vorgebt, oder ein grimmer Feind, der Menschenhaut nur wie einen Mantel trägt.«

Hinter sich hörte Lorcan Kevrons Atem zittern und konnte bloß hoffen, dass die Alfeyn diese Nervosität nicht falsch verstanden. Tymur hingegen nickte nur. »So wahre Worte«, sagte er. »Euer Misstrauen ist angebracht. Und wo Ihr nicht wissen könnt, was in all der Zeit aus der Menschenwelt geworden ist, haben auch wir nichts als Euer Wort, dass Ihr selbst Alfeyn seid und nicht ein Dämon, der Zweifel vorgibt, um sich selbst zu tarnen. Nun frage ich Euch: Wie sollen wir uns aus dieser Klemme lösen?«

Einen Augenblick lang rechnete Lorcan mit dem Schlimmsten, mit Entrüstung, die in Gewalt umschlagen konnte, doch Tymur schien das Ziel seiner Reise wirklich gründlich studiert zu haben. Seine Worte kränkten das Gegenüber nicht im Geringsten.

»Wir verdanken unseren Frieden unserer Wachsamkeit«, sagte Atiathalain. »So schirmen wir unsere Portale ab, auch, oder gerade weil sie so lange nicht durchschritten wurden. Wenn ihr seid, wer ihr behauptet, werden wir euch willkommen heißen als unsere Gäste, aber vorher müsst ihr euch unseren Prüfungen stellen. Seid euch bewusst, dass eure Leben verwirkt sind, solltet ihr versucht haben, uns zu betrügen!«

Das Geräusch von Kevrons Atem war verstummt, und auch Lorcan hielt einen Augenblick lang die Luft an. Natürlich, sie waren Menschen, wie auch immer sie das beweisen sollten – nur, was war mit dem Dämon, den Tymur so handlich an seiner Seite mit sich führte? Es war nicht an Lorcan, Tymur einzuflüstern, aber wenn er jetzt nichts sagte und man dann die Schriftrolle bei ihm fand …

Tymur nickte nur. »Wenn das alles ist«, sagte er, »prüft uns!«

Mit furchteinflößender Gleichförmigkeit, als wären sie nur ein einziges Bild zwischen fünfzig Spiegeln, hoben die Zauberinnen ihre Arme, Handflächen zuvorderst, und spreizten ihre Finger. Sie murmelten keine Formeln, sie beschrieben keine komplizierten Muster in die Luft, doch dass dort Magie floss, konnte Lorcan am ganzen Körper spüren. Er spannte sich an, wusste nicht, was ihn erwartete. Aber nichts passierte, die Gestalten ließen ihre Arme wieder sinken und traten einen Schritt zurück. Lorcan zwinkerte, dann erst verstand er. Der Schutzschild war nicht mehr da.

Ailadredan blieb ein stilles Land. Auch jetzt rauschten weder Wind noch Blätter, kein Tier rief, und die ganze Welt schien den Atem anzuhalten. Die Soldaten blieben mit ihren ausgestreckten Schwertern stehen und wirkten jetzt, da nichts sie mehr von den Menschen trennte, bedrohlicher als zuvor. Nur drei von ihnen traten vor, zu Atiathalain, und standen dann da, als warteten sie nicht auf neue Befehle, sondern auf etwas, das die fremden Gäste tun sollten. Einer von ihnen blickte Lorcan, und nur Lorcan, mit so festem Blick an, als könne er direkt durch ihn hindurchschauen.

»Kommt mit, Menschen«, sagte Atiathalain. »Ein jeder folgt seinem Wächter, und dann –«

»Nein«, sagte Tymur, laut und fest, keinen Widerspruch duldend. »Prüft uns hier oder prüft uns anderswo, aber wir bleiben zusammen. Wir werden uns nicht trennen, und Ihr uns erst recht nicht.«

»Es sind unsere Prüfungen.« Das Verzerrte in der Stimme des Hauptmanns war verschwunden, und nur ein letzter seltsamer Hall erinnerte daran, dass dort kein Mensch sprach. »Ihr werdet euch ihnen unterwerfen.«

»Und das tun wir auch.« Tymur lächelte und sah fast entspannt aus, bis auf diese eine Hand. »Aber ebenso wenig, wie Ihr uns trauen könnt, können wir Euch trauen. Wir haben nichts als Euer Wort, dass Ihr wirklich Alfeyn seid, und wenn ich Euch meine Gefährten mitgebe, ohne sehen zu können, was Ihr mit ihnen tut, kann ich dann sicher sein, dass sie wirklich sie selbst sind, wenn sie zu mir zurückkehren? Wir sind bis hier gekommen, ohne dass uns etwas trennen konnte, und wir bleiben zusammen.«

Wieder rechnete Lorcan mit Widerspruch, sogar mit Problemen, doch Atiathalain nickte, und die drei Wächter traten zurück auf ihren Platz im Kreis. »Wie du wünschst, Tymurdamarel«, erwiderte er sanft. »So prüfen wir euch hier – aber seid gewarnt, dass wir euch befragen werden, jeden Einzelnen von euch, vor aller Ohren. Bist du sicher, dass du deinen Gefährten so sehr vertrauen kannst? Auch wenn sie gezwungen sind, ein Urteil über dich zu fällen, bist du bereit, es zu hören? Bist du bereit, vor ihnen über sie zu sprechen?«

Tymur schien vor Lorcans Augen ein Stückchen zu wachsen. »Wir haben keine Geheimnisse voreinander«, antwortete er samtig glatt. »Wenn wir eines unterwegs gelernt haben, dann, einander blind zu vertrauen. Und da wir nichts zu verbergen haben, fürchten wir auch nicht Eure Ohren.« Lorcan schluckte. So überzeugend Tymur auch lügen mochte, die Prüfung durch die Alfeyn würde nicht nur aus Fragen bestehen, und ihre Antworten nicht nur aus Worten. »Doch was Ihr über mich wissen wollt«, fuhr Tymur fort, »sollt Ihr aus meinem Mund erfahren, nicht aus dem meiner Freunde. Ein jeder spreche für sich selbst.«

Diesmal ging Atiathalain nicht auf die Forderung ein. »So werden wir nun beginnen«, sagte er. »Ihr bleibt dabei, nicht von dämonischem Blut zu sein?«

Er wartete nur einen Augenblick, dann nickte er den Zauberinnen zu. Eine Handbewegung, fünfzigfach gespiegelt, und hinten in Lorcans Augenwinkel blitzte etwas auf. Er brauchte nur einmal über seine Schulter zu spähen, um zu verstehen, was passiert war. Das schwimmende Glitzern des Portals war eingefroren, wie in Glas gegossen. Vorüber war die Chance, sich mit einem beherzten Sprung zurück durch das Tor in Sicherheit zu bringen.

»Tritt vor, Anantalié«, sagte Atiathalain, und aus den Reihen der Zauberinnen löste sich eine einzelne Frau und trat an seine Seite. Sie streckte die Hände aus, und eine Schale formte sich darin, glitt so langsam in die Wirklichkeit, als müsse sie dafür an anderer Stelle schmelzen.

»Wie macht sie das?«, hörte Lorcan hinter sich Kevron flüstern. »Ist das auch Portalmagie?«

»Still!«, zischte Enidin zurück. »Lasst mich sehen!« Doch noch nicht einmal sie traute sich, näher heranzutreten, auch wenn die Neugier sie gerade umtreiben musste.

»Seht her«, sagte Atiathalain. »Die Schale der Wahrheit. Tretet her, Menschen, einer nach dem anderen, und blickt hinein.«

»Wenn es weiter nichts ist«, sagte Tymur. »Dann mache ich den Anfang.« Seine Schritte schienen nur so vor Selbstvertrauen zu strotzen, Lorcan hielt die Luft an. Anantalié streckte ihm die Schale mit beiden Händen entgegen, und Lorcan sah darin eine klare Flüssigkeit hin und her schwappen, bis an den Rand, aber niemals darüber hinaus, als ob Magie sie zurückhielt.

»Zeig mir dein Spiegelbild«, sagte die Zauberin. »Die Schale wäscht alle Illusion dahin, ob ihr eure Gestalt gewandelt oder einen Zauber auf euch gelegt habt, sie zeigt die Dinge, wie sie sind.«

Einen winzigen Augenblick schien Tymur zu zögern, und Lorcan hoffte, dass es nur ihm auffiel und niemandem sonst. Dann lachte der Prinz. »Nun, vor meinem Spiegelbild habe ich noch nie Angst gehabt!« Und doch, als er sich vorbeugte und betrachtete, was die Schale ihm da zeigte, schien sich sein Körper zu verkrampfen. Es dauerte nur einen Augenblick, dann entspannte er sich wieder. Lorcan verfluchte sich, nicht vorgegangen zu sein. Wenn dies eine Falle war, die einem Menschen die Seele stehlen sollte, dann hatte Lorcan den Stein in sich, um zu widerstehen, während Tymur hilflos ausgeliefert war …

»Mein Name ist Tymur Damarel«, sagte Tymur laut. »Merkt ihn euch, das bin ich und niemand anderes, und wenn euch ein zweiter mit meinem Gesicht über den Weg laufen sollte, so nennt ihn einen Lügner und bringt ihn zur Strecke.« Seine Schultern bebten immer noch. »Habe ich bestanden?«, fragte er.

»Die Prüfung ist nur bestanden, wenn ihr alle sie besteht«, erwiderte Atiathalain. »Fehlt nur einer von euch, werdet ihr alle die Konsequenzen tragen. Krieger der Menschen, du bist der Nächste!« Lorcan nickte. Es waren nur ein Dutzend Schritte, bis er vor den beiden Alfeyn stand, aber sie fühlten sich lang an, und die Beine wurden ihm schwer. Aus der Nähe betrachtet, war die Schale aus schillerndem Glas, wie ein dunkler Regenbogen, die Flüssigkeit darin so klar und geruchslos wie Wasser. Das Spiegelbild schien nicht auf der Oberfläche zu schwimmen, wie er es gewohnt war, sondern aus der Tiefe zu ihm hinaufzublicken. Doch es war das Gesicht, das er kannte, und Lorcan fühlte auch nicht, wie etwas nach ihm oder seiner Seele griff. »Lorcan Demirel«, sagte er, und sonst nichts, bevor er zur Seite trat. Kein Grund zur Sorge. Wenn Tymur davongekommen war, ohne dass sich die Schriftrolle verraten hätte, dann sollten Kevron und Enidin zumindest von dieser Prüfung nichts zu befürchten haben.

»Enidin Adramel«, sagte die Magierin, noch bevor sie die Schale erreicht hatte, und auch sie schien vor dem Hineinblicken zu zögern, aber auf andere Weise: Es war nicht ihr Spiegelbild, das sie in diesem Moment zu interessieren schien, oder die Reaktion der Alfeyn, sondern die Frage, wie die Schale funktionierte, was für eine Magie dort am Werk war, und erst, als sie das verstanden hatte – oder eingesehen, dass es für sie nicht zu verstehen war –, schaute sie, fast beiläufig, hinein.

Bei Kevron war es genau umgekehrt, er starrte zu lange in die Schale, schüttelte den Kopf, fasste sich ans Kinn, und schien nicht recht glauben zu können, dass er wirklich aussah, wie er aussah. »Kev ...«, fing er an, stockte und fuhr dann fort: »Kevron Florel.« Dann trat auch er beiseite.

Lorcan sah Atiathalain und Anantalié an, erwartete eine Auflösung, einen Moment der Erleichterung, aber in den Gesichtern der Alfeyn war nichts zu lesen, und die Wolken, die unter ihrer

Haut zogen wie über einen stillen Himmel, hatten keine Namen.

Einen Moment lang standen die beiden über die Schale gebeugt, dann hob Anantalié sie an ihre Lippen, nahm einen Schluck von der Flüssigkeit und reichte das Gefäß an Atiathalain weiter, der es ihr nachtat. Immer noch sprach keiner von ihnen ein Wort, als Anantalié die Schale wieder an sich nahm und begann, den Kreis der Alfeyn abzuschreiten, um jedem Einzelnen, Krieger wie Zauberin, die Schale für einen einzelnen Schluck an die Lippen zu setzen.

»Was heißt das?«, fragte Kevron leise, wieder in Enidins Richtung, die einer Antwort nicht näher schien als die anderen. »Trinken sie unsere Spiegelbilder?«

»Ich … ich weiß es nicht.« Enidin folgte mit ihren Augen der Schale, nickte bei jedem, der davon trank, und schauderte dabei. »Es scheint vor allem rituellen Charakter zu haben.«

»Ich fühle mich wie vorher«, sagte Kevron, wohl vor allem zu sich selbst, und grinste kurz. »Das heißt, ich bin starr vor Angst, aber he, ich lebe noch.«

»Du bist ja nur unglücklich, weil sie dir nichts zu trinken abgeben«, erwiderte Tymur feixend, und Lorcan wollte am liebsten mitlachen, doch es blieb ihm im Halse stecken bei der Vorstellung, was für eine Macht diese Alfeyn gerade über sie gewinnen mochten. Als Anantalié den Kreis umrundet hatte, war die Schale leer.

Von allen Seiten fühlte Lorcan die Blicke der Alfeyn auf sich liegen. Er versuchte, sich sein Unbehagen nicht anmerken zu lassen. Das war nur der erste Teil der Prüfung – hatten sie diese zur Zufriedenheit der Alfeyn bestanden?

Atiathalain hielt die leere Schale hoch. »Seht her! Die Schale der Wahrheit!« Ein Nicken ging durch das Rund. »Die Fremden haben uns ihre wahren Gesichter gezeigt, und es war kein Trug darin, es sind die Gesichter von Menschen.« Trotzdem, Lorcan wagte es noch nicht, aufzuatmen, und er sollte recht behalten, als der Alfeyn fortfuhr: »So werden wir nun prüfen, ob auch ihr Blut das Blut von Menschen ist.«

Atiathalain hielt weiterhin die Schale fest, während sich in Anantaliés Händen die Umrisse eines Dolches bildeten, um ein Vielfaches kleiner als die mächtigen Schwerter und doch nicht weniger furchteinflößend. Die Klinge war geschwungen wie eine sich windende Schlange, das Material schwarzschillerndes Glas wie die Schale, und als die Zauberin den Dolch hochhielt, spreizte Lorcan unwillkürlich seine Schultern, um Enidin und Kevron mehr Rücken zu bieten, hinter dem sie sich in Sicherheit ducken konnten, ein Angebot, das zumindest Kevron gerne annahm.

»Seid ihr bereit für die zweite Prüfung, Menschen?«

Lorcan sprang vor. Sollte Kevron anderswo Deckung suchen – auf keinen Fall durfte diese Klinge Tymur verletzen, bevor Lorcan die Gelegenheit hatte, sie sich aus der Nähe anzusehen und zu fühlen, welche Art von Wunde sie verursachte. Atiathalain schien einen Moment zu stutzen, aber es war ihm offenbar gleich, in welcher Reihenfolge die Menschen nun vor ihm standen.

»Entblöße deinen Arm, Lorcandemirel, und nimm diese Klinge«, sagte Anantalié. »Niemand von uns wird euch ein Haar krümmen. Du selbst sollst dir einen Schnitt beibringen, auf dass wir dein Blut untersuchen können.«

Lorcan zog seine Handschuhe aus und war dabei, Kettenhemd und Unterkleid von seinem Arm hochzuschieben, als hinter ihm Tymur rief: »Wartet!«

Wieder machte Tymur einen seiner Sprünge, so schnell, dass man ihn kaum kommen sah, und ließ Lorcan daran denken, was für ein hervorragender Kämpfer der Junge hätte werden können, wenn er nicht aufgegeben hätte. Schon stand er neben Lorcan, und dass er der Zauberin den Dolch nicht gleich aus der Hand riss, war auch alles.

»Du kannst kein Blut sehen«, sagte Lorcan leise. »Geh zurück. Ich kümmere mich darum.«

»Was, wenn die Klinge vergiftet ist?«, fragte Tymur. Er reichte Lorcan ein seidenes Tuch; es war erstaunlich genug, dass es den Anderwald und die Berge unbeschadet überstanden hatte. »Hier, wisch sie damit ab. An ihrer Schärfe wird sich nichts ändern. Aber ich kann und werde nicht zulassen, dass du vergiftet wirst.«

»Besser ich als du«, erwiderte Lorcan leise.

Die Alfeyn hörten ungerührt zu. Es war kein Geheimnis, dass Tymur ihnen nicht traute. Lorcan nahm das Tuch, dann den Dolch, und rieb über das Glas, als wolle er es polieren. Die Seide glitt darüber, und das Tuch war danach so makellos schwarz wie vorher, ohne dass auch nur ein Staubkorn daran haftete, geschweige denn Gift.

»Nun schneide dich«, sagte Anantalié, und Lorcan tat wie befohlen. Das Glas mochte bösartig aussehen, doch es schnitt so glatt in Lorcans Arm, dass es nicht schmerzte, die Haut klaffte auseinander, das Blut quoll lautlos heraus, und Lorcan ließ es in die Schale fließen, die Atiathalain ihm hinhielt. Am Boden des Glases sah er sein Spiegelbild und war froh, dass es ihm noch antwortete, wie er es gewohnt war. Dann färbte sein Blut das Ebenbild dunkel.

»Genug«, sagte Atiathalain. »Du kannst zurücktreten, Lorcandemirel. Tymurdamarel, empfange die Klinge von ihm.«

»Was macht ihr mit seinem Blut?«, fragte Tymur. »Ihr werdet das doch nicht etwa auch trinken?«

»Das Blut trinken?« Mit Abscheu in der Stimme machte der Alfeyn einen Schritt zurück. »Ihr müsst schlimme Geschichten über uns gehört haben, Menschen!«

»Unsere Spiegelbilder haben euch offenbar geschmeckt.« Tymur lachte und plauderte und schien sich für alles mehr zu interessieren als für den Dolch in seiner Hand, dann, ohne auch nur hinzusehen, fuhr er schnell und achtlos mit der Klinge über seine Haut und zuckte zusammen. Er zitterte leicht, als er den Arm in Richtung der Schale streckte, und starrte sehr angestrengt in die andere Richtung. Lorcan schaute zu, wie sich das Blut in der Schale vermischte. Der Anblick hatte etwas Beunruhigendes an sich.

Tymur zog den Arm weg, kaum dass Atiathalain »Genug« gesagt hatte, und presste die Hand über die Wunde. Es war kein großer Schnitt, aber an einer Stelle, die gut bluten konnte. Anantalié trat zu ihnen und strich mit einer Hand, die sich sehr kalt anfühlte und fast nicht wirklich, über die Schnitte, erst bei Lorcan, dann bei Tymur, und die Wunden schlossen sich, ohne dass auch nur eine Narbe zurückblieb, bloß ein taubes Gefühl, das sich erst langsam wieder verflüchtigte.

»Warum lasst ihr das Blut sich mischen?«, fragte Tymur. »Wenn einer von uns dämonisch sein sollte, woran wollt ihr merken, wer es ist?«

»Wir werden es wissen«, antwortete Atiathalain. »Nun tritt vor, Enidinacramel, und empfange den Dolch.«

Schweigend stand Lorcan vorne bei der Zauberin und sah zu, wie erst Enidin und dann Kevron ihr Blut in die Schale fließen ließen. Es war nicht viel Blut von jedem, nichts, woran einer von ihnen sterben würde, aber ein Messer zu nehmen und sich selbst in den Arm zu schneiden, dass es blutete, kostete Überwindung. Enidin nahm Maß an ihrem Arm, fühlte, wo die Adern liefen, ehe sie sich mit brutaler Genauigkeit einen Ritzer von kaum einer Nagelbreite beibrachte, der anfing zu bluten, als wollte er niemals aufhören, während sie selbst ungerührt dabei zusah.

Wieder tat Kevron das genaue Gegenteil von dem, was die Magierin vorgemacht hatte. Die Hand zitterte ihm so, dass Lorcan ihm am liebsten den Dolch aus der Hand genommen und das Schneiden für ihn übernommen hätte, aber da hatte Kevron sich schon die Klinge in den Arm geratscht, dass nur die Hoffnung, dass es für Anantalié egal war, wie lang der Schnitt war, den sie mit ihrer Magie heilte, Lorcan davon abhielt, sofort nach Verbandsmaterial zu rufen. Wie Kevron es geschafft hatte, sich mit einem derart präzisen Messer eine solch krumme Wunde zu verpassen, wusste wohl nur er selbst, aber wo Tymur noch bang beiseite geschaut hatte, sah Kevron dem fließenden Blut mit grimmiger Gelassenheit zu.

»Ein Messer für vier«, sagte Tymur leise. »Jetzt fließt mein Blut durch eure Adern. Außer durch Lorcans, ausgerechnet.« Er lachte und klang ausweichend, und seine Hand lag wieder etwas zu fest über seiner Hüfte. Doch wenn sein Spiegelbild ihn nicht verraten hatte, sollte sein Blut das auch nicht tun. Hoffte Lorcan. Es half nichts, sie konnten nichts tun, als das Urteil abzuwarten.

Diesmal reichten die Alfeyn die Schale nicht herum. Nur Atiathalain und Anantalié standen dort, blickten lange reglos auf das Blut, das kaum den Boden der Schale bedeckte. Sie sagten nichts, und die Zeit blieb für eine Weile einfach stehen, bis Tymur sich vernehmlich räusperte.

»Ist alles in Ordnung?«, fragte er, mehr neugierig als furchtsam.

»Es ist Blut«, antwortete Anantalié. »Es brennt nicht, es kocht nicht, es ist rot wie Menschenblut. Euer Blut ist nicht dämonisch.«

Selbst Lorcan, der nie etwas anderes erwartet hatte, atmete auf. Er verstand den Sinn dieser Prüfung nicht. Ein Dämon nahm Besitz von Körper und Seele, aber dass man ihn ausgerechnet über das Blut überführen sollte, davon hatte er noch nie gehört. Doch solange die Alfeyn dort ihre Antworten fanden, statt zu durchsuchen, was die Menschen bei sich trugen, sollte ihm das mehr als recht sein.

»Dann gebt mir jetzt den Dolch, Anantalié«, sagte Tymur, und das Zittrige war endgültig aus seiner Stimme verschwunden. »Wir haben für Euch geblutet, und es ist, wie Ihr sehen könnt, Menschenblut. Nun fordern wir, dass Ihr den gleichen Beweis für uns führt, jeder einzelne von Euch, so wie jeder von uns seinen Beweis erbracht hat.«

Das Gesicht der Zauberin blieb ausdruckslos. »Was meinst du, Tymurdamarel?«

»Ich meine, dass Ihr diesen Dolch von mir empfangen und Euch damit schneiden werdet, so wie wir uns für Euch geschnitten haben. Es ist nur recht und billig.«

Die Alfeyn begannen zu lachen. Es war ein Geräusch, wie Lorcan es noch nie gehört hatte, ein Lachen, das keiner Kehle zu entsteigen schien, sondern in der Luft schwebte wie ein vergnügter Wind. »Du weißt sehr wenig über uns, Tymurdamarel«, sagte Atiathalain. »Und wie solltest du auch? Die Antwort ist: Wir bluten nicht. Es gibt nichts, was wir euch beweisen könnten. Schneide uns, stich uns, wir bluten nicht.«

»Ihr habt kein Blut?«, fragte Tymur. »Wie sollen wir euch das glauben? Was seid ihr wirklich, dass ihr ewig lebt? Geister?«

»Oh, wir haben Blut«, erwiderte der Alfeyn. »Und wir leben so sehr, wie man nur leben kann. Aber diese Waffen, unsere eigenen Klingen, können uns nicht verletzen. Schau her.« Er nahm den Dolch und zog die Klinge quer über seinen Arm, so wie sich die Menschen geschnitten hatten. Das schwarze Glas schien einfach durch ihn hindurchzugleiten, als wäre es nicht da, oder er. »Wir bluten nicht«, wiederholte er.

»Sehr praktisch!«, rief Tymur. »Solche Waffen müssten die Menschen auch einmal erfinden, und es hätte ein Ende mit sinnlosen Kriegen und dem ganzen Morden! Aber so einfach lassen wir Euch nicht davonkommen. Wir haben unsere eigenen Waffen dabei. Es ist, und war niemals, unsere Absicht, sie gegen Euch zu erheben, doch wenn Ihr sie mit eigener Hand führt ... Lorcans Schwert ist zu groß, damit will man niemanden schneiden, aber Kevron hier hat ein kleines Messer.«

»Auch davon werden wir nicht bluten«, antwortete der Alfeyn.

345

»Es tut uns leid, euch enttäuschen zu müssen, dass wir eure Neugier nicht befriedigen und euer Misstrauen nicht ausräumen können, aber Menschenwaffen müssen wir nicht fürchten. Einzig dämonisches Eissilber vermag uns zu verletzen und zu töten. Und trüget ihr Waffen aus Eissilber bei euch, wir hätten es schon lange gespürt.«

Tymur seufzte enttäuscht. »Wir haben keine andere Wahl, als Euch das zu glauben, nicht wahr?« Er schüttelte den Kopf. »Aber nun sind wir hier, gekommen, um die Alfeyn zu treffen, dann sollten wir sie auch annehmen, wenn sie vor uns stehen, statt Euch mit unserem Misstrauen zu verletzen. Und nun, da wir die Prüfungen bestanden haben –«

»Oh, ihr habt erst zwei unserer Prüfungen bestanden«, erwiderte Atiathalain. »Die dritte, und vielleicht wichtigste, steht euch noch bevor.« Und noch während er sprach, tauchte Anantalié ihren Finger in die blutige Schale.

Unwillkürlich rückten die Menschen enger zusammen. Die Schale, von niemandem mehr gehalten, schwebte vor der Zauberin in der Luft, während Anantalié mit der Hand darin herumrührte, ohne eine Miene zu verziehen.

»Ich werde euch nun einige Fragen stellen«, sagte Atiathalain. »Antwortet wahrhaftig. Wir dulden keine Lügen.«

Lorcan nickte und schloss die Augen. Dass nun Fragen kamen, war von allen Teilen der Prüfung der naheliegendste, aber die Vorstellung, dass ihr Blut nun gegen sie verwendet werden konnte, dass sich daran erkennen ließ, ob jemand log oder die Wahrheit sagte … Auch wenn sein Schwert gegen die Alfeyn nichts ausrichten könnte, hatte Lorcan seine Hand am Knauf. Es wäre besser gewesen, wenn Tymur von Anfang an mit offenen Karten gespielt hätte, die Schriftrolle hergezeigt und erklärt, weswegen sie wirklich hier waren. Nun mussten sie damit rechnen, dass es auf diesem Wege herauskam.

»Tymurdamarel«, sagte Atiathalain. »Sprich wahr! Welcher deiner Gefährten wäre der erste, dich zu verraten, und wofür?«

Lorcan stockte der Atem, und er riss die Augen wieder auf. Er hatte mit Fragen nach dem Woher und dem Wohin gerechnet, nach dem Wie und dem Warum, nicht mit so etwas. Und Tymur rief zornig: »So haben wir nicht gewettet!«

»Beantworte die Frage«, antwortete der Alfeyn. »Sprich wahr!«

»Ich werde keine Fragen zu meinen Gefährten beantworten«, erwiderte Tymur fest. »Fragt mich zu mir selbst, nicht danach, was ein anderer tun würde. Ich könnte nur raten, und wo ist dann die Wahrhaftigkeit?«

Atiathalain nickte. »Wie du wünschst«, sagte er sanft. »So beantworte mir diese Frage: Welchem deiner Gefährten würdest du ein Messer zwischen die Rippen schieben?«

Diesmal widersprach Tymur nicht. Er antwortete, ohne sich auch nur lange Zeit zum Nachdenken zu nehmen: »Kevron. Und er weiß das. Nicht, dass ich es vorhätte, und nicht, dass es nötig wäre. Aber wenn ich einen der drei opfern müsste, wäre er es. Ich bin auf Enidins Magie angewiesen, um hier wieder wegzukommen, und auf Lorcans Schwert, um so lange zu überleben, und so sehr ich Kevron und seine besonderen Fertigkeiten schätze, ist er es, der mir hier draußen am wenigsten nützt.«

Kevron warf den Kopf in den Nacken und lachte. »Ich wusste, dass du das sagen würdest.« Er schüttelte sich. »Ich wusste nur nicht, dass die sowas fragen.«

Der Alfeyn schien mit der Antwort zufrieden zu sein. »Und du, Kevkevronflorel«, sagte er. »Sprich wahr! Du trägst ein Messer. Gegen wen von euch würdest du es richten?«

Kevron brauchte lange, um etwas zu sagen. Sein Gesicht war bleich und angestrengt, und er starrte die Zauberin an, die seine Wahrheit als Geisel hielt und bereit war, sie aus ihm herauszuzwingen. »Gegen … gegen mich selbst«, sagte er endlich. »Denn mit dem Wissen, einen Freund getötet zu haben, könnte ich nicht weiterleben.« Er lachte gequält, und Lorcan glaubte ihm jedes Wort.

»Du hältst sie also für deine Freunde, Kevkevronflorel?«, fragte der Alfeyn weiter. War Tymur schon nach einer Frage in Freiheit entlassen worden, musste ausgerechnet der arme Kevron jetzt dran glauben.

»Jeden einzelnen von ihnen.«

»Und wenn du ein Dämon wärst, wen von euch würdest du als Erstes besitzen wollen?«

Kevron wand sich, biss sich auf die Zunge, schüttelte den Kopf, und sagte dann endlich: »Tymur.« Es konnte seine Rache für Tymurs Dolchstoß sein, doch auch der Moment, in dem er sie alle verriet. Lorcan packte das Schwert fester. Kevron war sein Freund. Aber ehe der sie alle ans Messer lieferte … Lorcan zitterte vor Selbsthass, und ließ das Schwert trotzdem nicht los.

»Warum?«, fragte Atiathalain.

Aus Kevron brach ein Lachen heraus, das nur ein Befreiungsschlag sein konnte. »Er trägt die schönsten Kleider!«, rief er, und dann sprudelte es aus ihm heraus: »Wäre ich Enid, würde man von mir verlangen zu zaubern. Wäre ich Lorcan, müsste ich kämpfen. Von beidem verstehe ich nichts, das würde mich verraten. Tymur kann nichts als reden und gut aussehen – und das schaffe selbst ich. Auch als Dämon.«

Lorcan ließ das Schwert los, als ein Felsbrocken von seinem Herzen in die Tiefe rauschte. Er wusste nicht, wie es sich anfühlte, Ziel von Atiathalains Fragen zu sein, er konnte nur den Zwang in Kevrons Gesicht sehen – aber so leicht es war, zu denken, dass Kevron von ihnen allen die geringste Willenskraft hatte, durfte man nicht vergessen, dass er nüchtern war, seit sie den Anderwald hinter sich gelassen hatten, nicht nur, weil nichts mehr zu trinken da war, sondern aus eigenem Willen. Und wie stark ihn das machte, übersah man allzu leicht.

»Lorcandemirel«, sagte Atiathalain. »Sprich wahr!«

Lorcan zuckte zusammen. Da stand er nun. Eben hatte er noch über die anderen geurteilt und nun wurde er selbst zum Richtblock geführt …

»Für welchen deiner Gefährten würdest du morden, und warum?«

Lorcan erstarrte. Hatten sie die Hand an seinem Schwert bemerkt? Er wollte nicht antworten und sagte doch »Tymur«, als ob ihm etwas das Wort auf die Zunge zog. So, wie die Zauberin in der Schüssel herumrührte, fühlte Lorcan ihre Finger in seinem Verstand. Er versuchte, zu blockieren, so wie er es gelernt hatte – keinen Dämon in Herz, Seele oder Gedanken lassen und auch keinen anderen. Im Geiste mauerte Lorcan sich ein, Stein auf Stein, ohne an etwas anderes zu denken als diese Mauer. Tymur. Er liebte Tymur. Und selbst wenn Tymur das längst ahnte, es war nichts, was Lorcan jemals aussprechen wollte, nicht vor dem Prinzen, nicht vor seinen Freunden und erst recht nicht vor diesen fremden Wesen. Stein auf Stein … Lorcan biss sich auf die Zunge, bis er Blut schmeckte, und wusste doch nicht, ob das nicht in Wirklichkeit der Schatten von Anantaliés Zauber war. Blut war Macht, und solange sie sein Blut hatte …

Lorcan stürzte vor, riss im Sprung das Schwert aus der Scheide und schlug die Schale entzwei. Sie zerbrach wie gewöhnliches Glas, Scherben flogen, Blut spritzte auf ihn, auf Anantalié, auf den kunstvoll verzierten Boden. »Genug!«, rief Lorcan. »Stellt eure Fragen und hört unsere Wahrheiten, aber lasst die Hände aus unserem Blut, und aus unseren Gedanken!«

Einen Augenblick lang hing Stille über dem Platz, nur das Klirren der Scherben hallte nach wie ein einsames Echo. Blut von vier Menschen klebte an Lorcans Klinge, und die Augen von hundert Alfeyn, bewaffnet mit Schwertern und Magie, waren auf ihn gerichtet.

»Du – du Rindvieh!«, zischte Tymur. »Du machst alles zunichte –« Weiter kam er nicht.

»Ihr habt bestanden«, sagte Atiathalain.

»Was?«, entfuhr es Tymur. »Aber Lorcan hat … Und Enidin hat noch nicht …«

»Ihr habt bewiesen, dass ihr nicht von dämonischer Gestalt seid«, sagte der Alfeyn, »nicht von dämonischem Blut, und vor allem, dass ihr in der Lage seid, euch zu widersetzen, sollte eine fremde Macht versuchen, sich eurer Gedanken zu bemächtigen. Verehrte Gäste, wir neigen unsere Häupter vor euch. Unser Hochfürst ist bereit, euch zu empfangen.«

FÜNFZEHNTES KAPITEL

Ein echter Dämon hätte verstanden, einen Menschen glaubhafter darzustellen, als es Kevron in diesem Moment gelang. Es war, buchstäblich, die Fälschung seines Lebens: so zu tun, als wäre er nicht von oben bis unten steif vor Angst, damit niemand denken konnte, dass er etwas zu verbergen hatte. Selbst nachdem die eigentliche Prüfung überstanden war, konnte Kevron nicht einfach damit aufhören. Seine Schultern schmerzten vom Versuch, sich gerade zu halten, ein ehrlicher Mann ging aufrecht, den Blick geradeaus, sah sich nicht ständig nach den Seiten um, auch dann nicht, wenn fünfzig scharfe Schwerter auf ihn gerichtet waren. Ein ehrlicher Mann hatte nichts zu befürchten. Während sie Atiathalain durch die Stadt folgten, fühlte sich Kevron wie ein Hochstapler, einer, der kein Anrecht hatte, dort zu sein, und der jeden Augenblick auffliegen konnte. Er hatte kein Auge für die Schönheit um ihn herum, diese Stadt hätte ebenso gut eine Kulisse sein können, gemalt auf Sackleinen. Die Soldaten waren wirklich mit ihren Schwertern, die Zauberinnen mit ihrer Magie, und keiner von denen, die um ihr unsichtbares Gefängnis herum aufmarschiert waren, schien wieder gehen zu wollen.

Die Alfeyn wussten, warum sie so wachsam waren – und wenn sie bei Tymur keinen Dämon gefunden hatten, dann nicht, weil sie nicht gründlich genug danach gesucht hatten, sondern weil der längst nicht mehr in der Schriftrolle war, weil der und seine Horden sich gerade in Seelenruhe über Neraval hermachten und über alle Leute, die Kevron jemals etwas bedeutet hatten. Hier waren sie, Fremde in einer fremden Welt, die letzten Menschen, die es noch gab …

Der Nebel war nicht verschwunden in Ailadredan. Er lag nur weit unter ihnen. Die Straße, auf der sie gingen, verdiente weder diesen Namen, noch war sie für eine derartige Prozession ausgelegt. Wo der Platz mit den Portalen mit seiner ausladenden Größe beeindruckt hatte, bewegten sie sich hier über schmale Stege, die Gruppen von Gebäuden, die wie Inseln aus dem Nebel ragten, miteinander verbanden. Ein Geländer gab es nicht, und Kevron, schon unter normalen Bedingungen nicht schwindelfrei, ging so weit in der Mitte, wie es irgend möglich war, ohne Enidin, die sich in den Kopf gesetzt hatte, neben ihm zu gehen, in den Abgrund zu drängen. Wenigstens kam ihnen niemand entgegen, aber wie auch? Es war ja schon alles, was in dieser Stadt Beine hatte, da, um ihnen Angst und Schrecken einzujagen.

Kevron starrte auf seine Füße, folgte mit den Augen dem Muster, das sich selbst hier über den farblosen Boden zog, und erschauderte bei der Vorstellung, dass gerade fast hundert Personen hinter ihm hermarschierten, ohne dass auch nur ein Schritt von ihnen zu hören gewesen wäre. Einen halben Augenblick lang war er unaufmerksam und stolperte über die eigenen Füße, und der jähe Schreck, dass er beinahe in den Abgrund gestürzt wäre, machte ihn wieder hellwach.

Vor ihnen sah er einen Turm aufragen, der auf den ersten Blick nicht anders zu sein schien als die, an denen sie vorbeigekommen waren, nicht höher, nicht schöner, doch in einem unterschied er sich: Aus allen Richtungen führten Brücken zu ihm. So wie alle Adern im Körper das Blut zum Herzen trugen, bildete dieser

352

Turm das Herz der Stadt. Die Straße endete vor einem Torbogen, der seltsam finster wirkte an diesem sonst so hellen Ort, bewacht von noch mehr Soldaten mit Schwertern.

Sie wurden bereits erwartet. Kein Wort war zwischen Atiathalain und den Wachen des Hochfürsten nötig. Sie nickten und traten beiseite, und das finstere Tor glitt so lautlos auf wie ein Vorhang. Aber anstatt sie hindurchzuführen, blieb der Hauptmann stehen.

»Wir werden euch nun verlassen«, sagte er. »Der Hochfürst wünscht euch zu sehen, doch welche Fragen er an euch hat, das weiß nur er allein, und nur er allein wird eure Antworten kennen.« Etwas huschte über sein Gesicht, das in einer anderen Welt vielleicht ein Lächeln gewesen wäre. »Es war mir eine Ehre, einen Tag lang euer Führer zu sein, Menschen, aber wir sind die Purpurwache, Wächter des Roten Tores, und dorthin werden wir nun zurückkehren, selbst wenn es Jahre dauern wird oder Jahrhunderte nach eurer Zeit, bis euch noch einmal ein Mensch folgen wird.«

»So nehmt meinen Dank mit Euch und den meiner Gefährten«, erwiderte Tymur. »Der Hochfürst kann sich glücklich schätzen, so gewissenhafte Wachen wie Euch zu haben – ich wünschte, das würde für uns und unseren Hof ebenso gelten, aber jeder bekommt die Wächter, die er verdient, fürchte ich.« Sein Lachen kam so leise wie der Nebel, und die fremden Wesen verstanden es nicht, was wohl das Beste war. Im Eingang des Turmes erschien eine Gestalt, und wenn Kevron damit gerechnet hatte, von weiteren Wachen in Empfang genommen zu werden, einem Diener oder Seneschall oder was immer man hier haben mochte, wusste er doch sofort, dass dieser Mann niemand Geringeres war als der Hochfürst selbst.

Auch wenn seine Roben dem glichen, was die Magierinnen trugen, und keine Krone, keine Kette und kein Schmuck ihn als den Höchsten seiner Art auszeichneten, war etwas an ihm, das Kevron

353

zwingen wollte, auf die Knie zu fallen, als ob diese zartgebaute Gestalt viel mehr Raum einnahm als sein Körper allein.

»Ich bin Théélanthalos«, sprach er mit getragener, würdevoller Stimme, »und es war mein Wunsch, dass ihr unverzüglich zu mir gebracht werdet. Bitte begleitet mich zum Sitz des Rates, selbst wenn ich an diesem Tag sein einziger Vertreter bin. Die plötzliche Ankunft von Menschen in unserer Stadt hat für viel Aufsehen gesorgt.«

»Oh, ich bitte dies zu entschuldigen«, sagte Tymur vergnügt. »Ich wünschte, wir hätten eine Möglichkeit gehabt, unser Kommen anzukündigen, aber wir haben nicht herausgefunden, wie man einen Brief von Neraval nach Ailadredan schickt. Betrachtet mich als genau das – einen sehr freundlichen Brief auf zwei Beinen.«

Der Hochfürst lachte nicht, doch er verzog auch keine Miene. Natürlich, niemand hier war den Umgang mit Menschen gewohnt, und Tymur wusste das.

»Selbstverständlich«, sagte Théélanthalos. »Wir sind in jedem Fall erfreut, dass es Menschen waren, welche die alten Portale wiederentdeckten, und nicht die Unerwünschten.«

»Wir kommen in friedlicher Absicht«, sagte Tymur, und endlich klang er geschäftig und ernsthaft, während sie sich in einem Flur wiederfanden, der Kevron Kopfschmerzen verursachte allein durch die Frage, wie ein so langer gerader Gang in so einen schmalen Turm passen wollte. Um sie herum wurde es dämmrig, und Fenster oder Lichtquellen gab es keine. »Es hat zu lange keinen Kontakt zwischen unseren Völkern gegeben. Umso dankbarer sind wir Euch, dass Ihr die alten Portale zwischen unseren Welten in Ehren gehalten habt und wir sie heute noch benutzen können wie in der alten Zeit – wir hatten schon Angst, sie könnten zum Schutz vor den Dämonen versperrt worden sein.«

»Und zu welchem Zweck?«, fragte der Hochfürst und klang

beinahe menschlich – doch statt dann darauf hinzuweisen, dass Dämonen schließlich keine Probleme damit hatten, selbst überall ihre eigenen Portale zu öffnen, fuhr Théélanthalos fort: »Wir wissen uns zu schützen, wie ihr gesehen habt.«

Am Ende des Ganges öffnete sich, erneut von allein, eine Tür, die in einen runden Saal führte, und als Kevron beim Hindurchgehen einen schnellen Blick über seine Schulter warf, sah er hinter sich nicht mehr den zu geraden Flur, sondern für einen Augenblick wieder hinaus auf die Brücke. Er blinzelte, froh, als sich die Tür hinter ihnen gleich wieder schloss. Dies war Magie, die er nicht verstehen musste. Solange Enidin bei alldem ruhig blieb, gab es keinen Grund zur Besorgnis. Und der Saal, in dem sie nun standen, passte auch endlich in seiner Form zum Rest des Turmes und sah genau so aus, wie man es von einem Ratssitz erwarten konnte, mit einem Kreis von thronartigen Stühlen unter einer schwindelerregend hohen Decke. Kevron verstand, dass keiner davon für ihn gedacht war und selbst Tymur würde stehen müssen.

Unauffällig schielte Kevron zu Tymur hinüber. Stehen? Knien? Er wartete lieber, ehe er in den Kreis trat, beobachtete, was die anderen taten, und bemühte sich, möglichst nicht zu weit abseits zu stehen. Er konnte sich nicht entscheiden, ob es in Lorcans oder Enidins Nähe sicherer war, und schob sich mal in die Nähe der einen, mal des anderen. Und dass ein Tymur Damarel nicht kniete, hätte er sich auch gleich denken können.

Der Hochfürst nahm auf seinem Thron Platz und schien mit ihm zu verschmelzen. »Auch Krieger aus eurem Volk«, sagte er, »haben zu oft versucht, ihre Waffen gegen uns zu erheben, nicht aus Feindschaft zu den Alfeyn, aber weil sie ihrerseits in uns die Dämonen wähnten.«

»Das ist lange her«, erwiderte Tymur, und seine Stimme hallte so klar und laut von Decke und Wänden, dass er selbst einen Moment lang darüber erschrocken schien. »Aus Menschensicht viele,

viele Generationen. Wir wissen heute zu viel über die Dämonen, um sie mit Euch zu verwechseln, und die Alfeyn sind als unsere weisen Verbündeten in die Geschichte eingegangen. Doch erlaubt, dass ich zunächst mich selbst und meine Gefährten vorstelle.«

Er deutete eine kurze Verbeugung an. Kevron war unsicher, ob er sich nun ebenfalls verbeugen oder gleich auf die Knie gehen sollte, und verkrampfte wieder am ganzen Körper. Als es ihm schließlich gelang, es Lorcan nachzutun und auf ein Knie zu gehen, schmerzten seine Muskeln vor Anstrengung, und das Gesicht brannte ihm vor Scham.

»Ich bin Tymur Damarel«, sagte Tymur. »Ein Nachfahre jenes Damars, der seinerzeit an der Seite Eurer Ililiané gegen La-Esh-Amon-Ri auszog und siegte. Es hat Euch nicht zu bekümmern, aber vor meinem Volk stehe ich als ein Prinz, was sicher erklärt, warum meine Gefährten sich derart maulfaul geben und die Zähne nicht auseinanderbekommen. Hier haben wir Lorcan Demirel von den Steinernen Wächtern, Enidin Adramel, Magierin von der Akademie der Lüfte zu Neraval, und zu guter Letzt Kevron Florel, ein Kunsthandwerker als Vertreter der Zünfte. Wir suchen diplomatischen Kontakt, kulturellen Austausch mit Eurem Volk, und, zur Erneuerung eines tausend Jahre alten Bündnisses, ein Treffen mit Ililiané, der mein Volk nicht weniger verdankt als seine Freiheit.«

Kevron atmete auf. Als Kunsthandwerker konnte er durchgehen, und Tymur hatte ihr Ziel, Ililiané zu finden, so geschickt verpackt, dass niemand deswegen Verdacht schöpfen würde. Tymurs Wortwahl mochte oft weit von dem entfernt sein, was man von einem Diplomaten erwarten sollte, aber wenn es darauf ankam, wusste er, was zu sagen war.

Der Hochfürst nickte, und noch immer verzog er keine Miene. »Dass du ein Nachfahr Damars bist, erfreut uns. Der Name ist uns allen noch gut vertraut, und zu hören, dass sein Haus noch immer über das Volk der Menschen herrscht, verrät uns, dass ihr wachsam geblieben seid gegen den gemeinsamen Feind.« Dann aber sah er Lorcan an, und Kevron konnte nur froh sein, dass dieser Blick nicht ihm galt. »Doch dass du auch noch einen Steinernen Wächter an deiner Seite hast, ist mehr, als wir erwarten konnten.«

Kevron sah Lorcan schlucken. Es war selten genug, dass der Mann sich in die Karten schauen ließ, und wenn Kevron jemals Angst in den Augen des anderen gesehen hatte, dann jetzt. Er sagte nichts, stand nur da und wartete, dass der Hochfürst weitersprach, aber sein Körper bebte.

»Was euren Wunsch nach Kultur und Verständigung angeht«, sagte Théélanthalos, »so ist das nichts, worüber ich allein und ohne Mitsprache meines Hohen Rates verfügen kann, aber auch auf unserer Seite ist der Wunsch groß, die Beziehungen zum Volk der Menschen wiederaufleben zu lassen. Doch euer Begehr, Ililiané zu treffen, kann ich euch nicht erfüllen, und auch nicht der Hohe Rat.«

Kevron starrte auf seine Füße. Natürlich konnten sie sich ansehen lassen, dass sie enttäuscht waren. Doch der Alfeyn durfte nicht wissen, wie viel für sie und alle Menschen, nicht nur die in Neraval, wirklich davon abhing. Alle Strapazen, alle Hoffnungen ...

Aber Tymur brach nicht zusammen und wurde nicht zorniger, er seufzte nur. »Das ist bedauerlich«, erwiderte er. »Es war ein großer Traum meines Vaters, der alt und gebrechlich ist und sich nicht mehr selbst auf diese Reise machen konnte, dass wir Ililiané endlich einmal persönlich danken. Aber ich weiß so gut wie jeder andere, wie viel Zeit seither vergangen ist. Wir durften nicht davon ausgehen, dass die Zauberin noch unter den Lebenden weilt.«

»Sie ist nicht tot«, sagte der Hochfürst. »So hoffen wir es. Auch in unserem Volk ist Ililiané eine große Heldin, bewundert für ihre

Weisheit und Zauberkraft, an die niemand jemals herangekommen ist. Aber seit langer Zeit hat keiner der unsrigen sie mehr gesehen.«

»Wie kommt das?«, fragte Tymur. »Ist sie verschwunden? Verschleppt worden? Gegangen?«

Der Hochfürst schwieg für einen Moment. »Sie hat sich zurückgezogen«, antwortete er dann, »auch vor ihrem eigenen Volk. Die Zeit, die sie in der Menschenwelt verbracht hat, und nicht zuletzt der Kampf gegen den Erzdämon haben ihr schwerer zugesetzt, als zuträglich ist für einen von unserem Volk. Anders als Damar, von dem wir hörten, dass La-Esh-Amon-Ri ihn verwundet hat, ist sie körperlich unversehrt geblieben, doch sie hatte zu viel von ihrer Kraft eingebüßt. Wir fürchten, sie schämte sich ihrer Schwäche, nachdem sie nach Ailadredan zurückgekehrt war. Das Letzte, was wir von ihr wissen, ist, dass sie sich in ihren Turm zurückgezogen hat.«

»Wenn es nur das ist«, sagte Tymur. »Wo finden wir diesen Turm?«

»Er ist nicht weit von dieser Stadt, in den Bergen«, antwortete der Alfeyn.

»Warum schaut ihr nicht nach ihr?« Tymur schüttelte den Kopf. »Ich verstehe die Wege Eures Volkes nicht«, sagte er. »Wenn ich mir vorstelle, eine so große Heldin ginge uns einfach verloren … Auch Damar sehnte sich nicht nach Macht oder Ruhm, nur nach Frieden und Ruhe, und doch wurde er, ob er wollte oder nicht, zum König gemacht. Vielleicht brauchte Ililiané in Wirklichkeit Hilfe und war nur nicht mehr in der Lage, darum zu bitten?«

»Du machst es dir zu einfach«, sagte der Hochfürst, nicht schroff, nur als Feststellung. »Ililiané hat keinen Zweifel daran gelassen, dass sie nicht gestört werden möchte. Sie hat Wachen aufgestellt; Wachen, die niemand von uns zu überwinden in der Lage ist.«

»Oh«, machte Tymur und hätte sicher gern noch mehr gesagt, aber Théélanthalos redete weiter, den Blick seltsam fest auf Lorcan gerichtet:

»Es sind Steinerne Wächter, die dafür sorgen, dass niemand sich Ililianés Turm nähert. Und ihre letzten Worte an uns waren ›Es bricht den Stein der Stein allein‹.«

Lorcan erwiderte den Blick des Hochfürsten so fest und aufrecht, dass man ihn dafür bewundern musste, doch seine Lippen waren fest zusammengekniffen. Erwartete Théélanthalos, dass Lorcan es allein mit einer steinernen Garde aufnahm, an der die Alfeyn mit all ihren Schwertern gescheitert waren? Kevron schüttelte erst sich und dann den Kopf. Bestimmt nicht.

Der Hochfürst blickte auf Lorcan hinunter und fragte, als wäre es das Selbstverständlichste der Welt: »Bist du bereit, dich der Prüfung zu stellen, Steinerner?«

Lorcan schwieg, suchte Tymurs Blick mit einer Hilflosigkeit, dass Kevron an sich halten musste, nicht aufzuspringen und zu rufen ›Keine Prüfungen mehr! Jetzt seid ihr Alfeyn am Zug!‹ Doch es war Tymur, der antwortete.

»Er ist bereit«, sagte er ruhig. »Er weiß, wofür wir hier sind und wie wichtig es für uns ist, Ililiané zu treffen. Wir dürfen nichts unversucht lassen, und wenn das bedeutet, dass wir am Ende nicht nur unserem Volk einen Dienst erweisen, sondern auch Eurem – dann können sich Menschen wie Alfeyn über eine Erneuerung des alten Bundes freuen.«

In diesem Moment verabscheute Kevron ihn. Tymur wusste, dass Lorcan bereit war, sein Leben für ihn zu geben, und wahrscheinlich auch, warum – aber es war eine Sache, ob Lorcan sich freiwillig opferte, oder ob Tymur diese Entscheidung traf und Lorcans Leben wegwarf wie einen durchgelaufenen Stiefel. Lorcan musste etwas sagen, musste widersprechen, musste sich aufbäumen, es war sein Leben, um das es ging – aber so sehr Kevron

Tymur gerade hasste, wie er da stand und lächelte, ohne auch nur mit der Wimper zu zucken: Es war nicht an Kevron, Lorcan vor sich selbst zu retten, und auch nicht vor Tymur, und erst recht nicht vor den Alfeyn. Und Lorcan schwieg.

»Stimmt das, Steinerner?«, fragte Théélanthalos. »Bist du bereit?«

Kevron starrte Lorcan an. ›Sag nein!‹, wollte er rufen, doch er tat es nicht. Seine Hände krampften sich zu Fäusten, er wollte Lorcan hauen, ihn wachrütteln – aber schließlich nickte Lorcan und sagte mit belegter Stimme: »Ja. Ich bin bereit.«

Erleichterung trat in Théélanthalos' Augen; Kevron wollte gar nicht wissen, wie viele sich vor Lorcan schon dieser Aufgabe gestellt und ihr Leben dabei verloren hatten. »Das ist gut«, sagte er. »Das ist sehr gut. Wir werden unsere Vorbereitungen treffen, und in der Zeit soll es euch an nichts mangeln. Und was eure anderen Wünsche angeht: Es wird uns eine Freude sein, in diplomatische Verhandlungen mit euch zu treten. Der Hohe Rat wird sich mit euren Anliegen befassen.« Er erhob sich von seinem Thron, und als er die Arme ausbreitete, schwang die mächtige Tür wieder auf und öffnete sich auf eine Brücke, von der Kevron sicher war, dass es nicht die war, über die sie gekommen waren. »Im Namen aller Alfeyn heiße ich euch in unserer Stadt willkommen.«

Kevron fühlte seine Schritte federn, als er aus der Halle hinaus auf die Brücke trat. Auch wenn draußen wieder drei Wachen auf sie warteten – ein Willkommen war ein Willkommen, und damit sollten sie die Prüfungen nun endlich hinter sich haben, wenn man nicht gerade Lorcan hieß. Ein harter Tag lag hinter ihnen, die davor in den Bergen waren nicht erholsamer gewesen, und jetzt, da die Aufregung der Erleichterung wich, begriff Kevron erst, wie erschöpft er war.

»Ich habe den Auftrag, euch zu eurer Unterkunft zu führen«,

sagte der Anführer der Wachen und nickte kaum merklich, während seine beiden Begleiter ebenso wortlos wie bedrohlich die Schwerter präsentierten.

»Atiathalain!«, rief Tymur, als träfe er einen langverlorenen Freund wieder. »Was für eine Freude, Euch heute noch einmal zu sehen.«

»Du verwechselst mich«, erwiderte der Alfeyn ungerührt. »Mein Name ist Siliéathil.«

Kevron unterdrückte ein Grinsen. Er hätte Tymur sagen können, dass es nicht der Gleiche war. Er hatte scharfe Augen, auf die er sich etwas einbildete, und vielleicht als Einziger von ihnen durchschaut, dass die Gesichter der Alfeyn allesamt austauschbar waren, aber ihre Soldaten sich daran unterscheiden ließen, dass ein jeder von ihnen einen anderen Schwertgriff hatte.

»Dann freut es mich umso mehr, Eure Bekanntschaft zu machen«, sagte Tymur vergnügt. »Und ich bin schon sehr gespannt, diese Unterkunft mit eigenen Augen zu sehen.«

Wieder nickte Siliéathil. »Folgt mir«, sagte er. »Stört euch an den Wachen, sie sind zu eurem eigenen Schutz da. Und was die Unterkunft angeht – es ist der Wunsch des Hochfürsten, euch euren Aufenthalt hier so angenehm wie möglich zu gestalten, doch da wir nicht auf Besuch aus der Menschenwelt vorbereitet waren, werdet ihr mit einem Alfeyn-Haus vorliebnehmen müssen.«

Kevron schluckte und spähte an den Wachen vorbei in die Ferne. Ob Alfeyn schliefen, ob sie überhaupt Essen zu sich nahmen, wusste er nicht, aber im Zweifelsfall rollte er sich in einer Ecke auf dem Boden zusammen, Hauptsache, es war trocken und nicht allzu kalt.

In Neraval hätte es Kevron Schweißausbrüche verursacht, von drei Wachen durch die Stadt geführt zu werden, aber hier, nach der Hundertschaft von Schwertern und Zauberinnen, waren drei eine willkommene Abwechslung. Die Brücken erschienen Kevron breiter und weniger steil, sein Rucksack leichter, während ihr Weg sich in einer Spirale nach oben zog. Diese Stadt war kein Ort, an dem man betrunken sein wollte, und es war gut, dass sich kein Lüftchen regte – so konnte Kevron, wenn er stehen blieb, um Atem zu schöpfen, endlich die Aussicht genießen, diese Kulisse aus Nebel und Bergen und Häusern schien wie gemalt. Plötzlich musste er wieder an die Zuckerspinner denken in der Nachbarschaft seines alten Hauses. Diese Brücken sahen aus wie ihre Bonbonmasse, wenn sie die mit den Händen kneteten und zogen, und einen Augenblick lang fürchtete Kevron, ein einziger Regenguss könnte diese ganze Stadt davonspülen. Er schüttelte sich und stapfte weiter.

Siliéathil war ein schweigsamer Führer. Kevron hätte sich gefreut, etwas mehr über die Stadt zu erfahren – ein Name wäre ja schon mal ein Anfang gewesen! –, aber er verriet ihnen nichts über die Gebäude, an denen sie vorbeikamen, und wenn er doch etwas sagte, kam das abrupt und ohne Zusammenhang. »Ihr werdet feststellen«, sagte er, »dass euch einige Räume des Hauses verschlossen sind. Nehmt keinen Anstoß daran und seid ohne Sorge – wir verstehen, dass ein Prinz ohnehin nicht erwartet, eine eigene Küche zur Verfügung zu haben, wenn ihm dafür täglich frisch zubereitete Mahlzeiten serviert werden. So hoffen wir, dass es unseren Küchenmeistern gelingen wird, den menschlichen Geschmack zu treffen.«

Kevron stolperte, wie jedes Mal, wenn der Alfeyn plötzlich zu sprechen anfing, aber Tymur nutzte jede Gelegenheit, ein Gespräch in Gang zu bringen. »Oh, macht euch nicht zu viel Mühe«, rief er. »Wir sind hier, um euer Volk kennenzulernen, und es wird uns ein Vergnügen sein, zu essen, was immer ihr uns auftischt. Mein geschätzter Ahn hat Jahre hier verbracht, ohne zu verhungern, da habe ich volles Vertrauen in euch.«

Wieder kam keine Antwort, auch wenn es Kevron wirklich interessiert hätte, was die Alfeyn so aßen. Hier waren nur Berge, keine Felder oder Platz, um Tiere zu halten, nichts, um eine ganze Stadt zu verpflegen. Dünn genug, um weitgehend aufs Essen zu verzichten, waren die Alfeyn ja, aber im Zweifelsfall kam auch Kevron ein paar Tage lang mit wenig bis nichts aus, solange er etwas zu trinken hatte. Zumindest Wasser musste es hier geben.

Das Haus, das ihnen der Hochfürst zugedacht hatte, lag abgeschieden am Ende der Stadt, was allen Beteiligten recht sein konnte, aber auch bedeutete, dass sie, egal wo sie von dort aus hinwollten, einen weiten und gefährlichen Weg zurücklegen mussten. Wer normalerweise dort lebte, wusste Kevron nicht – wie ein Gasthaus sah es jedenfalls nicht aus. Dahinter endete die Welt im Nebel, als hätte man die Hälfte eines Bildes einfach abgetrennt.

Weiter unten verlief eine andere Straße, unterquerte die Brücke und führte zurück in die Stadt. Die Aussicht, hinunterzufallen, wurde davon nicht angenehmer, und noch ehe er auch nur einen Fuß hineingesetzt hatte, verstand Kevron, warum er dieses Haus jetzt schon hasste. Es war die Treppe. Sie befand sich nicht im Inneren des Hauses, sondern wand sich um seine Außenwand wie eine wuchernde Ranke. Wie oft hatte Kevron über die Treppe der Witwe Klaras geflucht – jetzt konnte er nur darüber lachen. Gegen diese Treppe war das nichts. Er konnte nur hoffen, sie nicht zu oft benutzen zu müssen. Aber wenn er jemals nach einem Grund gesucht hatte, in Ailadredan weiterhin nüchtern zu bleiben …

»Hier also«, sagte Enidin leise, und wenn Kevron richtig gehört hatte, waren das die ersten Worte, die sie seit einer halben Ewigkeit von sich gab.

»Ihr werdet hier Schlaf- und Arbeitsräume finden.« Siliéathil trat zur Tür, die sich zu Kevrons Erleichterung erst öffnete, als der Alfeyn einen kleinen silbernen Schlüssel im Schloss umdrehte. »Ich lasse euch nun allein, und es wird jemand kommen, der euch

Erfrischungen bringt. Sollte etwas nicht zu eurer vollen Zufriedenheit sein oder fehlen, zögert nicht, die Wachen anzusprechen,
die hier vor der Tür warten.«

Tymurs Augen wurden schmal. »Was soll das heißen, Siliéathil?
Ich reise mit meiner persönlichen Wache. Ich benötige keine weiteren. Traut Ihr uns nicht? Stehen wir unter Hausarrest?«

Abwehrend hob der Alfeyn die Hände. »Aber nein, Prinz, aber
nein! Diese Wachen sind nur zu eurem Schutz hier. Du weißt, wir
waren lange isoliert von den anderen Welten, und wir sind ein
misstrauisches Volk. Auch wenn ihr eure Menschlichkeit bewiesen habt, wird nicht jeder das verstehen. Wenn hier ein Gerücht
umgehen sollte, fürchte ich um euer Wohlergehen. Daher über-
lässt euch der Hochfürst diese Wachen, die nichts weiter tun werden, als hier zu stehen und jedem, der sich nähern sollte, zu zeigen,
dass ihr unter seinem persönlichen Schutz steht.«

Tymur nickte. Er sah nicht aus, als ob er auch nur ein Wort
glaubte, und davon war auch Kevron weit entfernt, aber konnten
sie das Gegenteil beweisen? »So danke ich Euch für Eure Um-
sicht«, sagte Tymur leise, die Hand wieder über dem verborgenen
Behälter mit der Schriftrolle. »Für Euer herzliches Willkommen,
für Eure Gastfreundschaft – doch jetzt würden meine Gefährten
und ich uns gerne ein wenig erholen.«

»Selbstverständlich«, sagte Siliéathil. »Ich werde mich dann
entfernen. Und du, Steinerner, sollst morgen unseren Ersten treffen und in allem unterrichtet werden, was es über Ililianés Steinerne Wächter zu wissen gibt, und er wird dir Gelegenheit zur inneren Vorbereitung und körperlichen Ertüchtigung geben, auf
dass du der Prophezeiung Ehre machst.«

Nun war es also schon eine Prophezeiung. Kevron schüttelte
sich. Und Lorcans Gesicht wurde bei diesen Worten so fahl, als
wäre auf einen Schlag alles Leben aus ihm gewichen.

Hinter der Eingangstür lag ein Raum, der sich am besten als Stube beschreiben ließ – groß und rund wie der Turm selbst, hell und einladend auch ohne Fenster, mit geschwungenen Bänken, die zum Sitzen einluden, und mehreren niedrigen Tischen – aber wenn Kevron gedacht hatte, dass sie jetzt erst einmal in aller Ruhe das Haus erkunden sollten, hatte er sich geirrt. Sie kamen kaum dazu, endlich die schwer gewordenen Taschen auf dem Boden abzustellen, da stimmte Tymur einen fröhlichen Singsang an. »Es bricht den Stein der Stein allein –«

Lorcan explodierte. »Ich bin kein Stein!«, schrie er, laut genug, dass die Wachen vor der Tür es hören mussten. »Ich bin ein Mensch, ich kann bluten und sterben – wie kannst du hingehen und dem Hochfürsten versprechen, dass ich Ililianés Wächter besiegen würde?«

»Weil ich weiß, dass du es kannst.« Tymur warf ihm ein Lächeln zu, dass an anderen Tagen Steine zum Schmelzen gebracht hätte. »Und du hast zugestimmt.«

»Ich habe dir nicht widersprochen!« Lorcan zitterte an Leib und Stimme. »Was denkst du, dass ich deine Autorität vor den Alfeyn untergrabe?« Er seufzte resigniert. »Jetzt ist es zu spät, jetzt gehe ich in einen Kampf, den ich nicht gewinnen kann, und für was?«

»Du weißt genau, wofür«, antwortete Tymur ruhig. »Und du hast dein Wort gegeben. Glaub an dich, wo ich es tue.« Sein Lächeln flackerte ein letztes Mal auf. »Wenn du morgen die Details erfährst, um wie viele Steinerne Wächter es sich handelt und mit was für Abwehrvorrichtungen wir außerdem rechnen müssen, gib all das an mich weiter, damit ich es in die Planungen einbeziehen kann.«

»Und das ist alles?«, stieß Lorcan hervor. »Bin ich jetzt nur noch eine Spielfigur für dich, ein Knappe, den du opfern kannst, wenn es die Situation gerade erfordert?«

»Wie du schon sagst«, erwiderte Tymur, ganz kühl, ganz ruhig. »Wenn die Situation es erfordert. Ob sie das tun wird, hängt von verschiedenen Faktoren ab, die nur zum Teil in unserer Hand liegen. Aber wenn es erforderlich ist, ja, dann bin ich bereit, dich zu opfern. Oder Kev. Oder Enid. Oder mich.« Die letzten Worte sagte er zu schnell, um sie selbst zu glauben. »Du weißt, um was es geht, du am Allermeisten, und du musst auch der Erste sein, der bereit ist, sein Leben zu geben.«

Kevron blickte von einem zum anderen in seltsamer Faszination, wartete auf den Moment, in dem Tymur alle Masken fallenließ, in dem Lorcan endlich zuschlug. Dass von hinten etwas an seinem Ärmel zupfte, ignorierte er erst, nichts verpassen, wo es spannend wurde, aber dann fuhr er doch unwirsch zu Enidin herum. »Was?«, fauchte er.

»Was geht hier vor?« Enidin formte mit ihren Lippen die Worte, statt sie auszusprechen, aber Kevron verstand genau, was sie meinte. Er durfte ihr nur keine Antwort geben. Genau wie Lorcan musste Enidin sich von dem Prinzen selbst eine Erklärung holen, oder, wenn es nötig war, eine neue Lüge.

»Frag Tymur«, erwiderte Kevron mit einem garstigen Zähnefletschen, das ihm gleich wieder leid tat. »Wirklich. Jetzt, von mir aus. Aber frag nicht mich. Ich weiß auch nichts.«

Sie sah nicht aus, als ob sie ihm den letzten Satz abkaufte, nur was sollte sie tun? Alle Magie der Welt brachte sie nicht näher an die Wahrheit heran.

»Du bist ein Kämpfer«, redete Tymur weiter. »Kev ist ein Feigling, Enid ist auch nicht zum Kämpfen geschaffen und ich am allerwenigsten, aber du – du hast geschworen, dein Leben für meine Burg zu geben und mein Haus und mein Leben. Nichts weiter will ich, als dieses Recht einklagen.«

Lorcan fluchte, wie Kevron ihn noch nie hatte fluchen hören, und schlug mit der flachen Hand gegen die Wand. »Verdammt,

Tymur, du verstehst nicht! Es ist ein völlig unnützes Opfer! Ich kann diesen Kampf nicht gewinnen! Du weißt so gut wie ich, was die Zeit aus unseren Steinernen Wächtern gemacht hat, nicht einmal alle neun von uns wären in der Lage, es mit den echten Steinernen aufzunehmen, aber ich allein – ich sterbe für nichts!«

In diesem Moment veränderten sich Tymurs Augen. Kevron dachte eigentlich, dass er all ihre Kälte schon kannte, aber jetzt trat etwas in ihren Blick, das er noch nie zuvor gesehen hatte und auch niemals wieder sehen wollte. »Ein Kampf, den man nicht gewinnen kann«, sagte Tymur tonlos. »Was, glaubst du wohl, tue ich hier?« Und danach hing eine Stille in der Luft, so bleiern und schwer, dass nur der Prinz selbst in der Lage war, sie zu brechen – aber Tymur schwieg.

»Ich ... ich geh dann mal die Schlafzimmer suchen«, murmelte Kevron, jedes Wort ein Kampf, als wolle eine fremde Gewalt sie ihm zurück in den Mund schieben. »Ich weiß ja nicht, wie es euch geht, aber ich denke, wir brauchen Schlaf. Und wenn wir wieder wach sind, sehen die Dinge sicher ganz anders aus.«

Sie fanden Schlafräume in einem der oberen Stockwerke, die zwei Etagen dazwischen ließen sich nicht betreten. Vier Zimmer, verbunden durch einen schmalen Flur, jedes von ihnen eher klein geraten, doch dafür endlich mit Fenstern, die Licht und Luft hereinließen. Und die Betten sahen aus wie Betten und stabil genug, um auch Menschen tragen zu können.

Nur die Decken waren erst einmal gewöhnungsbedürftig. Sie waren kaum dicker als ein Laken, und auch auf dieser Seite der Berge war die Luft eher frisch. Kevron sehnte sich nach Wärme, aber eine Nacht lang sollte er durchhalten, bis dahin war seine klamme, durchweichte Decke, die ihm in den letzten Tagen mehr Schutz denn Wärme gespendet hatte, trocken genug. Und die Alfeyn würden schon nicht zulassen, dass ihre Gäste sich den Tod holten.

»Sehr schön«, sagte Tymur. »Genau so, wie ich mir das vorgestellt habe.« Auf den Streit ging er nicht mehr ein; sein vergnügter Tonfall war wieder da und dieses abgeklärte Nicken, als habe er alles, was es in Ailadredan gab, schon einmal gesehen. »Sucht euch Zimmer aus, ladet ab, was ihr an Gepäck habt, und wer müde ist, kann sich hinlegen – morgen sehen wir weiter. Schlaft gut, meine Lieben!«

Ob Lorcan und Enidin jetzt in der Lage waren, ein Auge zuzutun, oder sich doch noch einmal Tymur unter vier Augen zur Brust nehmen wollten: Kevron hatte vor, Tymur beim Wort zu nehmen. Und tatsächlich stellte sich dieses Nichts von Bettdecke als das weichste, wärmste Stück Stoff heraus, unter dem Kevron jemals das Glück gehabt hatte, einschlafen zu dürfen.

Eine Hand an Kevrons Schulter riss ihn aus dem Schlaf. Eben schwebte Kevron noch im Land der Träume – im nächsten Moment stand er senkrecht im Bett, rechnete mit dem Schlimmsten, und das Schlimmste fing immer mit Tymur Damarel an und einem Messer in seiner Hand. Aber stattdessen war es Lorcan, der trotz des noch mehr als dämmrigen Lichts schon in voller Montur war.

»Du bist wach«, sagte Lorcan. »Gut.«

Kevron verzog das Gesicht. »Was erwartest du? Du hast mich geweckt!«

»Du hast gute Reflexe«, antwortete Lorcan. »Hatte Schlimmeres erwartet. Zieh dich an, komm mit.«

Kevron versuchte, sein hämmerndes Herz wieder zu beruhigen. »Was … was hast du vor?«, fragte er vorsichtig. Wenn es einen Menschen gab, von dem er keine Heimlichtuerei erwartet hätte, dann ganz sicher Lorcan. »Steht draußen keine Wache?«

»Wir gehen nicht raus«, antwortete Lorcan. »Nach oben. Dort ist Platz. Tymur und Enidin schlafen noch. Wir zwei trainieren.«

Das Ganze war so absurd, dass Kevron anfing zu lachen. »Trainieren«, wiederholte er. »Wir?« War jetzt der richtige Zeitpunkt, um Lorcan zu sagen, dass er gegen Ililianés Wächter nicht ausgerechnet auf Kevrons Hilfe zählen konnte?

Lorcan nickte und schaffte es, dabei todernst auszusehen. »Ich hatte schon so lange vor, dich mitzunehmen, wenn ich mich morgens aufwärme. Es hatte keinen Sinn, solange du getrunken hast, aber jetzt – ein bisschen Bewegung tut dir gut. Bringt dich auf andere Gedanken.«

Kevron grinste gequält. »Einen armen Mann aus dem Schlaf reißen, und dann sowas … Du weißt, dass ich keine Chance gegen dich habe, also, was soll ich machen?«

»Anziehen und mitkommen«, wiederholte Lorcan, und diesmal gehorchte Kevron. Immer noch müde blinzelnd, folgte er Lorcan. Die Treppen hinauf, so früh am Tag, das allein war schon eine Herausforderung. Lorcan würde noch sehen, was er von der Idee hatte, mit Kevron trainieren zu wollen. Und ihm noch nicht mal ein Frühstück anbieten … Der Wind pfiff Kevron um die Nase und machte ihn wacher, als ihm lieb war. Warum konnten diese Alfeyn ihre Treppen nicht wie normale Leute im Inneren des Hauses bauen?

»Da wären wir«, sagte Lorcan und stieß die Tür zur obersten Etage auf. Ein großer, runder Raum, leer bis auf das Frühlicht, das durch die vielen Fenster hereinfiel. »Einen besseren Ort zum Trainieren finden wir nicht. Ich weiß, du bist kein großer Kämpfer –«

»Ich bin überhaupt kein Kämpfer«, fiel ihm Kevron ins Wort. »Nicht mal ein kleiner.«

»Ich weiß, dass du im Leben kein Schwert gehalten hast.« Lorcan lachte kopfschüttelnd. »Aber mit einem Messer – du bist flink und gelenkig –«

»Flink und gelenkig?«, ächzte Kevron. »Für wen hältst du mich? Ich falle selbst beim Wegrennen über meine eigenen Füße!«

»Und früher?«, fragte Lorcan.

»Früher habe ich zugesehen, dass ich nicht in die Verlegenheit komme, wegrennen zu müssen.« Lorcan musste wirklich sehr verzweifelt sein, ausgerechnet aus Kevron einen Kämpfer machen zu wollen.

»Aber Leute wie du …«, fing er an, stolperte dann über Kevrons verwirrtes Gesicht und setzte noch einmal neu an: »Tymur hat mir ein bisschen von dir erzählt. Er sagte, du hast für die Diebesgilde gearbeitet.«

»Ja, aber doch nicht als Messerstecher!«, rief Kevron. »Und ein Dieb bin ich auch keiner. Von wegen Leute wie ich … Du hast zwanzig Jahre in einem Keller gesessen. Du kennst keine Leute, geschweige denn Leute wie mich. Und ich habe mit Kämpfen nicht mehr am Hut als Enid. Nur, dass die wenigstens zaubern kann.«

»Eben«, sagte Lorcan. »Dann lernst du es jetzt. Die Grundlagen zumindest. Wenn etwas passiert – wenn ich nicht mehr da bin …« Er schluckte, schüttelte den Kopf. »Ich kann nicht immer euch drei auf einmal verteidigen. Ich bin dafür da, Tymur zu beschützen. Und du kannst nicht erwarten, dass Enidin dir jedes Mal die Haut rettet. Hast du dir nie gewünscht, kämpfen zu können?«

»Ich habe mir höchstens gewünscht, kein Feigling zu sein«, sagte Kevron, und danach kam er nicht mehr zum Reden. Lorcan ließ ihn im Kreis laufen, bis er nicht mehr wusste, ob das Schwindelgefühl oder das Seitenstechen schlimmer war. Bei den Kniebeugen kam Kevron immerhin gut in die Knie, aber danach nicht mehr wieder hoch. Mit den Liegestützen ging es ihm genauso, aber wenigstens konnte er dann liegen. Kevron hörte Lorcan seufzen und wusste nicht, ob er ihm verraten sollte, dass er im Leben noch nie besser in Form gewesen war als jetzt, nach der langen und anstrengenden Reise.

Auch vor fünfzehn, zwanzig Jahren war an Kevron kein Kämpfer verlorengegangen, und es war gut, dass der fallengespickte Hindernisparcours der Diebesgilde vor allem dazu da war, den neuen Mitgliedern einen Schrecken einzujagen und nicht die Voraussetzung, um aufgenommen zu werden. Kevron und Kaynor waren stolz auf das Werk ihrer Hände, auf ihren scharfen Blick, auf ihr Wissen und ihren Kunstverstand. Sie hatten es nicht nötig, irgendwo herumzuturnen. Nur fehlte Kevron jetzt die Kraft, das Lorcan zu erklären.

»Los, hoch mit dir!«, rief Lorcan, der noch nicht einmal schwitzte, während Kevron auf dem Boden lag und nach Luft rang. »Das war doch noch nichts!«

Kevron schüttelte den Kopf. »Kann nicht mehr«, brachte er hervor. »Pause. Gnade.«

Lorcan half ihm auf die Beine und reichte ihm seine Trinkflasche. Kaltes Wasser hatte noch nie so gut geschmeckt, aber Kevron war zu sehr mit Atmen beschäftigt, um viel zum Schlucken zu kommen. »Das war gar nicht schlecht«, sagte Lorcan. »Für dein erstes Mal. Aber ich hatte wirklich erwartet, du wärst beweglicher.«

Kevron schüttelte den Kopf. »Du denkst, weil ich so ein Hänfling bin, muss ich wenigstens schnell sein?« Er seufzte, als Lorcan stumm nickte. »Man sollte meinen, du kennst mich inzwischen. Aber ich werde mich bemühen, zumindest an meinem Eindruck zu arbeiten. Wenn ich wirklich aussehe wie ein gefährlicher Messerstecher, lassen die Dämonen mich vielleicht in Frieden.« Immerhin, er konnte schon wieder in ganzen Sätzen reden. »Wenn es immer nur danach geht, wie die Leute aussehen – wenn man dich anschaut, müsstest du der größte Frauenheld sein, und wir wissen beide, dass du das nicht bist.« Er musste grinsen, als er sah, wie Lorcan die Gesichtszüge einfroren, und schüttelte den Kopf. »Dachtest du, das weiß ich nicht? Das sehe ich selbst im Vollsuff.

Du und Tymur, und warum auch nicht? Ich hoffe seit Wochen, dass das mit euch was wird. Besser als mit Enid, jedenfalls.«

»Weil du und Enidin …«, fing Lorcan an und hatte den Anstand, ganz schnell wieder abzubrechen.

»Enid ist ein Kind!«, sagte Kevron. »Und selbst wenn nicht – nichts für mich, jedenfalls.« Kurz überlegte Kevron, Lorcan zu erklären, dass er sich schlichtweg nicht für solche Dinge interessierte, aber das sollte nicht so klingen, als ob Kevron auf die Leute hinunterblickte, die mit sowas ihre Zeit verschwendeten. Liebesangelegenheiten waren einfach nicht sein Ding. »Mir geht es doch nur darum, dass Tymur endlich eine andere Beschäftigung hat, als mich zu schikanieren.« Er versuchte zu lachen, aber es klang gequält, und ein Blick in Lorcans Gesicht ließ ihn verstummen.

»Du weißt es auch«, sagte Lorcan leise.

Kevron schwieg. Er war nicht ganz sicher, worauf Lorcan hinauswollte.

»Er trägt sie immer bei sich«, redete Lorcan weiter. »Es ist nicht gut.«

Kevron verzog das Gesicht. »Wem sagst du das?« Er fing an zu frieren. Es war kalt hier oben, er war durchgeschwitzt, aber der Grund war ein anderer.

Einen Augenblick lang schien Lorcan zu lauschen, dann nickte er. »Wir sind hier unter uns«, flüsterte er. »Tymur schläft noch. Und … eigentlich wollte ich dich deswegen sprechen. Nicht wegen des Kämpfens.«

»Und das fällt dir jetzt ein?« Kevron lachte heiser. »Nachdem ich völlig aus der Puste bin?«

Lorcan nickte. »Wenn wir gleich hinunterkommen – Tymur wird wach werden, fragen, wo wir gesteckt haben. Wenn du dann nicht aussiehst, als hätte ich einmal den Boden mit dir gewischt …«

Über seinem ganzen Elend musste Kevron grinsen. Manchmal erstaunte ihn Lorcan dann doch. »Und was hast du jetzt mit mir vor?«, fragte er und traute dem Braten trotzdem nicht. Wenn Lorcan eines niemals tun würde, dann, sich gegen Tymur verbünden, nicht einmal nach dem Streit vom Vortag. Lorcan war zu treu dafür. Und wer wusste, was die in der Nacht noch geredet hatten, als Tymur Zeit und Gelegenheit hatte, Lorcan so richtig einzuseifen?

»Die Schriftrolle muss bei mir sein.« Lorcan schaute zu Boden, während er sprach, und jetzt, da die eigentliche Anstrengung lange vorbei war, begann sein Gesicht zu glühen. »Sie hätte von Anfang an bei mir sein müssen. Seit Tymur sie hat ...« Er atmete durch. »Ich mache mir Sorgen um ihn, ich kann dir nicht sagen wie sehr, aber wenn du weißt, was ich ... Dann kannst du das verstehen.«

»Ich stimme dir da zu«, erwiderte Kevron. »Ohne Einschränkung. Ich kann versuchen, mit Tym drüber zu sprechen – bloß, er wird auf mich noch weniger hören als auf dich.« Lorcan sollte sich auf seinen Kampf vorbereiten oder doch noch seinen Kopf aus der Schlinge ziehen, bevor es zu spät war, statt sich jetzt ausgerechnet daran aufzuhängen, wer die Schriftrolle trug.

»Nicht ... sprechen«, sagte Lorcan langsam. »Ich dachte, wenn du versuchst ... Wenn du Tymur die Schriftrolle stiehlst, aus dem Futteral heraus, er wird es vielleicht nie merken – wir stecken sie zurück, wenn es zu Ililiané geht ...«

Kevron schüttelte den Kopf. Der Mann tat ihm zu sehr leid, um ihn jetzt so anzuschreien, wie er ihn gerne angeschrien hätte. »Ich. Bin. Kein. Dieb«, sagte er langsam. »Ganz zu schweigen davon, dass ich das Ding niemals anpacken würde.«

Wenn Lorcan die Rolle wirklich aus dem Futteral holen wollte, war er verrückt. Dass die Bleiummantelung die dämonische Kraft zurückhielt – Kevron hatte keine Ahnung davon, aber er hatte Wochen Zeit gehabt, sich an diesen Glauben zu klammern, und er würde nicht jetzt damit aufhören, wenn es am gefährlichsten war. »Wenn du Tymur von der Rolle trennen willst, versuch es selbst.

Dir wird er wenigstens nicht die Kehle durchschneiden, wenn er dich erwischt.« Im letzten Moment gelang es Kevron, das wie einen Scherz klingen zu lassen. »Mach dir keine Sorgen um Tymur. Er ist stärker, als er aussieht. Und er hat dich.«

Kevron lachte und klopfte Lorcan auf die Schulter. In seinem ganzen Leben hatte er sich nicht wie ein schlimmerer Heuchler gefühlt. Er konnte Lorcan nicht über den Weg trauen, nicht weit genug, um sich mit ihm zu verschwören. Aber noch viel weniger traute er Tymur. Und sie wussten beide, warum.

SECHZEHNTES KAPITEL

Enidin hätte sich nicht träumen lassen, dass sie einmal das Glück finden würde. Wie auch – sie suchte ja nicht einmal danach. Ihre Vorstellung von etwas Großem war immer, irgendwann der Akademie vorzustehen, aber das war kein Glück, sondern nur der Lauf der Dinge, vorbestimmt seit dem Tag ihrer Geburt.

Doch hier, in Ailadredan, war das etwas anderes. Seit sie das Portal durchschritten hatte, seit die Prüfungen bestanden waren und mit ihnen die Angst gefallen, konnte Enidin ihren Kopf nach rechts drehen und nach links, und alles, was sie sah, machte sie glücklich. Nicht, weil es so schön war, so seltsam und so fremd zugleich, sondern weil sie sich diesen Anblick verdient hatte. Sie hatte das alte Portal wiederentdeckt, und nun fühlte sich das ganze Land an, als hätte Enidin es erschaffen, sie ganz allein, und jeder Stein und jedes Haus und jedes Wesen gehörte ihr.

Das wollte sie auskosten, sie wollte loslaufen und entdecken und genießen und verstehen. Hatte es sich so angefühlt, als Enidin das erste Mal einen Fuß aus der Akademie gesetzt hatte, hinaus in die Stadt, ein ängstliches kleines Mädchen im Schatten ihrer Mutter? Nein. Die Stadt war groß, kalt, feindselig, sie gehörte Enidin nicht und würde ihr niemals gehören. Aber Ailadredan, das war Magie.

Sie lag in der Luft, man konnte sie einatmen, sie in jeder Zelle spüren. Die Muster waren fremd, anders als alles, was Enidin jemals erlebt hatte: kontrolliert, geordnet, symmetrisch, egal aus welchem Winkel man sie betrachtete. Das Nebelland war nicht mit den fünf Sinnen zu erfahren und mit den Augen am allerwenigsten, aber wer ihm seinen reinen Geist öffnete, der hatte eine Welt vor sich, in der alles perfekt war, alles aufeinander abgestimmt, alles im Einklang.

In der Welt der Menschen war so etwas nicht möglich, schon weil der Mensch von Grund auf kein perfektes Wesen war, und hätte Enidin sich nicht an der Illusion festgehalten, dass alles um sie herum ihr eigenes Werk war, sie hätte weinen und ihr Gesicht vor Scham verbergen müssen, selbst so ein unperfektes Wesen zu sein, das die Muster störte bei jedem Schritt. Enidin wollte rennen, sie wollte springen wie ein kleines Kind, sie wollte diese furchterregend großartige Symmetrie am ganzen Körper fühlen, selbst wenn es bedeutet hätte, sich die Kleider vom Leib zu reißen und nackt durch den Nebel zu rennen – das waren Gedanken und Gefühle, die sie noch nicht kannte. Eine Magierin verbarg ihren Körper unter einer Robe; er war etwas, das ihr half, den Kopf oben zu tragen, und sonst nicht von Bedeutung.

Die letzten Jahre über hatte Enidin beobachten können, wie ihr Körper sich veränderte, wie ihre Züge erwachsener wurden und ihre Form die Reife annahm, die sie im Kopf schon so lange spürte, aber das veränderte nichts an dem, was sie fühlte. Jetzt wollte ihr Körper plötzlich Körper sein und nicht mehr nur Knochen und Organe und Blut und Haut, und dieses Gefühl war noch fremder als das Land selbst, dessen Bewohner so körperlos erschienen.

Sie konnte diese Gefühle mit niemandem teilen, keiner der Männer hätte sie verstanden und Tymur am wenigsten, aber das war es doch, worum es bei Gefühlen ging: dass sie nur einem allein gehörten. So behielt Enidin ihr Geheimnis für sich und ihre Kleider an und konnte es kaum erwarten, am Ende des Tages ihr Notizbuch zur Hand zu nehmen und all diese Eindrücke zu Papier zu bringen.

Und dann kam Tymur Damarel und machte den ganzen Zauber mit ein paar Worten zunichte. Es spielte keine Rolle, was er da sagte, nur das Wie. Und vielleicht lag es an Ailadredan, wo die Dinge von einem anderen Licht beschienen wurden, auch Enidins Verstand legte endlich seinen Schleier ab. Wenn es ihr Verdienst war, dass sie hier angekommen waren, wenn sie so viele Gründe hatte, stolz auf sich zu sein, dann musste sie auch aufhören, sich mit Lügen abspeisen zu lassen. Enidin schwieg. Aber nur, bis sie die richtigen Worte gefunden hatte. Es ging ihr nicht darum, Tymur ihren Zorn spüren zu lassen – mit Zorn hatte das alles schon lange nichts mehr zu tun –, sondern darum, endlich die Wahrheit zu erfahren. Zu viele Steinchen wollten nicht zueinander passen, ergaben kein Ganzes.

Sie wartete, bis die Zimmer verteilt und alle zu Bett gegangen waren. Über dem Haus lag eine große Stille, eine Anwesenheit von Ruhe und Frieden, die Enidin half, sich ein Herz zu fassen. Diesmal verschanzte sie sich nicht in ihrer Kammer und wartete auf den Moment, in dem Tymur roch, dass etwas mit ihr nicht stimmte. Der Prinz war so oft in ihr Schlafzimmer gekommen. Es war an der Zeit, den Spieß umzudrehen. Nicht, weil Enidin Tymur unbedingt im Nachthemd sehen wollte, sondern weil er ihr dann endlich Rede und Antwort stehen musste. Er konnte nicht weglaufen, sie nicht wegschicken. Es standen Wachen vor dem Haus. Und Enidin fühlte sich so sicher wie seit Langem nicht, als sie an die Tür des Zimmers klopfte, dass Tymur für sich ausgesucht hatte.

Sie brauchte nicht lange zu warten. Der Prinz öffnete ihr die Tür, und von einem Nachthemd war er so weit entfernt wie sicher auch vom Schlaf, als er an Enidin hinunterblickte und nickte.

»Enid, meine Liebe.« Er lächelte. »Was kann ich für dich tun? Es war so ein ereignisreicher Tag – bitte entschuldige, dass ich noch keine Zeit für dich gefunden habe.«

»Ihr könnt Euch denken, warum ich hier bin.« Auch Enidin lächelte. »Darf ich hereinkommen?«

»Selbstverständlich.« Mit einer galanten Bewegung zog Tymur die Tür auf. »Was für ein Zufall, ich war drauf und dran, mich auf den Weg zu dir zu machen …«

Es reichte. Enidin hob die Hand und sagte genau das: »Es reicht, Tymur. Bitte. Ihr seid ehrlich mit Lorcan und Kevron – ehrlich genug, um Lorcan in den Tod zu schicken –, dann seid es auch mit mir. Und sagt nicht, Ihr habt mich angelogen, nur um meinen Verstand auf die Probe zu stellen. Ich werde ebenso ungern angelogen wie irgendjemand sonst.« Sie blieb freundlich dabei, auf eine Weise, wie es ihr bei der Ehrwürdigen Frau Mutter nie gelungen war.

»Ich verstehe«, sagte Tymur. Fühlte er sich ertappt? War er ärgerlich? Nichts davon. Wenn überhaupt, wirkte er erleichtert. »Hilft es dir, wenn ich dir sage, dass ich dich nicht sehr angelogen habe?«

Enidin schüttelte den Kopf. »Ich werde auch nicht gern ein bisschen angelogen. Und auch nicht wiederholt. Die Geschichte von Eurem kranken Vater … Ich hätte längst merken müssen, dass sie hinten und vorne nicht passt. Aber nun habe ich meine Schuldigkeit getan, ich habe Euch nach Ailadredan gebracht, wo Ihr hinwolltet, und ein Zurück gibt es für mich jetzt ebenso wenig wie für Euch. Und nun, da Ihr mich nicht mehr nötig habt, sagt mir die Wahrheit. Bitte.«

»Es war die Wahrheit.« Tymur klang resigniert, ein wenig verletzt, doch das, was am Abend hinter seinen Augen durchgeschimmert hatte, sah Enidin nicht mehr – nur eine seltsame Form von Traurigkeit. »Ich weiß, wie das auf dich wirken muss, ich habe dich zu lange im Dunkeln gelassen, was den eigentlichen Sinn unserer Reise angeht, und ich verstehe, dass du deswegen verletzt bist –«

»Ein Familienfluch«, sagte Enidin, und so sehr sie sich auch bemühte, weiter ruhig zu bleiben, es begann in ihr zu brodeln. »Verkauft mich nicht für dumm, Tymur. Das könnt Ihr Eurem Pferd erzählen.«

»Weil ich dem Hochfürsten etwas anderes gesagt habe?« Tymur versuchte zu lachen. »Du kannst nicht erwarten, dass ich einen Fremden in etwas einweihe, das unser ganzes Land in Gefahr bringen kann – die Alfeyn trauen uns nicht, aber ebenso wenig Grund haben wir, den Alfeyn zu trauen.«

Es half nichts, Tymur fand immer neue Wege, sich herauszuwinden, wenn Enidin nicht endlich die eine richtige Frage stellte. »Warum haben wir einen Fälscher dabei?«

Endlich, Tymur hatte keine Antwort zur Hand, und das gab Enidin die Möglichkeit, weiter auszuholen.

»Ihr seid ein Prinz, das glaube ich Euch. Weswegen ich hier bin, weiß ich. Lorcan ist, was er vom ersten Tag an sein sollte, ein Kämpfer, ein Krieger, ein Steinerner Wächter, und warum er Euch begleitet, war nie eine Frage, auch wenn Ihr von dieser Prophezeiung nichts wissen konntet. Aber Kevron ist ein Fälscher. Und es gibt wirklich keinen Grund, warum Ihr einen Fälscher zur Gesellschaft braucht, wenn Ihr Ililiané sucht, damit sie einen Fluch von Eurem Vater nimmt. Es tut mir leid, für mich selbst, dass ich Euch diese Frage nicht längst gestellt habe, aber: warum ein Fälscher?«

Sie sah Tymur schlucken, und wäre er nicht ohnehin schon so farblos gewesen, Enidin hätte ihn erbleichen sehen. »Nimm Platz«, sagte er und deutete auf die Kante seines Bettes. Keines ihrer Schlafzimmer hatte mehr Möbel als ein Bett und ein ausladendes Gestell, das Enidin für einen Kleiderständer hielt. »Ich hatte gehofft, dass ich dir das nie sagen muss.« Seine rechte Hand lag sehr seltsam auf seiner Hüfte, und erst jetzt fiel Enidin auf, dass Tymur ziemlich oft so stand, eine seltsame Haltung für jemanden, der nichts zu verbergen hatte.

»Was habt Ihr da?«, fragte Enidin. »Unter Euren Rockschößen?« Sie hatte ihn, und sie würde ihn nicht mehr davonkommen lassen.

Tymur wurde noch etwas bleicher und steifer. »Auch das«, sagte er tonlos. »Nimm Platz.«

Diesmal gehorchte Enidin. Sie hatte gesagt, was zu sagen war.

Tymur stand einen Moment reglos und blickte auf sie hinunter, dann ging ein Zittern durch seinen Körper. Er trat zur Tür, schien einen Moment zu lauschen, ob nicht nur in den Zimmern der beiden Männer alles still war, sondern auch von den Alfeyn vor dem Haus nichts zu hören war. Dann schloss er die Tür mit Nachdruck und war mit zwei Schritten wieder bei Enidin. »Das hier meinst du«, sagte er, schlüpfte aus seinem Gehrock, unter dem er noch zerbrechlicher und schmaler aussah, und zeigte endlich, was er darunter an seinem Gürtel trug: Es war nur ein schmaler lederner Zylinder, wie etwas, worin man sein Schreibzeug transportieren konnte, unauffällig und unaufregend; nur die Art, wie Tymurs Hand sich bei der Berührung verkrampfte, gab dem Ding Gewicht. »Deswegen bin ich hier«, sagte Tymur. »Und du, und Lorcan, und Kevron.«

»Was ist das?«, fragte Enidin vorsichtig. Das konnte alles sein, und mit der Wahrheit musste es nichts zu tun haben.

»Ein Bleifutteral«, antwortete Tymur. »Ich nehme an, du weißt um die Eigenschaften von Blei? Wie es alles, das es umschließt, abschirmt – vor Blicken, vor Magie, und wenn die Alfeyn herausfinden, was ich darin trage, sind wir alle tot und mein Volk vermutlich mit uns, und wenn sie es durch dich erfahren sollten …« Er brach ab, und da war wieder dieser Blick. Enidins Körper erstarrte.

»Ich will die Wahrheit, aber ich will sie nur für mich«, flüsterte sie. »Darum bin ich so verletzt – weil Ihr denkt, Ihr könnt jemandem wie Kevron trauen, aber nicht mir.« Sie starrte das Etui an und verstand, was Tymur mit dem Bleimantel meinte. Auf den ersten Blick war das ein einfaches, unauffälliges Objekt, doch je länger man es ansah, desto aufdringlicher wurde seine Präsenz. Blei war ein seltsames Element, seine Struktur schien nicht Teil des Netzes der Wirklichkeit zu sein, sondern in ihrer eigenen Welt zu leben, in der ihre eigenen Gesetze galten. Ein mächtiges Artefakt konnte ebenso gut darin stecken wie die einfachste Gänsefeder, von außen konnte es niemand erahnen.

»Schwör mir, dass du schweigst.« Tymur bebte am ganzen Körper, als er sich den Gehrock wieder überstreifte, und er wurde erst ruhiger, als er neben Enidin auf der Bettkante Platz nahm. »Ich werde es nicht öffnen, nicht jetzt, nicht für dich, ebenso wenig, wie ich es für Lorcan oder Kevron geöffnet hätte.« Er wartete nicht ab, bis Enidin etwas erwidern, geschweige denn schwören konnte, sondern sprach weiter: »Was weißt du über Dämonen? Über ihre Waffen?«

»Ihr habt eine Waffe darin?«

Tymur nickte langsam. »Nicht irgendeine.« Er atmete durch. »Es ist die Wahrheit, diesmal, die allerletzte Wahrheit, die ich dir anbieten kann. Als Damar die Dämonen vertrieb, ließen sie das eine oder andere zurück – so wie unsere Burg auf den Grundmauern von La-Esh-Amon-Ris Festung gebaut ist, befinden sich auch verschiedene dämonische Waffen in unserem Besitz. Sie sind weggeschlossen, eine kleine verbotene Sammlung – Andenken an eine böse Zeit, für die manch einer viel Geld zahlen würde.« Tymur verdrehte die Hände ineinander, und jetzt verstand Enidin endlich auch die Handschuhe, die mehr waren als nur der Tick von einem, der sich nicht schmutzig machen wollte. »So einen Dolch trage ich bei mir, und so ein Dolch war es auch … der meinen Vater verletzt hat.«

»Ein … ein Unfall?«, fragte Enidin vorsichtig.

Wieder blickte sich Tymur nach allen Seiten um, ehe er weitersprach, und rückte ein Stückchen von Enidin weg. »Ich weiß, ich habe gesagt, dass es ein Fluch ist, und so fühlt es sich auch an, aber die Wahrheit ist – es war mein Bruder. Du erinnerst dich an meine Brüder, als wir aufgebrochen sind, einer liebreizender als der andere? Die Wahrheit ist, mein Bruder Vjasam kann nicht erwarten, meinem Vater nachzufolgen, und versucht … hat versucht, das Ganze zu beschleunigen.«

Enidin schluckte. »Was hat er getan?«, flüsterte sie und hatte wieder die Ehrwürdige Frau Mutter vor Augen, wie sie am Fuß der Treppe lag, und sie selbst, die nie etwas mehr begehrt hatte als diesen Titel, direkt daneben. Das hatte die Dinge auch beschleunigt …

»Nichts, was ich ihm irgendwie nachweisen könnte«, antwortete Tymur grimmig. »Und der eine Zeuge, den es gibt – dem wird im Zweifelsfall keiner auch nur ein Wort glauben. Was hat er getan, mein Bruder? Er hat eine von diesen Waffen gestohlen, den kleinsten, unauffälligsten Dolch, hat ihn, damit es nicht auffällt, durch eine Kopie ersetzt, und das dämonische Original dann in der Lehne des Throns versteckt, wo es nur eine Frage der Zeit war, bis sich mein Vater daran ritzen würde … So eine kleine, unscheinbare Waffe, nicht mehr als ein Brieföffner, und doch genug, um meinen Vater Damars Fluch anheimfallen zu lassen.« In seinen Augen brannte Zorn, nicht mehr hilflos wie an dem Tag, als seine Brüder ihn vor Enidins Augen gedemütigt hatten, sondern wild und entschlossen, wie einer, der kurz vor dem Ziel steht und nicht mehr bereit ist, umzukehren, koste es, was es wolle. Als hätten die Worte nur darauf gewartet, sich ihren Weg zu bahnen, redete Tymur weiter, ohne Enidin auch nur anzublicken. »Jetzt habe ich den Dolch bei mir, bringe ihn zu Ililiané, damit sie den Fluch brechen kann.«

»Warum den Dolch?«, hörte Enidin sich fragen. »Warum nicht

384

Euren Vater? Als ich ihn getroffen habe, sah er gesund aus – gesund genug, heißt das, um durch ein Portal zu schreiten. Diese ganze Geschichte von der Expedition ...«

Tymur lachte. »Und dann sitzt der König von Neraval in Ailadredan fest, meinst du? Und was wird in der Zwischenzeit aus dem Land? Vjas wartet nur auf solch eine Gelegenheit. Wenn mein Vater verschwindet, wenn er die Burg nur einen Tag lang verlässt – ich sage dir, selbst wenn er dann lebendig zurückkäme, wäre er die längste Zeit König gewesen. Nein, niemand darf davon wissen. Weder, dass mein Vater krank ist, noch, dass mein Bruder dahintersteckt. Mehr noch – sobald Vjas auch nur ahnt, dass wir ihm auf der Spur sind, wird er es nicht mehr dabei belassen, meinen Vater nur zu ritzen. Im Moment weiß er noch nicht einmal, dass sein Plan geglückt ist. Er wartet darauf, dass mein Vater endlich die Zeichen des Fluchs trägt ...« Tymur schüttelte sich. »Was heißt hier im Moment ... das war vor Wochen. Monaten. Wie es jetzt um meinen Vater steht, ob er noch am Leben ist, während wir hier sitzen, Ililiané in Griffweite, und nicht an sie herankommen, weil Lorcan nicht bereit ist, einmal im Leben etwas zu riskieren ...« Er seufzte. »Ich gebe nicht auf. Wir sind so weit gekommen wie niemand seit Damar. Aber eines sage ich dir – wenn wir zurückkommen sollten und mein Vater ... mein Vater nicht mehr da ist, dann werde ich diesen verfluchten Dolch nehmen und ihn Vjasam eigenhändig zwischen die Rippen stoßen, von vorne, um nicht den einen Augenblick zu verpassen, in dem dieses selbstgefällige Grinsen aus seinem Gesicht verschwindet.«

Eine Weile lang sprach keiner von beiden. Enidin rang mit sich – sie wollte näher heranrücken, Tymur Trost spenden, aber solange er nicht selbst ihre Nähe suchte, wollte sie ihm die nicht aufdrängen. Und selbst wenn er jetzt aussah, als ob er die Wahrheit sagte, suchte ein Teil von Enidin immer noch Lücken und Brüche in dieser Geschichte. So wahrhaftig, so zornig, so verletzlich Tymur jetzt aussah – all die Male davor hatte Enidin doch auch gedacht, dass man ihm glauben konnte …

»Ihr hättet es mir sagen müssen«, murmelte sie und starrte dabei die Wand an. »Warum habt Ihr mir das verheimlicht? Nicht, als wir aufgebrochen sind, aber danach, Ihr hättet so viel Zeit gehabt, es hätte so vieles geändert … Wen wollt Ihr schützen? Den Ruf Eures Bruders?«

»Dich!«, rief Tymur mit einer Vehemenz, dass Enidin zurückfuhr. »Dich will ich schützen, verdammt! Verstehst du es nicht? Mein Bruder ist tückisch, er ist bereit, über Leichen zu gehen, und jeder, der zu viel weiß, ist in Gefahr!« Er lachte heiser. »Was glaubst du, warum Kevron bei uns ist? Weil ich hier draußen einen Fälscher brauche? Was will ich mit einem Fälscher? Ich könnte mit einem Kropf mehr anfangen! Aber wenn ich Kev nicht hier habe, in meiner Nähe, bringt mein Bruder ihn um, und dann geht er hin, unser einziger Zeuge …«

»Kevron hat die Kopie angefertigt?«, fragte Enidin. »Von dem Dolch?«

»Er hat viele Talente, von denen man hier draußen nicht viel merkt.« Jetzt klang Tymur wieder ein kleines bisschen vergnügter, aber die Bitterkeit war darunter noch immer greifbar. »Vjas hat einen Waffenschmied den Dolch machen lassen, ohne ihm zu sagen, um was es geht. Kev hat dann diese Waffe graviert, auf alt getrimmt und so bearbeitet, dass sie nicht mehr von der echten zu unterscheiden war. Und er ist nur deswegen noch am Leben, weil Vjas so stolz auf sich ist, so selbstverliebt, dass er gar nicht auf die Idee gekommen ist, wir könnten irgendwann mit dem echten Dolch und der Kopie dastehen und uns auf die Suche nach dem Fälscher machen. Sobald Vjas das versteht …« Tymur zog eine Fingerspitze über seine Kehle. »Falls du dich gefragt hast, warum Kev immer so tut, als würde ihm die halbe Welt nach dem Leben trachten. Sie tut es.«

Wieder dauerte es lange, bis Enidin einen Satz hervorbrachte, aber diesmal rückte sie ein kleines Stück in Tymurs Richtung. »Es fällt mir schwer, mir vorzustellen, wie ein Mensch so etwas tun kann«, sagte sie. »So etwas ... Niederträchtiges.« Und noch schwerer fiel ihr, diese Geschichte zu glauben. Tymur hatte ihr Häppchen angeboten, Dinge, die wahr sein konnten und am Ende vielleicht doch nur ein Bruchstück des Ganzen waren. Wenn sie jetzt nicht einmal das hier glaubte, was dann?

»Vielleicht liegt ja doch ein Fluch auf unserem Haus«, sagte Tymur. Und ob das nun die Wahrheit war oder nicht, in diesem Augenblick glaubten sie es beide.

Nach den Strapazen der Reise hätte Enidin dringend eine Nacht Schlaf gebraucht, aber es waren nicht nur das zu fremde Bett, die zu leichte Decke, die zwar Wärme bot, doch keine Geborgenheit, die sie um den Schlaf brachten, sondern Tymurs Worte. Enidin war sich zwar immer noch nicht sicher, ob sie der Geschichte wirklich glauben konnte, aber der einzige Grund, den Tymur haben konnte, ihr noch einmal etwas vorzulügen, war, dass es in Wirklichkeit noch etwas viel, viel Schlimmeres war.

Was immer Tymur sagte, seine Sorgen waren wahrhaftig. Nun war es an Lorcan, sich auf den Kampf seines Lebens vorzubereiten. Aber Enidin wollte auch etwas tun, um zu helfen, und nicht nur dasitzen. Sie wusste bloß nicht, wie. Trotzdem, irgendwann schlief sie ein, und sie erwachte mit einer Idee.

Enidin hatte erwartet, die Erste zu sein, die hinunter in den Raum kam, der wohl am ehesten ein Aufenthaltsraum sein sollte, aber alle anderen waren vor ihr aufgestanden, selbst Kevron, der so erledigt und abgekämpft aussah, dass auch er in dieser Nacht kaum Schlaf gefunden haben konnte. Auf den niedrigen Tischen, die sich im Raum verteilten, stand etwas, das offensichtlich ein Frühstück sein sollte. Enidin hatte sich auf ihre erste Begegnung mit den Speisen der Alfeyn gefreut; das war etwas, über das keine ihrer Quellen ihr etwas Brauchbares berichtet hatte.

Doch hier stand ein Essen, wie es ebenso gut auch im Menschenland hätte aufgetischt werden können, nur nicht unbedingt als ein Frühstück und nicht unbedingt in dieser Kombination. Enidin sah Birnen, gebratenes, in Scheiben geschnittenes Fleisch, eine Schüssel gekochter Linsen. Ein wenig musste sie grinsen. Hier hatte jemand, der zumindest mehr von der Menschenküche wusste als Enidin über das, was die Alfeyn aßen, sich wirklich Mühe gegeben, und durch welches Portal sie nun diese Speisen geholt haben mochten, es verdiente Anerkennung.

»Guten Morgen, Enid, meine Liebe!« Tymur sprang von seiner Bank auf, lief auf Enidin zu, die Arme schon zur Umarmung ausgebreitet, und überlegte es sich im letzten Augenblick doch anders, als Kevrons und Lorcans Blicke auf ihm lagen. Die letzte Nacht hatte ein Gefühl der Vertrautheit zwischen Enidin und dem Prinzen zurückgebracht, das sie lange vermisst hatte. »Ich hoffe, du hast gut geschlafen? Wir haben mit dem Frühstücken auf dich gewartet.«

Enidin nickte. »Schade, dass ich verpasst habe, wie es gebracht wurde. Ich hätte so viele Fragen gehabt …«

»Wir alle, Enid, wir alle.« Tymur lachte, er wirkte befreit, ungezwungen. »Als wir hinunterkamen, stand es schon da. Mach dir nichts draus. Wir sind noch länger hier, und du wirst dich schon noch auf die Lauer legen können und sehen, ob es durch die Tür geliefert wird oder einfach durch Magie auf dem Tisch erscheint. Die Hauptsache ist erst einmal, dass es schmeckt, und selbst wenn nicht – wir sind gestern ohne Essen ins Bett gegangen, und zumindest ich bin ausgehungert genug, um ein ganzes Pferd zu essen.«

»Dann können wir jetzt anfangen?«, fragte Kevron und humpelte von einer Seite des Raumes auf die andere, als ob jeder Schritt ihm Schmerzen bereitete.

Enidin nickte. Sie war sich noch nicht sicher, ob man dem Fleisch trauen konnte, aber sie griff nach einer Birne und biss beherzt hinein – und hätte das Stück am liebsten gleich wieder aus dem Mund fallen lassen.

Es schmeckte nicht wie Birne, und es schmeckte auch nicht wie eine unbekannte Frucht, die auf dieser Seite des Nebels wuchs und vielleicht nur zufällig wie eine Birne aussah. Diese Birne schmeckte so sehr nach gar nichts, dass es schwer war, dabei auch nur an einen Geschmack zu denken. Selbst das Wasser, das man ihnen bot, war im Vergleich dazu voller Charakter, erfrischend, klar und kalt wie Eis. Aber dieses Obst war Zauberwerk, sonst nichts. Und von der Antwort auf die Frage, was nun die Alfeyn aßen, war Enidin so weit entfernt wie vorher.

Bemüht, das Gesicht nicht zu angewidert zu verziehen, ließ Enidin die Birne sinken, kaute und schluckte den Bissen herunter und fragte sich, was sie mit dem Rest der Frucht machen sollte. Um sich keine Blöße zu geben und die Alfeyn mit einem angebissenen Stück Obst zu kränken, aß sie auch den Rest.

»Ich frage mich, wo die Bewohner stecken«, sagte Kevron mit vollem Mund. »Die von diesem Haus, meine ich. Hat der Hochfürst sie bei Verwandten untergebracht? Dieses Haus war ganz schön schnell bereit, findet ihr nicht?«

»Du solltest öfter so früh aufstehen, Kev«, erwiderte Tymur. »Die frische Luft, der Frühsport mit Lorcan, das scheint dir gut zu tun.«

Kevron verzog das Gesicht. »Ich rede, um mich davon abzulenken, dass mir jeder Knochen wehtut«, antwortete er. »Und weil ich mich frage, wo die Bewohner stecken. Meint ihr, sie sind noch da? In den verschlossenen Räumen, die wir nicht betreten dürfen?«

In dem Moment klopfte es an der Tür, und er bekam keine Antwort. Lorcan war schon dabei, aufzuspringen und hinzueilen, als die Tür geöffnet wurde. Draußen standen, zusätzlich zu den beiden Soldaten, die wohl die ganze Nacht über dort gewacht haben mussten, zwei weitere Alfeyn mit Schwert und Rüstung.

»Guten Morgen!«, rief Tymur. »Nur herein, nur herein, es ist genug Frühstück für alle da.«

Die beiden schüttelten die Köpfe. »Der Hochfürst schickt uns«, sagten sie. »Anetaveril und Asitherion von der Indigowache. Euer Steinerner Wächter wird auf unserem Übungsplatz erwartet.«

»Das bin ich«, sagte Lorcan, als wäre das nicht offensichtlich.

»Du wirst mit uns trainieren«, sagten die Soldaten. »Wir werden unser Bestes geben, dich auf deine Aufgabe vorzubereiten. Es ist uns eine Ehre, einen echten Steinernen Wächter in unseren Reihen zu haben.« Der Satz klang wie auswendig gelernt und wenig überzeugend. Die Blicke, mit dem die Alfeyn Lorcan musterten, waren zweifelnd, aber sie stellten keine Fragen. »Bist du bereit? Dann komm nun mit uns.«

Das war die Gelegenheit, auf die Enidin gewartet hatte. Sie schluckte, erhob sich und strich dabei ihr Kleid zurecht. »Ich werde mit Euch kommen«, sagte sie fest.

»Du bist Enidinadramel«, sagten die Soldaten. Sie sprachen mit einer Stimme, nicht im Chor, aber Enidin konnte nicht ausmachen, wer von beiden redete. »So bist auch du ein Kämpfer?« Es klang nicht, als sollte das ein Witz sein.

»Ich bin eine Magierin«, erwiderte Enidin, ohne mit der Wimper zu zucken. »Und ich werde Lorcan mit meiner Kunst bei seiner Aufgabe unterstützen. Dafür bitte ich Euch, mich zu Euren Zauberinnen mitzunehmen, damit ich Eure Welt und ihre Kunst mit ihnen studieren kann.« Diese Welt fühlte sich so fremd an, dass Enidin nicht einmal wusste, wo sie mit ihrer Magie hier anfangen sollte. Aber wenn sie diese Frauen wiedertreffen konnte, Anantalié oder auch nur eine der anderen – dann hatte auch Enidin einen Grund, in dieser Welt zu sein.

Sie rechnete nicht damit, dass man sie sofort mitnehmen würde, nicht, ohne vorher den Hochfürsten oder die Zauberinnen selbst zu fragen. Umso erstaunter war Enidin, als die beiden Alfeyn nickten. »Wenn das dein Wunsch ist«, sagten sie, »dann werden wir dich zur Halle der Farben bringen.«

Das war es schon? Enidin hatte mit mehr Widerstand gerechnet – und bekam ihn dann von anderer Seite. Tymur ließ sein Wasserglas betont langsam sinken und zischte durch die Zähne. »Seit wann sehe ich von dir Alleingänge?«

»Was soll ich hier im Haus?« Enidin schüttelte den Kopf und versuchte, nicht schnippisch zu klingen. »Bin ich Eure Dienerin? Ich bin Magierin, und ich will mich nützlich machen – auch für Euch. Erst recht für Euch. Und nichts hält Euch davon ab, mitzukommen – außer, dass Ihr von Magie nicht viel versteht.« Enidin wusste, sie war ungerecht. Tymur verstand erstaunlich viel von Enidins Magie, aber trotzdem, ein Magier war er nicht.

»Ich halte dich nicht auf!« Jetzt war auch Tymur beleidigt. »Ich hätte nur ... ich hätte gern vorher davon gewusst.«

Es war gut, wenn Enidin jetzt mit den Alfeyn ging. Sie hatte keine Lust, sich zu streiten, erst recht nicht vor diesen Fremden. Bis sie wiederkam, konnten sie sich beide wieder beruhigen. »Ich dachte nicht, dass es nötig wäre«, sagte sie, ein klein bisschen entschuldigend. »Ich dachte, an meiner Aufgabe hat sich nichts geändert. Und meine Aufgabe ist, die Magie dieses Landes zu studieren.«

»Wie du willst«, erwiderte Tymur, schüttelte den Kopf und wandte den Blick ab. Er sah traurig aus und niedergeschlagen. Erst, als Enidin wirklich mit Lorcan und den beiden Alfeyn unterwegs war, verstand sie, warum. Tymur war in einer verzweifelten, ausweglosen Situation – ihm dann unter die Nase zu reiben, dass er selbst nichts tun konnte, wäre nicht nötig gewesen. Enidin erstarrte in der Bewegung, mitten auf einer der Brücken, und fühlte, wie plötzlicher Schwindel nach ihr griff.

»Ich bitte um Entschuldigung«, sagte sie. »Aber ich muss wieder zurück!« Sie waren noch nicht weit vom Haus entfernt. Den Weg würde sie auch ohne Begleitung finden.

»Das geht nicht«, antworteten Anetaveril und Asitherion. »Unser Erster wartet. Wir haben nicht die Zeit, dich zurückzubringen.«

»Ich gehe allein«, rief Enidin. »Ich finde mich zurecht, keine Sorge.«

»Das geht nicht«, sagten die Alfeyn. »Wir dürfen dich nicht allein lassen. Es ist zu deiner eigenen Sicherheit.«

Enidin biss sich auf die Zunge. Es war ihre Entscheidung gewesen, mitzukommen. Sie musste mit den Konsequenzen leben, auch wenn es bedeutete, sich erst mit vielen Stunden Verspätung bei Tymur entschuldigen zu können. »Dann ist es so«, sagte sie, so ruhig sie konnte. Sie waren Gäste der Alfeyn, hatten sich an deren Regeln zu halten. »Ich dachte nur – ich hätte gern noch meine richtigen Roben angelegt.«

Die Alfeyn blickten einander verwirrt an, murmelten etwas untereinander, von dem Enidin nichts verstand, und dann sprach zum ersten Mal wirklich nur einer der beiden. »Entschuldigt unser Erstaunen. Wenn du eine Zauberin bist, warum änderst du dein Aussehen nicht mit Magie?«

Der andere setzte hinzu: »Wir wurden geschickt, um einen Steinernen Wächter zu holen, und alles, was wir bekommen, ist ein Mann aus Fleisch. Wer seid ihr wirklich, Menschen?«

»Eine Zauberin und ein Steinerner Wächter«, antwortete Lorcan. »Wir sind, was wir sind. Unsere Zauberei ist anders als Eure, und … unsere Steinernen Wächter auch.«

Anetaveril und Asitherion nahmen es mit einem Nicken hin und setzten ihren Weg fort – und Enidin fühlte sich nicht mehr nur, als hätte sie Tymur verraten, sondern dazu noch wie eine Fälscherin. Warum hatte sie nicht die Robe angezogen, als sie aufgestanden war? Die Zeit für praktische Reisekleidung war vorbei. Aber es war zu spät. Mit einem Stein im Magen und eingefrorener Miene folgte Enidin den Alfeyn durch die Stadt. Sie kam sich wie eine Gefangene vor: Die beiden Soldaten hatten sich so aufgeteilt, dass einer vor Lorcan und Enidin ging, der andere dahinter, wie um sicherzugehen, dass niemand von ihnen davonrannte und die Stadt auf eigene Faust erkundete. Und so musste Enidin erst den ganzen Weg zum Übungsplatz der Kämpfer gehen, einem großen, kreisrunden Platz ähnlich dem, auf dem die Portale standen, ehe sie an andere Wachen weitergereicht wurde, um wiederum quer durch die Stadt geführt zu werden.

»Wir müssen uns für die schlechte Vorbereitung entschuldigen«, sagten ihre neuen Führer. »Wenn du auch in Zukunft die Tage in der Halle der Farben verbringen möchtest, werden wir dich morgens direkt dorthin bringen.«

»Das wäre sehr nett«, antwortete Enidin mit belegter Stimme. Nun war sie ganz allein mit den Alfeyn. Aber statt die Gelegenheit zu nutzen, tausend Fragen zu stellen, die ihr auf der Zunge lagen, brachte sie kaum ein Wort heraus. Tymur ging ihr nicht aus dem Kopf, doch sie wollte an ihn gerade nicht denken müssen. Magie. Deswegen war sie hier. So schön diese Welt auch aussehen mochte, Enidin wollte sie drehen und wenden und verstehen, wie sie zusammengesetzt war. Und wenn ein Ort schon ›Halle der Farben‹ hieß, dann musste er der wundersamste auf der ganzen Welt sein …

Die Halle der Farben war so grau wie der Rest von Ailadredan. Es war eine Halle, immerhin, kein Türmchen, überdacht mit einer Kuppel, die von nichts getragen wurde und zu schweben schien, leicht wie Luft und anmutig wie ein Regenbogen, aber ohne jede Farbe. Es konnte ein Übersetzungsfehler sein. Enidin wusste immer noch nicht, was für eine Sprache die Alfeyn untereinander redeten, doch sie war bereit, alles zu lernen, was es zu lernen gab. Und es war ein Trost, dass die Tore der Halle der Farben weit offen standen und keine einzige Wache davor.

»Tritt ein«, sagten ihre Führer. »Die Zauberinnen werden dich empfangen.«

Enidin nickte und schluckte. Es war niemand zu sehen. Trotzdem fasste sie sich ein Herz, dankte den Soldaten, und betrat die Halle. Sie fühlte, wie rohe Magie sie umfing, sich um sie legte wie ein Schal, kosend und tastend zugleich, und Enidin schloss die Augen und wartete ab. Diesen Ort musste sie mit anderen Sinnen erfahren als mit ihren Augen, darauf kam es an, wenn sie lernen wollte, die Farben dieser Welt zu sehen.

»Enidinadramel«, sagte eine Stimme direkt neben ihr, und als Enidin die Augen wieder aufschlug, stand dort Anantalié. »Was für eine Freude. Du willst mit uns studieren, höre ich.«

Enidin nickte. »Vielen Dank, dass Ihr mich empfangt«, sagte sie schüchtern. Die Luft um sie herum flimmerte, Wände schienen sich zu bilden und wieder zu verschwinden, der Raum selbst zu atmen, und um sie herum stand eine Gruppe von zehn Alfeyn, beäugte sie mit Neugier, während ihre Hände im Takt der Welt Muster woben. »Ich bin in meiner Welt eine Magierin, und die Aussicht, an Eurer Seite zu studieren, ehrt mich.«

Anantalié nickte. »So hörten wir es«, sagte sie. »Sag uns nur eins – was ist das, studieren?«

Enidin atmete durch. Das versprach heiter zu werden. »Euch fliegt Eure Magie zu«, sagte sie und setzte schnell hinterher: »So habe ich das verstanden. Bitte korrigiert mich, wenn ich falsch liege. Unsere Magie muss erst erlernt werden. Viele Jahre lang.« Sie schluckte. Was sie unter vielen Jahren verstand, war für die Alfeyn nur ein Atemzug in der Ewigkeit. »Wir wollen lernen, wir wollen wissen, was es zu wissen gibt – wie die Welt funktioniert, wie die Wirklichkeit aufgebaut ist, um uns ihre Funktionen und

Strukturen zu eigen zu machen.« Man ließ sie ausreden, auch wenn die Gesichter der Zauberinnen nicht verrieten, ob sie auch nur ein Wort von dem, was Enidin da sagte, begriffen. »Ich werde Euch alles zeigen, was ich kann, wenn Ihr mich dafür an Eurer Magie, an eurer Welt teilhaben lasst. Wir können so viel voneinander lernen.«

»Sehr gerne«, sagte Anantalié warm. »Willkommen in der Halle der Farben. Hier formen wir die Welt.«

»Die ganze Welt?« Enidin wusste nicht, wohin sie zuerst blicken sollte. Sie fühlte, wie die Magie von den Alfeyn in die Halle floss und von dort in die Welt hinaus. Doch sie ließ sich nicht fangen, nicht berühren, nicht von Enidin zumindest. »Darf ich eine Frage stellen?«

»Natürlich«, antwortete Anantalié. »Dafür bist du hier.«

»Ihr nennt sie Halle der Farben«, sagte Enidin. »Ich sehe nur weiß und grau, vielleicht ein bisschen blau, aber alles ist wie Nebel für mich – seht Ihr Farben, wo ich keine sehe?«

»Wir wissen nicht, was du siehst. Wie du es siehst. Was für dich Farben sind. Wir hören deine Worte, doch wir kennen ihren Sinn nicht. Zwei Paar Augen sehen zwei verschiedene Welten. Wir sind bereit, unsere mit dir zu teilen, aber was du daraus machst, Enidinadramel, das kannst nur du selbst entscheiden.«

»Dann werde ich mein Bestes geben, Euch zu beschreiben, was ich sehe«, sagte Enidin. Ihr Herz hämmerte vor Aufregung. Hier war sie richtig. Ob sie damit Tymur helfen konnte oder seinem Vater, in diesem Moment spielte das keine Rolle. Sie war hier, um Magie zu lernen, um die Welt zu verstehen, und um ihre eigene, zumindest in Worten, lebendig werden zu lassen. Es gab so viel zu erzählen, und sie wusste nicht, wo sie anfangen sollte.

Der Tag verflog, während Enidin mit den Zauberinnen durch die Halle wandelte. Die Alfeyn waren immer in Bewegung. Enidin hätte sich gern einfach hingesetzt und einen gesitteten Dialog geführt. Stattdessen trottete sie mit, während sich Alfeyn von der Gruppe entfernten und andere hinzustießen. Erst wunderte es Enidin, die Zauberinnen kamen und gingen mitten im Satz, es war doch irgendwie rüde, einfach wortlos davonzuwandern, wenn ein Gast gerade dabei war, etwas zu erklären, aber dann verstand sie, dass es Teil der Magie war. Die Alfeyn woben das Muster nicht nur mit den Händen. Es war in ihren Schritten, sie gingen und woben und flochten. Auch wenn Enidin nicht verstehen konnte, was dabei herauskam oder was das Ausgangsmaterial war, fühlte sie die Faszination bis in die Zehenspitzen.

Was sie selbst anzubieten hatte, erschien ihr immer belangloser. Sie versuchte, von ihrer Akademie zu erzählen, von ihren Forschungen, von ihrer Bewunderung für die große Jacintha Flarimel, aber ihre Augen wurden dabei immer größer und ihre Worte immer kleiner.

Die Alfeyn blieben geduldig. Sie lachten nicht über den Ernst, mit dem Enidin über Spiegel und Prismen redete, sie hörten zu oder sahen zumindest so aus, doch sie stellten auch keine Fragen. Es fühlte sich mehr und mehr an, als ob sie Enidin einer Prüfung unterzogen, und als ob sie dabei war, auf ganzer Linie zu versagen. Wenn der Gast wieder zur Tür heraus war, würden die Zauberinnen zu dem Schluss kommen, dass niemand in der Welt der Menschen auch nur das geringste Verständnis für Magie hatte, und das konnte Enidin nicht auf sich sitzen lassen.

»Natürlich sind das alles nur Fingerübungen«, sagte sie schnell und fegte mit ein paar Worten ihre eigene Forschung von Jahren beiseite. »Dinge, die uns helfen, das große Ganze zu verstehen. Mit meiner Magie kann ich zwei Orte verbinden, egal wie weit sie auseinanderliegen mögen, und damit Portale erschaffen, durch die auch andere reisen können. So kommt es, dass wir nun hier sind. Ich habe uns hergebracht.« Das war vielleicht ein bisschen dick aufgetragen, doch Enidin befürchtete, wenn sie nicht einmal im Leben gehörig protzte, würde das Ansehen der Menschen auf Jahrhunderte darunter leiden.

»Aber ihr Menschen seid durch das Rote Tor gekommen«, sagte eine Zauberin – nicht Anantalié, bei den anderen hatte Enidin nicht nach den Namen gefragt –, und so, wie sie einander anblickten und lautlos tuschelten, waren sich wohl alle einig, dass Enidin nur eine Aufschneiderin war. »Unser Portal.«

»Und unseres«, entgegnete Enidin fest. »Das ist es, was ich meine. Diese Portale – die vereinen in sich die Magie der Menschen und der Alfeyn.« Zu spät kam sie auf die Idee, dass sie vielleicht gerade mit denen sprach, die diese Portale errichtet hatten, während die Menschen selbst nichts mehr darüber wussten. Aber da war es zu spät, sie musste weiterreden. »Ich habe gesehen, wie viel von Eurer Kunst darin steckt, doch ich sehe auch die Berechnungen, die von unserer Seite hineingeflossen sind. Natürlich, dieses Portal funktioniert ohne mein Zutun, wir hätten einfach hindurchspazieren können – aber um überhaupt erst dorthin zu kommen aus der großen Stadt der Menschen, dafür habe ich meine Magie benutzt.«

Sie blickte in ungläubige Gesichter. Enidin seufzte. »Wie soll ich das erklären – hilft es, wenn ich es Euch einfach demonstriere? Nur theoretisch, natürlich, ich weiß, wie wichtig es Euch ist, diese Welt abzuschirmen und vor dämonischen Einflüssen zu schützen, und ich werde nicht einfach hier ein Portal aufreißen, aber ich kann Euch zeigen, was ich getan hätte. Oder würdet Ihr mir gestatten, ein kleines Portal zu öffnen? Nur innerhalb dieser Welt, vielleicht von dieser Seite der Halle auf die andere, wenn das nicht den Fluss Eurer Magie durcheinanderbringt …«

Anantalié machte eine geduldige Geste. »Zeig uns, was du zeigen möchtest. Sorge dich nicht um unsere Welt. Unsere Schutzzauber sind mächtiger als alles, was ihr Menschen anrichten könnt.« Es klang mitleidig und ein bisschen herablassend, aber

Enidin wollte sich davon nicht mehr einschüchtern lassen. Sie maß den Raum mit den Augen, für ein einfaches Übungsportal von nur ein paar Schritten brauchte sie keine Prismen und Berechnungen, wenn sie ihr Ziel und ihren Ausgangsort sehen konnte. Sie musste bloß die Punkte abstecken und die Knoten zu greifen bekommen. Nur, wo waren die Knoten in dieser Welt, die sich anfühlte wie ein einziger Kristall, glatt und selbst dort unbeweglich, wo er im Fluss war? Das Netz der Wirklichkeit sah in Ailadredan nicht einfach nur anders aus. Das Netz der Wirklichkeit war kein Netz. Und was immer es dann war, Enidin hatte nicht die Macht, irgendetwas daran zu verändern.

Enidin atmete durch. Sie zwang ein Lächeln in ihr Gesicht, dabei hätte sie am liebsten geweint. »Ich bitte um Entschuldigung«, sagte sie tonlos. »Ich habe falsche Versprechungen gemacht. Meine Magie … hat mich gerade daran erinnert, dass sie kein Spielzeug ist und nicht zum Vorführen gedacht.« Der König selbst hatte ihr das abgekauft, dann musste sie damit auch an den Alfeyn vorbeikommen. »Ich möchte nicht daherkommen wie eine Angeberin, ich möchte von Euch lernen, verstehen, nicht protzen. Ich bin froh, einfach nur hier zu sein, Euch zuzusehen, wie Ihr wirkt – und wenn Ihr mich wiederkommen lasst, dann ist das eine große Ehre für mich.«

Keine Ungerechtigkeit, welche die Ehrwürdige Frau Mutter jemals an Enidin ausgelassen hatte, hatte sie auf einen Moment wie diesen vorbereiten können. Gut, dass sie das bäuerliche Kleid trug – sie war keine Magierin in dieser Welt. Wenn Tymur das hörte … Enidin schüttelte den Kopf. Keine voreiligen Schlüsse. Sie war hier, um zu lernen, und das war alles, was Tymur zu wissen brauchte. Und bis es so weit war, dass Lorcan sich bereit fühlte, es allein mit Ililianés Steinernen Wächtern aufzunehmen, konnte bestimmt noch eine ganz vortreffliche Magierin aus Enidin werden.

SIEBZEHNTES KAPITEL

J eden Morgen passierte das Gleiche, eine Routine, die hundert Jahre so weitergehen konnte: Als wüssten sie genau, in welchem Augenblick die Gäste ihr Frühstück beendet hatten, stand eine Gruppe von vier Wächtern vor der Tür, um Lorcan und Enidin mitzunehmen, und Kevron, anstatt sich noch darüber zu wundern, was er selbst um diese Tageszeit schon auf den Beinen machte, seufzte und sagte: »Ehrlich, ich wünschte, mich würde auch mal jemand abholen!«

Dann lachte Lorcan grimmig und sagte so etwas wie »Wenn du mit mir tauschen willst, nur zu«, mit einem Blick, der meinte, dass Kevron sich glücklich schätzen sollte, dass er im Leben zu nichts zu gebrauchen war.

Kevron zuckte die Schultern. »So oft, wie du erklärst, ohnehin keine Chance zu haben, sollte es keinen Unterschied machen, wenn ich es an deiner Stelle mit den Steinernen aufnehme.« Vielleicht war das seine Art, Lorcan aufzumuntern.

Im Gehen schnaubte Enidin vielleicht noch so etwas wie »Ihr habt gut reden! Auf Euch ruht nicht alle Verantwortung, dann lasst uns unsere, statt Witze darüber zu machen!«, und Kevron entschuldigte sich schnell, dass das so natürlich nicht gemeint war. Aber dann waren Lorcan und Enidin weg, und Kevron blieb zurück und dachte daran, wie gerne er wirklich mit den beiden getauscht hätte.

Kevron konnte alles fälschen, außer sich selbst. Er war nicht gut darin, sich zu verstellen, wenn er nicht gerade versuchte, sich selbst vorzuspielen, dass alles in Ordnung war. Die Zeiten, in denen er nur mit einem Mund voll Katzenkraut in der Lage war, die Hälfte des Tages zu überstehen, bevor er mit dem Trinken anfing, lagen hinter ihm. Kein Kraut mehr. Kein Wein. Wie lange er das durchhalten konnte, wenn er einmal wieder daheim war, wo alles aussah, als würde Kay jeden Moment um die Ecke kommen, als müsste hinter jeder Ecke ein Mörder lauern, das wusste Kevron nicht. Er konnte hoffen und wünschen, aber erst einmal gab er sich mit dem zufrieden, was er hatte: einem Leben.

Doch so tun zu müssen, als ob er ein leichtes Leben hätte, obwohl er in Wirklichkeit von allen am ärgsten dran war, das war schwer. Lorcan dachte nur an seinen Kampf und was für ihn auf dem Spiel stand, und Enidin zerbrach sich den Kopf über die Magie der Alfeyn und würde sie doch niemals wirklich begreifen – beides war nicht leicht, das sah Kevron ein. Aber keiner der beiden hatte Tymur Damarel am Hals.

Es war wie Spiegelbild ihrer ersten Begegnung: Damals war Kevron am Boden, ungewaschen und verkatert, jeder Tag eine Aneinanderreihung von Ängsten, bis Tymur strahlend schön und scharfzüngig daherkommen musste und Kevron, der gar nicht gerettet werden wollte, retten. Kevron verdankte Tymur mehr, als er zugeben mochte. Lorcan und Enidin waren, jeder auf seine eigene Art, in den Prinzen verliebt, doch keiner von beiden stand so sehr in Tymurs Schuld wie Kevron. Und es war noch mehr als das: So schwer man sich das auch vorstellen konnte, sie waren gute Freunde geworden. Kevron hatte Tymur gezeigt, dass er auch zuverlässig sein konnte, und Tymur hatte Kevron gezeigt, dass nicht jeder, dem er seine Kehle entblößte, sie ihm auch durchschneiden würde.

Ob er der beste Freund war, den Tymur jemals gehabt hatte, wagte Kevron sehr zu bezweifeln, aber umgekehrt konnte man das sicher sagen. Der Einzige, der Kevron jemals mehr bedeutet hatte, war Kaynor gewesen, und diesen Platz in Kevrons Herz würde niemals ein anderer einnehmen, auch Tymur nicht, egal wie sehr der sich bemühen mochte – und im Moment bemühte Tymur sich ganz sicher nicht. Wenn die anderen dabei waren, konnte der Prinz sich hinter seinem Lächeln und einer Zunge tarnen, die schärfer war als jedes Schwert, aber wenn er mit Kevron allein war, ließ er all das fallen, und dahinter lagen Abgründe.

»Ich kann nicht mehr«, flüsterte Tymur, und Kevron wusste nicht, ob er sich geehrt fühlen sollte, dieses Vertrauen wert zu sein. »Ich weiß nicht, wie lange ich das noch durchhalten kann.«

Kevron versuchte ihn aufzumuntern. »Lorcan macht gute Fortschritte, ganz bestimmt. Er ist zuverlässig, er ist dir treu ergeben, und er weiß, dass er es mit allen Steinernen der Welt aufnehmen kann, er ist nur so abscheulich bescheiden, dass er sich das nie eingestehen würde. Glaub mir, er kann den Kampf gar nicht abwarten, endlich zeigen, was er drauf hat, und er wird bestimmt bald bereit sein –«

»Das ist es nicht!«, fauchte Tymur mit so ungewohnter Heftigkeit, dass Kevron zurückfuhr. »Immer nur der Kampf, der Kampf, der Kampf – kann denn keiner von euch weiter schauen als bis dahin? Bin ich hier der Einzige, der noch denkt?«

»Zumindest kann ich zuhören«, erwiderte Kevron.

»Alle denken nur bis zu dem Moment, wo wir Ililiané treffen«, sagte Tymur und vergrub das Gesicht in den Händen. »Nur damit fängt es doch überhaupt erst an.«

»Wenn sie die Schriftrolle sieht ...« Kevron glaubte, den Prinzen verstanden zu haben, aber Tymur ließ sich nicht unterbrechen.

»Wenn sie mich sieht! Was ist, wenn sie sagt, der hier ist von dem Unaussprechlichen besessen, schlagt ihm den Kopf ab?«

»Du bist nicht besessen«, sagte Kevron, so ruhig er konnte. »Wir wissen das. Die Alfeyn haben dich untersucht, dein Blut und alles.«

Wild schüttelte Tymur den Kopf, ohne die Hände vom Gesicht zu nehmen. »Du bist so dumm! Das heißt, ich bin nicht dämonenblütig. Mein Vater, Großvater, Urahn, Damar war kein Dämon – das weiß ich, dafür kann ich mir nichts kaufen. Es sagt nichts darüber aus, ob jemand besessen ist. Der Unaussprechliche sitzt nicht in meinem Blut, er sitzt in meiner Seele. Und ich habe diese verdammte Schriftrolle jetzt so lange mit mir herumgetragen … Weißt du, wie oft ich gehofft habe, dass wer auch immer damals das Siegel gefälscht hat – und damit meine ich nicht deinen unseligen Bruder, sondern den, der ihn dafür bezahlt hat – dass der damals schon den Unaussprechlichen auf die Welt losgelassen hat, dass der sich sonst wo herumtreibt und an seiner Rache feilt und diese Schriftrolle nur ein wertloses Stück Pergament ist? Ich habe sie immer bei mir, immer am Körper, damit niemand sie findet, niemand sie mir wegnehmen kann, aber ich weiß genau, wenn da wirklich der Unaussprechliche drin ist, mit einem Siegel, das nichts ist als ein Klecks Wachs ohne jede Magie, dann wäre der schön blöd, das nicht auszunutzen und in meinen Körper zu fahren und meine Seele zu verschlingen … Wer weiß, vielleicht sprichst du hier gar nicht mehr mit mir, sondern solltest mich besser gleich mit La-Esh-Amon-Ri anreden?« Er lachte bitter.

»Du bist nicht besessen«, sagte Kevron und wusste, dass Tymur ihm ohnehin nicht glaubte. »Ihr habt Vorkehrungen getroffen, du hast sie nie mit bloßen Händen berührt, sie ist immer in ihrem Futteral –«

»Das heißt doch nichts!«, schrie Tymur. »Diese verdammten Handschuhe, was bringen die schon? Ich wage es nicht einmal mehr, sie bei Nacht auszuziehen, ich wette, sie sind längst an mir festgewachsen, aber wenn Handschuhe einen vor Dämonen schüt-

zen könnten, dann wären Damars Freunde nie gestorben! Dann
hätte man den Unaussprechlichen gleich in einen Handschuh ban-
nen können! Dann hätte es gereicht, die Schriftrolle in Blei zu
hüllen und Ililiané hätte nicht ihre allerletzte Kraft für dieses Siegel opfern müssen!«

»Dann ist es, wie du schon gesagt hast«, erwiderte Kevron und
wusste, dass diese ganze Zuversicht, die er Tymur vorspielte, auch
nur eine Fälschung war. »Dann war er längst nicht mehr in der
Schriftrolle, als du sie an dich genommen hast.« Welche Vorstellung war schlimmer – den Erzdämon in Freiheit zu wissen, wo er
Heerscharen von Dämonen für seine Rache sammeln und am
Ende das Land mit einem Teppich aus Blut überziehen konnte,
oder in der Seele eines Freundes, wo er keinen Schaden anrichten
konnte außer dem, dass Tymur verloren war für alle Zeit? Es gab
keine richtige Antwort und keine falsche. Sie waren beide schrecklich. Und wenn es jetzt vielleicht nur ein Wort gebraucht hätte, um
Tymur dazu zu bringen, die Schriftrolle endlich an Lorcan abzu-
treten – sie wussten alle, dass es dafür längst zu spät war.

Er drang nicht bis zu Tymur durch. »Du kannst es nicht wissen!
Niemand kann das!«

»Doch«, sagte Kevron fest. »Doch. Ich kann das. Glaubst du,
nur weil Damar einen magischen, mystischen, was auch immer für
einen Blick dafür hatte, wer ein Dämon ist, gibt es keine andere
Möglichkeit, das zu merken? Ich kenn dich besser, als du glaubst,
und ich hätte gemerkt, wenn du heute ein anderer wärst als an dem
Tag, an dem ich dich das erste Mal getroffen habe.«

»Du siehst nicht, was ich sehe«, flüsterte Tymur. »Manchmal
verliere ich die Kontrolle über mich. Dann werde ich tückisch –
dann sage ich Dinge, die ich nicht sagen will, verletze Menschen,
die ich nicht verletzen will.«

Kevron lachte. »Es ist dir vielleicht früher nicht aufgefallen,
weil du jetzt nur darauf wartest, besessen zu werden, aber du warst

immer schon so. Nenn es tückisch, nenn es von mir aus auch dämonisch – aber im Grunde deines Herzens bist du ein Arschloch, und das warst du schon immer.«

»Wirklich? Und das sagst du nicht nur so?« Tatsächlich, jetzt lachte Tymur ein wenig, und einen Moment lang sah er nicht mehr aus, als wollte er sich gleich von der nächsten Brücke stürzen. »Danke«, sagte er. »Für deine Ehrlichkeit … Ich kann mich nicht von außen sehen, ich bin auf das angewiesen, was ich in mir drin habe, und –«

»Hast du das Gefühl, du hast einen Dämon in dir?«, fragte Kevron. »Hörst du seine Stimme, fühlst du seine Anwesenheit?« Kevron war kein Experte, was Dämonen anging. Er hatte sich sein Herz nur lange genug mit der Angst geteilt und ihre leise Stimme gefühlt – er konnte sich nicht vorstellen, wie jemand einen echten Dämon in sich haben sollte und dann nichts davon spüren.

»Nein«, sagte Tymur. »Nein, das nicht.«

»Na also«, antwortete Kevron. »Dann bist du kein Dämon. Und du wirst auch keiner mehr.« Er versuchte, erleichtert zu lachen – doch er wusste, sie hatten dieses Gespräch schon an anderen Tagen geführt, und sie würden es wieder führen, bis einer von ihnen wirklich nicht mehr konnte.

Jeden Abend, wenn die Wachen Lorcan und Enidin zurückbrachten, rang Kevron mit sich, zumindest Lorcan in seine Probleme einzuweihen, und ließ es dann doch. Es war nicht Lorcan, mit dem Tymur über sein Innerstes reden wollte, sondern Kevron. Und aus genau diesem Grund behielt Kevron das alles für sich.

»Euch kann ich vertrauen«, sagte Tymur, »das weiß ich. Du und Lorcan, ihr habt mir die Treue geschworen, und selbst wenn nicht, ich kenne euch, ihr werdet mir nichts tun, egal was passiert. Mein Vater wollte mir eine ganze Einheit seiner besten Soldaten mitgeben – wie sollte ich die alle unter Kontrolle halten? Sie davon abhalten, mir den Kopf abzuschlagen? Muss ein ganzes Heer sein Leben verlieren, meinetwegen?« Er schüttelte sich. »Das kann ich nicht verantworten. Das müssen wir alleine regeln – oder eben gar nicht. Wenn wir hier alle sterben sollten, hat es doch ein Gutes ...« Er redete wie im Fieber, und es war eine Qual, ihm zuhören zu müssen. »Dann ist er hier, La-Esh-Amon-Ri, und nicht in der Welt der Menschen ... Dann können sich die Alfeyn mit ihm rumschlagen ...«

Tymur fing an zu lachen, bis Kevron ihn am liebsten mit einem Schlag ins Gesicht zur Besinnung gebracht hätte. »Wann hast du zuletzt geschlafen, Tym?«, fragte er vorsichtig. Er erkannte diese Zeichen, nicht nur, weil er selbst die halbe Nacht lang wach lag und hörte, wie Tymur von Zimmer zu Zimmer schlich und seinen Gefährten beim Schlafen zusah. Es lag etwas in Tymurs Blick, das hatte er schon vor vielen Jahren in den Augen seines Bruders gesehen, damals, als sie noch zusammen lebten und arbeiteten, wenn Kay über einem wichtigen Auftrag das Schlafen vergaß und man ihn schließlich in sein Bett zwingen musste. Sie gaben aufeinander acht, damals, Kay auf Kev und Kev auf Kay ... »Ich denke, nicht in den letzten vier Nächten. Oder länger. Nicht wahr?«

Tymur zuckte nur die Schultern. »Schlaf ist das, was ich gerade am wenigsten brauche –«

»Das stimmt nicht!«, fuhr Kevron ihn an. »Wenn du nicht schläfst, verlierst du den Verstand!« Das wusste er nicht von Kay. Das wusste er, weil es ihm selbst so ergangen war. Er schüttelte den Kopf. Was er jetzt brauchte – oder besser, was Tymur jetzt brauchte –, waren die passenden Drogen. Sie zerstörten Körper und Geist auf lange Sicht, aber nicht so schnell, wie das Schlaflosigkeit tat. Vier Jahre im Suff, und Kevron war wieder auf die Beine gekommen. Die gleichen vier Jahre ohne Schlaf hätte er nicht überlebt. Doch es war eine Sache, eben schnell in der Stadt ins Wirtshaus zu gehen oder zum Apothekar, oder zu versuchen, mitten in Ailadredan, wo es nichts zu trinken gab als kaltes Quellwasser, ein Rauschmittel zu finden. »Pass auf«, sagte Kevron trotzdem. »Du wartest hier. Ich versuche, etwas für dich aufzutreiben.« Und für sich selbst. Vor allem für sich selbst.

»Du bleibst hier!«, herrschte Tymur ihn an. »Du wirst mich nicht verlassen, ich verbiete es dir!«

»Du bist nicht in der Verfassung, mir irgendwas zu verbieten«, sagte Kevron. »Und ich bleibe nicht lange weg. Ich habe hier keinen Mohn wachsen sehen und auch sonst nichts, aber ich kann nicht glauben, dass irgendjemand die Unsterblichkeit ohne Drogen ertragen kann.«

Tymur fing an zu glucksen, und seine Augen wurden dabei groß und leer. »Ich nehme keine Drogen«, sagte er. »Wenn du dich jemals gefragt hast, was der Unterschied zwischen uns beiden ist. Und selbst wenn ich damit etwas anfangen könnte – jetzt ist nicht die Zeit für solche Dummheiten. Wenn ich die Kontrolle über mich verliere, gebe ich mich dem Unaussprechlichen doch direkt in die Hände.«

»Du sollst nur schlafen«, erwiderte Kevron und wunderte sich, wie glühend er plötzlich die Drogen verteidigte, für die er sich selbst all die Jahre gehasst hatte. »Wenn du das nicht tust, dann springt dir der Verstand davon, und du öffnest den Dämonen Tür und Tor.« Er ließ offen, welche Art von Dämonen. »Und ich werde dabeisitzen und aufpassen, dass dir nichts zustößt.«

Tymur schaute ihn nur an, und Kevron konnte nicht einmal sagen, ob der Prinz ihm überhaupt zugehört hatte, bis der endlich sagte: »Also gut. Ich werde versuchen zu schlafen. Ich brauche keine Drogen. Ich schlafe, bist du dann zufrieden?«

Zufrieden war das falsche Wort, aber Kevron nickte. Wenn er Tymur jetzt ans Schlafen bekam, war das eine Menge wert, und wenn es darauf hinauslief, dass am Ende Kevron selbst keinen Schlaf mehr bekommen sollte, weil er alle Zeit damit verbrachte, über Tymurs zu wachen – dann trug er endlich sein eigenes Risiko. Wie Enidin. Wie Lorcan.

Das Haus war zu klein. Eigentlich hätte Kevron der Letzte sein müssen, der sich daran störte – wer in der Lage war, jahrelang ein Reich von nur zwei Zimmern praktisch nie zu verlassen, der brauchte offenbar wenig Platz. Aber er war eben doch ab und zu vor die Tür gegangen, der Wein kaufte sich schließlich nicht von selbst. Hier in Ailadredan waren das Äußerste an Freiheit, das Kevron zustand, die Treppen am Haus, und auf denen hielt er sich aus gutem Grund weder gern noch lange auf.

Tymur folgte Kevron mit einer Anhänglichkeit, die wenig Luft zum Atmen ließ, und Kevron gingen die Ideen aus, wie er den Prinzen beschäftigen konnte. Eine Katze hätte er zur Not aus dem Fenster werfen können, die kam heile unten an, verstand den Wink und war einem dann erst mal aus den Füßen. Mit Tymur ging das nicht.

»Was kann ich für dich tun?«, fragte Kevron. »Ich meine, was ich nicht schon tausendmal getan hätte die letzten Tage über?«

»Lass mich nicht allein«, sagte Tymur. »Das ist ein Befehl. Lass mich nicht allein.«

Kevron versuchte zu lachen. »Hab ich eine Wahl?«, fragte er. »Wir sitzen hier fest, so oder so.«

Sie hatten noch keinmal versucht, an den Wachen vorbeizukommen, und Kevron hatte auch nicht vor, es zu versuchen. Vielleicht ließen die sich einen Augenblick lang ablenken, dass der eine entwischen konnte und der andere es ausbaden musste, aber selbst wenn, was dann? Dies war keine Stadt, in der man einfach so verschwinden konnte, und mit diesen Schwertern wollte sich Kevron wirklich nicht anlegen.

»Ich bin geladen«, erwiderte Tymur. »Hatte ich das nicht erzählt?«

Kevron schüttelte den Kopf und unterdrückte ein Fluchen. Tymur redete den ganzen Tag lang, aber wenn es einmal wirklich etwas zu erzählen gab, hielt er es nicht für nötig, das zu erwähnen. »Wo? Beim Hochfürsten?«

»Der Hohe Rat wünscht mich zu sehen.« Jetzt klang Tymur wieder geschäftig, selbstbewusst und sorglos. »Théélanthalos hat mir mit dem Frühstück eine Einladung zukommen lassen. Hier.« Er reichte Kevron ein kleines Kärtchen. »Wenn du seine Handschrift lernen willst, tu dir keinen Zwang an.«

Aber Kevron hatte keine Augen für die gestochenen Buchstaben, den Köder schluckte er nicht. Es war Tymur, den er im Blick behielt. »Und das heißt?«

»Du wirst mich begleiten«, sagte Tymur. »Du musst nichts sagen, das Reden kannst du getrost mir überlassen – besser gesagt: Ich will keinen Mucks von dir hören. Halt dich im Hintergrund, aber sei da, und wenn du merkst, dass ich mich vergesse, bring mich da raus.«

Wie stellte er sich das vor? Sollte Kevron sich unter aller Augen Tymur über die Schulter werfen wie einen toten Hund? »Meinst du, das ist klug? Wenn sie dich einladen und nicht mich, dann werden sie sich etwas dabei gedacht haben.«

»Dann schreibst du eben eine neue Einladung!« Tymur wedelte mit dem Kärtchen, als wäre es ein verzierter Fächer. »Aber ich stelle mich nicht ganz allein in einen Ratssaal voller Alfeyn. Was, wenn das eine Falle ist? Wenn sie von der Schriftrolle erfahren haben, wenn sie wissen, was ich da ins Land geschmuggelt habe –«

»Tym, halt's Maul!«, fiel ihm Kevron ins Wort. »Es ist keine Falle. Und wenn, dann bin ich dir auch keine Hilfe. Also gut, ich komme mit.« Ihm war jetzt schon schlecht bei der Vorstellung. Selbst wenn er nichts sagen musste – Hoher Rat blieb Hoher Rat, und bei sowas schickte Kevron lieber andere vor. Mit dem Gildenersten hatte er Kaynor allein verhandeln lassen, und auch wenn der ihn natürlich abscheulich ausgebootet hatte, war das Kevron immer noch lieber gewesen, als da selbst hin zu müssen. Aber Tymur allein auf die Alfeyn loslassen, in diesem Zustand … Kevron suchte gar nicht erst nach Ausreden. Er würde mitkommen.

Selbst als zwei Soldaten kamen, um sie abzuholen, und niemand mehr im Haus war, blieben die beiden Wachen vor der Tür stehen. Es sollte Kevron recht sein. Wenn in der Zwischenzeit neugierige Alfeyn kamen, die sich anschauen wollten, wie ihre menschlichen Gäste so wohnten, kamen die zumindest nicht sofort an ihre Sachen dran. Oder die Wachen freuten sich selbst über die Gelegenheit, sich endlich einmal im Inneren des Hauses umzusehen … Aber solange Tymur die Schriftrolle bei sich trug, war nichts mehr von Wert im Haus.

Der Weg durch die Stadt kam Kevron kürzer vor als beim letzten Mal, dabei hätte er ruhig länger sein können – nach Tagen, die sie praktisch als Gefangene verbracht hatten, fühlte sich das wie die große Freiheit an, und Kevron hatte sich noch nie zuvor so sehr über Bewegung gefreut. Als hätte man sie an ihrem ersten Tag absichtlich in die Irre geführt, erreichten sie den zentralen Turm jetzt in der Hälfte der Zeit … Kevron zwinkerte. Er war nicht gut darin, sich Wege zu merken, aber konnte es sein, dass sie in der Zwischenzeit die Stadt umgebaut hatten? Brücken schienen in andere Richtungen geschwenkt, Türme an anderen Stellen zu stehen. Es erklärte, warum Lorcan und Enidin auch nach Tagen nicht zugetraut wurde, die Stadt allein zu durchqueren. Sie war zum Verirren gemacht. Und Kevron konnte nur hoffen, dass zumindest ihr Haus am Abend immer noch an der gleichen Stelle stand.

»Ihr kommt zu zweit?«, fragte Théélanthalos, als er sie am Eingang seines Turmes wieder persönlich begrüßte. »Hätten wir das gewusst –«

»Ich hoffe, es macht keine Umstände«, erwiderte Tymur und

strahlte ihn an. »Ich bin es gewohnt, mich bei Ratssitzungen und dergleichen mit einem Sekretär oder Vertrauten zu beraten, und hier geht es ja nicht nur um mein Haus oder mein Land – gewissermaßen vertrete ich die ganze Menschheit.«

»Selbstverständlich«, sagte der Hochfürst. »Aber hätten wir das gewusst, wären wir besser darauf vorbereitet.«

»Keine Sorge.« Tymur lachte so ungezwungen, dass es fast glaubwürdig klang. »Auf Kevron Florel muss sich niemand vorbereiten. Er ist sehr pflegeleicht und wird Euch nicht stören, es ist mir bloß wichtig, dass er mit dabei ist. Sollte mir etwas Wichtiges entgehen, wird er mich darauf hinweisen.«

Kevron nickte nur. Nichts sagen. Er hatte schon so viele Rollen für Tymur spielen müssen, und jetzt ein Sekretär zu sein, kam so nah an den Beruf eines Schreibers heran, den Kevron einmal gelernt hatte, dass er sich fast wie ein ehrlicher Mann fühlte.

»So tretet ein, Tymurdamarel und Kevronflorel«, sagte Théélanthalos und führte sie in den Ratssaal. Es war der gleiche wie beim Mal davor – doch es machte einen Unterschied, ob sie nur den Hochfürsten trafen, oder ob auch der Hohe Rat anwesend war. Schon Théélanthalos' Anwesenheit hatte etwas raumfüllend Erdrückendes – jetzt, da auf jedem Stuhl ein weiterer Alfeyn saß, bekam Kevron fast keine Luft mehr. Als sie nun in den Saal geführt wurden, schien sich ein Kreis um sie zu schließen, Thron an Thron, es nahm kein Ende, nur einer von ihnen war Théélanthalos, aber sie sahen alle gleich aus, und die Welt begann sich um Kevron zu drehen.

Alfeyn neben Alfeyn, jeder von ihnen in einem Gewand wie aus fließendem Quecksilber, und so wie die Dämpfe von Quecksilber den Verstand raubten, reichte hier schon ihr Anblick aus. Ob es Männer oder Frauen waren, hätte Kevron nicht sagen können. Die Alfeyn waren so weit entfernt vom Menschen, dass Worte ebenso wenig ausreichten, um sie zu beschreiben, wie nur zwei Geschlechter. Vielleicht verstand Kevron erst in diesem Moment, wie unerreichbar weit von seiner Heimat er wirklich gelandet war.

Er zwinkerte, versuchte, keinen der Alfeyn mehr anzusehen, bloß Tymur; Tymur war nur einmal da, und das war das Beste, was man über ihn sagen konnte. Das Schwarz seiner Kleider schien schwärzer als sonst, solch einen Glanz umgab den Raum. So leer und starr die Gesichter des Hohen Rates auch waren, wusste Kevron doch, dass sie ihn alle anstarrten, in ihn hinein und durch ihn hindurch. Sie wussten genau, was für eine armselige Erscheinung er war, dass er nicht einmal etwas anzuziehen hatte, das ihrer Gegenwart würdig gewesen wäre. Da half es nichts, dass er in den letzten Tagen, um Finger und Hirn zu beschäftigen, die Messingknöpfe an seiner Jacke poliert hatte, bis sie wie altes Gold aussahen. Kevron versuchte, in Tymurs Schatten zu verschwinden, im Nichts zu verschmelzen, und blieb, wo er war.

»Prinz Tymurdamarel«, sagte Théélanthalos, und der Saal hörte einen Augenblick lang auf, sich zu drehen, als Kevron sich wieder an einem einzelnen Sprecher festhalten konnte. »Und Kevronflorel aus dem Volk der Menschen.« So, wie der Hochfürst das aussprach, klang es, als wäre Kevron wirklich der einzige Mensch unter ihnen, und Tymurs schwarzstrahlende Präsenz passte gut dazu: So oft sprach Tymur davon, ein Dämon zu sein, doch hier sah er wirklich wie einer aus.

»Ich danke Euch, dass Ihr eingewilligt habt, mich zu empfangen«, sagte Tymur mit seiner würdevollen Stimme und deutete eine Verneigung an. »Dass es meine Mission ist, Ililiané zu finden, ist Euch bekannt, aber es geht noch weit über dies hinaus – ich habe Fragen, welche die Vergangenheit meines Hauses betreffen, und in Euch hoffe ich die Antworten darauf zu finden.«

Während der Prinz redete, gelang es Kevron endlich wieder, Luft zu holen. Lichter und Flecken tanzten vor seinen Augen.

»Tymurdamarels eigener Steinerner Wächter wird es mit den

Wachen an Ililianés Turm aufnehmen«, sagte Théélanthalos, selbst wenn das inzwischen jeder in der ganzen Stadt wissen musste. »Wir sind guter Hoffnung, dass endlich der Fluch gebrochen wird, der uns unsere größte Heldin vorenthält.«

Tymur nickte und lächelte. »Heute bin ich nicht um Ililianés willen hier«, sagte er. »Verstehe ich richtig, dass dieser Rat die würdigsten Häupter Eures Volkes vereint? Die Ältesten und Weisesten, von Ililiané einmal abgesehen?«

Der Saal nickte, und die Bewegung allein reichte aus, um Kevrons Schädel dröhnen zu lassen.

»Vor gut tausend Jahren menschlicher Zeit«, fuhr Tymur fort, »verschlug es ein Menschenkind, das später einmal den Dämonenfürsten La-Esh-Amon-Ri erschlagen sollte, in das Land Ailadredan. Sein Name war Damar, und an diesem Ort reifte er vom Knaben zum Mann. Tausend Jahre sind für uns Menschen eine unvorstellbar lange Zeit, und ich als Damars Nachfahr kann gar nicht aufzählen, wie viele Generationen mich heute von ihm trennen. Aber Zeit scheint Euch nichts zu bedeuten, und wenn Damar in dieser Stadt war, frage ich Euch – hat jemand von Euch ihn gekannt?«

Der Hohe Rat antwortete nicht, und seine Sprachlosigkeit wog schwerer als jedes Wort. Es konnte nicht sein, dass sie nicht wussten, von wem Tymur da sprach. Selbst wenn tausend Jahre für einen Alfeyn länger sein mochten, als Tymur dachte, konnte es so viele Menschenkinder hier nicht gegeben haben.

»Mich interessiert dieser Damar«, redete Tymur weiter, und plötzlich klang er so viel weniger hoheitsvoll, dass Kevron aufhorchte. »Ich bin bereit, in seine Fußstapfen zu treten und mein Land zu verteidigen, wenn es sein muss. Aber einmal jemanden zu treffen, der ihn noch erlebt hat – der mir von ihm erzählen kann, was für ein Mensch er war, was ihn geprägt hat, bewegt … Ich bin von Damars Blut, aber –«

»Von Damars Blut!« Es ging ein Raunen durch den Saal. Ob einer der Alfeyn sprach oder alle, die Worte tanzten durch die Luft. »Von Damars Blut! So wird auch die letzte Prüfung …« Die Worte verwehten und ließen ein Rauschen zurück, in dem Kevron Silbenfetzen aus einer anderen, fremden Sprache erahnen konnte, doch schon beim Versuch, sie zu fassen zu bekommen, schien ihm der Schädel schier zu zerspringen.

Der Prinz stand da, schüttelte den Kopf und sagte: »Bitte, es soll hier nicht um mich gehen oder irgendwelche Prüfungen, sondern nur um Damar.« Er schien irritiert, und natürlich, er hatte oft genug betont, dass Damar sein Ahn war, aber vielleicht hätten sie besser erst gefragt, ob die Alfeyn eine Vorstellung davon hatten, was das bedeutete, was Fortpflanzung war und wozu sie diente – erst jetzt schien der Hohe Rat verstanden zu haben, was Tymur da die ganze Zeit über gesagt hatte.

Théélanthalos hob die Hände. »Als Ililiané von uns ging, da gab sie uns zweierlei mit. Das eine, vom Stein, der den Stein bezwingt, wisst ihr bereits. Das andere aber war, dass das wahre Blut das letzte Tor öffnet.«

»Kein Reim diesmal?«, fragte Tymur noch halb scherzend, dann spannte sich sein ganzer Körper an, und seine Stimme wurde hart. »Warum habt Ihr das nicht schon früher gesagt? Mein Kämpfer verbringt die Tage im Training, meine Magierin im Studium, und ich sitze herum, zur Untätigkeit gezwungen, wenn ich in Wirklichkeit der wichtigste Schlüssel von allen bin!«

»Ich hielt es nicht für nötig«, antwortete der Hochfürst ruhig. »Wenn du wirklich von Damars Blut bist, wird dieses Tor kein Hindernis für dich darstellen, und bist du es nicht, so kann auch Vorbereitung nichts daran ändern.«

»Wie weise von Euch«, sagte Tymur, und der Honig in seiner Stimme war vergiftet. »Ihr macht Eurem Amt Ehre.« Er atmete durch, dann wurde sein Tonfall flehentlich: »Aber sagt mir nur, Ihr alle, die Ihr hier versammelt seid: Wer unter Euch hat Damar gekannt? War er mir ähnlich? Werde ich ihm ein würdiger Erbe sein?«

Endlich verstand Kevron, um was es hier ging. Tymurs Besessenheit von Damar war nicht die Schwärmerei eines Jungen für seinen unerreichbaren größten Helden. Der Prinz wollte Damar sein, nicht, um das Schwert zu führen und Dämonen zu töten, sondern weil Damar, als einziger Mensch seiner Zeit, immun dagegen war, von La-Esh-Amon-Ri in Besitz genommen zu werden. Als sein wahrer Erbe musste Tymur in der Lage sein, die Schriftrolle zu tragen, selbst mit bloßen Händen, ohne dass ihm der Dämon etwas anhaben konnte. Das hier hatte mit Diplomatie nichts mehr zu tun. Es ging um Tymurs Seelenheil. Und Kevron musste zusehen, dass er ihn dort wieder rausholte, so schnell es ging.

Wieder wehten Sätze durch den Saal. »Damar der Mensch. Damar aus den Bergen. Verschenkt, verloren, gefunden.« Es waren Gedankenfetzen, die Kevrons Ohren erreichten, ohne dafür bestimmt zu sein. »Ililiané hat ihn aufgenommen, Ililiané hat ihn gekannt, wenn ihn jemals jemand gekannt hat.« Ein Beben wie ein Lachen. »Wie schnell er lernte und begriff – ein Fremder unter uns, gekommen, um uns wieder zu verlassen.«

»Also habt Ihr ihn gekannt?« Jede Zurückhaltung fiel von Tymur ab. »Bitte, ich muss es wissen!« In diesem Moment wirkte er weder souverän noch würdevoll. Lorcan trat in solchen Augenblicken an Tymur heran, legte ihm eine Hand auf die Schulter, und Tymur wurde wieder er selbst, aber Kevron war nicht Lorcan. Er war da, um den Mund zu und die Augen offen zu halten, er sah, er dachte sich seinen Teil, und er ließ seine Hände bei sich.

»So gut haben wir ihn nicht gekannt«, sagte Théélanthalos, und wenn er peinlich berührt war von dem hochgeborenen Prinzen, der sich vor seinen Augen plötzlich in einen kleinen Jungen mit zitternder Stimme verwandelt hatte, so ließ er sich das nicht anmerken. »Es ist eine große Stadt – wir haben Geschichten über das Menschenkind gehört, und sicher wusste jeder, dass es da war. Doch wenn du jemanden suchst, der Damar selbst gekannt hat, so ist es niemand in diesem Raum.«

Tymur schluckte. »Wenn Euch jemand einfällt, der etwas wissen könnte«, sagte er und rang um Fassung, »könnt Ihr dann ein Treffen einrichten? So wie Ihr es für Lorcan getan habt oder für Enidin – es hängt viel für mich davon ab. Sehr viel.«

»Du suchst bereits nach der richtigen Person«, erwiderte der Hochfürst. »Ich kann dir sagen, niemand von uns hat Damar besser gekannt als Ililiané.«

Kevron fand, dass das Treffen mit dem Hohen Rat deutlich schlimmer hätte verlaufen können. Sie hatten zwar nichts Neues über Damar erfahren, und diese ganze Sache mit dem wahren Blut war so schwammig, dass Kevron sich lieber nicht lang damit aufhalten wollte – aber gemessen daran, wie Tymur unter aller Augen buchstäblich zerbröckelt war, hatten sie das noch anständig hinter sich gebracht. Doch auch wenn Tymur sich wieder zu beruhigen schien, bis sie höflich verabschiedet und zu ihrem Haus zurückgebracht wurden, brach er zusammen, kaum dass Kevron und er wieder unter sich waren.

Es war erst Nachmittag, und bis Lorcan zurückkam, war es noch lang hin. So gern Kevron auch etwas für den Prinzen tun wollte, er wusste nichts mehr, womit er Tymur noch hätte aufbauen können. Kein Dämon, nur ein Mensch, der an seine Grenzen geführt worden war und vielleicht einen Schritt zu weit darüber hinaus. War es nicht fast ironisch, dass nach allem, was sie erlebt und erreicht hatten, nach all seinen klugen Plänen und gerissener Manipulationen, Tymur ausgerechnet an sich selbst scheitern sollte? Doch auch wenn sie es bis zu Ililiané schaffen sollten –

413

in dieser Verfassung würde Tymur bei der Zauberin nicht weit kommen.

»Geh schlafen, Tym«, sagte Kevron und wusste schon, dass in diesem Moment nichts ferner für Tymur war als ausgerechnet Schlaf. »Denk nicht an diese arroganten Arschlöcher. Das hast du nicht nötig.« Im Geiste zählte Kevron die Sekunden rückwärts, bis Lorcan und Enidin zurückkamen. Wie lange musste er es noch mit Tymur allein aushalten?

»Was soll ich mit Schlaf?«, schrie Tymur. »Schlafen, schlafen, sonst fällt dir nichts ein? Ich hatte dich für einen Freund gehalten, für einen, der mir helfen will, aber stattdessen lässt du mich nur hängen.«

Kevron versuchte, die bösen Worte, die ihm auf der Zunge lagen, runterzuschlucken. Was machte er denn hier den ganzen Tag lang? Bespaßte Tymur von früh bis spät, hörte sich alles an, alle Sorgen, alles Gejammer, all die Wutausbrüche, blieb immer geduldig, nur um dann so etwas an den Kopf geworfen zu bekommen. Tymur wusste nicht mehr, was er redete … »Ich denke einfach, dass du zur Ruhe kommen solltest«, sagte Kevron und seufzte. »Und ich bin dein Freund. Du kannst auf mich zählen.«

»Das kann ich eben nicht!«, fauchte Tymur. »Du – du bist nicht besser als diese Alfeyn, du hältst Dinge zurück, die ich wissen muss, und schaffst es dabei noch, mir ins Gesicht zu lachen! Dass du dich meinen Freund schimpfst …«

»Ich kann verstehen, dass du dich über die Alfeyn aufregst«, sagte Kevron. »Aber wirklich, du hast keinen Grund, mich mit denen in einen Topf zu werfen, ich habe keine Geheimnisse vor dir.«

»Ach ja? Du bist doch der Schlimmste von allen!« Jetzt kam der Moment, wo Kevron aufpassen musste. Wenn Tymur anfing, den eigenen Freunden nicht mehr zu trauen, dann hatte Kevron keine Wahl mehr, dann musste er Lorcan reinen Wein einschenken und um Hilfe bitten – nur, was sollte der dann noch tun? »Die Alfeyn verraten mir nur nichts über Damar, der seit tausend Jahren tot ist. Aber du, du weißt doch die ganze Zeit über, wer hinter dem Ganzen steckt, und verrätst es mir nicht!«

»Ich weiß nicht, wovon du redest«, sagte Kevron, so ruhig er konnte.

»So? Du wusstest, wer das Siegel gefälscht hat und wolltest es mir nicht sagen – was verbirgst du dann noch vor mir? Glaubst du vielleicht, ich habe dich nicht längst durchschaut? Du weißt, wer der Auftraggeber ist, und du verrätst es mir nicht!«

Kevron fühlte, wie alles Blut aus ihm wich. »Ich weiß es nicht«, sagte er. »Ich würde alles dafür geben, aber ich weiß es nicht. Wenn ich es wüsste …« Wer Kaynor den Auftrag gegeben hatte. Und ihn getötet. Tymur wusste, wie sehr es Kevron umtrieb. Und von allen Dingen, mit denen er ihn verletzen konnte …

Kevron war auf alles vorbereitet, auf noch mehr Beleidigungen, auf Anschuldigungen, auf alles unter der Gürtellinie. Doch nicht auf einen körperlichen Angriff, aus dem Nichts, ohne Vorwarnung. Tymur stürzte sich auf ihn, warf ihn zu Boden und hockte im nächsten Moment über Kevron, drückte ihn nieder und hielt seine Hände fest, sein Gesicht ganz nah über Kevrons.

»Glaubst du, das weiß ich nicht längst?«, flüsterte er heiser. »Dein Bruder und du – ja, du sagst immer, dass ihr einander entfremdet wart, aber was habe ich dafür außer deinem Wort? Ihr wart immer noch Brüder, Zwillinge, meinst du, ich weiß nicht, was das heißt? Dein Bruder hat dir verraten, wer dahintersteckt. Du lügst, weil du glaubst, du rettest damit deine armselige Haut, aber begreifst du nicht, was davon abhängt? Mein ganzes Leben und das ganze Land, nur weil du so ein jämmerlicher Feigling bist!«

Kevron versuchte gar nicht erst, sich zur Wehr zu setzen. Er wollte Tymur nicht noch zorniger machen. »Es tut mir leid.« Er formte die Worte mehr mit den Lippen, als dass er sie aussprach.

»Er hat es mir nicht verraten. Leider.« Wie oft hatte er sich gewünscht, Kay hätte das! Wäre zu ihm gekommen, um damit anzugeben, was für einen dicken Fisch er an Land gezogen hatte, was für einen Auftrag, was für ein Meisterwerk … Natürlich, dann wären sie jetzt wahrscheinlich beide tot, aber wäre das nicht noch besser gewesen als dieses Leben in Angst und Unwissenheit?

Tymur schnaubte. »Und das soll ich dir glauben? Als Nächstes kommst du wieder damit an, dass du überhaupt erst nach Tagen von seinem Tod erfahren hast – ich kann dir das nicht mehr glauben! Ihr wart verdammte Zwillinge!« Er hatte keine Waffe. Er war harmlos. Er konnte Kevron nichts tun. Wenn er jetzt durchdrehte, wenn er nach seinem Dolch griff, war er abgelenkt, das gab Kevron die Gelegenheit, unter ihm rauszukommen, und dann standen immer noch die Wachen vor dem Haus, die konnte er um Hilfe rufen … »Du hast doch genau gewusst, wann und wie er gestorben ist! Zwillinge haben eine besondere Bindung, denkst du, das weiß ich nicht? Was dem einen widerfährt, das spürt auch der andere, und dein Bruder ist nicht friedlich im Bett gestorben, er wurde grausam und blutig abgeschlachtet, er wird Todesängste ausgestanden haben, und du kommst und erdreistest dich zu behaupten, du hast nichts davon mitbekommen?«

Kevron konnte nur noch den Kopf schütteln, hilflos und verzweifelt. Wie oft hatte er sich das gewünscht! Versucht, es sich vorzustellen, sich gefragt, was er getan hatte in dem Moment, als Kay starb, warum er nicht innegehalten hatte und gefühlt, dass etwas nicht stimmte. Aber er wusste noch nicht einmal, an welchem Tag Kay gestorben war, geschweige denn in welcher Stunde!

»Lüg mich nicht an!«, kreischte Tymur. »Lüg mich nicht an! Er hat dir das Bild seines Mörders geschickt, es ist eingebrannt hinter deinen Augen, so wie er es gesehen hat, der letzte Blick deines sterbenden Bruders, und du willst ihn nicht mit mir teilen, und wenn es mich das Leben kostet!« Tymur lachte, lachte auf eine

Weise, wie Kevron es im Leben nie wieder hören wollte. »Ein Bild aus Todesangst – soll ich es aus dir herauskitzeln?« Und im nächsten Moment lagen seine Hände an Kevrons Kehlkopf.

Kevron geriet nicht in Panik. Es geschah zu plötzlich, es war zu unwirklich, als könne Kevron nicht glauben, dass er da tatsächlich gewürgt wurde. Eine Szenerie wie aus einem Albtraum. Aber hier lag Kevron auf dem Rücken, Tymur presste ihm mit den Knien die Arme an den Körper, die Hände an Kevrons Hals – und dann drückte er zu.

Da kam die Panik. Kevron hörte sich noch nach Luft schnappen, aber es kam nur ein klägliches Kieksen heraus. Er riss die Augen auf und versuchte, sich freizuringen – doch alles, was er schaffte, war, mit der flachen Hand gegen Tymurs Hosenbein zu schlagen. Kevron wollte schreien. Es blieb bei dem Versuch.

Dann sah er in Tymurs Augen. Kevron hatte keine Wahl, Tymurs Gesicht hing direkt über seinem, die Lippen vor Anstrengung zusammengebissen, er brauchte seine ganze Kraft, um Kevron am Boden zu halten, sein rasselnder Atem streifte Kevrons Haut und ließ ihm jedes Haar zu Berge stehen. Aber seine Augen passten nicht dazu. Kevron hatte Wahnsinn in ihnen erwartet, den unheilvollen Glanz von Fieber. Stattdessen waren Tymurs Augen ganz wach, ruhig und berechnend. Das seltsam Leblose in Tymurs Blick, das Kevron an dem Tag ihrer ersten Begegnung aufgefallen war und Angst eingejagt hatte, war wieder da, lauernd und tödlich.

Einen Augenblick lang glaubte Kevron, in die Tiefe gesogen zu werden, doch er klammerte sich an sein Bewusstsein, als ahne er, dass er es niemals würde zurückerlangen können, wenn er jetzt losließ. Mit allem, was ihm blieb, starrte er Tymur an, kämpfte die Panik nieder, die Todesangst. In Tymurs Augen lag Verstand, den musste Kevron erreichen. Wenn Tymur sah, dass Kevron ihn durchschaut hatte …

Es war vielleicht nur ein Moment, aber er dauerte eine Ewigkeit. Dann ließ Tymur von Kevron ab, langsam und bedächtig, rutschte von seinem Brustkorb, wischte sich die Handschuhe ab und erhob sich. Kevron lag am Boden, keuchte und hustete. Alle Kraft war aus seinem Körper gewichen, die Panik ließ nur in winzigen Schritten von ihm ab, und in ebenso winzigen Schritten rückte die Frage nach, was da gerade überhaupt passiert war.

»Ich hätte dich nicht umgebracht, weißt du?«, sagte Tymur freundlich. Die Raserei, die so plötzlich über ihn gekommen war, die Verzweiflung, der Zorn, alles war fort. Hier war wieder der alte Tymur, der Selbstbeherrschte, der Würdevolle, der Sanfte. »Ich will nicht, dass dir etwas zustößt, das weißt du. Aber du hast mir keine andere Wahl gelassen.«

Kevron stemmte sich mit den Ellbogen vom Boden hoch und starrte ihn an. Wasser. Er brauchte dringend Wasser. Oder Alkohol. Besser Alkohol. »Warum …?«, würgte er hervor.

»Erinnerst du dich jetzt?«, flüsterte Tymur freundlich. »Ich wusste nicht, wie ich dich sonst in Todesangst versetzen sollte und dabei sichergehen, dass dir nicht wirklich etwas zustößt. Erinnerst du dich jetzt?«

»Du bist ja verrückt!«, stieß Kevron hervor.

Tymur schüttelte den Kopf. »Vielleicht werde ich das. Eines Tages«, sagte er und klang selbstzufrieden. »Aber jetzt, hier, kann ich dir sagen, ich war niemals klarer. Das Gefühl der Todesangst, das musst du doch kennen. Von dem Augenblick, als dein Bruder gestorben ist. Erinnerst du dich jetzt wieder, was er gesehen hat?«

Kevron schüttelte den Kopf, und selbst das ging nur, indem er beide Hände an die Schläfen legte. Tymur ging zum Tisch und brachte Kevron eine Schale mit Wasser, aber Kevron wusste nicht einmal, wie er die halten sollte. Alfeyn hatten keine Tassen oder Becher, nur diese flachen Schalen – das Wasser lief über Kevrons Kinn, auf sein Hemd, nur ein paar Schlucke bekam er hinunter.

»Er hat … er hat mir nichts mitgeteilt«, flüsterte er. Und selbst wenn doch, Kevron würde es Tymur ganz sicher nicht verraten.

Und dann erinnerte er sich.

Der Tag, an dem Kay wirklich starb, war der Tag, als Kevron die Nachricht davon erhielt. Es traf ihn, als hätte ihm jemand eine Mistgabel ins Herz gestoßen und herumgedreht.

»Du solltest mitkommen«, sagte der Mann. »Wenn du ihn nochmal sehen willst.« Der Augenblick hatte sich in Kevron festgebrannt, und doch wusste er nicht einmal, wer der Mann gewesen war. Irgendwer von der Gilde, aber was hieß das schon? Es ging nicht um den Boten. Es ging um die Botschaft.

Kevron schüttelte nur den Kopf. Er wollte nicht. Er konnte nicht. Nicht deswegen, weil Kaynor schon seit Tagen tot war und sicherlich voll Blut und kein schöner Anblick. Kevron ertrug den Gedanken nicht, dass sein Bruder tot war und selbst im Tod noch so aussehen musste, als wäre an seiner Stelle Kevron gestorben.

Hinterher sollte er sich noch oft dafür verfluchen, an jenem Tag nicht mitgegangen zu sein, nicht Abschied von Kay genommen zu haben, egal wie schrecklich das auch gewesen wäre. Die Bilder, die er nicht hatte sehen wollen, suchten ihn stattdessen in seinen Träumen heim, eines schlimmer als das andere. Kevron blieb in seinem Haus. Für die nächsten Tage, wie er dachte – für die nächsten Jahre, wie sich herausstellen sollte.

Er konnte nicht sagen, wie viel Zeit vergangen war, bis wieder jemand von der Gilde vor seiner Tür stand. Eine Woche vielleicht, oder zwei. Kevron traute sich kaum, die Tür zu öffnen. Nur einen Spalt, den Rest blockierte er mit Hand, Fuß und dem ganzen Gewicht seines Körpers.

»Ich komme von der Handwerkskammer«, sagte der Mann. Es war ein anderer als beim letzten Mal, aber auch das war egal. »Ich bin wegen deines Bruders hier.«

»Mein Bruder ist tot«, sagte Kevron tonlos.

»Ich weiß«, entgegnete der Mann ohne Mitleid in der Stimme. »Es geht um seinen Nachlass.«

In dem Moment kam tatsächlich Leben in Kevron, zum ersten Mal seit der Nachricht von Kays Tod. »Den kannst du dir sonstwo hinstecken!«, schrie er den Mann an. »Ich will es nicht!« Es war ihm egal, wie viel Geld Kaynor besessen hatte, als er starb, und dass Kevron sein engster, sein einziger Verwandter war. Kays Blut klebte daran. Dieses Geld wollte Kevron nicht. Niemals.

»Wirklich nicht?« Der Mann zuckte die Schultern. »Er hat noch extra –«

»Hau ab!«, fuhr Kevron ihn an. »Hau ab, und nimm deinen Scheißnachlass mit, von mir aus! Ich will ihn nicht, hörst du?«

»Wie du willst«, sagte der Mann. »Ich hinterleg ihn dir im Zunfthaus, falls du es dir noch anders überlegen solltest. Ach ja, und wenn du wieder Arbeit annimmst, sag Bescheid!« Dann war er weg.

Es musste ein halbes Jahr später gewesen sein, als Kevron sich wirklich auf den Weg zur Gilde machte. Ein halbes Jahr war Kay erst tot, und Kevron hatte mehr Tage betrunken verbracht als nüchtern, kein Stück gearbeitet, und er war so gut wie pleite. Noch nicht so weit, dass er sein Haus und seine Werkzeuge zu Geld machen musste, aber doch so, dass der Weinhändler ihm keinen Kredit mehr geben wollte – und da fiel Kevron ein, dass es da ja noch die Sache mit Kaynors Nachlass gab. Nicht, dass jetzt weniger Blut an Kays Geld geklebt hätte als vorher, nur machte es Kevron jetzt weniger aus. Geld war Geld, und Kay wurde davon auch nicht mehr lebendig.

Kevron musste sich Mut antrinken, ehe er sich überhaupt aus dem Haus traute, gerade genug, um nicht alle Vorsicht fahren zu lassen – er wusste zu gut, dass seine Angst vor den Mördern berechtigt war, und wenn er hilflos durch die Straßen wankte, war er ein leichtes Ziel. Aber er war sicher nicht mehr nüchtern, als er endlich vor dem Zunfthaus der Handwerkskammer stand, wie sich die Gilde zur Wahrung des schönen Scheins nannte. Der Türsteher erkannte ihn fast nicht mehr.

»Ich komm wegen dem Nachlass«, nuschelte Kevron, weniger weil ihm die Zunge schon so lahm geworden war, als mehr, damit ihn nicht die falschen Leute hörten. »Von meinem Bruder. Kay Kupferfinger.« Sechs Monate nach Kays Tod sollten die gefälligst noch wissen, wer das war. »Hab gehört, ich kann ihn mir hier abholen.«

»Bisschen spät dran bist du«, sagte der Türsteher und ließ ihn rein. »Kannst dich hier hinsetzen, ich schick jemanden, der's dir bringt.«

»Ich steh lieber«, antwortete Kevron, auch wenn seine Beine anderer Ansicht waren. Er war nervös. Er stolperte auf und ab, während er wartete, und fragte sich, was da in den Tresoren der Gilde lagerte, sicherer weggesperrt als jeder königliche Schatz. Geld, auf jeden Fall. Viel Geld. Kaynor war immer besser darin gewesen als Kevron, sein Geld beisammenzuhalten, und besser im Verhandeln noch dazu. Er konnte säckeweise Gold besessen haben, wenn seine Mörder das nicht alles mitgenommen hatten. Aber selbst dann sollte noch genug übrig sein, Kay hatte Verstecke, die kein Mörder ohne Weiteres finden konnte, und dann war da noch der Erlös vom Verkauf seines Hauses. Irgendwelches Geld musste in dem Nachlass schon drin sein. Kevron verfluchte sich, den Tod seines Bruders so auszunutzen. Nur hatte nicht Kays Tod ihn überhaupt erst in diese Situation gebracht?

Es dauerte eine Weile, bis einer von den Gildenoberen zu ihm kam. »Wegen Kay«, sagte er, und Kevron blinzelte – wo waren die Geldbeutel? »Das hier hat er dir hinterlegt.« Er streckte Kevron einen Umschlag hin. Sonst nichts.

»Und das – das ist alles?«, hörte Kevron sich fragen. Enttäuschung griff nach ihm wie Schwindel. Nur ein Umschlag? »Was ist mit dem Geld?«

»Das war nicht für dich bestimmt«, sagte der Gildenmann. »Das hat er Ivor hinterlassen.«

Kevron fragte nicht, wer Ivor war. Er musste sich nicht ausgerechnet jetzt die Blöße geben, dass er und Kay sich am Ende so sehr entzweit hatten, dass Kevron nicht wusste, wer Kays Freunde waren. So nickte er nur, als er nach dem Umschlag griff. »Und das hier?«, fragte er.

»Hat Kay hier abgegeben«, sagte der Gildenmann. »Als er noch lebte, natürlich. Meinte, wir sollten es gut verwahren, und wenn ihm was zustößt, dir geben.«

Kevron drehte und wendete den Umschlag. Dickes Papier, aber nicht schwer genug, um Münzen zu enthalten. Vielleicht war ein Wechsel drin, damit konnte man leben, so eine Unterschrift war unbezahlbar, und aus einem Wechsel konnte man zehn machen, auch wenn man dann Gefahr lief, aufzufliegen. Besser als nichts jedenfalls. Es stand kein Absender drauf, aber das Siegel kannte Kevron natürlich, Kays Siegel. Sie hatten sich damals ihr eigenes Wappen ausgedacht, eine Hälfte für jeden, und nur als Ganzes ergab es Sinn. Selbst als sie kein Wort mehr miteinander redeten, ihr gemeinsames Wappen benutzten sie weiter, wenn sie denn einmal in die Verlegenheit kamen, etwas als sie selbst unterschreiben und siegeln zu dürfen.

Kevrons Finger zitterten, als er das Siegel brach. Es fühlte sich an, als müsste er das letzte Andenken an Kay zerstören, aber verdammt, selbst wenn er das tat, selbst wenn niemand wusste, was aus Kays Siegelring geworden war, Kevron konnte sich drei neue gravieren. Er spürte die wachsamen Augen des Gildenmannes auf sich, als er den Umschlag öffnete. Kevron verwünschte seine Gier, nicht wenigstens bis daheim gewartet zu haben – doch alles, was er hervorzog, war ein weiterer Umschlag, etwas kleiner und ebenfalls versiegelt. Diesmal zögerte Kevron nicht, und auch auf den Zeugen gab er nichts, er brach das Siegel und nestelte einen dritten Umschlag hervor, wieder etwas kleiner, wieder versiegelt. Kevron fluchte, er hätte sich denken können, dass Kay selbst im Tod noch eine Möglichkeit finden würde, ihn ein letztes Mal zu verhöhnen. Der dritte Umschlag war leer.

»Hm?«, machte der Gildenmann. »Das war's schon?« Wenigstens lachte er nicht.

Mit einem Fluchen drückte Kevron ihm die Umschläge in die Hand. »Hier, schmeiß sie von mir aus ins Feuer, ich brauch den Scheiß nicht.«

»Sicher?«, fragte der Mann.

»Sicher«, bekräftigte Kevron. »Ich brauch Geld, verdammt, nicht noch mehr Papier.« Papier, das hatte er schon in Stapeln zuhause, er hatte gedacht, es noch einmal als Schreiber zu versuchen, da brauchte man nicht so ruhige Finger wie zum Fälschen und auch keinen so klaren Kopf, und er schaffte noch nicht mal das.

»Ich kann nachsehen, ob wir hier noch einen Auftrag für dich –«, fing der Gildenmann an, aber Kevron schüttelte den Kopf.

»Kann noch nicht wieder arbeiten«, sagte er und fühlte sich jämmerlich, das so offen zugeben zu müssen. »Tut mir leid.« Seine Bankrotterklärung in doppelter Hinsicht.

Der Gildenmann zuckte die Schultern. »Du weißt, wo du Tommo findest«, sagte er. »Seine Sätze sind vernünftig.« Er blickte Kevron mitleidig an. »Hast du deinen Gildenring dabei?«

Kevron nickte und kramte in seiner Tasche, das war nichts, was man offen trug. Seine Finger zitterten unkontrollierbar, das war noch der Zorn auf Kay, und Kevron konnte es ihm nicht einmal mehr heimzahlen …

»Gib ihn mir«, sagte der Mann. »Sieht nicht danach aus, als ob du ihn in der nächsten Zeit brauchst. Wenn du wieder arbeiten willst, kriegst du ihn zurück.«

Es war Kevron egal. Der Ring öffnete die eine oder andere Tür, und vielleicht hätte er damit auch bei Tommo einen besseren Zinssatz bekommen, aber darauf kam es nun auch nicht mehr an. Kay hatte damals die Gilde klargemacht und sich um alles gekümmert. Es war nur recht und billig, wenn sie Kevron jetzt rausschmissen … »Und sonst hat er mir wirklich nichts hinterlegt?«, fragte er ein letztes Mal und traute den Gildenleuten zu, dass sie die Hälfte für sich behalten hatten. So ehrenwert, wie sie tat, war die Handwerkskammer nicht.

»Sicher, dass du's nicht mitnehmen und selbst verfeuern willst?«, fragte der Mann noch, aber da war Kevron schon an der Tür. Geld für eine Flasche Wein würde er schon irgendwo auftreiben … Und dann dachte Kevron nicht mehr an Kay, oder an die Umschläge. Bis jetzt.

Es war eine Botschaft, und Kevron hatte sie nicht verstanden. Nur warum nicht? War er zu dumm gewesen? Zu betrunken? Zu feige? Jetzt, als Kevron diese Szene vor seinem inneren Auge noch einmal erlebte, Bild für Bild, Stich um Stich, lag alles klar vor ihm. Er hatte sich nur das erste der drei Siegel angesehen, war davon ausgegangen, dass die beiden anderen identisch sein mussten. Doch als er jetzt versuchte, das Ganze in seinem Kopf wiederherzustellen, erkannte er, dass der zweite Umschlag mit einem anderen Motiv versiegelt war, einem, das Kevron inzwischen nur allzu gut kannte, spätestens, seit er es selbst gefälscht hatte: das Siegel der Schriftrolle. Und das dritte …

Er wusste es nicht. Das dritte Siegel hatte Kevron keines Blickes gewürdigt, es nur blind und unter tausend Verwünschungen erbrochen. Kaynor hatte gewusst, dass dieser Auftrag ihn das Leben kosten konnte, und er hatte Kevron alles an die Hand gegeben, damit der seinen Mörder zur Strecke brachte. Das äußerste Siegel, unverfänglich, sein eigenes, damit die Gilde nicht auf dumme Gedanken kam. Das zweite Siegel ein Hinweis auf die Natur der todbringenden Arbeit. Und das dritte? Das konnte nur das Wappen seines Auftraggebers sein, ein Hinweis auf den Mann, der Kaynor hatte töten lassen.

Kevron verfluchte sich. Nicht nur, weil Tymur dieses Wissen schon früher genutzt hätte, sondern weil Kevron alles hätte aufklären können, vielleicht sogar Kays Mörder das Handwerk legen, und sein Leben wäre weniger verpfuscht verlaufen und ohne Angst. Tymur beobachtete ihn. Aber Kevron hielt den Mund. Er wusste nichts, was ihnen jetzt hätte helfen sollen, nichts, was Tymur brauchte, und er wollte sich nicht nach dem Erwürgen auch noch zusammenfalten lassen, weil er sich vor dreieinhalb Jahren einen Umschlag nicht näher angesehen hatte.

»Was ist?«, fragte Tymur und lächelte. »Ist dir doch noch was eingefallen?«

Kevron schüttelte den Kopf. »Du hast mir fast meinen verdammten Kehlkopf eingedrückt!«, knurrte er heiser, das konnte sein verzerrtes Gesicht erklären und auch, warum er hinter vorgehaltener Hand fluchte.

»Wenn noch was nachkommen sollte«, sagte Tymur, »lass es mich wissen.«

Abends lag Kevron in seinem Bett und weinte, lautlos. Er weinte um Kaynor und darum, dass er selbst den einzigen Hinweis auf dessen Mörder vernichtet hatte – unwiederbringlich. Aber vor allem weinte er, weil es in ganz Ailadredan keinen Alkohol zu finden gab.

ACHTZEHNTES KAPITEL

Es gab Augenblicke in Ailadredan, da genoss Lorcan es mit Leib und Seele, endlich wieder unter Kämpfern zu sein. So schön es auch sein mochte, frischen Wind um die Nase zu haben, die Sonne zu sehen und Teile der Welt, von denen er nicht einmal zu träumen gewagt hatte – in seinem Herzen war Lorcan ein Kämpfer.

Er hätte auch ein Schmied werden können wie sein Vater und sein Bruder oder ein Bauer wie sein Großvater. Er hatte sein Dorf nicht nur verlassen, um vor seinem gebrochenen Herzen davonzulaufen – er war ein Kämpfer geworden, weil es sein allergrößter Wunsch war. Die letzten Wochen hatten ihn nicht träge gemacht, dafür hatte er viel zu viel Bewegung bekommen, aber dort, wo er es jetzt am dringendsten brauchte, fehlte ihm die Übung. Wer stundenlang auf dem Pferd saß oder zu Fuß durch die Berge stapfte, der baute Muskeln auf, aber seine Arme wurden nicht stärker davon, seine Bewegungen nicht schneller, seine Augen nicht schärfer. Auch wenn Lorcan jeden Morgen mit einer Stunde Training begonnen hatte, brauchte ein Kämpfer andere Kämpfer, um nicht aus der Form zu kommen.

Hier waren endlich wieder Männer von Lorcans Schlag, die ihr Handwerk verstanden, und dass sie keine Menschen waren, machte es noch besser: Wie Menschen kämpften, wusste Lorcan, darauf war er vorbereitet, sogar auf Menschen, deren Körper von einem Dämon besessen waren. Aber die Alfeyn, groß, schlank und so schmal gebaut, dass sie keinen einzigen Muskel am Leib zu haben schienen, bewegten sich anders, schnell und geschmeidig, und ihre Waffen fuhren ebenso lautlos durch die Luft wie durch die Körper ihrer Feinde.

Mit seinem eigenen Schwert fühlte Lorcan sich grob und klobig, doch er hätte es um nichts in der Welt mehr eintauschen mögen, diese übergroßen Krummschwerter waren nichts für ihn. Lorcan hatte mit dem Anderthalbhänder gelernt und würde den bis an sein Lebensende führen, sicher meisterlich nach Menschenmaßstäben, aber es war gut für die Steinernen Wächter, dass sie als Gegner keine Alfeyn zu fürchten hatten. Die Alfeyn ihrerseits waren neugierig auf den fremden Mann in der eisernen Rüstung, dessen Bewegungen jede Geschmeidigkeit fehlte und der doch in der Lage war, seinen Gegnern alle Knochen zu brechen.

Während der Übungskämpfe oder wenn er zuschaute, wie diese Männer mit ihren mächtigen Klingen die Luft zerteilten, vergaß Lorcan fast, weswegen er überhaupt hier war. Es tat gut, dem Körper die Kontrolle zu übergeben, erst nur gegen einen, später auch gegen zwei Gegner auf einmal. Aber Lorcan war nicht gekommen, um die Alfeyn zu studieren oder von ihnen zu lernen. Jeder Tag, den er auf dem Übungsplatz vergeudete, war ein verlorener Tag, ein weiterer Tag, den Tymur nicht von der Schriftrolle getrennt wurde. Doch so sehr er über das Los fluchten mochte, das Tymur ihm auferlegt hatte – es war gut, endlich einmal gebraucht zu werden.

Niemand musste ihm vorwerfen, aus Angst auf Zeit zu spielen. Wenn er bereit war, war er bereit. Nur hatten die Alfeyn Jahrhunderte gehabt, um ihre Kunst zu vervollkommnen und zu der Einheit zu verschmelzen, die sie jetzt waren. Lorcan war ein Mensch, und wer einmal die vierzig überschritten hatte, der hatte als Kämpfer die besten Jahre hinter sich.

»Du kämpfst gut, Steinerner«, sagte der Hauptmann, nachdem er Lorcan vier Tage nur gemustert hatte, ohne auch nur ein Wort zu sagen. Sein Name war Anisitelanis, so hatte er sich Lorcan vorgestellt, aber die Alfeyn benutzten diesen Namen nie. Sie redeten ihn nur mit Erster an. »Ich hatte Schlimmeres erwartet.«

Lorcan nickte atemlos. »Danke.« Es war ein Lob, wie man es einem Hund gab, der erfolgreich den Stock wiedergefunden hatte. »Danke, dass Ihr mich an Eurem Alltag teilhaben lasst.«

Anisitelanis verzog keine Miene. »Wir müssen immer in Bereitschaft sein«, sagte er. »Es ist schwer für meine Leute, allzeit wachsam zu bleiben. Wir leben so lange, und doch kann sich keiner von uns erinnern, dass jemals der Feind in unser Land eingefallen wäre. Es ist gut, dass ihr gekommen seid, ihr Menschen. Es führt uns vor Augen, dass wir nicht von allen Welten abgeschieden sind. Meine Leute sind heute besonders gut, und das verdanken sie dir und deinen Gefährten.«

Lorcan war kurz davor, ihm beizupflichten. Dieses Problem kannte er aus Neraval nur zu gut. »Aber dafür bin ich nicht hier«, sagte er stattdessen. »Diesmal geht es nicht um euer Land oder meines, und nicht um die Dämonen. Es geht um Ililianés Turm und die Wachen, die sie dort aufgestellt hat.« Was half es ihm, mit den Alfeyn zu trainieren? Er hätte den Turm sehen müssen, herausfinden, was es mit diesen Wächtern auf sich hatte, wie viele es waren, wie mächtig. Zu wissen, wie die Alfeyn kämpften, war schön und gut, aber sie waren nicht seine Gegner.

»Geduld«, sagte der Erste, und Lorcan verstand. Diese Wesen hatten kein Gefühl für Zeit und was sie mit Lorcan und seinen Gefährten machte. »Alles am rechten Tag.«

Trotzdem erwiderte Lorcan: »Gut.« Auf einen Tag mehr oder weniger kam es nicht an. »Nur eines verratet mir bitte«, setzte er hinzu. »Als ihr zuletzt versucht habt, Ililianés Steinerne Wächter zu bezwingen, wie ist das ausgegangen?«

Anisitelanis blickte auf ihn hinunter, und man konnte fast meinen, dass er verwirrt aussah. »Wie meinst du das?«

Lorcan atmete durch. Sie sprachen eine Sprache, das erleichterte die Dinge, aber das hieß noch nicht, dass sie sich auch verstanden. »Wann hat zuletzt jemand gegen die Steinernen gekämpft?«

Nein, es lag nicht an der Sprache. Der Erste schüttelte den Kopf. »Das hat noch nie jemand versucht. Sie sind für uns unbezwingbar.«

»Wie könnt ihr das wissen, wenn ihr es nicht wagt?«, fragte Lorcan. Er versuchte, nur irritiert zu klingen, aber in seinem Inneren fühlte er etwas anderes – aufkeimende Wut.

»Die Steinernen Wächter wurden erschaffen, unbesiegbar zu sein«, erwiderte Anisitelanis geduldig. »Wir wissen das. Unsere Waffen können nicht den Stein verwunden. Was soll ich meine Leute in Gefahr bringen? Ililiané war deutlich. Es bricht den Stein der Stein allein, und der Stein bist du. Wir zollen Ililiané Respekt, indem wir ihre Worte beherzigen.«

Lorcan wusste nicht, was er noch sagen sollte. Schimpfen und fluchen über den blinden Aberglauben der Alfeyn? Dafür wusste er zu wenig über dieses Volk. Sie waren keine Menschen. Sie sahen nicht nur nicht so aus, sie dachten auch anders, und es war nicht an Lorcan, die Alfeyn zu ändern. Er seufzte, mehr konnte er nicht tun. Doch vielleicht war Wut gerade das Beste, das ihm passieren konnte. Aus seiner Wut keimte eine Lösung. Keine, über die er hier mit dem Ersten sprechen konnte, und auch keine, über die sich Tymur oder Enidin freuen würden. Aber eine Lösung.

Tage vergingen, während Lorcan über seinen Plan nachdachte. Vielleicht färbten die Alfeyn auf ihn ab – sie hatten Zeit, und wo sie waren, wollte sich nichts anfühlen, als wäre es dringend. Vor allem aber schien nie der richtige Moment zu sein, darüber zu reden. Jeden Morgen, wenn er und Enidin abgeholt wurden und das erste Stück des Weges gemeinsam zurücklegten, lag es ihm auf der Zunge, sie anzusprechen, derweilen Tymur nicht dabei war, doch sie standen dabei unter Bewachung, und Lorcans Plan war nichts, das für die Ohren der Alfeyn bestimmt war – noch nicht jedenfalls.

Ebenso wenig konnte er damit zu Tymur gehen, bevor er mit Enidin geredet hatte. Er wollte Tymur keine falschen Hoffnungen machen in einem Moment, in dem Tymur Hoffnung dringender als alles andere zu brauchen schien. Doch immer, wenn Lorcan gerade dabei war, sich ein Herz zu fassen und Enidin zu fragen, ob sie einen Moment für ihn hatte, tauchte Tymur auf wie aus dem Nichts.

»Was redet ihr da?«, fragte er, bevor auch nur einer von ihnen den Mund öffnen konnte. »Sprecht lauter, ich will mitreden können – es ist zu langweilig mit euch, wenn keiner die Zähne auseinanderbekommt, um von seinem Tag zu erzählen.«

Lorcan schüttelte den Kopf. »Es ist nichts«, sagte er und zog sich wieder von Enidin zurück.

»Ich weiß, was du tust, Lorcan«, flüsterte Tymur. »Du suchst immer noch Verbündete, um mich von der Schriftrolle zu trennen.« Er gurrte zufrieden. »Du sorgst dich um mich, und ich rechne es dir hoch an.«

Lorcan erstarrte, fühlte sich erbleichen, und schwieg. Er wusste nicht, ob Kevron ihn verraten hatte oder ob Tymur es einfach geahnt hatte, aber es änderte nichts: Man durfte den Prinzen nicht unterschätzen, ihm entging einfach zu wenig.

Tymur rückte näher an Lorcan heran. »Vielleicht sorgst du dich zu recht«, wisperte er. »Sie hängt an meiner Seite wie ein Klotz aus Blei, sie nagt an mir, sie zieht an mir – aber ich gebe sie dir nicht, nicht solange ich lebe. Das ist meine Bürde, niemandes sonst.

Wenn du sie mir erleichtern willst – dann hör endlich auf, dich zu sperren, und komm mit mir zu Ililianés Turm!« Seine Stimme wurde immer lauter, aufgebrachter, dann drehte er sich um und fegte aus dem Zimmer wie ein zorniger Wind.

Lorcan stand da, blickte ihm nach, und unterdrückte einen Fluch. Es half nichts. Er musste mit Enidin reden, egal ob Tymur zuhörte oder nicht. Es ging so nicht weiter. Auch wenn es ihm widerstrebte, einfach in das Zimmer einer Frau zu platzen – sie musste von seinem Plan hören.

Lorcan klopfte, wartete, und wurde eingelassen. »Enidin, habt Ihr kurz Zeit für mich?«

Sie nickte, und Lorcan fiel auf, dass auch sie blasser aussah als sonst. »Was kann ich für Euch tun?«

Lorcan atmete durch. »Etwas Großes«, antwortete er. »So groß, dass ich nicht einmal weiß, ob es möglich ist. Könnt Ihr meine Brüder hierher holen?«

Er hatte mit Zorn gerechnet, oder Gelächter, aber die Magierin sah plötzlich ertappt aus. »Welche Brüder?«, fragte sie ausweichend.

»Neravals Steinerne Wächter«, sagte Lorcan. »Es hilft nichts, egal, wie lang ich hier trainiere, ich kann es nicht allein mit einer ganzen Einheit aufnehmen. Aber wenn meine Brüder hier wären … Wir sind nicht als Freunde auseinandergegangen, doch ich weiß, sie würden mich nicht im Stich lassen, wenn es drauf ankommt.«

Enidins Augen wurden groß und seltsam leer. »Es heißt ›der Stein allein‹«, erwiderte sie spitz. »Nicht ›der Stein im Kreis seiner Brüder‹.«

»Wir sind der Stein!«, rief Lorcan und fühlte, wie hinter ihm die Tür geöffnet wurde und Tymur, ohne zu klopfen, hereinkam, aber das war ihm jetzt egal. »Nicht ich allein. Wir sind eine Einheit. Und gemeinsam haben wir eine Chance. Wenn Ihr ein Portal nach

Neraval öffnet, wenn wir die anderen nachholen – dann können wir es schaffen. Ich allein – niemals.«

Enidin schluckte. »Ich kann nicht«, flüsterte sie. »Wirklich, selbst wenn ich wollte – und ich will, das könnt Ihr mir glauben. Ich habe keine Magie mehr.« Keine Tränen dieses Mal. Enidins Stimme war dumpf und resigniert. »Nicht hier, zumindest.«

»Nicht«, wiederholte Lorcan. »Aber wenn wir zurück in unsere Welt gehen – dann könntet Ihr sie holen, nicht wahr? Wir müssen mit dem Hochfürsten sprechen, es soll nicht wie eine Invasion aussehen, wenn wir zu zweit gehen und mit noch acht Kämpfern wiederkommen, aber was soll er dagegen sagen? Jeder hier will, dass wir die Steinernen Wächter besiegen …«

Enidin verbarg das Gesicht in den Händen, dann nickte sie langsam. »Ich …« Sie schluckte. »Ich kann es versuchen. Aber es ist schwer. Das Portal, mit dem ich uns in die Berge gebracht habe – vier Personen, ich weiß nicht, ob ich mehr schaffen kann, allein. Nur … wenn ich versuche, auch für mich Verstärkung zu holen – meine Schwestern für Eure Brüder …« Sie seufzte und schüttelte den Kopf. »Dann wird jeder wissen, dass wir hier sind. Und warum.«

Lorcan wollte schon vorsichtig fragen, ohne selbst zu viel preiszugeben, was sie über den wahren Grund ihrer Reise wusste, doch da hörte er hinter sich ein Klatschen, Leder auf Leder. Tymur lachte.

»Wie klug ihr seid«, sagte er. »Denkt ihr, diesen Gedanken hätte ich nicht längst gehabt? Für wen haltet ihr mich? Wenn wir die Möglichkeit hätten, die restlichen Steinernen Wächter nachzuholen, dann wären sie längst hier und wir vielleicht schon wieder auf dem Heimweg. Aber ich kann nicht hingehen und halb Neraval nach Ailadredan holen, selbst wenn die Alfeyn damit einverstanden wären. Wir müssen es so versuchen. Wir haben keine Wahl. Wenn bekannt wird …« Tymur zwinkerte. »Was heißt keine Magie, Enid? Wofür schicke ich dich jeden Tag zu den Zauberinnen?«

»Ich hatte gehofft, ich müsste es Euch nicht sagen.« Enidin blickte zu Boden. »Ich arbeite daran. Hart. Tag und Nacht. Ich versuche, diese Welt zu verstehen, ihre Form, ihre Struktur. Und ich werde es lernen, ich verspreche es Euch. Es ist so fremd ...« Sie drehte sich weg und hätte nicht deutlicher auf die Tränen aufmerksam machen können, die nun doch in ihre Augen stiegen. »Es tut mir leid.«

»Du brauchst mehr Zeit.« Tymurs Worte hätten verständnisvoll klingen können, aber seine Augen blieben hart dabei. »Mehr Zeit für Enid. Mehr Zeit für Lorcan. Zeit, Zeit, Zeit. Ihr wisst beide genau, dass wir die nicht haben.« Dann war er still, drehte sich um, und ging. Und für den Rest des Tages sahen sie ihn nicht wieder.

In der Nacht war Unruhe im Haus, und auch ohne die Augen aufzuschlagen, wusste Lorcan, wer dahintersteckte. Tymur fand keinen Schlaf, lief auf und ab, und das nicht nur in seinem eigenen Raum: Er riss die Tür von Lorcans Zimmer auf, wanderte herein, wieder hinaus, auf zum nächsten, Tür auf, Tür zu, ohne etwas zu sagen, und obwohl er sicherlich jeden anderen im Haus damit aufgeweckt hatte, blieben alle in ihren Betten und schwiegen, um nicht alles noch schlimmer zu machen. Als irgendwann Ruhe einkehrte, fühlte sich das fast noch bedrohlicher an, doch Lorcan drehte sich auf die andere Seite und versuchte, wieder einzuschlafen. Am anderen Morgen musste er Tymur zur Rede stellen.

Doch schon bevor Lorcan normalerweise aufgestanden wäre, nach seiner inneren Uhr, die ihn auch in vielen Jahren ohne Tageslicht nie im Stich gelassen hatte, rüttelte Tymur ihn wach. »Steh auf, Lorcan. Mach dich bereit. Heute wird ein langer Tag.«

Lorcan richtete sich auf und blinzelte. Die Nächte in Ailadre-

433

dan wurden nicht schwarz und dunkel, sondern füllten die Welt mit dichtem Nebel, der durch die Portale bis auf die andere Seite kroch. Zu dieser Zeit war er noch lange nicht verflogen, er zog durch das Haus, dass Tymur nur als finsterer Umriss zu erkennen war.

»Jeder Tag mit dir ist ein langer Tag«, murmelte Lorcan, als er aus dem Bett stieg. »Aber wo du schon einmal hier bist ...« Doch da war Tymur schon wieder aus dem Raum, und Lorcan hörte, wie er in Enidins Zimmer marschierte.

So fanden sie sich dann alle im Wohnraum wieder, müde, vollständig angekleidet, und warteten darauf, dass Tymur zur Ruhe kam und endlich sagte, was er vorhatte. Kevron blinzelte noch mehr als sonst, und Enidin sah aus, als hätte sie geweint.

»Da seid ihr ja.« Tymur wirkte erfreut, fast überrascht. »Ich habe nachgedacht über das, worüber wir gestern gesprochen haben, Lorcan und Enid. Und ich glaube, ihr habt recht – zumindest sehe ich nicht, wie ihr irren solltet, wo es um euch und eure Fähigkeiten geht. Und darum gehen wir heute zu Ililianés Turm.«

Lorcan seufzte. So schön es war, Tymur wieder bei guter Laune zu sehen ... »Wir sind nicht bereit«, sagte er ruhig. »Bitte. Mach es nicht schwerer, als es ist.«

»Nein, nein, du verstehst nicht!«, rief Tymur. »Ihr meint vielleicht, ich kann nichts, weil ich den ganzen Tag hier herumsitze und euch schuften lasse, aber ich kann immer noch nachdenken, und ich habe einen Plan. Wartet ab. Er ist großartig.«

»Dann sagt ihn uns jetzt«, erwiderte Enidin. »Macht keine Überraschung daraus.«

Tymur lachte nur. »Du kennst mich, Enid. Wo wären wir ohne mich und meine Überraschungen?«

Lorcan sagte nichts. Es brachte nichts, mit so einem Tymur zu streiten. Sie nahmen ihr Frühstück ein, und erst, als draußen die Wächter klopften, kam Bewegung in Tymur.

Er riss energisch die Tür. »Da seid Ihr ja, meine lieben Alfeyn!«, frohlockte er. »Ihr kommt, um unsere strebsamen Schüler mitzunehmen, aber heute gibt es eine Änderung im Ablauf. Heute kommen wir alle mit.«

Die Alfeyn standen da mit leeren Gesichtern, und wären sie Menschen gewesen, sie hätten mit den Schultern gezuckt. Genauso wie sie damals Enidin anstandslos mitgenommen und zu den Zauberinnen gebracht hatten, schien es auch jetzt für sie keinen Unterschied zu machen, ob sie zwei Menschen durch die Stadt führten oder vier. Tymur musste mit mehr Widerstand gerechnet haben, er wirkte fast enttäuscht.

»Holt eine Einheit Eurer besten Soldaten!«, sagte er. »Acht Mann, nicht mehr und nicht weniger. Wir gehen zu Ililianés Turm.«

Endlich regten sich die Wachen. »Das ist nicht möglich, Tymurdamarel.«

»Und ich sage, das ist es. Ihr wisst, wo der Turm ist. Führt uns hin. Es wird kein Kampf stattfinden. Wir schauen uns nur vor Ort einmal um.«

Unauffällig atmete Lorcan auf, doch so recht traute er dem Braten noch nicht – dafür kannte er den Prinzen zu gut.

»Ihr dürft die Stadt nicht verlassen«, sagten die Wachen, und natürlich fügten sie hinzu: »Zu eurem eigenen Schutz. Der Hochfürst will es so.«

Tymurs Lächeln wurde breiter. »Der Hochfürst will«, entgegnete er, »dass wir Ililianés Steinerne Wächter bezwingen. Und ehe niemand von Euch uns diese Steinernen Wächter hierher liefert, haben wir keine Wahl, als dafür die Stadt zu verlassen. Geht zum Hochfürsten. Sagt ihm das. Wir werden nicht allein gehen, und wir werden nicht versuchen, Euch davonzulaufen, dafür gebe ich Euch mein Wort. Eine Eskorte von acht Mann, hin und zurück, das ist alles, was ich verlange. Heute noch. Aber beeilt Euch. Der

Tag hat bereits angefangen, und bis zum Abend will ich den Turm erreicht haben.«

»Dann wartet hier«, sagten die Wachen. »Wir werden mit dem Hochfürsten sprechen.«

»Ich komme auch gerne mit«, erwiderte Tymur. »Dann spart Ihr Euch den Rückweg.«

Doch da waren die Wachen schon fort.

»Wird nicht lange dauern«, sagte Tymur, mehr zu der wieder geschlossenen Tür als seinen Freunden. »Und, was sagt ihr nun?«

Kevron gähnte. »Großartiger Plan«, sagte er. »Den Turm mal anschauen. Warum bin ich nicht selbst darauf gekommen?« Er schüttelte den Kopf. »Wirklich, Tym, ich hatte mehr von dir erwartet.«

Tymur grinste. »Das ist nicht mein Plan«, sagte er. »Das ist nur die Voraussetzung. Was glaubst du, wofür ich acht Alfeyn brauche? Weil ich mich alleine nicht auf die Straße traue?« Sein Stolz war unüberhörbar. »Richtig, du warst gestern Abend nicht dabei. Lorcan sagt, er braucht mehr Steinerne Wächter, auf unserer Seite, heißt das. Enid sagt, sie kann keine herbeizaubern. Was tun wir also? Wir bauen uns unsere Eigenen. Wir nehmen die Alfeyn, sorgen dafür, dass sie ein paar echte Steinerne Wächter zu sehen bekommen, und dann bringt Lorcan ihnen alles bei, damit sie als Steinerne Wächter durchgehen können. Ihr habt die Alfeyn reden gehört – sie denken, sie können es nicht, weil sie nicht den passenden Titel tragen. Aber kämpfen können die Burschen in jedem Fall. Sie müssen nur das bisschen lernen, was sie zu Steinernen macht. Was sagst du, Lorcan?«

Lorcan atmete durch, um Zeit zu gewinnen. Er fragte sich, was aus seiner großen Liebe zu Tymur geworden war, aus seiner Begeisterung für jedes Wort, das über dessen Lippen kam. Er konnte nicht anders, als nach den Fallstricken zu suchen. Es war kein schlechter Plan, beileibe nicht, er war besser als alles, was Tymur seit Langem eingefallen war. Aber irgendwo musste ein Haken sein. »Das … das klingt wie eine gute Idee«, sagte er langsam. »Nur … ich weiß nicht, ob die Alfeyn mitmachen. Ob sie sich von mir etwas beibringen lassen. Und vor allem, ob sie das in einem Zeitraum tun, der mit unserer menschlichen Vorstellung vereinbar ist. Wir haben nicht ewig Zeit. Sie schon.«

»Aber du bist bereit, es zu versuchen?«

Lorcan nickte. »Ich bin bereit, es zu versuchen«, antwortete er und setzte schnell hinzu, bevor Tymur sich diese Worte doch auf einen Angriff auf die Steinernen Wächter und den Versuch, den Turm einzunehmen, zurechtbiegen konnte: »Das heißt, ich bin bereit, aus den Alfeyn Steinerne Wächter zu machen.«

»Prachtvoll«, sagte Kevron. »Dann habe ich einen Tag Ruhe –« Aber er kam nicht weit.

»Du kommst mit!« Tymurs Stimme durchschnitt den Raum. »Ihr kommt alle mit. Ihr erinnert euch, was ich bei unserer Ankunft gesagt habe? Ich lasse keinen von euch hier allein zurück. Du kommst mit, Kev! Du bist doch der Wichtigste von allen.« Jetzt lachte er wieder.

»Ich«, wiederholte Kevron. »Natürlich. Weil ich ja der große Experte für Steinerne Wächter bin.«

»Du kannst zeichnen«, sagte Tymur. »Tu nicht so, als könntest du es nicht. Die Alfeyn sind in ihrer Vorstellung gefangen, keine Steinernen Wächter zu sein, und solange sie aussehen wie immer, werden sie auch denken wie immer. Wenn wir ihnen Rüstungen schneidern, die denen nachempfunden sind, die Ililianés Steinerne tragen … und dir auch, Lorcan. Nichts gegen das Kettenhemd, aber du bist ein Steinerner Wächter, dann sollst du auch wie einer aussehen. Und ich wette, es gibt hier Schmiede mit großem Kunstverstand. Wenn du ihnen ein paar Zeichnungen mitbringst …«

Kevron seufzte und fügte sich seinem Schicksal, auch wenn er offensichtlich alles andere als begeistert davon war, hinaus in die Berge zu müssen.

»Und auch ich werde mein Bestes geben«, sagte Enidin. »Ich weiß zwar noch nicht, wie – aber wenn ich den Turm sehe, und die Wächter, bekomme ich vielleicht eine Vorstellung von Ililianés Kraft.«

»Oh, du brauchst gar nicht zu argumentieren«, sagte Tymur. »Ihr seid alle dabei. Wir vier, wie am ersten Tag. Jetzt seht zu, dass ihr eure Sachen zusammenpackt. Wir werden in den Bergen übernachten müssen. Und ich will nicht, dass ihr mich dann vor den Alfeyn blamiert.«

Auf dieser Seite der Welt waren die Berge so grau und unbezwingbar wie auf der, wo die Menschen lebten – aber während die Menschen wussten, dass es jenseits der Berge weiterging, dass es dort ein Land gab, das grünte und lebte mit Menschen und Tieren und Wald, gab es in Ailadredan nur die Berge, und dahinter den Nebel, und dahinter … Niemand wusste es, und die Alfeyn am allerwenigsten. Doch so groß und weit die Berge auch waren, Ililianés Turm lag nur so weit außerhalb der Stadt, dass sie ihn an einem Tag erreichen konnten. Für die Alfeyn, die nicht ermüdeten und den Steilhang nicht fürchteten, hätte es ein noch kürzerer Weg sein können. Und doch war seit langer Zeit niemand mehr dort gewesen.

Für die Menschen war es ein rutschiger, schmaler, beschwerlicher Pfad. Es war gut, dass sie wenig Proviant zu tragen hatten. Aber auch so mussten sie mehr balancieren als wandern, immer wieder gähnten links und rechts bodenlose Abgründe, und ein falscher Tritt hätte den sicheren Tod bedeutet. Die Alfeyn tänzelten über die schmalsten Grate, dass eine Ziege vor Neid erblasst wäre, während die Menschen bitterlich bedauerten, diesmal ohne Seile losgezogen zu sein.

Lorcan fühlte die Augen der Kämpfer auf ihm liegen. Acht Krieger der Alfeyn, wie von Tymur gefordert, waren mit Anisitelanis als ihrem Anführer dabei, und Lorcan sah ihren Zweifel. Sie hatten ihn auf dem Trainingsplatz gesehen, wo er sich so sicher bewegte wie sie, aber nun strauchelte Lorcan, hatte Probleme, das Gleichgewicht zu halten, trotz aller Übung, die er in der Stadt darin bekommen hatte, über Bogenbrücken zu balancieren.

Er sah Kevron mit angehaltener Luft und eingezogenem Bauch, den Rücken an die Felswand gedrückt, im Krebsgang vorankriechen, und wusste dabei nicht, wer ihm mehr leid tat: der Mann, der besser nicht mitgekommen wäre, oder sie alle, die seinetwegen noch länger für die Strecke brauchten. Aber sie hatten keine Wahl. Es war der einzige Weg zu Ililianés Turm.

»Weiter, Freunde«, presste Tymur durch zusammengebissene Zähne hervor. »Macht nicht schlapp. Wenn wir am Ziel sind – ich sage euch, das wird ein Anblick, der uns tausendfach für die Strapazen entlohnt.«

Lorcan nickte grimmig. Türme hatte er in der Stadt schon zur Genüge gesehen, und sollte Ililianés da anders sein? Sicher, er rechnete mit einem gewaltigen, hohen Gebäude – wenn sich jemand tausend Jahre lang darin verschanzte, wollte der zumindest Platz haben. Aber all seine Ehrfurcht galt gerade den Bergen.

Doch als der Turm dann vor ihnen aus dem Nebel ragte, versagte auch Lorcan der Atem. Ja, der Turm war hoch, ja, er war schön – aber das wirklich Erschütternde war, dass er aussah wie etwas, das Menschen gebaut hatten. Natürlich, kein Menschenturm konnte so hoch gebaut werden, so schlank und elegant, und wo ein Mensch gemauert hätte, war Ililianés Turm aus dem Stein gezogen wie die Häuser in der Stadt. Und doch wirkte er in Ailadredan wie aus der Welt gefallen, trutzig und abweisend, schmuck- und schnörkellos, ohne die furchterregend gewundenen Außentreppen der Alfeyn, fensterlos bis hin zur obersten Kammer, wo zwischen den Wolken so etwas wie schmale Scharten zu erahnen waren.

Und seine Farbe … Alles, was die Alfeyn bauten, war von hellem Grau in allen Farben des Nebels. Der Turm der Zauberin erschien so schwarz wie Tymurs Rock. Wie immer Ililiané ihre Abenteuer in der Menschenwelt erlebt haben mochte, sie konnte kein leichtes Herz davongetragen haben. Wie etwas so schön und zugleich derart finster und trüb sein konnte, darüber mochte Lorcan gar nicht nachdenken. Allein der Anblick entzog ihm alle Farben, alles Licht und alle Freude. Was blieb, war die Anstrengung des Weges, der ganzen Reise, Wochen der Entbehrung, Einsamkeit und Schmerzen.

Aber als sie den letzten Pass überquert hatten und den Fuß des Turmes sehen konnten, musste Lorcan beinahe lachen. Dort patrouillierten keine Krieger, keine zum Leben erwachten steinernen Gestalten. Es waren nur Statuen. Ein schmaler Weg führte zum Turm hin, eine Schlucht, aus Ewigkeit geboren, und links wie rechts standen die Figuren, aus dem gleichen dunklen Gestein wie der Turm selbst, vier und vier einander gegenüber, und keine von ihnen sah aus, als könne sie auch nur einen Finger rühren.

Ihre Schwerter waren stolz und würdevoll erhoben, doch sie sahen alt aus und verwittert. Moos und graue Flechten zogen sich über ihre Oberfläche, und Jahrhunderte von Wind und Nebel hatten sich so tief in ihre Züge eingegraben, dass die Gesichter, die sie vielleicht einmal hatten, kaum noch zu erkennen waren. Nirgendwo in Ailadredan hatte Lorcan etwas gesehen, das aussah, als könne ihm die Zeit etwas anhaben, und ausgerechnet hier, ausgerechnet an diesen Figuren, hatte sie erbarmungslos ihre Spuren hinterlassen.

»Sind sie das?« Lorcan drehte sich zu Anisitelanis um. Der Schein konnte trügen. Vielleicht waren dies wirklich nur leblose

Figuren, während die echten Steinernen Wächter im Inneren des Turmes warteten.

Der Erste nickte.

»Dann keinen Schritt weiter!«, sagte Lorcan. »Bleibt hier stehen und wartet. Ich werde mir das aus der Nähe ansehen.«

»Wir kommen mit –«, fing Tymur an, aber diesmal duldete Lorcan keinen Widerspruch.

»Ich gehe allein! Das ist meine Aufgabe.«

Natürlich, die Alfeyn sollten sich die Steinernen gut ansehen können und Kevron auch – aber erst nachdem Lorcan den Weg freigegeben hatte. Er wollte keinen Kampf, nur herausfinden, wie viel Leben in diesen Statuen steckte. Mit der Hand am Schwertknauf trat Lorcan näher, so langsam, als bewege er sich über dünnes Eis, keinen Zoll zu weit und jederzeit bereit, wieder umzukehren. Ein Schritt, noch ein Schritt, die Augen fest auf das erste steinerne Paar gerichtet. Acht Statuen waren es, das machte ihm Sorgen – in Neraval waren sie zu neunt, und Lorcan fürchtete sich weniger vor diesen acht Figuren als vor der einen, die er nicht sehen konnte.

Die Statuen standen still – standen still – standen still – und dann erwachten sie zum Leben.

Lorcan erschrak nicht. Auf diesen Anblick war er vorbereitet, auf Stein, der zu Haut wurde und zu Metall, und auf Flechten, die plötzlich aussahen wie das Wolkenspiel in den Gesichtern der Alfeyn. Verwittert blieb verwittert, aber was eben noch in der Zeit eingefroren war, wurde nun lebendig, erst nur das Paar, das Lorcan am nächsten stand, dann auch die beiden daneben. Um zum Turm zu gelangen, dessen Tor einladend am Ende der Klamm wartete, musste er an allen vier Gruppen vorbei, doch dass sie immer nur paarweise erwachten, war Lorcans Vorteil. Mit zwei Gegnern gleichzeitig wurde er fertig, wenn es sein musste.

Die Steinernen Wächter, jeder von ihnen einen guten Kopf größer als der größte Mensch, den man sich vorstellen konnte, blickten auf Lorcan hinunter, aber sie schienen abzuwarten, griffen nicht an. Lorcan verharrte, als hätte er sich selbst in Stein verwandelt. In diesem Augenblick lebten nur ihre Augen, mit denen sie einander beobachteten. Eine falsche Bewegung, und der Frieden war dahin.

Lorcan nickte. Solche Steinernen Wächter hätten sie in Neraval gebraucht, wahrhaft unsterbliche Krieger, die immer nur dann zum Leben erwachten, wenn sie gebraucht wurden, die nicht alterten und nicht starben. Nur bei der Vorstellung, was diese dann aus einem neugierigen kleinen Bengel wie Tymur gemacht hätten an jenem verhängnisvollen Tag …

Aus dem Augenwinkel bemerkte Lorcan einen Schatten hinter sich, und langsam drehte er sich um. Es war nur Tymur, der sich an Lorcan herangepirscht hatte mit unschuldiger Miene und einer Hand über seiner Gürteltasche, als wäre sie dort festgewachsen.

»Ksch!«, machte Lorcan. »Geh zurück! Du bist hier nicht sicher!«

Tymur schenkte ihm einen Augenaufschlag, als wäre in fünfzehn Jahren kein Tag vergangen. »Ich wollte sie nur aus der Nähe sehen.«

»Und wir wissen beide, was das bei dir heißt«, knurrte Lorcan. »Jetzt hast du sie gesehen. Fort mit dir, oder ich vergesse mich. Glaubst du, ich mache den gleichen Fehler zweimal?«

Mit einem Nicken, dem nicht das geringste Schuldbewusstsein anhaftete, machte Tymur ein paar Schritte rückwärts – nicht weit genug nach Lorcans Geschmack. Er wusste, wie er Tymur zurück zu den in sicherem Abstand wartenden Alfeyn bekommen konnte. In ihm war genug Stein, um hier sehr, sehr lange stehen zu bleiben.

Und tatsächlich. »Was ist?«, hörte er Tymur hinter sich drängen. »Geh näher ran! Zieh dein Schwert!«

»Ich bewege mich nicht weiter«, antwortete Lorcan ruhig, »bevor du wieder auf deinem Platz bist. Von mir aus können wir hier Wurzeln schlagen.«

Was immer Tymur an Tugenden besaß, Geduld gehörte nicht dazu. Endlich zog er sich kleinlaut zurück, zwar nicht bis hinter die Alfeyn, um sich nicht seine gute Sicht versperren zu lassen, aber doch weit genug, so dass Lorcan den nächsten Schritt in Richtung der Steinernen Wächter machen konnte.

Langsam, ganz langsam, zog er sein Schwert. Die Wächter reagierten sofort. Standen sie eben noch friedlich Spalier, traten sie ihm nun in den Weg, Seite an Seite, die Klingen gekreuzt: Bis hierher und nicht weiter. Das sollte Lorcan für diesen Moment genügen. Er hatte die Steinernen Wächter gesehen, die Alfeyn hatten sie gesehen und Kevron auch, selbst wenn der so weit hinten stand, dass er für Lorcan nur zu erahnen war.

Auch wenn es Wochen dauern würde, um Anisitelanis und seinen Männern auch nur die Grundlagen der Weisheit des Steins beizubringen: Sie konnten in dem Wissen zurück in die Stadt gehen, dass ihr Ziel zu erreichen, der Kampf zu schlagen, die Wächter zu besiegen waren. Wenn sich dann nur nicht herausstellte, dass Ililianés Turm schon seit einer Ewigkeit verwaist und verlassen war …

Keine überstürzten Bewegungen. So langsam, wie Lorcan sich auf die Statuen zubewegt hatte, zog er sich jetzt wieder zurück, den Blick fest auf den beiden Wächtern, die seinen Weg blockierten – wie weit musste er entfernt sein, damit sie wieder zu Stein wurden?

»Was ist?«, rief Tymur. »Warum gehst du nicht weiter?«

Ohne die Augen von den Steinernen zu nehmen, sagte Lorcan: »Ich habe alles gesehen, was ich sehen musste.«

»Alles?« Tymurs Stimme wurde zu einem Zischen, und Lorcan musste sich zwingen, sich nicht nach ihm umzudrehen. »Du bist doch kaum an sie herangekommen!«

Noch ein Schritt rückwärts. Der Stein lebte weiter. »Ich bin nicht hier, um gegen sie zu kämpfen.«

»Wofür du hier bist, entscheide immer noch ich.«

Lorcan blieb stehen und atmete durch. Er hätte damit rechnen müssen, dass Tymur Ärger machte, dass er im entscheidenden Moment nichts mehr von seinen eigenen Vorschlägen wusste. Die Steinernen konnten warten. Lorcan drehte sich zu Tymur um. »Wir sind nur Kundschafter, erinnerst du dich nicht?«, sagte er, so sanft er konnte.

»Soll das heißen«, fragte Tymur, und selbst aus dieser Entfernung konnte Lorcan das unheilvolle Funkeln in seinen Augen sehen, »dass wir heute den ganzen Weg für nichts und wieder nichts gegangen sind?«

Lorcan lachte schroff. »Bist du derjenige, der diese Kämpfer besiegt?« Sie hätten niemals herkommen dürfen. In diesem Moment glaubte Lorcan nicht mehr, dass Tymur jemals ernsthaft beabsichtigt hatte, es nur beim Schauen zu belassen. Er wollte in diesen Turm, koste es was wolle – und aus dem obersten Fenster beobachtete vielleicht Ililiané selbst, wie Damars Nachfahr sich zum Narren machte.

Tymurs Schultern hoben und senkten sich. Von hinten schob sich Kevron zwischen den Soldaten hindurch an den Prinzen heran, legte ihm eine Hand auf die Schulter und redete leise auf ihn ein. Dann passierte alles gleichzeitig. Eben noch schüttelte Tymur Kevrons Hand ab, im nächsten Moment schoss er an Lorcan vorbei, als hätte er die letzten Wochen über nichts anderes getan, als seine Beine zu trainieren. Lorcan versuchte noch, ihn zu greifen, aber was er vor fünfzehn Jahren nicht geschafft hatte, als sein Körper noch jünger und schneller war, ging jetzt erst recht nicht.

Tymur duckte sich zwischen den Schwertern hindurch, machte einen Satz nach vorn, fegte am zweiten steinernen Paar vorbei, dann am dritten … Die Steinernen Wächter mochten unbezwingbar sein, aber in diesem Moment, als sie zum Leben erwachten, einer nach dem anderen, waren sie vor allem eins: langsam. Schon stand Tymur am anderen Ende des Weges, hatte das Tor erreicht, noch ehe der letzte Steinerne Wächter sein Schwert erheben konnte.

»Halt sie einen Moment lang auf!«, rief Tymur vergnügt. »Ich schau solange nach Ililiané.« Er lachte schrill, als er an der großen Tür zu zerren begann, zu drücken, zu schieben, zu klopfen. Dann, in einem späten Moment der Erkenntnis, schüttelte er den Kopf. »Ich habe das wahre Blut!«, rief er anklagend. »Warum geht dann das Tor nicht auf?«

Die Tür rührte sich nicht. Und acht Steinerne Wächter waren bereit zum Kampf.

Lorcan streifte alle Angst, alle störenden Gedanken ab und übergab sein Schicksal seinem Körper und dem Teil von ihm, der nur zum Kämpfen da war. Die Weisheit des Steins erfüllte ihn. Ob er siegte oder nicht, ob sein Leben auf dem Spiel stand oder das seiner Gegner – nichts davon zählte in diesem Moment. Nur sein Körper, nur das Schwert, nur Tymur.

Er riss sein Schwert hoch und brüllte all den Zorn auf diesen dummen Jungen, der es nicht besser verdient hatte, als sich kurz und klein hacken zu lassen und dem doch nichts passieren durfte. »Hier, ihr Steinernen Wächter!«, schrie er. »Schaut mich an! Ich bin euer Gegner!« Sie hörten ihn. Diejenigen, die nur wenige Schritte von Tymur entfernt waren, drehten sich um und kamen stattdessen auf Lorcan zu. Und diejenigen, die schon vor ihm standen, griffen an.

Lorcan fühlte weder Schmerzen noch Anstrengung. Der Stein ermüdete nicht. Er war eins mit seinem Körper, Arme und Beine hatten keinen eigenen Willen mehr, fühlten nicht, sie waren nur noch Teile des großen Ganzen. Das Schwert wuchs ihm aus dem Arm, alles war aus einem Guss. So konnte er kämpfen, bis er tot umfiel, und das würde er auch tun, ehe er müde wurde, Angst bekam oder aufgab. Steinerne Wächter kämpften nicht um ihr eigenes Leben. Sie waren da, um zu beschützen – Leben Unschuldiger, die Burg, die Schriftrolle.

Das war kein Übungskampf mehr. Da war Lorcan immer er selbst gewesen, hatte mit offenen Augen alles aufgenommen, was auf dem Platz passierte, sich jede Bewegung, jeden Schritt eingeprägt, um vorbereitet zu sein, reagieren zu können, wenn es darauf ankam. Jetzt kam es darauf an. Jetzt war er nicht mehr Lorcan Demirel, er war Steinerner Wächter. Und das Gleiche galt für seine Gegner …

Zwei Steinerne Wächter standen vor ihm, die anderen näherten sich, bereit, ihn niederzustrecken. Und das war gut: Lorcan war ihr Gegner, nur Lorcan, Tymur durften sie nicht einmal sehen. Sie mussten es mit Lorcan aufnehmen, sie hatten keine andere Wahl. Wenn Lorcan sie aus der Schlucht lockte, weg vom Turm … Der schmale Weg war Lorcans Verbündeter – ihn konnte er kontrollieren und damit auch seine Gegner.

Irgendwo von hinten hörte er ein Rufen, das an seiner Aufmerksamkeit kratzte, ohne sie zu erobern: »Kommt, weg hier, lasst uns abhauen!« Es musste Kevron sein. »Sie kommen schon nicht hinter uns her …« Es konnte nur Kevron sein. Aber es änderte nichts mehr. Dieser Kampf hatte begonnen, und nun musste Lorcan ihn auch zu Ende bringen. Wenn Kevron derweil sich und Enidin in Sicherheit brachte, war das gut. Lorcan konnte keine Rücksicht nehmen. Alles, was jetzt interessierte, war, dass Tymur nichts zustieß – schon damit Lorcan ihm anschließend eine Tracht Prügel verpassen konnte.

Lorcans Schwert traf auf das seines ersten Gegners, und es durchfuhr ihn wie ein Blitzschlag, der nicht nur seine Ohren taub machte. Das war ein Gefühl, so vertraut, dass es wehtat, ein Gefühl, das er vermisst hatte, ohne auch nur zu wissen, dass er es kannte – Stein auf Stein. Es war nicht, als schlüge er einen Gegner. Es war die Begegnung zweier Steinerner Wächter, wie in jedem der zahllosen Übungskämpfe, in denen es um nichts anderes ging, als ihre Bewegungen aufeinander abzustimmen und eine Einheit zu werden.

Fühlte der andere das auch? Das Gesicht des Steinernen Wächters war anders als die von Lorcans Kameraden. Ililianés Steinerne Wächter waren nach dem Antlitz der Alfeyn geschaffen, und auch jetzt sahen sie aus wie Statuen – die Vorstellung, dass ausgerechnet diese Wächter denken und fühlen sollten wie Lorcan, war seltsam fremd.

Sie sahen aus, als wären sie durch und durch aus Stein. Selbst wenn man sie mit einem sauberen Schnitt durchteilte, würden dort keine Muskeln, Knochen und Organe sein, kein Blut, kein Herz und kein Gehirn. Aber die Berührung, Schwert auf Schwert, war die von zwei Vertrauten. Als der Steinerne Wächter Lorcans Blick erwiderte, sah er nicht in die Augen eines Gegners und erst recht nicht die eines Feindes.

Zu seiner Rechten eine Bewegung, der zweite Wächter holte mit seinem Schwert aus, doch Lorcan konnte den Angriff parieren, ohne auch nur hinzusehen. Er wusste, wohin der Steinerne zielte, wie er sich bewegte, er sah den Schlag voraus und konnte darauf reagieren, bevor er passiert war. Es war nur eine Frage von Koordination und Geschwindigkeit. In diesem Kampf konnte Lorcan nicht mehr überrumpelt werden. Die Steinernen Wächter waren eine Einheit, und Lorcan war ein Teil davon.

Sie wussten es alle. Lorcans Kampf war vorüber, ehe er begonnen hatte. Er konnte nicht angreifen, die Steinernen würden jeden seiner Angriffe durchschauen, so wie er es mit ihren tat. So würden sie ihn nicht besiegen und er nicht sie, der Kampf konnte endlos weitergehen, bis Lorcan, immer noch Mensch, am Ende seiner Kräfte war. Und dann? Was war dann mit Tymur?

Jetzt begann Lorcan doch wieder zu denken – das war nicht gut, er musste den Kopf freihalten. Zwar konnte er darauf bauen, dass die Muskeln wussten, was zu tun war, aber er hatte diese Wächter zu besiegen, nicht in einen endlosen Schaukampf zu verwickeln, mit dem man ein Jahrmarktspublikum unterhalten konnte. Wenn Lorcan es schaffte, die Steinernen Wächter so lange von der Bewachung des Turms abzulenken, dass Tymur sich in Sicherheit bringen konnte ... Aber der schmale Weg war eine Falle.

Lorcans Arme und Beine bewegten sich wie von selbst. Der Kampfstil eines Steinernen Wächters erforderte einen guten Stand und kein Herumgetänzel. Im besten Fall kämpften alle gegen einen, im schlimmsten Fall musste ein ganzes Heer zurückgehalten werden. Lorcans Füße fanden blind ihren Stand, so wie seine Arme das Schwert steuerten, links, rechts, oben, unten, die Paraden saßen, so sicher und präzise, als würde er jeden einzelnen Regentropfen eines Gewitters abwehren. Doch ans Angreifen brauchte Lorcan nicht zu denken, zu beschäftigt war er mit der Verteidigung seiner Haut.

Eigentlich wäre dies der Moment gewesen, um in Panik zu verfallen. Stattdessen war es der Moment, in dem Lorcan begriff, was zu tun war. Die Steinernen Wächter akzeptierten ihn als einen Teil der ihren. Ihnen fehlte der Verstand, um zu sehen, dass Lorcan nicht ihre Rüstung trug, dass er ein Menschenschwert führte anstelle des Krummschwerts der Alfeyn, sie erkannten ihn an seinen Bewegungen, sie erkannten ihn an seinem Blick, und sie fühlten den Stein in ihm. Und genau aus einem Grund griffen sie ihn an: Nicht, weil Tymur zur Tür gerannt war, sondern weil Lorcan ihnen das Zeichen dazu gegeben hatte in dem Moment, als er ihnen mit dem Schwert entgegentrat. Übungskampf.

Lorcan bezweifelte, dass die Steinsoldaten so etwas überhaupt nötig hatten. Sie erwachten sicher nicht allnächtens zum Leben, um aneinander ihre Schwertkunst zu stählen. Sie hatten keine Muskeln, die gestärkt werden mussten, keine Sehnen, aber auf einer Ebene, die kein Denken erforderte, begriffen sie, was dieser Steinerne von ihnen wollte: Kämpfen. Also kämpften sie. Und wenn er ihnen einen anderen Befehl gab?

Die Antwort stand hinter ihm. Immer noch Schlag um Schlag abwehrend, drehte Lorcan sich zur Seite. Dort standen die Alfeyn, so reglos hinter ihrem Hauptmann, als wären sie selbst die Statuen, und in ihren Gesichtern lag Anerkennung, vielleicht sogar Bewunderung – aber sie standen nur da, und einen Augenblick lang hasste Lorcan sie dafür, dass sie ihn um sein Leben kämpfen ließen und nicht einmal auf die Idee kamen, ihm beizustehen.

Die Alfeyn waren nicht seine Brüder, aber Lorcan hatte lang genug mit ihnen trainiert, um hoffen zu können, dass sie jetzt, ein einziges Mal, auf ihn hören würden. »Greift an!«, schrie er. »Greift jetzt an!« In diesem Moment war ihm egal, ob sein Plan aufgehen konnte oder ob sie am Ende alle tot dalagen mit aufgeschlitzten Leibern und abgeschlagenen Köpfen: Wenn er schon draufgehen sollte, konnte er zumindest diejenigen mitnehmen, die bereit waren, nur zu glotzen, obwohl sie das Zeug zum Kämpfen hatten. Noch einmal brüllte Lorcan: »Greift mich an!«

Und dann begann der Kampf richtig – nur wusste Lorcan nicht, auf welcher Seite er selbst dabei stand. Er war gekommen, um die Steinernen Wächter zu besiegen, doch stattdessen kämpfte er plötzlich an ihrer Seite gegen die Alfeyn, seine Verbündeten, Lehrmeister, Trainingspartner. Mehr noch, er führte sie an. An Kraft und Ausdauer waren Ililianés Wächter ihm weit überlegen, aber Lorcan besaß Verstand. Die Steinernen Wächter wussten das. Lorcan musste ihnen nicht sagen, dass sie ihm folgen sollten. In diesem Kampf taten sie genau das, was er von ihnen wollte. Und Lorcan wollte nicht mehr und nicht weniger, als dass sie verloren.

Er hatte keine Zeit, das den Alfeyn zu erklären, doch sie verstanden ihn. Wie sie kämpften, wo ihre Stärken lagen, wusste Lorcan, und das konnte er ausnutzen. Acht Alfeyn und ihr Erster. Acht Steinerne Wächter, ein Lorcan. Er musste so tun, als ob er gegen die Alfeyn kämpfte, damit die Steinernen das auch taten, und es musste so echt aussehen, dass Lorcan sich dabei verletzen konnte, sogar sterben – der Einzige unter ihnen, der bluten konnte und es würde … Lorcan ergab sich dem Kampf. Es gab nichts anderes mehr.

Schwerter trafen auf Schwerter, und Schwerter trafen auf Stein. Lorcans Verstand war so weit von seinem Körper losgelöst, dass er den Kampf von außen betrachten konnte, durch die Augen von jedem dieser mächtigen Steinernen Krieger gleichzeitig. Was er sah, war kein Gemetzel. Nur Schönheit und Perfektion.

Die Alfeyn, die tausend Jahre für diesen einen Augenblick trainiert hatten, die nicht mehr daran dachten, dass sie eben noch diesen Gegner für unbesiegbar erklärt hatten, kämpften zugleich besonnen und rücksichtslos, nicht bereit, ihren Gegnern ein Schlupfloch zu lassen, gnadenlos. Sie tanzten wie fließende Wellen, auch sie eine Einheit, in der jeder wusste, was der andere tat, perfekt aufeinander abgestimmt – die Steinernen Wächter trugen die Weisheit des Steins in sich, doch was sie wirklich verband, war die Weisheit der Alfeyn, die Ililiané ihnen verliehen hatte.

Und auf der anderen Seite die Steinernen Wächter, unsterbliche Kämpfer und nun fast menschlich in dem Scheitern, zu dem Lorcan sie zwang. Verteidigen sollten sie, bis zum Letzten. Angreifen mussten sie, offen, ungeschützt, so wie Lorcan es ihnen vormachte. Sie teilten sich auf, statt einen Gegner nach dem anderen aus dem Kampf zu nehmen. Sie holten zu weit aus und entblößten dabei Körperstellen, die an einem Menschen Schwachpunkte gewesen wären.

Nebel gegen Stein, Stein gegen Nebel, und zwischen ihnen

Lorcan im Kampf seines Lebens. Seine Bewegungen mussten natürlich wirken, damit die Steinernen mitmachten, damit sie ihn nicht durchschauten als die Täuschung, die er war. Sein Leben lang hatte Lorcan kämpfen müssen, beweisen müssen, dass er der Beste von allen war, nur um jetzt hier zu stehen und alles, was er jemals übers Kämpfen gelernt hatte, ins Gegenteil zu verkehren.

Das Training von Jahren buchstäblich mit Füßen tretend, tänzelte Lorcan, als stünde er auf glühenden Kohlen, gab seinen festen Stand auf, damit die Steinernen Wächter auch keinen hatten, und säbelte mit seinem Schwert durch die Luft, als wollte er Stücke herausschneiden. Lorcan war zu selten in seinem Leben betrunken gewesen, aber so musste es sich anfühlen, wenn man dann zu kämpfen versuchte. Und doch musste er über alldem aufpassen, selbst an einem Stück zu bleiben. Ihm gegenüber stand Anisitelanis, und ob der wollte oder nicht, er trug plötzlich alle Verantwortung für sie beide. Sicherlich wollte er Lorcan nicht verwunden, doch was sollte er tun, wenn Lorcan gegen ihn anstürmte und ihn umkreiste und sich in jeder Hinsicht zum Narren machte? Es half nichts. Wenn die Steinernen Wächter verlieren sollten …

Lorcan zögerte. Schlecht zu kämpfen war eine Sache. Sich vorwärts in das Schwert eines Gegners zu stürzen – das kam Selbstmord gleich. Auch wenn er ein Kettenhemd trug, auch wenn diese Waffe zum Hauen und Schneiden gemacht war und nicht zum Stechen – Lorcan wollte siegen in diesem Kampf, lebendig. Er suchte Anisitelanis' Blick. Der Alfeyn war zu vorsichtig, hatte zu viele Gelegenheiten, Lorcan buchstäblich in seine Einzelteile zu zerlegen, nicht genutzt – doch die Alfeyn wussten, um was es ging. Nicht um Lorcan, und nicht einmal mehr um Ililiané. Es ging um ihre Prophezeiung. Und für die würden sie alles tun.

»Pass auf«, sagte Lorcan, formte die Worte mehr mit den Lippen, als dass er sie wirklich sprach. »Lass mich gewähren. Halt mich nicht auf.«

Lorcan fragte sich, warum er flüsterte. Er kontrollierte die Steinernen Wächter mit seinem Körper, nicht mit Worten, und selbst wenn sie ihn hören konnten, verstanden sie die List nicht. Aber Lorcan war noch nie ein Mann der lauten Töne gewesen. Anisitelanis nickte.

Lorcan setzte alles auf eine Karte. Es gab die rechte Zeit für Vorsicht, und es gab das Jetzt. Er atmete durch, schloss die Augen und packte mit der Linken das Handgelenk seines Gegners. Dann stieß er seinen Körper vorwärts in das mächtige Schwert.

Der Schmerz raubte Lorcan den Atem, jäh, heftig, dumpf. Er hörte etwas brechen und wusste, es waren seine Rippen. Er biss sich auf die Zunge und versuchte, einen Schrei zu unterdrücken, der sich nach innen wandte und ihn zum zweiten Mal zu zerreißen schien.

Er lebte noch, das war schon mal was. Das Schwert war zur Seite hin abgerutscht, doch es hatte ihm die Haut aufgerissen, dass es zog und brannte. Lorcan sah noch kein Blut, eine Prellung mit ein paar heftigen Abschürfungen würde das geben, mehr nicht, das heilte von selbst, seine Rippen auch. Es war nicht das erste Mal, dass Lorcan sich welche gebrochen hatte, damit konnte er umgehen.

Lorcans Mund verzog sich zu einem Grinsen, das gerade so eben nicht schmerzverzerrt war, und machte einen Schritt zurück, nickte und blickte Anisitelanis ins Gesicht. »Danke«, sagte er.

»Geht es dir gut?«, fragte der Alfeyn und klang dabei besorgt.

Lorcan nickte – besser halb gelogen als ganz tot. Er tastete vorsichtig nach seiner Seite. So richtig wehtun würde es am Abend, wenn er versuchte, das Kettenhemd auszuziehen und sich schlafen zu legen. Jetzt hatte er vor allem ein Stechen beim Atmen, und daran würde er sich schnell genug gewöhnen.

Unter seinen Fingern fühlte er feucht und warm das erste Blut.

Die gekrümmte Schwertschneide musste an ihm entlanggerutscht sein. Die eisernen Ringe waren gebrochen, wo es ihm das Kettenhemd glatt aufgeschlitzt hatte. Diese Schwerter sahen nicht nur gefährlich aus, sie waren es auch.

Lorcans Ohren rauschten, seine Augen schwammen, und er wagte es nicht, sich umzusehen. Was war mit den Steinernen Wächtern? Mit Tymur? Lorcan starrte Anisitelanis an, nur Anisitelanis, und versuchte, in dessen Gesicht die Antworten auf seine Fragen zu finden. Aber er hörte nur seinen eigenen rasselnden Atem und das Blut in seinen Adern. Ein sanftes Pulsieren, vielleicht von der Wunde –

Lorcan glaubte, aus der Ferne so etwas wie aufbrandenden Beifall zu hören. Dann gaben die Beine unter ihm nach, und immer noch mit einem Grinsen im Gesicht stürzte er in die Schwärze.

NEUNZEHNTES KAPITEL

Das Geräusch von aufeinanderscheppernden Schwertern war verstummt, als Kevron sich vorsichtig wieder aus seinem Versteck wagte. Er fürchtete den Anblick, der ihn erwartete, aber es half ja nichts – jede Sekunde der Stille fraß sich in sein Hirn und malte dort Bilder, wie sie schrecklicher nicht sein konnten. Und egal wie der Kampf nun ausgegangen war, die Wirklichkeit konnte nicht grausamer sein als Kevrons Vorstellung.

»Bravo!«, hörte er Tymurs Stimme aus der Ferne. »Bravo, mein Steinerner Wächter!« Und als Tymurs zerstückelter Leichnam noch immer nicht vor seinem inneren Auge verschwand, gab Kevron sich endlich einen Ruck und spähte über den Felsrand. Dann gab es keinen Zweifel mehr: Der Kampf war vorüber, und er war gewonnen.

Da waren die Alfeyn, und so, wie sie jetzt dastanden mit ihren Schwertern, sahen sie aus, als ob sie doch mitgekämpft hätten, wenigstens etwas. Auch wenn Kevron sich fühlte, als hätte er Lorcan im Stich gelassen, selbst wenn er nichts hätte ausrichten können: Diesen Neunen, die ihre Waffen nicht zur Zierde trugen, hätte er es wirklich übelgenommen, wenn sie nur rumgestanden hätten. Konnte erklären, warum es mittendrin lauter geworden war!

Wen Kevron hingegen nicht sah, waren die Steinernen Wäch-

ter – und Lorcan. Wegen der Wächter machte er sich keine großen
Sorgen, da waren Geröllhaufen, wo vorher die Statuen gestanden
hatten. Es sei denn, einer davon war Lorcan …

Jetzt endlich kroch Kevron aus seinem Versteck. Wenn Lorcan
im Tod zu Stein geworden war, der menschlichste Mensch, den
Kevron jemals gekannt hatte … Aber dann sah er Lorcan, am Boden, und neben ihm hockte Tymur, der versuchte, den reglosen
Mann auf seinen Schoß zu ziehen. Kevron fühlte sich zittern.
Wenn Lorcan tot war – dann war es doch seine Schuld. Irgendwas
hätte er tun können, statt sich mit zugehaltenen Augen und Ohren zu verstecken, irgendwas. Aber jetzt konnte er nicht mehr
weglaufen. Er hatte seinem Bruder nicht die letzte Ehre erwiesen,
und das jagte ihn noch immer. Zumindest von Lorcan musste er
Abschied nehmen. Wenn er denn tot war. Falls. Mit zitternden
Knien stolperte Kevron näher. Die Alfeyn traten beiseite, um ihn
hindurchzulassen, doch das war alles, was sie taten.

Lorcan war nicht zu Stein geworden, und er war auch nicht tot.
Er schien sogar noch bei Bewusstsein. Aber wie er da lag, war sein
Gesicht zu bleich, und er gab genau den Blödsinn von sich, den
man von so einem starken Kerl erwartete. »Es geht schon«, brachte
er unter sichtbaren Schmerzen hervor, und: »Macht euch keine
Sorgen.«

»Dann steh auf!«, fauchte Tymur. »Wenn ich mir keine Sorgen
machen soll, dann steh gefälligst auf!«

Jetzt kam für Lorcan der Moment, an dem er zugeben musste,
dass er Hilfe brauchte, aber stattdessen kämpfte er sich auf die
Knie. Mit einer Hand stützte er sich an Tymur ab, die andere hielt
er gegen seine linke Seite gepresst, wo Kevron nicht hinsehen
wollte – er wusste auch so, dass es Blut war, was da zwischen Lorcans Fingern hervorquoll. Davon war genug am Boden.

Dann stand Lorcan, wenn auch wackelig, auf den Beinen, die
Hand immer noch gegen seine Wunde gedrückt. »Es geht schon«,

wiederholte er. »Nicht so schlimm.« Und im Vergleich zu dem, was aus den richtigen Steinernen Wächtern geworden war, mochte er recht haben. Beinahe bereute Kevron, dass er nicht doch hingeschaut hatte – er hätte schon gern gewusst, wie man so mächtige Krieger derart schnell in einen Haufen Schotter verwandeln konnte.

»Gut«, sagte Tymur, doch die Stimme zitterte ihm. »Sehr gut. Und jetzt – wo ist Enid? Sie soll ihn ganz machen.«

Enidin war da, ein paar Schritt hinter Kevron, und aus dem Augenwinkel sah er, wie sie abwehrend die Hände hob. »Ich … ich bin keine Heilerin.« Auch ihre Stimme war belegt. »Ich verstehe davon nicht mehr als Ihr. Selbst wenn ich meine Magie hätte – ich bin keine Heilerin. Wenn Anantalié jetzt hier wäre …«

Tymur erhob sich mit Knien, die nicht weniger zu wackeln schienen als Lorcans. »Was für eine Magierin bist du?«, schrie er. »Ich lasse dich Tag für Tag mit den Alfeyn studieren, nur damit du nicht einmal das kleinste Portal aufmachen kannst? Hol sie her!« Die Schärfe kehrte in seine Stimme zurück. »Soll das heißen, Lorcan riskiert hier sein Leben, und du rührst keinen Finger?«

Auch Enidin straffte sich. »Geht es Euch um ein Portal?«, giftete sie zurück. »Oder darum, dass Lorcan geholfen wird?«

»Beides«, erwiderte Tymur. »Selbst wenn Heilung deine Sache nicht ist – du könntest jemanden holen, der ihn heilt, oder Lorcan zu jemandem bringen, der sein Handwerk versteht, aber du, du stehst nur herum … wie ich.« Endlich bot er Lorcan seinen Arm als Stütze an, doch der schlug das aus.

»Es geht schon«, wiederholte Lorcan. »Macht euch keine Sorgen und mich, und vor allem … streitet euch nicht.« Sein Gesicht war grau, und die Hand, die er gegen seine Seite presste, brannte nur darauf, ihre Geschichte erzählen zu dürfen. Sein Atem ging angestrengt, aber wenn Lorcan zeigen wollte, dass einen harten

Kerl so schnell nichts umhauen konnte, wollte Kevron der Letzte sein, der ihn jetzt darauf hinwies.

Selbst den Alfeyn war nicht entgangen, dass ihr Menschenfreund nicht mehr an einem Stück war. Doch als ihr Hauptmann nun herantrat, war in seinem Gesicht keine Spur von Besorgnis zu erkennen. »Gibt es noch etwas, das wir für euch tun können, Menschen?«, fragte er, und Kevron hätte ihn am liebsten gepackt und geschüttelt.

»Könnt Ihr seine Wunden heilen?«, rief Enidin. »Ihr habt doch gesehen, was passiert ist – warum helft Ihr ihm dann nicht? Könnt Ihr Anantalié herbeirufen? Oder eine andere Zauberin?«

Der Hauptmann schüttelte den Kopf. »Unsere Heiler sind in der Stadt«, sagte er, »und hierher können sie nur den gleichen Weg nehmen, auf dem wir gekommen sind, zu Fuß. Schneller geht es, wenn wir selbst den Steinernen zurückbringen. Er hat gut gekämpft, der Prophezeiung Ehre erwiesen –«

»Das hat Zeit!«, fiel Tymur ihm ins Wort. »Falls Ihr nicht helfen könnt, lasst uns allein. Wenn wir Euch brauchen, rufen wir nach Euch – und ich habe nicht gerufen.«

Der Hauptmann nickte, und es schien ihm zu genügen, dass Lorcan auf den Füßen stand. Für jemanden, der nicht wusste, was Bluten bedeutete, sollte dann tatsächlich alles in Ordnung sein. Er sprach mit seinen Männern, ohne dass Kevron ein Wort verstand, und sie alle blickten herüber, nickten und nahmen eine Formation ein, die alles bedeuten konnte, den Turm vor neuen Angreifern zu schützen oder zu verhindern, dass die Menschen, die vor seiner Tür standen, in die Berge davonrannten.

Tymurs Stimme war wieder sanft, als er dicht an Lorcan herantrat, und Kevron musste seine Ohren anstrengen, um ihn hören zu können. »Du hast mich so lange beschützt«, sagte der Prinz. »Jetzt will auch ich dich einmal beschützen können.« So liebe Worte, so wenig dahinter. »Wir finden jemanden, der deine Wunden versorgt, und ich weiß genau, wer das ist. Du kannst noch Treppen steigen, oder?«

Lorcan nickte knapp. »Ich lasse dich nicht allein, verlass dich darauf.« Um ein Haar schämte sich Kevron, dass er lauschte. Dieser Moment hätte den beiden gehören sollen, doch das änderte nichts daran, dass Kevron keinen Funken Romantik am Leib hatte, und hier war einfach der falsche Ort zum Turteln.

Tymur klopfte Lorcan auf die Schulter, und auch wenn diese Stelle weit von der Wunde entfernt war, zuckte Lorcan schmerzerfüllt zusammen. »So ist es richtig«, sagte der Prinz. »Zu viert haben wir es begonnen, und zu viert bringen wir es zu Ende. Nicht mehr für mich, oder meinen Vater, oder sonst jemanden – nur für dich, Lorcan. Nur für dich.«

Kevron schluckte. Jetzt den Turm zu besteigen – das hatte so etwas Endgültiges an sich. Es mochte Kevrons Feigheit geschuldet sein, aber in diesem Augenblick fühlte es sich falsch an. Er konnte nur nicht sagen, wieso.

»Wir können nicht mehr umkehren.« Endlich brachen die Worte wieder aus Tymur heraus wie an seinen besten Tagen. »Bis wir das nächste Mal hier sind, hat Ililiané Zeit, sich neue Wächter zu bauen, Stein ist hier genug, und ich will nicht, dass dein Kampf für nichts war. Ich wollte nicht, dass du verletzt wirst, das musst du mir glauben, aber das hättest du sehen müssen – was du getan hast, ich habe es nicht verstanden, und dabei habe ich dich keinen Moment aus den Augen gelassen … Wie hast du das gemacht?«

Lorcan brachte ein schmales Lächeln zustande. »Das weiß der Stein allein«, sagte er und beließ es dabei.

»Und wie sie dann zusammengebrochen sind! Alle auf einmal!« Tymur schüttelte den Kopf. »Ich will keine Zeit mit Reden vergeuden. Wir sind hier, Ililiané ist hier – und wenn sie nicht von ihrem Turm herunterkommt, dann ist es an der Zeit, dass wir hinaufsteigen.«

Kevron schluckte. Der Turm war hoch. Vielleicht trog der Schein, weil sie in der Stadt mit all ihren Bögen und Brücken und Treppen keinen der Türme von unten gesehen hatten, aber dieser war höher als alles, was es dort gab, und Lorcan mit dieser Wunde bis ganz nach oben zu schleifen, war keine gute Idee, wenn man Iliiané auch einfach bitten konnte, nach unten zu kommen. Doch das war Lorcans Entscheidung, und er hatte es sich redlich verdient, das Ziel aus eigener Kraft zu erreichen. So nickte Kevron dem Mann nur zu, irgendwo zwischen freundschaftlich und aufmunternd. »Wenn's schlimm wird, kannst du dich bei mir aufstützen«, sagte er. »Ich hab die passende Größe.«

Vielleicht waren es ihre Blicke, vielleicht auch diese kleine Geste, aber als hätte er nur auf so etwas gelauert, kam der Hauptmann der Alfeyn wieder zu ihnen zurück. »Ihr seid bereit für den Aufbruch?«

Tymur schenkte ihm einen strafenden Blick. »Ich habe Euch immer noch nicht gerufen!«, sagte er. »Ihr werdet hier unten Wache stehen, aufpassen, dass sich die Steinernen Wächter nicht wieder zusammensetzen, während wir den Turm besteigen.«

»Das ist nicht ratsam, Tymurdamarel«, erwiderte der Hauptmann. »Wenn ihr den Turm betretet, werden wir euch begleiten –«

»Das werdet Ihr nicht!« Tymurs Stimme ließ keine Widerworte zu. »Ich werde nicht zulassen, dass Ihr oder Eure Männer sabotieren, worum wir so lange gerungen haben.« Es war das erste Mal, dass er den Alfeyn diese Seite von sich zeigte, aber umso souveräner wirkte er in diesem Moment. »Was glaubt Ihr denn – hat Iliiané sich eingeschlossen, weil sie keine Menschen sehen will, oder weil ihr das eigene Volk zum Hals heraushängt? Von Euch hat sie sich zurückgezogen, nicht von uns, hat ihre Wachen so aufgestellt, dass nur Menschen sie bezwingen können, und nur Menschen sollen jetzt ihren Turm betreten! Wenn sie sich dann entscheiden sollte, auch Euch zu empfangen, ist das eine gute Sache, aber das Recht der ersten Begegnung liegt bei uns.«

Kevron stellte sich vor, wie die Zauberin oben am Turmfenster stand und alles verfolgte, es musste die beste Unterhaltung seit Hunderten von Jahren sein, und dabei konnte sie auch den Verlust des einen oder anderen Steinsoldaten verkraften.

Etwas versöhnlicher setzte Tymur hinzu: »Wenn wir merken, dass wir Eurer Hilfe bedürfen, lasse ich nach Euch schicken. Bis dahin aber werdet Ihr hier warten.« Vielleicht war das seine Rache dafür, wie der Hohe Rat ihn behandelt hatte. Es gab nichts, was der Hauptmann mit Worten dagegen ausrichten konnte.

»Wie du wünschst, Tymurdamarel«, sagte der Alfeyn, und dann setzte er hinzu, mit dem ironischsten Lächeln, das Kevron jemals an einem dieser Wesen gesehen hatte: »Wenn Ililiané ihre Tür für euch öffnet, werden wir hier auf euch warten.«

Und damit hätte er kein weiseres Wort sprechen können. Sie standen vor Ililianés Turm, vor der Tür – und die hatte weder eine Klinke noch ein Schloss und machte keine Anstalten, sie hindurchzulassen.

Es war, das musste man ihr lassen, die schönste Tür, die Kevron jemals gesehen hatte. In die glatte Oberfläche, von der man nicht sagen konnte, ob sie nun aus Holz war oder aus Stein, war ein Muster eingelassen, wie Kevron es schon aus der Stadt kannte. Aber hier waren keine abstrakten Symbole und Ornamente zu sehen, sondern Motive, wie man sie aus der Kunst der Menschen kannte, rankende Blätter und Blumen, Vögel, Sterne. Auf den alten Wandteppichen in der Burg Neraval hatte Kevron Ähnliches gesehen, aber hier, türgeworden, strahlte es eine ganz eigene Würde aus.

Trotzdem, wenn man Kevron die Wahl ließ, bevorzugte er Türen ohne Zierrat, dafür mit Scharnieren und Knauf, mit Ritzen zum Hindurchspähen, oder, noch besser, weit offen. Diese Tür war so glatt und sauber in ihren Sturz eingepasst, als wäre sie überhaupt nicht zum Öffnen gemacht.

Kevron schluckte und versuchte, seine Neugier zu zügeln. Er wusste es besser, als diese Tür anzufassen, doch es juckte ihm in den Fingern. Weil er sich kannte, machte er lieber einen Schritt rückwärts, wo Lorcan stand. »Kommst du klar? Stütz dich ruhig auf.« Mit einem Lorcan auf den Schultern konnte Kevron keine Dummheiten machen – nur, an Lorcans verdammtem Stolz kam er nicht vorbei. Jeder konnte sehen, dass Lorcan Schmerzen hatte, seine Schritte waren langsam und staksig, aber wenn er keine Hilfe annehmen wollte, konnte ihn niemand dazu zwingen.

»Und was tun wir jetzt?«, fragte Tymur. »Soll ich noch einmal anklopfen?« Sein Tonfall war seltsam ungehalten, als erwarte er etwas – nicht von der Tür, sondern von seinen Gefährten.

»Wen von uns meinst du?«, knurrte Kevron. »Lorcan, der verletzt ist, Enid, deren Magie hier nicht funktioniert, oder mich, der keine Ahnung hat, wie man Türen knackt?«

»Das fragst du noch?« Tymurs Blick traf ihn wie ein Blitz. »Du hast nichts ansatzweise Nützliches getan, seit wir hier sind – mehr noch, seit unserem Aufbruch. Muss ich jetzt auch noch auf Knien vor dir liegen, damit du dir den Mechanismus wenigstens anschaust?«

Kevron verdrehte die Augen. Da war kein Mechanismus, keinen, den er hätte sehen können, aber das war gerade wirklich der letzte Moment, um mit Tymur zu streiten. »Pass auf Lorcan auf, ja?«, sagte er zu Enidin, dann wandte er sich der Tür zu. Irgendwie musste sich dieses Ding doch öffnen lassen …

Tymur lachte auf. »Schon gut, ich hab's!« Bevor Kevron auch nur seine Lupe aus der Tasche ziehen konnte, streckte der Prinz seine Hand aus und drückte einen der eingearbeiteten Vögel, als wäre es ein verborgener Schalter. »Bleib nutzlos, Kev. Diese Tür ist nur für mich.« Es war wie an jenem Tag in den Bergen, als Tymur plötzlich angefangen hatte, über den Landkarten Selbstgespräche zu führen – er drückte wie im Fieber an der Tür herum, hierhin, dorthin, ohne dass Kevron wusste, was er da tat. Keine dieser Stellen war erhaben oder sah anders aus als der Rest, und keine schien auf Tymurs Berührungen zu reagieren. Tymur hielt inne, trat einen Schritt zurück, dann wieder vor, und drückte dieselben Bilder wie beim ersten Mal, heftiger, zorniger – aber diesmal verstand Kevron, was er vorhatte.

Es war nicht irgendein Vogel, den Tymur als Erstes berührte: Es war eine Schwalbe, Damars Wappenvogel. Und auch wenn eine ganze Reihe kleiner Sterne über das Bild verstreut waren, hatten nur fünf von ihnen die fünf Zacken wie die Sterne im Wappen der Damarels. Jetzt ergab alles einen Sinn – und mehr noch, Kevron wusste, warum nichts passierte.

»Tymur!«, rief er. »Warte!«

Tymur fuhr herum, aber so hektisch seine Bewegungen waren, so lange dauerte es, bis sein wirrer Blick Kevron fixiert hatte. »Was?«, fauchte er. »Willst du mich auslachen, so wie sie mich auslacht?« Mit fahriger Geste deutete er zur Spitze des Turms, dann drehte er sich wieder um und fuhr damit fort, Stern um Stern in die Tür zu tackern, als sollten sie auf der anderen Seite wieder herauskommen.

»Wenn du nicht endlich deine Handschuhe ausziehst«, sagte Kevron, »dann lache ich.« Er wusste nicht, ob seine Worte zu Tymur durchdrangen.

Dann endlich hielt der Prinz inne und atmete durch. »Du weißt, warum ich die Handschuhe trage«, sagte er leise und starrte weiter die Tür an.

Kevron trat zu ihm – er wusste nicht, wie scharf die Ohren der Alfeyn waren, und das war nichts, das sie zu hören brauchten. »Ich weiß«, erwiderte er ruhig. Er sah Tymur zittern und verfluchte sich, dass er nicht Lorcan war. »Aber um einmal die Tür zu berühren, nur die Tür, nicht du weißt schon was – da wird nichts passieren. Verspreche ich dir.«

Es kam nicht auf ein paar Handschuhe an, und sie wussten es beide. Trotzdem kostete es Tymur sichtbare Überwindung, sich den Handschuh von der rechten Hand zu zerren, und so viel Gewalt, als wäre der dort längst festgewachsen. Die Hand darunter war nicht nur bleich, weil sie so lange keine Sonne mehr gesehen hatte – ihre Haut war von so dunklem Grau, dass Kevron einen Moment brauchte, um zu verstehen, dass Tymur nicht versuchte, ein Zeichen dämonischer Verseuchung vor ihren Augen zu verbergen, sondern dass nur das Leder die Haut eingefärbt hatte.

Mit zitternden Fingern, so zaghaft, als wisse die Fingerkuppe nicht mehr, wie sich die Welt jenseits des Leders anfühlte, berührte Tymur das Bild der Schwalbe. Kevron rechnete beinahe damit, dass wieder nichts passierte – vielleicht musste Tymur sich erst in den Finger stechen, damit sein Blut die Tür öffnen konnte –, aber da zog Tymur die Hand zurück, als hätte er sich verbrannt, und auch Kevron konnte es hören, ein leises Summen, ein Vibrieren. Die Tür reagierte.

»Mach weiter«, flüsterte er. »Du hattest recht. Das ist deine Tür.« Ililiané wartete auf sie, auf Damar, auf Damars Erben … Kevron schluckte. Man musste schon ein arger Dummkopf sein, um zu hoffen, dass die Zauberin all ihre Probleme lösen würde – im Gegenteil. Die Probleme fingen gerade erst an.

»Damar«, hauchte Tymur und massierte mit der behandschuhten Linken seinen rechten Zeigefinger, ehe er, noch vorsichtiger als zuvor, den ersten Stern anstupste. »Valier.« Kam es auf die Reihenfolge der Sterne an? Sie sahen für Kevron alle gleich aus. »Marold. Svetan. Isjur. Astol.« Mit jedem Stern, den Tymur berührte, verstärkte sich das Summen, bis Kevron es selbst in seinen Zahnwurzeln spüren konnte. Die Tür erzitterte in ihrem Rahmen, das Bild darauf verwackelte vor Kevrons Augen, sie bebte und blieb doch immer noch verschlossen. Damar und seine Gefährten – sie wussten alle, welcher Name fehlte, und wessen Symbol im Wappen.

Tymur trat von der Tür zurück. Seine Schultern bebten, er atmete angestrengt, während er seine Hand zurück in den Handschuh zwängte. Sofort lag sie wieder über der Stelle, an der er die Schriftrolle trug, so verkrampft, als brauche er alle Kraft, um sie dort zu halten, als hätte das, was die Tür belebt hatte, auch die Zeichen auf der Schriftrolle geweckt. »Ililiané!«, rief er, laut, herausfordernd, verzweifelt – und die Tür schwang langsam und lauernd nach innen auf. Dämmerlicht hieß sie willkommen.

Kevron wollte aufatmen, Tymur lobend auf die Schulter klopfen, es ging ja nicht an, dass der arme Mann das immer selbst machen musste – aber er konnte nicht aus seiner Haut, er war immer noch Kevron, und irgendwas stimmte nicht. Etwas, das seinen Verstand kitzelte. Kevron schüttelte den Kopf. »Gute Arbeit, Tym«, hörte er sich sagen, und dann siegte doch ein bisschen die Vorsicht: »Nur ehe du da jetzt hinaufstürmst, pass besser auf –«

Statt zu reden, hätte er besser versucht, Tymur festzuhalten. Der Prinz hatte nur darauf gewartet, dass die Tür zum Turm aufging, und ohne sich noch einmal nach seinen Gefährten umzudrehen, stürmte Tymur davon, in den Turm und die Treppen hinauf. Kevron schüttelte den Kopf und fluchte.

Eine Magierin, die nicht zaubern konnte. Ein Kämpfer, schwerer verletzt, als er zugeben mochte. Und ein Fälscher, der selbst an seinen besten Tagen zu nichts zu gebrauchen war. Was immer sie in Ililianés Turm erwarten mochte – sie würden es schon bezwingen.

Tymur legte einen anständigen Schritt vor, als er die Treppenstufen hinaufhastete. Trotz der anstrengenden Wanderung, die hinter ihnen lag, schien er noch frisch und munter zu sein.

Eine in Stein gehauene Treppe, so wie die Menschen sie bauten, uneben und ausgetreten, schraubte sich im Innern des Turms nach oben. Im Geist zählte Kevron die Stufen, weil es ihm half, regelmäßiger zu atmen, aber auch damit kam er nur bis zur achtunddreißig, dann war er aus der Puste.

Hinter ihm quälten sich Enidin und Lorcan. Es musste schlimm um Lorcan bestellt sein, dass er sich nun doch stützen ließ, von Enidin – bei allem guten Willen war Kevron schon mit der Treppensteigerei überfordert. Verbissen kämpften sich die beiden Stufe um Stufe hinauf. Sie waren so weit davon entfernt, Tymur einzuholen, dass Kevron keine Wahl hatte, als zu rennen, so schnell er konnte, hechelnd und japsend und mit der Kraft der Verzweiflung.

Von unten hallte Lorcans angestrengter Atem zu ihm herauf, von oben das Klappern von Tymurs Schuhen herunter: Zu sehen war von dem Prinzen schon lange nichts mehr.

»Verdammt, Tym, warte doch!«, rief Kevron, und selbst dafür musste er innehalten. »Denk an Lorcan!«

Er biss die Zähne zusammen und hastete weiter, eine Hand an der Wand, die andere gegen die Seite gepresst, als wolle er Lorcan imitieren, um das Stechen im Zaum zu halten. Der Turm wollte einfach kein Ende nehmen.

Das Geräusch von Tymurs Schritten verstummte. War Tymur von plötzlichem Anstand gepackt, wartete auf ihn? Kevron lauschte, hörte nichts, schnappte nach Luft und rannte weiter, mit offenem Mund und einer Hand am Griff seines Dolches, als ob er damit irgendwas ausrichten konnte. »Tymur?«, versuchte er zu rufen, aber es wurde nur ein Bellen daraus. »Alles in Ordnung?«

Ein vergnügtes »Ja ja« schallte zurück, doch Kevron wurde nicht langsamer. Er hatte längst aufgehört zu zählen, es mussten gut über hundert, hundertfünfzig Stufen gewesen sein. Die letzten drei Meter schaffte er auch so noch. Danach konnten sie ihn raustragen.

Selbst in Ailadredan nahm eine Treppe einmal ein Ende. Oben führte ein in Stein gemauerter Durchgang in einen Raum, und davor, auf der obersten Stufe, stand Tymur und wartete. Sein Gesicht glänzte von Schweiß, die Haare hingen ihm ins Gesicht, und seine Augen leuchteten, als er auf den Bogen über ihm deutete. »Siehst du?«, sagte er strahlend und nur ein bisschen aus der Puste. »Ich werde erwartet.«

Über dem Türsturz, in Stein gehauen, prangte das Wappen des Hauses Damarel. Und in diesem Moment wusste Kevron endlich, was ihn die ganze Zeit über gestört hatte, aber es war zu spät. Während Kevron noch um Atem rang, nickte ihm Tymur ein letztes Mal zu und spazierte durch den Torbogen, ein Schritt nur, doch einer zu viel.

Kevron fühlte, wie ihn etwas mit unsichtbarer Gewalt zurückwarf. Der Turm erzitterte, als versuche er, einen Feind abzuschütteln. Kevron stürzte und schlug sich das Knie auf, er biss die Zähne vor Schmerz zusammen. Vor seinen Augen tanzten Sterne, er bildete sich noch ein, einen silber-weißen Blitz gesehen zu haben, aber der Turm war sofort wieder ruhig, und als Kevron den Kopf hob und sich umsah, schien nichts anders zu sein als zuvor.

Kevron zwang sich auf die Beine, hielt sich an der Wand fest und wollte glauben, dass er sich alles nur eingebildet hatte, nur ein Schwindel, so viel Anstrengung forderte Tribut, aber er hörte von unten Enidin rufen. Auch wenn davon nichts als Hall und Echo bei ihm ankamen, war Kevron klar, dass sie und Lorcan das gleiche erlebt hatten wie er. Aber was war mit Tymur?

Vor ihm lag der Durchgang, ganz wie zuvor, mit dem Wappen darüber und einem Raum auf der anderen Seite, doch die Luft dazwischen glänzte, wie Kevron es erst einmal erlebt hatte, bei ihrer Ankunft in Ailadredan. So wie die Alfeyn ihr Portal mit einem Schild aus roher Magie abschirmten, trennte nun eine unsichtbare Wand Tymur vom Rest der Welt.

Wenigstens schien er nicht verletzt. Der Schild war hinter ihm heruntergefahren, und wenn der Raum auf der anderen Seite nun zu einem Gefängnis geworden war, dann einem, bei dem man sich nicht zu beklagen brauchte. Dort drüben hatte Tymur eine behagliche Umgebung, menschenfreundlich und, für Alfeyn-Maßstäbe, regelrecht vollgestopft: Wandbehänge, ein Schreibtisch mit aufgeschlagenem Buch, ein Sessel. Der Raum schrie »Falle«, so laut er konnte, aber nun saß Tymur darin, und sie hatte ihren Sinn erfüllt.

»Oh«, sagte Tymur und schüttelte sich. »Das kam unerwartet.« Seine Stimme klang durch die magische Barriere verzerrt, aber mehr belustigt als besorgt.

»Schöne Scheiße«, antwortete Kevron. »Und selbst schuld.« Aber er musste zugeben, mit einem magischen Fallgitter hatte auch er nicht gerechnet. »Wir holen dich da raus, irgendwie.«

Tymur lachte. »Kein Grund zur Sorge. Meinst du, ich habe es eilig? Ich warte hier auf Ililiané, und ich denke, sie wollte nur sichergehen, dass sie mich unter vier Augen sprechen kann.«

»Und dann dafür sorgen, dass wir hier draußen alles mit ansehen und hören können, aber nicht hereinkommen, wenn du Hilfe brauchst?« Kevron schnaubte. Es war gut, wenn Tymur nicht in Panik geriet, und ein gut aufgelegter Prinz war besser als ein launischer – doch das hieß nicht, dass jetzt alles in Ordnung war. »Es war eine Falle, Tym. Ich weiß nicht, von wem, ob dieser Turm hier überhaupt etwas mit Ililiané zu tun hat, ich weiß gerade nicht mal, ob wir hier wirklich in Ailadredan sind –«

»Ach, sei still!«, rief Tymur. »Wirklich. Kannst du nicht einmal den Mund halten?« Er spazierte im Zimmer auf und ab, bewunderte die Wandbehänge, warf einen Blick auf das Buch auf dem Tisch und rückte sich dann den Sessel zurecht, um bequem zu sitzen, während er auf sein Schicksal wartete.

Kevron schüttelte den Kopf. »Hör mir zu, Tymur. Euer Wappen über der Tür – ist dir nichts aufgefallen?«

»Ich kenne mein Wappen«, antwortete Tymur. »Wenn irgendwas daran falsch wäre, ich wäre der Erste, der es merkt.«

»Aber Ililiané kann es nicht kennen!«, rief Kevron. »Es ist das
Wappen deines Hauses, ja, aber es ist kaum vierhundert Jahre alt.
Damar war ein Junge aus den Bergen, er hatte kein Wappen. Die
Schwalbe ist erst nach seinem Tod aufgekommen, und bis dann
die Sterne hinzugefügt worden sind …«

Tymur lachte. »Natürlich, auf so etwas achtest du. Aber was
heißt das? Denkst du, ich habe jemals geglaubt, dass Ililiané tausend Jahre in diesem Turm gesessen hätte? Keinen Augenblick
lang. Nur weil sie niemand gesehen hat, hier oder in unserer Welt,
heißt das nicht, dass sie nicht da war, dass sie nicht all die Jahre
über ein Auge auf unsere Familie hatte …« Sein Blick wurde
durchdringend, nur einen Moment lang. »Denkst du, ich habe den
Alfeyn auch nur ein Wort geglaubt? Schau dich um. Der Sessel,
der Tisch – nichts davon ist tausend Jahre alt. Aber jetzt? Sind wir
hier.«

In Kevrons Kopf ratterte es, nichts war in Ordnung, sie saßen in
der Falle, sie alle, und er wusste nicht, wo er anfangen sollte. Plötzlich ergab alles keinen Sinn mehr, hatte noch nie einen Sinn ergeben, Kevron hatte nur auf die falschen Dinge geachtet und die richtigen übersehen – doch ehe er auch nur versuchen konnte, einen
Ansatz zu finden, tauchte hinter ihm Enidin auf, Enidin allein.

»Ich brauche Hilfe«, keuchte sie. »Lorcan ist zusammengebrochen.« Ihr Kleid, von oben bis unten blutbesudelt, verhieß nichts
Gutes. Kevron nickte nur. Alles war unwichtig, hatte Zeit für später, als er an der Seite der Magierin die Treppe wieder hinunterhastete.

»Ist er bei Bewusstsein?«, fragte er atemlos.

Enidin nickte. »Dieser Dummkopf hätte unten bleiben müssen!«, schnaubte sie. »Er schafft keinen Schritt mehr, aber er will
nach oben, unbedingt. Sagt, Tymur braucht ihn.« Sie schüttelte

den Kopf. »Und nein, wenn ich keinen Verstand in ihn hineinbe-
komme, braucht Ihr es gar nicht erst zu versuchen.«

Sie hatten es weit geschafft, gemessen daran, wie viel Blut Lorcan verloren haben musste. Der Krieger lag mehr als dass er saß,
an die Wand gelehnt, er atmete schwer, aber blickte auf, als Kevron
und Enidin kamen. »Danke«, sagte er durch zusammengebissene
Zähne. »Es tut mir leid, dass ich euch so zur Last falle –«

»Fang so gar nicht erst an!«, fuhr Kevron ihn an. »Ohne dich
wären wir gar nicht hier. Und einmal im Leben Hilfe annehmen,
da musst du jetzt durch.« Er versuchte es mit einem Lachen, das
ihm im Hals steckenblieb – packen und schütteln musste man den
Mann, ein paarmal heftig gegen die Wand klatschen, aber was half
das jetzt noch? Ihn das letzte Stück bis nach oben zu schleppen,
war allemal kürzer als wieder hinunter, auch wenn sie das früher
oder später ohnehin noch vor sich hatten. Aber das, was Lorcan
gerade die Kraft gab, überhaupt die Augen offen zu halten, war
sein Wille, zu Tymur zu kommen. Wenn sie ihm den jetzt nahmen, ging gar nichts mehr. »Sag Bescheid, wenn ich dir wehtue.«

Kevron war nicht geübt im Umgang mit Verletzten. Aber er
hatte schon einmal geholfen, einen sturzbetrunkenen Kumpan
ins Freie zu schleifen. Die Treppe war zu schmal, um zu dritt ne-
beneinander zu gehen. Mit vereinten Kräften zogen Kevron und
Enidin Lorcan hoch, nahmen ihn in ihre Mitte. Wenn Kevron
ausnutzte, dass er kleiner war, eine Stufe weiter oben ging und ein
bisschen versetzt, dann musste es gehen. Musste.

Lorcan hing zwischen ihnen wie ein nasser Sack, kaum noch in
der Lage, sich aufzustützen, rang nach Atem und versuchte trotzdem zu sprechen. »Was ist mit Tymur?«

»Dem geht's gut.« Kevron lachte grimmig. »Besser als uns allen,
möchte ich meinen.« Jede Stufe, die sie schafften, war ein kleiner
Sieg. »Sitzt wie die Maus in der Falle und hat noch Spaß daran.
Aber das siehst du früh genug.« Noch eine Stufe, und noch eine,

und jede fühlte sich an wie eine Stunde – und doch war in diesem Augenblick Kevrons größte Sorge, dass in der Zwischenzeit Tymur, allein und unbeaufsichtigt, irgendeine Dummheit anstellte.

Als sie endlich oben angekommen waren, saß Tymur noch immer allein in seinem Sessel. Aber von seiner amüsierten Selbstsicherheit war nicht mehr viel übrig. Mit einem Satz war er auf den Beinen, mit einem zweiten direkt an dem versperrten Durchgang. »Wie geht es ihm?«, rief er.

»Tymur«, sagte Lorcan. Mehr schaffte er nicht.

»Schscht«, machte Tymur. »Du bist da, das ist gut. Setz dich hin. Mach dir keine Sorgen. Nicht um mich jedenfalls.« Rastlos lief er im Raum hin und her, während Enidin und Kevron Lorcan halfen, sich auf der zweitobersten Treppenstufe niederzulassen.

Lorcan nickte noch, ließ den Kopf gegen die Wand sinken, und schloss die Augen. »Danke«, murmelte er. »Gebt mir nur einen Moment …«

Kevron fürchtete schon, dass es das war, dass Lorcan starb, jetzt, in diesem Augenblick. Aber solange der Mann noch atmete, war nichts verloren – langsam, angestrengt, es war das beste Atmen, das Kevron jemals gehört hatte.

»Jetzt komm endlich, Ililiané!« Tymur versetzte dem Sessel einen Tritt. »Es ist nicht mehr witzig! Wir sind hier, wir brauchen dich – und vergiss, dass die ganze Welt davon abhängt, mein Freund Lorcan braucht dich gerade dringender!« Er schüttelte den Kopf. »Ich habe alles gemacht, was die Prophezeiung wollte, ich bin hier, ich bin gefangen, ich gerate nicht in Panik, ich warte, jeden Moment muss Ililiané hier auftauchen … Was mache ich falsch? Was muss ich tun?«

»Bleib ruhig, Tymur«, sagte Enidin, und wie sie es schaffte, noch so viel Würde und Vernunft auszustrahlen, abgekämpft und blutbesudelt, konnte Kevron nicht verstehen. »Ich versuche, zu

Euch hineinzukommen, aber bis dahin bleibt ruhig.« Sie blieb vor dem Durchgang stehen, ließ ihre Fingerspitzen über das magische Hindernis wandern, und schüttelte den Kopf. »Ich wünschte, ich könnte etwas tun«, flüsterte sie. »Wenn jemals der Moment dafür war …«

»Wenn es irgendwas gibt, das ich tun kann?«, fragte Kevron kläglich. Es war ein beschissenes Gefühl, dort zu stehen und niemandem helfen zu können – nicht Lorcan, nicht Tymur, nicht einmal Enidin. Tymur hatte recht. Kevron konnte nichts. Allen gut zureden vielleicht, und damit war niemandem geholfen.

»Ihr könnt still sein«, erwiderte Enidin, und dass Kevron zumindest das konnte, war ein kleiner Trost. »Tymur, der Raum, in dem Ihr seid – hat der noch einen weiteren Ausgang?«

Tymur lachte. »Denkst du, ich wäre dann noch hier?« Er drehte sich im Kreis. »Wenn dein magisches Auge nicht Dinge sieht, die ich nicht sehe, ist das hier eine Sackgasse.«

»Ich kann Euch nicht helfen«, sagte Enidin. »Ich kann nicht weiter fühlen als bis zu dem Schild. Magisch gesehen ist die Welt für mich dort zu Ende, und Ihr müsst mir alles so genau wie möglich beschreiben, egal wie lächerlich Ihr das findet. Ich bin nicht blind, ich kann Euch und den Raum sehen, aber einer meiner Sinne fehlt mir.«

»Und hinter den Teppichen?«, rief Kevron. »Hast du schon hinter die geschaut?« Er musste etwas tun, irgendwas, und wenn es sinnlose Ratschläge waren.

Tymur verzog das Gesicht. »Wenn es dich glücklich macht …«, sagte er, trat gehorsam zur Wand, hob den nächstbesten Vorhang an und zeigte auf das Gestein dahinter. »Seht! Eine Mauer!«

»Und die anderen?« Irgendwas musste da sein. Das letzte Tor fehlte noch – das wahre Blut, das letzte Tor, und dass Kevron sich plötzlich an Prophezeiungen hochzog, war schlimm genug. Aber eine Geheimtür, das ging schon mehr in seine Richtung.

471

Es schien Tymur nicht zu gefallen, dass jetzt zwei Leute auf ihn einredeten. Den nächsten Teppich riss er zornig herunter, und wieder war nur eine Wand dahinter. »Hier ist nichts!«, schrie er. »Was wollt ihr denn noch, soll ich euch das Buch da vorlesen? Es steht nichts drin. Hier. Es ist leer.« Er lachte laut. »Ich tue alles, was ihr mir sagt, ich mache Handstand, wenn es sein muss, aber davon kommt Ililiané auch nicht schneller.«

»Bleib ruhig, Tym.« Kevron machte eine abwehrende Handbewegung, die mehr Platz gebraucht hätte, als ihm zur Verfügung stand – er stieß gegen Enidin, machte entschuldigend einen Schritt zurück und wäre fast auf Lorcan getreten. Es half nichts, sie konnten nicht alle dort oben bleiben. »Wir wollen dir nur helfen.«

»Verdammt, Kevron, ich versuche mich zu konzentrieren!«, fauchte Enidin. »Kümmert Euch um Lorcan und lasst mich allein!«

Mit einem Seufzer stieg Kevron Stufe um Stufe wieder hinunter, gab der Magierin allen Platz, den sie brauchte, auch wenn es hieß, dass er Tymur nicht mehr sehen konnte, bloß ein Stück Wand und Decke und natürlich den Türsturz mit dem Wappen, das auf ihn herunterblickte und ihn auszulachen schien.

»Hier ist ein Spiegel!«, rief Tymur von oben. »Enid, gib Kevron einen Kuss von mir, es war wirklich etwas hinter den Teppichen. Keine Tür, natürlich, es ist nur Wand dahinter, aber he, ich weiß wieder, wie ich aussehe!«

Kevron rang mit sich, wollte bleiben, wo er nicht im Weg war, aber dann trieb die Neugier ihn wieder nach oben – nur ein schneller Blick, er war gleich wieder weg, aber diesen Spiegel musste er sehen. Selbst in Lorcan kam wieder etwas Leben, er klappte die Augen auf, wollte den Kopf heben, und ließ sich dann doch wieder zurücksinken. Kevron hockte sich neben ihn, mit so viel Abstand zu Enidin, wie es ihm möglich war. Er konnte nichts für Lorcan tun, aber der sollte zumindest wissen, dass er nicht allein war.

Der Spiegel selbst war ein Spiegel, nicht mehr und nicht weniger, mit einem schmalen, goldenen Rahmen ohne jedes Zierwerk, und das Bild, das er zeigte, war nur der Raum mit Tymur drin. Aber vielleicht konnte jemand hinaussteigen oder Tymur hinein, wenn sie nur herausfanden, wie.

Tymur stand davor, richtete Haar und Kragen, spielte den Gecken, aber seine Haltung war angespannt, sein Lächeln erzwungen. Er schüttelte den Kopf, trat zum Schreibtisch, nahm das Buch, hielt die leeren Seiten vor den Spiegel, doch so gut die Idee auch sein mochte, es passierte nichts und jeder vergebliche Versuch machte Tymur noch hektischer, noch aggressiver. »Warum kommt sie nicht?«, rief er. »In der Stadt hat es keine drei Minuten gedauert, und wir hatten den ganzen Platz voller Alfeyn – jetzt brauchen wir nur eine, eine einzige, und sie lässt sich nicht blicken!«

Er drehte sich vom Spiegel weg, streckte das Buch seinen Gefährten hin, zornig, anklagend. »Was soll ich damit tun? Was mache ich mit einem leeren Buch? Hunderte leerer Seiten, ich kann sie vollschreiben, es dauert Tage, und mit was? Mit meinem Blut?« Er lachte. »Bestimmt mit meinem Blut. Das ist es doch, oder? Das letzte Portal …« Kein Tier im Käfig konnte hektischer hin und her springen als Tymur in diesem Moment. Zum Spiegel, zum Eingang, zum Schreibtisch – er wollte einfach nicht zur Ruhe kommen.

Enidin zischte, die Handflächen so fest gegen die unsichtbare Wand gedrückt, dass die Adern auf ihren Händen vor Anstrengung blau hervortraten. »Bitte hört auf!«, brachte sie hervor. »Ich fange gerade an, das hier zu verstehen, und wenn Ihr Euch immerzu hin und her bewegt …«

»Umgekehrt«, erwiderte Tymur vergnügt, zu vergnügt. »Spar dir die Mühe, ich bin derjenige, der hier gerade alles versteht.« Er fing an zu pfeifen, ein schrilles, gellendes Geräusch, das in Kevrons Ohren wehtat. »Die Prüfung am Roten Tor, erinnert ihr euch? Es ist das gleiche hier. Drei Prüfungen für mich: Mein Spiegelbild, das habe ich ihr gegeben. Das nächste, mein Blut. Danach, meine Wahrheit. Es ist so einfach.« Er zog seinen Dolch hervor, ein blitzendes Schmuckstück mit verziertem Griff, dekorativ und nicht dazu bestimmt, jemals als Waffe gebraucht zu werden. Tymur wechselte ihn von einer Hand in die andere, während er sich im Zimmer umsah. »Nur, wohin mit dem Blut? Wo ist die Glasschale, wenn man sie braucht? Blumenvase? Irgendwas?«

»Tym, steck den Dolch weg!«, rief Kevron. »Warte, bis Enid fertig ist. Sie kann das. Vertrau ihr.« Enidin sah nicht aus, als ob sie irgendetwas konnte. Aber ein Dolch war das Letzte, womit Tymur gerade herumspielen sollte. Das Vorletzte. Immer noch besser, als wenn er jetzt die Schriftrolle hervorzog …

»Was haben wir denn da?« Tymur ließ den Dolch auf die Tischplatte fallen und sprang auf. »Direkt unter meiner Nase und meldet sich nicht!« Auf dem Schreibtisch stand ein Topf, wahrscheinlich aus Bronze, in dem ein paar Pinsel steckten. »Ich könnte wetten, mein Vater hat genau den gleichen«, sagte Tymur, mehr zu sich selbst. »Nicht für Pinsel, natürlich, er hat seinen Löschsand darin, aber umso besser, die Pinsel kann ich brauchen.«

Kevron wurde schlecht bei dem Anblick, als Tymur seinen Ärmel hochschob und nach dem Dolch griff. Wieder rieb Tymur die Klinge erst mit seinem Taschentuch blank, als ob er nicht mal sich selbst noch trauen konnte. Doch wo Tymur sich mit dem rituellen Dolch der Alfeyn geschnitten hatte, ohne auch nur hinzusehen, schien er jetzt den Blick nicht von der blitzenden Klinge nehmen zu können, und seine Hand zitterte vor Aufregung, als er sich in den Unterarm schnitt, nah beim Handgelenk, wo es wirklich gut blutete. »Tymur, nein!«, flüsterte Kevron, aber die Worte erstickten in seinem zugeschnürten Hals. »Das reicht schon!«

Tymur stand vor dem Schreibtisch, hielt den blutenden Arm über den Topf und sah zu, wie sein Blut hineintropfte. Diesmal war keine Zauberin da, um ihn sofort wieder zu heilen, und niemand, der ihm sagte, dass es genug war.

»Ich gebe dir mein Blut, Ililiané«, sagte er, und seine Worte schienen zu tropfen wie das warme, hellrote Blut. »Ich gab dir mein Gesicht. Und gleich, Ililiané, gebe ich dir meine Wahrheit.«

»Das reicht!«, schrie Kevron. »Hör auf! Mach einen Verband darum!«

Tymur schüttelte den Kopf, ohne sich auch nur umzudrehen. »Ich weiß, wann es genug ist«, sagte er. »Wenn die Zauberin kommt. Oder die Schüssel voll ist.« Er lachte heiser. Der Topf war groß wie ein Kinderkopf, vielleicht konnte man so viel Blut verlieren, ohne daran zu sterben, aber musste man es darauf ankommen lassen?

»Tymur, Lorcan verblutet hier draußen!«, schrie Kevron, und es war ihm egal, ob Lorcan ihn hören konnte. »Einer von euch reicht mir – wenn du nicht sofort aufhörst, renn ich runter und hole die Alfeyn hoch, aber ich werde nicht hier sitzen und zusehen, wie du dich ausbluten lässt.« Er fühlte sich hilflos und allein gelassen – von Lorcan kam keine Reaktion als sein unregelmäßiger Atem, und Enidin kniete mit geschlossenen Augen da, ganz in ihrer Magie versunken.

Wieder lachte Tymur nur. »Und Lorcan dachte, ich kann kein Blut sehen …« Endlich, er nahm den Arm weg, betrachtete die Wunde mit einem Lächeln, das Kevron nur im Spiegel sehen konnte, und dann, ohne sich darum zu kümmern, dass der Schnitt immer noch vor sich hin blutete, zog er seinen Ärmel wieder herunter. Seine Knie schienen zu wackeln, als er den Topf nahm und damit vor den Durchgang trat.

»Hier, ist das nicht hübsch geworden?«, fragte er und streckte Kevron den blutigen Topf hin. Er war vielleicht zur Hälfte gefüllt, doch was Kevron mehr Sorgen machte, war das übrige Blut, das sich an Tymurs Saum sammelte und von dort in dicken Tropfen auf den steinernen Boden fiel. »Und was für eine hübsche Schüssel, findest du nicht?«

Kevron nickte mechanisch. Tymur hatte recht, auf dem Schreibtisch des Königs stand ein ganz ähnliches Stück, verziert mit Ranken und den angedeuteten Umrissen nackter menschlicher Gestalten, alt und sicherlich ursprünglich nicht für Löschsand gedacht, sondern tatsächlich für Blut, aus einer Zeit, als die Menschen Opfer brachten, damit die Dämonen sie verschonten. Die Oberfläche kräuselte sich, erst dachte Kevron, dass das Blut zu kochen begann, doch dann verstand er, dass es nur Tymurs Hände waren, die nicht zu zittern aufhören wollten.

»Du musst dir den Arm verbinden«, sagte er. »Wirklich. Was soll Ililiané denken, wenn du hier alles volltropfst? Weißt du, wie schwer man Blutflecken wieder wegbekommt?« Er versuchte es mit Scherzen, weil mit Ernst nicht mehr an Tymur heranzukommen war. »Nimm deinen Ärmel, das Hemd ist ohnehin hinüber, aber mach irgendwas, bitte!«

»Wenn ich fertig bin«, erwiderte Tymur. »Versprochen. Aber noch bin ich nicht fertig. Meine Wahrheit fehlt noch.« Er kehrte mit dem Topf an den Schreibtisch zurück, rückte sich den Stuhl zurecht und nahm einen Pinsel, tauchte ihn in das Blut und begann, etwas in das Buch zu malen, von dem Tymur froh war, es nicht erkennen zu können. »Ich bin Tymur Damarel, und dies ist meine Wahrheit«, sagte er, so leise, dass Kevron es nur erahnen konnte. »Du kennst sie, Ililiané. Du kanntest sie schon, als sie noch Damars Wahrheit war.«

Wieder tunkte er den Pinsel ein, wieder malte er – keine Buchstaben, so viel erkannte Kevron an der Bewegung seiner Hand, er führte den Pinsel großflächig über die Seite, malte schnell, fast achtlos, und blätterte um, noch bevor das Blut getrocknet sein konnte. »Du kennst sie aus meinen Träumen, ich weiß, dass du unser Haus beobachtet hast, all die Jahre über, dieser Spiegel ist dein Fenster in unsere Welt, in mein Herz, und doch bist du nicht hier, wartest, bis ich dir mein Innerstes nach außen gekehrt habe.« Wieder lachte er. »Für meine ganze Wahrheit habe ich nicht genug Blut im Leib, und der gute Kev hat recht, ich möchte am Leben bleiben, aber ich rufe dich, Ililiané, mit allem, was ich habe. Wir brauchen dich. Damar braucht dich.« Dann war er still, malte und malte, Seite um Seite, bis Kevron es nicht mehr ertrug, ihm zuzusehen.

»Enid?«, fragte er vorsichtig und wagte es nicht, sie auch nur bei der Schulter zu berühren. »Wie kommst du voran?« Diesmal schien alles in ihrem Kopf zu passieren. Keine Prismen, keine Berechnungen, nur stille, grimmige Konzentration ...

»Es geht schon«, stieß Enidin hervor. »Ich bin ... ich schaffe das. Ist ja nicht weit. Nur von einer Seite auf die andere.« Schweißtropfen liefen ihr über das Gesicht.

Kevron atmete durch. »Sag Bescheid, wenn ich dir irgendwie assistieren kann.«

Enidin nickte verbissen. »Es ist nur«, murmelte sie, »ich versuche, die Struktur dieser Welt zu verstehen, sie ist so anders als unsere, die Alfeyn verstehen sie selbst nicht, sie zaubern einfach drauflos – ich kann das nicht.«

»Keine Sorge«, sagte Kevron. »Es wird schon schiefgehen. Wenigstens hat Tymur aufgehört zu zappeln.« Er warf einen flüchtigen Blick in den Raum und bereute es sofort. Tymur zappelte in der Tat nicht mehr. Aber er war nicht mehr nur über das Buch gebeugt, er schien sich gar nicht mehr zu bewegen, vornübergesackt. Kevron unterdrückte einen Fluch. Es war besser, wenn Enidin das nicht bemerkte. Keinen unnötigen Druck aufbauen – Tymur war selbst schuld ...

Enidins ganze Aufmerksamkeit lag auf ihrem Hindernis, nicht

dem, was dahinter passierte. Sie richtete sich langsam auf, ohne die Hände von der Barriere zu nehmen, und während sie lautlos die Lippen bewegte, konnte man die Stille, die von ihr ausging, sehen, fühlen und schmecken. Sie begann, ein Muster zu malen, unsichtbar, nur mit den Fingern auf der Wirklichkeit, und mit viel Mühe glaubte Kevron zu erkennen, dass dort rosig schimmernde Linien erschienen, echte Magie, Enidin zauberte wieder …

Dann schnellte ihr Kopf nach hinten. »Nein!«, schrie sie. »Nicht jetzt! Nicht jetzt …«

»Was ist?« Kevron sprang vorwärts, hatte plötzlich seinen Dolch in der Hand und fragte sich, wo plötzlich diese Reflexe herkamen – das war die Angst, nackte Angst.

»Der Schild – das Zimmer – verändert sich«, flüsterte Enidin. »Jemand kommt.«

Und noch ehe sie zu Ende gesprochen hatte, begann der Spiegel in der Turmstube zu leuchten.

Bläuliches Licht quoll in die Turmstube und ließ die Blutstropfen auf dem Boden schwarz erscheinen, während sich langsam im Spiegel der Umriss einer Gestalt abzeichnete.

»Tymur!«, schrie Kevron. »Tymur, sie kommt!« Tymur rührte sich nicht. Und jetzt verstand auch Enidin.

»Was ist mit ihm?«, flüsterte sie atemlos.

»Er stellt sich schlafend«, antwortete Kevron und fletschte die Zähne. »Muss sich wieder mal aufspielen. Achte nicht auf ihn. Mach weiter.«

»Ich hätte es fast gehabt«, sagte Enid. »Aber wenn jetzt Ililiané kommt – wozu brauchen wir dann noch ein Portal? Sie hebt die Barriere auf, und dann –«

»Wir wissen nicht, ob es Ililiané ist! Mach weiter, bitte!« Kevron schwitzte. Er fühlte sich zittern und versuchte, seine Panik zu unterdrücken – wer sollte es denn sonst sein, wenn nicht die große

Zauberin persönlich? Es war ihr Turm, ihre Wächter, ihre Fallen … »Und selbst wenn, dann zeig ihr, was du kannst! Zeig es dir selbst! Bring zu Ende, was du angefangen hast, sonst wird es dir auf Jahre leid tun!«

»Da sind zwei Wirklichkeiten, die sich überlappen«, murmelte Enidin, und Kevron hatte sich noch nie so sehr gefreut, ihr Magiegebrabbel zu hören, auch wenn er kein Wort verstand. »Nicht nur hier im Turm – ganz Ailadredan ist so aufgebaut, zwei Welten übereinander. Aber wenn ich versuche, dazwischenzukommen, dann kann ich sie auseinanderschieben, nur für einen Spalt.« Sie klang aufgeregt, nicht wie Kevron vor Angst, sondern als ob sie gerade dabei war, die Entdeckung aller Entdeckungen zu machen. So musste sein. Enidin konnte das. Kevron glaubte an sie.

»Mach es!«, rief er. »Mach es, mach so schnell du kannst, solange wir bloß vor ihr da sind!« Er verstummte. Enidin arbeitete wahrscheinlich schneller, wenn er nicht die ganze Zeit über auf sie einredete. Er trat zurück, machte ihr Platz, nahm Lorcans Hand, um seinen Puls zu fühlen. Der Puls war da, kein Grund zur Sorge, Kevron sollte sich beruhigen, alles gut …

Von oben blickte immer noch das Wappen auf ihn herunter, und plötzlich verstand Kevron, was es ihm sagen wollte. Es hatte nichts damit zu tun, wie alt das Wappen war, oder woher Ililiané es kennen sollte – mit Ililiané, mit den Alfeyn hatte es überhaupt nichts zu tun. Nur mit Kevron, und wo er dieses Wappen gesehen hatte. Das dritte Siegel. Der dritte Umschlag, den Kay für ihn in der Gilde hinterlegt hatte. Das erste, Kays eigenes Siegel. Das zweite, das der Schriftrolle. Und das dritte, das des einzigen Menschen, der überhaupt die Möglichkeit gehabt hatte, an die Schriftrolle zu kommen, um sie dann in die Hände eines Fälschers zu geben: Das Siegel des Königs.

Kevron fühlte sein Herz hämmern, dass es für ihn und Lorcan reichen sollte. Antworten prasselten auf ihn ein aus vier Jahren von

Fragen. Ein Erbe, das zu viel Verantwortung mit sich brachte. Ein zu neugieriger Sohn. Ein zu verstohlener Auftrag. Ein zu gefährlicher Schatz … Es war nie darum gegangen, die Schriftrolle neu zu versiegeln und wieder nach Neraval zu bringen. Es ging darum, sie loszuwerden, so weit entfernt wie möglich, in einer anderen Welt, von der es kein Zurück gab. Tymur, der ein paar Monate lang in der Illusion gelebt hatte, der liebste Sohn des Königs zu sein, war am Ende, wie sie alle, nur noch eins: entbehrlich. Vier überflüssige Menschen, weit weg in Ailadredan, wo sie niemand vermissen würde. Und was immer da aus dem Spiegel trat – es konnte nichts Gutes sein.

»Wie weit bist du, Enid?«, krächzte Kevron. »Ich stör dich auch nicht, aber bitte, mach schneller!« Das Hirn wollte ihm aus dem Schädel springen. Er wusste nicht mehr, was wahr war und was falsch, ob er wirklich das Siegel des Königs gesehen hatte oder es nur ein Albtraum war, ob er wirklich in Ailadredan war oder am Ende doch nur verkatert in der Gosse aufwachen würde.

Enidin antwortete nicht, war wieder ganz konzentriert auf das, was einmal ein Portal werden sollte, und schillernde rosige Linien zogen sich über die Barriere, die jetzt fast wie Eis aussah. Sie machte Fortschritte, aber keine so großen wie die Gestalt im Spiegel, die Form annahm und sich bewegte und aus dem Glas heraustrat. Die Gestalt einer Frau, erst aus Licht geformt, dann aus Luft, dann aus Nebel, und dann, Stück für Stück, wurde sie wirklich.

Enidins Bewegungen wurden hektischer, je deutlicher die Frauenfigur wurde. Sie sah aus, als schöbe sie unsichtbare Spinnweben auseinander, und ebenso wie Spinnweb schienen ihr die Fäden dieser Welt an den Fingern zu kleben. Das war ein Kampf, Mensch gegen Welt, und nur Enidin selbst mochte wissen, wer gerade den Sieg davontrug – Kevron konnte nichts tun, ihr nicht helfen, nur hoffen.

Im Zimmer stand eine Alfeyn. Auf den ersten Blick unterschied

sie nichts von den Zauberinnen in der Stadt, ihre lange, fließende
Robe hätte die von jeder anderen sein können, ihr starres, schmerz-
lich schönes Gesicht ebenso, doch selbst durch die Barriere hindurch fühlte Kevron die Macht, die von ihr ausging, noch stärker
als bei dem Hochfürsten. Als ob dort gerade viel, viel mehr Person
hereingekommen war, als in diese zierliche Gestalt passte, eine
Macht, die den ganzen Turm ausfüllte. Und nicht nur Kevron
fühlte das, auch in Tymur kam Leben.

Er hob den Kopf, richtete sich auf, verwandelte sich zurück in
sein altes geschmeidiges Selbst, als wäre seine Ohnmacht nur gespielt gewesen, um Kevron und Enidin ein bisschen Feuer unter
dem Hintern zu machen. Sein Ärmel war immer noch blutig, aber
als er aufstand und eine Verbeugung andeutete, konnte man sehen,
dass das Blut zu fließen aufgehört hatte.

Kevron zuckte zusammen, als etwas seine Hand packte und sie
drückte, als wolle es ihm alle Knochen brechen, doch es war Lorcan. In diesem Augenblick war Kevron bereit, alles zu glauben, was
er jemals über Ililiané gehört hatte und noch mehr, dass allein ihre
Anwesenheit ausreichen konnte, um Wunden zu heilen, dass alles
gut war, dass es keinen Grund mehr gab, sich jemals wieder zu
fürchten.

Tymur stand da, aufrecht, lächelnd, Prinz, Damars Erbe von
Kopf bis Fuß. »Die Zauberin Ililiané?«, fragte er, leise und sanft,
aber mit einer Selbstsicherheit, die alles, was Kevron je von ihm
gehört hatte, in den Schatten stellte.

»Die bin ich«, antwortete die Alfeyn, und in ihrer Stimme lag
die Macht von zehntausend Jahren. »Du hast mich gerufen, Sohn
des Damar?«

»Das habe ich«, antwortete Tymur. »Ich habe dir etwas mitgebracht.« Er trat auf sie zu, so langsam und fließend, wie sich auch
die Zauberin bewegte, und löste dabei endlich das Futteral von
seinem Gürtel, Leder und Blei, bereit, jedem Zauber zu trotzen,

jedem Alfeyn, und jedem Dämon. Er lächelte, als er die Plombe löste, und ließ den Inhalt in seine Hand gleiten. Kevron hielt die Luft an. Am liebsten hätte er Enidin die Augen zugehalten, aber sie konnten sich beide nicht rühren. Selbst das magische Zittern von Enidins Linien war wie eingefroren und Lorcans Atmen verstummt.

»Du weißt, was das ist«, sagte Tymur. Da war sie, die Schriftrolle, unbeschadet nach der langen Reise, so wie nichts auf der Welt sie jemals zu beeindrucken schien. »Dein Werk, Ililiané. Dein größtes Werk.« Kein Zittern war mehr in seinen Bewegungen, nur eine furchteinflößende Ruhe.

»Ich sehe«, antwortete Ililiané. Sah sie erstaunt aus? Erschrocken? »Was ist deine Frage, Sohn des Damar?«

»Tymur Damarel«, sagte Tymur. »Mein Name ist Tymur Damarel. Und meine Frage ist: Der Unaussprechliche, der Erzdämon La-Esh-Amon-Ri – ist er noch in dieser Schriftrolle gefangen?«

Kevron starrte die Zauberin an, versuchte, in ihrem Gesicht, in ihren Augen etwas zu lesen, das verriet, was sie dachte. Sie streckte ihre Hand nach der Schriftrolle aus, ihre Finger waren so weiß wie der Nebel, brauchten keine Handschuhe – aber Kevron hätte besser auf Tymur geachtet.

»Oder ist er wirklich in mir?« Eine Frage so sanft, so freundlich, so furchtlos. Eine Bewegung wie ein Blitz, schnell und lautlos, als Tymur etwas aus dem Inneren der Schriftrolle in seine Hand gleiten ließ. Es war ein schmaler, silbrigweiß glänzender Dolch. Und schneller, als irgendjemand reagieren konnte, stieß er ihn Ililiané ins Herz.

DANKSAGUNG

Wenn zwischen der ersten Idee für ein Buch und dem Erscheinungstag fast fünfzehn Jahre liegen, ist es nicht verwunderlich, wenn die Danksagung kaum weniger episch ausfällt als der Roman selbst. Trotzdem möchte ich noch ein bisschen weiter zurückgehen in die Zeit meines Studiums und zwei Professoren danken, ohne die ich jetzt nicht hier wäre: Da ist zum einen Dr. Werner Grebe, der meinte, dass sich Literatur und Fantasy nicht ausschließen, und Dr. Joachim Rechtmann, der die Frage, wo er diese interessanten antiken Bleilettern herhabe, mit dem vielsagenden Satz »Gute Bibliothekare sind gute Diebe« beantwortete und, ohne es zu ahnen, die erste Saat für diese Geschichte legte. Und auch wenn sie nur noch schwer zu entziffern waren, konnte ich meine ganzen Mitschriften zum Thema »Papierkunde und Buchgeschichte« jetzt endlich einmal brauchen. Man lernt eben doch für das Leben.

Ich danke auch Monica Höfkes und Sabine Granzow, ohne die das Studium nicht halb so viel Spaß gemacht hätte und an deren Seite ich über überhaupt erst angefangen habe, viel, regelmäßig und planvoll zu schreiben – so man von »planvoll« sprechen kann bei einem Buch, dessen allererster Entwurf noch eine Portalfantasy war und eine übellaunige Buchhändlerin zur Hauptperson

hatte. Wer auch immer mir diesen Plot damals um die Ohren gehauen hat und gesagt »Die Geschichte-in-der-Geschichte kannst
du behalten«, ich danke ihm/ihr.

Und da dieses Buch über die Jahre seines Entstehens durch
viele hilfreiche Hände gegangen ist, folgt nun eine lange Liste an
Testlesern, ohne die es vermutlich nie fertig geworden wäre: Großes Dankeschön an Andras Kobell, Xiaolei Mu, Nina Bellem,
Corinna Inderst, Simone Happe, Cornelia Basara, Anja Blaszczyk,
Doro Schuster, N. Vaziry, Petra Schmidt, Tina Alba und Bianca
Schütz, die mir mit ihren Kommentaren sehr geholfen haben –
und es war eine große Freude, dass sich alle auch nach zum Teil
über acht Jahren noch an diese Geschichte erinnern konnten.

Ich danke auch meinen übrigen Autorenfreunden aus dem Tin-
tenzirkel, die immer zur Stelle waren, wenn es Plotlöcher zu stop-
fen, logische Brüche zu beheben und Erzdämonen zu benennen
gab. Hier dürfen sich wie immer alle angesprochen fühlen, eine
ausdrückliche Erwähnung gibt es für die wie immer unersetzli-
chen Anika Beer, Sabrina Železný und Susanne Bloos.

Wo die Betaleser aufhören, kommen die Lektoren ins Spiel,
und ich kann dem ganzen Team von Klett-Cotta und der Hobbit
Presse gar nicht genug danken. Allen voran natürlich Herrn As-
kani, der dieses Buch in die Mangel genommen und durch den
Fleischwolf gedreht hat, bis etwas herausgekommen ist, das ich
gar nicht aufhören kann zu lieben, und Frau Matthias, mit der das
Lektorat so angenehm und entspannend geworden ist, wie ein
Lektorat nur sein kann – aber ich will auch den restlichen Kolle-
gen danken, zum Beispiel Herrn Sazinger und seinem Marketing-
Team, weil wirklich jeder, mit dem ich es beim Verlag zu tun hatte,
mir das Gefühl gegeben hat, nach Hause gekommen zu sein.

Und wo ich beim Thema »Zuhause« bin, komme ich endlich
bei meiner Agentur an. Ich kann gar nicht oft genug Danke sagen,
sonst wird das Buch zu dick und die Druckkosten zu hoch, aber als

ich vor fast zehn Jahren bei Micha und Klaus Gröner von der erzähl:perspektive unterschrieben habe, war meine einzige Vertragsbedingung, dass sie mich in der Hobbit Presse unterbringen sollten, und das ist ihnen geglückt. Dankeschön für zehn großartige Jahre, ich freue mich auf die nächsten hundert, und ich hoffe, wir können in Zukunft mehr Zeit damit verbringen, einen trinken zu gehen, und weniger damit, eine völlig aufgelöste Autorin zu trösten, die beim Traumverlag unterschrieben hat und von einem akuten Anfall von »Ich bin unwürdig! Unfähig! Unwürdig!« erschüttert ist. Danke. Danke. Ich kann das noch ein paarmal wiederholen. Danke. Wir verstehen uns ...

Und dann natürlich: die Familie. Ich danke meinem geduldigen Ehemann Christoph, mit dem man auch um drei Uhr Nachts noch ein Fachgespräch über Kettenhemden führen kann und der gar nicht weiß, wie viele scheinbar beiläufigen Kommentare und Anmerkungen von ihm den direkten Weg in dieses Buch gefunden haben und ohne den es vermutlich diese ganze Geschichte nicht gäbe (und vermutlich ist er auch derjenige, dem ich verdanke, kein Buch über eine übellaunige Buchhändlerin und eine Autorin im kleingeblümten Kleid geschrieben zu haben).

Meinen Geschwistern, Anna, Jan und Josef, in chronologischer Reihenfolge, aus keinem bestimmten Grund als dass sie meine Geschwister sind, ich sie sehr lieb habe und sie endlich einmal in einer Danksagung erwähnen wollte – ich habe es ihnen nicht leicht gemacht, aber wir sind doch ein paar wirklich entspannte Erwachsene geworden, und ich bin auf jeden von ihnen sehr stolz, nicht nur, weil sie das hier vermutlich lesen werden. Danke, dass ihr immer zu eurer schrägen Schwester gehalten habt, und danke dafür, dass ihr auch alle schon irgendwie schräg seid. Und meinen Eltern, natürlich. Ich danke immer meinen Eltern. Wie könnte ich auch nicht? Sie sind toll! Ich habe ihnen aber schon mein letztes Buch gewidmet, da muss ich mir hier ein bisschen knapper fassen.

Zu guter Letzt möchte ich aber zwei Familienmitgliedern danken, die das hier nicht mehr werden lesen können, so sehr ich das auch gehofft hatte: Meiner Oma Irene Ilisch und meiner Großtante Heti Knüppel, die älteste und die jüngste Schwester, die in diesem Jahr so kurz nacheinander verstorben sind. Meine Oma, auch wenn sie keinerlei Interesse an Fantasy zeigte, »erfundene Geschichten«, wie sie das mit abschätziger Miene nannte, hat mich trotzdem immer ermutigt, Schriftstellerin zu werden (auch wenn es bedeutete, mir den selbstgeschriebenen Kurzroman, den ich ihr mit fünfzehn geschenkt habe, mit angestrichenen Rechtschreibfehlern zurückzugeben), und ihre Kritik kam manchmal unerwartet, aber immer konstruktiv. Und durch Heti bin ich überhaupt das erste Mal mit klassischer Fantasy in Berührung gekommen, als ich als Jugendliche ihren zerlesenen »Herrn der Ringe« und die »Erdsee«-Trilogie abgestaubt habe. Ich hätte euch dieses Buch wirklich gerne gezeigt. Aber ich hoffe, ihr seht es trotzdem, da wo ihr jetzt seid. Danke, dass es euch gab.

Und an alle Leser, die an dieser Stelle immer noch dabei sind: danke fürs Durchhalten. Wir sehen uns beim nächsten Buch!

Stolberg, im November 2018   Maja Ilisch

www.hobbitpresse.de

Anthony Ryan
Das Erwachen des Feuers
Draconis Memoria 1

Aus dem Englischen von Birgit Maria
Pfaffinger und Sara Riffel
728 Seiten, gebunden mit Schutzumschlag
ISBN 978-3-608-94974-2
€ 25,- (D) / € 25,80 (A)

Das Heer des Weißen Drachen
Draconis Memoria 2

Aus dem Englischen von Birgit Maria
Pfaffinger und Sara Riffel
704 Seiten, gebunden mit Schutzumschlag
ISBN 978-3-608-94975-9
€ 25,- (D) / € 25,80 (A)

Auch als @book

Ein fulminanter Auftakt – Anthony Ryans neue Trilogie »Draconis Memoria«

Im riesigen Gebiet von Mandinorien gilt Drachenblut als das wertvollste Gut. Rote, grüne, blaue und schwarze Drachen werden gejagt, um an ihr Blut zu kommen. Das daraus gewonnene Elixier verleiht den wenigen Gesegneten übernatürliche Kräfte. Doch das letzte Zeitalter der Drachen neigt sich seinem Ende zu.

»Mühelos verbindet Ryan Drachen-Fantasy mit Spionageroman und Seeabenteuer, meisterhaft und glaubwürdig.«
Publishers Weekly

Hobbit Presse
Klett-Cotta

www.hobbitpresse.de

Brian Lee Durfee
Der Mond des Vergessens
Die fünf Kriegerengel 1

Aus dem Amerikanischen von
Andreas Heckmann
888 Seiten, gebunden mit
Schutzumschlag, inklusive Karte
der fünf Inseln
ISBN 978-3-608-96141-6
€ 25,- (D) / € 25,80 (A)

Es gibt viele Götter und viele Herren, doch bald wird es nur noch einen geben. Einen, dem Königinnen und Könige die Füße waschen werden.

Unter den Göttern ist Streit entbrannt und zwingt den Menschen einen fürchterlichen Krieg auf. Über das Meer kommen die fanatischen Anhänger des verstoßenen Gottessohnes Raijael, um die Gläubigen der alten Laijons-Religion zu unterwerfen. Irgendwo in den Landen hält sich der Waisenjunge Nail versteckt. Auf ihm ruht die heimliche Hoffnung auf Rettung.

Klett-Cotta

www.hobbitpresse.de

Oliver Plaschka
Das Licht hinter den Wolken
Lied des Zwei-Ringe-Lands

688 Seiten, broschiert
ISBN 978-3-608-96138-6
€ 15,- (D) / € 15,50 (A)

Auch als @book

»Oliver Plaschka ist der Magier unter den deutschen Fantasyautoren.«
Christoph Hardebusch

Das junge Mädchen April träumt von einem magischen Licht, das sie in die Ferne lockt. Auf ihrem Weg lernt sie den Söldner Janner kennen, der bis über beide Ohren in Schwierigkeiten steckt. Als die beiden in Notwehr einen einflussreichen Mann töten, heften sich die Soldaten des Kaisers an ihre Fersen. Da begegnen sie Sarik, einem uralten Zauberer, der sich dem Verschwinden der Magie entgegenstellt.

Klett-Cotta

www.hobbitpresse.de

Christian von Aster
Der Orkfresser

352 Seiten, Klappenbroschur
ISBN 978-3-608-98121-6
€ 14,95 (D) / € 15,40 (A)

»Ich hasse Orks! Hasse, hasse, hasse sie!«

Aaron Tristen hat mit seiner Fantasyreihe »Engel gegen Zombies« Berühmtheit erlangt. Da legt er sich auf einer Buchpremiere mit einigen als Orks verkleideten Fans an. Von nun an beginnt ihm sein Leben zu entgleiten. Unter falschem Namen nimmt er an einer literarischen Selbsthilfegruppe teil und die Grenzen zwischen Literatur und Wirklichkeit beginnen zu verschwimmen.